VICKI BAUM

VOR REHEN WIRD GEWARNT

Roman

ARCHE

ERSTER TEIL

»Ach, du liebe Güte«, seufzte die schmächtige alte Dame beim Anblick der hohen Stufen, die es zu besteigen galt, um in den Eisenbahnwagen zu gelangen; ihre gebrechliche Zierlichkeit, ihr halb humoristischer, halb verzweifelt-hilfloser Ausdruck machten aus diesen drei einfachen Stufen ein Hindernis ersten Grades, eine uneinnehmbare Festung, ein unbezwingliches Gebirge. Selbst der Pullmanschaffner spürte etwas davon, und mit einem fröhlich-verlegenen »Entschuldigen die Dame –« unterstützte er sachte das zierliche Leichtgewicht am Ellbogen und hob es behutsam hinauf. Ein Offizier, der auf der obersten Stufe stand, wandte sich um, erkannte Mrs. Ambros und half ihr vorsichtig in den Wagen. Sobald Mrs. Ambros mit zusammengepressten Lippen den steilen Anstieg bezwungen hatte, verteilte sie lächelnd Dankbarkeit nach allen Seiten. »Danke schön, mein guter Mann, und vielen, vielen Dank, Major Ryerson. Was für eine nette Überraschung, Sie im gleichen Zug zu treffen! Ach, es ist wirklich zu dumm, was für eine unnütze Person ich geworden bin, seitdem ich an diesen kleinen Schwächeanfällen leide – hier drinnen.« Ihre auffallend kleine und schmale Hand im korrekten weißen Rehlederhandschuh wanderte zu ihrem Herzen, ließ jedoch die kleine Gebärde unvollendet – und in der resignierten Art, wie diese kraftlose Hand wieder hinabsank, während Mrs. Ambros fortfuhr zu lächeln, lag ihr ganzer Reiz: Selbstironie und die stolz getragene Last des Alterns.

»Und wohin führt Sie die Reise, Major?«

»Nach Washington; da sind noch allerhand Dinge zu erledigen und außerdem –«

»Wie nett«, bemerkte Mrs. Ambros, aber sie hatte angefangen, rastlos zu werden. »Wo bloß meine Tochter bleibt? Sie geht immerfort verloren, am Bahnhof, auf Postämtern – das dumme Kind«, sagte sie unruhig; versehentlich versperrte sie zwei jungen Artillerieoffizieren den Weg, denen eine stramme Rotkreuzschwester die Stufen hinaufhalf. Der eine von ihnen ging an Krücken, der andere trug einen Verband um den Kopf. Ihre Züge waren zu jung und zu alt, die charakteristischen Gesichter all der jungen Menschen, die direkt von der Schulbank weg in den Krieg geschleudert worden waren. Gerade als sie unbeholfen hinter der alten Dame anhielten, die ihnen den Eingang verstellte, tauchte Miss Ambros auf, eilig und etwas atemlos. »Verzeih, Mutter, aber ich habe nur schnell die Zeitschriften besorgt, die du haben wolltest«, sagte sie und schaffte Platz für die Schwester und ihre Pflegebefohlenen.

Miss Ambros war groß und mager, weder jung noch alt, beladen mit Zeitschriften, Reisetasche und Handköfferchen, mit einer altmodischen karierten Reisedecke und zwei Sportmänteln, ihrem eigenen und dem ihrer Stiefmutter.

»Komm, Mutter, wir müssen uns nach unseren Plätzen umschauen«, sagte sie und ging in das Coupé.

»Ach, du große Güte«, seufzte Mrs. Ambros, als sie den Wagen mit Soldaten, mit Soldatenfrauen und ihren Säuglingen überfüllt fand. Diesmal presste sie ihre Hand diskret auf die Brust und stützte sich an eine Banklehne; sie sah sich hilfsbedürftig nach Major Ryerson um, aber der war in einem der Privatabteile verschwunden. Ein junger Fähnrich sprang alarmiert auf: »Ist Ihnen nicht wohl, gnädige Frau?«, und Miss Ambros war bereits auf der Suche nach dem Schaffner, der auch bald erschien und eine junge Mutter von den reservierten Plätzen entfernte, auf denen sie sich breitgemacht hatte, um ihren ausnehmend prächtigen Zwillingen die Windeln zu wechseln. »Besten Dank – gleich wird es mir besser gehen –, ich leide bloß an diesen dummen kleinen Anfällen –«, sagte Mrs. Ambros mit ihrem tapferen Lächeln und nahm von dem frei gemachten Platz Besitz.

»Na, Gottlob, wir sitzen zumindest«, sagte sie, als sie sich niedergelassen hatte. »Einen Moment lang dachte ich, dass ich ohnmächtig werden könnte. Ich hätte eigentlich diese Reise nicht unternehmen sollen.«

»Stimmt. Eigentlich nicht«, erwiderte ihre Tochter, ohne sie anzusehen. Mrs. Ambros warf einen schnellen, scharfen Blick auf das magere, verschlossene Gesicht, bevor sie eine Zeitschrift aufschlug. Trotz ihrer hilflosen Zerbrechlichkeit war etwas Junges um ihre zierliche Gestalt, während Miss Ambros aussah, als sei sie niemals wirklich jung gewesen. Die Mutter war feingliedrig, mit raschen, jungmädchenhaften Bewegungen, und ihre Haut, zwar zerknittert wie dünnstes Seidenpapier, schimmerte weiß und rosa durch den feinen Puderschleier; ihr Haar war ein sorgfältig gewelltes Käppchen aus weißem glänzendem Atlas, ganz zart gebläut, und ihre Augen waren klar und unbeschwert wie die Augen eines Kindes, noch unbekannt mit den Komplikationen des Lebens.

Miss Ambros hingegen, Joy Ambros, war sonnenverbrannt und ledern, mit langen, fahrigen Gliedern wie Windmühlenflügel, ihr Mund war eingeklammert zwischen scharfen Linien, und ihre tief liegenden, verschatteten Augen schienen ein wenig entzündet, ein wenig müde: Augen, wie sie Menschen haben, die zu viel lesen oder zu viel denken.

Sie hängte die Mäntel an den Haken auf ihrer Seite, faltete die Reisedecke zusammen und legte sie neben ihre Stiefmutter, brachte Tasche und Reiseköfferchen unter, und erst dann nahm sie ihren Hut ab und strich sich ihr dichtes, widerspenstiges Haar aus der Stirn. »Hast du es bequem, Mutter?«, fragte sie, ehe sie sich niederließ.

»Wenn es nicht so kalt wäre, wie? Ich möchte bloß wissen, was mit der Heizung los ist«, klagte Mrs. Ambros; Joy nahm die Reisedecke wieder auseinander und breitete sie ihr über die Knie. »Danke, mein Kind – ach, was täte ich wohl ohne dich?«

»Tja. Das frage ich mich auch manchmal –«, erwiderte Miss Ambros. Mrs. Ambros legte die Zeitschrift zur Seite. »Diese unvermeidliche Tour auf der Fähre von San Francisco nach Oakland ist wahrhaftig etwas Scheußliches, ich bin jedes Mal ganz erledigt. Ob es noch eine einzige Stadt in der Welt gibt, wo man quer über eine ganze große Bucht gondeln muss, um zum Bahnhof zu gelangen?«, bemerkte sie, und als darauf keine Antwort erfolgte, lehnte sie den Kopf zurück und schloss die Augen. Wenn wir uns ein Auto oder zumindest ein Taxi leisten könnten, dann bräuchte unsereiner sich nicht in dieses schreckliche Gedränge am Fährhafen zu mischen, dachte sie vorwurfsvoll. Und dieser Major Ryerson – wenn ich gewusst hätte, dass er im gleichen Zug fährt, hätte ich ihn bitten können, uns über die Brücke mitzunehmen. Der kriegt sicher einen Wagen vom Militär und so viel Benzin, wie er nur will. Das Stoßen und Schieben auf der Fähre ist ja schlimmer als je, jetzt, wo so viele Soldaten aus dem Krieg zurückkommen. Und der Wind, der Lärm, der Gestank! Und Joy, rücksichtslos wie immer, setzt mich in irgendeinem Winkel ab, als sei ich ein lästiges Stück Gepäck, während sie selbst, natürlich, sich recht auffällig an der windigsten Stelle der ganzen Fähre aufpflanzt, man würde denken, sie steht Modell für die Nike von Samothrake. Aber Joy scheint ja nie genug von diesem grässlichen Fährboot zu kriegen; wahrscheinlich noch ein sentimentales Überbleibsel von den Ausflügen mit ihrem jungen Mann damals – wie hieß er doch gleich? Großer Gott, einmal brachten diese zwei Narren einen ganzen Nachmittag damit zu, auf der Fähre zwischen San Francisco und Oakland hin- und herzugondeln, während ich allein zu Hause sitzen und mir die Augen aus dem Kopf sorgen konnte. Na, am Ende hatte dieser Fred Hollenbeck doch noch genug gesunden Menschenverstand, um sich auf wohlerzogene Art zurückzuziehen …

Der Lärm des Bahnhofs stieg in hastigem Crescendo an – heiseres Bellen der Lautsprecher, Schaffnerrufe: Einsteigen! Zischen und Rütteln des anfahrenden Zuges, geleerte Gepäckkarren rumpelten davon, und dann schienen Bahnsteig, Wände, Eisenmasten, Treppen und winkende Stationsbeamte nach rückwärts zu gleiten, langsam zuerst und dann immer schneller, bis der Zug das Freie gewann und von den trüben Vorstadtgassen Oaklands eingesogen war.

Auch Joy hatte die Augen geschlossen, um das Bild der Stadt, die jenseits der Bay hinter ihnen zurückblieb, besser festzuhalten: die vielen sich überkreuzenden Bilder von San Francisco bei Sonnenuntergang. Zuweilen, wenn ein harter Wind den Nebel in grauen Fetzen daherjagte und ein metallisches Licht auf den Wohnhäusern der Hügelkämme und den zackigen Wolkenkratzern der Geschäftsviertel lag, verwandelte sich die Stadt in etwas Trotzig-Dunkles, El Grecos Toledo. Manchmal wieder war sie ein zart angedeuteter japanischer Holzschnitt, Inseln und Küsten und Berge, hintereinander aufgeschichtet in immer dünneren Konturen, im leuchtenden Dunst verschwimmend. Heute jedoch hatte sie ihr mittelalterliches Gewand getragen; die steilen Hügelstraßen mit ihren alten, geschmacklosen, verschnörkelten Laubsägevillen waren zu Zinnen und Mauern geworden, und das mittelmäßig-moderne Stück Architektur, das wie ein Zeigefinger aus dem Eukalyptusgehölz von der Höhe des Telegraph Hill aufragte, hatte sich in einen mächtigen Wachtturm der Toskana verzaubert. Oh, Kitsch, Kitsch, Kitsch, zwölf Saccharintabletten auf eine Tasse Kaffee!, dachte Joy mit einem ungeduldigen Pochen in ihren Augenlidern. Nun lass uns einmal die wahren Farben bedenken, nicht diesen Mist von Reisebroschüren und kolorierten Ansichtskarten. Die Bucht an einem der seltenen, klaren, durchsonnten Tage, jawohl, leider ein dickes Kobaltblau, herzliche Grüße von der Riviera. Besser an Sturmtagen, ein unfreundlicher Atlantik, dunkles Grau und das unerbittliche Weiß und Schwarz der Wellen, ein abstrakter Holzschnitt. Heute, während der Überfahrt, eine Schale aus mattem altem Zinn mit einem Glanz von weißem Silber, dort, wo ein Strahl die Oberfläche traf. Und etwas später war die Bucht poliertes Kupfer geworden, das zerschmolz, während eine übertrieben dramatische rote Sonne jenseits des Goldenen Tores unterging und alle westlichen Fenster San Franciscos wie in Flammen standen. Jawohl, und du weißt, dass du eine schöne Schmiererei draus machen würdest, dachte Joy. Es war ein großartiges Schauspiel: Sonnenuntergang über San Francisco – aber ein Fluch und ein Malheur, wenn man es so oft gemalt hatte wie sie; die Sichellinien zuseiten ihres Mundes gruben sich tiefer. Aber warte – gerade bevor wir in Oakland anlegten, war da noch etwas, ein Moment nur, eine kalte, leere, scharfe Dämmerung – Joy versuchte, das durchdringende Grün heraufzubeschwören, um es in ihrem Gedächtnis einzulagern, eine weiße Möwe flog in Einsamkeit gegen einen schwarzen Himmel – und dann bewegte sich Mrs. Ambros, und Joy öffnete die Augen.

»Jetzt ist es auf einmal viel zu warm hier«, beschwerte sich Mrs. Ambros, »die Luft ist einfach unerträglich.« Die Zwillinge hatten zu schreien begonnen, und einige der Soldaten hatten sich, gegen alle Vorschriften, Zigaretten angezündet. »Ich weiß wirklich nicht, wie ich es drei Tage in diesem Zug aushalten soll!« Joy gab keine Antwort. »Komm, gib mir deinen Mantel«, sagte sie nur und war ihrer Stiefmutter beim Ausziehen behilflich. Es war ein Nerzmantel, nicht gerade nach der allerletzten Mode, doch aus sehr schönen, dunklen Fellen und ausgezeichnet gearbeitet. Der Mantel, den Joy trug, war aus billigem Lamm, das versuchte, wie Biber auszusehen; sie hatte ihn im Ausverkauf im Warenhaus erstanden.

Kurz nachdem der Zug Oakland verlassen hatte, rief ein melodischer, gongbewaffneter Kellner das erste Abendessen aus, und ein langsamer, unaufhaltbarer Strom von hungrigen Passagieren begann, sich auf den Speisewagen zuzuschieben. Zwar führte dieser überfüllte Zug keine zu große Fracht an Höflichkeit mit sich, aber soviel davon existierte, wurde der kleinen, liebenswürdigen alten Dame gewährt. Rücken pressten sich gegen Wände, und Bäuche wurden eingezogen, um ihrem unentwegten Vormarsch nicht im Wege zu sein. Bereitwillige Hände halfen ihr durch das dunkle, rüttelnde Innere kranker Ziehharmonikas, das die Wagen verband, und junge Soldaten, die ihre Manieren im Krieg verlernt hatten, sich aber beim

Anblick der alten Dame darauf besannen, stießen die schweren Türen für sie auf. Am Eingang zum Speisewagen, wo die stahlgrauen Wände die Hitze und den Kabeljaugeruch der Küche ausströmten, wurde der Strom von einem viel geplagten Oberkellner angehalten, der Platznummern verteilte. Allerhand Murren und Schimpfen begann, doch das war nicht so ernst gemeint, denn all diese Menschen waren es gewohnt, Schlange zu stehen, und so mancher junge Krieger nahm es gar nicht so übel, wenn er im Gedränge gegen die Körper der jungen Frauen gepresst wurde, die mit ihren frischen Dauerwellen und in kaum unterdrückter Erregung zu ihren Heimkehrern unterwegs waren. Es gab manche vielsagenden Bemerkungen, Witze, die immer gleichen Gesprächsfetzen aus Felddienst und Kaserne.

»... wie wär's mit einer Kartenpartie, bis wir an die Gulaschkanone gelassen werden?« – »... ihre Mutter hätte ja zu gern das Baby zu sich genommen, aber das kommt ja gar nicht infrage ...« – »... da schreibt mir die Frau, meins wiegt einundzwanzig Pfund, schreibt se, noch kein Jahr alt und schon einundzwanzig Pfund ...« – »Aha, und wo hamse dir gelassen, wie's mit der Schweinerei in Cassino losging? ...«

Die Luft wurde wärmer und dicker, die Witze eindeutiger, und dann gab es weiter rückwärts einen kleinen Aufruhr, und ein paar von denen, die vorn standen, drehten sich um, während die anderen noch immer vorwärts drängten.

»Na, was ist eigentlich los dahinten? ... Immer mit die Ruhe, Großmuttern ist übel ... Kein Wunder, ich fühl mich auch nicht so großartig ... Such mal einer nach'm Doktor ... lass sie doch irgendwo hinsetzen ... na also, so ist's schon besser ... gib mir mal die Schnapspulle, da, trinken Sie nur, Großmama, das hilft allemal ...« Mrs. Ambros tauchte aus dem Gewühl auf, zitternd und erschöpft; die handfeste alte Krankenschwester fühlte unbeeindruckt ihren Puls, und der junge Leutnant mit dem verbundenen Kopf überließ ihr seinen kostbaren Stuhl und Tisch.

Mrs. Ambros hatte einige Erfahrung in der Kunst, sich von einer Ohnmacht zu erholen, und sie tat es diskret und liebenswürdig. »Oh, bitte, verzeihen Sie mir diese Störung – ich wollte wirklich nicht – es ist nur dieses dumme Herz – nein, wirklich, Herr Leutnant, Sie dürfen sich nicht beim Essen stören lassen, das kann ich unter keinen Umständen annehmen –«

»Macht rein gar nichts, gnädige Frau. Wir waren ohnedies schon fertig, nicht wahr, Schwester?«

»Ich hätte diese Reise nicht unternehmen sollen, mein Arzt war sehr dagegen. Aber mein Sohn kommt aus dem Feld, und ich habe ihn seit zwei Jahren nicht gesehen, wir Mütter sind nun einmal törichte Kreaturen – oh, vielen, vielen Dank, das ist wirklich zu freundlich, tausend Dank!« Und damit nahm Mrs. Ambros von dem Stuhl Besitz und pflanzte ihre Handtasche wie eine Standarte auf dem Tisch auf. »Und nun«, sagte sie zufrieden, »wenn jemand so gut sein könnte, meine Tochter zu finden –«

Die Aufregung ebbte ab, die beiden Verwundeten, die Mrs. Ambros ihren Tisch überlassen hatten, zogen sich in den Salonwagen zurück, und einige Minuten später erschien auch Miss Ambros, der nicht ohne einiges Murren Platz gemacht worden war. »Was heißt denn das, hier drängelt sich keiner vor« – » … lass sie doch durch, das ist die Tochter von der kranken alten Dame« – »… na schön, Fräulein, aber nächstens bleiben Sie bei Ihrer Mutter, die braucht Pflege …« Als Mutter und Tochter ihr Abendessen beendet hatten, standen die anderen noch immer Schlange. Während der Mahlzeit hatten die beiden kein Wort gewechselt, obwohl Joy ihre Stiefmutter mit tadelloser Höflichkeit bediente, ihr Wasser einschenkte, das Brot reichte, Zucker und Milch in den Tee tat und schließlich die Rechnung bezahlte. »Gestattest du, dass ich rauche?«, fragte sie zuletzt, und erst als die alte Dame genickt hatte, holte sie ein Zigarettenetui aus ihrer Manteltasche und ließ es aufspringen. Es war eine goldene Herrentabatiere, groß, massiv und altmodisch, an der Innenseite waren eine kleine Krone und ein paar Worte in einer fliegenden Handschrift eingraviert. Die Blicke der beiden Frauen kreuzten sich über diesem unmodernen und verwunderlichen Gegenstand wie die Florette zweier Fechter im Grand Salut.

»Die müsstest du eigentlich deinem Bruder als Willkommensgeschenk geben, mein Kind«, sagte Mrs. Ambros. »Von Rechts wegen gehört sie ihm. Schließlich war es Papas Tabatiere.«

»Eben. Darum behalte ich sie –«, entgegnete Joy. Sie ließ die Zigarettendose zuschnappen, zündete sich eine Zigarette an und zog den Rauch tief in die Lunge. »Wollen wir den anderen Platz machen, Mutter, und in den Salonwagen gehen?«

Es war einer der alten Aussichtswagen, die eine besorgte Eisenbahnverwaltung wieder in Dienst gestellt hatte, nachdem sie noch schnell um eine Bar und ein paar Chrombeschläge bereichert worden waren. Die Luft war rauchgeladen, und alle Plätze waren besetzt. Doch als Mrs. Ambros am Eingang zögerte – ein zerbrechliches Meißner Porzellanfigürchen, das keineswegs in diese männliche Umgebung passte –, erhob sich Major Ryerson am anderen Ende und bot ihr seinen Sitz an, neben einem behäbigen älteren Herrn, der in seine Zeitung vertieft schien. »Bitte, wollen Sie sich nicht hierher setzen, Mrs. Ambros? Sie kennen meinen Freund, nicht wahr? George Watts?« Der Rechtsanwalt blickte von seiner Zeitung auf, er hatte den wachsamen Ausdruck und die faltigen Hängebacken einer alten Bulldogge. »Aber selbstverständlich kennen wir uns – wer in San Francisco kennt unseren guten George nicht? Wir haben im Roten Kreuz miteinander gearbeitet und in allen möglichen anderen Wohltätigkeitskomitees, nicht wahr? Ich weiß wirklich nicht, was wir manchmal ohne George angefangen hätten. Was für Tricks der Mann weiß, wenn es sich darum handelt, Geld für einen guten Zweck aufzubringen –«

»Zu gütig, Ann – aber du müsstest jetzt schon wissen, dass ich auf Komplimente sauer reagiere«, sagte Watts, erhob sich schwerfällig und nahm Joys Hände in die seinen. »Hallo, Joy, es tut immer gut, dich zu sehen. Du kennst Tom – Major Ryerson?«

»Nur indirekt: Ich las ein paar Ihrer Artikel«, sagte Joy, und es klang, als hielte sie nicht viel von diesen Artikeln. Ryerson lächelte ihr zu, als wäre er ganz ihrer Meinung. Er war groß und schlank, mit weißem Haar und ein paar scharf gekerbten Falten im Gesicht, aber er war kein alter Mann. Vielleicht ist er ein junger Mann gewesen, ehe er Hiroshima gesehen und Artikel darüber geschrieben hat, dachte Joy flüchtig. Der Zug legte sich in eine Kurve, und der Wagen kam ins Schleudern. Mrs. Ambros, nach einem Halt suchend, klammerte sich an Watts' Rockaufschläge, als seien es Haltegriffe. Sie lächelte zu ihm auf, und er sah zu ihr herunter, so wie Männer von jeher auf ihre Kleinheit und Zartheit hinuntergeschaut hatten und sich gewöhnlich dabei größer, kraftvoller und männlicher fühlten, als sie in Wirklichkeit waren. »Du bist noch immer die Gleiche, wie, Ann?«, sagte er, seine Bulldoggenfalten in ein künstliches Lächeln ordnend. Mrs. Ambros blieb noch einen Augenblick gegen seinen massiven Körper gelehnt, und dann ließ sie die Hände sinken und löste sich von ihm. »Das nehme ich als großes Kompliment – besonders von dir, George«, sagte sie halblaut.

Joy stand daneben, einen sonderbar horchenden und doch abwesenden Ausdruck in ihrem kräftigen Gesicht. Sie nahm noch einen Zug aus ihrer Zigarette und drückte sie dann heftig in einem der Chromaschenständer aus. »Bitte, setzen Sie sich doch.«

»Nein, ich würde nicht im Traum daran denken, Ihnen Ihren Platz wegzunehmen«, sagte Mrs. Ambros mit ihrem besten Lächeln. »Die Reise wird viel angenehmer werden, als ich zuerst dachte, nun, da ich weiß, dass Sie beide im Zug sind. Morgen dürfen Sie mich wieder einmal im Rommé schlagen, Major, so wie wir das im Lazarett gewohnt waren! Komm, mein Kind, wir wollen uns für ein paar Minuten auf die Aussichtsplattform setzen – wenn's dir nicht zu kalt ist draußen; hier drin kann man ja kaum atmen, oh, bitte, George, könntest du die Tür für mich aufmachen, sie ist so schwer – danke, danke vielmals – und auf Wiedersehen später.«

Ryerson schloss die Tür hinter den beiden Damen. »Ist sie nicht bezaubernd?«, fragte er. »Wirklich, ein ganz besonders reizvolles Geschöpf.«

»Mein lieber Tom, wenn Sie den großen Roman schreiben wollen, dann würde ich Ihnen eine exaktere Auswahl Ihrer Adjektive empfehlen. Joy ist viel mehr als bloß reizvoll.«

»Joy? Ach so – die Tochter! Aber wer spricht denn von ihr? Ich meine die Mutter. Sie hat so etwas – wie soll ich es nennen –, einen zeitlosen Reiz, etwas, das unseren jungen Mädchen von heute verloren ging. Würde es Ihnen auf die Nerven gehen, wenn ich den völlig überholten Ausdruck ›Grazie‹ anwende?«

»Herrgott, Tommy, wir leben nicht gerade in einer liebreizenden und graziösen Zeit, oder ist Ihnen das noch nicht aufgefallen?«

»Doch, doch, und mit unseren jungen Mädels mittendrin im Boxring. Sie sind verflucht selbstständig und gerissen und tüchtig geworden, unsere Mädels, wenn Sie meine Meinung wissen wollen. Das macht sie eckig und kantig und brüchig und eigensinnig, und zum Schluss kriegen sie ihren Nervenzusammenbruch und brauchen den Psychoanalytiker, fünfundzwanzig Dollar pro Sitzung«, sagte Ryerson, der gerade seine Scheidung hinter sich hatte und noch sehr empfindlich war.

»Könnten wir nicht Corinne ein bisschen aus dem Spiel lassen?«, schlug Watts vor; er war Ryersons Scheidungsanwalt gewesen und hatte die ganze unangenehme Sache in Ordnung gebracht. »Und die Atombombe auch, wenn Ihnen das möglich ist, Tommy. Ich bin auf Urlaub, wissen Sie?«

»Ich sprach ja nur von Mrs. Ambros; man muss sie einfach gernhaben. Eine alte Dame, gewiss, aber sehr weiblich, aus einem feineren Stoff geschneidert oder was es ist. Man möchte sie immer beschützen und verwöhnen. Noch an ihrem hundertsten Geburtstag wird sie wissen, dass sie vor allem eine Frau ist – und eine reizende Frau. Die junge Generation hält sich nicht so gut, sie nutzt sich zu schnell ab.«

»Der jungen Generation ist der Boden unter den Füßen weggerutscht, und die jungen Leute sind verdammt hart hingeplumpst;

der Grund wackelt noch immer unter ihnen, und möglicherweise haben diese Mädels etwas Wichtigeres zu tun, als sich drum zu kümmern, ob sie weiblich, graziös und reizvoll sind oder nicht.«

»Der Grund unter uns hat immer gewackelt, und die junge Generation gebraucht eine Menge Ausreden. Soviel ich hörte, ist Mrs. Ambros auch nicht auf Rosen gebettet gewesen, und trotzdem –«

»Sie halten sich wohl für einen weisen alten Mann, bloß weil Sie mit dreiundvierzig schon weiße Haare haben, Tom. Wo haben Sie Mrs. Ambros übrigens kennengelernt?«

»Im Lazarett. Sie kam regelmäßig, um unsere Briefe zu schreiben und uns vorzulesen und uns die Zeit zu vertreiben.«

»Aha. Sie haben sie mit einem Heiligenschein gesehen, und ich kenne sie ohne. Das ist der Unterschied.«

»Sie kennen Mrs. Ambros gut?«

»Ziemlich gut – und ziemlich lange. Wir waren so etwas wie Nachbarn in meiner Kindheit; die Familie Ballard hatte ein kleines Sommerhäuschen in Belvedere – das ist eine hübsche Halbinsel am entgegengesetzten Ufer der Bay – ich weiß nicht, ob Sie jemals dort waren –, und mein Vater bewirtschaftete den Gasthof in dem kleinen Fischerdorf Tiburon.«

»Jetzt geht mir ein Licht auf, George. Sie waren in sie verliebt, aber sie hat einen anderen geheiratet.«

Diese Idee schien den alten Rechtsanwalt überaus herzlich zu amüsieren. »Das wäre sogar für einen Groschenroman zu schwach, Tommy, mein Junge. Machen Sie sich gütigst klar, dass Ann eine verheiratete Frau war, als ich meine ersten langen Hosen kriegte.«

»Nein, ich lass mir's nicht nehmen, irgendetwas war los zwischen Ihnen, ich habe eine ziemlich gute Witterung für so was. Wie die alte Dame Sie angeschaut hat – ich könnte schwören, Sie liegen ihr noch im Sinn, George.«

»Du großer Gott, da sind Sie aber auf dem Holzweg. Ann hasst mich wie die Pest, und Sie haben eine niederträchtige Fantasie, mein Guter. Das Etwas zwischen uns besteht darin, dass ich als Rechtsvertreter der Versicherungsgesellschaft Anns Ansprüche untersuchen musste, sooft sie in der Tinte saß – was mehr als ein Mal passierte. Sie hat's mir nie verziehen, dass ich beruflicherweise meine Nase in ihre Privatangelegenheiten stecken musste; übrigens behaupten ja die Psychologen, dass Leute, die immer wieder in eine ähnliche Patsche geraten, einfach von ihrem Unterbewusstsein dorthin dirigiert werden.«

»Mag sein. Trotzdem möchte ich bezweifeln, dass Mrs. Ambros' Unterbewusstsein das große San-Francisco-Erdbeben hervorgerufen hat. Man hat mir erzählt, wie diese kleine, schwache Frau ihre Tochter aus dem brennenden Haus rettete.«

»Ja, die Geschichte kenne ich auch; ich wusste nicht, dass Sie, Tom, unsere einheimischen Sagen und Legenden studieren. Übrigens ist Joy nicht Anns Tochter, sondern eigentlich ihre Nichte. Wieso? Nun, Joys richtige Mutter war das andere Ballard-Mädel, Anns Schwester Maud. Arme Maud – sie stand mir sehr nahe. Als sie starb – viel zu jung, kaum dreißig –, übernahm Ann den ganzen Haushalt mit Sack und Pack: das Haus, das Kind und den Mann. Den berühmten Florian Ambros mit seiner berühmten Geige – aber das sind alte Geschichten.«

»Man hat mir davon erzählt. Er war ein Säufer, dieser Ambros, nicht wahr?«

»Aber nein, das war ihr erster Mann, Clyde Hopper. Kein schlechter Kerl, im Grunde, aber er trank zu viel, das stimmt. Tja, mein Lieber, wenn Sie Mrs. Ambros jetzt noch bezaubernd finden, na, da hätten Sie sie erst als trauernde junge Witwe sehen sollen! Ambros war ganz was anderes, der nippte höchstens ein bisschen feinen alten Sherry oder französischen Champagner. Ein merkwürdiger Bursche, Europäer, Künstler, hat nie so recht in unser Städtchen gepasst, so viel er auch versuchte, sich umzustellen, und so sehr wir auch mit unserer Weltoffenheit protzten. Nun, zuerst brannte ihnen das Haus ab, dann starb Ambros ganz plötzlich – ja, recht plötzlich –, und ein Jahr später verlor Ann an der Börse seine Lebensversicherung bis auf den letzten Cent. Das Einzige, was ihr aus dieser zweiten Ehe übrig blieb, ist Joy. Glauben Sie mir, Tommy, das ist ein großartiges Geschöpf. Sie können Ann Ambros haben, mit all ihrer Grazie und Weiblichkeit, ich nehme Mauds Tochter.«

»Sieht Miss Ambros ihrer Mutter ähnlich?«

»Nicht äußerlich; sie ist mehr das Kind ihres Vaters – aber sie ist so selbstlos wie Maud. Ich hatte Maud sehr lieb –«

»Was bleibt einem reizlosen Wesen wie dieser Miss Ambros übrig als Selbstlosigkeit?«

»Gehen Sie mal schnell von Ihrer Lautstärke herunter, denn Joy kommt. Und wenn Sie gelegentlich nichts Besseres zu tun haben, dann schauen Sie sich das Mädel einmal genauer an. Wenn Sie das reizlos nennen – hallo, Joy, wo brennt's?«

»Oh, hallo, Sie sind noch hier?«, sagte Joy geistesabwesend, aber sie blieb stehen und drehte eine kalte Zigarette zwischen den Fingern. Als sie sich über das brennende Zündholz beugte, das Ryerson ihr anbot, schaute er sie, wie empfohlen, genauer an. Nein, dachte er, sie ist tatsächlich nicht uninteressant, aber reizvoll ebenso wenig. Es war nicht die warme Lebendigkeit einer Frau, sondern die steinerne Schönheit einer Marmorstatue; ihre Züge waren zu ausgeprägt, die Stirn zu hoch, die Augenbrauen zu schwer, eine Schönheit, die in ihrer Strenge alles Hübschsein ausschloss.

»Ich will nur Mutters Pelzmantel aus unserem Abteil holen; da draußen auf der Plattform ist es bitterkalt.«

»Das ist aber auch kein Platz für Ihre Mutter. Sie kann sich den Tod holen.«

»Sie kennen sie ja; sie kann's nie in einem Zug aushalten. Sie bringt es fertig, sich in einen Anfall von Platzangst hineinzusteigern.«

»Wohin fahrt ihr denn? New York?«

»Zuerst, und dann weiter nach Boston. Der Truppentransport meines Bruders soll nächsten Montag dort ausgeschifft werden. Hoffentlich –«, sagte sie, und ein neuer Ausdruck, ein Leuchten eher als ein Lächeln, trat in ihren Blick.

»Gut, ausgezeichnet. Kein Wunder, dass deine Mutter zapplig wird. Und Susan – die junge Frau Ambros? Ist sie nicht mitgekommen?«

»Susan? Nein, sie musste bei den Kindern bleiben. Sie wissen ja, wie das jetzt ist mit den Dienstboten – sie hat nur eine Putzfrau, und noch dazu hat die kleine Maxine vor einer Woche die Masern erwischt. Nein – Susan wird nicht da sein zum Empfang, nur Mutter.«

»Und Sie, Joy. Ich bin sicher, das ist wichtiger für Charles als all der Tamtam, mit dem unsere Jungens begrüßt werden.«

»Ich? Ach – ich bin nur seine Schwester –«, sagte Joy; ihr Blick wanderte davon, zum Fenster und hinaus in den Abend, wo ein paar vereinzelte Lichter vorbeiglitten. Einen Moment lang spürte Major Ryerson ein unbestimmtes Mitleid mit ihr; er schaute ihr durch den Rauch seiner Pfeife nach, als sie davonging.

»Können Sie mir vielleicht verraten, warum man gerade dieses Geschöpf Joy nannte? Joy – gioia – Freude? Sie kann ja nicht einmal ein Lächeln zustande bringen«, sagte er nachdenklich. Es war ihm plötzlich eingefallen, weshalb sie ihn an eine übergroße Marmorfigur erinnerte. Michelangelos *Nacht* in der Medici-Kapelle in Florenz. Ja, da war die Ähnlichkeit.

»Nicht wahr? Eltern tun ihren Kindern abscheuliche Dinge an, Tom, und auf der Nordseite wachsen bekanntlich keine süßen Orangen«, sagte der Rechtsanwalt. »Aber glauben Sie mir, Tommy, mein Junge, sogar Joy war einmal ein dickes, lachendes kleines Kind –«

Kurz vor zehn Uhr war Ryerson in den engen Gang vor dem Abteil, das er mit dem Rechtsanwalt teilte, hinausgetreten, um eine letzte Pfeife zu rauchen, bevor er zu Bett ging. Er stand so da, mit der Bewegung des Zuges pendelnd, und versuchte, an nichts zu denken, als er in die Nachtschwärze hinausstarrte, wo nichts zu sehen war. Ein kleines Knistern und ein Hauch von Lavendel weckten ihn auf. Mrs. Ambros erschien; sie war in einen bestickten chinesischen Mantel gehüllt, in dessen weiten Ärmeln sie ihre kleinen Hände barg wie in einem Muff. »Oh, Mrs. Ambros – können Sie auch nicht schlafen?«

»Ich versuche es nicht einmal, denn für mich hat das ja gar keinen Zweck. Auf der Eisenbahn kann ich kein Auge schließen, von jeher schon. Diese scheußlichen, überfüllten Schlafwagen machen mir Angst, wahrhaftig, da gibt's nichts zu lachen. Und es vibriert so stark, davon kriege ich meine Kopfschmerzen. (Sie erwähnte ihre Kopfschmerzen so, als wären sie ihr ganz spezielles und privates Eigentum. Meine Kopfschmerzen. Mein Nerzmantel. Meine Tochter. In vergangenen Zeiten hatte sie mit der gleichen Betonung gesagt: mein Mann). Lieber stehe ich die ganze Nacht im Gang, als mich hinter diese schrecklichen grünen Vorhänge zu legen. Ich weiß, es ist töricht und lächerlich – aber so wie ich in eine dieser Kojen krieche, kommt es mir vor, als sei sie ein Sarg, und ich liege im Sarg, und man wird mich lebendig begraben – ich kann nicht atmen, ich sterbe tausend Tode –, es ist ein Albdruck, aber ich erlebe ihn, während ich hellwach bin.«

Eine schmale Hand schlüpfte aus dem weiten Ärmel und wanderte zu ihrer Kehle, es erinnerte Ryerson an die winzige flaumige weiße Maus, die er als Kind besessen hatte.

»Und die Dinge, die man in so einem Schlafwagen zu sehen bekommt«, fuhr sie fort, »ich bin wahrhaftig nicht prüde – und Sie brauchen deshalb gar nicht zu lächeln, Major –, also gut, Sie mögen mich zimperlich nennen, aber mir wird einfach ein bisschen übel, wenn ich dem Anblick von Dutzenden von behaarten Soldatenbeinen und unrasierten Gesichtern ausgesetzt bin –«

»Warum haben Sie kein privates Abteil genommen, Mrs. Ambros? Die sind viel bequemer.«

»Mein bester Major Ryerson, Sie vergessen, dass ich nicht zu den einflussreichen Personen gehöre. Private Abteile sind für den Offiziersstab reserviert – ach, du lieber Gott, damit meine ich nicht Sie, bestimmt nicht, Major, und ich beschwere mich ja auch gar nicht. Es ist nur recht und billig, dass Menschen wie Sie, die den Krieg für uns gewonnen haben, solch kleine Vorrechte haben, aber natürlich, für uns arme Zivilisten kommt solcher Luxus gar nicht infrage.«

Was blieb Ryerson übrig, als Mrs. Ambros das Abteil, das er mit Watts teilte, anzubieten? Der Rechtsanwalt, schon ausgekleidet und in einen Detektivroman vertieft, war über Ryersons impulsive Ritterlichkeit nicht sehr erfreut, aber er machte gute Miene dazu, rief nach dem Schaffner, ordnete den Austausch an, und die Übersiedlung wurde vorgenommen, nicht ohne einige Unruhe im allgemeinen Schlafwagen zu erzeugen. Es war eine von Mrs. Ambros' Eigenheiten, dass sie – so still, so bescheiden, so liebenswürdig und gewinnend sie war – häufig zum Mittelpunkt von solchen kleinen Unruhen, Zwischenfällen und Ansammlungen wurde. Aufgestörte Gesichter erschienen hinter den grünen Gardinen, die Zwillinge wachten auf und begannen zu quaken, und es gab ein großes Hin und Her, Flüstern, Murren, Gezerre von Gepäck, Scharren von Koffern und Reisetaschen. Mr. Watts, schon in Schlafrock und Hausschuhen, stand mit mürrischer Bulldoggenmiene dabei, und Ryerson tat es beinahe leid, dass er sich zur Ursache der ganzen Aufregung gemacht hatte. Joy, noch adrett in ihrem braunen Jackenkleid, half schweigend beim Tragen, Schleppen und Übersiedeln und sagte zum Schluss nichts als ein kühles »Danke und gute Nacht« zu den beiden Opfern von Ryersons Gutmütigkeit, während Mrs. Ambros in ihrer hilflosen Art nur wiederholen konnte, dass es zu viel sei, wahrhaftig zu viel, und dass sie sich nie vergeben könne, ihre Unbequemlichkeit erwähnt zu haben, alte Närrin, die sie war. Aber zuletzt war alles bewerkstelligt, die Damen Ambros waren in dem Salonabteil installiert, und die beiden Herren wanderten mit ihren Aktentaschen in den großen Schlafwagen.

»Sehen Sie, was ich meine? Ihre bezaubernde alte Dame hat uns einfach ausgenutzt«, sagte Watts. Er war ein schwerfälliger Mann, und es bedurfte allerhand Künste, bis er sich in der engen Klappe aus seiner Unterwäsche geschält hatte. Aber als Ryerson das Leiterchen zu seinem Oberbett hinaufkletterte, hörte er seinen Freund unten in sich hineinlachen. »Was ist denn so komisch?«, fragte er.

»Oh, nichts Besonderes eigentlich. Mir fiel nur gerade eine Warnungstafel ein, die ich einmal in England sah. Waren Sie einmal in Bushy Park, nein? Zwischen Richmond und Hampton Court? Da war doch diese Tafel im Wildpark, und wissen Sie, was in mannshohen Buchstaben darauf stand? *Vor Rehen wird gewarnt!* Jawohl, das stand auf der Tafel. Da waren diese anmutigen, scheuen Tiere mit den langen, sanften Walt-Disney-Wimpern; und da war diese Tafel, die es mannshoch in die Gegend schrie: *Vor Rehen wird gewarnt! Das Publikum wird hiermit gewarnt, dass es zu allen Zeiten gefährlich ist, sich den Tieren zu nähern! Die Gefahr ist besonders groß während der Brunstzeit* – na, und so weiter. Sooft ich Ann Ambros begegne, fällt mir diese Warnungstafel ein. Also gute Nacht, und schlafen Sie wohl da oben, Sie Ritter ohne Furcht und Tadel«, sagte George Watts und zog seine Gardinen zu.

Joy Ambros lag im oberen Bett des Privatabteils und konnte nicht einschlafen. Sie hatte ein Schlafpulver genommen und war davon ein wenig benommen, aber sie konnte nicht einschlafen. »Vorsicht mit Schlafmitteln, so was wird leicht zur Gewohnheit«, hatte Dr. Bryant sie gewarnt; zuerst hatte sie nicht verstanden, was hinter diesem Wort lag, aber nun wusste sie es. Zuerst verließ man sich auf die brave kleine Kapsel, die am Denken hinderte, wenn es zu schmerzhaft wurde, und man war dankbar für das warme, weiche Vergessen, in das man gehüllt wurde; und etwas später gab sie noch immer Beruhigung und Schlaf, wenn auch nur für ein paar kurze und immer kürzere Stunden. Bald wachte man auf, viel zu früh, vor Tagesanbruch, und dann lag man da, mit heißen, weit offenen Augen, und dachte, wie alles hätte sein können, wenn – und wenn nicht ... Und dann musste man bemerken, dass ein Pulver nicht mehr wirkte, und man nahm zwei, und nach einer Weile verloren auch die ihre magische Kraft. Und dann mochte man sich wohl an das kleine Medizinfläschchen erinnern, das man an einem gewissen Morgen auf Papas Nachttisch, neben der offenen Zigarettendose, gefunden hatte, und dann kämpfte man seinen einsamen Kampf und sammelte seinen ganzen Willen, man warf den Rest der Schlafpulver fort und nahm die Qual der langen wachen Nächte auf sich.

Im Dunkeln marschierten die Kolonnen all der Wenn-und-Wenn-nicht eines versäumten Lebens auf sie zu, eine Phalanx nach der anderen, all die Schmetterlinge, die sie nicht gefangen, all die Bilder, die sie nicht gemalt hatte, all das Leben, das ungelebt geblieben war …

Heute Nacht nun, als sie nicht schlafen konnte, ging es um Charley und Susan und die Kinder – den vierjährigen Florian und Maxine, die fast sechs war –, und es musste etwas getan werden, um sie zu retten, und es lag an ihr, es zu tun. Freilich, es gab einen leichten Ausweg, denn Dr. Bryant hatte das Rezept erneuert, und da war das Fläschchen mit den kleinen Kapseln, man brauchte bloß die Hintertür zu öffnen und sich davonzuschleichen, und alle Qual war vorbei. Joy hielt den Atem an und horchte ins Dunkle. Mutter atmete tief und gleichmäßig im unteren Bett. Der winzige Kreis der blauen Nachtlampe streute ein wenig schwimmende Helligkeit aus. Wenn ich wenigstens das Licht andrehen und ein wenig lesen könnte, dachte Joy, es würde helfen; aber sie wusste, dass das nicht möglich war. Mutters Schlaf durfte nicht gestört, die Lampe konnte nicht angedreht werden, und Joy stieg wieder hinab in das Inferno, das auf dem Grund der Schlaflosigkeit auf sie wartete.

Charley und Susan und die Kinder, das kleine Haus, von Charley selbst entworfen, das Kinderzimmer, das Susan ausgemalt, die lustigen Tiere, die sie für die Kleinen gemacht hatte, das Wohnzimmer, dessen gelbe Wände sogar an Regentagen die Sonne scheinen ließen, die Blumenbeete im winzigen Garten, die von Susan verfassten Kinderbücher und Wiegenlieder. Liebe, fröhliche, kluge Susan! Nein, dachte Joy, zum tausendsten Mal, es darf ihnen nichts geschehen, ich werde es nicht zulassen. Zwei Tage zuvor war sie auf ein Kinderbild Charleys gestoßen, und plötzlich, ganz klar, hatte sie sich des verbogenen Körbchens erinnert, das der Vierjährige mit seinen klebrigen, ungeschickten Fingerchen als ein Geschenk zu ihrem zwölften

Geburtstag fabriziert hatte. Überwältigt von all den freundlichen Erinnerungen, lächelte sie in die zerfließende blaue Dämmerung des Abteils und konnte beinahe einschlafen und verschob beinahe noch einmal die Entscheidung, die von ihr verlangt wurde.

Und dann hielt der Zug in irgendeiner namenlosen Station, es gab zwei heftige Stöße, und Mrs. Ambros da drunten in ihrem Bett bewegte sich, erwachte und drehte das Licht an.

»Joy? Schläfst du, Joy?« –

»Nein, nicht richtig – Mutter.«

»Es ist unerträglich hier drinnen, nicht? Man erstickt ja. Und die Hitze – oder vielleicht ist es mein Blutdruck. Ich habe kein Auge geschlossen.«

»Möchtest du etwas einnehmen? Ein kleines Schlafpulver?«

»Du lieber Himmel, nein. Du weißt ja, was ich von solchem Zeug halte.«

Mit erneutem Stoßen und Rütteln setzte der Zug sich wieder in Bewegung. Die Hauptstraße der unbekannten kleinen Stadt blieb dahinten zurück, die nachtbleiche Station, ein paar Laternen, ein paar Autos, die dort schliefen.

»Joy?«

»Ja, Mutter?«

»Wenn's nicht zu viel Mühe macht – ich hätte gern einen Schluck Wasser.«

Joy kletterte hinunter, fand die Flasche und füllte ein Glas mit der abgestandenen Flüssigkeit. Sie zog den Vorhang zu, und der enge Raum schloss sich noch dichter um sie. »Nicht, mein Kind, ich kann ohnedies nicht atmen. Hier, fühl einmal mein Herz. Wie eine Trommel. Wäre es nicht schrecklich, wenn ich auf der Reise einen Anfall bekäme?«

»Das passiert nicht, Mutter, bestimmt nicht«, sagte Joy und kletterte in ihr Bett zurück.

Unten wurde die Lampe nach einer kleinen Weile abgedreht. »Es tut mir ja so leid, dass ich dir so zur Last falle«, flüsterte das untere

Bett kläglich. »Es macht mir nichts aus, im Dunkeln zu liegen – ich möchte, dass du schläfst, wenn ich's schon nicht kann.«

Etwas später schob, knisterte und tappte es da unten, und Joy knipste das Licht an. Schwankend, denn der Zug fuhr schnell, stand Mutter da, sie hatte sich aus ihrem Nachthemd geschält und war im Begriff, sich ganz anzukleiden.

»Was gibt's jetzt wieder, Mutter?«

»Ich kann's nicht mehr aushalten. Wenn ich noch länger hier drinnen bleibe, ist es mein Tod. Mach dir nichts draus, mein Kind. Ich gehe in den Aussichtswagen und schnappe ein bisschen frische Luft.«

Joy verließ ihr Bett und war ihr beim Anziehen von Strümpfen, Schuhen und seidenem Unterkleid behilflich. Das war eine ihrer Pflichten, und es widerte sie von Tag zu Tag mehr an, den Körper ihrer Stiefmutter zu berühren. Nicht etwa um ihres welken Alters willen, sondern gerade weil diese Haut noch immer zarter und weißer war als ihre eigene, die Beine noch immer schlank, mit feinen Fesseln, die Arme noch immer wie die eines jungen Mädchens. Nichts von unappetitlichen Alterssymptomen bei Mrs. Ambros. Ihr Haar wuchs rasch und dicht, alle ihre Zähne waren gesund und komplett, und ihre Verdauung war ausgezeichnet. Sie hatte Veilchensachets in ihrem Wäscheschrank und Lavendelsalz in ihrem Bad; und selbst für diesen nächtlichen kleinen Ausflug puderte sie ihr Gesicht und tupfte ein wenig Rouge auf die Wangen. Joy hüllte sie in den Nerzmantel, zog rasch den Sportmantel über ihren Pyjama und nahm die alte Reisedecke über den Arm. »Fertig?«, fragte sie.

»Du brauchst wirklich nicht mitzukommen, mein Kind, wirklich nicht, wenn du keine Lust hast. Der Schaffner könnte mir ja vielleicht behilflich sein …«

Sie wussten beide, dass das nur eine Redensart war. Joy öffnete ihrer Mutter die Tür und steuerte sie durch den schlafenden Zug. Erst jetzt konnte sie die Dumpfheit spüren, mit der das Schlafpulver ihr Gehirn umhüllte und allen Dingen eine sonderbare Unwirklichkeit verlieh. Der Zug schwankte dahin, den immer gleichen Rhythmus durch die Nacht trommelnd, den immer gleichen heiseren, lang gezogenen Schrei der Dampfpfeife ins Dunkel stoßend. Sie wanderten durch einen Wagen nach dem anderen, alle schliefen, träumten. Es war eine atmende Polyphonie, durch die sie wanderten, und bald schien es Joy, als kreuzten sie immer denselben Wagen, so wie man in bösen Träumen stets wieder in die gleiche Straße zurückkommt. Immer wieder warf sie ihr Gewicht gegen die immer gleiche schwere Tür, wartete auf Mutter, leitete sie durch die immer gleiche rüttelnde Verbindung in den nächsten Wagen. Warf sich gegen die nächste Tür und die nächste, sog vorsichtig die abgestandene, tote Luft der schlafenden Wagen ein, durchschritt das darmartige Ende des Korridors an der Reihe der Privatabteile entlang, las die immer gleichen Ankündigungen: Im Interesse derjenigen, die schlafen wollen, wird um Ruhe gebeten. Speisewagen in der entgegengesetzten Richtung. Für Damen. Für Herren.

Schließlich erreichten sie den Salonwagen, der viel zu hell und wach erschien nach der schlaftrunkenen Wanderung. Es gab noch ein paar Kartenspieler, die zwei Schaffner tranken Bier, die ältliche Krankenschwester schrieb einen Brief, und der Barmixer sah den beiden jungen Offizieren bei einer Schachpartie zu. Alle blickten auf, als Joy und ihre Mutter eintraten, und Mrs. Ambros lächelte ihr bestes liebenswürdig-entschuldigendes Lächeln. »Wir beide sind doch richtige Nachtvögel«, sagte sie vergnügt, »es ist wirklich eine Schande – aber Sie werden das sicher verstehen«, wandte sie sich an die Schwester, »ich konnte es da drinnen einfach nicht länger aushalten. Hoffentlich tut mir die frische Luft gut.«

Die Schwester schaute sich flüchtig um, sagte »Gewiss« und kehrte zu ihrem Brief zurück. Joy öffnete die Tür zu der kleinen Aussichtsplattform. Die Nachtluft schlug ihr ins Gesicht wie eine sehr kalte Hand, peitschte gegen ihre Beine und zerrte an ihren Pyjamahosen. Außerdem weckte diese kalte Luft sie auf und riss sie aus der schwebenden Unwirklichkeit, in der sie dahingewandert war; jetzt erst bedauerte sie, sich nicht völlig angekleidet zu haben. Aber in Gesellschaft ihrer Mutter hatte sie oft das Gefühl, unsichtbar zu sein, und das war einer der Gründe, weshalb sie sich nicht viel um ihr Äußeres kümmerte.

»Na also, hier ist es besser, oder nicht, mein Kind?«, bemerkte Mrs. Ambros und ließ sich auf einem der beiden engen Bänkchen nieder. Joy setzte sich instinktiv auf die andere Bank, sodass die Tür zum Inneren des Wagens zwischen ihnen lag. Obwohl die Stimme des nächtlichen Zuges hier draußen viel lauter zu hören war, schien es doch stiller als drinnen. Die Nacht war schwarz und tief, ein schmales Mondrestchen lief eilig durch dünne, zerrissene Wolken. Die Gardinen an der Innenseite der Tür waren geschlossen, sie verbargen die helle Welt da drinnen vor der Nacht. Aber nach einer halben Minute hatten Joys Augen sich an die Dunkelheit gewöhnt, und sie konnte sehen, wie die Schienen unter dem Zug hinwegglitten und in dem feinen Nebel verschwanden, der zwischen den niedrigen Hügeln lagerte. Der Widerschein des Schlusslichts hämmerte rote und grüne Funken aus den Stahlschlangen der Schienen, und ab und zu standen andere Lichter, rote und weiße Signale, wie wachsame Zwerge am Wege.

»Joy, hast du die Reisedecke mitgebracht? Ich kriege kalte Füße.«

»Jawohl, Mutter«, sagte Joy, und niederkniend wickelte sie die Decke um die Beine der alten Dame, die gütig auf sie hinunterlächelte. Es roch nach Mottenkugeln und nach dem muffigen Koffer, worin die alte Decke zwischen Reisen zu schlafen pflegte.

»Manchmal erinnerst du mich sehr an deinen Vater; er wickelte mich auch immer in die Decke, wenn ich mich auf unseren Überfahrten elend fühlte. Weißt du, wie oft ich mit deinem Vater den Atlantik überquert habe?«, sagte Mrs. Ambros. Joy wusste es, aber sie ließ sie weiterreden. »Was für ein ruheloser Mensch er war! Und ich bedauernswertes Geschöpf, immer auf Tournee mit ihm, von einem Hotel zum anderen, ich konnte mich nie daran gewöhnen. Du kannst mir's glauben, als Frau eines berühmten Mannes ist man nicht immer auf Rosen gebettet. Aber trotz allem hat es mir gefallen.«

Joy nahm ihren Platz auf der anderen Seite der Tür wieder ein und verschränkte die Hände hinter dem Rücken, auch dies eine Gebärde, die sie von ihrem Vater ererbt hatte.

»Was ist mit dir los, mein Kind? Warum redest du kein Wort? Das ist nicht sehr unterhaltend. Nun erzähl du mir zur Abwechslung einmal was.«

»Was soll ich dir erzählen, Mutter? Ich weiß nichts, was du nicht wüsstest.«

»Du hast dich gestern am Telefon von Susan verabschiedet – ich habe euch gehört.«

»Nun, und was weiter? Du hast uns gehört?«

»War sie – ich meine – klang es ein bisschen – du weißt schon, was ich meine – schien sie mit etwas hinter dem Berg zu halten?«

Joy zuckte müde die Achseln. »Wenn du's genau wissen willst, sie war nicht besonders glücklich darüber, dass du Charley empfangen wirst anstatt ihrer«, sagte sie langsam, ihre Hände noch enger verschränkend, bis sie jeden harten, angespannten Knöchel fühlte.

Ein paar schlafende kleine Häuser glitten vorbei, der gläserne Käfig eines Stellwerks goss im Vorüberziehen sein Licht über die Schienen, drei schwere Lastwagen arbeiteten sich geduldig über die Steigung einer Landstraße, die unsichtbar neben dem Zug herlief; dann wieder Dunkelheit. Und dann tauchte der Bremser auf der Plattform auf, er öffnete das kleine Pförtchen in der Umgitterung und starrte im Licht seines Laternchens beinahe erschrocken die beiden Damen an, die er so unerwartet und so spätnachts da draußen entdeckte.

»Guten Abend, die Herrschaften, recht nette Nacht heute Nacht, nicht?«, sagte er immerhin freundlich. »Aber wird's den jungen Damen nicht so 'n bisschen kalt? Ich bin ja dran gewöhnt, aber die beiden Fräuleins …« Er hielt sie wohl für jung und hübsch, aber sobald er seine Laterne näher brachte und einen Blick in Joys abweisendes Gesicht tat, trat er den Rückzug an. »Nichts für ungut, Fräulein, die Geschmäcker sind verschieden, das sage ich meiner Alten auch immer.«

Joy versuchte, die Antwort ihrer Mutter nicht zu hören; da waren wieder einmal das schwache Herz, die Kopfschmerzen, die Unmöglichkeit, es eine Nacht im Coupé auszuhalten. Sie sah, wie der Mann das Geländer mit einem Bolzen oder Riegel sicherte. »Der Zug hat zweiundzwanzig Minuten Verspätung, aber wir werden's bald einholen«, sagte er. »Na, gute Nacht, die Damen, und dass Sie nicht zu lange hier draußen bleiben und sich einen Schnupfen holen.« Er öffnete die Tür zum erleuchteten Inneren des Wagens, und als er sie hinter sich geschlossen hatte, war die Nacht noch dunkler als zuvor. Joy löste ihre verkrampften Hände voneinander und holte ihre Zigarettendose und Streichhölzer aus der Manteltasche.

»Darf ich rauchen, Mutter?«

»Wenn's durchaus sein muss.«

Sie zog den Rauch ein, und der bittere Geschmack rann durch ihre Kehle wie eine stärkende Medizin. »Mutter«, sagte sie. Sie saß sehr steif und presste das Rückgrat, den Nacken, den Hinterkopf steil gegen das kalte Holz der Banklehne. »Hör zu, Mutter, diese Reise tut dir nicht gut. Morgen früh sind wir in Ogden. Lass uns dort umkehren und nach San Francisco zurückfahren.«

Falls dieser sonderbare Vorschlag Mrs. Ambros erschreckt haben sollte, ließ sie es sich nicht anmerken. »Das scheint mir keine sehr gute Idee zu sein, mein Kind«, erwiderte sie ruhig. »Ich habe mir vorgenommen, Charles zuerst zu sehen, und du solltest mich schon kennen: Wenn ich mir einmal etwas vornehme …«

»O ja, Mutter, ich kenne dich. Aber diesmal habe ich mir auch etwas vorgenommen.«

»Ich weiß, du meinst es gut mit deiner Sorge, dass die Reise meiner Gesundheit schaden könnte, aber ich habe es nie gescheut, Opfer zu bringen, das solltest gerade du besser wissen als alle anderen; und du weißt auch ganz genau, warum ich mit Charles sprechen muss, bevor er von anderen Leuten hört, was los ist. Er ist schließlich mein Sohn und …«

»Verdammt noch mal, du brauchst deine rührenden Redensarten

nicht an mich zu verschwenden! Wir wollen einmal den ganzen Schwindel beiseitelassen, Mutter. Ich kann es nicht zulassen, dass du nach Boston gehst, Punktum.«

Joy zitterte vor kaum unterdrückter Erregung, aber Mrs. Ambros behielt ihr Gleichgewicht. »Komm, komm, Joy, du darfst das böse Ambros-Temperament nicht mit dir durchgehen lassen; nimm dich zusammen.«

»Hör zu, Mutter, heute wollen wir einmal alle Verzierungen weglassen. Was ich sage, hat nichts mit meinen Nerven und meinem Temperament zu tun, und ich wiederhole – völlig kühl, aber endgültig –, dass ich nicht zuschauen werde, wie du Charles' Leben ruinierst, so wie du meines ruiniert hast, meins und das Leben von jedem, der dir je in die Nähe gekommen ist. Du hast genug Schaden angerichtet, und ich lasse dich nicht Charles' Ehe in Stücke schlagen. Morgen früh steigst du aus diesem Zug aus, und wenn ich dich bei deinem gepflegten weißen Haar herauszerren muss! Hast du mich verstanden?«

»Das ist wirklich ein guter Spaß! Jetzt bin ich diejenige, die Charles' Ehe zugrunde richtet. Und diese Person, die er geheiratet hat, ist weiß wie Schnee? Du bist verrückt, wenn du annimmst, ich werde es erlauben, dass ganz San Francisco meinen Sohn auslacht. Jeder Mensch weiß, was zwischen Susan und diesem unmöglichen Larry Grant vorgeht. Es ist vollkommen ausgeschlossen, dass ich meinen Charles in diesen Morast hineinwaten lasse, ohne ihn zu warnen. Wahrhaftig, Joy.«

»Hör mir doch zu, Mutter«, sagte Joy und versuchte, ihren Abscheu, ihre Verzweiflung, ihren schmerzhaften Hass zu unterdrücken. »Denk doch an die Kinder; willst du denn nicht, dass sie in einem Elternhaus aufwachsen, unter einem Dach – mit irgendeinem Halt und einer Sicherheit? Es sind doch deine Enkelkinder, du hast sie gern, du kannst nicht wollen, dass sie so herumgestoßen werden wie wir. Ich weiß nicht, was Susan getan oder nicht getan hat, noch weißt du es – «

»Du kannst dich darauf verlassen, dass ich es weiß! Ich bin nicht blind, ich habe genau aufgepasst, was da vor sich ging – ich habe sie in einer so skandalösen Situation ertappt, dass sie gezwungen war, mir die Wahrheit zu gestehen –«

»Die Wahrheit zu gestehen – aber das ist ja reiner Unsinn! Erzähl doch keine Lügen, Mutter, um Gottes willen, lüge nicht, wenn es sich um die Existenz einer Familie handelt. Was immer zwischen Susan und Larry vorgehen mag, es geht dich nichts an, und du würdest es doch nicht verstehen; es handelt sich um *ihr* Leben und *ihre* Probleme! Um Susan und Charley und Larry. Und ich verbiete dir, ihnen alles zu versauen. Ich verbiete es dir, hörst du mich? Diesmal verbiete ich es dir.«

»Sieh mal an, du verbietest es mir! Schön, und ich werde Charles verbieten, bei der Heimkehr einen Narren aus sich zu machen. Ich kenne Susan, sie ist sehr gerissen, sie versteht sich darauf, ihre Männer zu behandeln; ich bin sicher, dass sie Charles mit einer rührenden Geschichte empfangen würde, und alles würde mit Tränen und Szenen und einer großen Versöhnung enden, und mein armer Junge würde ihr noch einmal in die Falle gehen. Er hätte sie nie, niemals heiraten sollen, dieses ordinäre, berechnende kleine Büromädel! Ich war von Anfang an dagegen, und ich habe recht behalten. Aber jetzt ist sie ein bisschen zu weit gegangen, und ich möchte nur wissen, wie du mich davon abhalten willst, Charles zu erzählen, wie sich seine Frau benommen hat, während er draußen für uns kämpfte.«

Das war es: wie sie davon abhalten? In Joys dumpfem Kopf rollte diese Frage hin und her wie eine schwere, heiße Kugel; seit Tagen und Wochen war diese Kugel hin und her gerollt. Wie hält man eine Ann Ambros davon ab, Unheil zu stiften? Nicht durch Überredung, nicht durch Vernunft, noch weniger durch einen Appell an ihre Anständigkeit. Mit Gewalt also? Soll ich einen Skandal machen? Soll ich mich umbringen, so wie mein Vater sich umgebracht hat? Aber hat sie das abgehalten? Nein, tausendmal nein!

Joy war aufgesprungen und durchmaß den engen Raum der Plattform wie einen Käfig, zwei Schritte vor und zwei Schritte zurück.

Sie schleuderte ihre Zigarette fort, der winzige Funken zog einen Leuchtbogen durch die Finsternis, und sie wünschte inständig, dass ein Waldbrand den Zug vernichten möge mit ihr und ihrer Stiefmutter. Der Zug hatte sein Tempo beschleunigt, die schwarze Nacht bohrte sich mit tausend Nadeln in ihr Gesicht, und weit weg in der Ferne, am Horizont, waren jetzt ein paar Sterne, nicht mehr als drei oder vier. Joy versuchte sich mit ihrem Blick an ihnen festzuhalten und sich zu konzentrieren, wobei sie mit zitternden, fahrigen Händen in ihren Manteltaschen nach ihren Zigaretten tastete, ohne sie finden zu können. Sonderbarerweise war es dieses letzte kleine Versagen, das sie zu den äußersten Grenzen der Verzweiflung trieb. Sich über Mrs. Ambros beugend sagte sie leise, beinahe sanft: »Doch, doch, ich werde dich davon abhalten, und wenn ich mich dazu umbringen muss. Ich habe Charley einen Brief geschrieben und ihm alles erklärt, ich werde mich umbringen, Mutter, und wenn ich tot bin, wird er mir glauben, mir und Susan und Larry – und nicht dir, o nein, nicht dir …«

»Jetzt hast du wirklich den Verstand verloren«, sagte Mrs. Ambros, ungläubig lächelnd. »Du bist ja wahnsinnig – du tust mir leid, Joy, wahrhaftigen Gottes, du tust mir leid.«

Der Zug war noch schneller geworden, und nun wechselte seine Stimme, als er sich einer Brücke näherte, die im Nichts zu hängen schien. Vernichtung, Vernichtung, Vernichtung sang der Zug, während das stählerne Spinnengewebe vorbeijagte; Nebel hingen über der Tiefe, rötlich gefärbt vom Schein des Schlusslichts, und da unten lag, schwarz und still, ein Fluss, eine Schlucht, ein unbekannter, unsichtbarer Abgrund in der Nacht. Joys Hände, hinter ihrem Rücken verschränkt, stießen an das Geländer, fanden den Bolzen, der es verschloss, und begannen, daran zu zerren. Vielleicht ist es wahr, vielleicht bin ich verrückt, vielleicht hast du mich zum Wahnsinn getrieben, mich auch, und jetzt willst du Charley zugrunde richten, aber das lasse ich nicht zu, das lasse ich nicht zu – und dann gab der Bolzen nach, und das Gitter war offen.

Mrs. Ambros war aufgesprungen und versuchte, sie von dem gefährlichen Geländer fortzuführen. Joy war stark, aber auch die zarte Mrs. Ambros besaß Kräfte, erstaunliche Kräfte. »Ich lass es nicht zu – ich lasse es nicht zu –«, flüsterte Joy; sie glaubte zu schreien, doch aus ihrer gepressten Kehle kam nur ein ersticktes Flüstern. »Du hast meine Mutter umgebracht und meinen Vater. Du hast mein Leben ruiniert, und jetzt willst du Charleys Leben auch verderben. Aber das lasse ich nicht zu, ich lasse es nicht, ich lasse es nicht – eher bringe ich mich um. Eher bringe ich dich um, als dass ich Charley etwas geschehen lasse –«

Sie rangen miteinander, Körper an Körper, schwer atmend, stöhnend. Nie zuvor hatte Joy das Gesicht ihrer Stiefmutter so nahe gesehen, so entschlossen und zugleich so erstaunt. Als sich ihre Finger immer tiefer in die jugendlichen alten Arme schraubten, öffnete der Mund der alten Frau sich weit und rund und schwarz und schrill, um Hilfe kreischend. Aber ihr Schrei ging verloren in dem lauteren, heiseren Pfiff der Lokomotive weit vorn im Nebel. Joy presste ihre Hand auf diesen kreischenden Mund, sie spürte ihn feucht, weich und abstoßend, dann war da ein scharfer, kleiner Schmerz, als Mrs. Ambros' Zähne sich in ihren Daumen verbissen; und dann eine unendliche Erlösung, als ihre eigenen Finger sich in das Fleisch der Feindin gruben und Hilfeschrei und Dampfkreischen und rasende Fahrt und Hämmern von Stahlstreben und Trommeln von Rädern auf Schienen und der Hass und die Ängste eines ganzen Lebens in einer riesigen, lodernden, donnernden Explosion zerbarsten. Etwas gab nach und wurde hinausgeschleudert ins Nichts und war nicht mehr da, aber das alles war lang zuvor geschehen, es war oft geschehen und vielleicht nur in Träumen … –

Und dann ein blankes Nichts.

Rot erst, dann weiß, dann schwarz, eine große, leere Schwäche, als ränne das Blut aus ihr fort, unaufhaltsam. Und nichts als dieses Nichts überall um sie.

Die Plattform war leer.

Das kleine Pförtchen im Geländer schwang hin und her, sagte klick-klick-klick. Der Zug hatte die Brücke verlassen und rollte am Rand einer steilen Böschung dahin, dann durch einen Engpass zwischen Felsen, die sich plötzlich aus der Nacht vorstießen, rollte weiter und weiter zwischen den Bergmauern und zuletzt hinaus in eine weite Hügellandschaft. Irgendwo, weit dahinten, blieb Mrs. Ambros zurück, dort, wo sie vom Zug geschleudert worden war. Mit geschlossenen Augen, während ihr Bewusstsein langsam aus dem zitternden Nichts zurückkehrte, konnte Joy sie sehen. Ein schmächtiges, dunkles Bündel gegen die Stahlpfeiler der Brücke geschmettert, wie ein leerer Sack fiel es in den Fluss, hilflos stürzte es die steile Böschung hinab in die Tiefe.

»Ich bin froh darüber«, sagte Joy ganz laut, »jawohl, ich bin froh, dass ich es tat. Du hast es nicht besser verdient, und ich bin froh.« Ihre Knie wurden schwach, und sie setzte sich schnell nieder, schenkte sich eine kurze Rast in der barmherzigen Leere und der seltsamen Zufriedenheit nach der begangenen Tat. Nach einer Weile begann sie in ihren Taschen nach der Tabatiere zu suchen und zündete sich eine Zigarette an. Sie hielt das glühende Zündholz fest, bis es ihre Fingerspitzen versengte, und in dem winzigen Schein las sie abwesend die Widmung an der Innenseite der geöffneten Dose: Dem großen Geiger Florian Ambros von seinem aufrichtigen Freund und Bewunderer Erzherzog Josephus Albertus von Habsburg, 1895. Das ist so lang vorbei, dachte sie, so lang vorbei. Armer Papa, armer, großer Florian Ambros – und der Glanz einer Vergangenheit, von der er ihr manchmal erzählt hatte, flammte für einen Augenblick im letzten Funken des Streichholzes auf und verlosch. Charley wird sehr traurig sein, dachte sie, denn ich glaube, dass er irgendwie seine Mutter doch sehr gernhatte – trotz alledem. Aber es ist besser so, alles ist jetzt gut. Es wartet alles auf ihn, Susan und die Kinder, sein Haus, seine Arbeit. Mütter sterben eben, und Charley wird es bald überwinden. Was mich anbetrifft, dachte sie und kam nicht weiter; und dann versuchte sie, die Hände zu lockern, die zusammengebissenen Zähne, die angestrengten, schmerzenden Muskeln im Nacken; was mich anbetrifft – ich muss vorgeben, dass nichts passiert ist, nichts als ein unglückseliger Unfall. Ich muss mit dieser Lüge weiterleben und mit dem vergifteten Wissen und dem vergrabenen Geheimnis. Für mich gibt's keinen leichten Weg ins Freie. Ich tat es, und von jetzt an muss ich es mit mir schleppen, ich muss mich bewachen bei jedem Wort, jedem Schritt, ich darf es niemals und niemandem verraten, was geschehen ist. Es darf keinen Skandal geben, nichts Hässliches, wenn Charley heimkommt. Jetzt heißt es klug sein, und, du großer Gott im Himmel, klug war ich nie.

Viel später, nachdem sie sich alles klargemacht hatte und ihre Hände aufhörten zu beben, stand sie auf und ging in den Salonwagen zurück. Es war, als überschritte sie die Schwelle einer Welt, die sie weit hinter sich gelassen hatte, einer normalen Welt, in der Lichter brannten und Leute Bier tranken. Die Lichter brannten nicht so hell wie zuvor, denn die letzten Reisenden waren gegangen, und der Barmixer war im Begriff zu schließen. Joy starrte ihn an und versuchte, das zu sagen, was sie da draußen auf der Plattform so mühevoll memoriert hatte.

»Verzeihen Sie – könnte ich – könnten Sie mir einen Whisky geben?«

»Tut mir leid, Fräulein, nach Mitternacht wird kein Alkohol serviert.«

»Das – ich wusste das nicht. Ich wollte ihn nur für meine Mutter. Sie – sie leidet an Schwächeanfällen; ich brachte sie an die frische Luft, aber ihr wurde sehr schwindlig, sie wurde beinahe ohnmächtig. Ich dachte, ein bisschen Whisky würde ihr helfen, es hilft gewöhnlich. Sie ist recht alt und nicht so sehr kräftig – oder braucht man ein ärztliches Attest, um einen Schluck Whisky zu kriegen?«

»Richtig, sie hat die ganze Zeit über ihr schwaches Herz geklagt, weißte«, sagte einer der Schaffner, von den Eintragungen, die er auf ein Blatt Papier machte, aufblickend. »Los, mach 'n bisschen fix, Joe, wenn die Dame doch um Medizin bittet.«

»Sie sollten die alte Dame nicht die ganze Nacht da draußen sitzen lassen, Fräulein. Kann sich 'ne schöne Lungenentzündung holen«, brummte der Mixer. »Sie sehen auch aus, als ob 'n kleiner Schluck Ihnen nicht schaden würde«, setzte er nach einem Blick in Joys erbleichtes Gesicht hinzu. Mit vorwurfsvollem Kopfschütteln schloss er seinen Schrank nochmals auf und brachte zwei Flaschen zum Vorschein. »Bourbon oder Scotch? Mit Soda oder ohne?«

»Zwei Scotch, ohne«, sagte Joy. »Danke, danke vielmals. Tut mir leid, dass ich Sie aufgehalten habe.« Sie schluckte ihren Whisky hastig herunter, zahlte und gab dem Mann ein Trinkgeld; das andere Glas trug sie zur Tür heraus. Ihre Hand war ruhig.

»Was sagste dazu? Wahrscheinlich so 'ne Alte, die gern pichelt, diese herzkranke Mutter«, bemerkte der Barmixer zum Schaffner, sobald Joy außer Hörweite war.

»Ach, halt deinen ungewaschenen Mund«, erwiderte der, »die feinste alte Dame, die man sich vorstellen kann. Mrs. Ambros, ich kenne sie noch aus den guten alten Zeiten. Hab sie und ihren Mann oft genug auf meinem Zug gehabt.« Die Erinnerung an Mrs. Ambros' vergangenen Glanz schien einen Funken menschlicher Güte im Herzen des alten Schaffners anzufachen, denn er fügte hinzu: »Will doch lieber mal sehen, dass ich sie in ihr Abteil zurückbringe, wenn ihr nicht gut ist. Dazu sind wir ja schließlich da.«

Aber als er Miss Ambros auf die Plattform nachging, da gab es keine Mrs. Ambros. Es gab nur Miss Ambros, groß und bleich und völlig außer sich, und sie deutete nur immer auf das offene Pförtchen im Geländer, das hin und her schwang und klapperte, und sie wiederholte nur immer wieder: »Sie muss vom Zug gestürzt sein in ihrem Schwindelanfall – sie muss ohnmächtig geworden und hinausgefallen sein – ich hätte sie nie allein lassen dürfen – wie kann ich mir das je vergeben – meine arme Mutter – verloren – und durch meine Schuld –«

Ein großes Dröhnen kam aus der Höhe, und darin war die Stimme, die rief: »Angelina! Angelina!«

»Ja. Sofort. Hier bin ich«, gab Mrs. Ambros demütig zur Antwort; sie machte eine besondere Anstrengung, und es gelang ihr, die Augen zu öffnen. Aber selbst dann konnte sie nichts sehen als ein uferloses, kreisendes Nichts, in dem sie dahinwirbelte wie in einem riesigen Fass. Schwindlig, wie sie war, überlegte sie, dass dieses verrückte, drehende Nichts wohl der Weltenraum sein mochte, von dem in Zeitungsartikeln zuweilen die Rede war. Wie bin ich eigentlich hierhergekommen, und was tue ich, Ann Ambros, im Weltenraum?, dachte sie verwundert. Möglicherweise bin ich tot. Komisch, was für Geschichten die Leute damit machen, und wenn's dazu kommt, ist es eine ganz einfache Angelegenheit. Ermüdet schloss sie die Augen, und sogleich trieb sie wieder schwindlig dahin, ein winziger Kreisel, ein Spielzeug Gottes, durch schwarzes, drehendes Nichts gepeitscht. Und doch war das eine Wohltat, und sie wollte sich dieser angenehm-friedvollen Leere überlassen, wenn nicht die Stimme sie wieder zurückgerufen hätte, lauter und dringlicher, ja sogar mit einer kleinen ungeduldigen und gereizten Schärfe: »Angelina! Angelina!«

Nun erkannte sie die Stimme als die ihres verstorbenen Mannes, und ihre erste Reaktion war der alte, wohlbekannte und beinahe vergessene Ärger. Ach, du lieber Himmel, kannst du mich denn nicht in Ruhe lassen?, dachte sie. Ihr war ziemlich übel im Magen, und als sie tief Atem holen wollte, ging es nicht. Da haben wir's, jetzt fängt er an, mir Unannehmlichkeiten zu machen, dachte sie; was sonst hätte ich auch von ihm erwarten sollen?

Ihr Leben lang war Ann Ambros eine gründliche, obgleich unbewusste Materialistin gewesen. Metaphysische Betrachtungen lagen ihr fern, und soweit sie sich überhaupt eine Vorstellung von Gott gemacht hatte, war er ein milder, älterer Herr gewesen, nach dem Bild ihres Vaters geformt, der ihr am Sonnabend Schokolade und Taschengeld aushändigte, unbeschadet ihres nicht immer tadellosen Benehmens während der Woche. Was aber den Tod betraf – und

Sterben war etwas, worüber sie kaum jemals nachgedacht hatte, und ganz besonders nicht in Bezug auf sich selbst –, nun denn, Sterben war mehr oder weniger wie eine Decke, die man sich über die Nase zog, um besser einzuschlafen. Niemals war ihr der Gedanke gekommen, dass sie im Jenseits mit Florian zusammentreffen könnte; wäre ihr eine solche Idee jemals durch den Kopf gegangen, dann hätte sie möglicherweise einige unbedeutende Angelegenheiten etwas anders behandelt.

Das Donnern und Brausen und Dröhnen ließ langsam nach, und Florians Stimme entfernte sich. Die drehende Schwärze kreiste langsamer, langsamer, wie ein Karussell, und blieb zuletzt stehen. Nun konnte sie sehen, dass jenes weite Nichts da oben der Himmel war, wo eilige Wolken an einem mageren Mond vorbeijagten. Da waren die schwarzen Schultern geduckter Hügel und in der Ferne eine Nadel, die Licht in die Dunkelheit stach, ein Drehscheinwerfer zur Warnung von Flugzeugen. Nachdem sie all dies in sich aufgenommen hatte, versuchte sie herauszufinden, worauf sie eigentlich lag; doch sobald sie den Kopf bewegte, begann sich alles wieder um sie zu drehen und ein greller Schmerz zuckte durch ihre Schläfen. Ann Ambros, die mit ihren fünfundsechzig Jahren noch nie an Kopfweh gelitten hatte, schloss erschrocken die Augen. Ihr war sehr schlecht, und sie setzte sich stöhnend auf und kämpfte gegen die Übelkeit. Nicht etwa, dass es durchs Sitzen besser wurde. Sie fühlte sich so steif und wund, wie sie es nicht für möglich gehalten hätte, sich jemals fühlen zu können – nicht einmal mit achtzig oder neunzig Jahren. Wenn Totsein derartig unangenehm sein sollte, dann – so beschloss sie – wollte sie nichts damit zu tun haben. Sie biss die Zähne zusammen und entdeckte dabei, dass ihr Mund voll Sand und Kies war.

Um Himmels willen, dachte sie entsetzt, ich hoffe bloß, dass diese Idioten mich nicht lebendig begraben haben! Das Atmen war noch immer höchst beschwerlich und, du großer Gott, was für tolle Kopfschmerzen! Sie versuchte mit den Händen, die Beschaffenheit des Bodens, auf dem sie saß, zu erforschen: Sand, Kies, Gestein, Disteln, vertrocknete Grasbüschel. Der harte Schrei zweier Nachtvögel, die auf großen Schwingen von einer Krüppelweide aufflogen, brachte sie zur Besinnung. Ach was, ich bin ja gar nicht tot, sagte sie sich; aber wenn ich noch lebe, was ist mir eigentlich passiert? Wo bin ich? Wie bin ich hierhergeraten? Und wie, um Himmels willen, soll ich von hier wegkommen?

Während des Krieges war sie eine eifrige Schülerin – und später eine strenge Lehrerin – in den Kursen für Erste Hilfe gewesen, und sobald sie entschieden hatte, dass sie noch unter den Lebenden weilte, ging sie daran, sich sachkundig von Kopf bis Fuß zu untersuchen. Quetschungen und Hautabschürfungen an den Beinen, und, was viel schlimmer war, ihre kostbaren Nylonstrümpfe hingen in Fetzen herunter. Zwar kannte sie einen versteckten kleinen Laden, wo man Nylonstrümpfe kaufen konnte, aber das unverschämte Gesindel dort verlangte vier Dollar für ein Paar. Außerdem hatte ihr Nerzmantel einen großen Riss am rechten Ärmel abgekriegt. Das muss ich bei Mergenheimers reparieren lassen, und Gott weiß, was für ein Vermögen sie mir dafür berechnen werden, und bestimmt wird der alte Mergenheimer wieder einmal versuchen, mir einen Hermelinumhang für die Oper aufzuschwatzen. Es ist eine Schande, dass mein alter Hermelin so vergilbt ist, es war ein so schönes Stück. Vielleicht könnte man noch etwas aus meinem Chinchillakragen machen, dachte sie; es war angenehm, diese Idee im Kopf zu bewegen. Chinchilla ist so *distingué*, dachte sie, und abgesehen von der neunzigjährigen Mrs. Bensinger wäre ich in San Francisco die einzige Frau mit einem Chinchillakragen. Gestärkt durch die Erinnerungen an den Chinchilla fuhr sie fort, sich zu untersuchen. Eine Beule an der Schläfe, so groß wie ein Kiebitzei, erklärte die Kopfschmerzen. Ihre Handflächen brannten, Sand war in die wunde Haut geraten, und ihre Fingernägel waren gespalten und abgebrochen. Was für eine Schweinerei!, dachte sie ärgerlich, es dauert ja zwei Wochen, bis die wieder gewachsen sind. Sie fühlte sich immer noch komisch im Magen, aber das Schlimmste war vorbei, und sie war fast sicher, dass sie sich nun doch nicht übergeben würde. Das Einatmen war allerdings noch immer ziemlich schwierig. Vielleicht war es nur eine gezerrte Sehne, aber es fühlte sich verdächtig nach gebrochenen Rippen an. Was noch? Vielleicht eine kleine Gehirnerschütterung? »Na, das wollen wir nicht hoffen«, sagte Ann laut und mit Nachdruck. Schock? Glasige Augen? Schüttelfrost? Wer? Ich? Lächerlich! Aber um Himmels willen, wie bin ich bloß in diese Situation geraten?

Auf dem Boden vor ihr breitete sich ein riesiges schwarzes Schattendreieck aus; dahinter zeichnete ein schwacher nächtlicher Schimmer ein paar Weiden in die Dunkelheit; der unregelmäßige Lauf eines ausgetrockneten Flussbettes, Rohr und Schilf und Gras. Sie brachte es zustande, sich umzuwenden, nicht ohne leise über die Steifheit zu jammern, die nun jeden Muskel und Knochen ihres Körpers ergriffen hatte. Nach einigem Überlegen fand sie heraus, dass sie im Schatten eines aufragenden, gewichtigen Brückenkopfes lag. Sie versuchte, den steilen Abhang, an dessen Fuß sie sich wiedergefunden hatte, ganz zu überblicken, aber ihre Nackenwirbel verweigerten den Dienst, und sie musste es aufgeben. Nach diesem Misserfolg saß sie eine kleine Weile völlig reglos da, ohne den Mut für eine weitere Bewegung aufzubringen.

Wie still es war, schrecklich still. Es war schwer, diese tiefe, alles verschlingende Stille zu ertragen. Nach langer Zeit drang ein angenehmes kleines Geräusch durch die weite leere Nacht zu ihr – Wasser, das über Felsblöcke lief? –, und erst dann kam ihr zu Bewusstsein, wie ausgetrocknet und durstig sie war. Aber sie wagte noch nicht, sich aufzurichten, und so kroch sie langsam und vorsichtig auf das leise Geriesel zu; über Sand, über Kiesel, über die großen, rund geschliffenen Steine im Flussbett und durch den Nebel, der über dem kleinen Rinnsal hing, das in der Regenzeit zu einem reißenden Fluss anschwellen würde. Mit den Händen schöpfte sie Wasser, spülte ihren Mund, spuckte den Sand aus, wusch sich das Gesicht, kühlte ihre aufgeschürften Beine und den Schnitt an ihrer linken Wange. In ihrer Manteltasche fand sie ein unbeschädigtes Taschentuch, sie feuchtete es in dem kalten Wasser an und presste es auf die Beule an ihrer pochenden Schläfe. Die Kompresse klärte ihren Kopf ein wenig, und sie begann, Schritt für Schritt zurückzudenken, was mit ihr geschehen war.

Heute musste Dienstag sein oder vielmehr schon Mittwoch, denn sie waren kurz vor Mitternacht durch Reno gekommen. Am kommenden Montag würde Charles' Truppenschiff in Boston einlaufen, und es war dringend notwendig, seine Ankunft nicht zu versäumen, das wusste Mrs. Ambros ganz bestimmt. Aber weshalb es so absolut nötig war, Charles sogleich zu sprechen, darauf konnte sie sich im Augenblick beim besten Willen nicht besinnen, und jeder Versuch, sich über diesen Punkt Klarheit zu verschaffen, drehte ihr wieder den Magen um. Für den Augenblick ließ sie davon ab, darüber nachzudenken, und zur Belohnung kam ihr eine scharf gezeichnete Erinnerung an den Zug, in dem sie gereist war. Ein abscheulicher Zug im Großen und Ganzen, überfüllt mit rücksichtslosen, unmanierlichen, stoßenden und schiebenden Leuten. Sie war fast erstickt in der heißen, winzigen Schachtel, die man die Frechheit hatte, ein Bett zu nennen, und sie war nach der Aussichtsplattform gegangen, um etwas frische Luft zu holen, und dort war Joy unverschämt geworden. Mrs. Ambros seufzte, mit einem schmerzhaften Echo in ihren Rippen. Es wird wirklich immer schwieriger, mit Joy zu leben, dachte sie; aber es ist meine Pflicht, mich damit abzufinden. Es ist meine Pflicht, mich des armen, unvernünftigen Kindes anzunehmen, auch wenn sie alles tut, um mir das Leben unerträglich zu machen. Du lieber Gott, wenn Vater geahnt hätte, wie alles kommen würde, dann hätte er bestimmt ein anderes Testament gemacht; sicher hatte er nicht die Absicht, mich ganz allein in der Welt auf dem Trockenen sitzen zu lassen. Einen großen Haufen Unannehmlichkeiten habe ich mir mit Joy aufgeladen, und die lumpigen viertausend Dollar Zinsen, die ihr Mündelgeld jährlich beträgt, sind wahrhaftig nur eine schwache Entschädigung für alles, was ich durchmache. Na, da kann man eben nichts machen, so dachte Mrs. Ambros resigniert.

Joy ist nun einmal die Knochenzuwaage bei dem Stückchen Fleisch, das ich kriege. Nun, wie war das doch auf der Aussichtsplattform? Joy war noch ein wenig ungenießbarer als sonst, und wir stritten uns ein bisschen, und dann …

Ja, und dann? Sie versuchte, sich zu erinnern, wobei das Pochen in ihren Schläfen anwuchs und der Schmerz in ihrem Hinterkopf sich grausam in ihr dumpfes Denken bohrte: Und dann muss ich vom Zug gestürzt sein. Aber das ist einfach zu töricht, so etwas kann mir doch nicht passieren.

Plötzlich zerriss ein Schleier, und sie sah mit äußerst scharfer, harter Klarheit das hin- und herschwingende Pförtchen im Geländer und hörte das Klick-klick-klick. Sie fuhr empor, völlig ihre Schmerzen vergessend. O nein, sagte sie sich, bei Gott, nein, ich bin nicht aus dem Zug gestürzt, Joy hat mich hinuntergeworfen, jetzt erinnere ich mich, ihre Augen, Mord stand darin, Mord, sie wollte mich erwürgen, umbringen wollte sie mich, Joy wollte mich umbringen, und sie hat mich umgebracht. Beinahe, beinahe! Mich, die ich sie damals aus dem brennenden Haus gerettet habe, mich, die ihr eine Mutter war, mehr als eine Mutter!

Wiederum sah sie Joys Gesicht dicht an dem ihren, aufgerissen in der Verbissenheit des Kampfes, sie hörte Joys Atem heiß und laut, sie spürte, wie Joys Hände sich in ihre Schulter und ihre Kehle gruben. Während einer blitzgrellen Sekunde erlebte sie noch einmal den Streit auf der Plattform; und dann schaltete sie die Vision ab wie einen Projektionsapparat und begann zu lachen. Zuerst war es ein Kichern tief in ihrer Kehle, und dann kochte es über, wuchs und wurde immer lauter, wurde ein unbezähmbares Gelächter, ein wilder Ausbruch, der ihren zarten, zähen Körper mit all seinen Schmerzen und Verwundungen schüttelte wie ein Krampf. Aber so einfach ist es nicht, mich aus der Welt zu schaffen, o nein, Fräulein Joy, nicht ganz so einfach. Jetzt kann ich mit dir machen, was ich will, jetzt werde ich dich in eine Anstalt für Unheilbare stecken, ich werde dich für geistesgestört erklären lassen, jetzt bin ich dich endlich los, dich und Susan auch, und dann werde ich Charles ganz für mich allein haben, endlich –

Eine gebrechliche Dame, zerschunden, zerfetzt, verwundet, ganz allein in der weiten Nacht, und doch zum Überfließen erfüllt mit dem Gefühl der Rache: Ann Ambros, die stets getan hatte, was sie wollte, und sich genommen, wonach sie verlangte. Aber der Ausbruch hatte ihre Kräfte erschöpft, und geschwächt und voll Mitleid mit sich selbst stürzte sie von den Gipfeln des Überschwangs herab. Warum, du großer Gott, warum geschieht mir so etwas? Warum geschieht das mir, die keiner Fliege etwas zuleide tun kann, warum hört mein eigener Sohn nicht auf mich? Warum hasst Joy mich so sehr? Warum hat keine Seele mich wirklich lieb? Nein, nicht einmal Florian liebte mich, nicht wirklich, nicht so, wie ich ihn liebte. Was habe ich nur getan, dass alle gegen mich sind? Nur weil ich schwach bin und gutherzig und hilflos.

Ihr Leben lang war sie unter dem Mitleid mit sich selbst gediehen, es war ihr Element, ihre allereigenste Heimat, es war die Wiege, in die sie sich verkroch, wann immer etwas nicht nach ihrem Willen ging. Es war das Gehäuse, worin sie sich ganz klein und sanft machen konnte, ganz weich und zart – und völlig unverwundbar. Nach dem Gelächter kamen ihr nun die Tränen, ein reicher, milder Tränenregen, den sie über ihr eigenes wehrloses und liebendes Selbst vergoss. Wie gewöhnlich ließ der Weinkrampf sie in einem Zustand der Erleichterung und angenehmen Ermattung zurück; ihr Kopf war viel freier, sie kühlte die Stirn mit dem feuchten Taschentuch, lehnte sich mit dem Rücken gegen einen Felsblock und schloss die Augen. Aber ich darf nicht hier einschlafen, ermahnte sie sich, die Gefahren der freien Natur aufzählend: Klapperschlangen, Wüstenratten, giftige Rieseneidechsen, Kojoten, Präriewölfe, diebische Indianer und raublustige Strolche. Und damit wäre sie eingeschlafen, wenn nicht die Stimme sie wiederum gerufen hätte. »Angelina! Angelina!«

»Ach, du liebe Zeit, kannst du nicht sehen, dass ich müde bin?«, murmelte sie, aber die Stimme gab nicht nach.

»Angelina, du kannst hier nicht bleiben. Es handelt sich um Leben und Tod.«

»Gut, gut, du brauchst mich nicht anzuschreien, ich komme ja schon«, murrte sie. Sie zog sich an dem Felsblock hoch, um sich schlagend wie ein Pferd, das auf einer vereisten Straße gestürzt ist, sie richtete sich auf, zuerst auf ihren wunden Knien, dann versuchte sie, ihren Rücken gerade zu biegen, und zuletzt kam sie mit einer äußersten Anstrengung auf die Beine. Versuchsweise bewegte sie einen Fuß und dann den anderen: Ja, doch, es ging.

Schwankend, stolpernd, in halb betäubtem Eigensinn, so schleppte sie sich über den holprigen Boden, fort von der Stelle ihres unerklärlichen Unfalls.

»Ich werde Sie Angelina nennen«, sagte Florian Ambros, als er Ann Ballard zum ersten Mal sah. Sie war erst fünfzehn, ein Schulmädel in peinlich kurzem Röckchen, das ihre dünnen Beine in den gerippten schwarzen Baumwollstrümpfen zur Schau stellte; wohingegen Maud, die beneidenswerte Achtzehnjährige, ein langes, geblümtes Voilekleid und eine erwachsene, hochgekämmte Frisur trug. So hatte es angefangen, und wenn Ann an dem Tag, da sie Florian zum ersten Mal traf, die Ältere gewesen wäre, dann – so dachte sie zuweilen – wäre alles ganz anders gekommen.

Vorher hatte es die Spiegel gegeben, von jeher. Die Spiegel zogen sie magisch an, stundenlang konnte sie das liebliche Geschöpf im Spiegel anstarren, das sie selbst war, ihr eigenes Gesicht, ihr Lächeln, ihre eigenen Hände; sie bewegte sie vornehm wie eine große Dame, sie probierte verschiedene Arten von Lächeln, alle erwachsen. Sie senkte die Augenlider, dann wieder schlug sie ihre klaren braunen Augen auf und fand sich noch einmal winzig, jedoch vollkommen im Spiegelbild ihrer Pupillen widergespiegelt; es war wie in jenen Träumen, da man durch immer neue Türen dahinschwebte, ins Endlose …

»Musst nicht so viel in den Spiegel gucken, das ist schlecht, Annina mia«, schalt die italienische Kinderfrau Beatrice, »einmal springt der Teufel heraus und packt dich beim Schopf.«

»Lass ihn doch herausspringen, ich fürchte mich nicht.«

An dem Tag, da Florian Ambros San Francisco ohne ein Wort des Abschieds für sie verlassen hatte, verprügelte sie ihren kleinen Hund. Ein Sturm der Kränkung und Enttäuschung rüttelte an ihr, sie musste ihre Wut irgendwo auslassen, und so schlug sie auf das winselnde Hündchen los. »Er muss bestraft werden, der dreckige, dreckige, dreckige –«

»Er ist doch noch so jung, der arme kleine Kerl«, sagte Maud. »Komm zu Maud, du armes Tierchen, komm her, komm –«, und Jolly tappelte über den glatten Boden und leckte Mauds Schuh.

»Der arme kleine Kerl! Er hat sich wieder einmal auf mein Bett gelegt. Wenn man ihn nicht verhaut, wird er niemals bessere Manieren lernen.«

»Dasselbe könnte man von dir behaupten –«, hatte Maud hingeworfen; Ann hätte sie mit Freuden gleich erwürgen mögen.

»... und dies sind meine zwei Mädels«, stellte Mr. Ballard sie Florian Ambros an jenem Tag vor, als er den jungen Virtuosen in das Haus in der Clay Street mitbrachte. »Komm her, Maud, das ist Florian Ambros, du weißt schon, der große Florian Ambros. Nun, was kriege ich dafür, dass ich so eine Berühmtheit dem alten Mr. Bensinger direkt unter der Nase weggeschnappt und von der Palace Bar hierhergeschleppt habe, damit meine Damen ihn kennenlernen?«

»Ach, Mr. Ballard!«, rief Mrs. Ballard in zitternder Erregung aus; Mauds ohnehin gerötete Wangen wurden noch röter, und ihre großen, rauen Hände versuchten verschämt, sich zu verstecken. Mr. Ambros löste sich von dem neuen Flügel, in dessen Einbuchtung er nachlässig gelehnt hatte, verbeugte sich und küsste Mauds verlegene Hand, als wäre dies die natürlichste Sache der Welt. Es war der erste Handkuss, dem Ann außerhalb einer Theatervorstellung beiwohnte, und sie beobachtete das verblüffende Schauspiel mit erstaunten und hungrigen Augen.

»Aber bitte, ich bin der anderen jungen Dame noch nicht richtig vorgestellt worden«, sagte er in seinem fremdartigen, etwas zu präzisen Englisch, indem er sein Lächeln Maud entzog und es Ann zuwandte.

»Ach, die Kleine? Ja, das ist unsere Annie. Mach einen schönen Knicks, Annie«, sagte Mrs. Ballard, und Ann hätte ihr am liebsten einen Tritt in ihren eng geschnürten Bauch versetzt. Stattdessen streckte sie Ambros ihre Hand mit einer hoheitsvollen Bewegung hin, was die kindische Wirkung des geforderten Knickses aufheben sollte. Glücklicherweise hatte sie die Geistesgegenwart besessen, sich die Hände zu waschen, bevor sie die Treppe heruntergerannt war, und unterwegs hatte sie noch schnell ihre fest geflochtenen Schulmädchenzöpfe aufgemacht, sodass ihr Haar wie zufällig sanft über ihre Schultern wellte. Blondes Haar war eine Seltenheit in San Francisco, und die Zeitungen warnten immer, dass Haarfärbemittel Gehirnlähmung verursachen könnten. Nur ein paar Damen der Halbwelt nahmen von Berufs wegen das Risiko auf sich, ihr Haar mit Henna und ihre Augen mit Belladonna zu behandeln.

»Es freut mich, Sie kennenzulernen, Mr. Ambros«, sagte Annie, und dabei fing sie ganz zufällig die tausend Fünkchen eines Sonnenstrahls, der schräg durchs Fenster fiel, in ihren Locken auf. Florian Ambros betrachtete mit einem prüfenden Lächeln die zierliche Gestalt.

»Annie?«, sagte er, dem stumpfen Klang nachhorchend. »Nein, das ist nicht der richtige Name für dich. Ich werde dich Angelina nennen, wenn du gestattest.« Ihre ausgestreckte Hand blieb ungeküsst, aber er nahm sie in die seine und behielt sie dort, und dann legte er seine andere Hand mit einer Geste von spontaner Herzlichkeit über die ihre. »Weißt du, das bedeutet so viel wie Engelchen«, sagte er. Ann blickte durch ihre goldenen Wimpern zu ihm auf.

»Danke vielmals, Mr. Ambros. Aber ich kann selbst ein bisschen Italienisch«, sagte sie mit bescheidenem Stolz.

»Von ihrer Kinderfrau«, sagte Mr. Ballard, irgendwo in weiter Ferne.

Es geschah in jenem Augenblick, da seine Hände die ihren umschlossen. Es war ganz ähnlich wie damals, als Miss Fishbein aus Unterrichtsgründen die Physikklasse beordert hatte, eine Kette zu bilden, worauf sie einen elektrischen Strom durch die verbundenen Hände gesandt hatte. Das neue Gefühl lief prickelnd durch Anns Körper, sie spürte es überall, mit einem Schauer im Rückgrat, kalt im Nacken, heiß im Gesicht, schwer in den Knien. Mr. Ambros' Finger waren lang und stark, jeder einzelne von ihnen schien eigenes Leben zu besitzen und Strahlen von besonderer Kraft auszusenden. Sie wagte es nicht, sie anzuschauen, und trotzdem bemerkte sie, dass seine Finger bleich waren wie die Elfenbeintasten von Großmama Ballards altem Pianino, gelblich verfärbt von Nikotin, und ein zarter Zigarettenduft ging von ihnen aus. Noch immer hielt er ihre Hand fest, und er wollte sie Angelina nennen.

Das Ereignis dieser ersten Begegnung fand in der getäfelten Bibliothek statt, die allerdings seit dem kürzlich erfolgten Erwerb eines Flügels zum Musikzimmer umgetauft worden war; es gab da tanzende Putten an der Decke, Makartsträuße in riesigen chinesischen Vasen in jeder Ecke, und im Bücherschrank stand eine Prachtausgabe von William Shakespeares *Gesammelten Werken* sowie der *Hausschatz des Wissens und der Unterhaltung in zwölf Bänden*. Trotz der nicht zu übersehenden Bildung und Kultur in diesem Raum konnte Angelina merken, dass Mutter sich ärgerte, weil Vater den berühmten Gast so einfach ohne Warnung und Vorbereitung angeschleppt brachte, anstatt ihr Gelegenheit zu geben, einige ihrer Freundinnen und alle ihre gesellschaftlichen Rivalinnen dazu einzuladen und eine Soiree im Großen Salon zu veranstalten. Aber Vater kümmerte sich nicht um derartige Feinheiten, die er Firlefanz nannte, und folgte einfach seinen gut gemeinten Eingebungen. Aber obgleich Vater bloß als Sohn eines Goldgräbers und ohne viel Schulung im Goldgräberlager aufgewachsen war, liebte und respektierte ihn die ganze Stadt, denn weder machte er ein Geheimnis aus seiner bescheidenen Herkunft noch prahlte er damit, wie so manche andere erfolgreiche Geschäftsmänner. Mit einem Wort, Vater war ein wirklicher Herr; Vater war gutherzig, Vater war freigebig. Vater war – alles in allem – wunderbar. Sie war stolz auf Vater, im großen Ganzen. Zu schade, dass er sich eine so streitsüchtige Xanthippe wie Mrs. Ballard als Frau aufgeladen hatte, die nun mit Vater schelten würde, weil er sie in Verlegenheit gebracht hatte; obwohl es klar zu sehen war, wie sehr es sie freute, dass er den berühmten Mann überhaupt für sie eingefangen hatte.

Florian Ambros' bevorstehendes Konzert war Stadtgespräch, dafür hatte sein Impresario schon gesorgt. Sein Name stand überall zu lesen, auf Plakaten, in Interviews und geschickt verstreuten Anekdoten, unter Porträtskizzen in den Zeitungen, in den Zitaten aus den Kritiken der Hauptstädte Europas und Amerikas; überdies wurde dem Publikum als ein greifbarer Beweis seines Ruhmes mitgeteilt, dass er für jedes Konzert zumindest tausend Dollar erhielt und nicht selten sogar zweitausend.

»Ich sah Ihr Bild in der Zeitung, und ich habe jedes Wort gelesen, das man über Sie geschrieben hat, Mr. Ambros«, sagte die atemlose Ann. Sie hatte dem viel verbreiteten *Ladies' Home Journal* entnommen, dass Schmeichelei der kürzeste Weg zum Herzen eines Mannes sei. Wie es schien, konnte man gar nicht genug auftragen, und dementsprechend blickte Ann in unverhüllter Anbetung zu ihm auf, wobei sie ihre freie Hand auf ihren leider noch etwas unentwickelten Busen presste, als wäre sie einer Ohnmacht nahe.

Mr. Ballard lachte in sich hinein über den Versuch seiner kleinen Tochter, die große Dame zu spielen, Mrs. Ballard jedoch runzelte die Stirn, denn Kinder sollten sich nicht ins Gespräch mischen. »Geh, hol lieber dein Stammbuch; das Kind sammelt nämlich Autogramme, Mr. Ambros, sie hat schon Präsident Cleveland und Major Sutro und May Irwin, die Schauspielerin, und wen noch, Annie? Ich bin sicher, dass Mr. Ambros dir auch etwas hineinschreiben wird, wenn du ihn schön darum bittest.«

»Es wird mir eine besondere Ehre sein, mich in so erlesener Gesellschaft zu befinden«, erwiderte er, und Ann ahnte erbittert, dass er sich über sie alle lustig machte.

»Ich habe längst das Autogrammsammeln aufgegeben«, sagte sie hastig, »es ist eine alberne Sache, finden Sie nicht, Mr. Ambros? Ich meine, es mag ja ganz nett für dumme Backfische sein, aber ...« Und plötzlich warf sie den kurzen Rock, die Baumwollstrümpfe und alles, was dazugehörte, über Bord, und die junge Frau, zu der sie gereift war, während er ihre Hand in der seinen hielt, schaute ihm tief in die Augen und sagte herausfordernd: »Es wäre etwas ganz anderes, wenn Sie mir einen Brief schrieben; einen wirklichen Brief würde ich gern von Ihnen bekommen.«

»Ja? Und wenn ich dir nun einen Brief schicke – wirst du mir auch antworten?«, fragte er und holte sein goldenes Zigarettenetui heraus. »Rauchen Sie, Mrs. Ballard, Miss Maud?«

»Um Himmels willen, was fällt Ihnen ein? Und meine Tochter – gar nicht dran zu denken!«

»Und weshalb nicht? Meine Mutter raucht unaufhörlich, noch dazu Zigarren. Ich fürchte, ich habe leider alle Laster meiner Mutter und keine ihrer Tugenden geerbt.«

Nun aber mischte sich Maud in die Unterhaltung: »Ich sah auch Ihr Bild in der Zeitung, und ich finde, es war sehr schlecht: Sie sehen ganz anders aus«, sagte sie.

»Aber Maud, wie kannst du so etwas sagen!«, rief Mrs. Ballard tadelnd aus. Maud verstummte und ließ Mrs. Ballard das Wort. »Ich bin bloß froh, dass Mr. Ballard die Konzertkarten früh genug besorgte, es ist schon seit zwei Wochen ausverkauft.«

»Ja – nun, ich hoffe, dass mein Programm Sie nicht zu sehr langweilen wird, es ist etwas schwere Kost«, sagte Ambros mit einem instinktiven Blick auf den großen Flügel mit dem spanischen Fransenschal, dem Gedränge von Fotografien in Silberrahmen, dem kleinen marmornen Amor, der mit seinem Pfeil ins Blaue zielte; überladen, mit eingelegtem Perlmutter, hatte das Instrument etwas von einer reichen, geschmacklos angezogenen Witwe an sich. Es war ein sehr teurer Konzertflügel von schreiender Unbenutztheit.

»Ach, sagen Sie das nicht, Mr. Ambros, sicher wird uns Ihr Programm gefallen, besonders jetzt, wo wir Sie persönlich kennen«, behauptete Mrs. Ballard, stets bereit, die Konversation mit öligen Gemeinplätzen in Gang zu halten.

Doch Ambros hörte sie nicht, er war noch mit seinem Programm beschäftigt. »Lombardi, das ist mein Impresario, warnt mich davor, das Beethoven-Konzert zu spielen, er behauptet, dass San Francisco nicht an ernste Musik gewöhnt ist, aber Herrgott noch einmal, was erwartet man denn von mir? Schund und Kitsch? Paganini, Sarasate, Vieuxtemps? Solches Zeug spiele ich sehr schlecht, und ich kann Signor Lombardi nicht den Gefallen tun. Ich spiele Bach, Mozart, Beethoven – oder ich spiele überhaupt nicht.«

»Ich liebe das Beethoven-Konzert«, sagte Maud unerwartet, »ich kann es gar nicht oft genug hören. Ich habe unseren Sir Heymann – das ist ein alter Violinlehrer, bei dem eine meiner Freundinnen Stunden nimmt – gebeten, es uns so oft vorzuspielen, bis ich mir's ein bisschen merken konnte. Da ist so eine Melodie im zweiten Satz – die geht einem durch und durch.«

»Ja? Nicht wahr, Miss Maud?«, sagte Ambros mit aufflackerndem Interesse, doch Maud verfiel sogleich wieder in schüchternes Schweigen, und es war kein anderes Wort aus ihr herauszukriegen.

»Unsere Maud ist sehr musikalisch«, berichtete Mrs. Ballard, »sie hat seit ihrem siebenten Jahr Klavierunterricht gehabt. Willst du nicht Mr. Ambros etwas vorspielen, Maud?«

»Oh, bitte machen Sie sich keine Mühe«, sagte er hastig. »Und Angelina? Ist sie auch musikalisch?«, fragte er, seine linke Augenbraue, die arrogante, spöttische, hochziehend.

»Es tut mir leid, Mr. Ambros, aber ich bin kein dressiertes Äffchen. Ich kann keinerlei Kunststückchen – ich höre bloß furchtbar gern zu.«

»Ausgezeichnet. Während meines Konzertes werde ich mir sagen: ›Miss Maud liebt Beethoven, und die kleine Angelina hört gern zu.‹ Da werde ich mein Bestes tun, den beiden jungen Damen zu gefallen.«

»Eigentlich hatten wir nicht die Absicht, Annie ins Konzert mitzunehmen, das Kind ist so erregbar«, sagte Vater. »Unser Dr. Bryant will, dass sie spätestens um neun im Bett ist. Sie ist ein bisschen zart und anfällig, unsere Kleine, nicht wahr, Annie? Nein, wir wollten sie wirklich nicht mitnehmen.«

Die Tränen schossen ihr heiß in die Augen, aber sie fing sie in ihren Wimpern auf, während sie fortfuhr, ihr tapferstes und rührendstes Lächeln zu lächeln. Es war unausbleiblich, dass Mr. Ambros es bemerkte und nochmals ihre Hand ergriff, nicht Mauds Hand nahm er in die seine, trotz all ihrer Großtuerei mit Beethoven, sondern Angelinas. »Mr. Ballard und auch Sie, gnädige Frau, wenn ich nun sehr schön darum bitte, dann werden Sie doch dieses eine Mal eine Ausnahme machen, nicht wahr? Ich werde viel, viel besser spielen, wenn ich weiß, dass die kleine Angelina im Publikum ist«, bat er inständig.

Es war eine so deutliche Liebeserklärung, wie ein wirklich feiner Herr sie einer jungen Dame in Gegenwart ihrer Eltern nur zu machen wagen konnte – oder nicht?

Selbstverständlich setzte es Annie durch, ins Konzert mitgenommen zu werden; sie rannte Mrs. Ballards Einwendungen über den Haufen, schmeichelte Maud das Rüschenkleid aus rosa Taft vom letzten Jahr ab, überredete Miss Adams, die alte Hausschneiderin, es für sie umzuändern und durch gesteiften Organdy zu ersetzen, was ihr vorn an Fülle mangelte; und zuletzt hatte sie Vater durch das Entzücken überwältigt, das ihm der Anblick seiner kleinen Tochter in ihrem ersten langen Kleid bereitete.

Von dem Augenblick, da die Familie das Tivoli-Theater betrat, war sie gewiss, dass alle Blicke sich auf sie richteten und alles Stimmengewirr und Geflüster ihrer glorreichen Lieblichkeit galten. Sie fühlte sich schwindlig vor Erregung, und das kleine Rosensträußchen in ihrem Haar zitterte unentwegt, ihr Gesicht brannte, während ihre Hände in den weißen Glacéhandschuhen kälter und kälter wurden. Von der Musik hörte sie nicht viel, sie war zu sehr damit beschäftigt, zu zeigen, wie tief versunken sie lauschte. Doch gab es

Augenblicke, in denen ihr so war, als spielten Florian Ambros' Finger nicht auf seiner Geige, sondern auf vibrierenden Saiten in ihrem Innern.

Es kam ihr nicht zu Bewusstsein – weder an jenem Abend noch in vielen Jahren danach –, dass sie eifersüchtig auf seine Geige war. Sofort war das singende Instrument mit seinen Wölbungen und der schlanken Taille und dem langen, feinen Hals zu einer Frau und Rivalin geworden, und die Art, in der er sie liebkoste, sie auf das weiche Kissen an seine Schulter bettete, ihr sein Ohr zuneigte, wie um auf süße Geheimnisse zu horchen, wie er ihr seine ganze Aufmerksamkeit gab, wie er sie zärtlich streichelte, selbst wenn er nicht spielte, sondern die fadenscheinige alte Kreatur am Klavier für sich allein losklimpern ließ – es machte, dass Angelina sehnlichst wünschte, mit dem dummen Stück Holz ihren Platz zu tauschen.

Immerfort wartete sie darauf, dass Ambros sie bemerken und ihr ein Zeichen des Erkennens schicken würde, Parkett, dritte Reihe, Mitte – einen Blick, ein Lächeln, irgendetwas, das sie für alle Welt sichtbar aus der Menge herausgehoben hätte. Aber Florian Ambros auf dem Konzertpodium war ein ganz anderer als der elegante junge Mann, der auf einen improvisierten Besuch in ihrem Musikzimmer erschienen war. Im harten Widerschein der Rampenlichter hatte sich sein Gesicht in eine bleiche Maske verwandelt, mit schwarzen Löchern statt Augen, und er war zu einem Todfremden, einem unerreichbar abgesonderten und brennend-vertieften Schlafwandler geworden. Erst als der Applaus wie ein höflicher Wolkenbruch auf ihn herunterkam, schien er aufzuwachen und sich auf seine prinzlichen Manieren zu besinnen, sich verbeugend und mit hochgezogener linker Augenbraue seinem Publikum zulächelnd, als hätte er soeben einen guten Witz erzählt. Ann sprang auf, sie applaudierte und winkte, um seine Aufmerksamkeit auf sich zu lenken, aber Mrs. Ballard zog sie schnell auf ihren Sitz zurück, und Maud murmelte gereizt: »Mein Gott, benimm dich doch nicht wie ein Schulfratz.«

Mr. Ballard, höchst elegant im Frack und mit Brillantine auf Haar und Bart, legte die Hand beschwichtigend auf die Schulter seines Töchterchens. »Nun, nun, was gibt's denn, Annie? Das Kind zittert ja am ganzen Leib, Mama.«

»Ich wusste ja, dass es zu viel für sie sein wird. Ich würde mich nicht wundern, wenn wir morgen wieder einmal erhöhte Temperatur hätten!«, sagte Mrs. Ballard.

»Pst!«, mahnte Maud die Eltern, als Ambros an die Rampe trat, um etwas anzukündigen.

»Mit Ihrer freundlichen Erlaubnis will ich jetzt Bachs ›Air auf der G-Saite‹ für Sie spielen.«

»Für Sie«, sagte er, und plötzlich traf sein Lächeln die dritte Reihe, Mitte, als wäre er ganz allein mit Angelina, als zählte niemand sonst im vollen Theater für ihn. Während er das Stück spielte, machte sie riesige Fortschritte: Schon war sie mit ihm verheiratet, zusammen reisten sie nach New York, London, Paris und Rom, schon konnte sie Französisch parlieren wie eine geborene Pariser Schönheit, sie wurde im Buckingham Palace dem britischen Königspaar vorgestellt, und graziös, doch mit Würde wies sie unpassende Liebesanträge des Prinzen von Wales zurück. Sie trug ein Brautkleid aus echten Alençonspitzen mit einer zwei Meter langen Schleppe und eine sensationelle Perlenkette, und wo immer sie sich zeigten, flüsterten die Menschen hinter ihnen her: Sieh mal, das ist sie, das ist die wunderschöne junge Braut, die Florian Ambros sich aus Amerika geholt hat … Und dann hatte er die Zugabe gespielt, und das Publikum erhob sich von den Sitzen und drängte nach vorn, um weitere Zugaben zu erbetteln.

Diese Stadt hatte einen gewaltigen und wahllosen Appetit und eine prächtige Verdauung; man aß Mahlzeiten von vierzehn Gängen, trank Unmengen von Champagner, genoss die Schönheiten eines Schwarms von großbusigen, breitschenkligen und leicht zugänglichen Frauen, bewunderte Kunst in Gestalt von zahllosen halb nackten Marmorstatuen und Bronzefiguren. In dieser Stadt herrschte ein lebenslustiges, überschäumendes Zuviel an allem und jedem;

die Stadt las Bücher, je dicker, je besser, füllte ihre vor Neuheit glänzenden Bibliotheken mit Kilometern klassischer, weltlicher und religiöser Literatur; die Stadt betete das Theater in all seinen Formen an, vom niedrigsten Varieté bis zu *Hamlet* und *Tristan*; die Stadt verschlang Musik mit dankbarem Hunger, ganz gleich, ob es sich um einen Militärmarsch handelte oder um ein Beethoven-Konzert, von Florian Ambros gespielt. Doch stets stellte San Francisco in voller Wärme und Unschuld den Künstler über seine Kunst, den Schauspieler über das Drama, den Virtuosen über die Musik, die er interpretierte: die Person über das Werk. Tatsächlich war Ambros' Programm zu schwer für den Geschmack des Publikums gewesen, und das Betteln um mehr und mehr war das Betteln von Kindern, die nicht vom Tisch aufstehen wollten, bevor sie ihre ordentliche Portion süße, flaumige Nachspeise gekriegt hatten.

»Komm jetzt, mein Kätzchen, ich bringe dich zum Wagen, während Mama und Maud ins Künstlerzimmer gehen; Beatrice wartet schon auf dich«, sagte Vater, Angelinas Schulter berührend, und hielt ihr Abendcape für sie bereit. Anns Becher war zum Überfließen voll Entzücken gewesen, aber nun gerann alles zu Galle und Essig. Sie hatte zwar die ganze Zeit gewusst, dass ihre Eltern und unerträglicherweise auch Maud zu einem Empfang eingeladen waren, den Mr. und Mrs. Bensinger für Florian Ambros gaben; aber es war ihr nicht in den Sinn gekommen, dass sie beabsichtigten, sie selbst so unvermittelt und brutal nach Hause zu schicken. Wenn sie sich Mr. Ambros nicht in ihrem langen Kleid zeigen konnte, dann war der ganze Abend völlig sinnlos. Gott allein mochte wissen, welche schwindligen Hoffnungen ihre fünfzehn Jahre an dieses Kleid geknüpft hatten, in dem er sie sehen würde – so lieblich, so erwachsen, eine richtige junge Dame durch und durch, bis zu dem knisternden Taft-Froufrou ihrer Unterröcke. Und nun diese zermalmende Enttäuschung, diese unerträgliche Entwürdigung. »Aber – aber Vater – das ist doch unmöglich – ich muss mich zumindest bei Mr. Ambros bedanken – er wird denken, dass ich ihn vernachlässige, wenn ich nicht ins Künstlerzimmer komme –«, sagte sie mit angestrengter Selbstbeherrschung und bebenden Lippen.

»Ach was, Firlefanz! Mr. Ambros weiß nicht, dass du lebst, der hat an ganz andere Dinge zu denken. Ich bin sicher, dass es Mr. Ambros gar nicht passen würde, wenn alle Leute ihre Kinderbrut ins Künstlerzimmer angeschleppt brächten«, sagte Mrs. Ballard, gefühllos und aufreizend wie immer. Ann schnappte nach Luft, als wenn man unerwartet eine eiskalte Dusche angedreht hätte, sie verkrampfte sich von Kopf bis Fuß vor Kälte, zog sich in trotziger Verzweiflung zusammen.

»Woher weißt du denn so bestimmt, dass Mr. Ambros mich nicht erwartet?«, fragte sie erstickt.

»Ach, du lieber Gott, mach mir keine Geschichten! Du solltest seit zwei Stunden im Bett sein. Bring sie zum Wagen, Papa, bevor sie uns hier eine von ihren Szenen macht.«

So weit sie zurückdenken konnte, hatte Ann Ballard nichts als Abneigung gegen ihre Mutter empfunden; gegen ihr krachendes Korsett, den Reispuder auf ihrer glänzenden Stumpfnase, ihre Manieren, ihre Gefräßigkeit, ihr ganzes grobes, taktloses, ungebildetes Wesen. Als kleines Kind hatte sie oft davon geträumt, dass sie ein Findling sei, der auf der Ballard'schen Hausschwelle zurückgelassen worden war und sich eines Tages als Kind von viel feinerer und höherer Abkunft entpuppen würde, als die Tochter einer der ersten Familien der Stadt zum Beispiel. Die Ballards, zwar angesehene und wohlhabende Leute (in den Bank- und Geschäftshäusern hieß es, dass Charley Ballard gut und gern seine erste Million beiseitegebracht habe), gehörten keineswegs zu den Spitzen der Gesellschaft, und dafür machte Ann ihre Mutter verantwortlich, die anscheinend nicht imstande war, den kleinen Grünkramladen loszuwerden, aus dem Mr. Ballard sie herausgeholt hatte. Mit all ihren Anstrengungen, es den Bensingers gleichzutun, blieb Mrs. Ballard, geborene Smith, in hoffnungsloser Zweitklassigkeit stecken. Ihre Gesichtsfarbe war zu gesund, ihre Stimme zu laut, ihre Frisur zu geschniegelt, ihre Manieren immer ein bisschen zu gedrechselt, die Menüs ihrer Abendgesellschaften zu reich und ihre Wohltätigkeit zu großspurig. Trotz allem Wohlleben bedeutete Reichtum an sich nicht viel in San Francisco; man wusste nur zu gut, dass mit etwas Unternehmungslust ein Vermögen über Nacht verdient werden konnte und ebenso verloren. Ja, eine gute, alte Familie (und das hieß eine Familie, die sich vor zumindest zwanzig Jahren in den Sandhügeln niedergelassen hatte), das wäre etwas anderes! Entweder man gehörte solch einer Familie an oder nicht, und das war unabänderlich. An diesem Abend nun, nach Jahren höflicher Annäherungsversuche und noch höflicherer Ablehnung, geschah es zum ersten Mal, dass die Ballards in die exklusive Abgegrenztheit des Bensinger-Hauses eingeladen waren. »Du hast diese Einladung bloß dadurch gekriegt, dass du dich an Mr. Ambros' Frackschöße angehängt hast – und dann lässt du mich nicht einmal hingehen und ihm dafür danken«, schluchzte Ann.

Anns häufige Weinkrämpfe, die mit ihrer Zartheit, Anfälligkeit und Blutarmut zusammenhingen, waren in der Familie gefürchtet. Nichts Lautes, keine Wutausbrüche, nur diese klaren, wortlosen Tränenströme, die ihr Gesichtchen überschwemmten und sich nicht unterdrücken ließen, so sehr sie es auch versuchte. So eilig, sanft und unauffällig wie möglich geleitete Mr. Ballard sie daher in die Vorhalle. »Nun, nimm dich zusammen, Annie, die Sache ist doch nicht so wichtig, wie? Du solltest froh sein, dass du noch zu jung für manches bist, ich kenne genug Leute, die gern eine Million dafür geben würden, wenn sie noch einmal fünfzehn sein könnten.« Und damit hatten sie das Foyer erreicht, wo Beatrice, zerzaust, breithüftig und dunkelhäutig, schäbig in ihrem alten schwarzen Wolltuch, darauf wartete, Annie nach Hause zu bringen, so wie sie Anns ganzes Leben hindurch auf sie gewartet hatte, nach der Schule, nach der Tanzstunde, nach Besuchen bei Großmutter Ballard in Belvedere, nach dem lustigen Tumult von Kindergeburtstagsfeiern.

»Und, hören Sie, Beatrice, Mrs. Ballard sagt, Sie sollen dem Kind ein Glas warme Milch vor dem Zubettgehen geben. Nein, wir brauchen den Wagen nicht, wir fahren mit Mr. Ambros zu den Bensingers – also gute Nacht, mein kleiner Schatz«, sagte Vater. Ein warmes Gefühl von Geborgensein ging mit ihm davon, als er sie stehen ließ, und nichts blieb zurück als ein bisschen Brillantinegeruch.

»Musst deinen Rock heben wie eine Dame, Piccolina«, ermahnte Beatrice, »nicht zu hoch, Damen lassen ihre Unterröcke ein bisschen sehen, nicht ihre Füße«, und damit schob sie sich wie ein schwarzes Kissen zwischen Ann und das Gedränge und bahnte ihr einen Weg zum Ausgang.

Draußen vor dem Tivoli-Theater blies und pfiff eine von San Franciscos bösen, stürmischen, frühen Frühlingsnächten. Feuchte Nebelfetzen klatschten gegen die Straßenlaternen, die Pferde dampften in der Kälte, und die Wagen glänzten vor Nässe. Dem Wetter zum Trotz versperrte die übliche Menge von Nichtstuern und Zuschauern die Eddy Street. Straßenjungen jeden Alters, arme Weiber in Umschlagtüchern, die gekommen waren, reiche Damen in eleganten Toiletten anzustarren, ein paar junge Stutzer, die einen Blick auf Unterröcke und hübsche Fesseln zu stehlen hofften; Gimpy, der Bettler mit seinen Beinstümpfen, war da, und Rosaria, das dreihundert Pfund schwere Blumenmädchen mit der stürmischen Vergangenheit. Der übliche Prozentsatz von Betrunkenen machte aus der Menge eine fröhlich-demokratische Brüderschaft, in der Arbeitermützen und seidene Chapeaux Claques sich gut miteinander vertrugen. Vom Hafen hatte es Matrosen und Dockarbeiter mit ihren Mädels hierher gefegt, wo sie für einen Augenblick stehen blieben und neugierig gafften. Es gab Zeitungsjungen, schrill und hungrig wie Raubvögel, es gab Iren und Italiener und Mexikaner und Juden und Chinesen und Japaner und verschiedene dunkelhäutige Individuen unbestimmter Herkunft, Abfall dieser großen Hafenstadt; auch waren da mehrere geschminkte Fräuleins, bereit, etwaigen einsamen Musikliebhabern Gesellschaft zu leisten, die nach dem Konzert ihren Gefühlen freien Lauf zu lassen wünschen mochten. Es war ein lärmender, lustiger, derber Durchschnitt der Stadt, eine stoßende, pfeifende, scherzende, lachende Ansammlung von Menschen, vergnügt, einfach und gutmütig, inmitten des grausamen Wetters.

Ann befand sich zum ersten Mal so spät auf der Straße, denn bis zu diesem Abend war ihr nur der Besuch von Nachmittagsvorstellungen gestattet worden, und das bewegte Geschrei und die allgemeine Gewöhnlichkeit dieses Pöbels ängstigten sie ein wenig, und doch gehörte auch dies zu den neuen und berauschenden Dingen, die ihr geschahen, seitdem Florian Ambros sie Angelina genannt hatte ... Und dann fuhr die Ballard-Kutsche vor, mit dem guten alten O'Shaughnessy auf dem Bock, und Beatrice spreizte ihre Arme im schwarzen Tuch aus wie Fledermausflügel und schob Ann in das Dunkel des Wagens. Anns Herz brach beinahe, als sie über das holprige Kopfsteinpflaster davonfuhren, in immer stillere und leerere Straßen einbogen, weiter und weiter weg von Mr. Ambros. Sie kuschelte sich an Beatrice und schnüffelte den vertrauten Geruch des alten schwarzen Wolltuchs, so wie ein Kätzchen den heimatlichen, warmen Geruch vom Fell der Katzenmutter einschnüffeln mag. Es war noch immer dasselbe Wolltuch, in dessen Falten gehüllt Beatrice vor mehr als fünfzehn Jahren in das Ballard-Haus eingezogen war.

Ann war mit jedem Detail von Beatrices Autobiografie vertraut, denn während sie heranwuchs, hatte Beatrice es für ihre Pflicht gehalten, das Mädchen über einige der verbotenen und unaussprechlichen Dinge aufzuklären, die sich beständig zwischen Erwachsenen abspielten. So erfuhr Ann, dass Beatrice durch einen jungen Fischer von der Werft »ruiniert« worden war, er hatte sie betrogen und verlassen und mit dem ganzen Malheur sitzen lassen. Es war die älteste, die ewig gleiche Ballade: Aber obwohl das alles sehr traurig war, klang es doch, als wenn Beatrice viel Vergnügen dabei gehabt hätte. Wenn sie von Aurelio erzählte, dann schien immer die Sonne, in den Hügeln blühten die wilden Schwertlilien, und jede Nacht schien der Vollmond.

»War's denn nie neblig in San Francisco, als du jung warst, Beatrice? War's nicht zu kalt, um sich im Park ins Gras zu legen?«

Derartiges gab Beatrice nicht zu. »No, no, no, immer – ich erinnere mich – scheint die Sonne, Piccolina mia, vielleicht vergess ich das schlechte Wetter. Wenn mir kalt ist, Aurelio – er reibt mir die Hände, er zieht mir die Schuhe aus, er reibt mir die Füße, er nimmt mich fest in die Arme, ganz fest; aber zum Schluss geht er durch und heiratet das Frauenzimmer in Sacramento, sie hat ein kleines Gasthaus, sie tauft es *Margaritas Grotto*, sie macht einen Kellner aus Aurelio, und Beatrice sitzt da mit dem kleinen Benedetto …«

Der kleine Benedetto war nach ein paar Tagen gestorben, und Beatrice hatte sich mit dem ganzen Gewicht ihrer ungenutzten Liebe auf Annina gestürzt; sie hatte sie gestillt und verhätschelt und großgezogen. (»Wir haben einfach nicht das Herz gehabt, sie zu entlassen, als Annie zur Schule kam«, pflegte Mrs. Ballard zu erklären; es herrschte ein vornehmer Ton von treuer Anhänglichkeit zwischen Herrin und Dienerin.) Beatrice wusch Annies Gesicht in Milch und ihr Blondhaar in Kamillentee und Borax, sie ölte ihre Kinderhändchen und pflegte ihre Schönheit für jene ferne Zukunft, wenn ihre *Bambina* auf Gesellschaften gehen würde. Sie verhätschelte sie auf jede Weise und gab ihr in allem nach, und es kam zu einem beständigen versteckten Kampf zwischen den Mächten, die Ann Ballard erziehen wollten, und Beatrice, die es nur verstand, sie zu lieben.

Der Nebel war so dicht geworden, dass nichts zu sehen war als die nächste Laterne, und der Wagen schien sich kaum vom Fleck zu bewegen, als die Pferde sich hügelauf gegen die California Street mühten. Anns Schnüffeln wurde lauter, aber so gern sie auch geweint hätte, es wurde kein wirkliches Schluchzen daraus, ihre Kehle war voll Sand, und ihre Augen blieben trocken. »Was sagt denn Mr. Ambros, wie er dich in deinem feinen langen Kleid sieht? Wetten, er sagt: ›Angelina ist die schönste junge Dame in San Francisco‹?«

»Oh, halt den Mund! Wenn du noch ein Wort sprichst, fange ich an zu schreien. Wenn er nicht so ein Schlappschwanz wäre, hätte er es abgelehnt, ohne mich zu den Bensingers zu gehen.«

»Du machst dir nichts mehr aus Mr. Ambros?«

»Ich kann ihn nicht ausstehn!«, sagte Ann zitternd wie ein geprügeltes Pferd. Beatrice zog sie dichter in die Wärme ihres schwarzen Tuches. Plötzlich wurde der italienische Geruch dieses alten Umschlagtuches unerträglich: Öl, Holzkohle, Rauch, Zwiebeln, Fisch und Beatrices warmer, erdschwerer Körper. »Was ist los, was ist los, *Piccolina mia?*«, fragte Beatrice, alarmiert durch einen kleinen Laut, der aus Anns verkrampfter Kehle kam.

»Ich glaube, mir wird sehr schlecht, Bea, ich spür's hochkommen. Mein Magen tut mir so weh, oh, jetzt muss ich mich übergeben, O'Shaughnessy soll halten, schnell!«

Und dies war das Ende des großen Abends, an dem Ann Ballard ihr erstes langes Kleid getragen und zum ersten Mal Florian Ambros im Konzert spielen gehört hatte.

Auf allgemeines Verlangen wurde ein zweites Konzert angesetzt, und für die nächsten Tage war Florian Ambros das Stadtgespräch, der Mittelpunkt allen Tratsches bei den Teegesellschaften der eleganten Damen, der Gegenstand ernsthafter Würdigung seitens der Herren in den Bars und Bierlokalen der sogenannten Cocktailroute; zwischen den Künstlern und Bohemiens kam es zu tiefen, esoterischen Diskussionen über ihn, und in begeisterten Kritiken wurde er mit Franz Ondriczek und Eugene Ysaye verglichen, welche die Mode der vergangenen Jahre gewesen waren. Nur ein grämlicher Kritiker schrieb, dass Ambros' Auffassung möglicherweise etwas trocken sei und dass die Qualität seines Tones zu wünschen übrig ließe. Wäre Ann ein Mann gewesen, dann wäre sie stracks in die Redaktion in der Montgomery Street gegangen, hätte diesem Idioten ihre Handschuhe ins Gesicht geworfen oder ihn sogar an seiner langen, unfreundlichen Nase gezogen, und danach hätte sie ihn im Duell getötet.

Mittlerweile segelte die Familie Ballard fröhlich im Strom der Popularität ihres neuen Freundes dahin. Die fünf Tage zwischen den beiden Konzerten waren eine beständige Festlichkeit, fast noch besser als die Weltausstellung des vergangenen Jahres. Es gab Einladungen von allen Seiten und ein üppiges Diner in dem riesigen

Esszimmer der Ballards, das gefüllt war mit gemalten Fasanen in Stillleben und gebratenen Fasanen auf schweren Silberschüsseln –, ein Diner, zu dem alle Welt sich einfand; das heißt, alle Welt mit Ausnahme der Familie Bensinger, die sich damit entschuldigte, dass der alte Mr. Bensinger bedauerlicherweise an einem seiner Asthmaanfälle litte. Alle Sehenswürdigkeiten San Franciscos wurden Florian Ambros vorgeführt, der Golden Gate Park, das Cliff House, das Presidio, der Felsen mit den Seehunden; manchmal begleitete Mrs. Ballard die jungen Leute, und einige Male ließ sie die beiden Töchter und den Gast eine Wagenfahrt machen, bei der nur Beatrice als Gardedame und O'Shaughnessy als Leibwache fungierten. Nach seinen Geschäftsstunden pflegte Mr. Ballard den Gast zu übernehmen und ihn durch die männlicheren Lokale zu geleiten, die Clubs, die Bars, die Restaurants, die Gefahren Chinatowns, die Gässchen, die Spelunken, die Hurenhäuser, und tiefer und tiefer in die weltberühmte Verworfenheit dieser Stadt. Die Spielhöllen und die Lasterhöhlen des Opiums, die miserablen Dirnenwinkel von Morton Street, die schäbigen drei Häuserblocks mit ihren grellen, schmierigen Vergnügungslokalen, aus denen die berüchtigte Barbary Coast bestand: All dies wurde ihm gezeigt, und zwar mit einem merkwürdigen Lokalstolz auf den Ruf San Franciscos als der lasterhaftesten Stadt der Welt. »Erstaunlich«, bemerkte Mr. Ambros, sich den ständig daherwehenden Sand aus den Augen reibend. »Es ist ein wahrhaft erstaunlicher Ort – besonders, wenn man bedenkt, dass diese ganze Stadt nicht einmal so alt ist wie meine Mutter! Die Wolkenkratzer! Die Drahtseilbahn! Die elektrischen Bogenlampen! Wenn man mein Wien damit vergleicht – da steht es nun, seitdem die Römer es gründeten, seit beiläufig achtzehnhundert Jahren; aber hat Wien einen einzigen Wolkenkratzer? Keineswegs. Andererseits – und Sie müssen mir verzeihen, wenn ich ein wenig damit protze –, der Turm unserer Stephanskirche ist ebenso hoch, oder vielleicht sogar ein kleines bisschen höher, als Ihr Call Building. Die Baumeister des 13. und 14. Jahrhunderts haben ihn errichtet, Stein auf

Stein, mit ihren eigenen Händen und aus ihrer einfachen Gläubigkeit heraus ...«

Man wusste nie, ob er sich lustig machte, und zuweilen hatte Angelina den Verdacht, dass er nichts ernst nahm als sein Geigenspiel. »Verzeihen Sie mir, dass ich ein so langweiliger Kerl bin«, rief er aus, »aber keine Versuchungen mehr für mich, genug *dolce far niente!*« Er streckte seine Arme vor sich hin und spreizte die Finger und betrachtete sie mit einem scharfen, misstrauischen und drohenden Stirnrunzeln: Wagten sie vielleicht zu zittern? Nein, sie wagten es nicht, und er holte tief und erleichtert Atem. Nun zog er sich in sich selbst zurück, enthielt sich aller geistigen Getränke, aber rauchte unaufhörlich die bitteren ägyptischen Zigaretten aus seiner bemerkenswerten goldenen Tabatiere, die ihm ein Erzherzog geschenkt hatte, wie die Ballards herausfanden. Während dieses Intervalls zwischen den beiden Konzerten schien es ihm unmöglich, still zu sitzen; mit zurückgeworfenen Schultern, die Hände hinter dem Rücken verschränkt, wanderte er vor den höflich lauschenden Damen Ballard auf und ab und versuchte, sich ihnen verständlich zu machen: »Konzentrieren! Arbeiten! Üben, üben, üben! Disziplin – wissen Sie, Miss Maud, was Disziplin für uns Musiker bedeutet? *Au fond* sind wir alle Zirkusgaukler, Seiltänzer, Trapezkünstler, in Gefahr, ganz oben in der Zirkuskuppel. Herrgott, was für ein gefährlicher Beruf das ist, Violinspielen, was für ein dünnes, schlappes Seil, dieses bisschen Erfolg, auf dem unsereiner dahertanzt! Zwar brechen wir uns nicht den Kragen, wenn wir danebengreifen, aber, Jesus Maria, ich würde mir lieber den Kragen brechen als das Beethoven-Konzert verpatzen. Das begreifen Sie doch, Miss Maud, nicht wahr?«

Worauf Maud, ihn mit ihren schläfrigen großen Kuhaugen anblickend, behauptete, dass sie – »Aber gewiss, Mr. Ambros« – es begriffe.

Als er sich über den Lärm und die Störungen im Palace Hotel beklagte, lud Vater ihn ein, doch in ihrem Musikzimmer zu üben, und er akzeptierte das in Plüsch erstickende Asyl mit eifriger Dankbarkeit. Obwohl Mr. Ballard laut erklärte, so unmusikalisch zu sein wie eine Kanalröhre, war in ihm eine versteckte, tief sitzende und verschämte Liebe für Musik, wahrscheinlich ein Erbteil seiner deutschen Ahnen. So wurden denn der spanische Schal, der marmorne Amor und all der übrige Krimskrams fortgeräumt, ein Klavierstimmer wurde beordert, das Instrument in Ordnung zu bringen, und jeden Morgen um Punkt neun erschien Florian Ambros mit seinem Violinkasten und schlich sich so unbemerkt wie möglich ins Musikzimmer. Ihm folgte, wie ein huschender Schatten, seine Klavierbegleiterin, die kleine, ältliche, unscheinbare Kreatur mit den wachen, großen, intelligenten Augen einer Nachteule. »Das ist Mausi-Mausi schlechthin«, hatte er nebenbei erwähnt. »Sie ist eine schreckliche Person; wenn ich nicht nach ihrem Geschmack spiele, schlägt sie mir auf die Finger.« Worauf Mausi allen vier Ballards die Hände geschüttelt hatte, nicht ohne sie durch die beinahe männliche Stärke ihrer breiten, kleinen, kurzen Finger zu überraschen. Mausi trug stets schwarze Kleider, die wie von Herrschaften abgelegt aussahen – und es wahrscheinlich auch waren –, und niemand in der Familie Ballard hatte sie ein Wort sprechen hören. Angelina folgerte daraus, dass Mausi entweder taubstumm sein musste oder aber so schwachsinnig, dass sie nicht genug Englisch konnte, um Guten Morgen zu sagen. Mausi jedoch war höchst beredt am Klavier, und häufig genug wurde das Musizieren hinter den zugezogenen Portieren des Musikzimmers unterbrochen und machte einem heftigen, hartnäckigen Streit auf Deutsch oder Französisch Platz.

Es war ungerecht, dass Maud während dieser aufregenden Woche zu Hause bleiben und das Feld für sich allein haben durfte, während Ann zur Schule traben musste. Miss Fishbeins *Lyzeum für junge Damen* war ein Abgrund von Langeweile, und es machte wenig Spaß, *Hamlet* zu lesen, wenn alle verbotenen Worte vorsorglich mit Briefmarken überklebt waren. Seitdem Ann in diese Schule geschickt wurde, war sie nach Dr. Bryants Diagnose ein etwas anfälliges Kind geworden. Sooft ihr etwas gegen den Strich ging, begann sie sichtlich hinzuwelken, zu erblassen, und ein Netz von pulsierenden blauen Adern zeichnete sich auf ihren plötzlich durchsichtigen Schläfen ab. Fieberanfälle traten auf, Halsschmerzen und Magenbeschwerden, sie wollte nicht essen, und die Milch, die Mrs. Ballard mit grimmiger Entschlossenheit in sie hineinschüttete, kehrte auf halbem Wege um, eine Unannehmlichkeit, die Ann unter vielem Würgen, Transpirieren, leisem Stöhnen und mit resigniertem Lächeln einer Heiligen erduldete. Verzweifelt suchte sie nach Gründen, um von der Schule wegzubleiben; aber jetzt war offensichtlich nicht der richtige Moment für eine Halsentzündung. Der Heimweg von der Schule war viel zu lang, die Drahtseilbahn rumpelte viel zu langsam die steile California Street hinauf, und Ann war unfreundlich zu Johnny O'Shaughnessy, der noch immer – wie in der verschollenen Vergangenheit – »vor Ambros« – an der Ecke auf sie wartete, um ihre Schulmappe zu tragen und sie nach Hause zu begleiten.

Johnny, der Sohn des alten O'Shaughnessy, beendete eben sein letztes Jahr in der Mittelschule, und in seiner freien Zeit tat er alle möglichen Dienste im Ballard-Haushalt – er pflegte den Rasen, stutzte die Buchsbaumhecke, putzte, unbequem an Gurten hängend, die Erkerfenster im ersten Stock, reparierte die vielen Petroleumlampen, verarztete undichte Wasserhähne und verstopfte Klosettröhren und ölte die Fahrräder der Töchter. Wenn Gesellschaften gegeben wurden, öffnete er den Gästen die Haustür, wirkungsvoll in Mr. Ballards abgelegten Cutaway gekleidet, mit weißen Zwirnhandschuhen an seinen großen Händen, und zu besonderen Gelegenheiten, bei denen die Damen Ballard in großem Stil aufzutreten wünschten, wurde er als livrierter Diener benutzt. Der siebzehnjährige Johnny war groß und stark, ernsthaft damit beschäftigt, sich einen stolzen roten Schnurrbart wachsen zu lassen wie ein echter Mann und Ire. Er war Anns erklärter, ergebener und bewundernder Sklave; Ann ihrerseits betrachtete ihn als ein nützliches, persönliches Eigentum, und er würde ihr gefehlt haben, hätte er sie nicht an der Ecke erwartet. Aber seitdem sie Ambros kannte, irritierte Johnny sie, sie fand ihn ungehobelt und sommersprossig, ein überflüssiges und beschwerliches Überbleibsel aus der Kinderzeit. Wenn Ann das Haus betrat, kündigte ein wieder und wieder repetierter, immer schneller werdender Violinlauf an, dass, dem Himmel sei Dank, Mr. Ambros noch da war. Schon während sie die Treppe hinaufrannte, rief sie nach Beatrice, ihr zu helfen, schnell, schnell. Sie schälte sich aus ihrer abscheulichen Schultracht, wechselte Kleid und Wäsche; sie schlüpfte in den Unterrock mit den gestickten Batistrüschen, der eigentlich nur sonntags getragen werden sollte, löste und bürstete ihr Haar; sie rieb ihre Wangen, bis sie Farbe bekamen, Beatrice musste Rosenwasser und Glyzerin auf ihre Hände tun, die sie mit erhobenen Armen in der Luft flattern ließ, um sie noch zarter und weißer zu machen. Und so, verschönt und erwartungsvoll wie eine Perserbraut, schlüpfte sie ins Musikzimmer.

»Wer ist da? Herrgott, was willst du denn schon wieder?«, schrie Florian sie in heiserem und unverständlichem Deutsch an – der Schlafwandler, aus seinem Traum gerissen, gefährdet, am mondhellen Rand des Daches –

»Niemand – ich meine, ich bin's bloß. Bitte, bitte, darf ich ganz still hier sitzen und zuhören? Sie wissen gar nicht, was das für mich bedeutet!«

»Na schön, aber setz dich dort drüben hin, wo ich dich nicht sehe, sonst kann ich mich unmöglich konzentrieren.«

Das waren starke, höchst schmeichelhafte und beinahe zu leidenschaftliche Worte, so erschien es Ann. Sie machte sich ganz klein, um ihn nicht durch ihre erregende Gegenwart abzulenken, und Ambros fuhr fort zu üben. Eintönig und mit unendlicher Geduld wiederholte er noch einmal und noch einmal den gleichen widerspenstigen Lauf; Ann machte das nichts aus, sie hörte doch nicht zu, sie schaute nur. Sie musste ja den Mann studieren, den sie eines Tages zu heiraten beschlossen hatte. Wenn er die Geige spielte, wurde er wieder zu einem Fremden, zu einem geheimnisvollen Wesen, einem Marsbewohner, aber, ach, so hinreißend! Am Morgen trug er nicht seinen schlanken Gehrock, sondern eine ziemlich abgenutzte Samtjacke, und auch die warf er bald mit einem wütenden deutschen Fluch auf den Fußboden, seine schwarze Krawatte folgte, dann die großen, runden goldenen Manschettenknöpfe, der weiche Kragen, bis er schließlich mit aufgerollten Hemdsärmeln übte; sein Haar war eine schwarze Wildnis, sein Gesicht blass und schweißglänzend. Es war, dachte Ann, ein nacktes Gesicht; zwar hatte Mrs. Ballard ihren Töchtern verboten, dieses unpassende Wort zu gebrauchen, aber für Ann war und blieb es ein nacktes Gesicht, und das gab ihr ein trotziges und merkwürdiges Gefühl von Intimität und Besitzergreifen. Da war kein Bart wie bei allen anderen Männern, kein Schnurrbart, hinter dem er seinen Mund verstecken konnte, sein hochmütiges, ironisches und doch melancholisches Lächeln, den seltsamen, gleichzeitig finsteren und doch zärtlichen Ausdruck, mit dem er seiner Geige Liebeserklärungen machte.

»In seinem Gesicht ist immer etwas los«, teilte Ann der interessierten Beatrice mit, »er sieht wie ein Schauspieler aus.«

»Oder wie ein Oberkellner«, sagte Maud, die nicht um ihre Meinung gefragt worden war; immer fand sie etwas an Mr. Ambros zu nörgeln, doch Ann beschloss, sie zu ignorieren.

»Dich ignoriere ich einfach«, teilte sie ihrer unsympathischen älteren Schwester mit.

»Was gibt's schon wieder zwischen euch zwei Mädels?«, fragte Vater beim Nachtessen. »Redet ihr nicht mehr miteinander?«

»Der Fratz quält Mr. Ambros die ganze Zeit, sie hängt sich an ihn wie eine Klette; sie lässt ihn nicht einmal in Ruh, wenn er üben will. Sie geht ihm auf die Nerven, Vater.«

»Das ist ja noch schöner! Hat er sich über sie beklagt?«

»Er ist zu sehr Kavalier, um sich zu beklagen, aber er deutete es an.«

»Das ist eine Lüge – sie lügt ja, Vater«, sagte Ann verzweifelt, die stets bereiten Tränen kamen ihr in die Augen, und ihre Kehle wurde eng.

Maud beobachtete sie mit Herzenskälte, ungerührt durch ihre

Zartheit, ihre Hilflosigkeit, ihre tiefe Gekränktheit. »Da haben wir's, immer die gleichen Faxen – die verwundete Gazelle. Um Himmels willen, warum gibst du's nicht auf, Annie?«, sagte sie bloß.

Vater sah seine beiden Töchter an. »Na also, Mädels, was ist eigentlich los? Maud? Annie? Was geht hier vor?«

»Das Gör hat sich in Mr. Ambros verguckt, das ist los«, sagte Maud. Ann überlegte vorübergehend, ob man vielleicht den chinesischen Koch Lee Ong überreden könnte, irgendein langsam wirkendes Gift aus einer chinesischen Apotheke zu beschaffen. Ihre Augen waren trocken vor Wut, als sie nach einer tödlichen Antwort suchte.

»Es ist dir vielleicht nicht in den Sinn gekommen, dass die Geschichte möglicherweise andersrum sein könnte. Möglicherweise ist es so, dass Mr. Ambros sich in mich verguckt hat«, sagte sie großartig.

»Mach dich doch nicht lächerlich! Warum versuchst du nicht, dich ein bisschen erwachsener zu benehmen?«, fragte Maud und verließ den Tisch.

Maud war unberechenbar. Noch am gleichen Abend schenkte sie Ann ihre begehrenswerte Korallenhalskette. »Da hast du sie – nimm sie nur; an dir wird sie viel hübscher aussehen als an mir«, sagte sie versöhnlich. »Es tut mir leid, Schwesterlein – ich wollte dich nicht kränken.«

Jetzt versucht sie's mit Bestechung, dachte Ann, sprach es jedoch nicht aus. »Ach, lass nur gut sein«, erwiderte sie großmütig. »Warum sollte ich gekränkt sein?«

»Es ist bloß, weil du in dem Alter bist, wo man sich allerhand Unsinn in den Kopf setzt; höchste Zeit, dass dich jemand aus deinen holden Träumen aufweckt, bevor dir wehgetan wird«, sagte Maud, sich zurückziehend. Ann stieg aus dem Bett, streifte das Nachthemd von ihren Schultern und probierte die Korallenkette an. Spieglein, Spieglein an der Wand, wer ist die Schönste im ganzen Land? Ihr frühester Bewunderer, der Ankleidespiegel, versicherte ihr, dass ihr die Korallen selbstverständlich viel besser stünden als ihrer Schwester. Für Anns Geschmack war Maud keineswegs anziehend; groß und schwerfällig wie ein Pinzgauer Ross, das Haar so grob wie eine Pferdemähne, und dazu diese breiten Hände mit der rauen Haut, die von Mauds unvernünftiger Beschäftigung mit öffentlicher Fürsorge und dem *Heim für arme Kinder* herkam.

Ann trug die Korallen am Abend vor Ambros' zweitem Konzert, und diesmal hatte er Gelegenheit, sie in der ganzen Glorie ihres langen Kleids zu sehen, denn der nachfolgende Empfang fand im Hause Ballard statt, und Ann hatte sich die Erlaubnis erkämpft, bis Mitternacht aufzubleiben und den Toast auf Florians Erfolg mitzutrinken. Sie war ein ganz klein wenig betrunken und hatte ein bisschen Fieber, allerdings nicht viel. Im Hintergrund hörte man Beatrice besorgt glucksen. »Geh doch weg, lass mich in Frieden, sei doch nicht so albern«, murrte Ann und verjagte sie aus dem grünen, kleinen Wintergarten, wohin sie sich zurückgezogen hatte, um sich von Ambros entdecken zu lassen; es war kühl und still hier, ein kleiner Springbrunnen rieselte freundlich in sein Marmorbassin.

»Na also, hier bist du ja!«, sagte er, hinter ihr auftauchend. »Ich suchte dich überall; ich hoffe, du hattest nicht die Absicht, mit dem Glockenschlag zwölf zu verschwinden wie Aschenbrödel, ohne mir Gute Nacht zu sagen?«

Ann senkte den Kopf und betrachtete den dicken Goldfisch im Bassin; es war eine stumme Einladung für Ambros, seine Hand unter ihr Kinn zu legen und ihr Gesicht ihm zuzudrehen. »Warum so nachdenklich, Angelina?«, fragte er lächelnd. An seinen Fingern haftete der hochelegante Duft seiner Zigaretten.

»Ich? Nachdenklich? Ich weiß nicht recht – vielleicht, weil Sie morgen abreisen. Freilich, für Sie bedeutet das nichts, Sie sind ja so daran gewöhnt, wegzugehen und Leute hinter sich zu lassen. Ich meine – Leute, die an Ihnen hängen. Aber – nun also gute Nacht – und adieu, Mr. Ambros.«

»Adieu – nichts da! Ich bin nicht so ein wandernder Zigeuner, wie du denkst, und außerdem habe ich mich entschlossen, noch ein paar Tage in San Francisco zu bleiben. Ich kann mich einfach nicht von dieser Stadt losreißen; ich glaube, jemand muss mich verhext haben – oder was hältst du davon?«

»Ich – mein Gott, müssen Sie nicht für Ihr nächstes Konzert in St. Louis sein?«

»Das ist alles arrangiert. Ich schicke Mausi voraus, die kann all die langweiligen Vorbereitungen dort erledigen, das gibt mir eine ganze Woche Ferien. Ich habe seit Ewigkeiten keine ganze Woche für mich gehabt; und, weiß der Himmel, ich kann's gebrauchen.«

»Mein Gott, Mr. Ambros, ich weiß gar nicht, was ich dazu sagen soll? Das ist ja wunderbar – eine ganze Woche, das ist ja noch eine kleine Ewigkeit, nicht wahr? Du lieber Gott, was kann nicht alles in einer Woche passieren«, stammelte Ann atemlos; wenn er mich jetzt, hier, in diesem Augenblick, bittet, mit ihm durchzubrennen, dann tu ich's, dachte sie, jawohl, ich würde es tun, so wahr mir Gott helfe.

»Sag mal, Angelina, wenn ich dir ein Geheimnis anvertrauen würde – könntest du es bei dir behalten?«, sagte er in den Regenbogen ihrer Gefühle hinein.

»Aber selbstverständlich. Sie wissen, dass ich bei mir behalten würde, was immer Sie mir erzählen wollen. Ich schwör's bei meinem Leben.«

Er zog seine Hand von ihrem Gesicht zurück, kopfschüttelnd, überlegend und etwas amüsiert. »O nein, du würdest's nicht bei dir behalten. Übrigens – es ist zu früh, darüber zu sprechen.«

»Denken Sie, dass ich zu jung bin? Aber ich bin kein Kind mehr, wahrhaftig nicht, und –«

»Und du kriegst eine weiße Nasenspitze und gehörst ins Bett; deine Mutter würde mir nie verzeihen, wenn ich dich noch länger aufhielte.«

Er stand von der Marmorbank auf und streckte sich ein wenig abgespannt. »Herrgott, bin ich müde! Ich wusste gar nicht, wie müde ich bin!« Er beugte sich zu ihr herunter, leise lachend. »Sehen sie nicht immer aus, als wenn sie Oskar hießen?«, sagte er.

»Wer denn?«

»Die Goldfische. Schau sie bloß an: Mein Name ist Oskar, siehst du nicht, wie sie es sagen? Oskar, Oskar –« Und damit beugte er sich noch tiefer, und etwas berührte ihren Scheitel – niemals erfuhr sie, ob es seine Finger oder seine Lippen gewesen waren, denn als sie aufblickte, war er gerade dabei, eine Zigarette herauszunehmen und sie am Weg zu dem geschnitzten Bogen, der den Wintergarten von dem großen Empfangsraum trennte, anzuzünden. »Großer Gott«, sagte er, »man soll eben keinen Champagner auf leeren Magen trinken. Na, gute Nacht, du kleines Rosenwölkchen.«

Anns Tage vergingen in träumerischer Erwartung; bald musste irgendetwas passieren, sie wusste nicht recht, was, aber was immer er von ihr verlangen würde, sie war bereit. Eine offizielle Verlobung, eine heimliche Flucht und Hochzeit, ein Kampf mit ihrer Mutter – und was Vater anbetraf, den würde sie schon rumkriegen. Es war eine sonderbare Woche, mit dem Echo unsichtbarer Stimmen in den hohen Zimmern, Geflüster hinter schweren Portieren und plötzlich verschlossenen Türen, und zu allem Übrigen wurde Maud unberechenbarer denn je, an einem Tag liebenswürdig und vergnügt und am nächsten völlig stumm. Auf dem Umweg über das Küchenpersonal und das Stubenmädchen erfuhr Beatrice aufregende Gesprächsfetzen, die sie getreulich ihrer Annina hinterbrachte. Nichts da, hatte Mrs. Ballard gesagt, nichts da, woher weißt du, dass er nicht nur ein Mitgiftjäger ist? Ich pfeife auf seine Berühmtheit, lass dir nichts von ihm vormachen, was kann denn an einem Geigenspieler dran sein – und noch dazu einem Ausländer? Ich pfeif auf deine Meinung, hatte Mr. Ballard geantwortet, gerade als Maggie das Frühstück servierte. Ich habe genug Geld verdient, um unseren Mädels geben zu können, wonach ihr Herz verlangt, und, meine Liebe, hatte er gesagt, wenn er das Mädel wirklich liebt und sie sich so viel aus ihm macht, dann seh ich gar nicht ein, warum – und dann hatte Mr. Ballard zwei Scheiben Schinken von der Schüssel genommen, und Maggie konnte einfach nicht länger herumstehen, ohne aufzufallen.

»Ich wusste es ja, ich wusste es ja!«, rief Ann aufgeregt. »Ich wusste es, er hat mit Vater gesprochen, *o dio mio*, Beatrice, was wird jetzt geschehen? Werden wir uns verloben, bevor er abreist? Nicht offiziell, versteht sich, zumindest nicht, bis ich sechzehn bin –«

Was zunächst geschah, war nur, dass die Familie Ballard plante, mit Ambros eine Landpartie zu machen. In San Francisco waren Landpartien sehr beliebt, denn bei solchen Gelegenheiten ging es frei und fröhlich zu, und die glückliche romantische Stimmung solcher Ausflüge hatte schon viele junge Paare veranlasst, das entscheidende Wort zu sprechen und den Wunsch nach dauernder Vereinigung mit einem ersten Kuss zu besiegeln. Ann erkannte ihres Vaters freundlich-geschickte Hand hinter den Vorbereitungen und war ihm unendlich dankbar dafür; und Mr. Ballard warf sich mit großem Schwung auf die Vorbereitungen für das Unternehmen.

Kremser wurden gemietet, denn Ausflüge wurden nicht in der Stadtkutsche unternommen, und dem berühmten Gast zu Ehren suchte Mr. Ballard persönlich die zwei besten Kutschpferde in Kellys Stallungen heraus. Lee Ong, erregbar wie alle chinesischen Köche, befand sich in einer Ekstase des Kochens und Backens, des Zubereitens von Schinken und Truthühnern und Pasteten und Salaten, während Mr. Ballard kennerhaft die Weine wählte, die nebst vielen Flaschen Bier und einer ganzen Kiste französischen Champagners mitgenommen werden sollten; es gab Kuchen und Gebäcke aller Arten und Brote und Zwieback und Biskuit, und Säcke mit Holzkohle wurden geliefert, und Esskörbe wurden gefüllt und Decken aus der Mottenkiste geholt, und der alte O'Shaughnessy brachte riesige Stücke Segeltuch angeschleppt – ganz so, als ob es sich nicht um einen einfachen Familienausflug handelte, sondern als gälte es, eine Armee für einen Feldzug auszurüsten.

Und dann, zwei Tage vor dem Ereignis, kam es zu dem großen Zusammenbruch.

»Hör zu, Annie«, sagte Mr. Ballard und zog sie zwischen seine Knie, als wäre sie noch ein kleines Kind. »Hör einmal zu, Kätzchen. Ich möchte lieber mit dir sprechen, bevor du dich zu sehr auf die

Landpartie zu freuen anfängst. Du kannst nämlich nicht mitkommen, du musst zu Hause bleiben und in die Schule gehen. Bitte, keine Widerrede. Ich weiß, dass es eine Enttäuschung für dich ist, aber diesmal kann ich dir nicht helfen. Zu Ostern werde ich dich dafür schadlos halten, was sagst du dazu? Zu Ostern kannst du mit mir aufs Gut kommen, wie gefällt dir das? Wir beide gehn aufs Gut, nur du und ich, ganz allein, und wir werden viel Spaß haben, wir werden reiten und – nun schau mich doch nicht an, als ob ich dir das Herz mit einem stumpfen Messer herausschneide. So schlimm ist das doch nicht!«

Ann war so entsetzlich zumute, dass ihr kaum genug Atem blieb, um zu protestieren. »Aber, Vater, das ist doch ganz unmöglich, begreifst du denn nicht? Mr. Ambros – einen Tag nach der Landpartie muss er abreisen!«

»Na eben. Du hast ihn schon viel zu viel in Anspruch genommen, und es ist höchste Zeit, dass andere Leute auch mal an die Reihe kommen. Erwachsene Leute. Du wirst mir zu vorlaut, und das ist gar nicht hübsch für ein kleines Mädel in deinem Alter. Ich kann's nicht zulassen, dass du dir so viel herausnimmst, und weder ich noch deine Mutter wollen dich bei dieser Landpartie dabeihaben. Na, nun weine nicht und schneid mir keine Gesichter und denke bloß nicht, dass du mich herumkriegen kannst. Schluss damit.«

Ann kannte ihren Vater zu gut, um eine Szene zu machen. Wenn Vater sagte »Schluss damit«, dann war es endgültig. Eigentlich hatte sie ihn sogar lieb dafür; denn ohne diesen diamantenharten Kern seines Wesens hätte er es weder zum Millionär gebracht noch wäre eine Straße im Westen der Stadt nach ihm benannt worden. Aber ich weiß ja, wer dahintersteckt, sagte sie sich in weiß glühendem Zorn. Natürlich Maud! Warte bloß, ich werd dir's schon zeigen. So lasse ich mich nicht behandeln, das werde ich euch schon zeigen.

Sie ging ins obere Stockwerk, ihre Augen brannten heiß und trocken, sie legte sich auf ihr Bett, warf die Schuhe ins Zimmer, kreuzte die Arme hinterm Kopf und brütete Rache. Der Gong rief zum

Nachtessen, aber sie rührte sich nicht. Beatrice kam in Strümpfen hereingetappt und blieb besorgt in der Tür stehen. »Was ist los, *Piccolina mia*? Dir nicht gut? Soll ich dir eine heiße Schokolade machen? Soll Beatrice dir eine Zabaglione machen, nein?«

»Ach, mach, dass du wegkommst! Lass mich in Ruhe; ich bin nicht hungrig, mir tut der Kopf weh.«

»*Poverina,* ich mach dir einen kalten Umschlag, gleich geht's dir besser, ja?«

»Geh weg, hörst du? Mach, dass du wegkommst!«, schrie Ann. »*Va via*«, schrie sie trostlos. »*Va via,* du dumme alte Ziege!« Und Beatrice zog brummend und geschlagen ihres Weges.

Etwas später fühlte Ann sich sehr schlecht, wenn auch nicht ganz so schlecht, wie die Gelegenheit es verlangt hätte. Sie schleppte sich ins Badezimmer, würgte ein wenig, ohne zu einem Resultat zu kommen, worauf sie das Fieberthermometer aus der Hausapotheke holte. Das Badezimmer hatte ein buntes Glasfenster, rote, blaue und gelbe Kringel flimmerten auf den Fliesen; sie starrte darauf hin, bis ihr ein wenig schwindlig wurde. Leise stöhnend schleppte sie sich zu ihrem Bett zurück, steckte das Thermometer unter die Zunge und wartete hoffnungsvoll: 36,8 – normale Temperatur. Vermutlich war das Thermometer nicht in Ordnung. Es dauerte eine Weile, und dann hatte sie einen Schüttelfrost, ihre Zähne begannen zu klappern. So, jetzt bin ich wirklich krank, dachte sie; schwer krank. Geschieht ihnen ganz recht. Jetzt wollen wir doch sehen, ob sie auf ihre Landpartie gehen, während ich im Sterben liege.

Von der erschrockenen Beatrice herbeigerufen, erschien Mrs. Ballard an ihrem Bett. »Was gibt's denn, Annie, schon wieder Halsweh?«

»Mir fehlt nichts, Mutter, wirklich«, sagte Ann, sehr schwach, sehr bemitleidenswert, sehr tapfer. »Ich musste mich nur ein bisschen übergeben. Und der Kopf tut mir weh, und mir ist schrecklich kalt. Aber bis morgen bin ich wieder gesund.«

»Sicher hast du zu viel Schokoladentorte gegessen; ich hab dir's gleich gesagt, aber du hörst ja nicht auf mich.« Mrs. Ballard befühlte Anns Stirn mit ihrem Handrücken. »Gar kein Fieber. Also, Beatrice, wenn ihr nicht besser wird, müssen wir ihr Rizinusöl eingeben.«

Ann hätte gern gewusst, ob alle Mütter solche Ungeheuer waren oder ob die ihre eine Ausnahme war. Sie fühlte sich furchtbar einsam, verlassen und betrogen. Niemand verstand sie, nicht einmal Vater, niemand hatte sie lieb, nicht einmal Florian.

Später kam Maud herein, mit honigsüßer Miene, und spielte die barmherzige Schwester. »Du bist doch noch ein richtiges Baby, so eine Aufregung um nichts und wieder nichts. In einem Jahr wirst du über das alles lachen, das kann ich dir versprechen. Weißt du, in deinem Alter gehen wir ja alle durch diese dummen Sachen, aber man überlebt's, das kannst du mir glauben. Erinnerst du dich noch daran, wie ich den alten Tenor anschwärmte, diesen Cavaliere Mazzini, der wie ein Nilpferd aussah?«

»Ich weiß gar nicht, wovon du redest. Ich bin krank, ich habe Fieber«, erklärte Ann mit tragischer Miene.

»Fieber? Wie hoch?«, fragte Maud und streckte die Hand nach dem Thermometer aus.

»Nicht so sehr viel; ein bisschen über achtunddreißig«, sagte Ann, die durch allerhand Machenschaften das Quecksilber überredet hatte, etwas zu steigen.

»Das bedeutet nichts; ich habe jeden Nachmittag über achtunddreißig«, bemerkte Maud.

Ann wurde wütend. »Du lügst ja schon wieder, immer schneidest du auf, du hast einen unaufrichtigen Charakter«, sagte sie empört.

Anstatt einer Antwort schüttelte Maud das Quecksilber herunter und steckte das Thermometer in den Mund. Sie machte etwas Ordnung im Zimmer, hängte Anns Kleider in den Wandschrank und zog ihre Schuhe säuberlich auf Leisten. Nach kaum einer Minute nahm sie das Thermometer heraus und hielt es Ann unter die Nase; es zeigte zwei Striche über achtunddreißig. »Siehst du wohl«, sagte Maud,

»das bedeutet gar nichts. Du sollst dich nicht immer krank stellen. Merkst du denn nicht, wie viel Vergnügungen du mit allen deinen dummen kleinen Krankheitsanfällen versäumst?«

»Aber sicher, stell dir nur vor, was für ein Vergnügen das sein wird, allein zu Hause zu hocken, während du eine Landpartie machst«, wollte Ann sagen, aber die Stimme brach ihr, und sie musste es aufgeben.

Maud zuckte die Achseln, tätschelte Anns Kopf, wie sie das Hündchen Jolly zu tätscheln pflegte, und damit verließ sie das Zimmer. Dann wurde Ann erst richtig krank.

Sie wurde so krank, dass man nach dem Nachtessen zu Dr. Bryant schickte. Er streichelte seinen Bart und verschrieb seine üblichen Medikamente: kohlensaures Natron, heißen Tee mit Zitronensaft, wenn nötig, eine Dosis Rizinusöl. Gurgeln mit übermangansaurem Kali konnte auch nie schaden. Sollte jedoch Anns Fieber während der Nacht steigen oder sollten gewisse andere Symptome auftreten, rötliche Flecken, ein Ausschlag zum Beispiel, dann sollte man ihn gleich rufen. In der Stadt waren nämlich, wie Dr. Bryant fröhlich bemerkte, ein paar Fälle von Scharlach aufgetreten. Keineswegs eine Epidemie, aber immerhin, Vorsicht ist die Mutter der Porzellankiste und so weiter …

Ann überdachte das mit Gründlichkeit. Höchstwahrscheinlich hatte sie Scharlach erwischt, und es war durchaus verkehrt, dass ein Mensch, der sich so krank und elend fühlte, so wenig Symptome vorzuweisen hatte. Sie konnte spüren, wie sich die juckenden roten Flecken unterhalb ihrer Haut entwickelten; aber wenn sie erst an die Oberfläche treten sollten, nachdem die Familie auf ihre Landpartie gegangen war, dann nützte der ganze Scharlach nichts. Wenn aber die gefährliche und ansteckende Krankheit schon morgen ausbrechen sollte, dann müsste die Landpartie abgesagt werden. Sogar ihre Mutter, rücksichtslos, wie sie war, konnte es sich doch wohl nicht gestatten, einen Ausflug zu machen, solange ihre kleine Tochter in Lebensgefahr schwebte. Das würde einen allzu schlechten Eindruck auf die anderen Damen der Gesellschaft machen. Über solchen Gedanken schlief Ann ein, und als sie am Morgen aufwachte, ohne dass während der Nacht neue Symptome aufgetreten waren, entsprang ihrem Haupt ein voll bewaffneter Plan so wie Minerva – oder um wen immer es sich in Miss Fishbeins Geschichtsklasse gehandelt haben mochte – Jupiters Marmorschädel.

Sie kleidete sich an, teilte mit resigniertem, mattem Lächeln mit, dass sie nicht krank sei, nur ein bisschen müde und so etwas komisch und kalt innen; und damit ging sie zur Schule. Das heißt, eigentlich ging sie nicht in die Schule, sondern schwänzte zum ersten Mal in ihrem Leben – wie viele erstmalige Dinge es doch für sie gab, seit Florian Ambros in die Stadt gekommen war – und wartete im Hinterhalt auf Johnny O'Shaughnessy.

»Johnny, du weißt doch, wie gern ich dich habe, nicht wahr? Und du hast mich auch gern, nicht wahr? Weißt du, Johnny, es gibt nichts auf der Welt, was ich nicht für dich tun würde, weil wir doch Freunde sind, Johnny, richtige gute Kameraden, nicht wahr?«

»Jawohl, das sind wir, Ann«, erwiderte Johnny aus der Tiefe seines Herzens.

»Wenn ich dich also um eine Gefälligkeit bäte, würdest du doch nicht Nein sagen? Ich weiß bestimmt, du würdest auch etwas für mich tun, Johnny, darauf kann ich mich doch verlassen?«

»Na, und ob! Für dich tu ich alles, was du willst, Ann, du brauchst mir's nur zu sagen.«

»Nämlich – es handelt sich darum: Ich brauche einen Hummer«, sagte Ann.

»Ach, du heilige Mutter Gottes! Wozu denn?«

»Ach, bloß für einen Spaß, verstehst du? Um ihn in Mauds Bett zu stecken, unters Leintuch. Das wird ein großer Jux, verstehst du? Ich hab ihr etwas heimzuzahlen, dir kann's ja gleich sein, was. Hör zu, Johnny, geh du hinunter nach der Fisherman's Wharf und kauf einen Hummer für mich. Ich kann natürlich nicht selbst hingehen, es ist ja eine schreckliche Gegend, alle diese ordinären Italiener, sie ziehen gleich das Messer; freilich, wenn du bei mir bist, das wäre etwas ganz anderes. Wenn du bei mir bist, fürchte ich mich vor nichts.«

»Sag mal, Annie, warum bittest du nicht euren Lee Ong oder deine Beatrice, dir diesen Hummer zu kaufen? Es ist spät, ich müsste schon in der Schule sein.«

»Ach, Johnny, lass dieses eine Mal deine alberne Schule beiseite. Es ist das erste Mal, dass ich dich um eine Gefälligkeit bitte, und wenn du dich weigerst, diese Kleinigkeit für mich zu tun, dann will ich dich nie wieder sehen, niemals. Ich kann niemanden sonst darum bitten, denn du bist der einzige Mensch in der ganzen Welt, dem ich vertraue. Du musst mir helfen, Johnny, und außerdem musst du mir dein heiliges Ehrenwort geben, dass du niemals auch nur ein Wort darüber verlieren wirst, niemals und zu niemandem, verstehst du? Es gibt eben niemanden außer dir, Johnny, mit dem ich ein Geheimnis haben kann.«

Der junge O'Shaughnessy überlegte sich den Fall. »Einen lebenden Hummer?«, fragte er schließlich.

»Nein, einen gekochten.«

»Ein lebender würde mehr Spaß machen.«

»Das stimmt nicht, der würde herumkrabbeln und aus dem Bett fallen, und der ganze Streich würde nicht gelingen. Außerdem fürchte ich mich zu Tode vor lebendigen Hummern. Ein netter, kalter, gekochter Hummer ist genau das, was ich brauche.«

Johnny war kein hundertprozentiger Idealist. Er überlegte sorgfältig. »Alles ganz schön und gut«, meinte er sodann. »Angenommen, ich schwänze dir zuliebe die Schule und verschaffe dir deinen Hummer und gebe dir mein heiliges Ehrenwort, nichts zu verraten: Was kriege ich denn dafür?«

»Johnny O'Shaughnessy, du verlangst doch nicht, dafür bezahlt zu werden, wenn du einer Freundin einen Gefallen tust? Du weißt ja, wie man einen Mann nennt, der Geld von einem Mädchen nimmt!«

»Ich verlange auch gar kein Geld von dir. Was ich von dir will, ist ein Kuss.«

»Johnny, jetzt wirst du ordinär! Schäm dich, Johnny O'Shaughnessy, lieber würde ich sterben, als ...«

Und damit erstiegen sie die Höhe von Telegraph Hill, wo der junge O'Shaughnessy im Schutz des kleinen Eukalyptusgehölzes Ann sachlich, aber nicht gerade unvergnüglich abküsste. Nachher wanderten sie durch die krummen Gässchen des italienischen Viertels hinab in das schreiende, singende, lachende, nach Fischen riechende, regenbogenfarbene Gewimmel von Booten und Masten und Menschen, und Ann kriegte ihren Hummer. Alles in allem war es ein ganz hübsches Abenteuer; doch nachdem Ann Johnny an der üblichen Ecke verabschiedet hatte, blieb ihr noch das Schlimmste zu tun übrig. Hinter einem etwas anrüchigen Haus fand sie eine dunkle Ecke, brach den Hummer auf, löste ihn aus den Schalen und würgte, auf einem umgeworfenen Mülleimer hockend, langsam und zielbewusst das abscheuliche Zeug in sich hinein.

Als sie nach Hause kam, war sie sehr bleich, fühlte sich sehr elend und ging sofort ins Bett. Sie hätte sich herzlich gern übergeben, aber mit äußerster Willenskraft gelang es ihr, den Hummer bei sich zu behalten; hoffnungsvoll wartete sie darauf, dass er seine Wirkung täte. In all ihrem Elend hielt nur der eine Gedanke sie aufrecht: Ich werd's euch schon zeigen! Wenn ihr mich nicht auf die Landpartie mitnehmt, dann werdet ihr auch nicht gehn. Ohne mich wird's eben keine Landpartie geben. Ich werd's euch schon zeigen!

Sie maß ihre Temperatur, die jedoch leider nicht steigen wollte, sodass eine Behandlung des widerspenstigen Thermometers notwendig wurde. Sie steckte es in heißen Tee, das Quecksilber schoss bis vierundvierzig hinauf, und sie erinnerte sich, irgendwo gelesen zu haben, dass man gewöhnlich schon bei zweiundvierzig starb. Um das eigensinnige Instrument abzukühlen, versenkte sie es in ein Glas eisgekühlten Wassers, das Beatrice ihr gebracht hatte, worauf das Quecksilber sich gänzlich in das kleine Kügelchen am unteren Ende zurückzog. Dies aber war offensichtlich eine Temperatur, die nur Leichnamen zustand.

Doch nach allerhand Schütteln, Reiben und Wechselbädern in heißem Tee und kaltem Wasser brachte sie das Thermometer dazu, eine eindrucksvolle Temperatur von neununddreißig Komma sechs anzuzeigen.

Eine Stunde später war sie mit roten Flecken und Pusteln bedeckt, die auf ihrer feinen Haut schwammen wie Inseln und Kontinente auf einer Landkarte. Sie drehte sich zur Wand und wäre gern gestorben. Im Zwielicht eines halb verschlafenen Dämmerzustandes hörte sie ihre Eltern mit Beatrice flüstern, und da war auch Dr. Bryant. Er schüttelte sie, und er schüttelte den Kopf, und er schüttelte das Thermometer, und er fragte drei Mal, ob Mrs. Ballard ganz sicher sei, dass Ann keine Hummermayonnaise berührt habe. Denn erinnern Sie sich, Mrs. Ballard, was für einen Schrecken sie uns als Vierjährige einjagte, bis wir herausfanden, dass sie von Hummern Ausschlag bekommt? Mrs. Ballard und Beatrice erklärten unisono, sie wüssten mit absoluter Bestimmtheit, dass Annie nichts Verbotenes gegessen hätte, sie hätte seit gestern früh überhaupt kaum etwas zu sich genommen, und außerdem rühre das Kind keinen Hummer an, und wenn man ihr dafür tausend Dollar gäbe. Und so blieb Dr. Bryant nichts übrig, als unter Bartstreicheln und milden Worten zu erklären, dass es leider, leider so aussehe, als ob unsere kleine Annie nun doch an Scharlach erkrankt sei, einem leichten Scharlach zwar, aber immerhin.

Ich werd's euch schon zeigen, ihr mit eurer Landpartie ohne mich. Ich werd's euch zeigen, dachte Annie.

Maud wurde sofort an das gegenüberliegende Ufer der Bucht geschickt, nach Belvedere, wo Großmutter Ballard ein kleines Landhaus bewohnte. Auch Mr. Ballard musste sich dem Krankenzimmer fernhalten, denn er konnte es sich nicht gestatten, die Ansteckungsgefahr ins Geschäftsviertel zu verschleppen. Mrs. Ballard kam von Zeit zu Zeit auf Zehenspitzen in behutsamen, obgleich quietschenden Schuhen zur Tür, stellte ein paar Fragen und zog sich wieder zurück; nur Beatrice teilte Anns Isolierung und erzählte ihr wieder einmal die alten Geschichten von Aurelio und führte inständige Gespräche mit der Madonna. In dem plötzlich verstummten Haus war keine Geige mehr zu hören, und – selbstverständlich – gab es keine Landpartie. Nach drei Tagen verschwanden die roten Flecken, und Ann teilte zögernd mit, dass es ihr wieder gut ginge; Dr. Bryant bemerkte, dass man im Anfang einer Kinderkrankheit nie eine völlig sichere Diagnose stellen könne, aber – so setzte er mit dem etwas hartgesottenen Humor seines Berufes hinzu – lieber drei Tage zu viel im Bett als fünfzig Jahre zu früh im Sarg.

Maud kehrte mit verweinten Augen aus Belvedere zurück, schien aber im Übrigen recht vergnügt. Florian Ambros war nach St. Louis abgereist, ohne sich auch nur von Angelina zu verabschieden, und nichts war von seinem Besuch übrig geblieben als Berge von kaltem Schinken und altbackenem Kuchen.

»Hat Mr. Ambros dir Adieu gesagt, bevor er wegfuhr?«, fragte Ann ihre Schwester.

»Selbstverständlich«, antwortete Maud, »aber du hast alles für mich verdorben, alles.«

»Was gab's denn da zu verderben?«, fragte Ann.

»Das möchtest du wohl gern wissen!«, sagte Maud.

Und deshalb hatte Ann den kleinen Hund verprügelt. Das war der Anfang von allem gewesen.

London, 18. Mai 1898

Sehr verehrter Mr. Ambros,
ob Sie sich wohl noch des Mädchens erinnern, dessen Fotografie ich beilege? Jawohl, ich bin es, Ihre kleine Angelina, und wie Sie sehen können, bin ich jetzt erwachsen, obwohl noch immer nicht größer geworden, und ich habe alle Hoffnung aufgegeben, jemals so stattlich zu werden wie meine Schwester. Es war eine große Enttäuschung für die Leute, die an Ihnen hängen, dass Sie während der letzten Saison kein Konzert in San Francisco gaben. Aber ich durchsuche immer die Zeitungen und

Zeitschriften nach Berichten über Ihre Triumphe, und sooft ich Ihren Namen gedruckt sehe, bin ich stolz darauf, Sie zu kennen. Denken Sie wohl noch manchmal an jene Stunden, wo Sie in unserm Musikzimmer studierten und es mir gestattet war, Ihnen hingerissen zu lauschen? Die Chaconne von Johann Sebastian Bach – wie gut ich mich doch an jede kleinste Note erinnere, und der dicke Goldfisch, den Sie Oskar tauften. Sehen Sie wohl, was für ein treuer Hund mein Gedächtnis ist? Meine Schwester und ich machen diesen Frühling mit unsern Eltern die Grand Tour, und wir haben unsere Eltern überredet, auch nach Wien zu gehen. Ich brauche Ihnen nicht zu sagen, was für eine schreckliche Enttäuschung es für mich wäre, Sie nicht bei unserer Ankunft in Wien anzutreffen. Können Sie den unleidlichen Backfisch vergessen, der ich vor zwei Jahren gewesen sein muss, und Ihre Freundschaft auf das vernünftige junge Mädchen übertragen, das ich inzwischen geworden zu sein hoffe? Und obwohl ich vernünftig zu sein versuche, trommelt mein Herz Alarm bei dem Gedanken an ein Wiedersehen mit Ihnen. Wie dumm es doch ist, dieses ungeduldige Herz! Und werden Sie Geduld mit ihm haben?

Ich verbleibe
immer und immer
Ihre aufrichtig ergebene
Ann Ballard.

P S Für Sie: Angelina.

Als Ann diese Zeilen aufsetzte, erschienen sie ihr als das Muster eines Briefes, zurückhaltend und doch voll Ausdruck und Verheißung; aber als sie den Brief dreißig Jahre später im Nachlass ihres toten Mannes entdeckte, machte er sie laut auflachen durch seine peinliche Durchsichtigkeit, seinen naiven Stil, seine primitive Bemühung, verführerisch zu sein.

Und doch – Florian hatte den Brief all diese Jahre hindurch aufbewahrt; er hatte ihn nicht einmal verloren, als ihr Haus in der Vallejo Street niederbrannte. Und so musste dieser kindische Brief doch seinen Zweck erfüllt und etwas für Florian bedeutet haben. Trotz allem.

Mrs. Ambros wusste nicht, ob es eine Minute her war oder eine Stunde, dass sie in der undurchsichtigen Nacht dahinstolperte. Ich kann nicht mehr, dachte sie, ich kann einfach nicht weiter, bitte, o bitte, lass mich Atem holen, lass mich nachdenken, lass mich besinnen, ich verstehe gar nichts, ich muss wissen, was mir geschehen ist und warum gerade mir, mir, die nie jemandem etwas zuleide tat.

Es schien ihr, als stünde etwas entfernt die Gestalt eines Mannes reglos im Nebel: Ihre Augen waren noch gut, Gott sei Dank, nur mit den Ohren hatte sie seit Kurzem einige Schwierigkeiten, Ohrensausen, solch ein unangenehmes Raunen und Klingeln, sowie sie müde wurde. Nun, müde ist kaum das Wort dafür, wie ich mich jetzt fühle, dachte sie vorwurfsvoll, während sie dem Mann im Nebel zuwinkte und ihn um Hilfe anrief. Ihre Stimme klang schwach und sehr einsam, der Mann stand reglos, es ängstigte sie. Sei nicht so dumm, es gibt keine Gespenster, verwies sie sich, und selbstverständlich stand da weder ein Mann am Wege noch war es Florians Geist, sondern nur der verkrümmte Stumpf einer Weide. Dankbar für die Stütze, die er ihr gab, lehnte sie ihren Rücken gegen die raue Rinde des Baumstamms, um eine Minute lang zu rasten. Nun lass einmal sehen, dachte sie, ich muss mir klar werden. Ich muss mich erinnern, was für ein Mensch Florian war, warum ich mich so sehr in ihn verliebte. Das war der einzige Fehler – wenn es überhaupt ein Fehler war –, dass ich ihn für mich allein haben wollte, den ganzen Florian und für immer. Ach Gott, ja, in jenem Sommer in Wien, da konnte ein junges Mädchen wohl den Kopf verlieren, so wie Florian damals war, glänzend, leuchtend, berühmt, so anders als all die Leute, die ich kannte. Wer weiß, vielleicht war es gerade darum so schwierig mit ihm.

Seine grünen Augen, denkt Mrs. Ambros, und dabei beginnt sie zu lächeln und verlässt den verdorrten Baum, als hätte sie einem

Ruf zu folgen, sie setzt sich in Bewegung, Florians Bild schwebt ihr voran; so deutlich, so greifbar, dass sie es fast berühren kann. Seine länglichen grünen Augen, an den äußeren Winkeln von starken, hohen Wangenknochen emporgedrängt; schwere Lider, Wimpern so dicht und lang, dass das Licht sich in ihnen verfing, auch wenn die Augen selbst sich in der Dämmerung der tiefen Augenhöhlen verbargen. Lass sehen, an was kann ich mich noch erinnern? Er hatte ruhelose Hände, kurz geschnittene Fingernägel, magere Finger mit verbreiterten Fingerspitzen; wie ein Frosch, hatte sie ihn in späteren Jahren oft geneckt; beständig streichelte, massierte, liebkoste er, was immer ihm in die Hände kam, zog Fäden aus dem schlichten grünen Ripssofa im sogenannten Salon seiner Mutter, zupfte trockene Blätter von ihren Topfpflanzen, spielte mit der Kupfermünze an seiner Uhrkette, die Brahms ihm nach einem Konzert als Talisman geschenkt hatte. Vor jedem Konzert saß er steif und blicklos im Künstlerzimmer wie die Statue irgendeines verschollenen Pharaos; seine Hände in den dicken Wollhandschuhen, die seine Mutter für ihn gestrickt hatte, lagen kalt und angstvoll auf den Knien. Als Angelina ihn zum ersten Mal so sah, war sie unangenehm berührt von seiner Furcht und Schwäche, und im Grunde verzieh sie es ihm niemals. Maud, ihrerseits, war bei solchen Gelegenheiten voll Mitgefühl und behandelte ihn wie einen ihrer Wohltätigkeitssäuglinge, während Mausi im Hintergrund irgendein widerliches Gebräu auf dem Spirituskocher aufwärmte, etwas zur Beruhigung von Florians Nerven, gerade als wenn er eine Frau in Geburtswehen wäre. Die Schüttelfröste vor jedem Konzert und das Schweißvergießen nachher, du großer Gott im Himmel, wer dachte je an die Ströme von Schweiß, die mit dem Glanz und Ruhm eines Virtuosen verbunden sind! Gib acht, Flori, hier zieht es ein wenig, du darfst dich nicht erkälten, schlag den Mantelkragen hoch, schließ die Tür, lass Mausi deine Noten tragen: widerwärtig!

Verwirrt beobachtete sie ihn, denn es gab nicht nur einen Florian Ambros, sondern viele, und alle verschieden. Der unselige Feigling im Künstlerzimmer konnte nicht derselbe sein wie der selbstbewusste, alles beherrschende große Virtuose, zu dem er wurde, sobald er das Konzertpodium berat. Florian Ambros hatte zwei Gesichter, eines für sein Publikum, das andere im Privatleben. Der Florian Ambros aus den Jahren der großen Erfolge und des Ruhms war vollständig verschieden von dem tragischen späteren Florian Ambros aus der Zeit des Abstiegs. Er war alles zugleich: höflich wie ein König und brutal wie ein Hafenarbeiter; von unduldsamem Eigensinn in manchen Dingen und beinahe zu nachgiebig in anderen; er war kalt und leidenschaftlich; rau und zärtlich; er konnte treu sein und dennoch betrügen; er war zu hart, aber auch zu weich.

»Um Gottes willen, Florian, bist du denn ganz charakterlos?«, klagte sie ihn an.

»Tut mir leid, Liebchen, aber ich fürchte, mein ganzer Vorrat an Charakterstärke geht in die Musik; so hat Gott uns Musiker nun einmal erschaffen: unzulänglich.«

Die Widersprüche in seiner Natur ließen sie nie zur Ruhe kommen. Er konnte der liebenswürdigste und aufmerksamste Freund sein, ja, manchmal ruhte sein Blick mit einem Ausdruck auf ihr, der einer stummen und leidenschaftlichen Liebeserklärung gleichkam, und wenn er ihr in einen Wagen half, oder auch nur in den Mantel, so konnte er daraus eine Liebkosung machen, unter der sie erzitterte. Und doch war er zu anderen Zeiten schrecklich in sich zurückgezogen, hochmütig, geistesabwesend, unerträglich schlaff und nachlässig in Dingen, die ihr am wichtigsten waren: seine Berühmtheit zum Beispiel; seine Popularität, sein Glanz, in dessen Widerschein sie lebte, das bewundernde Flüstern, das ihnen folgte, wo immer sie zusammen erschienen …

Der brillante Fremde, dem sie zuerst in dem geschnitzten, verzierten, befransten, überladenen Haus ihrer Eltern begegnet war, hatte kaum Ähnlichkeit mit ihrem Liebhaber, ihrem Gatten, ihrem Gegner der späteren Jahre; auch nicht mit dem grauhaarigen, abgezehrten, kranken Mann, der still und unnahbar im Hinterzimmer ihrer schäbigen Wohnung dahinsiechte und der, noch immer höflich und brutal, rücksichtslos und unbegreiflich bis ans Ende, davongegangen war und sie als Witwe zurückgelassen hatte. Aber das Schlimmste war der scharfe, schneidende, tödliche Gegensatz zwischen Mauds Gatten und ihrem eigenen gewesen; der eine: anhänglich, liebevoll, zärtlich; der andere: spöttisch, reizbar und unzulänglich. Und doch war es derselbe Mann: Florian.

»Was ist eigentlich los mit uns, Flori? Warum sind wir nicht glücklich miteinander, nun, da wir endlich verheiratet sind?«, klagte sie wohl, in dem weiten Nichts, das trennend zwischen ihnen lag, nach ihm langend. »Liebst du mich denn gar nicht?«

»Herrgott, immer das gleiche alte Lied: Liebst du mich denn nicht, liebst du mich denn nicht, liebst du mich denn nicht. Jawohl, mein Schatz, ich liebe dich, ich bin's satt, immer dasselbe zu sagen wie ein dressierter Papagei. Zurzeit habe ich eben noch etwas anderes im Kopf, als dir den Hof zu machen, aber du interessierst dich ja für nichts als für dich selbst; das steht immer zwischen dir und dem Glücklichsein, deinem und meinem und unserem. Du verstehst nichts als die Äußerlichkeiten, und die sind immer gewöhnlich und abgenutzt und nicht ganz sauber. Du rührst nur an die Oberfläche und weißt nie, was hinter den Dingen steckt.«

»Schön, und was steckt schließlich dahinter? Hast du je versucht, eine Zwiebel abzuhäuten? Eine Lage Haut nach der andern geht herunter, und zum Schluss bleibt nichts übrig. Du kriegst Tränen in die Augen und eine rote Nase – und sonst nichts«, hatte sie bitter geantwortet. Das war im Jahre 1912, Maud war vor mehr als drei Jahren gestorben, Florians erstes Konzert in Paris war ein Desaster gewesen, das zweite hatte er abgesagt, und die viertausenddreihundertvierundzwanzig Dollar, die sie für die Vorbereitungen und eine Riesenreklame ausgegeben hatten, waren zum Fenster hinausgeworfen.

»Ach ja, Angelina, ich bin zwar keine Zwiebel, aber ich möchte behaupten, dass allerhand unter der Haut zu finden ist. Eine ganze Welt von Nerven und Adern, rotes Blut und das H_2O plus NaCl, aus dem unsere Tränen bestehen, die ganze Alchimie, in der Musik destilliert wird. Ganz abgesehen von den Gehirnzellen und den Gedanken, die sie erzeugen, den verheimlichten Wünschen – dem fruchtlosen Bedauern – unseren Traumschiffen, die niemals landen …«

Du großer Gott, wie satt sie oft seine großen Worte hatte und seine unheilbar fremdartige Aussprache, und wie müde sie ihrer eigenen Anstrengungen war, ihn wieder zu dem Mann zu machen, der er vor Mauds Tod gewesen war; wie erschöpft von der Bemühung, seine unterbrochene Karriere und seine versickernde Berühmtheit noch einmal zu retten.

»Ich kenne mich nicht mit dir aus, Flori, ich weiß nie so recht, wie wir miteinander stehen. Manchmal kommt's mir vor, als wenn wir nicht die gleiche Sprache sprechen.«

»Das tun wir im Grund auch nicht. Du hättest es von dem Moment an bemerken müssen, als du nach Wien kamst, erinnerst du dich? Du warst genauso enttäuscht von Wien, wie du es von mir bist. Du und ich, wir sind zwei verschiedene Kontinente, Liebchen, und was wir auch tun mögen, es wird immer ein Atlantischer Ozean zwischen uns liegen, immer.«

»Bitte, sag nicht ›immer‹, das macht mich zu unglücklich. Warum ist es bloß so schwer, dich zu begreifen?«

»Schade, mein Liebchen, du hast einen schlechten Kauf gemacht. *Allegro non troppo*, ein Schubert-Trio, eine Beethoven-Sonate, Kammermusik: Das bin ich. Eine Sammlung von Dingen, aus denen du dir nichts machst, meine europäische Herkunft unter anderem. Du hast Wien missverstanden – warum solltest du mich verstehen? Wien mit all seinen kleinen Schäbigkeiten und seinen großen Traditionen wird immer meine Heimat bleiben; für dich ist es ein Haufen altes Gerümpel.«

»Unsinn, du bist amerikanischer Bürger geworden. Du liebst Amerika, nicht wahr? Und du liebst mich – oder liebst du mich gar nicht mehr? Florian, ach, Florian …«

»Du musst nicht weinen, mein Engelchen, komm zu mir, gib mir einen Kuss – du, Angelina –«

Und der Streit hatte geendet wie alle anderen: in einer hungrigen und verzweifelten Umarmung auf dem Friedhof ihrer tausend begrabenen Missverständnisse …

Sommer 1898. Das Jahr, in dem der alte Kaiser Franz Josef sein fünfzigjähriges Jubiläum feierte und Thomas Cook Son einen dünnen Strom von amerikanischen Reisenden nach der festlichen alten Kaiserstadt leitete.

»Hier sind wir also, Mark Twains typische *Innocents Abroad*«, sagte Mr. Ballard, mit sichtlicher Freude Florian Ambros' Hand schüttelnd. Maud und Angelina standen abseits und warteten höflich, bis sie an die Reihe kamen; Mauds Wangen waren dunkelrot, und eine Ader pochte an ihrem bloßen Hals; Angelinas Gesicht aber war weiß und durchsichtig, obwohl sie vor der großen Begegnung versucht hatte, durch Reiten ein wenig Farbe zu bekommen. Ambros war sprachlos, als er sie in ihrem hellgrünen Kleid, das ihre feine Blondheit so gut hervorhob, sah.

»Angelina – Herrgott noch einmal! – wie schön und groß Sie geworden sind!«, sagte er halblaut, noch bevor er sich darauf besann, dass er Mrs. Ballard die Hand zu küssen hatte. Mauds Hand küsste er diesmal nicht, sondern schüttelte sie nur, fast als wäre sie ein junger Mann. »Sie sehen viel besser aus, Maud, als bei unserem letzten Treffen«, erklärte er, und sich an die Eltern wendend: »Als ich letzten Winter in Lausanne spielte, hatte Maud eine schlimme Erkältung, aber sie kam trotzdem zu meinem Konzert.« Maud hatte den Winter in Madame Cecile Revires Pensionat verbracht, in das Mrs. Bensinger im vorhergehenden Jahr ihre Tochter Caroline geschickt hatte und wo Annie im September deponiert werden sollte. Angelina befürchtete, dass Mr. Ambros ihren Brief erwähnen könnte, aber das tat er nicht, und damit bestand zwischen ihnen von Anfang an so etwas wie ein bedeutsames Geheimnis. In dem Brief hatte sie die Grand Tour nur beiläufig erwähnt, aber tatsächlich hatte die große Gefahr bestanden, dass man sie unter Großmutter Ballards Schutz zu Hause gelassen hätte. Dass sie nun dennoch in der Empfangshalle des Hotel Bristol Florian Ambros gegenüberstand, war ein entscheidender Sieg, errungen in einer Schlacht von napoleonischen Ausmaßen.

Als sie von Mutters Plan gehört hatte, Maud in Lausanne abzuholen und mit ihr durch ganz Europa zu paradieren, hatte Ann ihre ganze Willenskraft gebraucht, um keine Szene zu machen, bevor sie in ihrem Schlafzimmer ankam. Es ist eine schreiende Unverschämtheit, einfach empörend, und wenn sie denken, dass sie mir das antun können – oho, ich werd's ihnen zeigen, ich werd's ihnen schon zeigen. Von Mrs. Ballard kann man ja nichts anderes erwarten – aber Vater, wie kann er so etwas zulassen? Ist er denn ein Pantoffelheld? Warum lässt er sich denn alles gefallen?

Jolly, nunmehr ein erwachsener Hund, ergriff kläffend die Flucht, und Beatrice murmelte, dass alle Männer gleich seien. »Vielleicht muss dein Papa nachgeben, weil er am Weekend aufs Gut gehen will.«

»Was hat das Gut damit zu tun?«

»*Niente, niente, Madonna mia,* Beatrice sagt gar nichts, du bist zu jung, *bambina,* um so was zu verstehen. Du musst jetzt an dich selbst denken.«

»Darauf kannst du dich verlassen«, sagte Ann.

Es war nicht ihre Schuld, wenn die Borniertheit ihrer Mutter sie hie und da zwang, kleine diplomatische Notlügen anzuwenden. Und wenn Mrs. Ballard nicht so neugierig und indiskret gewesen wäre, dann hätte sie den Brief nicht gelesen, den Angelina hastig hinkritzelte und zwischen den Zeitschriften auf dem Tisch in der Eingangshalle liegen ließ. Dieser Brief war adressiert an J. W. O'Shaughnessy, Esquire – kein Schuljunge mehr, sondern ein Bremser auf der Drahtseilbahn. Neuerdings hatte Angelina ihr Talent für wirkungsvolle Briefe entdeckt, und die Epistel, die Mrs. Ballard vorfand, war von erschreckender Beredsamkeit:

Johnny, mein geliebter Schatz!
Ich denke Tag und Nacht an Dich, ich kann mir nicht helfen, obwohl ich weiß, wie falsch es ist. Ja, liebster Johnny, wir können uns morgen treffen – an unserm üblichen Platz, zur üblichen Zeit. Aber Du musst

mir versprechen, Johnny, mich nicht zu drängen und mir keine Angst zu machen und nichts zu tun, was ich Dir nicht erlauben kann.
Deine kleine Annie, für alle Zeit. XXX

PS Jedes kleine Kreuz bedeutet – Du weißt schon, was – und morgen gibt's mehr davon.

Die Bremser der Drahtseilbahn waren bekannt für ihre Stärke und ihre Liebschaften, und es geschah nicht selten, dass junge Damen von guter Familie sich in einen Skandal mit einem der gut aussehenden Burschen verwickelt fanden. In solchen bedauernswerten Fällen war es üblich, das dumme junge Ding auf Reisen zu schicken, nach Chicago oder New York oder, wenn die Familie sich das leisten konnte, sogar nach Europa, von wo die Missetäterin nach einer Weile frisch poliert, kulturgesättigt und viel zu verfeinert für die primitiven Reize eines Bremsers zurückzukehren pflegte. Auch Caroline Bensinger war aus keinem andern Grund nach Lausanne verschifft worden, und was hab ich dir gesagt, meine Liebe, seit April ist sie glücklich mit James Brooks II verheiratet, dem jüngeren Sohn der reichen Menlo Park Brooks.

Wie vorhergesehen, hatte Angelinas schlauer Brief sie mit der Zauberkraft eines fliegenden Teppichs von San Francisco bis ins Hotel Bristol in Wien getragen. Johnny hatte seinen Zweck erfüllt. Ich darf nicht vergessen, ihm einmal eine Postkarte zu schicken, dachte Angelina.

»Ja – nun sind wir also hier«, sagte sie.

»Ja – jetzt sind Sie hier«, erwiderte Mr. Ambros nicht übermäßig geistvoll. Und dann, genau wie an jenem unvergesslichen Tag im Musikzimmer, nahm er Angelinas Hand in die seine (zum Glück hatte sie die Geistesgegenwart gehabt, ihren Handschuh auszuziehen) und legte seine andere Hand über die ihre. Und da war es wieder, alles war wieder da, der elektrische Schock, die prickelnde Süße, die Schwere in den Knien, das Verlangen nach mehr davon, mehr, mehr, alles –

»Nettes kleines Hotel –«, sagte Mr. Ballard freundlich.

»Gar kein Vergleich mit unserm Palace Hotel«, sagte Mrs. Ballard.

»Aber es hat *cachet*«, setzte Maud in ihrem behutsamen Pensionatsfranzösisch hinzu.

»Du kannst das nennen, wie du willst, mir kommt es reichlich schäbig vor. Und ich habe nicht viel Vertrauen in – wie soll ich mich ausdrücken – gewisse notwendige hygienische Einrichtungen«, sagte Mrs. Ballard, unter ihrem Reispuder errötend.

Mr. Ambros hielt noch immer Angelinas Hand in seinen gefeierten Fingern. Auf der Überfahrt hatten sie einen gewissen Mr. Hopper kennengelernt, Clyde Hopper, gute zwei Meter groß, ein Zwei-Zentner-Engländer mit rotblondem Haarschopf über der gerillten Stirn; ein toller Bursche, voll von Späßen, Kraft und abenteuerlichen Geschichten. Er hatte Teepflanzungen in Ceylon und interessierte sich sehr für das schöne jüngere Ballard-Mädel. Da Hopper sozusagen den Haupttreffer unter den verfügbaren Herren an Bord der *S. S. Majestic* darstellte, hatte Ann sich seine etwas zu aufdringliche Bewunderung gefallen lassen; jeden Morgen machte sie mit ihm vier Runden um das Deck, jeden Abend tanzte sie mit ihm, und während einer mondbeglänzten Nacht hatte sie ihm gestattet, ihr das oberste Deck zu zeigen. Im dicken schwarzen Schatten des Schornsteins hatte Hopper sie da oben gepackt und gewaltig abgeküsst; zwar fühlte Angelina sich ehrlich abgestoßen durch diesen ungehobelten Angriff, doch lag ein gewisses Vergnügen darin, dass ein Mann ihretwegen so den Kopf verlieren konnte. »Sie vergessen sich, Mr. Hopper«, sagte sie streng. Hopper, plötzlich ganz klein, demütig und bußfertig, bat um Verzeihung und versuchte unbeholfen, ihr klarzumachen, wie dringend sein Bedürfnis nach dem verfeinernden Umgang mit jungen Damen sei, den er so lange entbehrt hatte.

Inzwischen waren Mr. Hopper und Mr. Ballard über ein paar Gläsern gute Freunde geworden, und Mr. Ballard erwähnte, nicht ohne eine gewisse Bewunderung, Hoppers Trinkfestigkeit – (»Das muss man den Engländern lassen, sie verlieren beim Trinken nicht die Haltung«) – und seinen Unternehmungsgeist. Wie es schien, gab es in den Pflanzungen von Ceylon Schwierigkeiten mit irgendeiner Insektenplage, und Mr. Hopper hatte die Vereinigten Staaten besucht, um sich über die Aussichten für Zucker zu informieren. Er hatte Kuba in Betracht gezogen, aber dort gab es beständig Kriege und Aufstände und Revolutionen. Mr. Ballard schlug ihm die Hawaiischen Inseln als ein besseres Terrain für Zuckerpflanzungen vor. Angelina merkte, dass ihre Eltern Mr. Hoppers Bewerbungen ermutigten, und in der Tat sprach allerlei für ihn. Mr. Hopper war Engländer, was schon einen Vorteil bedeutete, und er machte keinen Hehl daraus, dass er sich in den Kolonien ein nettes Sümmchen erworben hatte. Mr. Hopper sprach von Tigerjagden, als ob es sich um Kaninchen gehandelt hätte. Mr. Hopper machte weniger Geschichten um seine Malaria als Vater um seinen gewöhnlichen Schnupfen. Er gab Angelina die drei Meter lange Haut einer Riesenschlange als Souvenir, und er zeigte ihr nachlässig eine Handvoll von Saphiren, deren Sternenlichter er sachverständig im Dunkel seiner Handmuschel aufglänzen ließ: »Nichts Besonderes, bei uns liegen diese Sternchen auf der Straße.« Nach und nach wurde Mr. Hopper zu einer malerisch-romantischen Figur, besonders, wenn Angelina sich ihn als den Herrn einer Horde brauner Sklaven vorstellte, die nichts taten, als für ihn Saphire, so groß wie die Pflastersteine, aufzuklauben. Übrigens war der Kuss, den er ihr mit Gewalt geraubt hatte, keine gänzlich unerfreuliche Erfahrung gewesen.

Es machte Spaß, dass man mit Lächeln oder Schmollen diesen erschreckend starken und mächtigen Mr. Hopper in einen Zustand demütiger Hilflosigkeit versetzen konnte. Mit einem Wort, Angelina fand heraus, dass Mr. Hopper ein Mann war, den sie um ihren winzigen kleinen Finger wickeln konnte, wann immer sie Lust dazu hatte. Doch in dem Augenblick, als Florian Ambros ihre Hand in seine langen, berühmten, hoch bezahlten Finger bettete, hörte Mr. Hopper zu existieren auf, verpuffte wie ein Rauchwölkchen. Ihm muss ich auch einmal eine Ansichtskarte schicken, dachte Angelina.

»Also, das ist Wien«, sagte Mr. Ballard. Sie waren auf dem Weg, Mr. Ambros' Mutter zu besuchen, die drei Damen und ihre drei kleinen Sonnenschirmchen im Fond des Fiakers zusammengedrängt, während die beiden Herren auf dem Rücksitz versuchten, ihre langen Beine und höflichen Knie unterzubringen.

»Also, so sieht Ihr schönes Wien aus«, sagte Vater mit der Bereitschaft des Reisenden, sich der Sehenswürdigkeiten zu erfreuen. Nun, so sah es aus – und was weiter? Graue Gebäude, die Häuser waren niedrig, und doch lagen die Straßen eng und dunkel im Schatten. In den Parks war eine erstaunliche Ansammlung erstaunlich schlechtrassiger Hunde zu sehen, und in den Straßen herrschte eine überraschende Anzahl eingebildeter Uniformen vor; so zumindest, schien es den amerikanischen Besuchern. Weiche Luft, unscharfe Konturen, die Kastanien standen in kleinen Tümpeln von verblassten, abgefallenen Blüten, und der Schaum der Fliedersträucher sah aus wie sauer gewordene Himbeercreme. »Nicht so lustig, wie ich mir's vorgestellt habe, Ihr Wien –«, meinte Mr. Ballard ein wenig deprimiert.

»Du lieber Gott, und weshalb sollten wir denn lustig sein?«, entgegnete Florian. »Wir sind ein melancholisches Volk, darum machen wir so viele Witze, besonders über uns selbst. Wir werden so geboren, weise und müde und alt, und unsere Freunde müssen uns schon hinnehmen, wie wir sind, skeptisch und ein bisschen degeneriert.«

Alles machte den gleichen Eindruck von Schäbigkeit, von Abnutzung, alles schien Reparaturen und einen neuen Anstrich zu benötigen, sogar die Gesichter der jungen Menschen. Außerdem war Wien eine schmutzige Stadt. Auch in San Francisco gab es viel Schmutz, aber der Dreck von San Francisco war ganz was anderes; vom Nebel gewaschen, durch die salzige Luft filtriert, vom Wind gefegt, war dieser Schmutz so neu und frisch, als würde er jeden Morgen zugleich mit den Gemüse- und Obstkarren zur Stadt gebracht. Wohingegen man den Wiener Schmutz jahrhundertelang herumliegen gelassen zu haben schien, und je älter er wurde, desto besser schien er den Wienern zu gefallen. Die Kirchtürme und Kuppeln, ganz anders als die in Amerika, hatten kein Fünkchen von Politur, und die Denkmäler in den Parkanlagen, die unauffälligen Fassaden der Paläste sahen abgetragen aus. So als hätte sich niemand die Mühe gegeben, die grüne Patina, die Krusten des Alters davon wegzuputzen.

»Und darf man fragen, wo sich Ihre blaue Donau befindet?«, erkundigte sich Mr. Ballard, und, wahrhaftig, Mr. Ambros wusste es nicht genau.

»Ach, irgendwo da draußen, wo die Füchse sich Gute Nacht sagen. Ich selbst habe sie nie gesehen, aber man sagt, dass sie nicht blau ist, sondern gelb wie Erbsensuppe.«

»Soso. Zumindest hoffe ich, dass man in Wien noch Walzer tanzt?«, meinte Mr. Ballard etwas niedergeschlagen.

»Ja, das ist wohl anzunehmen; während des Jubiläumsmonats wird bestimmt getanzt werden. Da ist zum Beispiel der große Jubiläumsball, der ganze Hof wird da sein, der Adel, die Spitzen der Gesellschaft –« Als er die atemlose Spannung in Mrs. Ballards Gesicht bemerkte, warf Florian nachlässig hin: »Wenn Ihnen was dran liegt, gnädige Frau, kann ich ja Joszi bitten, Ihnen eine Einladung zu verschaffen. Aber ich warne Sie, es wird eine von diesen entsetzlich exklusiven, entsetzlich langweiligen Angelegenheiten sein –«

»Komischer Name: Joszi. Was ist dieser Joszi denn? Ein Zigeuner? Spielt er auch die Geige? Oder ein Vortänzer?«

Florian lachte freundlich in Mrs. Ballards erhitztes Gesicht. »Ja, er hat ein bisschen von alledem, gewissermaßen. Aber eigentlich ist mein Freund Joszi ein Erzherzog, Josephus Albertus, einer der Neffen Seiner Majestät.«

Hierauf folgte ein langes, beeindrucktes Schweigen, bis schließlich Mr. Ballard wieder festen demokratischen Boden unter den Füßen fand: »Man sagt, dass sie alle leichtsinnige Tunichtgute und Frauenjäger sind, eure Erzherzoge?«

»Das stimmt völlig – aber sehr liebenswürdig und sympathisch.

Ich bin meinem Freund Joszi sehr zugetan; der versteht wirklich etwas von Musik.«

»Können Sie denn mit ihm reden wie mit gewöhnlichen Menschen?«, fragte Mrs. Ballard verblüfft.

»Und warum nicht? Ich spiele die erste Geige in unserem Streichquartett und er die zweite – wir spielen Kammermusik, jeden Mittwoch, in seinem kleinen Palais.«

O Gott, ich hatte beinahe vergessen, wie wunderbar du bist, Florian, dachte Angelina. Ich möchte dich küssen, gleich jetzt, hier, in diesem Augenblick; das würde dir auch gefallen, nicht wahr? O ja, das würde dir gefallen –

Der Wagen rollte über eine Brücke, die sich über ein übel riechendes, dünnes Gerinnsel in einem übermäßig weiten Flussbett spannte, und weiter, an einem unbeschreiblich lärmenden Markt vorbei, so groß und bunt wie ein Kirchweihfest; sie bohrten ihren Weg durch die dicken, ordinären Gerüche von Zwiebeln und Sauerkraut und Fischen und Käse und faulenden Früchten, und dann hielt der Wagen plötzlich an, und Florian sagte: »Bitte, hier müssen wir aussteigen, meine Mutter wohnt da drüben, und man kann nicht durch den Naschmarkt fahren. Ich muss Sie leider bitten, ein paar Schritte zu Fuß zu gehen.« Etwas bedrückt schürzten die Damen Ballard ihre langen Röcke und trippelten über die Pfützen und schlüpfrigen Pflastersteine und nassen Planken und verfaulenden Abfälle des Marktes. Um sie herum priesen die breithüftigen Marktfrauen ihre Ware an, ein Chor von handelnden, zankenden, streitenden, fremdartig-herben Stimmen. Muskelbeladene Burschen mit tätowierten Armen stießen sich durchs Gedränge, und ein Metzgerjunge, ein halbes Kalb auf seinen Schultern schleppend, hätte beinahe die neuen Sommertoiletten mit Blut bespritzt. Sie fragten sich, auf was sie sich da eingelassen hatten und aus welch obskuren und peinlichen Anfängen ihr eleganter Freund wohl seinen Weg zu den Höhen des Ruhms gefunden haben mochte. Ihre schlimmen Ahnungen wuchsen, als Ambros sie mit einer höflichen Gebärde einlud, durch einen engen Eingang in das vernachlässigte Haus inmitten des Marktes einzutreten. Sie durchschritten einen engen, dunklen Gang, der mit leeren Weinfässern verstellt war und keine andere Beleuchtung hatte als ein rotes Lämpchen unter dem Öldruck einer Madonna; dann kam ein kleiner Hof mit unebenem Pflaster, wo Kisten und Fässer und Schubkarren unordentlich herumstanden. Ein Nussbaum nickte grün über eine verblichene Mauer, bedeckt mit dem Kreidegekritzel von Kindern; die gleichen Zeichnungen in allen Ländern der Welt und von eindeutiger Symbolik, sodass die Damen rasch ihre Augen davon abwandten. Florian jedoch blieb gerade dort stehen: »Hier muss es Ihnen gefallen, nicht wahr«, verkündete er mit einem begeisterten Lächeln. »Wir sind hier im *Freihaus*, es hat seinen Namen daher, dass in früheren Zeiten niemand verfolgt werden durfte, der sich in seine Mauern geflüchtet hatte. Und dies hier –«, erklärte er in großer Bewegung, als sie einen anderen größeren Hof erreichten, »dies ist der Platz, wo Mozarts kleines Gartenhaus stand. Erinnern Sie sich, Maud? Ich versprach, Ihnen einmal den Ort zu zeigen, wo er die *Zauberflöte* komponiert hat. Und nun sind Sie wirklich hier; ich kann's noch kaum glauben.«

Plötzlich fühlte Angelina sich beiseitegeschoben. Die Umgebung war nicht gerade erhebend; direkt unter ihrer Nase hoben zwei Männer in unsauberen weißen Schürzen enorme runde Emmentaler Käse aus großen Kisten, und von Käsegeruch wurde ihr immer ein wenig übel. Sie hängte sich in Florians Arm ein, um ihn weiterzuziehen, und suchte seine Augen. »Ach, Florian, ich bin so aufgeregt, es ist alles so überwältigend für mich. Sie müssen mir alles zeigen und viel über Mozart erzählen und über – über – über Mozart eben. Ich komme mir so unwissend vor, aber Sie werden mich alle die tausend Dinge lehren, die ich wissen sollte. Über Mozart, zum Beispiel; das versprechen Sie mir, nicht wahr?«

Mrs. Ballard, aufs Engste in ihr hohes Korsett eingebaut, begann zu schnaufen, als die angekündigten wenigen Schritte sich zu einer endlosen Wanderung durch Höfe aller Arten ausdehnten, durch

Eingänge, unter Torbögen, in Korridoren auf und ab und durch ein Gewirr von Stufen und Treppchen. »Sehen Sie, das Freihaus ist eine kleine Welt für sich«, erklärte Florian, »so viele Menschen leben hier und haben seit Jahrhunderten so miteinander gehaust, Tür an Tür, Reiche und Arme, ob von hoher Geburt oder von ganz unten, ein Flickschuster am gleichen Gang mit einer Fürstin, ein Straßenmädchen neben einem Theologieprofessor, eine wohlhabende Familie, die nachbarlich die gleiche Toilette benutzt wie die lungenkranke Näherin und ihr betrunkener Nichtstuer von Mann; ich glaube, in Amerika würde man das eine demokratische Lebensweise nennen –«

Für die Ballards, die aus einer Demokratie stammten, wo es nicht nur darauf ankam, in welchem Teil der Stadt man wohnte, sondern wo es sogar einen großen Unterschied in der unelastischen und unabänderlichen Gesellschaftsordnung machte, wenn man im falschen Häuserblock oder auf der nicht ganz so guten Seite der Straße lebte, war dieses Haus eine unbegreifliche Kuriosität und im Grunde nicht ganz einwandfrei, wie? Sie gingen durch ein anderes niedriges Tor, eine enge Treppe hinauf, in der sich die Geräusche und Gerüche eines Hinterhauses vermischten, bis sie vor einer anderen niedrigen weißen Tür anhielten. Sie öffnete sich wie durch Zauber, und vor ihnen stand ein hochgewachsener alter Mann in abgeschabter, schlecht sitzender Uniform mit weißen Handschuhen an riesigen Händen.

»Die Generalin zu Hause?«, fragte Florian.

»Zu Befehl, Euer Gnaden. Die Gnädige erwartet die Herrschaften.« Die Ballards waren nicht mehr ganz so leicht zu verblüffen wie vor zwei Wochen in London, wo sie sich mit allerhand Sehenswürdigkeiten und mit verschiedenen exzentrischen Figuren bekannt gemacht hatten; trotzdem waren sie erstaunt und etwas verwirrt, als Florian sie seiner Mutter vorstellte. Klein, hoch aufgerichtet, lebhaft, empfing die Generalin ihre Gäste zwischen den altersdunklen Porträts von Generationen früherer Ambros, die an den niedrigen Wänden des kleinen Salons hingen. Ihr hochgestecktes, glänzend schwarzes Haar glich einem mit Brombeeren vollgehäuften Teller (»Ich färb mir die Haar' mit Nussextrakt, wir haben da so ein altes Familienrezept, grauaarige Weiber sind was Grässliches, man sollt sie lieber gleich totschlagen«, bemerkte sie dazu), ihre Augen waren so schwarz und feurig, dass sie Angelina an Pflaumen in Brandy erinnerten; eine kurze, dicke schwarze Zigarre war zwischen die weißesten Zähne geklemmt, die man sich vorstellen konnte; sie lachte mit dem breitesten, größten Mund, den sich eine Frau gestatten konnte, und noch dazu war dieser wilde rote Schlitz ohne jede Zurückhaltung geschminkt, wie in San Francisco nicht einmal die Frauen von zweifelhaftem Ruf, die im Orpheum im Publikum und auf der Bühne ihr Wesen trieben, den Mut gehabt hätten, sich zu schminken, ihre Augenbrauen waren dick und buschig wie zwei Schnurrbärte, und ihre kleinen, feinknochigen Hände waren ständig in Bewegung, ausdrucksvoll und beredt, wo die Sprache nicht ausreichte. Lustig, weise und erschreckend ungeziert im Ausdruck, war die Generalin doch ohne Zweifel eine große Dame; allerdings, so dachten die Ballards, ein bisschen merkwürdig, um nicht zu sagen etwas verrückt.

Fünf Minuten nachdem Florian die Familie Ballard seiner Mutter vorgestellt hatte, öffnete sich die Tür zum Nebenraum, und in der Türspalte erschien Mausis unscheinbares Gesicht, ihn mit runden großen Eulenaugen anblickend. Ohne von den Besuchern Notiz zu nehmen, oder möglicherweise sogar ohne sie zu bemerken, rief sie ihm in ihrem harten Deutsch ein paar befehlende Worte zu, worauf Florian aufsprang, undeutliche Erklärungen vor sich hin murmelte – »wichtige Probe, unmöglich abzusagen – bin um halb fünf zurück« – und aus der Tür schoss, ohne sich auch nur zu verabschieden.

»Na also, da haben wir's, da rennt er davon, mein Flori in Lebensgröße! Man möcht glauben, er hat ein Rendezvous mit der Valerienne, sicher haben's in Amerika von ihr gehört, die berühmteste *Amoureuse* von Wien, aber, bitte, gar keine Spur, es ist bloß dieser fette, brummige, alte Kerl mit der Glatzen, sein alter Lehrer, der noch persönlich mit dem Herrn Brahms studiert hat. Sie müssen nämlich wissen, mein Sohn Flori ist ein weißes Schaf zwischen lauter schwarzen, ein schneeweißes kleines Lamperl, ich weiß gar nicht, wie er in diese rabenschwarze Ambros-Herde geraten ist. Seit fünf Generationen war jeder Ambros ein Soldat, ein Offizier, schauen's die vier Brüder vom Florian an – alle in der Kavallerie, sein seliger Vater war auch ein guter Soldat, ein guter Offizier, ein anständiger General. Und jede von meinen drei Töchtern hat einen Offizier g'heiratet. Sie können mir glauben, Frau von Ballard, wenn man Söhne in der Kavallerie hat und Töchtern die Offizierskaution stellen muss, das ist kein billiger Spaß! Ja, und wie gesagt, neun Jahre nach der Jüngsten, da kommt dieser Spätling an, dieser Flori, na ja, es ist ja möglich, dass wir ein bissel unvorsichtig waren – und – *voilà l'omelette*! Von Geburt an war er ganz anders als die anderen. Schon mit drei Wochen hat er versucht, 's Köpferl zu heben, und wissen's, warum? Er hat den Trompeter *Reveille* blasen g'hört. Sie sollten g'sehn haben, wie der General da g'lacht hat und den Buben beinah zum Plafond g'schwungen. Vorzüglich, Kadett Ambros, hat er g'schrien, habt Acht! *Reveille:* Aus dir wird einmal ein guter Soldat werden! Jawohl! Aber damit war's Essig. Mein Flori kann keine Soldaten leiden, er macht sich nix aus der Uniform, er schießt wie ein Nachtwächter, sein Fechten ist keine zwei Kreuzer wert, und, Jesus, Maria und Joseph, Sie sollten ihn nur auf'm Pferd sehn. Draufgepappt wie ein Quargel, aber bitt' schön, vielleicht wissen die Herrschaften nicht, was ein Quargel ist? Das ist so ein kleiner, billiger, stinkender Käs', den die Ziegelschupfer und solche Leut' essen. Es ist wirklich eine Schand', ein Ambros, der sich nix aus Pferden macht! ›Mama‹, sagt er zu mir, ›ich habe ja bloß zwei Werkzeuge, eine rechte Hand und eine linke, und wenn ich vom Pferd fall und eine davon brech, dann ist's Matthäi am Letzten!« Schon als kleiner Bub hat's nix für ihn 'geben als Lernen und Lesen und Studieren, die Seele hat sich der Bub aus der Brust gegeigt, und in sich hineingehorcht hat er, immer ganz Ohr. ›Weißt du ganz bestimmt, dass du kein Verhältnis mit dem Csardasgeiger in Temeszvar g'habt hast?‹, frotzelte mich der General. Na, es ist schon möglich, dass ich mir den Lajosz bissl zu gut ang'schaut hab, wie ich in der Hoffnung war;

wenn ich g'wusst hätt, was dabei herauskommt, hätt ich's nicht getan. Oder vielleicht doch, justament. Manchmal denk ich mir, wenn ich den Zigeuner ein bissel mehr ang'schaut hätt, dann tät mein Flori seine Musik nicht gar so ernst nehmen. – Bitt' schön, essen's doch noch ein Stückerl Gugelhupf, ich hab ihn selber g'macht, und wissen's, was das Geheimnis ist? Er wird nur richtig, wenn man zwölf Eier nimmt – und wie haben Sie Ihren Kaffee gern? Für mich kann er ja nie schwarz und stark genug sein. Aber vielleicht möchten die jungen Damen ein bisserl Schlagobers drauf? Nein, nein, Herr von Ballard, für Sie hab ich was ganz Spezielles. Djuro! Djuro! Bring die Flaschen Tokaier, ich hab's aufs Fensterbrettl in die Küchen g'stellt, damit er die richtige Temperatur kriegt, und, Djuro, wohin rennst denn schon wieder, du Ochs? Die böhmischen Gläser, du weißt schon, welche!«

»Das ist schon ein komischer Kerl, unser Djuro Baszy«, sagte sie, sobald der Diener sich zurückgezogen hatte, »er war erst achtzehn, wie er zu uns 'kommen ist, das Regiment hat ihn uns g'schickt als Ordonnanz vom General, so ein junger Wilder, ich hab ihm alles beibringen müssen, Reden, Servieren, dass man sich waschen muss, überhaupt alles. Ob Sie mir's glauben oder nicht, Frau von Ballard, ich hab ihn bei der Hand nehmen und aufs Häusl führen müssen und ihm erklären, wofür's da war, und der Djuro hat sich so vor dem Lokus g'fürchtet und vor der Wasserspülung, dass er ang'fangen hat zu weinen –«

Die Ballards saßen völlig benommen da. Alles, was sie von der Generalin sahen und hörten, stand in absolutem Gegensatz zu ihren eigenen Begriffen von gesellschaftlicher Vornehmheit, und trotzdem – da war so ein gewisses Etwas. Verstohlen betrachteten sie die Einrichtung; so wenige Möbel und so außerordentlich einfache, kaum irgendwelche Verzierungen oder Schnitzereien, weder Spitzengardinen noch großartig drapierte Samt- und Brokatvorhänge, keinerlei Portieren zwischen den Zimmern, sondern nur nackte, weiß gestrichene Türen; auch war die Generalin weit entfernt von den Fortschritten elektrischer Beleuchtung, es gab noch nicht einmal Gaslicht in der Wohnung, sondern nur zwei Petroleumlampen, die auf der breiten Kommode zwischen den Fenstern standen.

»Ein schönes Stück, nicht wahr?«, sagte die Generalin. »Die Kaiserin Maria Theresia hat's meiner Ururgroßmutter als Hochzeitsgeschenk gegeben, und jetzt möcht's der Joszi gern zurückkaufen, fünftausend Gulden hat er mir angeboten, aber ich hab ihm gleich g'sagt, schlagen sich Kaiserliche Hoheit das bitte aus dem Kopf! Ich hab kein G'schäft für gebrauchte Möbel, hab ich ihm g'sagt, aber wenn Kaiserliche Hoheit mir Ihre Geige dafür geben, dann können's meine Kommod' haben. Sie müssen wissen, er hat eine Stradivari, für die mein Flori die ewige Seligkeit hergeben tät, aber der Joszi hat mich bloß ausg'lacht wegen meinem Vorschlag; es ist ja wahr, seine Stradivari ist fünfmal so viel wert wie meine Kommod', wenn auch beide von der Maria Theresia herkommen. Ein netter Bursch, der Joszi, aber halt sehr hinter den Mädeln her.«

»Wie interessant«, bemerkte Mrs. Ballard verständnislos.

Das Gespräch holperte in verschiedenen Sprachen dahin, die Generalin sprudelte ihren Teil in schnellem, flüssigem und unkorrektem Französisch heraus (vermutlich konnte sie sich nicht vorstellen, dass es Leute gab, die diese Universalsprache nicht verstanden), und Angelina beschloss sofort, Französisch zu lernen. Maud, die mit knapper Mühe folgte, übersetzte das Wichtigste für ihre Eltern, und Angelina machte sich einigermaßen auf Italienisch verständlich, obwohl sie von Beatrice eine bedauerlich ordinäre Mischung von Sizilien und Telegraph Hill übernommen hatte. Mr. Ballard schien sich in erstaunlicher Weise an das Deutsch zu erinnern, das er als Kind von seinen Großeltern gehört hatte. Und dass Mrs. Ballard nicht alles verstand, war kein Nachteil, denn einige Ausdrücke und Berichte der Generalin hätten sie bis zur Sprachlosigkeit schockiert. Die Generalin hingegen unterhielt sich großartig über die labyrinthische Sprachverwirrung in der Konversation. »Ich bin ja ein schöner Idiot«, rief sie aus und wischte sich die Lachtränen aus ihren fröhlichen riesigen Augen. »Wissen Sie, wie viele Sprachen ich kann? Ein Dutzend ungefähr. Und keine davon zu gebrauchen und kein einziges Wort Englisch dabei – ist das nicht zu blödsinnig?« Das hinderte sie jedoch keineswegs, in ihren heiteren Monologen fortzufahren.

Die Uhr auf der antiken Kommode schlug halb fünf, Florian Ambros war nicht zurückgekommen, und Mr. Ballard sehnte sich nach einem soliden Schluck Whisky, einem Getränk, das anscheinend in Wien nicht bekannt war. Der starke, süße Wein machte ihn schläfrig, und er hatte Heimweh nach den behaglichen, verrauchten Bars, wo sich um diese Zeit alle seine Freunde versammelten. Angelina ahnte etwas davon, denn auch sie musste in diesem Augenblick an San Francisco denken; in San Francisco sprach alle Welt Englisch, und man wusste, woran man war, während man hier aus einer Verlegenheit in die andere fiel, immer in Gefahr, wie ein unwissender Dummkopf dazustehen, sobald man den Mund aufmachte. Aus nicht ganz klarem Grunde war ihr Mr. Hopper eingefallen. Wenn Hopper sagte, halb fünf, dann meinte er auch halb fünf, und in seiner kochenden Ungeduld, sie zu treffen, wäre er wahrscheinlich lange vor der bestimmten Stunde da gewesen. Aber hier war sie die Ungeduldige; die Minuten schleppten sich dahin, und nach einer Ewigkeit räusperte sich die Bronzeuhr auf der Kommode und gab mit ihrem feinen Stimmchen an, dass es fünf Uhr sei. Und noch keine Spur von Florian, während das vielsprachige Flickwerk der Konversation Zeichen von Ermüdung aufwies.

»Wenn mein Flori an seinem Brahms arbeitet, da vergisst er halt alles«, versuchte die Generalin zu erklären. »Und dieses verflixte Violinkonzert ist keine Kleinigkeit. Bitt' schön, Sie müssen das schon verstehn, Fräulein Maud, und ein bissl Geduld mit dem Buben haben. Er wird bestimmt bald hier sein.«

»Ich bin nicht ungeduldig, Madame. Wenn man so lang auf etwas warten musste wie ich, da kommt's auf eine halbe Stunde mehr auch nicht an«, sagte Maud. Es klang etwas rätselhaft, und Angelina ärgerte sich, dass sie Französisch nicht recht verstehen konnte.

»Musiker sind komische Menschen, Miss Maud«, sagte die Generalin, »und Musik ist eine komische Sache, das hab ich auch erst lernen müssen. Sie können's nicht anrühren, Sie können's nicht sehn, Sie können's nicht erklären, *au fond,* Musik ist eigentlich gar nix. Aber für einen Menschen wie meinen Flori ist die Musik alles. Für den Buben ist Musik genauso was Wirkliches wie dieser Tisch oder sein Bett oder sein Hemd. Für meinen Flori ist Musik die einzige Sache, die's auf der Welt gibt, und der Rest ist – na ja – unwichtig – ganz unwichtig für ihn«, und mit einer Gebärde ihrer beredsamen Hände warf sie alle Realität in den Winkel und ließ nur eine schwingende Linie von Musik in der Luft verschweben. Angelinas verständnislosem Blick begegnend, fuhr sie auf Italienisch fort: »Eigentlich verrückt, wenn man sich's überlegt; da kratzt der Bub mit ein paar Rosshaaren auf ein bissl getrockneten Därmen herum – und das bedeutet sein ganzes Leben. Und damit kann er einen weinen machen und dann wieder froh, und manchmal, wenn er so verliebte Sachen spielt, da kann er einem das Herz im Leib herumdrehen mit seinem Gefiedel.«

»Außerdem ist er damit berühmt und reich geworden ...«, beendete Angelina den Satz, der in der Luft hängen geblieben war.

Die Generalin musste lachen, und sie gab Angelinas Hand einen flinken kleinen Klaps. »Sie, *Piccolina*«, sagte sie, »sind eine kleine Realistin, das merk ich schon. Sollen wir anstoßen, Herr von Ballard, und die Realistin hochleben lassen und die Träumer auch?«

Als Florian um sechs Uhr noch immer nicht gekommen war, empfahlen sich die Ballards und wurden in völliger Erschöpfung von Djuro durch die Irrgänge des Freihauses zu ihrem wartenden Fiaker geleitet. Mrs. Ballard holte tief Atem. »Man möchte meinen ...«

»Was möchte man meinen?«

»Man möchte meinen, dass Mr. Ambros, der so viel verdient, für seine Mutter eine bessere Wohnung hätte finden können«, bemerkte sie unterwegs.

»Wir verstehen diese Leute nicht ganz. Vielleicht lebt sie gern einfach. Mir hat's ganz gut gefallen, zumindest bleibt man nicht ständig hängen wie in deinem verdammten Quasten- und Fransenzeug«, entgegnete Vater.

»Jetzt sind vielleicht gar meine Quasten und Fransen der Grund, dass du jedes Wochenende auf dem Gut verbringst«, bemerkte Mrs. Ballard spitz. »Als ob ein Mann sich nicht in ärgere Dinge verwickeln könnte als in Posamenterie.«

Maud erwachte aus ihrer Träumerei und sagte: »Zu einfach oder nicht, die Generalin hat Stil. Sie ist eine *Grande Dame. Noblesse oblige.*«

»Ach, Quatsch! Wenn du meine Meinung hören willst – die Frau ist einfach verrückt«, entschied Mrs. Ballard mit Nachdruck. Ann hatte nichts hinzuzufügen, dieses eine Mal stimmte sie mit ihrer Mutter überein.

Wien füllte sich mit Menschen, als Seiner Majestät unterwürfige und malerische Untertanen von allen Ecken und Enden der Monarchie nach der Hauptstadt kamen, um dem ehrwürdigen alten Herrscher ihre Treue zu bezeugen; der Adel verließ seine Schlösser und Landgüter, und die ganze Welt schickte Diplomaten und Repräsentanten nach Wien. In den Straßen waren alle erdenklichen Sprachen zu hören, und wo immer man ging, begegnete man den erstaunlichsten und fremdartigsten Volkstrachten. Durch die Freundschaft mit Florian und der Generalin hatten die Ballards weit mehr von Wien gesehen als bei den üblichen Fremdenführungen. Bei Empfängen und Praterfahrten, bei Morgenritten und Theaterabenden waren sie in die Gesellschaft eingeführt worden. Aber ihrem erfolgreichen Aufenthalt setzte der köstliche Moment die Krone auf, als sie eines Tages in der Hotelhalle der Familie Fränkel begegneten.

Denn die Fränkels waren auch Amerikaner, und sie kamen auch aus San Francisco, und wenn man zum Beispiel *Sutro Heights* erwähnte, dann wussten sie, wovon die Rede war, und vor allem konnte man in der eigenen Sprache mit ihnen reden. Es war eine Begegnung wie zwischen lang vermissten Freunden, die auch verloren in den wilden, dunklen Wäldern Europas herumirrten; und somit konnte die geräuschlose, diskrete Hotelhalle dem überschwänglichen, naiv-glücklichen, übermäßig geräuschvollen Schauspiel beiwohnen, das stattfindet, wo immer Amerikaner sich im Ausland treffen. Zwar hatten in San Francisco die Ballards und die Fränkels nicht in den gleichen Kreisen verkehrt, die Ballards waren für die Fränkels ungefähr dasselbe, was die Bensingers für die Ballards waren. Man sah einander bei offiziellen Gelegenheiten, in Komitees, bei Wohltätigkeitsveranstaltungen, in Gemeindesitzungen, aber nicht privat; auch verstand es sich ohne Worte, dass nach der Heimkehr jede Familie wieder ihren vorgeschriebenen Taubenschlag in der Gesellschaft aufsuchen würde. Aber vorläufig war diese Begegnung das Beste, was beiden Familien passieren konnte, und in einem Feuerwerk von Freude – die Damen schrill vor Entzücken, die Herren so gerührt, dass sie ihre Gefühle hinter lauten und nicht sehr guten Witzen verstecken mussten – wurde Champagner bestellt und auf eine Freundschaft fürs Leben angestoßen. Nun, da Mrs. Ballard mit ihren neuen Toiletten und Hüten und ihren überwältigenden Bekanntschaften innerhalb der Aristokratie vor der schlagfertigen, neugierigen Mrs. Fränkel paradieren konnte, strahlte Wien einen neuen Glanz aus. Andererseits sprachen die Fränkels ein wenig Deutsch und kannten sich in Wien aus, von wo die Familie ursprünglich stammte und wo sie noch einige Verwandte hatte. Und so übernahmen sie denn sachkundig und ein ganz klein wenig beschützerhaft die Führung bei allen weiteren Einkäufen, Besichtigungen und Vergnügungsprogrammen.

Vielleicht hatten die Ballards ein wenig zu laut mit ihren vornehmen Beziehungen geprahlt, denn tatsächlich lastete eine große Sorge auf ihnen. Sie hofften und warteten und beteten, dass Florian die unerhört wichtige Einladung zu dem so außerordentlich exklusiven Jubiläumsball hervorzaubern mochte. Drei köstliche Ballkleider waren bestellt: Mrs. Ballard hoffte, in violettem Atlas mit Volants aus französischen Spitzen zu erscheinen, die rund um ihren Rock und an dem tiefen Dekolleté durch zweiundzwanzig silberne Traubenbüschel gerafft waren. Angelina hatte Maud zu einem weißen

Moirékleid geraten, das gut zu ihrem kräftigen Teint stand, obwohl es sie von hinten vielleicht ein bisschen zu breit machte. Angelina selbst hatte auf Tod und Leben um eine schwarze Samttoilette gekämpft, die ihre zarte, blonde Schönheit hervorgehoben hätte. Aber Mrs. Ballard behauptete steif und fest, dass nur Witwen oder Frauen von zweifelhaftem Ruf sich in schwarzem Samt sehen ließen, und so entschied man sich zuletzt für ein dunkelblaues Chiffonkleid, so dunkel und doch durchsichtig wie der Himmel in einer Sommernacht. Zuweilen, wenn sie mit der alten Verzauberung in den Spiegel starrte, fühlte Angelina sich ein wenig betrunken beim Anblick ihrer selbst. Das bin ich, mochte sie zu ihrem Spiegelbild sagen, das bin ich, so zart, so jung, so reizend. Sie liebkoste die feine Haut ihrer Schultern, streichelte ihr eigenes Haar, nahm wohl auch eine Strähne in ihren Mund und biss darauf, wie um ihren eigenen Geschmack zu kosten. Zuweilen spielte sie die böse Königin im Märchen von Schneewittchen, das war ein altes Spiel, und jeder Spiegel erzählte ihr, dass sie die Schönste im ganzen Land sei und sich nicht um Maud kümmern müsse, um dieses langweilige, brave Schneewittchen mit ihren Wangen so rot wie Blut; doch am Ende ängstigten die Spiegel sie ein wenig, genau wie in der Kindheit; schließlich musste die böse Königin in den rot glühenden Schuhen tanzen, bis sie tot umfiel …

Sie wurde immer ruheloser, denn man ließ sie nie allein mit Florian, nicht einmal für fünf Minuten. Ein paarmal hatte sie ihm angedeutet, dass es vielleicht möglich wäre, sich heimlich zu treffen, aber er war nicht darauf eingegangen, entweder war er zu sehr Kavalier, oder er war wieder einmal völlig in sein verflixtes Brahms-Konzert versunken, das immer über ihm hing wie seine eigene schwarze drohende Privatwolke. Er war unpünktlich, und wenn er sich ihnen zu irgendeinem Unternehmen anschloss, dann geschah das mit sichtlicher Anstrengung, seine Augen blickten geistesabwesend, sein Haar war ein Dschungel, und seine Hände waren ruhelos wie fliehende Tiere in einem brennenden Wald.

Mit wachsender Nervosität zählte Ann die Tage, die ihnen noch bis zur Abreise blieben. Noch eine Woche, und dann kam die vorbezahlte Fahrt nach Budapest, wo die Fortsetzung der Jubiläumsfeiern stattfinden sollte. Angelina hatte es für selbstverständlich gehalten, dass Florian sie nach der ungarischen Hauptstadt begleiten würde, doch es kam abermals zu einer jener fröstelnden kleinen Enttäuschungen, mit denen man sich abfinden musste, wenn man in einen berühmten Mann verliebt war. Florian versicherte stürmisch, dass er ihnen für sein Leben gern Budapest zeigen würde. »Aber leider, leider gehört meine Zeit nicht mir, ich bin an die Vorbereitungen meiner Konzerttournee gefesselt, Sie müssen das verstehen, Maud, Angelina, Mr. Ballard, nicht wahr?« Er sah blass aus und etwas verzweifelt: »Herrgott, ich sollte mein Programm längst fertig haben, aber ich war ein faules Schwein, ich spiele wie eine alte Sau, sag doch, Mausi?«

Und Mausis ganze Antwort darauf war: »Jawohl, mein Schatz.« Angelina war wütend auf Florian, auf das Brahms-Konzert, auf Mausi, auf die ganze Welt. Wenn man zum Beispiel an Mr. Hopper dachte, der wäre ganz bestimmt nach Budapest mitgekommen. Es hätte nur der leichtesten Ermutigung bedurft, und er wäre ihr quer durch den ganzen Kontinent nachgereist; tatsächlich war es immer noch möglich, dass er irgendwo unterwegs auftauchen würde. Aber zurzeit hatte Angelina nicht den Wunsch, Mr. Hopper wiederzusehen. Was sie wollte, war Florian.

Inzwischen wurden Tribünen entlang der Ringstraße errichtet, wo der Kinderfestzug vorbeiziehen würde. Fahnentuch war kilometerweise drapiert und angenagelt worden, und das Fieber der Stadt stieg stündlich. Es gab Militärparaden und eine feierliche Prozession rund um die alte Stephanskirche, mit Glockengeläute, mit allem kirchlichen Pomp, all dem Violett und Scharlach der Kardinäle, mit dem segenspendenden päpstlichen Nuntius und dem geheimnisvollen Lächeln der langgliedrigen gotischen Heiligen, die von ihren dunklen Altären ins Sonnenlicht hinausgetragen wurden. Überall herrschte eine Stimmung glücklicher erhöhter Festlichkeit, und doch lag darunter eine seltsame Unterströmung von Alter und Verfall. »Es riecht nach Leichenbegängnis«, sagte Florian in einer seiner verdüsterten Launen, die immer anzeigten, dass Brahms nicht ganz zufrieden mit ihm war. »Unter den Blumen ist der Sarg versteckt ...«

Nur mehr sechs, nur mehr fünf Tage bis zum großen Jubiläumsball, und die Einladung war nicht gekommen. Nach all ihrem Prahlen vor den Fränkels und wichtigtuenden Postkarten an ihre Freundinnen in San Francisco sah es wie eine arge Blamage für Mrs. Ballard aus, und das machte sie noch ungenießbarer als gewöhnlich. »Wenn wir nicht zu dem Ball gehen können, bringe ich mich um«, erklärte sie mit bebendem Kinn und zitternden Händen.

»Gut. Und wo wünschst du begraben zu werden?«, fragte Mr. Ballard, der ebenfalls etwas nervös und gereizt war. Angelina geriet in Verzweiflung. Auch sie hatte alle ihre Hoffnung auf diesen Ball gesetzt, auf das blaue Ballkleid, auf einen Tanz mit Florian, irgendein Wort, einen Kuss, auf etwas Entscheidendes und Endgültiges. Maud war die Einzige, die in der drohenden Krise ihren Gleichmut bewahrte; aber Maud war eben eine temperamentlose Kuh, und außerdem stand ja nichts für sie auf dem Spiel.

»Wie es scheint, werden wir also doch nicht auf den Ball gehen«, bemerkte Mrs. Ballard zu Florian, als sei ihr das ganz gleichgültig, nur ihre Nase, glänzend wie ein Kupferknopf, verriet ihre Herzensqual. »Wien ist eben nicht San Francisco, hier weiß schließlich niemand, wer wir sind, kein Wunder, dass wir schlichten Amerikaner von der hiesigen hohen Gesellschaft von oben herab angesehen werden«, sagte sie mit einem ziemlich starken Beiklang des väterlichen Ladens in der Polk Street.

»Aber, Mrs. Ballard, selbstverständlich gehen Sie auf den Ball«, protestierte Florian, der aus seiner träumerischen Ferne in die Wirklichkeit zurückkehrte.

»Wieso denn? Wir sind ja gar nicht eingeladen worden«, flüsterte Mrs. Ballard, den Tränen nahe.

»Ach, du großer Gott – die Einladung! Das habe ich ja ganz vergessen! Da trage ich nun das Zeug seit einer Woche in meiner Tasche mit mir herum«, sagte Florian, geistesabwesender und aufreizender denn je. So etwas könnte einem mit Hopper nie passieren, dachte Angelina.

Der Morgen des großen Kinderfestzuges kam heran, klar und durchsonnt, als lächele der liebe Gott selbst auf die alte Kaiserstadt herab. Die Luft war frisch und gewichtslos; die Bäume entlang der Ringstraße warfen vergnügte, fein gezeichnete Schatten, und hoch über den Köpfen der Menge knatterten die Fahnen in einem windbewegten Wald hoher Flaggenmasten. Es war Florian und seinem Freund Joszi zu danken, dass die Ballards Sitze auf der Tribüne für die Auserwählten, nahe dem riesigen Kaiserzelt, bekommen hatten. Sie konnten den alten Monarchen deutlich sehen, eine schlanke, hohe, weißhaarige Gestalt in weißem Waffenrock, die in regelmäßigen Abständen mit der rechten Hand salutierte, es sah aus, als zöge ein unsichtbarer Marionettenspieler an der Schnur, die den alten Mann veranlasste, den Arm zur Begrüßung der Jugend und Zukunft seines Landes zu heben. Stunde um Stunde marschierten die Kinder vorbei, schrien ihr Heil und Hoch in gut gedrilltem Unisono, die Sonne stieg, es wurde immer heißer, und die groben Holzbänke der Tribünen wurden immer härter. Kinder, Kinder und noch mehr Kinder, ein endloser Strom von Kindern; das war zwar eindrucksvoll, aber auch von unerträglicher Langeweile. Wahrscheinlich musste man ein Kaiser und für derartige Huldigungen erzogen sein, um es lange aushalten zu können. Angelina jedoch spürte sich blasser und blasser werden unter dem vorteilhaften Widerschein ihres roten Sonnenschirmes, und ein kühler, dünner Schweiß überzog ihr Gesicht. Sie war viel früher aufgestanden als gewöhnlich, und das hatte sie ein wenig schwindlig gemacht, und als der Zug der Kinder endlos vorbeiströmte, als Florian sich nur mehr um Maud kümmerte, wie wenn er vergessen hätte, dass sie auch noch da war, und als sie spürte, dass sie es einfach nicht mehr aushalten konnte, auch nur noch eine einzige Reihe von Kindern vorbeimarschieren zu sehen: Da war es eigentlich nicht sehr schwer, dem ganzen unerträglichen Schauspiel zu entrinnen. Mit einem kleinen Seufzer fiel sie in Ohnmacht.

Es war im Grunde recht angenehm, sich schlaff werden zu lassen und in dieser schwebenden Dämmerung dahinzutreiben. In ihrer Ohnmacht war sie an Florians Schulter gesunken, und so musste er doch bemerken, dass sie schließlich auch noch existierte. Noch bevor Mr. Ballard ihr zu Hilfe kommen konnte, hatte Angelina es zuwege gebracht, von Florian aufgehoben und in seinen Armen sanft fortgetragen zu werden; das war ein wunderbares Gefühl, so ruhevoll, besonders, wenn man bedachte, dass Florian es im Allgemeinen ablehnte, irgendetwas außer seinem Geigenkasten zu tragen. Er behauptete, dass es seine Hände verderben würde, weshalb Mausi immer wie ein Packesel hinter ihm hertrabte, beladen mit seinen Noten, einem Handköfferchen und der Zinnschachtel, in der die Violinsaiten verwahrt waren. Dass er sie nun auf seinen Armen hielt, ohne an seine empfindlichen und gefeierten Hände zu denken, gab Angelina ein beglückendes Gefühl ihrer eigenen Kostbarkeit. Aber da sie keinerlei Wunsch hatte, den Ärzten und Krankenschwestern der nächsten ambulanten Unfallstation übergeben zu werden, fühlte sie sich stark genug, die Augen zu öffnen, bevor sie dort ankam. Durch ihre flatternden Wimpern sah sie Florians besorgtes Gesicht dicht und zärtlich über das ihre geneigt. »Sie kommt zu sich, Mrs. Ballard«, sagte er, und, siehe da, ihre Mutter tauchte ganz überflüssigerweise an ihrer Seite auf.

»Wo bin ich denn? War ich ohnmächtig? Oh, wie ungeschickt von mir – es tut mir ja so leid –«, flüsterte Angelina.

Es war im Großen und Ganzen eine recht erfolgreiche Improvisation gewesen. Florian vergaß Maud und seine Mutter, er brachte sie zum Hotel zurück, er hielt ihre Hand fest, strich ihr das feuchte Haar aus der Stirn und murmelte ihr zärtliche, beruhigende Worte zu. Das alles wäre wunderschön gewesen, hätte sich Mrs. Ballard nicht in den Kopf gesetzt, in gewohnter Taktlosigkeit dabei zu sein und ihren Senf dazuzugeben: »Ich sagte dir gleich, du sollst nicht so viel von der schweren Gänseleber essen«, und: »Ja, siehst du, Annie, das kommt davon, wenn man zu fest geschnürt ist.« Und sie zwang sie, das Korsett abzulegen, und sie schob ihr Kissen unter den Kopf, und sie zappelte um sie herum, und sie ließ sie nicht eine Minute allein mit Florian. Schwach, wie Angelina nach ihrer Ohnmacht war, wäre es ihr ein Leichtes gewesen, bettlägerig zu werden und damit die Abreise nach Budapest zu verzögern, aber ihr Vater, hartherzig wie gewöhnlich, entschied, dass man sich nicht um alle ihre Faxen kümmern könne, und die Fahrt auf dem Donaudampfer würde ihr sicher guttun. Seit dem glücklichen Zusammentreffen der Ballards mit den Fränkels schien Mr. Ballard absolut darauf versessen, die Sehenswürdigkeiten Europas in der Gesellschaft seiner neuen Freunde zu genießen und Thomas Cook & Son keinen einzigen Punkt der vorbezahlten Fahrt zu schenken. Und Mrs. Ballard fügte Vaters Beschluss mit einer Mischung von Mitgefühl und Bosheit hinzu: »Es wäre wirklich zu schade, wenn unsere Annie sich so schlecht fühlen würde, dass wir ohne sie auf den Jubiläumsball gehen müssten.«

»Mach dir keine Sorgen, Mutter, nicht um alles in der Welt würde ich dir den Ball verderben«, flüsterte Angelina, schwach, aber tapfer.

Für Mrs. Ballard war dieser Ball der Höhepunkt ihres Lebens. Noch hatte sie den Kellergeruch des Ladens in der Polk Street nicht aus der Nase gekriegt, und schon hatte sie es so weit gebracht, dass sie und ihre Familie sich unter den Adel mischen und möglicherweise mit Mitgliedern des Kaiserhauses bekannt werden konnten. In ihrem Kopf entstand bereits der Vortrag, den sie über dieses Ereignis im *Thursday Morning Club* zu halten gedachte. Und um ihre Glückseligkeit vollkommen zu machen, waren auch noch die Fränkels da, um als neidvolle Zeugen den Triumph der Ballards mitzuerleben und später den Leuten in San Francisco davon zu erzählen. »Wir haben die Fränkels eingeladen, am Samstag vor dem Ball mit uns zu dinieren«, teilte sie ihren Töchtern mit. »Ich möchte ihnen das Vergnügen lassen, uns in unseren neuen Balltoiletten zu sehen, das ist doch was Besonderes für sie. Also mach, dass du schnell gesund wirst, Annie.«

»Aber sicher. Ich bleibe im Bett und schlafe mich gesund. Siehst du, wie vernünftig ich bin? Ich bitte dich nicht einmal, mich heute Abend in die Oper mitgehen zu lassen«, sagte Ann, in deren Kopf ein wunderschöner, wenn auch noch embryonaler Plan sich zu formen begonnen hatte.

Als die Familie sie verließ, um in die Oper zu fahren, schien Ann fest eingeschlafen, doch sowie sie sich allein wusste, sprang sie aus dem Bett, machte in sorgfältiger Hast ihr Gesicht, ihr Haar, ihre Hände zurecht, kleidete sich an, sehr einfach zwar, aber mit berechnendem Geschmack, sie zählte ihr Geld – ja, doch, es reichte für einen Wagen – und machte sich auf den Weg nach dem Freihaus.

Gestern hatte sie zufällig gehört, wie Florian zu Maud sagte: »Tut mir leid, dass ich ein so langweiliger Kerl bin, aber keine sechs Pferde könnten mich in die Oper zerren, noch dazu zu *Cavalleria Rusticana* und *Bajazzo*! Nein, ich bleibe schön zu Hause und schlage mich mit dem Brahms-Konzert herum.« Der liebe Gott in Person hätte keine bessere Gelegenheit für das so dringend gewünschte und notwendige Tête-à-Tête zwischen Angelina und Florian Ambros arrangieren können; und obwohl die Kühnheit des Abenteuers sie wirklich zittern machte, während sie in dem alten Einspänner über die Brücke gerüttelt wurde, so war sie doch kein solcher Narr, dass sie diesen ersten und einzigen Abend ihrer Unabhängigkeit hätte nutzlos verstreichen lassen.

Tapfer stolperte sie durch die schlecht beleuchteten Höfe und Treppen des riesigen alten Gebäudes, doch als sie mit stockendem Herzen die Klingel zog, schien die Wohnung stumm, dunkel und leer. Sie horchte nach den Geigentönen, die sonst stets mit so aufreizender Beharrlichkeit die dicken Wände durchdrangen. Ein plötzlicher Wutanfall schüttelte ihren zarten Körper, als sie dachte: Er hat also gelogen, er ist nicht zu Hause geblieben, Gott weiß, wo er sich in diesem Augenblick herumtreibt und mit wem, während ich – während ich – so schwach, wie ich mich fühle – nur um ihm zu zeigen, wie gern ich ihn habe – oh, er verdient es nicht …

Sie wollte gerade umkehren, ein geschlagener Soldat auf dem Rückzug, als sie etwas daherschlurfen und -krabbeln hörte, und dann öffnete Djuro, verschlafen und in Hemdsärmeln, die Tür. »Ist Mr. Ambros zu Hause?«, fragte Ann und trat an ihm vorbei in das dunkle Vorzimmer. Der alte Soldat grinste, verbeugte sich, gestikulierte und gab in seiner barbarischen Sprache einen strammen Rapport, um ihr irgendwie begreiflich zu machen, dass Florian zwar noch nicht nach Hause gekommen sei, aber erwartet würde. »Es ist gut, Djuro. Ich werde auf ihn warten«, sagte Ann herablassend und marschierte in den nun schon vertrauten und doch noch immer befremdenden Salon. Djuro zündete Petroleumlampen an und schob Stühle zurecht, und nach ein paar Minuten erschien er wieder, diesmal korrekt in Uniform und weißen Handschuhen, um ihr ein Glas Wein und etwas Kuchen zu servieren und außerdem im Übermaß der Gastfreundlichkeit ein Familienalbum vor sie hinzulegen. Ohne großes Interesse schlug Ann es auf und besah alle diese Mitglieder des Stammes Ambros mit ihren Pferden, Frauen und Kindern. Der Tag wird kommen, an dem auch meine Fotografie in diesem Album sein wird, dachte sie unvermittelt, und da war wieder die reizvolle Vision: Alençonspitzen und Perlenketten, der Brautschleier, das Geflüster: Das ist die schöne junge Mrs. Ambros, die hat er sich aus Amerika geholt …

Über eine Fotografie von Florian gebeugt, die ihn als unbeholfenen Vierzehnjährigen in seiner kleinen Kadettenuniform zeigte, tat sie, als hätte sie nicht bemerkt, dass sich die Tür geöffnet hatte. Sie hielt den Atem an, in ihrer Brust war ein solcher Aufruhr, was würde er zu der Überraschung sagen?

»Sie warten auf Flori? Wenn's Ihnen recht ist, leiste ich Ihnen Gesellschaft«, äußerte jemand, in Anns kleine Pose einbrechend. Es war Mausi, die nie zuvor auch nur »Guten Morgen« auf Englisch zu sagen gewusst hatte. Ann starrte sie verblüfft und etwas verärgert an. Wie gewöhnlich war Mausi aus dem Nichts erschienen, so als bestünde sie aus Ektoplasma, das unter dem Einfluss von Musik menschliche Gestalt annahm, um sich mit dem letzten Takt wieder in unbekannte Dimensionen zurückzuziehen. Mausi hatte Ann bei ihren Plänen völlig vergessen.

»Du liebe Güte, wie Sie mich erschreckt haben! Ich – ich wollte Mr. Ambros bloß seine Handschuhe bringen, er vergaß sie im Hotel. Wie kommt's eigentlich, dass Sie plötzlich Englisch sprechen?«

»Warum denn nicht? Ich bin in Brooklyn geboren, ging auch dort zur Schule. Ging überall zur Schule, China, Türkei, Algier – mit zwölf Jahren kam ich nach Wien. Mein Vater war Auslandsberichterstatter – aber reden wir nicht von mir. Es gibt wichtigere Dinge, die ich schon lange mit Ihnen besprechen wollte.«

»Mit mir?« Angelina suchte in ihrem Gedächtnis nach all den unvorsichtigen und enthüllenden Aussprüchen, die ihr in aller Unschuld in Mausis Gegenwart entschlüpft sein mochten; Dinge, die keineswegs für diese großen alten Ohren mit den verrunzelten fleischigen Ohrläppchen bestimmt waren, welche sie immer an den Kamm eines bejahrten Hahns erinnerten. »Mit mir? Etwas besprechen?«, fragte sie in wachsendem Unwillen.

»Mit Ihnen, mein Schatz. Ich möchte nämlich, dass Sie Flori etwas von seiner Arbeit ablenken. Er übertreibt's; er wird pedantisch, und der zweite Satz vertrocknet mehr und mehr. Wenn Sie ihn nicht davon ablenken, wird das Brahms-Konzert ein Reinfall.«

»Ihn ablenken? Sie sind aber drollig, Mausi. Wie lenkt man Florian von seiner Geige ab?«

»Das dürfen Sie mich nicht fragen, Herzchen; wenn ich den Trick wüsste, wäre ich nicht mit zweiundvierzig Jahren noch *virgo intacta*. Aber ich habe Sie beobachtet, Kleine, und wenn Sie ihn nicht ablenken können, dann kann's keine. Wie? Ja, das ist Ihre Angelegenheit. Machen Sie ihm schöne Augen, Ihre sind ja groß und rührend genug, hängen Sie sich mit Ihrer Hilflosigkeit an ihn, spielen Sie die laszive Kinderbraut, verheißen Sie ihm den Tanz der sieben Schleier, seien

Sie für unseren Heiligen das Töchterlein der Herodias, bevor er Sägespäne aus dem Brahms-Konzert macht.«

»Wahrscheinlich verstehe ich Ihren Brooklyn-Dialekt nicht recht, aber – wahrhaftig, ich glaube nicht, dass ich Ihnen Anlass gegeben habe, mich zu beleidigen«, sagte Angelina verärgert.

»Du lieber Gott, ich beleidige Sie nicht, ganz im Gegenteil, ich mache Ihnen Komplimente. Sehen Sie, Herzchen, wir wollen einander nichts vormachen, Sie und ich, einverstanden? Ich habe mir genau überlegt, welche von euch zwei Mädels eine bessere Frau für unseren Florian abgeben würde«, verkündete Mausi erheitert. »Zweifellos ist Ihre Schwester viel gütiger, bei Weitem ein besserer Charakter als Sie, aber eine Frau, die nur aus Güte besteht, ist wie ein Salat ohne Essig. Maud würde Florian bemuttern und behüten, ihm die Pantoffeln bringen und seine Nerven beruhigen und ihn wahrscheinlich sogar von seinem Lampenfieber heilen. Aber verlassen Sie sich darauf, ohne sein Lampenfieber hätte Florian nie solchen Erfolg gehabt. Es ist seine stärkste Stimulanz, und ein friedliches Leben und ruhige Nerven würden ihm so viel nützen wie mir ein Furunkel auf der Nase. Die Peitsche, der Stachel, die Lanze des Picadors in seine Rippen, das ist es, was unserem Flori nottut, und von Ihnen würde er's kriegen. Sie wären die Richtige, um ihn aufzustacheln, aufzuregen; machen Sie ihn wütend, tun Sie ihm weh, denn er muss lernen, was Schmerzen sind, oder seine *Adagios* werden immer absinken. Heiliger Strohsack, wenn ich die Sorte Frau wäre, die ihm wehtun könnte, was für einen Künstler hätte ich aus ihm gemacht! Aber alles, was ich tun kann, ist, mein Begleitungsgedudel zu spielen und ihn anzubrüllen, wenn er zu pedantisch und trocken wird, der arme Narr. Aber um zur Sache zu kommen«, fuhr Mausi fort und schob ihre eigenen ungelebten Träume in die Ecke, »ich habe mich dafür entschieden, dass er besser daran tun würde, Sie zu heiraten als Ihre Schwester, trotz aller Schwierigkeiten, die er mit Ihnen haben wird. Außerdem ist es für einen Künstler immer ein Vorteil, wenn er eine schöne Frau hat –«

Sieh mal an, dachte Angelina, die Mausis abwandernden Gedankengängen mit Mühe gefolgt war, mir scheint, diese armselige, hässliche alte Eule ist in Florian verliebt! »Sie reden so, als ob es nur darauf ankäme, welche von uns Schwestern Florian sich auszusuchen geruht«, sagte sie mit einem Versuch, so arrogant zu sein, wie Florian es manchmal war.

»Stimmt, und genau das ist es, was er tun muss, auch wenn er sich darüber nicht klar ist; abgesehn von seiner Musik weiß Flori nämlich nicht mehr über sein eigenes Innenleben als eine Pellkartoffel.«

»Es scheint Ihnen gar nicht in den Sinn gekommen zu sein, dass möglicherweise weder mir noch meiner Schwester etwas daran liegen könnte, Mr. Ambros zu heiraten«, sagte Angelina mit großer Würde. Mausi war darüber höchst amüsiert.

»Aber selbstverständlich wollt ihr Florian heiraten, alle beide, daran ist gar kein Zweifel«, erwiderte sie vergnügt. Und plötzlich ernst werdend, neigte sie sich näher zu Angelina und fragte vertraulich: »Wissen Sie, wie viel Ihr Vater beabsichtigt, euch Mädels als Mitgift zu geben? Er ist doch Millionär, nicht wahr? Sie scheinen mich nicht zu verstehn? *Votre dot*, wissen Sie – Ihre Brautgabe, um mich altmodisch auszudrücken.«

»Bedaure, aber ich begreife kein Wort davon«, sagte Angelina, kühl abweisend. »Ich glaube nicht, dass mein Vater die Absicht hat, uns Ehemänner zu kaufen – wenn es das ist, was Sie mir anzudeuten wünschen. So etwas ist in den Vereinigten Staaten nicht üblich; nicht einmal in Brooklyn, nehme ich an.«

»O Gott, o Gott«, seufzte Mausi, »da kann man sehen, wie lange ich schon von zu Hause weg bin! Nun, verschiedene Stämme haben verschiedene Sitten. In manchen Ländern müssen die Ehemänner gekauft werden, während man in anderen wieder die Töchter an den reichsten Käufer verschachert; in den Vereinigten Staaten zum Beispiel. Kein Grund, sich besonders viel darauf einzubilden. In unserem Teil von Europa würde man nicht dran denken, eine Heirat auf nichts anderes zu gründen als Mondenschein und Sternenlicht und junge Liebe. Das eine ist sicher, Florian muss bald Geld in die Hände kriegen. Oder weshalb sonst, dachten Sie, macht die Generalin so viel Geschichten mit euch? Sie weiß, was sie tut, diese erzgescheite alte Frau, und so viel sie sich auch über Florian lustig macht, er steht ihr näher als alle ihre anderen Söhne zusammen. Glauben Sie mir, die Generalin wird darauf sehen, dass er das Geld in die Hände bekommt, das er für die Kaiserin nötig hat.«

Einen Augenblick lang fürchtete Angelina, dass Mausi nicht ganz richtig im Kopf sei, aber die runden Eulenaugen blickten sie mit einer stetigen hellen und durchdringenden Intelligenz an. »Hat er Ihnen denn nie von ihr erzählt? Warten Sie nur. Sie werden noch genug über sie zu hören bekommen, denn er denkt in jeder freien Minute an nichts anderes.«

Es verschlug Angelina den Atem. »Aber lieber Gott«, flüsterte sie, »das kann doch nicht möglich sein! Florian – und die Kaiserin?«

Mausi explodierte vor Lachen. »*Merde!* Jetzt hab ich ein schönes Durcheinander angerichtet! Hören Sie, mein Herzchen, die Kaiserin ist eine Geige, eine Stradivarius, eine der kostbarsten Geigen, die es gibt; sie wird die *Kaiserin* genannt, weil sie ein Geschenk des Grafen d'Artot an die Kaiserin Maria Theresia war, er selbst erbte sie mit der Geigensammlung seines Vaters. Aber vielleicht wissen Sie gar nicht, dass jede wirklich große Geige einen Namen hat? Bitte, erinnern Sie mich, Ihnen ein Buch zu geben, in dem Sie unter anderem die ganze Biografie der *Kaiserin* nachlesen können; ihre Geschichte ist interessanter und romantischer als die von so mancher berühmten Schönheit. Zurzeit gehört die *Kaiserin* dem Joszi, der Florian manchmal auf ihr spielen lässt; nun hat dieser Narr Flori sich in die Geige verliebt, er ist vollkommen verrannt in die Idee, dass seine ganze Karriere davon abhängt, die *Kaiserin* in seinen Besitz zu bringen, er ist überzeugt, dass seine ganze Zukunft schiefgehn muss, wenn er sie nicht kriegen kann.«

»Warum sollte er sie nicht kriegen können? Der Erzherzog ist doch sein Freund, und wenn so viel für Florian davon abhängt ...«

»Jawohl, das haben wir auch alle geglaubt. Aber plötzlich erscheint dieser Mr. Gibbon auf dem Schauplatz, ein Mensch, der mehr Geld hat, als er selber weiß, und macht Joszi ein fantastisches Angebot. Joszi seinerseits hat gerade jetzt einen Haufen Geld nötig, um sich aus den Klauen der Valerienne zu befreien, das geht nämlich nur mit einer großen Abfindung. Sie haben wohl schon von ihr gehört – und da kommt Mr. Gibbon natürlich wie gerufen. Es ist eine schreckliche Enttäuschung für Flori, dass Joszi die Geige verkaufen will; als Trost hat Joszi ihm noch einen Orden zu seinen anderen verschafft. Noch mehr Spinat für Floris ohnedies schon überanstrengtes Knopfloch; untertänigsten Dank für die große Ehre! Ja, so steht die Geschichte im Augenblick, und jetzt wissen Sie, warum Florian zu Geld kommen muss, und zwar sehr bald, noch ehe Mr. Gibbon ihm die *Kaiserin* vor der Nase wegschnappen kann. So stehn die Dinge, und es ist viel besser für Sie, ganz genau zu wissen, woran Sie sind, oder nicht?«

»Sie sind eine schreckliche Person«, sagte Angelina mit geballten Fäusten und dem Weinen nahe. »Sie können sagen, was Sie wollen, ich werde niemals glauben, dass Florian sich verkaufen würde, nicht einmal, um diese verdammte Geige an sich zu bringen.«

»Aber natürlich nicht. Er ist so ein Schaf, er würde so einen komplizierten Handel nie begreifen. Aber das eine weiß ich: Wer immer ihm die Geige verschafft, den wird er lieben und verehren bis zu seinem Lebensende. Hugh! Ich habe gesprochen.«

Fast eine Minute lang versank Angelina in tiefes Nachdenken. »Wie viel kostet die Geige?«, fragte sie dann mit kühler Sachlichkeit. (Man würde denken, meine kleine Annie ist nur so ein bunter Schmetterling, pflegte Mr. Ballard zu sagen, aber Sie würden staunen, was das Mädel für einen Kopf für Ziffern und Zahlen hat.)

»Der Erzherzog behauptet, dass Mr. Gibbon ihm zwanzigtausend Dollar angeboten hat. Ich glaube nicht, dass es Ihren Vater an den Bettelstab bringen würde, Ihnen die Summe als Mitgift zu geben; was halten Sie davon?«

Florians Bild hatte ein wenig von seinem schimmernden Glanz

verloren; doch zugleich wurde Angelina klar, dass sie in diesem Spiel ein paar Trümpfe in der Hand hielt. »Warum kauft Florian die Geige nicht selbst? Schließlich verdient er eine Menge Geld …?«

»Verdient es und gibt es aus. Berühmtheit kriegt man nicht gratis, und sich einen Namen zu machen wie den seinen, das kostet allerhand. Jesus Christus, was das alles kostet. Die kleinen Aufmerksamkeiten und die großen Empfänge für die Herren von der Presse, man braucht Impresarios, Reklame, man muss repräsentieren. Kunst muss ausgetrommelt werden wie ein Zirkus. Es wird Sie vielleicht überraschen, aber sogar mich und meine Arbeit muss Florian bezahlen, denn auch Klavierbegleiterinnen wollen essen. Und dann, nicht zu vergessen, ist da seine Familie, der gute Ruf, die verfluchte Ehrensache von allen diesen eleganten Brüdern und Schwägern in ihren engen Korsetts und feschen Offiziersuniformen! Der Sekt, das *jeu*, die Duelle, die Wetten, die Verluste, die Gäule, die Weiber, man kann doch hinter der Verschwendung dieser schicken Kavallerieregimenter nicht zurückbleiben! Und wer, denken Sie wohl, bezahlt all die dringenden Ehrenschulden? So wahr mir Gott helfe, manchmal möchte ich das ganze Gesindel am liebsten totschlagen. Es gibt Zeiten, da fressen sie den armen Flori bei lebendigem Leibe auf, und man sieht den Himmel nicht vor lauter Heuschreckenschwärmen.«

Angelina fühlte sich hineingerissen in Mausis bitteren Ausbruch. »Warten Sie bloß, ich werd's ihnen schon zeigen! Ich meine – ich würde ihnen zeigen, die Hände von Flori zu lassen«, sagte sie mit zusammengebissenen Zähnen.

Mausi betrachtete sie gedankenvoll. »Ja, das glaube ich Ihnen, das glaube ich Ihnen, dass Sie alles, was Ihnen gehört, fest unter Schloss und Riegel halten werden! Ihr Haus, Ihren Mann, Ihr Geld. Still jetzt«, sagte sie aufhorchend, »da kommt er gerade. Machen Sie's gut, mein Kind. – Servus, Flori, warum kommst du so spät? Ich dachte wahrhaftig, dass du ins verstopfte Klosett deines großen Meisters gefallen wärst.«

»Angelina, Liebe«, sagte er überrascht, »was – wieso – Sie hier?«

»Ich brachte Ihnen Ihre Handschuhe, Sie haben sie bei uns vergessen.«

»Du bist gewiss hungrig, Flori, ich schaue nach, was Djuro für dich in der Küche finden kann«, sagte Mausi, die sich wieder einmal in einen grauen Streifen Ektoplasma auflöste und entschwand. Das war ein bisschen zu deutlich, dachte Ann.

»Was sagten Sie? Ach ja, meine Handschuhe. Danke schön«, warf Florian hin, sichtlich noch in weiter Ferne und mit Herrn Brahms beschäftigt.

»Florian«, sagte Angelina dringlich, »ich hab ein bisschen geschwindelt. Es gibt gar keine Handschuhe, aber – ich musste Sie einfach heute Abend sprechen. Nur mehr drei Tage – und dann reisen wir fort. Florian – hören Sie mir zu, Florian?«

»Ja, richtig, freuen Sie sich schon auf Budapest?«

Sie schluckte ein paar kantige Steine hinunter, und dann versuchte sie tapfer, seine wandernde Aufmerksamkeit einzufangen. »Wir plauderten gerade über die Geige, die *Kaiserin*. Mausi sagt, dass Sie sie gern kaufen würden, nicht wahr?«

»Oh, hat Mausi Ihnen davon erzählt? Aber Sie können unmöglich verstehen, Angelina, was es für einen Geiger bedeutet, ein solches Instrument in die Finger zu kriegen. Heilige Maria und Joseph, die Idee, dass dieser Gibbon sie kaufen könnte, macht mich wahnsinnig; für ihn bedeutet eine Stradivari nichts als eine günstige Geldanlage, zum Teufel mit der Musik –«

»Schauen Sie mich an, Florian: Ich werde Ihnen diese Geige verschaffen. Ich hab mir's vorgenommen, und was ich mir vornehme, das setze ich auch durch.«

Er löste sich von dem Fenster, wo er gestanden hatte, kam zu ihr und nahm ihr Gesicht zwischen seine Hände. »Was für ein liebes, kleines Närrchen Sie sind, Angelina.«

»Sie kennen mich noch nicht. Ich bin kein Närrchen. Wenn ich etwas will, dann nehme ich mir vor, es zu kriegen – und ich kriege es. Unwiderruflich.«

Das schien ihn zu amüsieren. »Unwiderruflich? Ganz einfach, nicht wahr?«

»Warum nehmen Sie mich nicht ernst? Weil ich nicht so groß und kräftig und alt bin wie meine Schwester? Können Sie mich nicht leiden?«

»Was glauben Sie, Angelina?«

»So gut, wie ich Sie leiden kann?«

»Ich habe keine Ahnung, wie gut Sie mich leiden können. Bitte hören Sie auf, Pizzicato auf meinem Gemüt zu spielen – oder wie nennen Sie das: *My heart strings?*«

»Ihr Englisch wird immer besser, Florian, und trotzdem kann ich Sie manchmal nicht verstehen. Sie sind zu schwer zu durchschauen.«

»Wirklich? Ich fürchte manchmal, dass ich beinahe zu transparent bin, muss denn alles herausgesagt werden? Können wir nicht ein paar Obertöne einfach schwingen lassen?« Er bohrte seinen Blick in ihr Gesicht, und dabei dachte er nicht an Brahms. »Was möchten Sie eigentlich in meinem ausgezeichneten Englisch von mir hören? Dass Sie in ein paar Jahren eine große Schönheit sein werden? Jawohl, eine gefährliche Schönheit – das wissen Sie ja selbst. Was tun Sie eigentlich hier?«, fragte er, als bemerkte er erst jetzt ihre Gegenwart. »Weiß Maud davon? Geht es Ihnen wieder gut? Sie sollten nicht so spät am Abend herumlaufen, Sie gehören ins Bett, Sie brauchen Ruhe. Mausi«, rief er, »wo steckt das verflixte Frauenzimmer wieder? Mausi!«

»Wie wär's mit Käse und einer Flasche Bier?«, fragte Mausi, sich aus dem Nichts materialisierend.

»Das ist mir ganz wurscht«, schrie Florian sie an, und Mausi ließ sich wieder entschwinden. »Kommen Sie, Angelina, ich bringe Sie zu einem Wagen. Sie sehen todmüde aus, und ich möchte nicht, dass Sie nochmals in meinen Armen ohnmächtig werden.«

»Ich muss mich dafür entschuldigen. Habe ich Sie beunruhigt?« Sie stand jetzt dicht bei ihm und wartete.

»Jawohl, verdammt noch einmal. Sie haben mich beunruhigt, denn Sie sind eine sehr beunruhigende kleine Person. Los, jetzt bringe ich Sie zu einem Wagen. Mausi! Wir wollen arbeiten, ich bin in einer Minute zurück.«

Der Mond tränkte die Höfe mit seinem Licht, aber Florian schien nichts von der einladenden Stimmung der frühen Sommernacht zu bemerken.

»In drei Tagen haben wir Vollmond«, betonte Angelina.

»So?«, sagte er zerstreut.

»Ja, und ich werde bei Vollmond auf dem Donaudampfer nach Budapest gondeln. Schade –«, sagte sie, aber Florian hatte sich unwiderruflich in seine eigenen Gedanken zurückgezogen. Er weckte einen schläfrigen Kutscher auf, der seinen schläfrigen Gaul aufweckte, und Angelina wurde ohne weitere Umstände in den Wagen geschoben.

Sie hatte beinahe zwei Stunden im Bett gelegen, als ihre Familie von der Oper heimkam. »Sie schläft ganz fest«, flüsterte Maud Mrs. Ballard zu, die auf Zehenspitzen rücksichtsvoll davonschlich.

Aber Angelina schlief nicht. In tiefe Berechnungen für die schnellste Erwerbung der *Kaiserin* verwickelt, ließ sie Regimenter von Zahlen in Schlachtordnung aufmarschieren. Großvater hat zehntausend Dollar für mich angelegt – aber es dauert noch lange, bis ich einundzwanzig Jahre bin – vielleicht könnte man Geld darauf aufnehmen – ich muss mit Vater sprechen – die Perlen, die ich von Großmama Ballard erbte – ich könnte sie verkaufen – ich müsste so tun, als hätte ich sie verloren? Ausgezeichnet, dann bekäme ich außerdem noch fünftausend Dollar von der Versicherung – oder ich könnte sagen, dass sie mir im Hotel gestohlen wurden. Wetten, dass dieses Stubenmädchen auch meine Strümpfe gestohlen hat, sie hat unehrliche Augen – Maud hat etwas von ihrem Taschengeld erspart – das muss sie mir borgen – und mein eigenes Sparkassenkonto – es langt nicht, aber vielleicht als Anzahlung? Ich muss versuchen, den Erzherzog persönlich kennenzulernen – morgen auf dem Ball – er ist ein Frauenjäger – wenn ich's richtig anfange? Florian? Und damit schlief Angelina ein, mit dem seligen Lächeln eines süß verklärten Raffael'schen Engels auf ihrem sanften, kindlich-schönen Gesicht.

Am Samstagmorgen fühlte Angelina sich etwas fiebrig, aber sie wollte gar nicht wissen, ob sie erhöhte Temperatur hatte oder nicht. Sie wollte keine altjüngferlichen Umstände machen wie Maud, die sich angewöhnt hatte, bei jeder Gelegenheit heimlich ein Thermometer in den Mund zu stecken und es still wieder in sein Etui zu tun, nachdem sie abgelesen hatte, was es zeigte; das war wahrscheinlich ein Überbleibsel von ihrer Influenza, ebenso wie ihr leises, unterdrücktes, aufreizendes Hüsteln.

»Wie viel hast du, Maud? Ist dir auch heiß und kalt?«

»Wahrscheinlich sind wir beide ein bisschen aufgeregt. Zwei Striche über achtunddreißig. Aber mit diesen dummen europäischen Thermometern kennt sich ja doch kein Mensch aus.«

Schon morgens um neun Uhr war Herr Fessl, K.U.K. Hoffriseur, persönlich erschienen, denn an diesem Tag mussten Hunderte von kunstvollen Frisuren auf den Köpfen von Hunderten von Damen aufgebaut werden, und der warme Geruch von Spiritusbrennern, versengtem Papier und heißen Brennscheren erfüllte das Hotel. Auch kam es zu einem Wettkampf um die riesigen altmodischen Badewannen, bald gab es nicht mehr genug heißes Wasser, da mehr Hotelgäste als gewöhnlich ein Bad nahmen, und später hieß es, dass ein Badeofen im zweiten Stock explodiert sei. Die neuen Korsetts wurden anprobiert, und Mutter und Töchter schnürten einander gegenseitig probeweise ein, bis die Taille so schlank war, wie es die Ballkleider verlangten. Sodann wurden die Korsetts wieder abgenommen, um Raum für eine leichte Mahlzeit zu lassen. Um zwei Uhr polterte Mr. Ballard ins Zimmer und befahl seinen Damen, sich nicht so abzurackern, sondern sich hinzulegen und auszuruhen, zum Teufel noch mal! Maud gehorchte, aber Angelina war zu aufgeregt, um still zu liegen. Sie musste vor dem Spiegel sitzen und mit Parfüm und Puder experimentieren und sogar mit einer verbotenen kleinen Dose Rouge, die ihr das Stubenmädchen mit den unehrlichen Augen insgeheim verschafft hatte. Bändchen mussten in die Wäsche eingezogen werden, ihre Nägel poliert – und nach eifriger

Überlegung polierte sie sogar ihre Fußnägel, so sorgfältig, als ob sie sie der Öffentlichkeit vorzuführen gedächte. Mit dem Vorgefühl von Abenteuer und Sünde tat sie Puder auf die Schultern und ihre jungen Brüste und Eau de Cologne auf ihre Ohrläppchen. Schließlich fiel ihr ein, dass Florian – oder vielleicht sogar der Erzherzog – sich beim Tanzen über ihr Haar beugen würde, und so wurde denn auch ihre Frisur mit Eau de Cologne behandelt.

Um fünf Uhr begann es zu regnen, um sechs war Angelina geschnürt, gestiefelt und gespornt, und kurz vor sieben, viel zu früh, war sie völlig angekleidet. Ihr verblieb noch eine Stunde, in der sie sich darin üben konnte, ihren Fächer kokett zu bewegen, ihre Schleppe aufzunehmen, das Froufrou ihrer Unterröcke knistern zu lassen und in den ungewohnten, viel zu kleinen, viel zu hohen Stöckelschuhen zu gehen. Heute Abend, heute Abend, heute Abend, pochte es in ihr. Heute Abend musste etwas Entscheidendes geschehen, denn morgen war es zu spät.

In späteren Jahren dachte Angelina oft, dass jener Abend den Wendepunkt in ihrem Leben bedeutet hatte. Wenn jene Nacht anders begonnen und anders geendet hätte, vielleicht hätte sie sich dann zu einem ganz anderen Menschen entwickelt, und allerhand böse Dinge, die ihr und anderen geschehen waren, hätten sich niemals ereignet. Denn in jener Nacht hatte ein Sturmwind das Dach und den Schutz ihres Vaterhauses fortgetragen, und von da an musste sie in einer vaterlosen Welt leben, in der man niemandem vertrauen konnte, und wenn man nicht für sich einstand, dann war man ganz und gar verloren …

Kurz nach sieben wurde ihr das Zimmer, das sie mit Maud teilte, zu klein, und sie ging in den Salon. Zwischen den Fenstern war ein hoher Spiegel, und für ein paar Minuten stand sie gebannt davor, in das alte Spiel verstrickt: Spieglein, Spieglein an der Wand, wer ist die Schönste im ganzen Land?

Zum Überfließen erfüllt, wie sie war, mit einem neuen Gefühl ihrer selbst, so verändert, so verzaubert, ein Bild mit weißen Schultern im dunklen Prinzesskleid, blieb dennoch ein ungestillter Hunger in ihr, das wohlvertraute Verlangen nach Beachtung und Anerkennung. Schon als zweijähriges Baby, das zum ersten Mal ein rosa Bändchen im Haar trug, war sie hungrig nach Komplimenten gewesen; es war ihr Vater, der damals und seither stets dieses Bedürfnis gestillt hatte. Wie für Millionen von amerikanischen Töchtern war ihr Vater für sie ein Mann, wie es ihn nicht noch einmal gab. Auf ihn konnte man bauen wie auf einen Felsen, bei ihm war Wärme und tiefe Sicherheit, er war ihr bester, nachsichtigster, verständnisvollster und bewundernder Freund, außerdem diente er ihr auch als eine Art Probierpuppe, an der sie ihre unschuldigen kleinen Koketterien studieren und versuchen konnte. Er war eben – und das war die Hauptsache – ein Mann.

Ein geräumiges Vorzimmer, schwach beleuchtet von zwei leise zischenden Gasflammen, trennte den Salon vom Schlafzimmer der Eltern. An der Garderobe hing ihres Vaters Operncape bereit für den Ball. Eben wollte Angelina an die Tür der Eltern klopfen, als die sonderbaren Töne da drinnen sie veranlassten, haltzumachen und zu horchen. Wenn es sich darum handelte, an Schlüssellöchern zu lauschen oder anderer Leute Post zu lesen, ging Angelina mit der Unbefangenheit einer Urwaldbewohnerin zu Werke; es war nur natürlich, solche Dinge zu tun, und sie war überzeugt, dass jedermann, der die Gelegenheit dazu hatte, sie tat. Als sie jedoch, vorsichtig jedes Geräusch vermeidend, an dieser Tür horchte, bekam sie etwas zu hören, was sie nie zuvor gehört hatte: Da drinnen nämlich weinte Mrs. Ballard. Sie weinte, sie schluchzte, sie putzte sich die Nase, dann kam eine monotone Klage und noch mehr Schluchzen – und das ausgerechnet heute Abend, dachte Angelina und legte ihr Auge ans Schlüsselloch; sehen konnte sie nichts, doch zu hören gab es eine Menge.

»Schämen sollst du dich«, kam Mrs. Ballards Schluchzen gedämpft durch Tränen und Taschentuch, »schämen sollst du dich, eine Schmach und eine Schande ist es für einen Mann deines Alters und deiner Stellung, sich mit so einer einzulassen, mit einer – nein, ich bin mir zu gut, sie beim richtigen Namen zu nennen. Ein schlechtes Stück Fleisch, so abgegriffen, dass ich's nicht anrühren würde, wenn ich's im Schlachterladen finden täte –. Hast du vergessen, dass du ein alter Mann von sechsundvierzig Jahren bist? Diese Person könnte gut und gern deine Tochter sein. Eine Seiltänzerin! Also so weit ist es mit dir gekommen! Mit einer Seiltänzerin vom Ronacher Champagner zu saufen! Das schlägt dem Fass den Boden aus! Das kann ich mir nicht gefallen lassen! Alles – alles andere –, aber eine Seiltänzerin …«

»Verdammt noch einmal, immer wieder die gleiche alte Litanei? Ich hab dir's hundert Mal erklärt, ich kann mir nicht helfen, ich bin nun einmal ein Mann, Marge, und man muss der Natur ihren Lauf lassen«, erwiderte Mr. Ballard, es klang nicht zerknirscht, sondern eher verärgert. »Wenn ich schon zu Hause kein bisschen Spaß haben kann, dann muss ich mein kleines Amüsement dort finden, wo es mir angeboten wird, und um Gottes willen, mach keine solche Tragödie daraus. Was ist denn schon dabei, wenn ich mit Coby Fränkel und den andern Burschen ein Glas über den Durst getrunken habe? Schließlich ist es kein Verbrechen, einem armen Mädel ein Nachtessen zu bezahlen. Auf eines kannst du dich verlassen, sie hat mich und den Champagner besser zu würdigen gewusst, als du es jemals tatest. Ich sehe wirklich nicht ein, worüber du dich zu beklagen hast. Ich tu mein Bestes für euch, ich bin ein guter Familienvater, ich sorge für dich und die Kinder – du weißt doch, wie lieb ich unsere Mädels habe. Also hör auf zu heulen, Marge, und mach dich zurecht. Ich hab dir tausendmal gesagt, dass du nichts dabei verlierst, wenn ich mir mal einen vergnügten Abend leiste. Ich will dich ja nicht kränken, aber schließlich haben wir zwei in dieser Richtung nicht viel Spaß miteinander gehabt, du und ich, das sind eben Dinge, in denen wir uns nicht verstehn und niemals verstanden haben, angefangen mit unserer verdammten, verkorksten Hochzeitsnacht …«

»Charles Ballard, das geht zu weit! Ich bin auch nicht von gestern. Ich weiß nur zu gut, wie schlecht Männer von Natur aus sind; ich hab mich damit abgefunden, so gut ich konnte, ich hab's ertragen und dir Kinder geschenkt, Charles, aber es ist eine unmögliche Situation. Jedes zweite Wochenende schiebst du los aufs Gut, man weiß, warum, oder hast du dir eingebildet, ich wüsste es nicht, dass du ein Verhältnis mit dieser dreckigen Mexikanerin hast, mit diesem ungewaschenen fetten Gomez-Weibsbild. Und ich muss gute Miene zum bösen Spiel machen, um dir deinen guten Ruf zu bewahren und es vor den Kindern zu vertuschen. Aber jetzt hab ich's satt – drei Jahre geht das schon mit diesem Miststück! Ich kann's einfach nicht begreifen, was an der Person dran ist, das dich so fesselt.«

»Was an ihr dran ist? Sie macht sich was aus mir, das ist an ihr dran. Bei ihr kann ich spüren, dass ich ein ganzer Kerl bin, und das ist es, was jeder Mann braucht. Wenn ich's zu Hause finden könnte, dann müsste ich mich nicht auf's Gut wegstehlen, und wenn du vielleicht glaubst, dass es leicht für mich ist, so wie es zwischen uns beiden steht …«

»Still – es kommt jemand«, sagte Mrs. Ballard und blies eine wackere Fanfare in ihr Taschentuch. Angelina zog sich rasch von der Tür zurück, die einen Augenblick später aufging. Ihr Vater stand da, groß und schwer, mit seinen harten Muskeln und seinem respektablen Bart, ihr Vater, auf den sie ihr Leben lang so stolz gewesen war; der eigene Vater, ein verlotterter, verlogener Mensch. Da stand er mit seiner gestärkten Hemdbrust, stiernackig, noch ohne Kragen, und er war eben dabei, sich Hosenträger an seine Frackhose anzuknöpfen. Seine Schultern wölbten sich breit unter dem dünnen Batisthemd, und er roch nach Pomade, wie er so mit gespreizten Beinen in der Tür stand, und das alles war schamlos, schamlos und schmutzig und schlecht, und er hatte sie betrogen. Ihr eigener Vater hatte sie hintergangen und betrogen und unaussprechliche Dinge mit dieser Pepita getrieben, mit diesem schlampigen Weib des mexikanischen Gutsverwalters. Plötzlich füllte sich Angelinas Kehle mit all den verbotenen Worten, über die Miss Fishbein Briefmarken geklebt hatte, sie explodierten da innen, sie wusste kaum, von wo sie ihr kamen, all die gemeinen, dreckigen Worte, die Namen der gemeinen, dreckigen Dinge, die ihr Vater mit dieser stinkenden Hure, mit diesem verdreckten Straßenmenschen getrieben hatte. Sie wich vor ihm bis an die gegenüberliegende Wand zurück. Sie wollte schreien, aber sie war zu einem Klumpen Eis gefroren, ihre Lippen waren steif vor Kälte, und anstatt zu schreien und zu fluchen, lächelte ihr Mund noch immer; nur dass sie nicht um das süß-erwartungsvolle Lächeln wusste, das sich festgewachsen hatte und ein Teil ihres Gesichts geworden war.

»Du meine Güte, Annie, du siehst ja aus wie ein Bild, schau sie bloß einmal an, unsere kleine Anni, Mama«, sagte Mr. Ballard munter. »Wetten, dass sie die Ballkönigin sein wird?« Er sprach mit seiner üblichen Freundlichkeit, gerade so, als hätte kein Sturmwind das schützende Dach von ihrem Leben weggefegt. Die Gasflammen wurden blau und undeutlich vor ihren Augen, das Gas zischte lauter, immer lauter, dann verdunkelte sich alles, und durch das Dunklerwerden kam Mr. Ballard auf sie zu und wollte seinem kleinen Mädelchen einen Kuss geben.

Sie wusste nachher nicht, wie sie zur Korridortür gekommen war, durch die sie entfloh und die sie hinter sich ins Schloss warf; sie konnte sich auf nichts besinnen als auf Mr. Ballards verständnisloses Gesicht. Wenn du deinem eigenen Vater nicht vertrauen kannst, wem sonst in der ganzen Welt? Irgendwie, verschwommen, war Florian Ambros in ihren Gram und den plötzlichen Zusammenbruch aller Sicherheit verstrickt – denn war nicht auch er ein Mann?

Sie war sterbenskrank, verzweifelt, von einer schwarzen Wut geschüttelt, und diesmal war kein kleines Hündchen da, das man schlagen, keine Schwester, die man dafür hassen konnte, keine Beatrice, die kam, um zu trösten; da war nichts als eine bodenlose Leere dort, wo zuvor ihr Vater seinen Platz in ihrem Leben gehabt hatte.

Nicht einen Augenblick dachte Angelina an ihre Mutter; es kam ihr nicht in den Sinn, Mrs. Ballard zu bedauern oder gar zu bewundern für den Anstand, mit dem sie das Doppelleben ihres Mannes ertrug und vertuschte, um vor der Welt und vor ihren Töchtern die

Fiktion einer glücklichen Ehe und eines zufriedenen Heims aufrecht zu halten. Nicht ihre Mutter war von Vater betrogen worden, sondern sie selbst, sein Kind, Angelina. Bleich unter ihrem verbotenen Rouge, schwankte sie mühsam am Rande einer wirklichen Ohnmacht dahin, kalter Schweiß lief ihr von der Stirn, als sie halb bewusstlos weiterstolperte, die Treppen hinunter. Das Hotel war stolz auf seinen neuen Lift im goldenen Käfig, aber Angelina hatte vergessen, dass es so etwas gab, bei diesem ersten Zusammenstoß mit der Wirklichkeit hatte sie alles vergessen, sogar den Jubiläumsball.

Um dieselbe Zeit betrat Florian Ambros die Hotelhalle, warf einen Blick auf die Uhr über dem Empfangspult, bemerkte, dass er zu früh für das kleine Souper vor dem Ball kam, zu dem Mr. Ballard ihn eingeladen hatte, und so blieb er hie und da stehen, um einen Scherz mit einem der alten Kellner oder ein Wort mit dem Empfangschef zu wechseln und ein paar Bekannte an einem der Marmortische zu begrüßen. Er lächelte sein gewinnendes Konzertlächeln, und er trug seinen Frack mit der Selbstverständlichkeit eines Menschen, für den das feierliche Kleidungsstück zum Beruf gehört. Unter dem Operncape, das er leicht über die Schultern geworfen hatte, blitzten die Miniaturorden an seinem linken Frackaufschlag, und ein großer Orden war an einem gestreiften Ordensband dicht unter seiner weißen Krawatte befestigt. Wie gewöhnlich hatte er seinen Hut zu Hause vergessen; ein paar Regentropfen hingen in seinem Haar.

So sah ihn Angelina, als sie das Ende ihrer Flucht durch tausend Höllen erreichte. Er stand am Fuß der Treppe, ein Bote des Himmels, herrlich wie ein Erzengel mit gütigem Gesicht und flammendem Schwert. Und dieses einzige Mal war sie ohne Berechnung, ließ sie alles nur geschehen. Die letzten Stufen hinunterjagend, als wäre ihr ein Rudel Wölfe auf den Fersen, warf sie sich in seine Arme, der eisig kalte Schmerz in ihrer Brust schmolz, es war wie ein Dammbruch, eine Überschwemmung, und mit wildem Schluchzen klammerte sie sich an Florian, direkt am Treppenfuß und vor all den eleganten Leuten, die um diese Stunde die Hotelhalle füllten.

»Um Gottes willen, was gibt's, was ist geschehen, warum weinst du? Komm, nimm dich zusammen, man weint nicht in der Öffentlichkeit. Wie geht's Maud?«, fragte er verwirrt. »Wie geht's Maud?«, wiederholte er und versuchte, sich aus Angelinas Umklammerung zu lösen, aber sie ließ nicht von ihm.

»Ich kann's nicht sagen, ich kann nicht darüber reden, es ist zu schrecklich, Florian, ich möchte am liebsten sterben –«

»Na, na, du musst hier keine Szene vor all den Leuten machen. Was ist denn los? Wollen deine Eltern dich nicht auf den Ball mitnehmen? Bitte, lass uns hinaufgehen, und im Zimmer kannst du mir alles in Ruhe erzählen«, schlug er vor, er merkte gar nicht, dass er zum Du ihrer ersten Bekanntschaft zurückgekehrt war. Angelina schluchzte gebrochen, dass sie nie mehr zurückgehen würde, nie mehr, nie, nie, und als er versuchte, sie zum Lift zu lenken, versteifte sich jeder Muskel in ihrem Körper wie in einem Krampf. Weder konnte Florian die ganze Hotelhalle zur Arena für einen Ringkampf zwischen sich und einem schluchzenden jungen Mädchen machen noch war es ihm möglich, Ann mit Gewalt zu ihrem Zimmer hinaufzuschleppen. In höchster Verlegenheit suchte er nach einer stillen Ecke, um das Mädchen zur Vernunft zu bringen. Doch in dieser festlichen Ballnacht gab es keine stillen Ecken in dem überfüllten Hotel, und ausnahmsweise handelte Florian entschlossen. »Komm, Engelchen, wir machen eine kleine Spazierfahrt«, sagte er, sie durch die Halle steuernd, hinaus durch die Drehtür und an dem Türsteher vorbei, einem riesigen Schwarzen in lächerlichen türkischen Pluderhosen. »Fiaker«, sagte Florian und winkte nachlässig mit zwei Fingern. »Zu dienen, Euer Gnaden – sofort, Herr Baron –, wohin, Eure Exzellenz?« Ein Chor dienstwilliger Stimmen, ein feiner Regen, einige Schritte unter des Türstehers riesigem Schirm, und sie fühlte sich sanft in einen Wagen gehoben.

»Erst einmal den Ring entlang«, befahl Florian vage, was den Kutscher veranlasste, die kleinen Gardinen mit betonter Diskretion zusammenzuziehen und den Wagenschlag mit einem anerkennenden

Männerlächeln zu schließen. Fuhren dieser Art, ihres heiklen Charakters wegen Porzellanfuhren genannt, erfreuten sich großer Beliebtheit bei den sentimentalen Wiener Kutschern, denn es war klar, dass derartige Passagiere ohne bestimmtes Ziel Liebesleute waren, die einen Fiaker mieten mussten, wenn sie allein sein wollten. So etwas war an und für sich sympathisch, und außerdem konnte man den doppelten Tarif dafür verlangen. Selbst die Pferde schienen volles Verständnis für die Sachlage zu haben; behutsam, in langsamem Schritt, setzten sie den Fiaker unter den tropfenden Kastanienbäumen der Ringstraße in Bewegung.

Dunkelheit, Sicherheit, Nähe, warm in Florians Operncape eingehüllt, beschützt und behütet unter der zarten Regenmusik auf dem Wagendach, ließ Angelina sich in ein so tiefes Miteinandersein versinken, wie sie es nie geahnt hatte. Alles war wieder gut, das Inferno hatte sich zum Paradies gewandelt. Sie war gegen Florians ordengeschmückte Frackbrust gebettet, sein Herz klopfte dumpf und hart und gleichmäßig an ihr Ohr. Er hatte seinen Arm beschützend um ihre Schultern gelegt, er hielt sie dicht an sich, liebkoste ihr Gesicht mit seinen suchenden, empfindsamen, tröstenden Fingern. Eine kleine Weile fuhr Angelina zu schluchzen fort, nur um des unerhörten Genusses willen, den sie empfand, dann, als es ihm schien, dass sie sich leer geweint hatte, löste er sie von sich und zündete sich eine Zigarette an, und nur die Hast, mit der er den Rauch tief in sich einsog, verriet seine Nervosität.

»Jetzt wollen wir aber vernünftig sein und besprechen, was eigentlich geschehen ist«, schlug er vor, selbst etwas vernünftiger, als ihm wirklich zumute war. »Hör auf zu weinen, du willst dir doch nicht dein hübsches Gesichtchen für den Ball verderben.« Angelina murmelte mit zusammengebissenen Zähnen, dass sie nicht auf den Ball ginge, lieber tot, sie würde sich lieber umbringen, als zu ihrer Familie zurückzukehren …

»Hast du dich mit Maud gestritten?«, erkundigte er sich, ein wenig besorgt, ein wenig amüsiert. »Oder hat Maud dir vielleicht irgendetwas gesagt ... na ja, das dich ein bisschen verwundet haben könnte?«

»Maud? Wie kommen Sie darauf? Wir streiten niemals, dazu haben wir uns viel zu gern, und Maud ist so lieb, so gut, Maud würde keiner Fliege was zuleide tun. Nein – es handelt sich um meinen –«, aber sie wich vor dem Wort »Vater« zurück, und es klang beinahe wie ein Echo ihrer Mutter, als sie mit lahmer Förmlichkeit endete: »Es war Mr. Ballard, der mich verletzt hat, und ich will ihn nie wiedersehen.«

Zunächst beteuerte sie heftig, dass sie lieber sterben würde als berichten, was ihr Vater ihr angetan hatte, aber nach und nach lag Mr. Ballards ganzes schamloses und empörendes Verbrechen vor Florian ausgebreitet, und er unterdrückte ein Lächeln männlichen Einverständnisses, das nicht für Angelina bestimmt war.

»Schau, Engelchen, du kannst derartige Dinge noch nicht verstehen, so wunderbar jung und unschuldig, wie du bist, aber so viel musst du mir glauben: Dein Vater hat ein Recht auf sein Leben, genauso wie du später einmal dein eigenes Leben leben wirst, und du musst derartige kleine Seitensprünge nicht so ernst nehmen. Wer weiß, später, wenn du deinen Vater besser verstehen wirst, wird er dir sogar ein bisschen leidtun. Und deine Mutter auch. Das Leben ist eine einsame Angelegenheit, Angelina, und Eheleute sind vielleicht am allereinsamsten, denn vielleicht haben sie geglaubt, dass Heirat die Tür ist, die aus der Einsamkeit hinausführt – aber meistens kommt's ganz anders. Nun – glücklicherweise gibt's auch da Ausnahmen, und man hofft ja immer ...«

»Ja, Florian, sprich nur weiter und halt mich bitte, halt mich fest, ich fühl mich so verloren«, flüsterte sie kaum hörbar. Florian zog mit einer etwas ungeduldigen Bewegung die indiskreten Gardinen zurück, öffnete das Wagenfenster und warf seine Zigarette hinaus; er nahm seinen Arm von Angelinas Schulter und ließ sie los: »Sag einmal, wie ich dich im Hotel einfing, wo wolltest du denn hinrennen?«

»Das weiß ich nicht. Ich konnte nicht denken, ich wusste nicht, was ich tat.«

Sie hob ihr Gesicht zu ihm auf und starrte ihm in die Augen. Es war dunkel im Fiaker, aber in regelmäßigen Abständen glitt eine Straßenlaterne nach der anderen vorbei und hob Florians Gesicht bleich und verwischt ins Licht, schnitt seine weiße Hemdbrust, Weste, Manschetten scharf aus der Schwärze. »Ich wollte zu dir. Zu wem auch sonst, Florian?«

Er zündete sich eine neue Zigarette an, dann nahm er ihre Hand wieder in die seine, um ihr Vernunft zuzusprechen, aber nur Bruchstücke davon drangen in die sanfte, warme Traumstimmung ihres Alleinseins mit ihm …

»… aber selbstverständlich werden Sie zum Hotel zurückgehen, und ich verspreche Ihnen, dass Sie sich auf dem Ball königlich amüsieren werden. Ich möchte stolz auf Sie sein, Angelina, und deshalb erwarte ich Haltung von Ihnen. ›Haltung, Kadett Ambros, Haltung‹ – kommandierte mein Vater immer, das ist das einzige Gute, was er mir beigebracht hat. Glauben Sie, ich musste nie aufs Konzertpodium, wenn ich Zahnschmerzen hatte? Du lieber Gott, und schlimmer noch – ich spielte Mozart, das A-Dur-Konzert, zwei Stunden nachdem sich mein bester Freund erschossen hatte, und ich kann Ihnen versichern, dass ich damals gut gespielt habe. Ich spielte in einem Konzert an dem Tag, da meine erste große Liebe mich stehen ließ, um den Assistenten eines Brauereiverwalters zu heiraten; damals war ich noch nicht achtzehn – beinahe so jung, wie Sie sind –, und mir war zumute, als wenn niemals mehr der Mond scheinen könnte.«

Angelina war sofort eifersüchtig auf jene große erste Liebe, aber sie zeigte es nicht.

»Wenn ich mir's recht überlege – es gab auch keinen –«, sagte er ein wenig später in tiefen Gedanken.

»Was gab es nicht, Florian?«

»Einen Vollmond.«

Angelina hielt den Atem an. »Es war Vollmond letzte Nacht, Florian«, sagte sie leise, »als du mir Gute Nacht sagtest …«

Eine Straßenlaterne und wieder Dunkelheit. Laterne und Dunkelheit. Straßenlaterne und Dunkelheit.

»Ja, ich glaube, du hast recht«, sagte er schließlich. »Aber ich fürchte, dass ich's nicht bemerkt habe.« Straßenlaterne und Dunkelheit. Straßenlaterne –

»Hilf mir, bitte, hilf mir doch – lass mich nicht allein«, flüsterte sie.

»Du bist nicht allein. Ich bin bei dir, du arme kleine, kleine Angelina«, sagte er, seine Stimme war rau geworden.

Es war vielleicht der einzige Augenblick ihres Lebens, da sie ohne Rückhalt liebte, und nicht nur sich selbst, sondern ein anderes Wesen; ohne Umwege, ohne Tricks, ohne Berechnung, in voller Aufrichtigkeit. Sie seufzte tief auf, wie ein Kind im Schlaf, und verschränkte ihre Hände um Florians Nacken; er beugte sich über ihr Gesicht und küsste sie – oder vielleicht war sie es, die ihn küsste, darauf kam es nicht an. Sie schlug die Augen auf und sah die Ringstraßenbäume mit nassen, glänzenden Blättern träge an der trägen Kutsche vorbeigleiten, und mit großer Deutlichkeit sah sie das Regentropfenmuster an der Fensterscheibe und hörte sie Florian flüstern: »Verdammt – verdammtes kleines Luder …« Er hielt sie härter und dichter an sich, er küsste sie wieder.

»Du tust mir weh«, flüsterte sie, »lass los, du tust mir weh«, als sie fühlte, wie sich seine Zähne in ihre Lippen gruben und ihrem Mund Gewalt antaten, und sie hörte ihn etwas auf Deutsch wispern, das sie nicht verstand, eine Liebkosung oder vielleicht einen Fluch. Und das alles war so ganz anders als Johnny O'Shaughnessy oder Mr. Hopper auf dem obersten Deck – und nun hatte sich alles entschieden, und Florian gehörte ihr. Weiße Alençonspitzen, der Eiffelturm, die Hochzeit, die flüsternde Menschenmenge, vielleicht würde der Erzherzog ihr Brautführer sein, ein Riesenrad mit Lichtern begann sich zu drehen, sein Mund lag noch immer auf dem ihren, und dann stieß er sie von sich, und sie kehrte in die Wirklichkeit zurück.

»Florian, Florian, Liebling, was sollen wir jetzt bloß tun?«

Er hatte sich in die andere Ecke gedrückt und eine neue Zigarette angezündet. »Jetzt sollen wir uns anständig benehmen und machen, dass wir zum Hotel zurückkommen, *Allegro molto*. Wir sind sowieso viel zu lange in diesem verdächtigen Fiaker herumgefahren, und wir wollen keinen Skandal verursachen.«

Von einer Reise nach unbekannten Kontinenten kehrte Angelina zu sich selbst zurück und besann sich darauf, dass eine Wagenfahrt mit einem Herrn, noch dazu in geschlossenem Fiaker und ohne Gardedame, das Kompromittierendste war, was einem jungen Mädchen zustoßen konnte. Wenn ein derartiges Abenteuer nicht mit einer Verlobung endete, war das Mädchen unwiderruflich verloren. Ann biss sich auf die Lippen, sie empfand einen neuen Geschmack, einen Blutstropfen. Auch wenn wir uns geküsst haben, wir sind nicht lange genug im Fiaker gefahren, um einen wirklichen Skandal hervorzurufen, überlegte sie. Sind wir verlobt? Das wollen wir doch hoffen; wenn er sich wie ein anständiger Mensch benimmt, dann sind wir zweifellos verlobt, inoffiziell zumindest. Er wird mit Vater sprechen müssen – komisch, wie nebensächlich ihr Vaters kleine Seitensprünge mit einem Mal vorkamen.

Aber, wenn ich mich schon einmal kompromittiert habe, dann lieber gründlich, entschied sie sich. Ihr Gehirn wanderte schon wieder in seinen gewohnten, gut geplanten kleinen Spiralen. »Bitte, ach, bitte, Florian, Liebling, ich kann noch nicht, ich bin noch zu aufgeregt. Spürst du nicht, wie ich zittere – lass mir noch ein bisschen Zeit.«

»Nun, wir alle sind gelegentlich Feiglinge; ich schlage mich mit meinem Lampenfieber rum, und du ...« Er ließ den Satz unvollendet, aber er öffnete das Fenster und befahl dem Kutscher, sie zum Hotel Bristol zurückzufahren.

»Tut mir leid, Angelina, dass ich einen Moment den Kopf verlor; willst du's vergeben und vergessen?«, sagte er nur noch, und für den Rest der Fahrt rauchte er schweigend, während Angelina sich bereit machte, Mr. Ballard gegenüberzutreten, auch hatte sie begonnen, ihre lithografierte Hochzeitsanzeige zu entwerfen. Sie musste voraussichtlich in zwei Sprachen gedruckt werden, das würde sogar besonders elegant aussehen; oder vielleicht auf Französisch, der Sprache der Diplomaten, die alle Welt verstand – das heißt alle Welt, ausgenommen sie selbst, ihre Eltern und ein großer Teil von San Franciscos bester Gesellschaft.

Als sie das Hotel erreichten, hatten diese Überlegungen die schreckliche Krise, die sie mitgemacht hatte, beinahe ausgelöscht, und der Aufruhr, den Florians Kuss in ihr angerichtet hatte, begann abzuebben. Während er den Kutscher bezahlte, hatte sie eine Idee, die ein neues Licht auf Vaters Vergehen warf. Nach allem, was sie über ihn wusste, konnte er gewiss nicht die alte Zuneigung und Achtung von ihr erwarten; wollte er sie zurückgewinnen, dann musste er sich schon besonders anstrengen – und plötzlich begriff sie, weshalb schuldbewusste Ehegatten ihre Frauen mit Juwelen überhäuften; plötzlich wusste sie, dass schweigende Nachsicht einträglich sein konnte und dass Vergebung erkauft werden musste. Sie lächelte Florian strahlend an, als er sie am Arm nahm und durch die Halle leitete: »Sie brauchen keine Angst zu haben, Angelina, ich werde mit Ihrem Vater sprechen und ihm alles erklären – und darf ich fragen, was es zu lachen gibt?«

»Sie wissen, dass ich versprochen habe, Ihnen die Geige zu verschaffen? Ich glaube, dass ich sie heute Nacht für Sie kriegen werde. Wenn Sie es arrangieren können, dass der Erzherzog mit mir tanzt, dann bin ich sicher, dass ich sie kriege – und nicht zu teuer«, sagte sie.

»Aber ganz bestimmt, du kleines Äffchen«, sagte Florian darauf. »Der Prinz verschenkt ja immer seinen kostbaren Schatz für einen Tanz mit der lieblichsten Maid. Aber nur im Märchen, kleines Äffchen, nur im Märchen.«

Vor der Ballard'schen Suite trafen sie auf Maud, die im Korridor auf und ab patrouillierte, ihre Hände waren kalt und feucht, ihr Gesicht rot und erhitzt, und sie lief mit heiserem, erregtem Flüstern

Angelina entgegen: »Um Himmels willen, Ann, wo steckst du denn? Bist du verrückt, so zu verschwinden, gerade heute Abend, und noch dazu im Ballkleid, ohne Schal, ohne Abendmantel! Ich hab für dich so gut geschwindelt, wie ich nur konnte, wahrhaftig, in einem Jahr hab ich nicht so viele Lügen erzählt wie in der letzten halben Stunde, bloß um Mutter von unserem Zimmer fernzuhalten. Ich hab ihr einen schönen Bären aufgebunden – dass du unerträgliche Kopfschmerzen hättest und ein Pulver genommen hast und eingeschlafen bist, und man dürfe dich auf keinen Fall stören; ich habe die Tür zugesperrt und die Hotelpagen in jedem Winkel nach dir suchen lassen – mein Gott, wo warst du bloß? Wieso hast du sie denn gefunden, Florian? Wirklich, Annie, manchmal benimmst du dich noch wie ein ungezogenes Gör! Ich hätte mir nicht die Mühe gemacht, wenn's nicht um Mutters Vergnügen ginge; du weißt doch, wie viel dieser Ball für sie bedeutet, aber du scheinst dich den Teufel darum zu scheren, ob du ihr und uns allen den Abend verdirbst –«

»Ach, mach dich nicht so wichtig, Maud«, sagte Angelina; niemand konnte ihr so auf die Nerven fallen wie ihre Schwester mit ihrer Umständlichkeit und Tugendhaftigkeit, mit ihren breiten Hüften und den sanften großen Kuhaugen. »Wenn es sich darum handelt, den Abend für Mutter zu verderben, da gibt's gewisse andere Familienmitglieder, die das schon besorgt haben. Und wie steht's mit *meinem* Abend? Wen kümmert's, wenn *mein* Abend verdorben ist? Wenn du eine Ahnung hättest, was ich heute Abend durchgemacht habe, dann würdest du dich schämen, mich für irgendetwas verantwortlich zu machen.«

Maud blickte von ihr zu Florian, sie war plötzlich verlegen geworden. »Florian, was ist geschehen? Sie haben sich verspätet – weshalb schaut ihr so komisch drein, alle beide? Sie haben doch nicht – oder haben Sie's ihr gesagt?«

»Ich werde alles erklären, Maud. Angelina war aus dem Häuschen wegen etwas, aber jetzt ist's in Ordnung; ich – ich war selbst ein bisschen durcheinander. Ich werd's Ihnen später erklären.«

»Und wie du bloß aussiehst! Deine Frisur – du bist ganz zerrauft, geh, mach dich zurecht. Und deine Augen, hast du denn geweint?« Maud legte ihren Arm um Angelinas Schultern, als sei sie noch immer die kleine Schwester, die gescholten, getröstet und behütet werden musste. »Du hast geweint, armes Schwesterchen? Warte, wir legen Kamillenteepäckchen auf deine Augen, und du legst dich für ein paar Minuten hin, aber nicht zu lange, sie warten schon alle mit dem Souper auf dich. Sie sind schon im Salon, die ganze Fränkel-Familie, und Ihre Mutter kam auch gerade an, Florian. Himmel, was für Komplikationen – und grade heute Abend muss das passieren!«

»Mir liegt nicht das Geringste dran, wie ich aussehe und wer im Salon ist«, sagte Angelina und öffnete kampflustig die Tür der kleinen Vorhalle, durch die sie vor kaum einer halben Stunde geflüchtet war. Soeben verließ ein Kellner mit einem Kühler voll geleerter Champagnerflaschen den Salon, durch dessen halb geöffnete Tür eine Welle von Gelächter kam; für einen Augenblick hing eine Vision von fröhlichen Gesichtern und Händen mit Champagnergläsern in der blau verrauchten Luft. In der Mitte des Zimmers war Mr. Ballard zu sehen, mit gespreizten Beinen aufgepflanzt und sichtlich vergnügt und zufrieden mit sich, und dann schloss sich die Tür wieder. Mr. Fränkel, der sich viel auf seinen Witz zugutetat, schien eine Geschichte zu erzählen, der eine neue Explosion von Gelächter folgte; im gleichen Moment gewahrte Angelina ihr Bild in dem schmalen Spiegel der Garderobe; das verbotene Rouge lag nicht mehr auf ihren Wangen, Haarnadeln fielen aus ihrer zerstörten Frisur, und auf ihren Lippen lag das Siegel von Florians Kuss: ein fast schwarzer, getrockneter Blutstropfen.

»Sag ihnen, dass mein Kopfweh besser ist und dass ich in fünf Minuten fertig sein werde«, flüsterte sie Maud zu, während sie sich hastig in ihr Schlafzimmer zurückzog. »Und höre, Maud, ich danke dir auch schön, dass du für mich geschwindelt hast. Flori wird dir alles erklären.«

Es gab ein glänzendes Souper in dem glänzenden Speisesaal des glänzenden Hotels, wo die amerikanischen Millionäre den anderen Gästen serviert wurden wie ein ganz besonderes Gericht. Das Warten auf Angelina hatte die Gesellschaft durstig gemacht, der Champagner vor dem Essen hatte ihre Laune sehr gehoben, und demzufolge war ihr Tisch der lauteste – oder eigentlich der einzig laute – in der geräuschlosen Speisegrotte voll schwerer roter Teppiche und Veloursvorhängen und rosig beschirmter Lampen. Florian saß zwischen ihr und Maud, und an seiner Seite fühlte sich Angelina wie eine Schauspielerin, die in einer Galavorstellung die Hauptrolle spielt und an der alle Augen hängen. Als die Nachspeise auf einem Bett von gesponnenem Zucker hereingetragen wurde und der *Mâitre d'hôtel* den Armagnac aufflammen ließ, den er persönlich darübergegossen hatte, erhob sich Mr. Ballard, bereit, eine seiner unterhaltenden Tischreden zum Besten zu geben. »Hört, hört«, rief Mr. Fränkel, »Ruhe für den Vizepräsidenten der Gesellschaft für die gerechte Verteilung von Möpsen an Not leidende alte Jungfern!«

»Gott, bist du ein Komiker, ist er nicht ein Komiker, Mrs. Ballard?«, schrie Mrs. Fränkel; doch Mrs. Ballard lächelte wohlerzogen in ihren violetten Atlasschoß, und Mr. Ballard war mit einem Male würdevoll und ganz ernsthaft geworden. Stille breitete sich um die Tafel, und die Kellner traten in stummer, erwartungsvoller Haltung hinter die Stühle. Die Aufmerksamkeit der anderen Gäste wandte sich noch mehr als zuvor diesem blumenbeladenen Tisch zu, in dessen Mitte die aufflammende Schüssel stand, und den amerikanischen Damen in ihren sensationellen Balltoiletten, auf den erhobenen Gesichtern den Schein der blauen Flämmchen, die von den Desserttellern hochzüngelten.

»Meine lieben Freunde – und Sie, verehrte Frau Generalin, die uns so viel mehr als eine Freundin geworden sind«, sagte Mr. Ballard, »dies ist gewissermaßen ein Abschied, denn morgen müssen wir Wien verlassen, und das fällt uns nicht leicht. Doch zugleich ist es nicht nur die glücklichste Stunde in den fröhlichen Wochen, die wir hier verleben durften, sondern eine der glücklichsten Stunden, die uns je zuteilwurde. Ich spreche nicht nur für mich selbst, sondern auch für meine liebenswerte Frau an meiner Seite, mit der ich die große Ehre und das besondere Glück habe, verheiratet zu sein. Ich könnte mir keine bessere Gelegenheit für die Ankündigung wünschen, die für manche von uns keine große Überraschung sein mag – obwohl die zwei jungen Menschen, die es angeht, ihr Geheimnis lange Zeit gut bewahrt haben. Ich fürchte, dass wir ihre Liebe auf eine harte Probe stellten, aber sie haben uns durch ihre Geduld und Ausdauer davon überzeugt, dass sie es ernst meinen. Ich bin nur ein einfacher Geschäftsmann, aber auf meine unwissende Weise liebe ich die Musik, und ich kann's meinem Mädel nicht verdenken, dass es sich in einen Künstler verliebte, den die ganze Welt kennt und bewundert und den meine Frau und ich lieben und schätzen gelernt haben wie einen Sohn. Flori – und du, meine Maud –, ich erhebe mein Glas auf eure Verlobung, und ich hoffe und wünsche euch, dass ihr nie weniger glücklich sein mögt, als ihr in diesem Augenblick seid!« Flori und Maud. Flori und Maud. Flori und Maud. Trompetenstöße und Fanfaren. Hochrufe und Umarmungen; Champagner in allen Gläsern, kleine blaue Flämmchen auf jedem Teller, ein strahlendes Lächeln auf jedem Gesicht. Und ein Hammer, der auf Angelinas Herz niedersauste und es in Stücke schlug. Sie fühlte, wie es zerbrach, fast konnte sie das knirschende Geräusch hören, mit dem es zerschlagen wurde; ein bitterer Geschmack füllte ihren Mund, Galle, Gift, Essig. Und die Fränkels, auf besondere Einladung Zeugen ihrer Kreuzigung. Ganz San Francisco war in Gestalt dieser fünf vulgären, lärmenden Leute zugegen, um ihrem tiefen Absturz beizuwohnen. Da war sie nun, in ihrem herrlichen Ballkleid, noch mit dem Zeichen von Florians Kuss auf ihrer Unterlippe, und sie hob ihr Glas, und sie trank, und sie ließ das Brautpaar hochleben, und sie lächelte.

Sie besaß eine bemerkenswerte Fähigkeit, die junge Angelina. Sie konnte krank werden oder in Ohnmacht fallen, wann immer es von Vorteil schien; aber sie konnte sich auch davon zurückhalten, in Ohnmacht zu fallen, wenn wirklich Grund dafür vorhanden war.

Der Schmerz, der ihr Herz zusammenkrampfte und sich in ihrer Brust ausbreitete und in ihre Schulter und durch ihren linken Arm schoss, dieser Schmerz war so wirklich und von einer solchen unerträglichen Heftigkeit, dass sie wusste, sie bedurfte nur einer Sekunde mehr ohne Atem, nur noch eines einzigen Augenblicks, in dem ihr Herzschlag aussetzte, um zu sterben.

O ja, sie hätte ganz leicht tot umfallen und Florians und Mauds reizenden Verlobungsabend verderben können, stattdessen stand sie auf, umarmte und küsste ihre Schwester, blickte Florian direkt in die Augen, und sie lächelte, als sie zu ihm sagte: »Ich wünsch dir alles Glück, das du verdienst.«

Nein, sie fiel weder in Ohnmacht noch verriet sie sich an dem Abend, da die Verlobung ihrer Schwester angekündigt wurde, und darauf war sie ihr Leben lang stolz. Sie ging auf den Ball, und sie tanzte nicht bloß einen Walzer mit dem Erzherzog Josephus Albertus, sondern drei; die Zeitungen machten großen Lärm, und am nächsten Tag sprach ganz Wien davon. Mauds Verlobung hingegen wurde nicht einmal erwähnt.

Ann brauchte drei Tage, um einen Entschluss zu fassen, und dann schrieb sie einen Brief an Clyde Hopper, Esq.

Sehr verehrter Mr. Hopper,
ob Sie sich wohl noch an das Mädchen erinnern, dessen Fotografie ich beilege? Jawohl, ich bin es …

Maud Ambros betrachtete prüfend das Porträt der verstorbenen Mrs. Ballard, das nach verschiedenen Wanderungen an der Wand über dem Kamin im Wohnzimmer gelandet war. »Findest du nicht auch, dass es der beste Platz für sie ist? Von hier hat sie die Aussicht auf die Bucht, wie sie's gewohnt war.«

Angelina nickte matt. Sie hatte den von Großmutter Ballard ererbten Kaschmirschal um ihre Schultern gezogen und ihren Stuhl dicht an die bernsteinfarbene Glut im Kamin gerückt; trotzdem fror sie. »Es ist kalt, nicht?«, sagte sie fröstelnd. »Ich hatte fast vergessen, wie kalt es in San Francisco sein kann. Fühl mal meine Hände. Du kannst mir glauben, sie sind nicht warm geworden, seitdem ich Hawaii verlassen habe.«

»Armes Schwesterchen! Man sagt, das Blut wird dünner in den Tropen.« Maud war noch immer mit dem Porträt ihrer Mutter beschäftigt: violetter Atlas, silberne Traubenbüschel, lange Schleppe, tiefes Dekolleté, großer Straußenfederfächer. »War das nicht eine entsetzliche Mode? Kannst du dich noch an das Kleid erinnern, Ann?«

»Nur ganz dunkel –«, entgegnete Mrs. Hopper. Als ob sie jemals die Bitterkeit jenes Abends in Wien hätte vergessen können, die angehäufte Bitterkeit der acht Jahre, die seither vergangen waren!

Maud machte sich noch immer mit dem Bild zu schaffen. Sie holte eines der Hyazinthengläser aus dem Erker und stellte es auf den Kamin. »Arme Mama! Wie enttäuscht sie war, als Mr. Merryl sich weigerte, alle zweiundzwanzig Traubenbüschel abzumalen.«

»Ihre Generation hatte nicht viel Geschmack«, sagte Angelina nachsichtig. – »Das schon – aber sie gab sich so viel Mühe.«

»Etwas zu viel Mühe, scheint mir.«

»Nicht für sich; sie wünschte sich nichts, als uns zwei Gören zu feinen jungen Damen zu erziehen und uns an wohlhabende Herren zu verheiraten – die uneigennützige gute Seele!«

Angelina wurde des post mortem müde. Sie ermüdete sehr leicht; wahrscheinlich hatte ihr Herz sich nie wieder ganz erholt. Es schien wie ein Herz mit einem Sprung, durch den ihre Kräfte wegsickerten, bis sie die unerträgliche Leere da drinnen wie eine Todeskrankheit in sich fühlte. In Hawaii, auf der Pflanzung Leihana, war sie oft von einer panischen Vorahnung ergriffen worden, dass man sie eines Tages tot auf dem Fußboden finden würde, ganz allein, ohne Hilfe in der Einöde, weit entfernt von der kleinen Stadt Hilo.

»Erzähle weiter, Liebe«, hörte sie Maud sagen, »du sprachst von eurem Besitz auf der Insel ...«

»Ein traumhaft schöner Besitz! Zu schade, dass ihr es nicht einrichten konntet, uns zu besuchen. Du hättest dich in unser Haus verliebt. Beinahe wie eines dieser großen alten Landschlösser in England, aber natürlich viel exotischer, der wunderbare Park, die Stallungen, wir hatten einen Tennisplatz und selbstverständlich unseren eigenen Strand.«

... so groß, so weit gedehnt, so beängstigend das Haus, die Zimmer so hoch, die Wände so leer, grünlich verfärbt im bewegten Schatten der riesenhaften tropischen Pflanzen. Drinnen herrscht eine ängstlich bewahrte, bedrückende, sonnenlose Dämmerung, draußen entweder bohrende Lichtdolche oder das graue Gewühl von Wolken, die in Regengüssen explodieren, mit einem Getöse, als triebe eine Brigade von Trommlern ihr Unwesen auf dem Wellblechdach. Wohin das Auge blickt, die verhasste Monotonie unermesslicher Zuckerrohrfelder, ein Ozean von Langeweile, dessen Wogen Hopper auf seinem riesigen Pferd bei Sonnenaufgang verschlangen und ihn bei Sonnenuntergang erschöpft, verdurstet, verdreckt wieder hergaben. Eine Kruste des alles durchdringenden Erntestaubes bedeckt sein verschwitztes Hemd, sein Gesicht, sein Haar; er bringt den Geruch von Schweiß und Pferd, den scharfen Dunst des abgebrannten Zuckerrohrs, den süßlichen braunen Gestank der Melasse von der Zuckerfabrik bis ins eheliche Schlafzimmer. Moskitos, Fliegen, Eidechsen, Ungeziefer jeder Art, eine quälende Gleichförmigkeit, gelegentlich durchbrochen von Katastrophen: eine Springflut, ein Lavaausbruch des Mauna-Loa-Vulkans, ein Feuer in der Zuckerfabrik, gerade wenn Hopper für eine seiner häufigen Inspektionsreisen nach einer der anderen Inseln gesegelt ist.

Bei seiner Rückkehr findet er sie weinend, schluchzend, gewürgt von der unaufhörlichen Angst des Alleinseins. »Sag doch, kleine Frau, wozu die ganze Aufregung? Wenn du dich einsam fühlst, brauchst du nur dein Pferd satteln zu lassen und die Nachbarn zu besuchen. Oder lade dir meine Burschen zum Nachtessen ins Haus. Wieso denn allein mit sechzehn Leuten Dienerschaft, die dir jeden Wunsch von den Augen ablesen! Als wenn du nicht wüsstest, dass du auf dieser Pflanzung die Königin bist!«

»... sechzehn Leute Hauspersonal, und ich weiß gar nicht, wie viele Gärtner und Stalljungen außerdem«, berichtete Angelina ihrer Schwester, die beeindruckt werden musste, »selbstverständlich mussten wir viele Gesellschaften geben; weißt du, der Herr einer Pflanzung muss ja repräsentieren wie ein König, das ist so der Stil auf den Inseln –«

Manchmal fürchtet sie sich bis zum Irrsinn vor diesen fremdartigen sechzehn Dienern, und die Gerüchte, die Beatrice beständig vom Küchengebäude zu ihr auf die Veranda trägt, machen es noch schlimmer. Dieses drohende Gesindel von Japanern, Chinesen, Inseleingeborenen, auf geräuschlosen nackten Füßen herumschleichend, diebisch, unterwürfig in ihrer Gegenwart, feindselig und gefährlich, sobald sie ihnen den Rücken zukehrt. Und die Nachbarn, du lieber Gott, ihre nächsten Nachbarn sind dreißig Meilen entfernt, ein ältliches, bibelzitierendes Missionarsehepaar, das vor zwanzig Jahren im Zwischendeck eines dänischen Dampfers ankam und dem man seine Herkunft noch immer ansieht. Und was »meine Burschen« anbelangt, Hoppers Assistenten, die sind eine rohe, ungehobelte Bande von Biertrinkern, und ein einziger Abend in ihrer Gesellschaft genügte, um Angelina mit einem dreitägigen Anfall von Fieber und unerträglichem Heimweh bettlägerig zu machen. Sie verzehrt sich vor Sehnsucht nach den Nebeln über der Bucht, dem Wind von San Francisco, dem Elternhaus in der Clay Street, und die großen klaren

Tränen strömen über ihr Gesicht. Beatrice schlurft ins verdunkelte Zimmer, um ihr kühle Fruchtsäfte zu bringen: Papaya, Ananas, Kokosnussmilch, Mango, alle zu fremdartig, zu süß, abscheulich.

»Ich kann's nicht, ich kann diese Existenz nicht länger aushalten, Beatrice. Hier sterbe ich, ich will zurück, wo ich hingehöre –«, schluchzt sie.

Auch Beatrice hasst Leihana. »Geh, sag Mr. Hopper die Meinung, es ist eine Grausamkeit, meine *Bambina* in dieser Wildnis gefangen zu halten. Wenn du nicht mit ihm redest, Beatrice wird ihm schon die Meinung sagen.«

»Lass nur, Bea. Ich hab's ihm hundertmal gesagt, aber er will nichts davon wissen.« Es war ihr Morgen- und Abendgruß: »Ich kann's nicht aushalten, viel länger ertrage ich das nicht, nimm mich zurück aufs Festland, Hoppy, ich flehe dich an, bring mich zurück, wo ich hingehöre, bevor ich zu schwach bin, um zu reisen ...«

»Sieh einmal, kleine Frau, du hast einen Pflanzer geheiratet, es ist das einzige Leben, für das ich geschaffen bin, und Leihana entwickelt sich großartig, ich kenne wirklich keinen schöneren Platz auf der Welt; diese Inseln sind ein Paradies, und alle Menschen sind hier glücklich; warum versuchst du nicht auch, dir's hier ein bisschen gefallen zu lassen? Mir zuliebe – und sobald der kleine Hopper ankommt, wirst du ja immer Gesellschaft haben.«

Angelina spreizte ihre kalten Finger über der Kaminglut; es schien ihr verzweifelt wichtig, Maud zu überzeugen, dass die gesamten glänzenden Vergnügungen von Rom und Paris, der Umgang mit der großen internationalen Gesellschaft und alle die Freuden und Vorteile, die die Schwester als Gattin eines berühmten Virtuosen genossen haben mochte, blass und banal erschienen, verglichen mit der tropischen Überfülle ihrer eigenen acht Jahre auf den Inseln. »Das Leben in Hawaii«, hastete sie in falscher Begeisterung weiter, »niemand, der nicht dort gelebt hat, kann sich einen Begriff von diesem Reichtum machen. Alles ist so – so großzügig und freigebig und lustig – das ganze Jahr eine Kette von Festen und Bällen und Gesellschaften.«

Im dritten Jahr kommt es zu Unannehmlichkeiten auf der Pflanzung. Eine neue Insektenplage frisst Löcher in das Zuckerrohr und in Hoppers Anteil am Gewinn. Von Sorgen bedrückt und schlecht gelaunt während des Tages, verbringt er mehr und mehr Nächte in lärmenden Sitzungen mit seinen Burschen. »Lass uns Leihana verlassen, lass uns zum Festland zurückgehen, du ruinierst dich und mich auch – und wofür?«, bohrt Angelina; aber nun war Hopper ein Feldherr inmitten einer Schlacht und wollte nichts von Rückzug hören. Die Insekten werden besiegt, aber zwei Jahre später gibt es neue Schwierigkeiten, dieses Mal sind's die Feldarbeiter, es kommt zu einem Aufruhr in den Arbeiterhütten, im Herrenhaus herrscht halb verdeckte Unruhe. Von Panik ergriffen, schickt Angelina einen Boten nach der Zuckerfabrik, um Hopper heimzuholen; als er, mit Staub und Schweiß bedeckt, angaloppiert kommt, findet er sie auf ihrem Bett hingestreckt, bejammernswürdig klein und schwach, angstgelähmt und trotzdem bemüht, sich tapfer zu zeigen.

»Es ist nur mein dummes Herz, es mag gar nicht mehr schlagen – und Beatrice sagt, Takato wollte Ah Wong in der Küche erstechen, und ich bin so allein, immer bin ich ganz allein.«

»Sieh einmal, mein kleines Eichkätzchen, du bist nicht allein, ich bin bei dir, immer, du brauchst nur nach mir zu rufen – oder zähle ich überhaupt nicht?«

Aber er war weder da, als sie, fünf Wochen zu früh, ihr Kind gebar, ein erschreckend winziges, erschreckend hässliches kleines Mädchen, das für seine Ankunft achtundvierzig Stunden Geburtswehen und die gesamte Kunst des chinesischen Pflanzungsarztes in Anspruch nahm und einer tausend Jahre alten Mumie glich. Noch war er da, als eine Diphtherieepidemie vom Dorf Leihana auf das Herrenhaus übergriff und die kleinen Zwillinge des japanischen Gärtners Takato wegholte und dann auch ihr Kind. Bei seiner hastigen Rückkehr von einer der anderen Inseln weinte Hopper über dem kleinen Sarg, so haltlos, wie es einem zwei Meter langen Mann schlecht ansteht, und nachher betrank er sich in Gesellschaft seiner Burschen bis zur Bewusstlosigkeit. Aber Hopper – das ist ein ganz anderes Kapitel …

»… seitdem ich mein Kindchen verlor, sieht alles ganz anders für mich aus. Und dann noch mein Unfall, um das Unglück voll zu machen – aber darüber wollen wir gar nicht reden«, sagte Angelina so still, mit einem so herzbewegenden, so angestrengten kleinen Lächeln, dass es diesmal Maud war, der die Tränen in die Augen schossen; sie legte ihre große Hand schnell auf Angelinas Schulter, als wolle sie die junge Schwester trösten und beschützen.

»Ich weiß, Schwesterchen, ich weiß es. Aber lass ein bisschen Zeit darüber vergehn, du bist ja noch so jung, du wirst ein anderes Baby bekommen.«

Als Angelina fühlte, dass sie nicht einen Tag länger die Beschwerlichkeiten des Exils, die Gefangenschaft in Leihana ertragen konnte, nahm sie Zuflucht zu einem tollen, kopflosen Streich. Entweder – oder, sagte sie sich und zwang ihr untrainiertes junges Pferd Poulani zum Sprung über einen viel zu hohen Zaun. Sie hätte sich das Genick brechen können (wäre Hopper ganz recht geschehen, dachte sie), aber sie kam mit ein paar gebrochenen Rippen und einigen leichten Verletzungen davon. Auf jeden Fall brachte ihr Unfall das gewünschte Resultat: Sie hatte ihren Mann so erschreckt, und er traute dem Krankenhaus in Hilo so wenig, dass er sich entschloss, sie nun doch aufs Festland zu bringen; bloß vorübergehend, wie er sich einzureden trachtete, nur bis sie wieder zu Kräften kam; nur während er die Konstruktion einer neuen Zuckerraffinerie überwachte, die seine Firma in Oakland errichten wollte. – Aber Angelina hatte ganz andere Pläne.

»Habt ihr wirklich die Absicht, euch in San Francisco niederzulassen? Wird dir Leihana nicht fehlen, wenn's dir dort so wunderbar gefallen hat?«, fragte Maud.

»Es wird sicher nicht leicht für mich sein; aber ich fürchte, das alles ist für mich vorbei«, erwiderte sie traurig.

»Und Clyde? Ich glaube nicht, dass er sich in San Francisco recht wohl fühlt. Büroarbeit passt nicht recht zu ihm, er kommt mir ein bisschen – nun ja –, ein bisschen ruhelos vor.«

»Es war genauso unruhig auf der Pflanzung, und er wird sich an San Francisco gewöhnen – er wird sich gewöhnen müssen. Weißt du, es ist ein Jammer, aber Dr. Bryant sagt, dass ich nie mehr in die Tropen zurückgehen darf; er findet, dass ich nicht kräftig genug dafür bin, das Klima dort würde mich mit der Zeit zugrunde richten.«

Maud sah sie nachdenklich an. »Was ist eigentlich los mit uns beiden, Schwesterchen? Als ich die kleine Joy erwartete, sagten die Ärzte, dass mir das Herumreisen schaden würde, und seither muss ich auf einem Platz still sitzen. Es ist ja wahr, auf Floris Konzerttourneen war nicht viel mit mir los. Es ist heiß in Rom und eisig kalt in Stockholm, und die Erkältung, die man in Hamburg erwischt, schleppt man mit sich herum bis Rio de Janeiro – ich muss dem Himmel danken, dass Flori nichts dagegen hat, sein Hauptquartier in San Francisco aufzuschlagen; ich glaube fast, dass es ihm im Grunde hier gefällt.«

»Wahrhaftig? Aber die Stadt ist nicht mehr das, was sie früher war – ach, du großer Gott, ich rede schon wie alle alten Leute. Sie sollten San Francisco in den Siebzigerjahren gesehen haben, das sagt doch Vater immer. Und wie Großmutter Ballard noch lebte: Du solltest San Francisco in den Fünfzigerjahren gesehen haben – aber es ist wahr, nicht einmal unser Haus ist so wie früher, seitdem du die Wirtschaft übernommen hast«, sagte Ann, während ihr Blick die Veränderungen zusammenzählte. Der Gaslüster war mit elektrischen Drähten umwunden, der falsche Brokat hatte geblümtem Chintz Platz gemacht, und zwischen den Zimmern hingen keine Portieren mehr. »Jetzt zieht es immer ein bisschen«, sagte Angelina mit einem vorwurfsvollen kleinen Frösteln.

»Es war nötig, all das Zeug abzunehmen, wegen der Akustik; in einer wattierten Schachtel kann Flori nicht üben.«

»Kommt's dir nicht manchmal so vor, als wenn die Akustik jetzt etwas zu gut wäre?«, bemerkte Angelina auflachend. Das Haus hallte wider von den verschiedenen Geräuschen, mit denen Mr. Ballard seinen diversen Liebhabereien nachging, die er sich bald nach Mrs. Ballards Tod zugelegt hatte. Wenn er nicht im Souterrain an so verunglückten Stühlen herumhämmerte und tischlerte, dass nicht einmal die Heilsarmee sie als Geschenk annehmen wollte, dann drehte er sein neues luxuriöses Grammofon in seinem Arbeitszimmer an und lauschte mit Vergnügen entsetzlich lauten Tönen, die aus dem Trichter hervorquollen. Dazwischen kamen einfältige kleine Intermezzi auf der Mundharmonika, denn Mr. Ballard war mit Begeisterung zu den Künsten seiner frühen Goldgräberjugend zurückgekehrt und erwies sich darin als Virtuose.

»Wünschst du dir nicht manchmal, dass Vater Markensammeln als Steckenpferd hätte?«, sagte Angelina in matter Belustigung. »Wieso in aller Welt lässt Florian sich diese Musik gefallen?«

»Das ist ganz einfach, wenn Flori nach Hause kommt, ist Vater mäuschenstill; übrigens verbringt er mehr und mehr Zeit auf dem Gut.«

»Anscheinend ein anderes kleines Steckenpferd, das dich nicht stört?«

»Wie meinst du das?«

»Du weißt schon – dieses Gomez-Frauenzimmer. Ist sie noch immer dort?«

»O ja, seit dem Tode ihres Mannes ist Lupita unersetzlich: Sie kümmert sich um das ganze Gut – und um alles andere. Eine gute, tüchtige Frau. Ich bin froh, dass wir sie haben, ohne sie würde Vater recht einsam sein.«

»Du bist –! Nun ja, man weiß ja, wie Männer darin sind –«, sagte Ann mit etwas angestrengter Nachsicht. Schließlich war sie jetzt eine verheiratete Frau und noch dazu mit einem Hopper verheiratet. Plötzlich verstummten alle Geräusche, und Maud horchte auf das Zufallen der Haustür. »Ich dachte, es sei Flori«, sagte sie, lächelnd, ohne es zu wissen. »Aber es ist bloß Beatrice mit der Kleinen.« Angelinas Herz hatte für eine Sekunde ausgesetzt. »Wo steckt Florian eigentlich die ganze Zeit? Warum macht er sich unsichtbar?«

»Er musste zu dieser Cocktailparty gehn, die der Bohemian Club für Jan Kubelik gibt.«

»Und dich lässt er zu Hause sitzen? Also, Maud, ich muss schon sagen –«

»Ich mach mir gar nichts aus solchen Gesellschaften. Und heute war ich ganz und gar nicht in der Laune …«

Aha, sagte sich Ann. Jan Kubelik war die neueste Sensation in San Francisco, sein Programm war brillant und seine Technik überwältigend. Überdies war er mit einer Dame von Adel verheiratet, wie Zeitungen sich ausdrückten, einer Dame von hinreißender Schönheit, die geistreiche, viel gedruckte Interviews zu geben verstand. Die arme Maud traut sich einfach nicht, mit Mrs. Kubelik in Konkurrenz zu treten, dachte Angelina, mit boshaftem Vergnügen ihre Schwester betrachtend, die eben die neumodischen elektrischen Lampen andrehte. Zum ersten Mal fiel es ihr auf, dass Maud sich verändert hatte. Wahrscheinlich hing es mit den viel größeren Veränderungen zusammen, die das junge 20. Jahrhundert mit sich gebracht hatte. Es gab Cocktails, elektrisches Licht, Automobile, Jugendstil, Ibsen, Oscar Wilde, Beardsley, Richard Strauß, George Bernard Shaws *Mensch und Übermensch*; Damen tranken Whisky und Gin wie Männer, Damen rauchten in der Öffentlichkeit Zigaretten, Damen konnten sich scheiden lassen und trotzdem Damen bleiben. Es wurde für das Frauenstimmrecht und gegen das Korsett gekämpft – und Maud sah größer aus, schmaler, fast ein wenig hager, und auf ihren geröteten Wangen zeichneten sich kleine Schattenhöhlen ab. Entweder ist es die neue Linie, überlegte Angelina, oder der Apfel ist wurmstichig, und die Ehe ist nicht ganz so wunderbar glücklich, wie sie vorgibt.

»Kommt Clyde zum Nachtessen nach Hause?«, fragte Maud in ihre wandernden Gedanken hinein.

»Nein, ich glaube nicht.« (Und du hast's gar nicht nötig, mich fühlen zu lassen, dass du hier die Hausfrau bist und ich nur ein Gast, dies ist mein Elternhaus, genauso wie deines, dachte sie in plötzlicher Gereiztheit.) »Johnny O'Shaughnessy wollte ihm ein paar Bauplätze zeigen, ganz weit draußen im Westend, und nachher wollten sie in den Club gehen, oder was weiß ich.«

»Hast du Johnny gesehen? Du wirst dich wundern, wie der sich herausgemacht hat«, sagte Maud mit einem kleinen Lächeln. Seitdem Mr. Ballard dem jungen O'Shaughnessy eine Anstellung in seiner Immobilienfirma gegeben hatte, war Johnny durch glückliche Grundstücksspekulationen ein gutes Stück weitergekommen. Sein offenes, sommersprossiges, irisches Gesicht, seine ehrlichen blauen Augen, seine kräftigen Ellbogen und seine Überredungskünste waren beim Kauf und Verkauf von Grundstücken von großem Vorteil.

Ann hatte sich bereits von ihm zu einem kleinen Dejeuner ins Restaurant einladen lassen, aber sie hielt es nicht für nötig, ihre Schwester davon in Kenntnis zu setzen. »Vater scheint der Ansicht, dass der junge O'Shaughnessy es auch in einer politischen Karriere weit bringen könnte«, sagte sie ausweichend.

»Nun, wenn man bedenkt, was Vater von der politischen Korruption in unserer Stadt- und Provinzialverwaltung hält, dann ist das ein recht fragwürdiges Kompliment«, sagte Maud belustigt. »Was will er denn Clyde aufschwatzen? Hoffentlich nicht diese kleine Sandwüste an der neunzehnten Straße?«

»Ich weiß es nicht. Ich glaube, irgendein Haus, das wir für ein Jahr mieten könnten. Es ist höchste Zeit, dass wir eine feste Wohnung bekommen. Wenn wir diese Woche nichts Richtiges finden, habe ich mich auf jeden Fall entschlossen, ins Hotel zu ziehen. Wir wollen euch hier nicht zur Last fallen.«

»Unsinn, Ann! Davon kann nicht die Rede sein, und außerdem – ich rechnete darauf, dass du hier im Haus bleibst, wenn ich …« Maud schien nach Worten zu suchen. »Aus einem bestimmten Grund dachte ich, du – ich erzähl dir's später – nicht jetzt«, sagte sie mit wachsender Verwirrung, als ein lebhaftes Getrappel und Gekicher die Treppe heraufkam.

Mausi tauchte in der Tür auf. »Da ist jemand, der seiner Mama Gute Nacht sagen möchte«, verkündete sie, und die kleine Joy, schon in ihrem Puppenbademantel, kam ins Zimmer gerollt wie ein Ball aus Frottiertuch. Hinter ihr segelte Beatrice herein mit den ausgespreizten Fledermausflügeln ihres unzerstörbaren schwarzen Wolltuches. Joy war ein kräftiges, lebhaftes Dingelchen von fast drei Jahren, mit einem Wald von dicken, glänzenden Ringellöckchen; der Wind draußen hatte beim Spaziergang ihre runden Bäckchen gepeitscht, bis sie dunkelrot waren, und in ihrem dicken Fäustchen hielt sie ein zerquetschtes Bündelchen Narzissen.

»Mama, Mama, sie hat Mama Blumen gebracht!«, schrie sie; sie konnte für ihr Alter recht gut sprechen, aber ihr persönliches »Ich« hatte sich noch nicht von der Welt abgetrennt, die sie von allen Seiten umgab, und wenn sie von sich selbst sprach, hielt sie noch eigensinnig an der dritten Person fest.

Maud stand im Erker am anderen Ende des Zimmers, mit dem Rücken zum Fenster, und alle Hyazinthen waren steif und horchend hinter ihr aufgereiht. »Was für schöne Blumen, dank dir tausendmal, mein Liebling, willst du sie auf das Tischchen dort drüben legen?«

»Das *Bambino* will Mama einen Gutenachtkuss geben«, sagte Beatrice und schob das Kind auf Maud zu; Mausi jedoch langte mit einem Arm wie ein Schiffshaken nach der Kleinen und zerrte sie zu sich zurück.

Die Blicke von Mausi und Maud kreuzten sich, und Maud sagte rasch: »Ich will sie nicht zu nah herankommen lassen, Beatrice, ich habe noch immer diese hässliche kleine Erkältung. Schau her, Liebling, jetzt werf ich dir einen Kuss zu – da fliegt er durchs Zimmer –, kannst du's spüren? – jetzt hat er sich mitten auf deinen Mund gesetzt.« Beatrice bewachte das kleine Ritual mit ihrem tiefen, kehligen Lachen; und in Mausis Augen glühten die kombinierten Ekstasen einer sitzen gebliebenen alten Tante und einer entzückten Großmutter, sooft sie Florians Kind beobachtete. Angelina fühlte sich von allem ausgeschlossen, es war ein trübes, einsames Gefühl.

»Da ich nicht erkältet bin – würdest du vielleicht dem Baby gestatten, mir den Gutenachtkuss zu geben anstatt dir?«, sagte sie mit einem Prickeln von Ungeduld. Mausi gab die Kleine frei, und ermuntert von Beatrice kam sie zögernd auf Angelina zu, die das weiche, warme Paketchen auf ihren Schoß zog. Es war gut, ein Kind in den Armen zu halten. Bei ihrem eigenen Baby, das hässlich und weinerlich gewesen war, hatte sie so etwas nie empfunden. Wenn ich nicht Hopper geheiratet hätte, sondern Florian, dann wäre Joy jetzt mein Kind, dachte etwas tief vergraben in ihr.

»Hier, horch auf die Ticktack, Baby«, sagte sie mit einem Versuch, die Kleine für sich zu gewinnen, und Joy ließ sich bestechen; sie legte ihr Öhrchen an die winzige Emailuhr, die an Anns Bluse befestigt war, und ein erstauntes Entzücken nahm sie von Kopf bis Fuß in Besitz.

»Sie hat Angelina lieb, *piccola gioia?*«, soufflierte Beatrice, und »Sie hat Angelina lieb«, wiederholte Joy großmütig. Sie streckte ihre fetten, kurzen Ärmchen aus, so weit es ging, um Angelina zu umarmen. Maud stand noch immer dahinten im Erker und schaute der kleinen Szene mit abwesendem Lächeln zu; die glühenden Kohlen rührten sich sacht im Kamin, die Hyazinthen atmeten ihre schwere Süße aus, aus Vaters Zimmer kamen die ersten Töne von Carmens *Habanera,* und dann ging die Haustür.

»Das ist Flori«, sagte Maud. Angelina hielt Joy so lange in ihren Armen fest, bis er eingetreten war: Es war eine so hübsche Pose.

»Du kommst so zeitig? Das ist eine nette Überraschung«, sagte Maud leise. Zappelnd wie ein kleiner Fisch schlüpfte Joy von Angelinas Schoß und warf sich ihrem Vater entgegen.

»Das Dumme ist, dass ich mich nur für einen Augenblick aufhalten kann – na, besser als nichts. Ich muss den Abend mit Jan und seiner Frau zusammenbleiben, sie möchten dich so gern kennenlernen, Maud. Ich dachte, ich könnte dich vielleicht dazu überreden? Gut, gut, Liebes, wenn du nicht magst, will ich dich damit in Ruhe lassen. Mausi! Wo steckt das Ungeheuer wieder? Mausi! – Bitte, bring mir die *Kaiserin,* Jan möchte sie für sein Leben gern ausprobieren. – Joy, hör auf, mich zu kitzeln, oder ich beiß dich, hier, Beatrice, nimm sie mir ab, ja, bestimmt, ich komm an dein Bett und sag dir Gute Nacht –«, und erst nachdem er das lachende, quiekende Baby der italienischen Kinderfrau übergeben und Mauds Hände geküsst hatte, eine nach der andern und zärtlich verweilend, erst dann schien er Angelina zu bemerken. »Guten Abend, Schönste im ganzen Land«, sagte er leichthin, mit einer Mischung von etwas beunruhigter Anerkennung und belustigter Ironie, so als wäre sie noch immer eine Fünfzehnjährige.

»Guten Abend, Mr. Ambros«, erwiderte sie in einem angestrengten Versuch, in seinen neckenden Ton einzustimmen. »Ich kann mich nicht recht erinnern, wo wir uns zuletzt gesehen haben?«

Er hatte seinen Mund für einen Augenblick auf Mauds Scheitel ruhen lassen und stand nun hinter ihr, seinen Arm um ihre Schulter gelegt, als posierten sie für eine feierliche Hochzeitsfotografie. Sie sahen so außerordentlich verheiratet aus, die beiden, so auftrumpfend und unwiderruflich verehelicht, es war wirklich ein heiterer Anblick, herzzerbrechend heiter, wenn einem nichts übrig blieb, als dabeizusitzen und zuzusehen und wohlwollend und Alles Gute wünschend zu grinsen. Als ob sie nicht alles gestohlen hätte, was von Rechts wegen mir gehört: den Mann, das Kind, das ganze glitzernde, glorreiche Leben der Berühmten – und dann beklagt sie sich noch, wenn sie von Stockholm nach Rio de Janeiro reisen muss. Wenn ich an ihrer Stelle wäre, sagte sich Ann oft, wenn ich an Mauds Stelle wäre, was würde ich nicht alles tun, wie ich mich kleiden, was für eine Hilfe ich für Florians Karriere sein würde – nicht so ein hinderndes Anhängsel wie sie; wenn ich an Mauds Stelle wäre, bei Gott, ich würde heute Abend nicht zu Hause bleiben, ich würde diese Mrs. Kubelik aus dem Felde schlagen, ich würde jeden Kritiker um meinen kleinen Finger wickeln und dafür sorgen, dass Mr. Kubelik sich nie mehr in San Francisco hören lassen kann, ich würde …

»Da hast du deine Geige«, meldete Mausi, die mit dem schwarzen Geigenkasten ins Zimmer kam. Florian nahm ihn und setzte ihn auf das Tischchen, wo schon Joys zerquetschte, welkende Narzissen lagen: Er öffnete den Kasten, als ob er sich versichern wollte, dass die *Kaiserin* der großen Gelegenheit entsprechend angekleidet sei. Der Ausdruck seiner Hände veränderte sich, sobald sie das Instrument berührten, weder wenn er Maud berührte noch wenn er sein kleines Töchterchen streichelte, strömte aus seinen Händen solch eine lebendige Zärtlichkeit und Leidenschaft. Angelina konnte ihre Augen nicht von diesen Händen wegwenden, die die *Kaiserin* entkleideten. Drei seidene Tücher, das eine weiß und mit seinem Monogramm, das nächste weinrot und das dritte aus weichem, geblümtem, antikem Brokat, umhüllten ihren kostbaren Körper. Florian ließ seinen Daumen über die Saiten laufen, plunk, plank, plink – bevor er sie wieder einwickelte und auf das moosgrüne Samtfutter des Geigenkastens bettete. »Du bist ein ganz gemeiner Kerl, Flori«, warf Mausi ein, »du willst bloß ein ganz kleines bisschen Arsenik in Jans Suppe tun, ich kenne dich doch! Ihm die *Kaiserin* vorführen, nur damit du siehst, wie er spinatgrün wird vor Neid, sodass er nicht mehr schlafen kann und sich fragen wird, ob sein hiesiger Erfolg der Mühe wert war.«

»Was für eine Gedankenleserin du bist«, lachte Florian, »aber es stimmt, ich habe den Eindruck, dass Jan mir gern einen Champagnerschwips anhängen möchte, und wenn ich ganz besoffen bin, würde er versuchen, mir ein Tauschgeschäft vorzuschlagen: meine Stradivarius gegen seine Guarneri, er würde vielleicht sogar seine kleine Amati draufgeben. Er muss mich wohl für stumpfsinniger halten, als ich bin. Ich kann Jan von Herzen gut leiden, und er ist ein reizender Kerl und ein ganz großer Geiger – aber er müsste wissen, dass ich lieber meine beiden Augen hergeben würde als meine Geige.«

Das Lächeln, mit dem er Maud dabei ansah, war eine jener geheimen Botschaften zwischen Mann und Frau, es sprach von tiefer Gemeinsamkeit, von jenen Dingen, die zwei Menschen wissen und niemand sonst. Mausi, mit ihrem besonderen Talent für Mimikry, hatte sich unsichtbar gemacht, doch Angelina hörte sie eine spöttische kleine Melodie summen. Möchte wissen, wen er eigentlich geheiratet hat, Maud oder die Geige, dachte sie; bestimmt hätte er die eine nicht ohne die andere genommen. Irgendwo erklang ein dünnes Echo: Ich werde die Geige für dich kriegen – ich kriege immer, was ich will. Immer? Ganz einfach, nicht?

Nein. Nicht immer.

Seine Hände schlossen den Geigenkasten. »Gute Nacht, mein Herz. Servus, Mausi. Ciao, Beatrice.« Seine Hand berührte die ihre: »Auf Wiedersehn, Angelina.« Hopper hatte keine Hände, sondern Tatzen, rote Haare sprossen auf den Rücken seiner klobigen Finger. Er war überall behaart wie ein Tier, und er benutzte seine Hände, wie ein Tier seine Tatzen benutzt: nach Beute greifend, Schwaches zerquetschend, roh auf den Leib des Weibchens klatschend. Hopper war abstoßend, er hatte sie von der ersten Nacht an abgestoßen, da sie seine Frau geworden war.

Die Haustür fiel ins Schloss, Florian war gegangen. Vater begann wieder auf der Mundharmonika zu spielen. »Sollen wir noch ein wenig am Kamin sitzen bleiben?«, schlug Maud vor. »Ich möchte etwas mit dir besprechen, solange Flori nicht dabei ist.«

»Es handelt sich um meine Erkältung«, sagte sie, als sie sich vor der verglimmenden Glut eingerichtet hatten. »Diese chronische Geschichte mit meinen Bronchien. Das geht nun schon so lange – erinnerst du dich, wir machten immer Witze über meine erhöhte Temperatur? Die Sache scheint Dr. Bryant nicht recht zu gefallen, und in den vergangenen Wochen hat er mich ganz hübsch herumgejagt, Spezialisten, Untersuchungen, Röntgenbilder, alles Mögliche. Gestern ließ er mich in sein Sprechzimmer kommen und gab mir eine bittere Medizin zu schlucken: Es steckt nicht bloß in den Bronchien, es ist nun auch in die Lungenspitzen gegangen. Dieser Katarrh, meine ich. Es ist keine Tuberkulose, keineswegs, aber – Dr. Bryant warnte mich, dass es eine werden könnte, wenn wir's nicht zum Stillstand bringen. Da hast du die ganze Schweinerei: ein Ross wie ich, groß und dick, und innen ist alles faul.«

Angelinas unmittelbare Reaktion war ein zorniger, hitziger Unwillen, diese Neuigkeit zu akzeptieren. Sie will meinen Donner stehlen – war das nicht Shakespeare? Niemals war bezweifelt worden, dass Angelina das Sorgenkind war, ein zartes, heikles Pflänzchen, der behutsamen Pflege bedürftig, während Maud groß und kräftig aufwuchs, gesund und uninteressant wie ein Blumenkohl. Kränklich zu sein war etwas Besonderes und zuzeiten recht nützlich. Es durfte nicht zugelassen werden, dass Maud nun plötzlich diese Auszeichnung für sich in Anspruch nahm. »Das kann ich nicht glauben«, sagte Angelina heftig, »ich glaube kein Wort davon, und du solltest es auch nicht glauben. Dr. Bryant ist ein alter Quacksalber! Erinnerst du dich noch, wie er mich mit Scharlach ins Bett packte, obwohl mir wahrscheinlich nichts Schlimmeres fehlte als ein verdorbener Magen –«

Maud lächelte ruhig. »Schon gut, Schwesterchen, du brauchst mich nicht aufzumuntern. Ich fühle mich viel besser, seitdem ich weiß, was ich tun muss. Ich werde ins Sanatorium Quisisana gehen, in den Catskills. Dort scheinen sie ja Wunder zu tun mit ihrer neuen Kur, vielleicht hast du in der Zeitung darüber gelesen? Bermuda-Zwiebeln. Keine Bakterie kann in der Nähe einer Bermuda-Zwiebel bestehen. Gewöhnlich dauert die Kur nicht länger als vier bis sechs Wochen, und selbst in schlimmen Fällen garantieren sie, ihre Patienten in längstens drei Monaten zu heilen. Ich habe mich für den 15. März dort angemeldet, damit ich in Ordnung bin, bevor Floris nächste Konzertsaison anfängt. Hier habe ich ohnedies keine ruhige Stunde, ich ängstige mich immerfort, dass Joy sich anstecken könnte –« Mauds Stimme war unsicher geworden, und sie erhob sich unvermittelt und wanderte in den Erker, wo sie so tat, als beschäftige sie sich mit den Hyazinthen; Mrs. Ballards Porträt starrte wächsern und hoheitsvoll auf ihre beiden Töchter herab. Da waren die vertrauten kleinen Geräusche, die ein Heim und ein Zuhause bedeuteten, eine Kindheit, eine ganze Vergangenheit. Vaters Schritte in der Vorhalle, Beatrices Rufe nach dem Stubenmädchen, der Ton, mit dem sich die

Tür des Kinderzimmers schloss, das wohlbekannte Klappern, mit dem der Speisenaufzug das Alltagsgeschirr von der Küche zum Esszimmer heraufbrachte …

»Weiß Flori Bescheid?«

»Noch nicht. Bisher habe ich nur mit Mausi gesprochen. Sie wird mir helfen, es Flori beizubringen, sie kann ihn so gut behandeln. Es wird ihn arg aus der Fassung bringen – zu dumm –, gerade wenn er sich auf sein Programm für die nächste Saison konzentrieren muss. Ich bin kein guter Kauf für ihn gewesen; mein armer Flori –«

»Mach dir keine Sorgen um ihn, Liebe, das ist nicht gut für dich. Du musst jetzt nur an dich denken. Verlass dich auf mich, ich werde mich um Flori kümmern, während du weg bist.«

»Danke, Schwesterchen, aber das tut Mausi am allerbesten. Sie wird ihm so viel Arbeit aufladen, dass ihm keine Zeit zum Nachgrübeln bleibt. Aber da ist der Haushalt; und dann meine kleine Joy. Ich werde ihr fehlen, und sie kann recht schwierig sein, wenn sie sich unglücklich fühlt und nicht recht weiß, warum, sie ist noch so klein, das arme verlassene Dingelchen.«

»Mach dir darüber keine Gedanken. Ich werde schon dafür sorgen, dass du ihr nicht abgehst – nicht zu sehr, meine ich. Ich werde mit ihr spielen und sie in den Park führen und – du weißt ja, wie lieb ich sie habe, ich werde sie behüten, als wenn sie mein eigenes Kind wäre, das verspreche ich dir. Ich gebe auf dein Baby acht, und du musst auf dich selbst achtgeben – einverstanden? Sieh zu, dass du diesen albernen Katarrh schnell loswirst, und in ein paar Wochen bist du wieder hier, und alles ist vergessen. Das wäre ja noch schöner, eine große, starke Frau wie du. Du musst bloß keine große Angelegenheit draus machen, es ist ja nichts, ein Katarrh – weißt du. Es wird sicher eine angenehme Abwechslung für dich sein, einmal ganz ohne Haushaltspflichten – und ein Sanatorium in den Catskills! Das klingt ja wunderbar, bestimmt sehr luxuriös – du lieber Gott, als ich meinen Unfall hatte, das war eine ganz andere Sache! Du hättest dieses entsetzliche Krankenhaus in Hilo sehen sollen, die Fliegen, die

Hitze, die Schmerzen, die ich ausstand, die Knochenbrüche, es ist ein Wunder, dass ich noch lebe.«

Sie hatte Maud wieder dort, wo sie hingehörte: die starke, gesunde Schwester, die ihre vorübergehenden kleinen Unpässlichkeiten ohne Weiteres abschütteln konnte. Andererseits – so hoffte Angelina im Stillen –, andererseits mochte die Kur etwas länger dauern, als Maud dachte; drei Monate, um die Zuneigung von Mauds Kind zu gewinnen; drei Monate unter demselben Dach mit Florian, der sehr einsam und für ihre Gesellschaft dankbar sein würde; und ein einsamer Mann war viel empfänglicher – Bermuda-Zwiebeln, raunte es in ihr. Angenommen, diese gesegneten Bermuda-Zwiebeln hätten keine Wirkung? Angenommen, dass Maud unheilbar krank war und Dr. Bryant ihr bloß die Wahrheit verschwieg? Wie lange konnte ein tuberkulöser Mensch am Leben bleiben? Ann erinnerte sich plötzlich, im *Ladies' Home Journal* gelesen zu haben, dass die schreckliche Krankheit ihre schlimmsten Verwüstungen unter Personen zwischen zwanzig und dreißig Jahren anrichte. Noch bevor sie aufstand und Maud zärtlich in die Arme schloss, hatte sie sie schon begraben und Florian geheiratet. Allerdings nicht in einem Brautkleid aus Alençonspitze und nicht in einer zwei Meter langen Schleppe. Eine stille, taktvolle Hochzeit, in einer Nachmittagstoilette – und vielleicht ein passendes kleines Blumenhütchen dazu? Nachtblauer Chiffon vielleicht – wie das Kleid, das sie in Wien getragen hatte? Blau war ja immer meine beste Farbe, dachte Angelina …

Maud war abgereist, und zu Hause blieb alles unverändert bis zu der Nacht, in der Florian sich gezwungen sah, Clyde Hopper niederzuboxen.

Angelina hatte ein warmes Bad genommen und war zu Bett gegangen; es war behaglich in dem Zimmer, das sie und Maud als junge Mädchen geteilt hatten. Jetzt teilte sie es mit Hopper, aber zum Glück nicht in dieser Nacht; für die häufigen Gelegenheiten, bei denen er spätnachts nach Hause kam, war ihm ein Sofa in dem kleinen runden Turmzimmer zugewiesen worden. Je schlechter ihm das Stadtleben bekam, desto größer wurde die Unruhe, die ihn umhertrieb, desto seltener die Nächte, in denen er zu annehmbarer Stunde in die Clay Street zurückkehrte. Ann sah dem allmählichen Niedergang ihres Mannes ohne viel Bedauern oder Mitgefühl zu. Ihre Ehe hatte mit der Gabe von Saphiren und Edelsteinen begonnen, und nachdem er sich eine junge Frau gekauft hatte, fuhr Hopper fort, sich ihre Verzeihung und ihren Besitz durch teure Geschenke zu sichern, durch feierliche Versprechungen, die er unfähig war zu halten. Die gefrorene Stummheit, mit der sie ihn und seine Liebkosungen ertrug, machte es, dass er sich ständig wie ein Lump und ein unheilbarer Übeltäter fühlte und es ihn weiter und weiter in den alten *Circulus vitiosus* trieb, wo Reue und Zerknirschung nur in einem übertriebenen Selbstgefühl ertränkt werden konnten, das er nirgends fand als in der betrunkenen Tiefe neuer Ausschweifungen. In unbeholfenen Worten suchte Hopper zuweilen, den Kern seiner Schwierigkeiten zu erklären: »Kannst du es nicht einsehen, kleine Frau? Irgendwie muss ein Mann sich ausleben können; wenn ich noch auf meiner Pflanzung wäre, da könnte ich's ausschwitzen, ich könnt's aus mir herausarbeiten, aber dieses Herumlungern in einem Büro ist verflucht schlecht für mich. Du kennst mich doch, Annie, ich bin doch gar kein so schlechter Kerl –«

Ann, die weit davon entfernt war, ihren eigenen Anteil an diesem Prozess moralischer Zersetzung zu verstehen – oder auch nur verstehen zu wollen –, fasste die Lage in einigen nicht allzu unfreundlichen Worten zusammen: »Nein, ich halte dich nicht für einen schlechten Menschen, es ist bloß, du hast mich nur so entsetzlich enttäuscht. Wenn ich etwas von den niedrigen Zügen in deiner Natur geahnt hätte, dann hätte ich dich nie geheiratet – ich werfe dir nichts vor, es ist meine Schuld, ich war eben ein zu unwissendes junges Ding, und ich bin einfach nicht stark genug, um damit fertigzuwerden.« Was sie nicht aussprach, aber deutlich merken ließ, war: Ich bin einfach zu gut, zu fein, zu rein für ein grobschlächtiges, unbeherrschtes Untier wie dich. Aufs Tiefste zerknirscht, versuchte Hopper wohl, sich anziehender für seine Frau zu machen, aber damit erreichte er nur das Gegenteil. Persisches Wunderöl für sein schütter werdendes rotes Haar, Dr. Birinskis Elektro-Magnetischen-Gürtel, um seinen wachsenden Bauch zusammenzuhalten – einfach widerlich!, war alles, was Ann dazu sagte. In der Hoffnung, Zutritt zum ehelichen Schlafzimmer zu gewinnen, versuchte er abends, zu Hause zu bleiben und sich der Tugendhaftigkeit eines Erzengels zu befleißigen; Grund genug für Ann, ihn nicht zu sehr auf dem dornigen Pfad der Tugend zu ermutigen: Allein zu schlafen war solch eine köstliche Annehmlichkeit, wenn man verheiratet war.

Das Feuer verknisterte im Kamin, Angelina drehte das Licht ab. Sie dachte an Florian, der im Nebenraum schlief, gleichfalls allein. Während der ersten Jahre ihrer Ehe hatte Hopper ihr häufig genug begreiflich zu machen versucht, dass kein Mann es lange ohne Frau aushalten könnte, ein Naturgesetz, das ihr außerordentlich missfallen hatte. Doch missfiel es ihr keineswegs, die erregenden Konsequenzen von Florians Zölibat zu überdenken. Die Ofenglut warf einen kleinen roten Widerschein an die Decke des dunklen Zimmers, das sich langsam, traumhaft und verwirrt, mit angenehmen Visionen zu füllen begann.

Sie war eben am Einschlafen, als das Telefon in der Vorhalle unten klingelte. Bevor sie noch aufgestanden und in ihren Kimono geschlüpft war, waren Mausi und Florian aus ihren Zimmern gekommen und die Treppen hinuntergelaufen; sie trat vor den Spiegel und löste rasch ihr Haar, bevor sie draußen ans Treppengeländer trat und in die Vorhalle hinabsah. Mausi sprach eifrig in das Wandtelefon, Florian stand hinter ihr, er war noch angezogen, und sein Gesicht hob sich sehr weiß von dem alten schwarzen Samtrock ab.

»Diese verdammten Idioten haben mir einen schönen Schrecken eingejagt mit ihrem Geklingel – wo ist mein Mantel, Mausi? –, ich dachte schon, dass Maud etwas zugestoßen sei. Sieh zu, Mausi, dass wir starken Kaffee bereit haben, und der Badeofen muss angeheizt werden – er wird voraussichtlich ein Bad nötig haben«, hörte Angelina ihn sagen, als sie die Treppen hinunterrannte; Mausi hielt ihm schon den Mantel hin.

»Wer hat angerufen? War es vom Gut? Es handelt sich doch nicht um Vater?«

»Nichts, gar nichts. Ein verdammter Blödsinn, das Ganze! Du leg dich nieder und geh schlafen, Angelina, wir können dich hier nicht brauchen«, sagte er ziemlich unfreundlich. Erst nachträglich schien er sie wirklich zu bemerken, ihr blondes Haar, das über ihren Rücken floss, ihren Kimono, der über ihrem langen, feinen Nachthemd offen stand. »Ein Sturm im Wasserglas«, sagte er etwas liebenswürdiger, »ich bringe schon alles in Ordnung.«

Er löste die Sicherheitskette von der Haustür und ging in die Nacht hinaus; sie sah, wie er seinen Kopf gegen den Wind stemmte, wie gewöhnlich hatte er seinen Hut vergessen. Die Tür schlug zu.

»Was ist geschehen, Mausi, wohin rennt er denn?«

»Schon gut«, sagte Mausi trocken, »er wird's schon in Ordnung bringen. Es wird Sie vielleicht überraschen, aber derartige Geschichten sind nichts Neues für ihn. Seit seinem siebzehnten Jahr musste er seine Brüder aus einer Schweinerei nach der andern herausholen und noch dazu den Ruf und die Ehre der Familie intakt halten.«

»Wer hat eine Schweinerei gemacht?«, fragte Angelina. Aber sie wusste ohnedies die Antwort.

Zwar wäre ihr reichlich Zeit geblieben, sich anzukleiden, bevor Florian ihren Mann heimbrachte, aber sie entschied sich dagegen. Sie bürstete und parfümierte ihr Haar und band es locker mit einem schwarzen Samtband zurück (nichts bringt Blondinen so zur Geltung wie schwarzer Samt, riet das *Ladies' Home Journal* seinen schönen Leserinnen). Sie experimentierte vor dem Spiegel mit ihrem Rougebüchschen, aber sie fand, dass ihre natürliche Blässe, hervorgehoben durch den dunklen Kimono mit dem Muster verstreuter rötlicher Ahornblätter, dem betrüblichen Anlass besser entsprach.

Nun hörte sie einen Wagen unter der Einfahrt halten. Ihre Hände waren kalt. Sie trat auf den Gang und blickte in die Vorhalle hinunter, ihr Haar hing über das Treppengeländer wie das lange Haar von irgendjemandem in irgendeinem Märchen, sie konnte sich nicht erinnern, in welchem; Hopper war übler zugerichtet, als sie erwartet hatte. Er ließ sich in die Halle schleppen wie ein Mehlsack, ein beschmutzter Sack, von einem Wagen heruntergefallen und im Straßendreck aufgelesen. »Legen wir ihn dorthin«, bedeutete Florian dem Kutscher, und Hopper wurde vorläufig auf der Vorzimmerbank deponiert. Angelina machte eine kleine Bewegung, und Florian sah auf: »Warum schläfst du nicht, Angelina?«

»Wie könnte ich? Ich war doch so besorgt.«

»Kein Grund dazu. Clyde hatte einen kleinen Unfall, morgen früh ist alles wieder gut. Bitte, tu mir den Gefallen und geh in dein Zimmer, ich kümmere mich schon um ihn; das hier ist Männersache.«

»Du brauchst nicht so verflucht taktvoll zu sein; ich sah Hopper schon öfters in diesem Zustand«, sagte sie still und kam die Treppe herab. Hopper hatte Mantel und Hut verloren, sein Rock war zerfetzt, seine Hosen hatten sich von den Hosenträgern gelöst und hingen, bedeckt mit den feuchten Flecken verschütteter zweifelhafter Getränke, um seine Beine. Die gestickte Weste stand offen über dem zerknüllten Hemd, und hinter seinem Kopf ragten die Enden seines Halskragens eigensinnig in die Höhe wie die Ohren eines Kaninchens. Sein rechtes Auge saß wie auf einem Kissen von verschwollenem Fleisch, und jemand hatte ein Heftpflaster über eine Wunde geklebt, die von der Stirn über den Schädel lief. Doch das Schlimmste war, dass der Arzt auf der Polizeistation offenbar für nötig befunden hatte, ihm den Kopf kahl zu scheren. Ohne seinen wilden roten Schopf glich Hopper jenen verdächtigen Individuen, deren Bild auf Steckbriefen zu sehen ist. Vor Ekel zitternd und mitleidlos studierte Ann die Zerstörung. Hopper versuchte die Augen zu öffnen und schnitt eine Grimasse, als das verschwollene rechte nicht aufgehen wollte. »Aha – da haben wir's!«, konstatierte er sachlich, und dann entdeckte er Angelina. Er setzte sich auf, schüttelte seinen schwindligen Kopf und wollte mit einer instinktiven weltmännischen Bewegung sein nicht vorhandenes Haar glatt streichen; er machte sogar Anstalten, seine Weste zuzuknöpfen, wobei er Angelina gewinnend anlächelte. »Tut mir leid, kleine Frau, außerordentlich leid«, murmelte er, bemüht, seine Konsonanten unter Kontrolle zu bringen. »Schlechtes Bier im Club! Einfach scheußlich, wie?«

Angelina hätte ihm gern gut und gründlich die Meinung gesagt, aber Florians wegen hielt sie sich zurück. »Kannst du allein die Treppen hinaufgehen, oder soll ich dir helfen?«, fragte sie nur.

»Lass doch, Angelina, ich werde ihn zu Bett bringen. Komm, Clyde, halte dich fest, und los«, sagte Florian; er wollte Hopper von der Bank hochhelfen, aber Hopper stieß ihn mit der unbeherrschten und unerwarteten Stärke des Betrunkenen zurück.

»Geh zum Teufel, ich brauche dich nicht«, erklärte er bösartig.

Florian lachte verärgert. »Ganz wie Sie wünschen, Sir«, sagte er, eher belustigt als erzürnt. Hopper zog sich von der Bank hoch, stand einen Augenblick lang sehr stramm und stolz da, und dann setzte er sich steif in Bewegung; schon nach drei Schritten fiel er glatt aufs Gesicht, so wie nur Akrobaten und Betrunkene fallen können, ohne sich das Genick zu brechen.

»Schade!«, bemerkte er gleichmütig und sammelte seine Gliedmaßen am Fußboden auf; um sich tastend, fand er einen Halt an Angelinas Kimono und zog sich daran empor, bis er vor ihr zu knien kam. Ein Schauder lief durch ihren Körper, aber sie hielt noch immer an sich; nur dass sie Florian einen flehenden Blick zuwarf, einen Blick, der wie ein stummer und dennoch schriller Schrei um Hilfe war. Florian reagierte sofort.

»Jetzt ist's genug, Clyde«, sagte er, und seine Hände unter Hoppers Arme stützend, versuchte er, ihn auf die Füße zu stellen; aber Hopper leistete Widerstand. Auf den Knien, Angelinas Beine in dem Seidenkimono umschlingend, blickte er mit einer hündischen Ergebenheit zu ihr auf, die schlecht zu seinem zerstörten Gesicht passte.

»Ich bitte um Verzeihung – meine tiefste Entschuldigung – ich brach mein Ehrenwort – benahm mich wie ein Schwein – bin's nicht wert, dein Mann zu sein –«, flennte er, und dann war die Schleuse geöffnet für eine Flut von Zerknirschung, einen Strom von Bettelworten, dick und schal wie Rizinusöl, der in Tränen endete. Hoppers Gesicht war an Angelinas Knie gepresst, sein feuchter, heißer Atem durchtränkte ihr Nachthemd.

Florian schluckte, als hätte er einen schlechten Geschmack im Mund. Angelina bemerkte es und schüttelte die Hände ihres Mannes ab. »Rühr mich nicht an«, sagte sie kalt. Ihr war, als sei sie zu Eis geworden, jeder Zentimeter ihrer Haut, die Haarwurzeln, die Zunge, der Gaumen: Eis. »Rühr mich nicht an, sonst weiß ich nicht, was ich tue.«

Doch nun ereignete sich eine jener plötzlichen Metamorphosen, in denen Betrunkene von einer Ebene ihres bedauerlichen Zustandes auf die andere getragen werden. Noch eine Sekunde zuvor war Hopper ein schlaffes, nicht allzu wohlriechendes Bündel gewesen, und in der nächsten stand er auf den Füßen, ein Turm von einem Mann, hoch aufgerichtet und tödlich beleidigt. »Du kommst meinen Wünschen zuvor«, sagte er. »Durchaus! Absolut! Rühr mich nicht an! Sei beruhigt, ich habe gar nicht die Absicht. Ich kaufe dir nichts mehr ab, damit ist's vorbei. Ich will nichts von dir. Was du zu verkaufen hast, das kriege ich billiger und weitaus besser bei jeder kleinen Hure in der Stadt.« Er mochte wünschen, seine Würde und Ruhe zu bewahren, aber nun war irgendein Ventil geplatzt, und der Druck in ihm wurde zu stark, und sobald er begonnen hatte, seinem lang verhaltenen Elend und seiner Erbitterung freien Lauf zu lassen, gab es keinen Halt mehr. Schwankend, fäusteschwingend und armfuchtelnd ging er auf Angelina los, um sie zu schlagen, zu erwürgen? Sie zu zerbrechen, bevor sie ihn zerbrechen konnte …

Sie rannte die Treppe hinauf, so verängstigt, dass sie nicht einmal zu schreien versuchte. Es war Mausi, die aufschrie: »Gib acht, Flori! Deine Hände.« Und dann krachte die üppige Bronzefigur mit den bunten Glühlampen von der Treppensäule. Angelina blickte zurück und sah Hopper, der mit eingeknickten Knien und langen, schwingenden Armen an der Wand lehnte, ein verwundeter und umso gefährlicherer Gorilla. Gegenüber dieser Masse unzurechnungsfähiger Stärke erschien Florian wunderlich gelassen, von überlegener Eleganz.

»Tut mir leid, Clyde, aber –«, sagte er, als er mit einer gut gezielten geraden Linken in Hoppers Gesicht traf.

Hopper glitt an der Wand hinab und lag in einem zerknüllten Haufen auf dem Boden. Florian rieb seine aufgeschundenen Knöchel.

»Jod«, sagte Mausi und war entschwunden. Hopper kam zu sich, schüttelte den Kopf, betastete sein blaues Auge, sein Kinn, zerrte sich wortlos am Treppengeländer hoch und die Treppen hinauf, stolperte wie blind an Angelina vorbei und verschwand am Ende des Korridors in seinem Zimmer. Gleich darauf war Florian an Angelinas Seite, und sie lächelte mit bebenden Lippen zu ihm auf; niemals war sie zarter und hilfloser gewesen als in diesem Augenblick.

»Angelina«, sagte er verhalten, »ich hatte ja keine Ahnung, wie es um dich steht …«

»Nun, jetzt weißt du es«, sagte sie kaum hörbar. »Jetzt weißt du, was mein Leben in all diesen Jahren gewesen ist –« Und erst dann brach der Damm, und ihr Gesicht an dem schwarzen Samtrock bergend, erlaubte sie sich endlich, ihre lautlosen, klaren und so reizvollen Tränen zu weinen. Er schlang seinen Arm um ihre Schulter und streichelte ihr Haar; da war es nun, seine Wärme, der bittere Duft seiner Zigaretten, *cuire russe*. Florian.

»Hier ist das Jod«, sagte Mausi, aus der vierten Dimension auftauchend – Mausi im Negligé war ein erstaunlicher Anblick.

»Um Gottes willen, du hast dir die Hand verletzt? Und durch meine Schuld. Oh, Flori, das tut mir so leid, komm, lass mich's verbinden.«

»Na, gute Nacht, Kinder«, sagte Mausi, »und bleib nicht zu lange auf, Flori.« Die Tür des Gästezimmers schloss sich mit einer Art spöttischer Beredsamkeit hinter ihr; Angelina untersuchte Florians Knöchel, aus denen ein paar Blutstropfen zu sickern begannen.

»Komm in mein Zimmer, die Lampen auf meinem Toilettentisch geben besseres Licht – vorausgesetzt, dass du nichts dagegen hast, das Schlafgemach einer Dame zu betreten«, sagte sie leichthin. Eine ganze Wolke von Parfüm hing in dem Raum. »Leider sind meine Hände kalt«, sagte sie und ließ ein paar letzte Tränchen über ihr Gesicht laufen, während sie ihn mit Jod behandelte. »Brennt es sehr?«, fragte sie, als die Sehnen in Florians Wangen sich spannten.

»Hat Clyde dich schon einmal so behandelt wie heute Nacht?«

»Ach, Florian, wenn du wüsstest, was er mir alles angetan hat! Die Brutalität, die Schande!« Sie warf sich über den Toilettentisch, barg ihr Gesicht in den Armen und schluchzte unaufhaltsam; ihr Kummer machte Florian unbeholfen; er stand in männlicher Hilflosigkeit davor.

»Du machst dir nichts aus ihm?« Sie schüttelte in heftigem Protest den Kopf. »Aber, Himmelherrgott, warum hast du ihn denn geheiratet?«

Sie richtete sich auf, sie sah sich selbst blass und bezaubernd im Ankleidespiegel, und Florians Bild im Spiegel starr in die Augen blickend, flüsterte sie: »Und du fragst mich, warum ich ihn heiratete? Wie kannst du das fragen, Florian? Als ob du es nicht wüsstest …«

»Es ist verflucht spät geworden, und wir alle brauchen unseren Schlaf«, sagte Florian unbehaglich und schon auf dem Rückzug.

»Ich kann jetzt nicht schlafen, ich bin noch zu aufgeregt, und ich habe schreckliche Angst. Bitte, Flori, lass mich jetzt nicht allein, bleib noch eine Minute bei mir …«

»Warte, ich hole dir ein Schlafpulver, ich habe welches in meinem Zimmer«, sagte er – der Raum stand in Flammen, und er suchte nach einem Notausgang, aber sie klammerte sich zitternd und verzweifelt an ihn.

»Mir ist so kalt, das kommt von der Angst, was soll ich bloß anfangen, wenn er hier hereinkommt und an mir seine Wut darüber auslässt, dass du ihn niedergeschlagen hast? Du weißt ja nicht, wie gewalttätig er sein kann, wenn er getrunken hat, Florian. Du darfst mich jetzt nicht allein lassen, du musst mir helfen. Ach, Flori, ich fürchte mich so, und mir ist so schrecklich, schrecklich kalt.«

»Ruhe, Ruhe, beruhige dich doch«, sagte Florian, mehr zu sich selbst als zu ihr. Er führte sie sanft zu ihrem Bett, schüttelte die Kissen zurecht und deckte sie mit der gleichen scherzenden Sorgfalt zu, mit der er sonst die kleine Joy schlafen legte. Er streichelte ihr Haar und ihre Schultern, und er blies seinen warmen Atem in ihre kalten Hände, wie er es manchmal tat, um sein Töchterchen zum Lachen zu bringen. Endlich entspannte sich Angelina, schloss die Augen, spürte Sonnenlicht auf ihren Augenlidern.

»Ich glaubte, dass ich dir böse sei«, flüsterte sie. »Ich weiß, dass ich dir böse sein sollte. Aber ich bin's nicht. Nein, ich bin dir nicht böse, Florian. Ich –«

»Jetzt musst du versuchen zu schlafen. Gute Nacht, Liebe«, sagte er schnell. »Am Morgen sieht alles anders aus.« Als er die Tür erreichte, hörte er sie leise lachen.

»Florian, irre ich mich, oder versuchst du immerfort, mir davonzulaufen? Weshalb eigentlich? Hast du denn Angst vor mir?«, fragte sie ihn.

»Also gut«, sagte er, bei einer Zigarette Zuflucht suchend, »nehmen wir an, dass ich ein armseliger, knieweicher Feigling bin, aber, so wahr mir Gott helfe, jawohl, ich habe Angst vor dir. Und vor mir selbst auch, wenn du's durchaus wissen willst. Gute Nacht. Wir sind jetzt beide ein bisschen aus dem Häuschen; am Morgen sieht alles anders aus!« Die Tür schloss sich hinter ihm.

Am Morgen erschienen weder Hopper noch Florian am Frühstückstisch; niemand außer Mausi.

»Ihr Mann lässt sich entschuldigen«, sagte sie, viel zu viel Zucker in ihren Kaffee rührend. »Sie wissen, was man in San Francisco sagt: ›Wer morgens keinen Kater hat, ist kein wirklich eleganter Mann.‹«

»Und Florian?«

»Ach, das vergaß ich beinahe: Beste Grüße von Flori. Er ist mit der frühen Fähre nach Tiburon; er möchte vorläufig in der Villa in Belvedere bleiben und am Mendelssohn-Konzert arbeiten. Ich muss Großmutter Ballards verdammtes altes Piano stimmen lassen und sehen, wie ich damit zurechtkomme. Flori dachte, dass es zu peinlich für Hopper wäre, ihm nach gestern Nacht gegenüberzutreten.«

»Peinlich? Für Hopper?«, rief Angelina.

»Selbstverständlich. Sie können nicht von den zwei Männern erwarten, dass sie sich unter einem Dach vertragen, nicht wahr? Ganz bestimmt nicht, solange Sie da sind und ihnen Raketen unterm Hintern anzünden, mein Herzchen.«

Was Hopper anbetraf, so kam es zu einem kleinen Skandal wegen der Rauferei, derentwegen die Polizei in Lung Fohs Spielhölle hatte eingreifen müssen. Es gab ein bisschen Lärm in den Zeitungen und ein bisschen Gerede in den Clubs und ein bisschen empörtes Geflüster im Damenkränzchen. Und eine Woche später reiste er ab, nach Hawaii. Als offizieller Grund wurde angegeben, dass er dort nach seinen Geschäften zu sehen hatte; inoffiziell war er hinberufen worden, weil der allmächtige Zuckerkönig, zu dessen Pflanzungsbereich auch Leihana gehörte, es für ratsam hielt, Clyde Hopper für eine Weile von allen Skandalen und Verlockungen fernzuhalten. Schließlich war Hopper einer seiner besten Leute, und man konnte den Burschen nicht einfach auf dem Festland vor die Hunde gehen lassen …

Der 17. April war Angelinas Geburtstag, ihr Tag und ihr großer Abend; zufällig war es auch der Abend des großen Finales, bevor der Vorhang sich über das schäumende, lebenslustige, großartige Schauspiel senkte, das sich San Francisco nannte …

Während der Woche war Florian einmal aus seiner Einsiedelei am anderen Ufer der Bucht hervorgekommen, um seine kleine Tochter zu besuchen. Zusammen mit Angelina hatte er die kleine Joy ins Geschäftsviertel geführt, um ihr neue Schuhe zu kaufen, zusammen hatten sie mit ihr getobt und gespielt, und später saßen sie auf dem Fußboden des Kinderzimmers, mit dem Kind zwischen sich, als gehörte es ihnen beiden, und sie plauderten wie gute alte Freunde. Das heikle Thema der Nacht von Hoppers Betrunkenheit wurde nicht erwähnt.

»Bevor ich's vergesse«, sagte Florian, »ich habe ein Telegramm von Maud. Strengster Befehl, deinen Geburtstag zu feiern, da sie es nicht tun kann und Papa Ballard nicht vom Gut zurück sein dürfte. Herzlichste Glückwünsche und so weiter.«

»Danke schön, Florian. Wie lieb von Maud, daran zu denken. Ich tat mir schon selbst leid, denn ich dachte nicht, dass sich eine Seele an meinen Geburtstag erinnern würde, und ich habe es zu gern, wenn große Geschichten damit gemacht werden, dass ich wieder ein Jahr älter geworden bin.«

»Schön, und womit wünschen Eure Majestät die Feierlichkeiten zu begehen? Irgendwelche speziellen Wünsche, innerhalb der Grenzen und Möglichkeiten eines armen Musikers?«

»Wenn du mich am Dienstag in die Oper führen würdest? – oh, Flori, würdest du das tun?«

Er zögerte nur eine Sekunde, und dann sagte er mit gleichmäßiger Höflichkeit: »Aber selbstverständlich, Angelina, mit dem größten Vergnügen.«

Ganz San Francisco war bei der großen Galavorstellung, mit der die Truppe der Metropolitan in dem alten Opernhaus in der Mission Street gastierte. Alle Welt war in großer Toilette und voll festlicher Erwartung erschienen, um zu sehen, um gesehen zu werden, und auch, um nebenbei *Carmen* zu hören. In einem Abendkleid aus schwarzem Velours-Chiffon, mit nackten Schultern und einem riesigen schwarzen Opernhut, unter dem ihr kleines Gesicht wie eine weiße Flamme brannte, hatte Angelina an Florians Seite ihr großes Entree. Und da war nun endlich, endlich jenes Geflüster, jene Bewunderung, nach der sie in all den Jahren verlangt hatte: Weißt du nicht, wer das ist? Das ist Florian Ambros – der berühmte Geigenspieler –, und wer ist das wunderschöne Geschöpf neben ihm? Seine Frau? O nein, das ist die jüngere Ballard-Schwester. Sahen Sie ihr Halsband? Solche Saphire sind selten. Sensationell! Ein auffallend schönes Paar, diese beiden! Sehen sie nicht aus, als wären sie füreinander geschaffen …

Angelina nahm all das mit einem triumphierenden, wenn auch trügerischen Gefühl des Besitzes in sich auf: Es war *ihr* Abend, heute gehörte Florian ihr, für eine Nacht war er ihr Gefährte, ihr Mann, ihr allereigenstes Eigentum! Unter den wehenden Straußenfedern ihres Riesenhutes betrachtete sie ihn mit verstecktem Entzücken, und nicht die kleinste Kleinigkeit entging ihr, die ihn zum bestaussehenden, elegantesten, begehrenswertesten Mann im ganzen Theater machte: der Frack vom teuersten Londoner Schneider, die vielen Miniaturorden auf seiner linken Brust, der tadellose Chapeau claque und Spazierstock, die korrekten weißen Glacéhandschuhe, das ironisch-verbindliche Lächeln und die prinzliche Haltung – ich bin stolz auf dich, dachte sie, stolz! Es lag eine scharf geschliffene, brennend-glückliche Spannung darin, sich mit ihm zu zeigen; sie war stolz auf ihn wie auf ihr Kleid, den Hut, das gelockte Edelmetall ihrer Haare, den Chinchillakragen, das Halsband aus Saphiren und Diamanten …

»Darf man fragen, wer Madame mit Juwelen bedeckt hat wie einen indischen Götzen? War Papa Ballard so freigebig? Oder ist Freund Hopper dafür verantwortlich?«

»Erinnere mich nicht an Hopper, Florian, spiel keine falschen Noten, nicht heute Abend«, bat sie ihn, als eine Spur von Ernsthaftigkeit sich in ihre Neckereien schleichen wollte. »Es ist doch mein Geburtstag. Dieses eine Mal will ich keinen Dritten zwischen dir und mir, nur wir beide, nur diesen einzigen Abend lang.«

»Ist mir auch recht, Angelina, nur wir beide, du und ich – und außerdem, selbstverständlich, ganz San Francisco«, sagte er lachend, als sie ihre Sitze einnahmen. »Weißt du, wie du aussiehst? So, dass jede Frau im Publikum dich vergiften und jeder Mann mich totschießen möchte – oder ist das Kompliment zu sehr im Rokokostil?«

Die Atmosphäre war geladen mit jener besonderen Elektrizität, die die Menschen hier lebendiger, heiterer, lebenslustiger machte als die Bewohner anderer Städte: Es war das kühne Hügelauf und Hügelab, die Luft, in der das Ozon der Zedernwälder mit dem Salz des Ozeans zusammenstieß, die diesen Menschen ihren einzigartigen Schwung, ihre breite Lebensfreude verlieh. Auch Angelina fühlte sich in dieser Luft neugeboren nach der eintönigen, eingeengten lavalangsamen Existenz von Leihana. Durch ihr langstieliges Opernglas umherblickend, dachte sie, dass es nirgends in der Welt noch einmal ein Publikum geben könne wie dieses. Erfolgsverwöhnte Glückskinder waren sie, die nur das Beste von allem beanspruchten und auch erhielten: die feinsten Weine, das beste Essen, die reichste Kleidung, die schönsten Frauen. Hier versteht man sich auf ein erlesenes Leben und auf Kultur und Kunst und eben auf alles, sagte sie sich.

»Ist es nicht herrlich, Flori, ich kann mir einfach nicht vorstellen, dass es so etwas wie unsere Oper noch irgendwo anders in der Welt gibt. Und sag jetzt nicht Wien«, setzte sie flink hinzu, als er seine kritische linke Augenbraue hochzog, »denn ich kenne Wien, und es hat mich nicht besonders beeindruckt.«

»Wir wollen's gar nicht mit Wien vergleichen, Angelina; das hier ist in seiner Art schon eine großartige Sache, besonders wenn man bedenkt, dass diese ganze hochvornehme Vornehmheit und überlegene Lebenskunst in solcher Eile aus den wilden Sanddünen hervorgestampft wurde. Immerhin möcht ich mir gestatten zu bemerken, dass es in verschiedenen Teilen der Welt Opernhäuser gibt, wo keine Bierreklamen auf den eisernen Vorhang projiziert werden«, sagte er, und hinter seinem liebenswürdigen Lächeln stand eine scharfe kleine Bitternis.

Während der ersten zwei Akte wartete Angelina hauptsächlich auf die große Pause, die für sie wie für viele Zuschauer der wichtigste Teil der Vorstellung war. Trotzdem gab es Augenblicke, da die Gewalt dieser Oper sie aus dem Gleichgewicht warf. Während Don Josés Blumenarie trieb es sie dazu, nach Florians Hand zu tasten, sie fand sie, des Handschuhs entledigt, als wartete sie auf die ihre.

Je ne sentais qu'un seul désir,
un seul désir, un seul espoir.

Eine Vier-Minuten-Glückseligkeit, von solcher Intensität, so vollkommen, dass es wehtat. Die Fremstad? Freilich, die Fremstad ist keine Calvé, sagten die Kenner von San Francisco. Aber Caruso! Bravo, Caruso! Bravo, Caruso, bis, bis, encore! Bravo! Bravo, Caruso – und das Haus barst in einer Explosion der Begeisterung – das ganze Theater, von der höchsten Galerie bis zur teuersten Loge, verschmolz zu einer großen Symphonie von jubelnden Stimmen und frenetischem Applaus.

Aber die Vorstellung war nicht zu Ende, nachdem die Sänger das letzte Mal vor den Vorhang getreten und die Lampen am großen Lüster abgedreht worden waren. Die Vorstellung ging im Palace Hotel weiter, wo ein glänzendes Bankett die Elite der Stadt vereinigte, wo jeder jeden hochleben ließ, wo Florian zu viel Champagner trank und Angelina an seiner Seite ohne Schwierigkeiten vergaß, dass sie eigentlich nicht mit ihm verheiratet war. Es war der Höhepunkt einer unvergesslichen Nacht, das große Spektakel, das immer für den Schluss des Feuerwerks aufgespart wird. Dieser Abend war der Gipfel, die höchste Höhe, die große Apotheose des großen Schauspiels San Francisco, bevor der Vorhang fiel und alles vorbei war …

Der alte O'Shaughnessy wartete mit dem Wagen. Es war eine warme Nacht, und der Wind hatte sich gelegt, kein Lüftchen wehte. Angelina zog ihre Hutnadeln heraus und befreite ihr Haar von dem hohen Aufbau des Federhutes, sie schälte sich aus den achtzehnknöpfigen Handschuhen, und ihre Hand schlüpfte in die von Florian. »Das Schlängelchen wirft seine Haut ab«, sagte er leichthin. »Hast du jemals eine Schlange angefasst? Sie sind warm, es ist eine Überraschung, man erwartet es nicht, aber wenn sie in der Sonne liegen, sind sie warm und ganz glatt – freilich nicht so warm und glatt wie dein Arm.«

Angelina war wunderbar schwindlig, sie hatte sehr viel getrunken, um die schwebende Glückseligkeit einer Nacht festzuhalten. »Ich glaube, ich bin ein bisschen beschwipst«, berichtete sie. »Bitte, gib auf mich acht, Flori, lass mich keine Verrücktheiten anstellen. Bist du auch beschwipst?«

»Ja, ich bin auch beschwipst, macht nichts! Seit Jahren habe ich versucht, mein spezifisches Gewicht zu ändern. *Bon*, heute Nacht ist es mir gelungen! Keine Klagen mehr, dass meine Programme zu schwer sind und meine Weltanschauung auch zu schwer und mein Innenleben, oh, viel zu schwer. Ladies und Gentlemen, ich habe das Gesetz der Schwerkraft besiegt, ich schwimme obenauf wie die leichten Balsaboote in Rio. Was sagst du dazu, Angelina? Lass uns zusammen nach Rio gehen. Hören Sie, O'Shaughnessy, können Sie uns nach Rio de Janeiro fahren? Großer Gott, ich glaub, ich bin besoffen –«

Angelina kicherte. »Mach dir nichts draus, Flori, es ist mein Geburtstag, und ich bin schrecklich glücklich. Bist du auch glücklich?«

Florian schien diese Frage ernsthaft zu überlegen, und dann gab er an, dass er auch glücklich sei. Ein paar Minuten lang, durch die Powell Street und quer durch Union Square, war Angelina mit ihm verheiratet, und sie fuhren zusammen nach Hause …

»Ja, ich bin glücklich, denn ich hatte einen sehr guten Brief von Maud«, sagte er, plötzlich nüchtern werdend. Angelina kannte den Brief. Er hatte zwei Tage auf dem Silberaufsatz in der Vorhalle gelegen, bis Florian in die Stadt kam. Natürlich hatte sie den Brief über Dampf geöffnet und seinen Inhalt gelesen. Es ging Maud besser – nur mehr drei oder vier Wochen – Peggy soll nicht vergessen, Mottenkugeln in deinen Wintermantel zu tun – grüße Annie von mir – Joy wird bald größere Schuhe brauchen, kaufe sie bei Ingersolls – nun, und so fort. Nicht sehr anregend, hatte Angelina bei sich gedacht, als sie das Kuvert sorgfältig wieder verschloss, ein typischer Ehebrief. Ach, warum zum Teufel muss er gerade jetzt Maud daherbringen?

Kein Licht in der Einfahrt. »Soll O'Shaughnessy auf dich warten, oder bleibst du in der Stadt?«

»Besten Dank, O'Shaughnessy, ich brauche Sie nicht mehr. Ich möchte ein paar Schritte zu Fuß durch die frische Luft gehen.«

Kein Luftzug regte sich. Eine seltsame Nacht. Eine atemlose Nacht. »Hast du den Hausschlüssel? Oh, in der Halle ist es finster, Mausi hat vergessen, die Lichter brennen zu lassen –«

»Warte, ich mach dir Licht an. So. Gute Nacht, Angelina, und vielen Dank für den Abend. Ich muss mich beeilen, Jake Watts wartet mit seinem Boot auf mich, er will mich ans andere Ufer bringen.«

»Wer ist Jake Watts? Kenne ich ihn?«

»Wahrscheinlich. Der kleine Gasthof in Tiburon gehört ihm und der kleine Schleppdampfer. Wir haben uns angefreundet.«

»Soll er doch ein paar Minuten warten, dein Freund Watts. Bitte, Flori, lauf nicht so plötzlich davon, ich weiß, es ist kindisch – aber ich fürchte mich immer, nachts in ein Haus zu kommen. Und der obere Korridor ist finster. Du lieber Gott, ich bin so schwindlig, dass ich nicht weiß, wie ich allein hinaufkommen soll.«

Der alte, alte Traum. Trage mich fort, heb mich auf und trag mich auf deinen Armen und schließe die Türen hinter uns zu. Undeutlich sah sie sich selbst im Garderobenspiegel, Florian stand hinter ihr, und sie ließ ihr Chinchillacape zu Boden gleiten. Ihre Schultern leuchteten mattweiß aus dem schwarzen Kleid.

»Was tust du denn, versuchst du zu zünden? Brandstiftung ist ein Verbrechen, oder weißt du das nicht?«, sagte Florian. Es war ein gespannter, angestrengter Scherz.

»Hör zu, Flori, ich will dich schon seit Langem etwas fragen. Aber du musst mir eine wirkliche Antwort geben.«

»Die Wahrheit und nichts als die Wahrheit, so wahr mir Gott helfe. Heiliger Nepomuk, ich hätte nicht so viel Champagner trinken sollen …«

»Sag mir, Florian, warum hast du Maud geheiratet?«

»Warum ich – was für eine Frage? Weil ich sie liebe.«

»Das ist nicht die Wahrheit, und ich glaube es nicht! Maud ist ein lieber, guter Mensch, ich liebe sie auch, und sie ist die beste Schwester, die es gibt – sie ist jedermanns Schwester, doch, doch, auch die deine! Aber wünschst du dir nicht mehr als das? Nicht mehr als eine liebe, gütige, große Schwester? Warum bist du nicht ehrlich mit dir selbst? Du hast sie aus Dankbarkeit geheiratet, weil sie dir zu der Geige verhalf. Aber, allmächtiger Gott, Liebe? Liebe ist ganz etwas anderes …«

Er griff nach ihren bloßen Schultern und begann sie zu schütteln: »Und was weißt du von Liebe?«, fragte er verhalten. »Wie kann eine Frau wie du Maud begreifen? Mein Gott, Maud – das heißt schenken, und schenken und schenken, das verschwendet sich selbst, das ist reich und warm und freigebig ohne Ende, Maud ist die Stille und der Frieden und – oh, zum Teufel, lass uns nicht von Maud sprechen, wenn's dir nichts ausmacht. Du wirst sie niemals verstehen. Aber ich will, dass du das eine weißt und mir glaubst: Ich liebe Maud.«

»Nun gut, du liebst Maud! Dann will ich dich etwas anderes fragen. Wenn du Maud so sehr liebst, warum hast du mich geküsst, damals in Wien – und sag mir nicht, dass es nichts bedeutet und dass du dich nicht erinnern kannst, denn ich weiß, dass du's nicht vergessen hast. So wie du mich geküsst hast – genau zehn Minuten vor deiner Verlobung mit meiner Schwester. Warum?«

»Ich kann dir sagen, warum. Weil du es wolltest; weil du mich herausgefordert hast. Weil du mich in eine Situation brachtest, in der ein Mann unmöglich Nein sagen kann.«

»Tatsächlich? Aus keinem anderen Grund? Und du hattest gar keine Lust, mich zu küssen? Und du hast jetzt auch keine Lust dazu …?«

Sie standen noch immer vor dem Spiegel im schwachen Licht der Vorhalle. Mit sinkenden Augen sah Angelina jene beiden im Spiegel ineinander verschmelzen. Sie glitten über eine geschwungene Regenbogenbrücke, landeten in einer weinroten drehenden Dunkelheit, so hungrig, dachte sie, sie flüsterte: so hungrig, so hungrig, und noch immer und unersättlich hungrig, während die Zeit stillstand und nichts existierte als diese harte, versengende, zornige Umarmung. Florian tauchte zuerst daraus auf. Er trat abrupt einen Schritt zurück, stieß sie beinahe von sich. »So. Jetzt weißt du es«, sagte er heiser. »Du wusstest es die ganze Zeit, nicht wahr? Bist du jetzt zufrieden?«

»Ich wusste es – immer. Du liebst nicht Maud, du liebst mich. Du liebst mich und – Florian –«

»Ich möchte dich haben, verdammt noch einmal, ich möchte dich haben, aber das ist etwas ganz anderes. Lass uns keinen Unfug machen, Angelina, Liebling, wir sind beide verheiratet, alle beide, lass uns nicht alles versauen. Ich – verzeih mir, ich habe für einen Moment den Kopf verloren. Es soll nicht wieder passieren. Schlaf gut, Liebes – verzeih mir und vergiss das Ganze. Gute Nacht.«

»Warum bleibst du nicht in der Stadt? Es ist schrecklich spät, dein Freund Jake Watts wird nicht so lange auf dich gewartet haben, und die letzte Fähre ist längst fort …«

»Nein, Jake wollte auf jeden Fall auf mich warten. Ich laufe den kürzesten Weg zur Wharf hinunter, ich brauche nur ein paar Minuten. Gute Nacht, Angelina. Vielleicht komme ich nächsten Sonntag herüber und gehe mit dir und der Kleinen in den Park …«

Kein Mensch, kein einziger Mensch in der ganzen weiten Welt würde jemals erfahren und bewundern können, welch großartige

Haltung Angelina in einer unmöglichen Situation bewahren konnte. Sie öffnete ihm die Haustür und streifte leicht über die Schulter seines Operncapes. »Ich dachte immer, dass er blau war –«, sagte sie halblaut.

»Blau? Was war blau?«

»Der Mantel, den Joseph bei Potiphars Weib zurückließ …« sagte sie lachend. »Gute Nacht, mein Lieber.«

Später wurde sie sich niemals darüber klar, ob sie einige Minuten zuvor aufgewacht war oder ob der erste Stoß sie aus dem Schlaf geschleudert hatte. Sie konnte sich niemals genau an diese ersten Minuten des Erdbebens erinnern. Da war das Dröhnen, nicht wie Donnern, sondern mehr wie das drohende Knurren eines unermesslich großen Ungeheuers, dessen Haut zuckte, um das menschliche Ungeziefer abzuwerfen. Das Bett tanzte über einer verschlingenden Leere, alles tanzte, das Zimmer, das Haus, die Stadt, vielleicht die ganze Erde. Bösartig – ein bösartiger, gemeiner, endloser Angriff, gegen sie persönlich gerichtet, gegen Angelina Hopper, née Ballard. Ihre sämtlichen Parfümfläschchen und Puderdöschen werden krachend vom Toilettentisch gefegt, ihr Schmuckkästchen folgt ihnen, aufgebrochen, von Saphiren überlaufend, dann wirft der Spiegel sich zerspringend, zersplitternd dem aufbäumenden Fußboden entgegen. Der Toilettentisch tänzelt auf ihr Bett zu, das Bett, in dem sie liegt, hüpft von der Wand weg dem Toilettentisch entgegen wie in einer verrückten Quadrille. Das Bild über dem Bett fällt von der Wand und auf ihre Brust, ein Stück Gips kommt von der Decke und schlägt sie scharf und brennend ins Gesicht. Ihre Augen schmerzen von dem körnigen Staub, ihre Zähne beißen auf sandige Gipsklümpchen; und noch immer rollt der Boden unter ihr davon, sich schüttelnd in launenhaftem Tanz, das ungeheure Erdbebentier hört nicht auf zu knurren. Es hört nicht auf, was jetzt geschieht, wird niemals enden. Angelina war völlig gelähmt, und selbst wenn der Gedanke an Flucht ihr gekommen wäre, hätte sie nicht die Fähigkeit gehabt, sich zu bewegen. Und doch schleuderte eine unbekannte Macht diese steifen Beine und Arme hin und her, als wäre sie eine schlaffe Stoffpuppe in den Händen eines ungezogenen Kindes.

Nachdem all dies eine Ewigkeit angedauert hatte, kam es zu einer letzten schraubenden Verrenkung, und unter dem Stöhnen des gequälten Holzwerks legte sich der Aufruhr, plötzlich und gänzlich unerwartet: Sie war noch immer am Leben. »Ach, du liebe Güte, ein Erdbeben«, sagte sie laut, »und ein ganz ordentliches noch dazu.« Es war wahrhaftig nicht ihr erstes Erdbeben, und in San Francisco galt es für ungebührlich, große Geschichten wegen dieser kleinen Laune des heimatlichen Bodens zu machen. Jetzt war es vorüber. Und erst jetzt drangen alle möglichen Geräusche in ihr Bewusstsein. Vom Kinderzimmer kam das jammervolle Weinen der kleinen Joy, und man hörte Beatrice herumtappen und in ihrer tiefen sizilianischen Stimme alle möglichen Heiligen anrufen. Das Lärmen der krachenden, einstürzenden, dröhnenden Zerstörung hatte nicht mit den Erdstößen zugleich geendet; es steigerte sich vielmehr zu einem anhaltenden, unbeschreiblichen Crescendo: zersplitternde Balken, kreischendes Metall, eine schrille Lawine von zerbrochenem Glas.

Es war vor Sonnenaufgang, grün wie ein unreifer Apfel hing der Himmel vor den Fenstern, und während Angelina noch hinausstarrte, lösten sich zwei der verbogenen Fensterrahmen und landeten mit einem dünnen Klirren auf dem Vordach der Einfahrt. Die Starrheit ihrer Glieder ließ ein wenig nach, und Angelina stand auf und trat vorsichtig über den zackigen Schutt auf dem Fußboden. Ihre kleine Emailuhr, die in einem winzigen gestickten Pantöffelchen neben dem Bett hing, war merkwürdigerweise unbeschädigt, aber sie war im Moment des Erdbebens stehen geblieben: fünf Uhr dreizehn. Eine unbequeme frühe Stunde für ein Erdbeben! Mit zitternden Fingern zog sie das Ührchen automatisch wieder auf. Joys Weinen war verstummt, und einen Augenblick später öffnete Beatrice die Tür.

»Sehr bös«, schrie sie, »sehr böses Erdbeben, du musst unter der Tür stehen, das ist am besten.« Ihre schweren, langen Brüste bauschten das grobe Hemd, ihre Unterröcke hingen breit und abgetragen um sie wie ein viel benutztes Zelt, auf dem Arm trug sie Joy, in das alte schwarze Wolltuch gehüllt. Das Baby hatte ganz große Augen vor Angst, es musste schlucken vor Aufregung und suchte Trost bei seinem Däumchen, das es in den Mund gesteckt hatte.

»Ich komme sofort. Kümmere dich inzwischen um die Kleine«, sagte Angelina beherrscht. »Es war bloß ein Erdbeben. Jetzt ist es vorbei.«

Eine Minute lang stand sie inmitten des Zimmers und versuchte sich zu sammeln. Was musste zuerst gerettet werden? Ihr Schmuck. Ihre Pelzmäntel, der neue Sealskin und selbstverständlich der Chinchillakragen und Muff. Mit der einen Hand klingelte sie nach Peggy, die nicht darauf reagierte, während sie mit der anderen Kleider aus dem Wandschrank zerrte, und dann ließ sie alles sein, als ihr einfiel, ihre Juwelen in den Safe zu schließen, der in der geschmackvollen Verkleidung einer Mahagonikommode auf dem oberen Treppenabsatz stand. Sie wusste die Kombination des Schlosses auswendig, doch als sie auf den Gang rannte, die Hände voll mit Saphiren und Diamanten, entdeckte sie, dass der Mechanismus stecken geblieben war.

Gott sei Dank, dass alles vorüber ist, sagte sie sich; doch es war nicht vorüber. Entweder bebte die Erde noch, oder der Fußboden glitt unter ihr davon, sodass sie rutschend und stolpernd der Treppe zugestoßen wurde. Die Tür zum Wohnzimmer war aufgesprungen, darin hing Mrs. Ballards stattliches Porträt schief und ängstlich an einem einzigen Nagel, und alle Hyazinthengläser waren zerbrochen. Zerquetschte Blüten bedeckten den Teppich, ihr übersüßer Duft mischte sich mit dem Staubgeruch von abgebröckeltem Gips. Die Fensterscheiben im Erker waren zersplittert, und noch während Angelina die Verwüstung überblickte, verdunkelte sich das Zimmer unter einem riesigen Schatten, und zugleich hörte man einen neuen Aufschrei zermalmter Balken, ein betäubendes Getöse wie von einer Explosion; dann hob sich eine dichte Staubwolke in die Luft wie

Rauch: Die Rückwand des Hauses, das an ihren eigenen kleinen Garten grenzte, war eingestürzt, und plötzlich blickte man in die Eingeweide des Familienlebens der Nachbarn, so wie man auf der Bühne in Zimmer ohne vierte Wand sieht.

Angelinas nächste Entdeckung war, dass sie auf der Straße stand. Obwohl sie sich versicherte, dass sie ganz ruhig und beherrscht sei, völlig ruhig, hatte sie offenbar vergessen, ein Kleid anzuziehen. Sie war im Nachthemd, hatte nur ein blaues Atlasnegligé flüchtig übergeworfen und unerklärlicherweise ihren schwarzen Opernhut sorgfältig auf ihrem offenen Haar befestigt; am rechten Fuß trug sie ein Pantöffelchen, am linken den hochstöckligen schwarzen Atlasschuh von gestern Abend. Sie zerrte ihren Chinchillakragen hinter sich her, und in den Händen hielt sie noch immer den Saphirschmuck. Beatrice, die Joy auf dem Arm hatte, redete in überstürzendem Italienisch auf sie ein: »Bleib in der Haustür stehen, der einzig sichere Platz, *Madonna mia,* lauf nicht auf der Straße herum, du Verrückte, siehst du denn nicht, die Häuser fallen alle ein.«

Joy streckte die dicken Ärmchen nach ihr aus. »Annelina, Annelina, sie will zu Annelina.«

Während der Wochen von Mauds Abwesenheit hatte Angelina sich endlose Mühe gegeben, um das Herz des kleinen Mädchens zu gewinnen, und nun war Joys Anhänglichkeit beinahe eine Last geworden. Beim Klang des hohen Stimmchens kehrte sie um und nahm das Kind aus Beatrices Armen. Kleine Menschengruppen standen vor jedem Haus, unsicher und zögernd, die meisten trugen wunderlich improvisierte Kleidungsstücke, und alle hatten das gleiche benommene Lächeln in den aschfarbenen Gesichtern. Auch Angelina lächelte. »Guten Morgen, Mrs. Hopper«, sagte irgendjemand, »der lauteste Wecker, den ich je gehört habe, nicht wahr?«

»Guten Morgen, Mr. Gallagher. Ja, ein ganz nettes kleines Erdbeben«, erwiderte sie ruhig. Ihr Nachbar, Mr. Gallagher, hatte den Frack von gestern Abend über seine gestreiften hellgrünen Pyjamahosen angezogen. »Vielleicht wird jetzt endlich die Straße repariert, seit acht Monaten haben wir umsonst Eingaben gemacht«, sagte er, nicht ohne Wohlgefallen. Das Pflaster war aufgebrochen, ein weiter Sprung durchlief es, und an der Ecke hingen die zerrissenen Schienen der Drahtseilbahn wie eine verfilzte Garnsträhne.

»Mal sehen, ob das Erdbeben in die Morgenzeitung gekommen ist«, bemerkte irgendein Spaßvogel, zog einen schmutzigen Papierfetzen aus dem Schutt und entfaltete ihn; tatsächlich waren die Morgenblätter pünktlich kurz vor dem Erdbeben ausgetragen worden, und dieser kleine normale Vorgang schien jedermanns Stimmung zu heben. Nach und nach kehrten die Menschen in die Häuser zurück, um den Schutt fortzuräumen. Es wurde nach Dienstmädchen und Dienern gerufen, doch alle Stimmen klangen sonderbar dünn und kraftlos gegen das entfernte Getöse, das von den Stadtteilen im Süden der Market Street aufstieg, ein beständiger großer Orgelklang wie von einem Wasserfall oder einer hohen Brandung. Nun kamen ein paar junge Burschen um die Ecke gerannt, um Bericht über das teilweise eingestürzte Haus hinter dem Ballardgarten zu geben. Keine Toten, keine Vermissten; der jüngere Sohn hatte einen Beinbruch oder etwas Ähnliches erlitten, sie brachten ihn auf einer Tür getragen, die als improvisierte Tragbahre diente.

»Bringt ihn hier herein, unserem Haus ist nichts geschehen«, bot Mr. Gallagher freundlich an. »Ich werde sofort den Doktor anrufen – das heißt, wenn das Telefon überhaupt funktioniert.«

Dann tauchte mit lautem Hufgeklapper das Phantom eines Pferdes auf, es kam die steile Jones Street heruntergerast, bald rutschte es auf seinen Schenkeln, bald fing es sich wieder auf, bis zuletzt seine Hufe an der Ecke der Mason Street im geborstenen Straßenpflaster stecken blieben und es wie von einer Kugel getroffen niederfiel.

»Der Gaul ist nur mehr gut genug für die Leimfabrik«, sagte einer der Jungen grinsend.

»Ich wollte, sie hätten die Milch ausgetragen statt der Morgenzeitung«, sagte eine Frau in einem viel zu großen, karierten Herrenmantel. »Was soll ich eigentlich den Kindern zum Frühstück geben?«

Ein Polizist erschien, Joe Salinas, zu dessen Revier die vier Häuserblocks zwischen California und Jackson Street gehörten. »Was gibt's Neues, Joe? Wie sieht's in der inneren Stadt aus? Hat's viel Schaden gegeben?«

»Das größte kleine Erdbeben, an das ich mich erinnern kann«, sagte Joe behaglich. »Es scheint nur ein paar alte Häuser in der Missionsgegend drunten umgeschmissen zu haben, aber ihr Leutchen hier oben habt nichts zu fürchten. Die feinen Herrschaften auf dem Snob Hill würden sich in ihrem Stadtteil keine solchen Dummheiten gefallen lassen, was? (Nob Hill, im Volksmund Snob Hill genannt, war die Anhöhe, auf der sich die frühen Millionäre San Franciscos in überladenen Häusern angesiedelt hatten.) Also, Madamchen, wie wär's, wenn wir alle nach Hause gingen und Frühstück machen würden?«

In jenem Augenblick erreichte die erste Vorahnung der nahenden Katastrophe die Straße. Die Luft, die bis dahin grau und dick vom aufgewirbelten Staub abgefallener Gipsfassaden gewesen war, wurde anders; sie wurde noch dicker, noch dunkler, und sie brachte etwas Neues mit sich; die Menschen witterten und schnupperten misstrauisch und geängstigt, ihre Nasen rochen dieses Neue, und ihre Kehlen füllten sich mit seinem Geschmack: Es war der bittere Geruch von Brand und Rauch. Der Himmel war nicht mehr grün, sondern grau und undurchsichtig, und die Sonne stieg über der Bucht auf, rot wie eine Blutorange. Plötzlich durchbrach ein wilder Schrei von hundert Stimmen, doch entfernt wie ein Theaterschrei hinter der Bühne, den schwebenden Dunst, und gleich danach kam ein junges Dienstmädchen mit irren Angstaugen schreiend von Nob Hill heruntergerannt: »Jesus Christus, die ganze Stadt brennt – wir sind verloren – wir sind alle verloren – San Francisco steht in Flammen!«, und schreiend verschwand sie den steilen Abhang der California Street hinab. Auf Angelinas kleiner Uhr, die sie, ohne es zu wissen, an ihr Nachthemd angesteckt hatte, war es fünf Uhr zweiunddreißig.

So fingen diese drei Tage des Entsetzens und der Zerstörung an. Es war wie in jenen erbarmungslosen Träumen, die ganz gewöhnlich beginnen, zunächst ganz ruhig und von trügerischer Harmlosigkeit, und die sich langsam, langsam, unerbittlich steigern und anschwellen und zu einer geisterhaften Jagd durch unbekannte Dimensionen werden, bis sie in einem Albdruck der Ängste und Schrecken und endgültigen Vernichtung enden.

Die kleine Joy hatte wieder zu weinen begonnen, in dem kleinen Mädchen war der wortlose, aber scharfe Instinkt eines verfolgten und verängstigten Tierchens. »Sei still, Püppchen, sei brav, gleich kriegst du dein Frühstück«, suchte Angelina sie zu beruhigen und küsste sie auf das feuchte Köpfchen. »Sei still, um Himmels willen!«, schrie sie ungeduldig, als das brüllende Kind sich an ihre Brust klammerte. »Nimm sie mir ab, Beatrice, sie ist zu schwer für mich, meine Arme sind schon ganz steif. Und Peggy soll den Mist in der Halle wegfegen!« Dumpfer Ärger kochte in Angelina, als sie das wüste Durcheinander im Haus sah. »Ich will mit Lee Ong sprechen, heute muss er beim Reinemachen helfen, er ist der einzige Mann im Haus.«

Der einzige Mann im Haus. Da hockte sie nun, ganz sich selbst überlassen, in einem Haus, das jeden Moment über ihnen einstürzen konnte, und mit einem Kind, für das sie verantwortlich war, mitten im Erdbeben. Und während sie in dieser Hölle steckte, amüsierte Hopper sich vermutlich köstlich mit seinen Burschen in Leihana; Vater war weit vom Schuss; der verstand es ja immer, sich seinen Spaß mit dem Gomez-Frauenzimmer auf dem Gut zu verschaffen; und Maud bekam wahrscheinlich bald ihr Frühstück im Bett serviert und genoss die angenehme Morgenstunde. Schön und gut, aber wo steckte Florian? Schließlich war Joy nicht ihr Baby, sondern Florians, und wenn er gestern Nacht in der Stadt geblieben wäre, anstatt wie ein Narr davonzurennen, dann wäre er in dieser Krisis dort, wo er hingehörte. Nun, auf jeden Fall, er wird sicher das erste Fährboot nehmen und bald hier sein, so beruhigte sie sich selbst, und dann werden wir ja sehen, wie's weitergeht –

Doch die Stunden schleppten sich dahin, und Florian kam nicht; hier war sein Kind, und hier wartete sie auf ihn, und er kam nicht.

Zuerst machte es sie wütend, aber später wuchs die Sorge um ihn zu einer nagenden Pein und Angst; und noch später am Tag hatte die Erschöpfung sie so ausgehöhlt, dass es ihr gleichgültig wurde, ob ihm etwas zugestoßen sei oder was mit ihr selbst geschehen mochte. Vielleicht war diese Gleichgültigkeit das, was Menschen von schwächerer Willenskraft Mut nannten –

Aber vorläufig kehrte sie zu den Dingen des Alltags zurück, als sei nichts geschehen. In jenen frühen Morgenstunden schien ganz San Francisco der gleichen Regung zu folgen: Man ignorierte das Erdbeben; nun, da es vorbei war, tat man so, als hätte sich nichts Außergewöhnliches ereignet, gleichsam in der logischen und bemitleidenswerten Hoffnung, dass weiteres Unglück verhindert werden könnte, wenn man bloß so tat, als wäre dies ein Tag wie jeder andere. In den ärmeren Stadtvierteln heizten die Frauen ihre Herde an, um ihren Männern das Frühstück zu machen – nicht ahnend, dass keine Schornsteine mehr vorhanden waren, um die Flammen zu bändigen, die nun uneingedämmt aus den zertrümmerten Mauern brachen und ganze Straßenzüge niederbrannten. Frühstückskörbchen wurden gepackt und die Kinder in Schulen geschickt, die inzwischen zu Schutt und rotem Ziegelstaub zerfallen waren. Bankbeamte wanderten zu den Banken im Zentrum der Stadt und pflichtbewusste Angestellte zu ihren Kontoren, aber sie fanden nur mehr die Stahlskelette sterbender Wolkenkratzer. Später wurde der Lokalzug, der jeden Morgen die reichen Geschäftsmänner von den Villenvororten der Halbinsel nach San Francisco brachte, auf den verbogenen Schienen aufgehalten, und sie trauten ihren Augen nicht, als sie in den Wall von Feuer starrten, der zwischen ihnen und der Stadt lag. Dort, wo die Kohlenschuppen der Eisenbahn in den Hafen abgerutscht waren, hatten sich die Gewässer der Bucht zu streifig schwarzer Tinte verfärbt.

Der Badeofen funktionierte besser, als Angelina erwartet hatte, doch als sie sich langsam unter der warmen Dusche entspannte, begann es zu zischen, das Wasser versiegte, es gab noch ein bisschen kochend heißen Dampf, und der Apparat wäre vielleicht explodiert, wenn Beatrice nicht hereingestürzt wäre und das Gas abgedreht hätte. Und damit meldete sich die neue Kalamität an, gefährlicher, umfassender, schlimmer als alles andere: Es gab kein Wasser.

Kein Wasser, keine Milch, der Bäcker brachte kein Brot, nichts Essbares konnte gekauft werden. Die Behörden, in der Person des Polizisten Joe Salinas, verkündeten in jedem Haus, dass es strengstens verboten sei, Feuer anzumachen, Gas oder Elektrizität zu benutzen, nicht einmal Kerzen waren gestattet, nicht einmal ein Streichholz durfte im Haus angezündet werden. »Alle Rohre sind hin, Wasserrohre, Gasrohre, Kanalröhren, die ganze verdammte Stadt brennt«, sagte er kurz angebunden.

»Das ist ein guter Witz«, sagte Ann ergrimmt. »Jetzt, wo die Stadt in Flammen steht, erzählt man uns, dass es gefährlich ist, ein Streichholz anzuzünden! Lass gut sein, Beatrice, ich brauche kein Frühstück, aber wir müssen uns irgendwie etwas Milch für die kleine Joy verschaffen.«

Der Haushalt war in voller Auflösung, Peggy war verschwunden wie ein Gespenst beim ersten Hahnenkrähen; der würdevollere Lee Ong war zumindest rücksichtsvoll genug, seinen Abmarsch anzuzeigen. Er hatte alle seine chinesischen Gewänder angezogen, immer eins übers andere, ein voller Mehlsack hing auf seinem Rücken, eine Speckseite schlang sich um seine Brust wie ein Patronengürtel, und ein Bündel von wunderbarerweise unbeschädigt gebliebenen Flaschen klinkerte von seinem Gürtel. Gleichmütig kündigte er an: »Er geht weg, *Missie*. Geht zu Familie, schlechtes Erdbeben, nix zu essen, Familie sehr viel Hunger. *Goo'bye, Missie, goo'bye, Baby*.« Einen alten Matrosenkoffer zog er rumpelnd und scharrend an einem Seil hinter sich her. Angelina holte ihren Operngucker heraus, der im Etui unbeschädigt geblieben war, und erklomm die Bodentreppe; es war unnötig, die Falltür zu öffnen, die auf den flachen Teil des Daches führte, denn da war ein gähnendes Loch im Gebälk, durch das sie sich hinausschwang, um die um sich greifende Zerstörung zu überblicken. Vor ihren Augen, die zu schmerzen begonnen hatten, lagen die brennenden Stadtteile. Rötlich flackernde Flecken hier und dort, südlich der Market Street in der Missionsgegend. Dicke Klumpen grau-schwarzen Rauches bedeckten das Scharlachgeflacker, es sah aus wie zerfetzte, schmutzige Watte, achtlos in blutige Wunden gestopft. Aber der tapfere schlanke Turm des Fährbootgebäudes stand noch aufrecht, und das war ein gutes Zeichen, oder nicht? Noch immer krabbelten die Fährboote wie eifrige kleine Wasserläufer über die Bucht, noch immer konnte man, wenn alles schiefging, die Tiburon-Fähre erreichen und irgendwie ans andere Ufer nach Belvedere gelangen.

Beatrice bettelte und schmeichelte: »Weshalb gehen wir nicht fort, solang's noch Zeit ist, Angelina? In Großmutter Ballards Villa ist es viel besser, Mr. Ambros ist da, Signorina Mausi ist da; wenn wir noch lange hierbleiben, machen sie gebratene Maroni aus uns, sei nicht verrückt, *Bambina mia*!«

»Wenn du dich fürchtest, kannst du gehen; ich halt dich nicht zurück. Geh nur, geh, mach, dass du weiterkommst, *va via*! Ich brauch dich nicht!«, schrie Angelina zornig.

Aber Beatrice lachte dazu bloß ihr tiefes, kehliges Lachen. »Bestimmt brauchst du die alte Beatrice, Dickschädel«, sagte sie, Angelinas Kopf tätschelnd, ganz als wäre sie noch der Säugling, den sie an ihrer Brust getragen hatte.

Angelina hatte sich jedoch nicht aus Eigensinn entschlossen, im Haus zu bleiben und zu warten. Hier gehörte sie hin, es war der einzige Ort, wo sie sich inmitten der Katastrophe einigermaßen sicher fühlte. Hier würde Vater sie suchen, bestimmt würde er den ersten Zug von Stockton nehmen, sobald die schlimme Nachricht das Gut erreichte. Und wenn Vater nicht heimkommen sollte, dann Florian ganz bestimmt. Und wenn Florian aus irgendeinem unerfindlichen Grund nicht kam, dann war da noch immer der gute, verlässliche alte O'Shaughnessy, der sich bestimmt nach ihr umsehen würde. (Um jene Mittagsstunde war allerdings der alte O'Shaughnessy schon bei der Rettungsarbeit im Stadtzentrum schwer verwundet worden, und man hatte ihn, zusammen mit Hunderten anderer Opfer, in den Ausstellungspavillon am Rand der Stadt gebracht, der als Notlazarett benutzt wurde und sich auch bald in einen flammenverzehrten Friedhof verwandeln sollte.)

Hingegen erschien der junge O'Shaughnessy, um sich nach Angelina umzusehen. Er trug das Band der schnell gebildeten Bürgergarde am Arm und triefte von Wichtigkeit und Optimismus. »Wollte bloß sehen, wie's meiner kleinen Prinzessin geht, und ich dachte, dass du mir vielleicht eine kleine Erfrischung aufwarten würdest, ich bin so ausgetrocknet, dass mir Disteln in der Gurgel wachsen. Auf Befehl des Bürgermeisters sind sämtliche Kneipen, Bars und so weiter geschlossen worden und der Verkauf von geistigen Getränken streng verboten. Dabei gibt's mehr Betrunkene als gewöhnlich, denn wenn man auch keinen Schnaps verkaufen darf, so gibt's doch kein Gesetz dagegen, einen Freund auf einen Tropfen einzuladen, und das ist nur recht und billig. Heute leben wir, und wer weiß, ob morgen noch ein Stein von San Francisco auf dem anderen steht! Es ist ja Pech, dass unser Feuerwehrkommandant der Erste war, den es niedergehauen hat, eine Ladung Stahl oder Ziegel ist ihm auf den Kopf gefallen – man glaubt nicht, dass er's schaffen wird, der arme Teufel! Ohne ihn krebst unsere Feuerwehr herum wie ein Tausendfüßler ohne Kopf. Aber wir werden das Feuer schon unterkriegen, mach dir keine Sorgen, Annie. Wir haben alles ausgezeichnet organisiert und geordnet im Rathaus. Leider müssen wir ein paar gute Gebäude in die Luft sprengen, jammerschade, aber solange wir nicht genug Wasser in der Stadt haben, um einen Floh darin zu ersäufen, bleibt uns nichts anderes übrig. Aber das Goldene Tor bleibt stehen, das ist die Hauptsache! Also, wie steht's mit einer kleinen Erfrischung für einen alten Freund?«

Seine Augen waren entzündet von der Hitze und dem Rauch, aber sonst schien er in recht gehobener Stimmung; offenbar hatte er schon zuvor versucht, seinen Durst zu stillen, und nicht mit Wasser.

Ann ging ins Esszimmer, um nach irgendetwas Trinkbarem zu suchen: Beide Kristallkaraffen waren vom Buffet gefallen, zersplittert, und der Wein hatte den Teppich getränkt, aber sie fand zwei unbeschädigte Flaschen in Vaters Likörschrank, und Johnny mischte sich daraus ein teuflisches Getränk. »Auf deine Gesundheit, Annie, mein Herzblatt! Mitgefangen, mitgehangen, aber San Francisco geht nicht unter, man kann uns umschmeißen, aber wir kommen immer wieder hoch!«

»Was rätst du mir zu tun, Johnny? Soll ich hier im Haus bleiben? Oder soll ich die Fähre nehmen und mich vorläufig in Großmutter Ballards Höhle eingraben?«

»Die Fähre nehmen? Du weißt wohl nicht, wovon du sprichst, mein Mädel. Bleib du bloß, wo du bist, unbedingt! Du hast ja keine Ahnung, wie's beim Fährbootsgebäude zugeht, sämtliche Japaner und Chinesen und Mexikaner und Mongolen und Farbige sind dort, halb verrückt vor Angst, rundherum brennt alles, sie heulen, sie stoßen, sie bringen einander um in ihrer Panik, so einen Ringkampf gibt's nie wieder, der ganze Abschaum der Stadt trampelt einander tot und schmeißt sich da unten gegenseitig ins Wasser. Sie sind wie die tollen Hunde, Heilige Muttergottes, nein, meine Annie kann sich da unmöglich dazwischenmengen! Aber mach dir keine Sorgen, hier bist du gut aufgehoben, und wenn es schlimm werden sollte, dann komme ich selbst und bring dich in Sicherheit. Aber jetzt muss ich weiter – Sag einmal, Annie, glaubst du nicht, dass ich einen ganz kleinen Kuss verdiene, nur so zum Glückbringen? Nein! Okay, wie du willst, Herzblatt, auf Wiedersehn –«

Angelina stieg wieder aufs Dach; auf allen umliegenden Dächern warteten reglose dunkle Gruppen von Menschen, stumm, in ängstlicher Bereitschaft. Schon stand die Chinatown am Fuß ihres Hügels in Flammen, und die Chinatown war keineswegs weit entfernt. Doch die Gässchen von Telegraph Hill klammerten sich, Gott sei Dank, noch unversehrt an ihre senkrechten Klippen, und hinter dem Qualm und Rauch des Brandes schimmerte zuweilen die Bucht, glänzten für einen Augenblick die Inseln und die jenseitige Küste auf, in unvorstellbarem Frieden; wenn es zum Ärgsten kam, sollte es trotz allem noch immer möglich sein, sie zu erreichen. Noch immer gab es von Zeit zu Zeit schwächere Erdstöße – das schlafende Erdbebenungeheuer schüttelte Fliegen von seiner Haut –, aber sie schienen bedeutungslos und blieben unbeachtet. Ein Erdbeben war solch eine milde, beinahe freundliche Störung, verglichen mit der gnadenlosen, unberechenbaren Wut des Feuers. Das Feuer war das Böse an sich, dieses Feuer, das riesige Bissen aus dem gemarterten Körper der Stadt riss, jetzt hier, jetzt dort. Von einem Brandfeld her wie eine rote, heiße, dampfende Flüssigkeit sich ausbreitend, bis es sich mit einem anderen brennenden Komplex vereinte, fast als folge es einem bösartig vorbedachten und doch launenhaften Zerstörungsplan. Das unaufhörliche Dröhnen und Knattern und Sausen und Zischen der Feuersbrunst war seiner Beständigkeit wegen fast nicht mehr zu hören. Doch auf dem Hintergrund der Flammenbrandung kam es zu Momenten seltsamer Stille, die wieder und wieder vom Donner einer Explosion zerschmettert wurde, einem plötzlichen Aufschrei der tausendstimmigen Schreckensklage von Menschen, die irgendwo im Feuermeer untergingen …

Um drei Uhr nachmittags drehte sich der Wind und trieb die Flammen nordwärts. Über jeder Sprengung und Explosion wuchs ein weißer Staubschirm, der sich langsam gegen den rauchschwarzen Himmel aufspannte. Neue Durchblicke entstanden, dort, wo sich zuvor die gesprengten Gebäude befunden hatten, weite Alleen von Ruinen, beherrscht von der halb zerstörten Kuppel des Rathauses. Während dieser letzten wenigen Stunden hatte das Gesicht der Stadt sich so sehr verändert, dass man leicht seinen Weg in Straßen verlieren mochte, die nicht mehr existierten. Angelina beobachtete die fortschreitende Feuersbrunst durch ihren eleganten perlmutternen Operngucker, es schien kaum fassbar, dass sie noch gestern Abend durch dieses gleiche Glas einer glänzenden Opernvorstellung zugesehen hatte. Wieder und wieder rieb sie die schmerzenden Tränen aus ihren brennenden Augen, wieder und wieder tastete sie sich die Treppe hinunter, um Küche und Badezimmer nach ein paar Tropfen Wasser zu durchforschen – immer vergebens. Ihre Augen waren entzündet, ihre Lippen vertrocknet durch die Hochofenglut, die von der brennenden Chinatown aufstieg. Ihre Haut war gespannt, gesprungen; ihre Ohren taub geworden, ihr Denken war ausgelöscht; so wartete sie auf Florian, aber Florian kam nicht. Wenn Johnny sie finden konnte, warum nicht Florian? Aber Johnny war eben ein Mann und Florian bloß ein Künstler; schwach, unentschieden, gedankenlos, unzuverlässig, eigenbrötlerisch und unbegreiflich, kein wirklicher Mann, nur der stets entweichende Schatten eines Mannes. Himmel, wie sie ihn hasste und, heilige Madonna, wie sie ihn hersehnte, und, du lieber Gott, lass ihm nichts geschehen! Aber mit Florian kannte man sich nie aus; wer weiß, vielleicht saß er in diesem Augenblick wohl und munter in Großmutter Ballards Villa und passte auf, dass seiner Geige nichts geschehe; es war gar nicht ausgeschlossen, dass ihm diese Geige mehr bedeutete als sein eigenes Kind. Aber vielleicht wartete er auch am gegenüberliegenden Ufer der Bucht genauso verzweifelt auf sie, wie sie hier auf ihn wartete, und keiner von ihnen konnte über die Bucht zum anderen gelangen? Was für eine Todesfalle diese Stadt doch war, dieses glorreiche San Francisco! Ob es wohl in der ganzen Welt noch einen Ort gab, den man nicht erreichen und dem man nicht entfliehen konnte, ohne Meilen und Meilen von Wasser zu durchkreuzen? Kein Wunder, dass die Leute von San Francisco alle eine Spur von Verrücktheit in sich hatten …

Die kleine Joy weinte unaufhörlich. Ihr ist heiß, sie ist durstig, die Augen tun ihr weh – und kein Tropfen kam aus der Wasserleitung, keine Milch war im Haus. Selbst der kleine Springbrunnen im Wintergarten war geborsten und leer, nur ein bisschen grüner Schleim und vier zappelnde, nach Luft schnappende, sterbende Goldfische waren im Bassin. Angelina, bis zu den Fußknöcheln in den Glassplittern der zertrümmerten Fensterscheiben stehend, presste die Hände an die Ohren, um das Weinen des Kindes nicht mehr hören zu müssen. Schade, dass ich ihr keinen Schnaps geben kann wie Johnny, dachte sie und begann zu lachen, und sie hielt sich fest, und sie stieß ihr unsinniges Gelächter zurück in die Kehle. »Das gibt's nicht, keinen hysterischen Anfall, wenn ich bitten darf!«, sagte sie laut zu sich selbst. »Oder wir werden alle irrsinnig –«

Und dann erreichte ein unwahrscheinlicher Klang ihre betäubten Ohren: Das Telefon in der Vorhalle klingelte.

Die Alltäglichkeit des gewohnten schrillen Geklingels inmitten der schauerlichen Irrealität dieses Tages ließ es fast unwirklich erscheinen. Während des Vormittags hatte Angelina wieder und wieder versucht, eine Verbindung zu bekommen – mit Vater auf dem Gut, mit dem Gasthof in Tiburon, der gewöhnlich Nachrichten für die Villa übernahm, mit verschiedenen Bekannten in der Stadt –, aber das Telefon war stumm und tot geblieben. Nun also klingelte es. Sie stolperte über die knirschenden Glassplitter, über den Trümmerhaufen, den Beatrice in der Halle zusammengefegt hatte. »Hier spricht Mrs. Clyde Hopper, wer dort?«, schrie sie mit atemloser Korrektheit.

»Hallo – hier Mausi. Was ist eigentlich los? Warum seid ihr nicht mit Jake Watts herübergekommen? Er sagt, dass er absolut nicht länger warten konnte, sein Boot war so mit Menschen beladen, dass es gesunken wäre, aber – warten Sie einen Augenblick, er will selbst mit Florian sprechen –«

»Mit Flori? Aber wieso denn?« Angelina versuchte, Gewalt über ihre Stimme zu bekommen, die heiser aus ihrer rauen, entzündeten Kehle kam, »von wo sprechen Sie denn? Vom Gasthof in Tiburon? Und Flori ist nicht bei Ihnen? Nein, nein – hier ist er auch nicht –, nein, er hat sich hier nicht sehen lassen. Um Gottes willen, Mausi, wann hat er denn Belvedere verlassen?«

»Schoss zum Bootshafen hinunter wie der Blitz, noch bevor der erste Erdstoß ganz vorbei war. Ich kann's einfach nicht verstehen –«

»Ich auch nicht. Sie glauben doch nicht – es kann doch nichts geschehen sein, Mausi?«

Stille am Telefon.

»Wir wollen's nicht hoffen. Wir wollen hoffen und beten, dass ihm nichts geschehen ist. Hören Sie, Angelina, Sie müssen sich sofort auf die Suche machen – Erkundigungen einziehn – bei wem? Verdammt, Menschenskind, überall – bei aller Welt – im Bohemian Club, dort hat er Freunde – oder – gibt's denn kein Krankenhaus? Was weiß ich – keine Verwundetenliste? Warten Sie, Jake meint, man muss zum Ausstellungspavillon fahren, dort soll's ein Lazarett geben. Angelina? Sind Sie noch da? Warum sagen Sie nichts?«

Angelina fand keine Worte, sie stand hilflos vor Mausis Ahnungslosigkeit. »Wovon reden Sie denn da, Sie können sich ja gar nicht vorstellen, wie's in der Stadt aussieht. Ich soll zum Ausstellungspavillon hinausfahren. Oh, mein Gott, Mausi, es gibt ja keine Straßen mehr, keine Wagen, es heißt, dass der Pavillon niedergebrannt ist, niemand weiß, wie viele Tausend Menschen drin umgekommen sind.« Nur jetzt nicht anfangen zu schreien, nur jetzt nicht lachen, nur jetzt nicht überschnappen – »Warum kommen Sie nicht selbst herüber und suchen nach Flori? Ich kann nicht von hier weg – ich muss bei der kleinen Joy bleiben. Ich hab's Maud versprochen –«

»Und ich habe Florian versprochen, auf seine Geige aufzupassen, ich bürge mit meinem Leben dafür, dass ihr nichts geschieht. Außerdem darf niemand mehr nach San Francisco hinein.«

Und wieder ein Erdstoß, stärker als die früheren, wieder eine Explosion, näher als die letzte. Der Hörer fiel Angelina aus der Hand, er schwang hin und her, rhythmisch gegen die Wand stoßend; Mausis Stimme knatterte, hustete noch darin, und dann war das Telefon wieder tot wie zuvor. Angelina setzte sich in Bewegung, und nach ein paar Schritten blieb sie stehen und blickte benommen um sich. In der Halle war es dunkel und doch nicht wirklich dunkel. Ein ruheloser rot-gelber Schein fegte durch das Haus, das vordem ein Heim gewesen war; er streifte über die vertrauten Gegenstände, die nun ganz fremd aussahen, alles verändert, zerschlagen, vom hergebrachten Platz verschoben, in gespenstischer Verwandlung.

Und was jetzt? Was jetzt? Sie ging bis zur Haustür, deren Angeln das Erdbeben verbogen hatte, sodass sie sich nicht mehr schließen ließ. Nach Luft ringend, trat sie hinaus und blickte halb bewusstlos die Straße entlang. Auch hier gab es nur die gleiche, würgende, rauchdicke Atmosphäre, und die Menschen standen in unruhigen Gruppen vor ihren Häusern, sie sprachen nicht, sie taten nichts, sie warteten nur und wachten.

Mit dem sinkenden Abend war der Wind stärker geworden, er wirbelte Fetzen des Brandes hoch in die Luft, trug sie davon, tändelte damit, ließ sie hier und dort fallen, weggeworfene Spielzeuge der Hölle. Wo immer sie niederfielen, sprang eine neue Flammenernte auf, spross Feuer von Giebeln und Dächern, von all den Türmchen und Zinnen und Säulen, von der ganzen geschnitzten Laubsägearchitektur San Franciscos. Die engen Hintergässchen wurden zu Hochöfen, die den Flammen immer neuen Sauerstoff zuführten, und in einer Straße nach der anderen machten die Menschen sich bereit, mit ihren besten Besitztümern zu fliehen – aber nicht früher flohen sie, als bis das Feuer mit rot glühenden Klauen nach ihrem Häuserblock langte. Erst dann ergriffen sie das Baby und den Kanarienvogel, den Perserteppich und die Nähmaschine, die Bibel und die letzten zwei Flaschen Schnaps und schlossen sich dem schleppenden, schwer bepackten Zug der Flüchtlinge an …

Angelina trat ins Haus zurück und versuchte mechanisch, die Tür zu schließen, die sich nicht schließen ließ. Hier können wir heute Nacht nicht bleiben, sagte sie sich, es ist zu unsicher; die Stadt ist voll von Betrunkenen und Verbrechern; es wird geplündert werden, überfallen, vergewaltigt; aber nein, sagte sie sich dann, wir müssen doch hier im Haus bleiben. Wenn Florian am Leben ist, dann wird er hier nach uns suchen. Selbst wenn er verwundet sein sollte, wird er sich hierherbringen lassen. Wenn … Wenn er noch lebt. Wenn.

Wenn er aber nicht mehr am Leben ist, dann – ja, Angelina, was dann? Dann will ich auch nicht mehr leben, wurde ihr plötzlich klar. Es war eine Erkenntnis, die sie blendete, ein scharfer Blitz, tief in sie hineinleuchtend. Ich wusste es nicht, dachte sie, mit einem Mal sehr still, ich wusste nicht, dass er mir so viel bedeutet, und die Tränen begannen in ihren verschwollenen Augen zu stechen und zu brennen und beißend über die versengte Haut ihres Gesichts zu rinnen, zu ihren aufgesprungenen Lippen hinab, wo sie sie aufleckte. Salz. Alles war eine große Herzensnot, und eine Welt ohne Florian war ein unvorstellbares Nichts, ein dunkler Abgrund, eine Leere ohne Boden. Die Wände begannen sich um sie zu drehen, der Fußboden spülte in Wellen auf sie zu, und sie begann zu lächeln. Das einzige Wasser, das mir geblieben ist, dachte sie: Tränen. Dann wurden ihre Knie schwach, und alles erlosch.

Sie wusste nicht, wie kurz oder wie lang ihre erste echte Ohnmacht gedauert hatte, als Beatrices Hand, an ihrer Schulter rüttelnd, sie aufweckte.

»Trink, *Bambina*«, sagte sie und hielt ein gefülltes Glas an Angelinas Lippen.

»Wein?«, fragte Angelina erstaunt. Sie fühlte sich besser, ihr Kopf war klarer geworden. »Wo hast du Wein her?«

»Ich fand eine Korbflasche in Lee Ongs Zimmer; und drei Orangen, der schleicherische Dieb«, sagte Beatrice. »Es ist billiger Wein, nur zum Kochen. Der kleinen Gioia gab ich Orangensaft. Es tut mir leid, dass ich dich aufwecken musste, aber *Piccolina mia,* jetzt brennt auch unser Haus«, sagte sie behutsam, sie sagte es auf Italienisch, denn die Gefahr hatte sie alles Englisch vergessen machen, das sie je gekonnt hatte, und es klang sonderbar höflich und korrekt.

»Was sagst du da? Es brennt? Du bist wohl verrückt – wo brennt es? Was brennt –?«

»Am Dach«, sagte Beatrice, hinaufdeutend. »Im Turmzimmer fing es an. Wir können hier nicht bleiben – aber kein Grund, den Kopf zu verlieren. Es ist noch Zeit. Ich habe deine Sachen in die Reisetasche gepackt, du kannst die Tasche tragen, ich trage das Kind; für dich ist die Kleine zu schwer, *Poverina.*«

»Warum kam Johnny nicht, um uns zu warnen? Er hat es versprochen, der Saufbold«, schrie Angelina in gesunder Wut; sie erholte sich mit erstaunlicher Schnelligkeit, nun, da die Gefahr über ihren Köpfen knisterte und zischte und ein roter Widerschein durch das zertrümmerte Glas der Haustür zuckte. Sie stand in ihrem Schlafzimmer und wusste nicht, wie sie die Treppe hinaufgekommen war. Dennoch verschwendete sie ein paar kostbare Augenblicke damit, den Inhalt der Reisetasche zu untersuchen. Ihr Schmuckkästchen, ihr Chinchillakragen, das gute grüne Straßenkleid, etwas Unterwäsche, ein Paar Schuhe. Und wo ist mein Chinchillamuff? Und das neue Abendkleid? Der Sealskin? Und wo ist meine Börse – mein Geld? – Sie versuchte, den kostbaren Muff in die Tasche zu stopfen, aber sie musste es aufgeben. Ich werde ihn eben in der Hand tragen. Sie setzte einen Hut auf und steckte ihn fest, denn selbst inmitten eines Weltunterganges war es undenkbar für eine Dame, sich hutlos auf der Straße zu zeigen; und nach sekundenlanger Überlegung tat sie, was Lee Ong getan hatte, und stülpte einen zweiten Hut über den ersten. Sie schlüpfte in den Sealskin, streifte den Muff auf ihren Oberarm und nahm die Tasche auf. Doch als sie die Tür öffnete, wurde ein mörderisches schwarzes Kissen gegen ihr Gesicht gepresst und wollte sie töten. Das Treppenhaus war von Rauch erfüllt, Rauch, doch keine Flammen, nur der Rauch und die Hitze, und das Treppenhaus ein sausender Schornstein. Angelina starb auf der Stelle.

»Beatrice«, kreischte sie. »Hilfe, Beatrice!«

»Über die Hintertreppe – ins Souterrain, schnell«, kam Beatrices Stimme von unten.

Hustend, würgend taumelte Angelina in ihr Zimmer zurück; sie zerrte den kleinen Bettvorleger vom Fußboden, er war süßlich, übelerregend durchtränkt mit den Parfüms aus all den zerbrochenen Fläschchen. Sie zog den Teppich dicht über ihr Gesicht – wenn bloß mein Haar nicht Feuer fängt –, nun war es wie in einem engen Zelt, heiß, erstickend, durchs Badezimmer, durch den Gang, die Dienertreppe hinab, noch weiter, hinab rutschend, gleitend, fallend, rollend, ins Souterrain, hinunter wie ein Bündel schmutziger Wäsche für die

Waschküche bestimmt; und in der Dunkelheit da drunten sagte Beatrice, nach Atem ringend, aber groß und stark wie ein Felsen: »Hier – halt die Kleine für mich, *Bambina*; ich muss etwas versuchen.« –

»Ist ihr nichts geschehen?«

»Nicht das Geringste! Ich habe sie im Speiseaufzug heruntergeschafft, der war frei von Rauch. Beatrice ist klug, *no*?«

Joy benahm sich tadellos, fast als begriffe sie die Gefahr; sie kuschelte sich an Angelina und schluckte in großen Zügen die Luft in sich hinein. Hier unten war es nicht ganz so heiß, das Atmen fiel leichter.

»Gib mir mein Tuch«, sagte Beatrice aus der tiefen Dunkelheit irgendwo weiter hinten.

»Angelina, ich möchte schlafen«, verlangte Joy verständig, »ich bin müde.« In der Krise der letzten Minuten hatte sie plötzlich entdeckt, wer sie war. Sie war die kleine Joy. Sie war sie selbst. Nicht länger eine unpersönliche dritte Person außerhalb ihrer selbst, war sie mit einem Mal ein »Ich« geworden wie jene anderen ragenden Geschöpfe, die sie zuweilen bis zu ihrer eigenen Höhe hinaufhoben; die Gesichter, Augen, Nasen, drollige Ohren besaßen, genauso wie sie selbst; und die sie wuschen und fütterten und mit ihr spielten und sie zu Bett brachten. »Ich«, sagte sie, »ich möchte schlafen.« Angelina streichelte erstaunt die Wangen des kleinen Mädchens, presste ihre vertrockneten Lippen in das weiche Kinderhaar. »Bunny ist müde, gib Bunny einen Kuss«, verlangte Joy, das wollige Spielkaninchen in Angelinas Gesicht pressend.

»Ich bin auch müde, mein Baby, sehr müde. Aber jetzt gehen wir zu deinem Papa – und dort werden wir schlafen.« Sie konnte Beatrice da hinten herumtappen und murren hören, und dann kam ein wunderbar erfrischender Klang aus der Dunkelheit, ein Plätschern, ein Rieseln. »Was in aller Welt tust du da, Bea?«

»*Va bene*! Jetzt können wir gehen. Los. Durch den Garten.«

Beatrice hatte ihr Wolltuch mit Lee Ongs gestohlenem Wein durchtränkt, und nun schüttete sie den Rest aus der Korbflasche über

Angelinas Teppich. Sie hob das Kind von Angelinas Schoß und wickelte es sorgfältig in ihr feuchtes Tuch. Der Wein war lau, und selbst sein säuerlicher Geruch war erfrischend nach dem Rauch und Brand. »*Avanti!*«, kommandierte Beatrice auf den Stufen, die zur Hintertür führten. »Ich gehe voran; du nimmst Gioia unter deinen Teppich, bleib dicht hinter mir. Wir müssen sie zwischen uns beiden halten, dann ist sie geschützt. Fürchte dich nicht, es ist ganz leicht. Wir werden durchkommen.« Sie legte das schweigende, eingewickelte Kind in Angelinas Arme; während eines letzten Augenblickes des Zögerns konnte Angelina hören, wie Beatrice sich mit Luft vollpumpte wie ein Blasebalg, und dann öffnete sie die Tür zum Garten.

Dies waren die allerschlimmsten Sekunden. Aus dem kühlen, dunklen Schutz des Kellers hinaus in die schnappenden, beißenden, niedrigen Flammen, die wie Wölfe am Boden umherrannten; durch ein Gewirr heller Funken und einen Regen versengenden schwarzen Rußes, durch ein Gewitter heißer Asche und umherfliegender Fetzen von Feuer und zwischen glühenden Holzstücken, die auf allen Seiten herabfielen und mit einem sonderbar aufgeweichten Geräusch zerbarsten und immer neue flackernde Beete von kleinen blauen Flämmchen pflanzten, wo immer sie landeten. Beatrice marschierte voran, sie hatte ihre Röcke über den Kopf gezogen, und ihr breiter Rücken war eine Schutzmauer, hinter der Angelina und das Kind sich bargen. Ihre schweren Beine stampften sicher und gleichmäßig durch das Feuer, das alles bedeckte. »*Viene – viene* – komm, komm, *Bambina mia – va bene, va bene* –«, sang sie, und Angelina folgte ihr, ängstlich und dennoch mit einem Gefühl, dass ihr nichts geschehen könnte, so wie sie als Kind Beatrice durch alle Gefahren dunkler Zimmer und fremder Orte und sogar in die kalten Wellen der windgepeitschten Küste gefolgt war …

»*Eccolo!*«, sagte Beatrice und hielt an. »Hier sind wir. Jetzt sind wir in Sicherheit.« Wenn nicht die dichten Rauchwolken, die von Chinatown empordrängten, alles verdunkelt hätten, dann wäre noch etwas Tageslicht am Himmel gewesen. Das Feuer hatte mehrere Häuser in der Clay Street ergriffen, und ein Polizeikordon lenkte den Auszug der Bewohner in die Richtung von Nob Hill. Auf der Anhöhe stand eine Versammlung von gefrorenen Gespenstern, weiß gegen den geschwärzten Himmel, gleichgültig, abwartend, auf dem Bürgersteig: Marmorstatuen aus der Huntington-Sammlung. Es war nun so weit, dass die Feuersbrunst ihre glühenden Arme nach den verschnörkelten Burgen der Geldkönige von San Francisco ausstreckte. Nob Hill machte sich auf die Flucht, in Automobilen, Equipagen und alten Mietkutschen, in Leiterwagen, auf Fahrrädern, mit Handkarren oder zu Fuß drängte der Rückzug westwärts auf die breite Van Ness Avenue und die sicheren Gebiete jenseits dieser eleganten Wohnstraße zu.

Manche der reichen Flüchtlinge waren schwer beladen wie Lastkamele, bemüht, die zweifelhaften Besitztümer zu retten, mit denen sie ihre Häuser und ihr Leben vollgeräumt hatten: Perserteppiche, Konzertflügel, Kunstgegenstände von fragwürdigem Geschmack, hochbusige Bronzen, Portieren aus chinesischer Seide, Familienporträts, gemalt von hochbezahlten zweitklassigen Malern. Beatrice hatte Angelina das Kind wieder abgenommen, sie kämpfte sich wacker gegen den Menschenstrom durch, und Angelina hielt sich dicht hinter dem Schild ihres breiten Körpers. »Wohin jetzt, Beatrice?«

»Telegraph Hill, zu meinen Verwandten.«

»Lass uns versuchen, uns bis zum Fährbootsgebäude durchzuschlagen. Ich möchte, dass du Joy nach Belvedere bringst, in die Villa. Ich bleibe in der Stadt. Ich muss Mr. Ambros finden.«

»Ich glaube nicht, dass die Fähre verkehrt, aber ich habe einen Vetter, er wohnt auf dem Telegraph Hill, er hat ein Fischerboot unten an der Wharf, er macht sich wenig aus mir, aber er macht sich etwas aus Geld. Du hast doch Geld, oder nicht, *Piccolina?*«

Auch in den ärmsten Quartieren schleppten die Flüchtenden ihre Besitztümer mit sich. Kisten und Koffer, an Stricken durch die ungepflasterten, aufgerissenen Gässchen gezerrt, schäbige Möbelstücke, alte Matratzen, abgenutzte Töpfe und Pfannen; auf Schubkarren, in Kinderwagen, auf den Rücken von mageren halbwüchsigen Buben und krumm gebeugten alten Frauen. Die armseligen geretteten Schätze der Armen: die Nähmaschine, das Pianino, ein Öldruck der *Sixtinischen Madonna,* ein elektrisches Klavier, aus einer italienischen Schenke gerettet und an der nächsten Ecke abgesetzt. Dünne Klänge waren zu hören, Musik; ja, selbst noch im endlosen Lärmen und Entsetzen dieses Tages gab es Musik auf dem Telegraph Hill, wo die italienischen Fischerleute in ihren Schwalbennest-Hütten lebten; ein Mann mit einer rauchgeschwärzten Maske statt eines Gesichts drosch *Santa Lucia* auf dem verlassenen Pianino, ein paar andere begannen zu singen.

Töne, Geräusche, Bilder, Erscheinungen brandeten gegen Angelina, Bruchstücke nie geahnter Existenzen. Eine alte Frau schlägt sich schreiend auf die Brust, immerzu, lauter schreiend als alle Explosionen im Stadtinnern. Eine tote Ziege am Straßenrand. Ein sauber gekleideter kleiner Mann mit einem steifen Hut und Augengläsern, der eine hochschwangere junge Frau auf dem Rücken daherträgt. Betrunkene Zivilisten, betrunkene Soldaten, betrunkene Huren. Ein trauriger kleiner Junge mit einem schlaffen toten Kaninchen in seinen Armen, in sein schmieriges Gesicht haben Tränen eine helle Zeichnung geätzt. Wieder ein elektrisches Klavier, frech, aufreizend, aus einem Hurenhaus gerettet, zugleich mit fünf schlampigen, kräftigen, erschreckten und doch noch immer unverschämt lustigen Mädchen. Eine Katzenmutter, die in ihrem Maul eines ihrer Kätzchen nach dem anderen quer über die Straße trägt – und der ganze Zug von Menschen stockt, um sie vorbeizulassen; sie lächeln, sie pfeifen, sie rufen: »Miez, Miez! Hier Miezekatze, hier!« Und überall und immerwährend, wie der Hintergrund auf einer fantastischen Bühne, ist da das Feuer, die Flammen, der Qualm, das Donnern der Vernichtung.

Wiederum hielt ein Polizeikordon die Menge an: »Alles kehrtmachen! Niemand kann hier durchgelassen werden. Kein Durchgang – die Fähre verkehrt nicht mehr. Los, los, oder wollt ihr alle in die Luft fliegen? Die Straße wird gesprengt. Das Viertel ist abgesperrt. Alles kehrtmachen, Marschrichtung zum Park, zum Presidio. Befehl des kommandierenden Generals: Standrecht ist erklärt. Im Park wird für genügend Zelte und Lagerplätze gesorgt werden.«

Gehorsam und beinahe hoffnungsvoll machte die Menge kehrt, um sich den Weg zurückzuschleppen, den sie gekommen war. Die meisten Menschen waren zu erschöpft, zu betäubt, um aus eigenem Antrieb zu handeln, und sie waren dankbar, dass es endlich einen Befehl und ein Ziel gab. Irgendwo weit vorn wurde wieder gesungen. Angelina trieb im Menschenstrom dahin; es wurde ein immer gespenstischerer Albdruck, dass sie, Angelina Ballard, Mrs. Clyde Hopper, nun ein armseliger Flüchtling unter anderen armseligen Flüchtlingen war, sie, noch gestern die eleganteste Frau in der Oper, sie, mit der ein Erzherzog drei Mal Walzer getanzt hatte. Jeder Zoll ihres Körpers schmerzte, ihre Augen waren verschwollen, ihre Füße mit Blasen bedeckt, die Arme wollten ihr abfallen, so schwer war die Reisetasche, die unaufhörlich von einer Seite zur anderen wechselte; ihre Schultern krümmten sich unter dem Gewicht des Pelzmantels, sie hatte ein pochendes Kopfweh vom Druck der beiden Hüte, ihre Kehle war wund, ihre Zunge dick von Trockenheit; und ihr Gehirn war zu einem leeren Raum geworden, durch den eine vorwurfsvolle Wut gegen alle und alles ging. Von Zeit zu Zeit weckte eine messerscharfe Erinnerung sie aus ihrer Betäubung: Florian. Florian. Florian war unauffindbar. Es sah Florian ähnlich, auf dem Weg vom Fährgebäude bis zur Clay Street verloren zu gehen. Er vergaß ja auch immer seinen Hut. Aber solche Gedanken kamen und gingen wie in einem Nebel und ertranken in Erschöpfung; nur die körperlichen Schmerzen blieben. Und, dem Himmel sei Dank, sie hatte es zuwege gebracht, das Kind zu retten. Ihr eigenes Leben hatte sie darangesetzt, um das Versprechen zu halten, das sie Maud gegeben hatte. Niemand würde je ermessen können, was sie durchgemacht hatte, um das Kind dieser verhassten Schwester zu retten, die ihr den einzigen Menschen geraubt hatte, den sie liebte …

»Warum ist Joy so still? Ihr fehlt doch nichts, oder doch?«

»*No, no, no.* Sie ist eingeschlafen, meine arme kleine *Principessa,* sie war ja so müde. Du bist auch müde, *Bambina mia.* Komm, setz dich hin und ruh dich eine Minute aus.«

»Ich muss es aufgeben, ich komme nicht mehr weiter, die vielen, vielen Meilen bis zum Park – ich bin nicht stark genug, ich falle um, ich kann mich nicht mehr weiterschleppen, Beatrice. Es war wirklich nicht nötig, dass Vater das Automobil aufs Gut mitgenommen hat. Er ist so egoistisch, Beatrice, alle Männer sind Egoisten –«

»Freilich – aber sie haben auch ihre guten Seiten, die Männer«, sagte Beatrice. Auf ihrem breiten braunen Gesicht lag noch immer der Nachglanz einer Vollmondnacht in Aurelios Armen; mehr als siebenundzwanzig Jahre musste das her sein …

Es war Mr. Jakob Fränkel, der Angelina auf dem Heimweg von seinem Dienst in der Bürgergarde entdeckte; sie hockte auf einer umgestürzten Säule wie eine gleichfalls gestürzte, erbarmungswürdig kleine und erschöpfte Statue; ihre Schuhe hatte sie ausgezogen, und ihr Kopf ruhte auf dem gipsernen Marmorkapitell. Mr. Fränkel las sie auf und trug sie mehr, als dass er sie führte, zu seinem ziemlich unbeschädigten Haus an der O'Farrell Street.

»Nimm du die Reisetasche, Beatrice, und gib mir das Kind«, sagte Angelina mit dem letzten Rest ihrer üblichen Geistesgegenwart. Und so geschah es, dass sie das schlafende kleine Mädchen wirkungsvoll in den Armen wiegte, als sie das Fränkel'sche Wohnzimmer betrat.

»… meine Liebe, Sie können mir glauben, die junge Mrs. Hopper ist ein wunderbares Geschöpf. Sie kennen sie gewiss, die jüngere von den zwei Ballard-Töchtern. Wir waren vor vielen Jahren zusammen in Wien, und ich versichere Ihnen, Ann hätte nur den kleinen Finger zu rühren brauchen, und sie hätte einen Erzherzog heiraten können. Und wer sie nicht an dem Tag gesehen hat, an dem sie das Baby ihrer Schwester rettete, während des Erdbebens und des großen Brandes – ich werde nie vergessen, wie sie in unserer Tür stand, so zart und liebreizend wie ein Engel. Sie hatte das Baby in ein Tuch gewickelt, das sie ganz in Wein getränkt hatte – ein wunderbar kluger Einfall, nicht? Das alte Haus in der Clay Street brannte nieder, und sie und das Kind wären drin umgekommen, wenn sie es nicht direkt durch das Feuer und die Flammen herausgetragen hätte. Und stellen Sie sich vor, sie hatte nicht einmal vergessen, das Lieblingsspielzeug der Kleinen mitzunehmen, so eine Art Karnickel, ein Auge hat ihm gefehlt. ›Hallo, Annie – aber um Gottes willen‹, sage ich und: ›Guten Abend, Mrs. Fränkel‹, sagt sie, höflich, mit dem gewissen britischen Akzent, den sie von Hawaii mitgebracht hat. ›Wirklich, ich bedaure unendlich, so bei Ihnen einzudringen –‹, und damit fällt sie um wie tot. Ein bewundernwertes Geschöpf! Ich legte sie in mein Bett, zusammen mit dem Baby und dem Karnickel. Mir machte es nichts aus, mit den anderen auf dem Fußboden zu schlafen, wissen Sie, wir gaben in jener Nacht vierundfünfzig Leuten Unterkunft, es war ein heilloses Durcheinander, wir packten sie wie Sardinen in sämtliche Zimmer, und wir rissen alle Vorhänge und Draperien und Portieren herunter und benutzten sie als Bettdecken. Ich erinnere mich, dass mein Coby sich verpflichtete, der Synagoge, aus Dankbarkeit, dass unserm Haus nichts geschehen war, tausend Dollar zu stiften. Jawohl – und am nächsten Tag kam die Kommission und sprengte es in die Luft – puff! Und die Familie Fränkel musste in ein Zelt an der Nordbucht übersiedeln.«

So weit Mrs. Fränkel. So wurde die Legende geboren.

Durch Rauch und Qualm und Gestank stieg der zweite Morgen der Katastrophe auf, das Feuer griff immer weiter um sich, und wenn ihm nicht bei der Van Ness Avenue, bis zu der die Häusersprengungen fortgeschritten waren, Einhalt geboten werden konnte, dann war ganz San Francisco verloren. Die Kirchen waren überfüllt, und die Männer Gottes predigten, was sie schon seit langer Zeit gepredigt hatten: dass der Herr die Stadt für ihre Sünden und Laster strafte, so wie er Sodom und Gomorrha bestraft hatte, und dass nichts von

San Francisco übrig bleiben würde als eine Schwefelwüste. Die Menschen zogen auf die Jagd nach Nahrungsmitteln, sie standen geduldig in einer der sich rasch formenden Schlangen vor den Bäckerläden, sie rissen einander die Extrablätter aus den Händen, die noch feucht aus den Druckereien vom Städtchen Oakland jenseits der Bucht herüberkamen und die von sensationellen Überschriften, Druckfehlern und Übertreibungen strotzten. Eine Straße nach der anderen wurde gesprengt, als die Offiziere der Sprengmannschaften von Tür zu Tür gingen und die Bewohner höflich ersuchten, die Häuser zu räumen, während die Soldaten schon ihre Dynamitladungen um die Gebäude verteilten. Immer wieder ein Auszug, eine neue Völkerwanderung, als zweihunderttausend, dreihunderttausend Obdachlose ihr Lager an der Küste und in den Hügeln rund um die brennende Stadt aufschlugen. Aber sie waren eine zähe, lebenstüchtige Rasse, die Leute von San Francisco. Der Völlerei, Trunksucht, Sittenverderbnis und Unzucht schuldig in ihren guten Zeiten, doch tapfer und beherzt im Unglück. Ihre Väter waren von allen Ecken und Enden der Welt hierhergekommen, im Zwischendeck der Dampfer von Europa, Asien, Afrika, auf Segelschiffen um das Kap Hoorn, in Planwagen die endlosen Prärien und wilden Bergpässe überquerend. Sie hatten nichts mit sich gebracht als ihre nackten Hände und ihre starken Rücken, den Willen, ein neues Leben anzufangen, und die Bereitschaft, durch härteste Arbeit die Wildnis in Felder und Obstgärten zu verwandeln, die Wüsten urbar zu machen, Bergwerksschächte ins Gestein zu treiben, Städte zu errichten, Straßen, Brücken, Eisenbahnen, eine ganze Zivilisation zu erschaffen. Sie waren Abenteurer gewesen, Spieler, verlorene Söhne, schwarze Schafe, leichtsinnige Frauen, aber sie hatten eine blühende Weltstadt auf den sandigen, windgefegten Dünen erstehen lassen; eine Stadt voll Glanz und Luxus: Heime, Paläste, Wolkenkratzer, Kirchen, Schulen, Gärten und Museen, Monumente und Springbrunnen; sie hatten die schnurgeraden Straßenquadrate der großen Ebenen mit sich gebracht und sie wie ein tollkühnes Netz über die wilde Steilheit dieser Hügel geworfen. Nun, inmitten der Zerstörung und des Zusammenbruchs, besannen sich die Kinder und Enkel dieser kraftvollen frühen Pioniere ihrer Erbschaft. Ihre Stadt war zum Untergang verurteilt. Aber noch bevor die Zerstörung ihr volles Werk getan hatte, wurden die Pläne für ein neues, ein besseres, ein noch schöneres San Francisco gemacht. Eine trotzige, am gleichen Fleck zu erbauende Stadt, eine kühne Herausforderung der Katastrophe ins Gesicht geschleudert. Was immer die Männer Gottes in den Kirchen über die Korruption, Verderbnis und Lasterhaftigkeit der Bevölkerung zu sagen haben mochten, es war gewiss, dass es hier mehr als die Zehn Gerechten gab, um derentwillen der Herr einst Sodom und Gomorrha zu verschonen versprach. Da gab es Menschen, die noch scherzen konnten, um andere lachen zu machen, und solche, die sangen oder einen Marsch auf der geretteten Ziehharmonika spielten, um die Beschwerden der Wanderung zu erleichtern. Menschen, die sich die Lasten aufluden, die anderen zu schwer wurden, Menschen, die alte Leute stützten und den Frauen beistanden, die der Schreck in verfrühte Geburtswehen am Wegrand niedergeworfen hatte. Es gab Arme, die ihre letzte Scheibe Brot, ihr Zipfelchen Salami, ihre unbezahlbare Feldflasche Wasser mit dem unbekannten Nächsten teilten; und es gab Reiche, die ihre Häuser für alle, die Zuflucht brauchten, öffneten und ihr Geld in Scheffeln ausschütteten, um zu helfen.

Wieder einmal trieb Angelina in dumpfer Benommenheit zwischen den anderen dahin, der Tag war warm, sie hatte ein schweres Problem zu lösen: Sollte sie ihren Sealskin immer weiter und weiter mit sich schleppen, Gott weiß, wie viele Meilen noch? Oder sollte sie ihn einfach liegen lassen? Er war gegen Diebstahl und Verlust versichert, aber würde die Versicherungsgesellschaft unter den gegenwärtigen Verhältnissen ihre Verpflichtungen einhalten? Würde sie sich überhaupt jemals wieder einen Pelzmantel leisten können, oder war sie nun verarmt? Hopper – sie musste die Erinnerung an ihren Mann aus den tiefsten Winkeln ihres Gedächtnisses hervorholen, so unbegreiflich weit hatte sie ihn hinter sich gelassen –, nein, auf Hopper war kein Verlass. Er hatte ihr zwar Saphire geschenkt, aber das war lange her, und wenn er mit seinem Saufen und Spielen fortfuhr, dann würde bald kein Geld für einen neuen Mantel vorhanden sein, weder Chinchilla noch Sealskin noch schlichtes Tuch. Da war allerdings noch immer Florian, der schuldete ihr mehr, als seine Dankbarkeit ihr jemals vergelten konnte: Sie hatte sein Kind gerettet. Mit meinem eigenen Körper schützte ich dein Töchterchen vor den Flammen, auf meinem Arm trug ich sie aus dem brennenden Haus – und schon wieder hatte ihr betäubtes Gehirn vergessen, dass Florian unter den Vermissten war, unter den Toten vielleicht …

Mit stumpfen Augen betrachtete sie die grobschlächtige, unbegreiflich fröhliche Unternehmungslust, die überall im Lager herrschte, das in dem Föhrengehölz rund um die Garnisonsgebäude des alten Presidio aufwuchs. Wer kein Zelt hatte, der baute sich irgendetwas aus Segeltuch und alten Pferdedecken und Kisten zurecht, und übermütige Wimpel wurden aufgezogen, auf denen stand: Trautes Heim, Glück allein. Es wurde gesungen, gestritten, gelacht, geweint, ausgelassene Lustigkeit und tiefer Gram wohnten Seite an Seite. Hunger und Durst gingen im Lager um. Da es an Wasser mangelte, trank man, was immer man sich verschaffen konnte, und es gab viele Betrunkene, Damen der besten Gesellschaft nicht ausgeschlossen. Man hatte keinerlei Bedürfnisanstalten, bloß Nachttöpfe, und davon keine genügende Anzahl: Bald wird dieses Lager stinken wie der Raubtierkäfig im Zoo, dachte Angelina.

Irgendwie hatte sie die Fränkels in dem Gedränge aus den Augen verloren, und sie fand sich auf unerklärliche Weise inmitten eines Rudels von erregbaren, geschwätzigen Italienern, einem rauflustigen, lachlustigen, mit Öl kochenden, unsauberen Schwarm von Fremden. Vermutlich waren sie und das Kind nur um Beatrices willen in das voll gedrängte Zelt aufgenommen worden, Beatrice schien sehr zufrieden darüber, und die kleine Joy, überhäuft mit Küssen und Segenswünschen, auf fettigen Knien geschaukelt und mit einer zweifelhaft anmutenden Masse Ravioli vollgestopft, schien sich nie wohler gefühlt zu haben als in dem lärmenden, unsauberen Menschengedränge.

»Wahrscheinlich wird sie Läuse erwischen, wenn nicht noch etwas Ärgeres«, sagte Angelina erbittert zu Johnny O'Shaughnessy. »Um Himmels willen, Johnny, schaff uns fort von hier, wir können doch nicht in diesem Schweinestall bleiben, es ist einfach unerträglich.«

Aber Johnny zuckte bloß die Achseln. Er war eine viel beschäftigte Persönlichkeit geworden, dieser junge O'Shaughnessy, war in einem der Automobile gekommen, die der Magistrat eingezogen hatte, und inspizierte nun wichtigtuerisch das Lager und sorgte für die Verbreitung der neuesten strengen Vorschrift: »Alles Wasser muss gekocht, aller Abfall verbrannt werden.«

Es schien Angelina, als hätte der Himmel ihn direkt zu ihr gesandt. Sie rannte auf ihn zu und umarmte ihn stürmisch: »Johnny, ach, mein Johnny, du warst von jeher mein einziger wirklicher Freund, du wirst mir helfen, ich weiß es bestimmt, du wirst mich aus diesem höllischen Lager wegbringen –«

Johnny zeigte sich aufgeblasen und nicht allzu entgegenkommend, und sie zog die Arme von seinem ungefälligen Nacken zurück. »Das ist nicht der richtige Moment, die Prinzessin zu spielen, mein Mädel; du kannst dich freuen und dem lieben Gott danken, dass du am Leben bist und das kleine Dingelchen auch. Schau einmal die vielen anderen Menschen an, die viel Schlimmeres mitgemacht haben als du.«

»Andere Menschen sind nicht allein –«, sagte sie anklagend.

»Ja, mein Herzblatt, daran bist du selber schuld. Hättest du mich geheiratet, ich würde wie Pech und Schwefel zu dir halten. Übrigens, ich will ja nichts gegen meinen guten Freund Hopper sagen, aber unter den jetzigen Umständen wäre er dir nur zur Last gefallen; und was deinen Vater anbelangt – ich habe mir erlaubt, ihm zu telegrafieren, dass er vorläufig auf dem Gut bleiben soll. Das ist viel besser für den alten Mann, du weißt ja, er hat doch diesen kleinen Herzfehler, und so, wie es hier zugeht, könnte das ein bisschen zu viel für ihn werden. Das Ballard-Gebäude mit allen unseren Geschäftsräumen in die Luft gesprengt, unsere Akten und Belege verbrannt, und vom Wohnhaus in der Clay Street steht auch nichts mehr – man muss es ihm langsam beibringen, sonst wirft es ihn um. Aber wo steckt eigentlich der holde Träumer, dein Schwager? Weshalb, zum Teufel, kümmert sich Mr. Ambros nicht um dich und sein Kind?«

»Er wird seit gestern Morgen vermisst. Ich weiß nicht einmal, ob er noch lebt. Ich versuche, nicht daran zu denken, sonst werde ich verrückt«, sagte Angelina ohne Überzeugung, und schon während sie es aussprach, schien es nicht ganz wahr.

Johnny war für einen Augenblick verstummt. »Das tut mir leid, Annie. Aber vielleicht ist's gar nicht so schlimm«, sagte er und beugte sich zu ihr hinunter, um nachzusehen, ob sie weinte. Sie weinte nicht, und deshalb tat sie ihm noch mehr leid als zuvor. »Nun sag mir einmal, Herzblatt, weshalb gehst du nicht nach Belvedere hinüber? Irre ich mich, oder hat deine Familie dort ein Sommerhäuschen? Logischerweise ist das der Ort, wo Mr. Ambros und dein Vater und was weiß ich wer sonst noch erwarten sollten, dich zu finden. Am anderen Ufer der Bucht, sollte man meinen, wärst du außer Gefahr; hier sind wir alle in Gottes Hand und wissen nicht, ob auch nur einer von uns morgen noch am Leben sein wird.«

Der ölige, etwas scheinheilige Ton war neu an Johnny, und ein heißer Ärger kam in Ann hoch. »Besten Dank für deinen guten Rat; glaubst du, dass ich auch nur eine einzige Minute länger in diesem Saustall hier bleiben würde, wenn es möglich wäre, nach Belvedere zu gelangen? Ich wünschte, du hieltest mir keine Predigten, sondern tätest etwas für uns; auf deine schönen Redensarten pfeife ich. Was ich von dir will, ist Hilfe!«

»Also schön, ich will dir einen erstklassigen Tipp geben, Annie, ganz vertraulich, ich würde es für niemanden sonst tun. Ich habe es nämlich aus höchster Quelle, dass eine Marinebarkasse mit einer Anzahl von auserwählten Persönlichkeiten von Fort Mason nach der anderen Seite abgehen soll. Heute Nachmittag, so gegen fünf oder etwas später. Du verstehst, ich dürfte dir das gar nicht sagen, aber schließlich – leider erstreckt sich mein Einfluss nicht auf militärische Angelegenheiten, und ich habe keine Beziehungen zu den höheren Marineoffizieren; aber wenn sie dich und das Kleinchen sehen und wenn du ihnen sagst, dass du die Tochter vom alten Ballard bist, dann werden sie dich schon irgendwie auf ihrem Boot unterbringen. Nun, was sagst du, verdiene ich nicht einen ganz kleinen Kuss für diesen Hochverrat?«

»Von Fort Mason?«, fragte Angelina; sie wurde munter, doch im nächsten Augenblick verwelkte sie wieder und sank in sich zusammen. »Wie soll ich denn dorthin kommen? Es ist ja viel zu weit, ich schaff's einfach nicht mehr, ich bin so erschöpft, so entsetzlich müde, Johnny. Seit gestern bin ich tausend Meilen marschiert. Ach, ich wollte, ich wäre nicht so eine schwache, unnütze Kreatur, aber Johnny, sieh dir bloß meine Füße an – ich würde unterwegs zusammenbrechen, das spüre ich genau –«

Johnny blickte auf ihre Füße, sie waren nackt, lächerlich klein, an den Zehen und Fersen mit aufgesprungenen Blasen bedeckt, und sehr schmutzig. »Okay, mein Mädel«, sagte er ergeben, »pack deine Siebensachen auf und verlade dich in mein Auto. Ich bin zwar überbeschäftigt und kann dich nicht bis zum Fort bringen, aber von mir aus kannst du bis zur Lagergrenze mitfahren.«

»Oh, Johnny, du bist wunderbar!«, rief Angelina; es war ihr immer gleichbleibender Refrain in all den Jahren und wann immer sie mit Erfolg an Johnnys freundschaftliche Hilfe appelliert hatte. Und nachdem sie ihr Gesicht in einem Wolkenbruch von Tränen reingewaschen hatte, schlang sie die Arme um seinen Hals und zahlte ihm den üblichen, stets prompt einkassierten Zoll.

Es war eine Eigenheit von O'Shaughnessys erstklassigen Tipps, dass sie niemals ganz richtig waren, obzwar auch selten völlig falsch; eine Eigenheit, die ihn späterhin durch sämtliche Stationen seines politischen Aufstiegs begleitete, von seinem Anfang als junger, hitzköpfiger Stadtverordneter bis zu der Würde eines grauhaarigen, jedoch immer noch unüberlegten Senators der Vereinigten Staaten. Eine Eigenheit, die ihn veranlasste, ein Veto gegen die meisten Vorschläge einzulegen, die sich im Lauf der Jahre als nützlich und vernünftig erwiesen, und andererseits all jene Gesetze, Entscheidungen und Personen zu unterstützen, die der Nation eine erhebliche Menge von Schaden zufügten. Auch nachdem er sich auf diesem nicht ungewöhnlichen Weg zu einem populären, erfolgreichen und höchst geachteten Vertreter der Nation entwickelt hatte, verblieb er in seiner einflussreichen Stellung ein treuer Freund der Familie Ballard, stets mit Rat bereit und freigebig im Ausplaudern von Staats- und Börsengeheimnissen. Und somit geschah es auf John O'Shaughnessys erstklassige Tipps hin, dass Mr. Ballard 1910 den größten Teil seiner Ressourcen in ein enormes Grundstücksprojekt steckte, das mit dem unerwarteten Effekt einer zerberstenden Stinkbombe aufflog und den alten Mann fast zugrunde richtete. Auch war es O'Shaughnessy, der Angelina kurz vor dem katastrophalen Krach von 1929 riet, ihr Geld in Börsenpapieren anzulegen, und zwar mit Resultaten, die weder der Senator noch seine überoptimistischen Vertrauensmänner vorausgesehen hatten.

Und so musste denn auch Angelina, an jenem Nachmittag, am 20. April 1906, als sie in totaler Erschöpfung beim Fort Mason anlangte, erfahren, dass sie ihre letzte Kraft auf der Jagd nach einer Fata Morgana verausgabt hatte. Zwar hatte es eine Marinebarkasse gegeben, die aber keineswegs ihren Kurs auf die Küste von Tiburon und Belvedere genommen hatte, sondern in einer ganz anderen Richtung abgedampft war; und überdies wäre es für Zivilisten völlig ausgeschlossen gewesen, an Bord zu kommen. Außerdem war die Abfahrtszeit fünf Uhr morgens und nicht fünf Uhr nachmittags gewesen.

»Das ist das Ende von allem. Das ist das Ende, Beatrice«, sagte sie nur. »Mit mir ist's vorbei; ich geb's jetzt auf. Geh, lass mich, du kannst tun, was du willst. Du bist ja stark, aber ich war immer ein bisschen zu zart, und ich kann einfach nicht mehr.« Sie ließ die Reisetasche fallen, die sie endlos mit sich geschleppt hatte, endlos und so schwer, jeder Saphir ein Pflasterstein. Sie ließ sich irgendwo niedersinken. Ihr Sitz war ein alter, umgeworfener Mülleimer, genau wie an jenem längst verschollenen Tag, als sie heimlich Hummer gegessen hatte, um sich Scharlach zu verschaffen.

Beatrice stand groß und breit über ihr, ein mächtiges und beschmutztes Monument, und versuchte zu ermessen, wie viel Kraft ihrer *Bambina* noch geblieben sei. »Also willst du nicht in das Zelt zu den Salvarinis zurückgehen?« Angelina schüttelte den Kopf. »Was sonst willst du tun? Im Freien schlafen? Unter einem Baum?« Doch Angelina zuckte bloß die Achseln, und Beatrice seufzte ergeben. »Wenn ich dich hierlasse, kannst du eine Weile allein bleiben, oder fürchtest du dich?«

»Kümmere dich nicht um mich, mir ist alles gleich. Mir ist es ganz gleichgültig, was du tust und was mit mir geschieht, mir ist es ganz gleich, und wenn die ganze Stadt niederbrennt, mit mir und dir und allen anderen. Ich bin fertig, ich geb's auf«, sagte Angelina. Eine Minute lang versank Beatrice in Nachdenken. Die Nebel zogen immer engere Kreise, in denen die Küste mit Dünen und Klippen verschwand und auch die niedrigen Föhrenhügel mit den ungezählten Menschen, die sich termitengleich dort eingegraben hatten. »*Bene*, Angelina, dann geh ich jetzt, ich suche meinen Vetter Adriano auf, aber dazu brauch ich Geld, ich muss ihm Geld zeigen können, wenn ich mit ihm spreche. Er muss uns hinüberrudern; und wenn nicht Adriano, dann finde ich sonst einen Fischer an der Wharf. Es ist kein zu weiter Weg für meine großen Füße, aber ich kann *piccola* gioia nicht mitnehmen, ich muss sie hier bei dir lassen. Ruh dich gut aus, aber schlaf mir nicht ein, *no*? Und rühr dich nicht von der Stelle, bis ich zurück bin.«

Angelina streifte ihre zerfetzten Schuhe ab und wies ihre wunden kleinen Füße vor. »Ich? Mich von der Stelle rühren? Wie sollte ich mit diesen Füßen gehen – und wohin?«, fragte sie mit einem herzzerreißenden Lächeln – selbst in ihrem benommenen Zustand konnte sie fühlen, wie herzzerreißend es war.

Beatrice legte die kleine Joy in ihren Schoß. »Gebt gut aufeinander acht, meine beiden kleinen Mädchen«, sagte sie, und dann verschluckte sie der Nebel; Angelina konnte nur noch ihre stampfenden Schritte hören und dass sie sang, es war ein lauter, kehliger Gesang der Herausforderung.

Joy versuchte sich von Angelina loszumachen, sie streckte ihre kleinen Ärmchen nach der verschwundenen Beatrice aus. »Ich möchte zu Beatrice, ich möchte, dass Beatrice mich trägt«, verlangte sie. »Mir gefällt's hier nicht.« Sie schob trotzig die Unterlippe vor, denn sie wollte nicht weinen, aber dennoch weinte sie. Angelina bettete sie auf ihrem Schoß und versuchte sie zu beschwichtigen, aber Joy konnte nicht aufhören zu weinen. Während der letzten Stunde hatte sie ab und zu ein wenig gejammert, ihr Bunny war verloren gegangen, man hatte sie von ihren netten neuen Freunden in dem lustigen Zelt weggerissen, Beatrice hatte sie verlassen, und in Angelinas zitternden Armen und auf ihrem Schoß fühlte sie sich fremd. Joy konnte nicht ausdrücken, wovor sie sich fürchtete, sie konnte bloß weinen.

Angelina biss die Zähne zusammen. Mrs. Bilch, dachte sie unzusammenhängend. Nun, wer ist eigentlich diese Mrs. Bilch, was ist mit ihr los, wo habe ich ihren Namen gehört? Die Zeitungen hatten über Mrs. Bilch berichtet; sie hatte ihr sechs Monate altes Söhnchen erwürgt. »Ich muss geistesgestört gewesen sein«, hatte Mrs. Bilch sich verteidigt, »da weint doch der Kleine und weint und weint, Tag und Nacht, da verliert der Mensch den Verstand. Sie wissen da nichts davon, Herr Richter, ich hab eben den Verstand verloren, wenn doch der Kleine weint und weint und weint –«

Komisch, dass ich mich an Mrs. Bilch erinnere, dachte Angelina bei sich. »Halt den Mund jetzt, sei still, oder du kriegst Prügel. Ich schmeiß dich ins Gebüsch, wenn du nicht aufhörst zu weinen, und die Wölfe werden kommen und dich auffressen«, schrie sie Joy an. Darauf verstummte das kleine Mädchen, nur noch ein paar kleine

Schluchzer und ein nervöser Schluckauf kamen nach. Angelina, plötzlich ganz schwach und weich, flüsterte Reueworte und küsste das warme, runde Köpfchen – »Verzeih mir, Liebchen, ich bin ganz erledigt.« Die Wärme des langsam sich entspannenden Körperchens sickerte in ihre Müdigkeit, und bald darauf war Joy eingeschlafen. Der Nebel schloss sich noch dichter um sie, dichter und enger, es war so still, dass man das Wasser weit draußen gegen die Mole spülen hörte. Wenn man noch darauf achten wollte, dann mochte man ebenfalls das ferne Zischen und Dröhnen vernehmen, mit dem die Stadt unter ihrem späten roten Himmel zu Asche verbrannte. Auch Angelina wurde schläfrig, und das Geräusch, mit dem die kleinen Wellen ans Ufer spülten, machte sie durstig. Aber sie durfte nicht einschlafen, sie musste die Reisetasche bewachen, den Saphir- und Diamantenschmuck, das Chinchillacape. Merkwürdig, wie wenig man sich aus derartigen Dingen machte, wenn man müde war und kein Bett hatte, durstig und nichts zu trinken.

»Man muss einen Unterschied machen zwischen wirklichen und rein symbolischen Werten«, hatte Florian in einer seiner tiefen und ziemlich langweiligen Auseinandersetzungen mit Mausi bemerkt; damals hatte Angelina nicht recht verstanden, was er meinte, aber jetzt verstand sie es. Saphire und Diamanten waren ein rein symbolischer Wert, wenn ein Trunk Wasser das Einzige war, das einem nottat. Selbst Geld war bloß ein Symbol, wenn man nichts damit kaufen konnte. Es geschah bei dieser Erkenntnis, dass ein zweites Erdbeben die Grundfesten ihrer Welt erschütterte; denn wenn Geld nichts Wirkliches war, was blieb dann noch? Aber der Schock währte nur den Bruchteil einer Sekunde. Mit Geld kann man sich ein Boot verschaffen und sich in Sicherheit bringen – vorausgesetzt, dass Beatrice Glück hatte und nicht verloren ging wie Florian …

Angelina faltete ihre Hände über dem schlafenden Kind und begann zu beten, und obwohl ihr Gebet ein wenig vorwurfsvoll herauskam: »Lieber Gott, beschütze und errette uns und – hör einmal, du darfst Florian nichts geschehen lassen – ich brauche ihn so sehr«, fühlte sie sich besser, nachdem sie ihr Amen gesprochen hatte. Ach, wahrhaftig, viel, viel besser …

»Mensch, hier treiben Sie sich also herum, während Ihre kleine Schwägerin sich die Augen aus dem Kopf sorgt um Sie! Glauben Sie nicht, dass Sie sich ein wenig um Ihr Kind kümmern sollten und nicht alles der armen Annie überlassen?«

John O'Shaughnessy sagte Florian Ambros gründlich die Meinung, als er ihn in dem Autobus entdeckte, in dem eine Gruppe von Zeitungsreportern die immer wachsende Peripherie der brennenden Stadtteile umkreiste. Sie hatten in dem improvisierten Hauptquartier der Stadtverwaltung angehalten, um die neuesten Meldungen einzuholen und sie mit einem Spezialboot nach Oakland zu bringen, da jede Druckerei in San Francisco zu einer formlosen Masse von geschmolzenem Blei geworden war.

»Was glauben Sie denn, was ich seit gestern getan habe, als nach Ann und dem Kind zu suchen?«, erwiderte Ambros zornig. »Herrgott noch einmal, ich brauche Sie nicht, um zu wissen, was ich zu tun habe! Seien Sie mir nicht böse, O'Shaughnessy«, fuhr er mit Selbstbeherrschung fort, »Sie sind der erste Mensch, von dem ich höre, dass die beiden in Sicherheit sind – das sind sie doch? Ja? Es ist Ihnen also bestimmt nichts geschehen? Und anstatt Ihnen die Hände zu küssen, schnauze ich Sie an. Aber man könnte ja verrückt werden über der ganzen Geschichte. Man könnte tage- und wochenlang im Kreis herumrennen und nicht imstande sein, das eigene Kind zu finden, so wie es in der Stadt zugeht!«

»Das mag sein, Mr. Ambros. Sicher hat Annie genauso nach Ihnen gesucht wie Sie nach ihr. Aber es geht uns allen gleich, sehen Sie, ich zum Beispiel, ich spreche zwar nicht gern über meine eigenen Sorgen, aber wie Sie mich hier sehen, stehe ich dem Bürgermeister nahe, sehr nahe, und trotzdem kann ich nicht herausfinden, wo mein alter Herr stecken mag. Meine Mutter hat schon Hühneraugen auf den Knien gekriegt, so viel betet sie Tag und Nacht in der Kirche –«

»Ich will ihr gern beten helfen, ich werde Ihnen helfen, Ihren Vater zu finden, wenn Sie mir nur sagen können, wo die beiden sind, Mrs. Hopper und mein Kind.«

»Also, Mr. Ambros, da kann ich Ihnen einen guten Tipp geben: Wenn Sie sich sehr beeilen, dann können Sie sie noch im Fort Mason treffen, sie versucht, mit der Marinebarkasse hinüberzufahren, die gegen fünf Uhr abgehen soll. Ich habe ihr geraten, vorläufig nach Belvedere zu ziehen.«

Ambros sah in die Gesichter seiner Freunde, der Reporter: Sie waren erschöpft, ungewaschen, entzündet, rußig, schmutzig und unrasiert, die Gesichter dieser couragierten, hartgesottenen, zynischen, weitherzigen Desperados, deren Beruf es war, nicht nur Gefahren und Schrecken nachzujagen, sondern auch den passenden Adjektiven, um sie entsprechend zu beschreiben; große Katastrophen in kleine Wörter zu zerkrümeln, mit denen der hungrige Rachen der Druckerpressen gefüttert werden musste. »Kinder, würdet ihr euch meiner erbarmen und mich sofort nach dem Fort fahren?«

»Wir würden schon, aber das würde dir gar nichts nützen, mein Junge«, sagte einer von ihnen, ein asthmatischer, leicht betrunkener Mann, der aussah wie ein mächtiger alter Löwe, der zu einem Bettvorleger verarbeitet worden war. »Sie reden ja Stuss, O'Shaughnessy, mit Ihrer Barkasse! Wenn du auf die andere Seite kommen willst, Florian, kannst du's nur in unserem Presseboot schaffen; wenn du uns eine anständige Summe bietest, nehmen wir dich als blinden Passagier mit. Sagen Sie mal, Johnny, ist die untere Market Street wieder offen für den Verkehr?«

»Das müssen Sie gütigst jemanden fragen, dem Sie mehr glauben als mir«, brummte O'Shaughnessy gekränkt, doch der Autobus war schon mit großem Geknatter losgefahren. »Dieser Bursche, der Ambros, sieht schlecht aus; wo hat er das Loch auf der Stirn erwischt?«, fragte er den kleinen Berichterstatter, den die Reporter für den Nachtdienst zurückgelassen hatten.

»Tja, das ist bloß eine von diesen kleinen Anekdoten, um den Tagesbericht auszuputzen, keine große Sache, außer dass Ambros der einzige berühmte Mann in der Stadt war, der nicht im Nachthemd am Union Square herumgerannt ist – Sie hätten Caruso sehen sollen! Etwas muss unserem guten Ambros auf den Schädel gefallen sein, gleich nachdem er gestern früh mit der Fähre ankam, ich brauche Ihnen ja nicht zu erzählen, wie's beim Fährgebäude ausgesehen hat. Irgendeine gute Seele las ihn auf und lieferte ihn in bewusstlosem Zustand in Glorias Bordell ab, apropos, waren Sie einmal dort? Alles piekfein, die Mädels sind sauber und verstehen ihr Geschäft, eine von ihnen erzählte mir die Geschichte mit Ambros, die Barbara, Sie kennen sie vielleicht? Die große Blonde aus Texas? Na, tut nichts zur Sache, wie also das Amüsierviertel zu brennen anfing, hieß es ›nichts wie raus‹ für die Mädels, und da hatten sie nun unseren Mr. Ambros auf dem Hals, er wusste nicht mehr von sich als ein toter Fisch, und noch dazu nicht einmal ein Stammgast! Die braven Mädels übergaben ihn irgendwelchen guten Samaritern, die Verwundete von den Straßen aufschaufelten und sie in dem kleinen privaten Krankenhaus in der Sutter Street abluden. Die Ärzte waren natürlich zu beschäftigt, um sich mit einem Fall zu befassen, der seine Narkose sowieso schon weghatte, wahrscheinlich dachten sie sich, dass er ohne ihre Assistenz abkratzen würde, falls es ein Schädelbruch war, und wenn es kein Schädelbruch war, dann würde er sowieso wieder zu sich kommen. Er kam auch zu sich, völlig groggy, mit rasenden Kopfschmerzen und sehr üblem Magen. Wahrscheinlich war es eine kleine Gehirnerschütterung, denn wie wir ihn letzte Nacht aufklaubten, kotzte er sich noch immer in regelmäßigen Zwischenräumen aus wie ein hochschwangeres Walfischweibchen. Gerade als er zu sich kam, musste das Krankenhaus für die Sprengmannschaft geräumt werden, und das Erste, an das er sich erinnern kann, ist, dass er mit den Tragbahren half. Er muss stundenlang bewusstlos gewesen sein, denn als er schließlich in der Clay Street anlangte, war das Haus vom alten Ballard nicht mehr da. Dann ging's erst wirklich los mit den Schwierigkeiten. Niemand wusste, ob sein Töchterchen lebte, und ein paar Stunden rannte er bloß herum und fragte alle Leute, ob sie etwas von seinem Kind gesehen oder gehört hätten, und dann nahmen wir ihn mit uns; schließlich erfuhren wir von einem gewissen Gallagher, dass es noch gut abgegangen sei, dass sie alle davongekommen waren, sein kleines Mädelchen und die Schwester seiner Frau und eine alte Dienerin. Er nahm an, dass sie irgendwo am anderen Ufer sein müssten, und weg war er wie ein geölter Blitz. Gott allein weiß, wie er über die Bucht und wieder zurückgekommen ist, aber heute Morgen war er wieder bei uns. Irgendwie hatte er gehört, dass seine Leute bei einer Familie in der O'Farrell Street untergebracht seien; aber als er sich dorthin durchgeschlagen hatte, da ging das Haus gerade in die Luft. Ich habe keine Ahnung, was er dann anfing, wahrscheinlich wanderte er bloß in den Straßen umher und zum Park hinaus, vorübergehende Geistesstörungen, was weiß ich. Als wir ihn das nächste Mal sahen, hatten sie ihn für die Brigade angemustert, die die Massengräber ausbuddelt, oder vielleicht hatte er sich freiwillig dazu gemeldet, er wusste gar nicht mehr recht, was er tat; wir nahmen ihn dann wieder mit uns und schauten zu, wie er nach und nach aus dem Leim ging, aber ganz geräuschlos, sehr elegant, wenn ich mich so ausdrücken kann. Er legte Hand an, wo immer es nötig war, fürchtete sich vor nichts, beklagte sich auch nicht, nur in seinen Augen war so was, als ob er langsam blind würde – na, jetzt ist er wohl schon bald drüben über der Bucht und bei seinem Mädelchen. Umso besser für ihn – aber vom Zeitungsstandpunkt aus ist das ein langweiliges Ende für eine Notiz im Tagesbericht, oder was halten Sie davon, Johnny?«

»Wenn mir bloß jemand sagen könnte, warum der alte Herr, dieser gerissene Charles Ballard, eins von seinen Mädels einen Burschen heiraten lässt, der nicht das Geringste vom praktischen Leben versteht?«, war Johnnys einziger Kommentar.

Kurz nach sieben Uhr kam Florian Ambros in die große Stube des Gasthofs Tiburon. »Guten Abend, George, ist dein Vater zu Haus?«, fragte er den Jungen, der, seinen Arm um den Hals eines riesigen Hundes von zweifelhafter Abkunft gelegt, vor dem offenen Feuer saß, in das alle beide, Junge und Hund, starrten.

»Doch, Mr. Ambros, soll ich Vater herunterrufen?«, bot George eifrig an, doch vermied er es, Florian anzusehen und die Frage zu stellen, die ihm am meisten am Herzen lag. Ambros drehte den knisternden Holzscheiten den Rücken zu und holte eine Zigarette heraus.

»Ich möchte wissen, wie lange es dauern wird, bis ich wieder imstande sein werde, den Anblick eines solchen Kaminfeuers zu ertragen«, sagte er mit einem kurzen Auflachen.

»Oh, hallo, Randy, dachte ich doch, dass ich Sie reden hörte«, sagte in diesem Moment Jake Watts, der rasch die Treppe von der kleinen Galerie herunterkam, die im oberen Stockwerk die Stube umlief; aber er wagte es nicht zu fragen, sondern wartete, was Florian zu berichten hatte.

»Alles ist in Ordnung, Jake, es ist ihnen nichts geschehen«, sagte Florian, »zumindest – ich bin fast sicher, dass ihnen nichts geschehen ist. Es ist bloß – ich habe eine Ewigkeit gebraucht, um mich auf allen möglichen Umwegen von Oakland bis nach Belvedere durchzuschlagen; eigentlich war ich überzeugt, dass ich sie hier vorfinden würde. Aber sie sind nicht da – und Sie haben wohl auch nichts Näheres gehört, Watts? Keine Nachricht, keine Botschaft? Gar nichts? Es gibt auch keinen Fährbootverkehr zwischen hier und der Stadt, nein, natürlich nicht, das dachte ich mir schon. Sie wissen auch nichts von einer Marinebarkasse, die Leute von Fort Mason herüberbringen sollte? Ich rede wohl ein bisschen zu viel, wie? Das kommt von meinem Kopf, da ist so ein komisches Gefühl drin, mein Kopf fühlt sich ganz leicht an, als ob er zwei Meter über meinem Hals in der Luft schwebte. Oder als wenn irgendetwas zerreißen würde – meine E-Saite ist eine Terz zu hoch gestimmt –«

»Ich bringe Ihnen etwas zu essen, Randy, und wie wär's mit einem heißen Grog, das täte Ihnen gut.«

»Ja, einen Grog vielleicht, aber essen kann ich nichts. Sagen Sie, Watts, wenn mit meinen Leuten alles in Ordnung ist, glauben Sie, dass sie doch noch einen Weg finden könnten, herüberzukommen?«

»Warum nicht? Viele Leute haben Mittel und Wege gefunden, um über die Bucht zu kommen, den ganzen Tag lang gab's allerhand Verkehr, nach Sausalito und San Rafael, aber wenn ich Sie wäre, würde ich heute Abend nicht so sehr darauf rechnen. Wir haben starken Nebel, wissen Sie.«

Selbst durch den dicken Nebel konnte Ambros weit entfernt am anderen Ufer den Feuerschein der brennenden Stadt sehen, als er auf das Landungsbrückchen des Gasthofs trat; im Nachthimmel weiter drüben spiegelte sich der Brand, zuckend rot, atmend, pulsierend. Es war eine unerträgliche Pein, sich vorzustellen, dass seine Joy, dass die zarte, hilflose Angelina unter diesem gnadenlosen Himmel verloren umherirrten. Jake Watts kam mit dem Grog aus dem Haus, und Florian nahm den Zinnbecher und leerte ihn. Seine Augen und seine Gedanken hingen noch immer an jenem grauenhaften Horizont. »Sagen Sie, Watts, es macht Ihnen doch nichts aus, wenn ich hier auf der Brücke warte, etwa eine Stunde – denn wenn sie in der nächsten Stunde nicht herüberkommen, dann –«

»Wenn sie nicht kommen, dann sollten Sie nach Hause gehen und sich ausschlafen, Randy, damit Sie am Morgen ausgeruht sind. Ich will Ihnen etwas vorschlagen: Wenn Ihre Leute bis acht Uhr früh nicht gekommen sind, nehme ich Sie noch einmal in meinem Schiffchen mit hinüber. Einverstanden?«

»Danke, Jake, ich werd's Ihnen nicht vergessen, wie viel Sie in diesen Tagen schon für mich getan haben. Ich kann also hier draußen bleiben? Im Haus habe ich keine Ruhe. Noch etwas – könnte George zur Villa radeln und Mausi etwas ausrichten? Dass sie sich nicht um mich sorgen soll und nicht auf mich warten, weil ich vielleicht bis spätnachts ausbleibe –«

»Gut, Mr. Ambros, ich fahre gleich los«, sagte George, der die beiden Männer von den Stufen aus beobachtet hatte, die vom Haus zur Landungsbrücke führten. Jake Watts nahm den geleerten Zinnbecher wieder an sich und ging taktvoll ins Haus zurück, um Ambros seinen Gedanken zu überlassen. Florian zündete die nächste Zigarette an und begann auf den Planken auf und ab zu wandern. Zweiunddreißig Schritte bis zum Ende der Brücke, wo das Wasser an die Anlegestelle plätscherte, zweiunddreißig Schritte zurück zum Gasthof. Zweiunddreißig Schritte mit dem nassen Nachtwind in seinem Gesicht, zweiunddreißig Schritte mit dem Druck des feuchten Nebels auf seinem Rücken. Draußen in der Bucht blökte ein Nebelhorn eine Warnung, ein zweites, tieferes, gab Antwort. Die Boote in dem kleinen Fischerhafen wiegten sich sachte, schlafende Möwen schwammen als weiße Flecken auf dem schieferblauen Gewässer, sie wurden für Augenblicke sichtbar und gingen dann wieder im Nebel unter. Er warf die halb gerauchte Zigarette übers Geländer und konnte das winzige Aufzischen hören, mit dem sie die Wasserfläche berührte. Die Überreizung seiner Nerven hatte sein Gehör unglaublich geschärft, sein Aufnahmevermögen war bis zur Unerträglichkeit gesteigert, alles schien ins Nicht-ganz-Wirkliche erhöht, so wie Dinge zuweilen in Träumen aussehen, im Delirium eines hohen Fiebers, in den Visionen der Betrunkenen. Später setzte er sich auf die oberste der Stufen, die zum Haus führten, von wo er eine bessere Sicht erhoffte, und dachte über all die Dinge nach, die Joy und Angelina zugestoßen sein konnten, seitdem O'Shaughnessy sie zuletzt gesehen hatte. Noch eine Zigarette und noch eine und noch eine.

Eine unermessbare Spanne Zeit war vergangen, und er wusste kaum mehr, worauf er noch immer wartete, als ein neues Geräusch aus dem Nebel zu ihm drang, ein anderer Klang als das verschlafene Knarren und Aneinanderscheuern der verankerten Fischerboote.

Slap-Slap. Slap-Slap-Slap-Slap. Ruderschläge über das Wasser her, das Quietschen einer schlecht geölten Ruderjolle. Und jetzt bewegte sich ein winziges Licht im Nebel. Florian sprang auf, sein wilder

Herzschlag trieb ihm das Blut in den Kopf, in der Wunde an seiner Stirn tobte es, ihm war so schwindlig, dass er sich nicht von der Stelle rühren konnte. Das Licht verschwand aus seiner Sicht, tauchte unter, als das Boot sich dem Ende der Landungsbrücke zu nähern schien, aber dann hörte er das Rasseln einer Kette, die an einem Pfosten befestigt wurde, und sah undeutlich einen massigen Schatten, der sich am Ende der Landungsbrücke zu bewegen schien; dann gab es plötzlich einen Lichtschein, eine kleine Bootslaterne, von einer großen braunen Hand in die Höhe gehalten, um irgendjemandem, dem aus dem Boot geholfen wurde, den Weg zu zeigen. Noch einen Augenblick stand Florian starr angewurzelt und konnte kaum atmen. Dann zerbrach der eiserne Reifen um seiner Brust, und er raste der Landungsstelle zu. Dort war Angelina, sie beugte sich zu dem Boot nieder, um sich das Kind von Beatrice reichen zu lassen und in ihren Armen heraufzutragen; im Nebel wob das Laternenlicht einen blassen Kreis wie einen Heiligenschein um ihren Kopf. So sah Florian sie wieder, und das war es, was er nie mehr vergessen konnte. Im Übrigen sorgte sie dafür, dass er es nicht vergaß –

Es war ein wunderlicher Augenblick, so dachte Angelina oft in späteren Jahren. Er hatte eine Zigarette im Mundwinkel, die er wegwarf, und er zertrat sorgfältig das glühende Endchen, bevor er sein Kind aus ihren Armen nahm; und er sprach kein Wort. Er bettete seine Stirn in das Haar des kleinen Mädchens, und es war möglich, dass er weinte, aber Angelina war dessen nicht gewiss. Plötzlich versuchte er, das Kind noch immer eng umklammernd, sich aus seinem alten Samtrock zu schälen, der mit Asche und Ruß und ein wenig Blut und viel Schweiß überkrustet war.

»Angelina – du darfst dich nicht erkälten – du Liebe, Liebe, Liebste –«, sagte er und versuchte mit hastigem Ungeschick, sie in den Rock einzuhüllen; das war eine so männlich-beschützende und, im Verhältnis zu dem, was sie durchgemacht hatte, so kindlich-absurde Geste, dass sie zugleich weinen und lachen wollte.

»Sei doch nicht so dumm, Flori – ich erkälte mich nicht, schau, ich habe meinen Chinchillakragen – nein, schau mich nicht an – ich muss ja schrecklich aussehen –«

»Du bist – du siehst aus wie – ich kann dir's gar nicht sagen – oh, mein Gott – Liebes, mein Liebes, du weißt nicht, du weißt ja gar nicht –«

»Ich weiß, Flori, wenn dir etwas geschehen wäre, hätte ich auch nicht weiterleben wollen –«

Es klang wie die Dinge, die man Männern einredete, um ihnen zu schmeicheln, aber diesmal war es die Wahrheit. Sie ließ sich erschöpft an seine Brust fallen. Beatrice stand davor wie eine gut studierte Chorsängerin in der Oper, um ihm das Kind abzunehmen, und er schloss Angelina in die Arme.

Die kleine Joy öffnete für einen Moment die Augen und lächelte und sagte zufrieden: »Papa? Annelina?«, und dann war sie wieder eingeschlafen.

Zum dritten Mal dämmerte ein Morgen über dem großen Unglück. San Francisco brannte noch immer, noch immer wurden Straßenzüge in die Luft gesprengt, die Gefahr war noch nicht vorbei. Am anderen Ufer der Bucht aber war es still und friedlich wie auf einem anderen Stern. Die Sonne stieg über dem baumbestandenen Hügel von Belvedere auf, und in der Eberesche, die Großmutter Ballard vor vielen Jahren gepflanzt hatte, zankte sich ein Häher mit seinem Weibchen herum.

Angelina erwachte, doch Florian schlief noch tief, und sie begann jeden Zug seines schlafenden Gesichts auf dem Rüschenkissen zu studieren – geliebtes, starkes, erschöpftes Gesicht; das klare, strenge, abgewendete Profil, die schönen langen Sehnen, die von seinem Hals zu den Schultern liefen, wo sonst seine Geige ruhte, und die sie in dieser Nacht geküsst hatte und die nun ihr gehörten. Ich kriege alles, was ich will, immer, dachte sie, und die schwebende Verzauberung der vergangenen Nacht machte einem nüchternen Triumph Platz. Ihr Blick schien in Florians Träume zu dringen, denn er begann sich zu bewegen, schlug seine grünen Augen auf, drehte sich herum und starrte sie verwundert an.

»Ach so, du bist's –«, sagte er nach einem Augenblick. »Guten Morgen, Schönste im ganzen Land.«

»Oh, Florian, wenn du wüsstest, was ich gefunden habe! Du hast ein paar graue Haare an deiner linken Schläfe, fünf graue Haare, ich habe sie gezählt.«

»Nun, und überrascht dich das? Die habe ich mir in den letzten zwei Tagen wachsen lassen. Großer Gott, und ich bin unrasiert! Du solltest dich schämen, Angelina, mit einem Kerl im Bett zu liegen, der durchaus kein Gentleman zu sein scheint.«

»Florian, wäre es nicht schade gewesen, wenn wir umgekommen wären, ohne die letzte Nacht zu erleben? Denk nur, was wir versäumt hätten.«

Er griff nach seiner goldenen Tabatiere auf dem Nachttisch, ohne ihr zu antworten. »Gestattest du, dass ich rauche?«

Vater rauchte Zigarren, Hopper hatte seine Pfeife, und Pfeifen waren widerlich; kleine Aschehäufchen, verdreckte Pfeifenputzer im ganzen Haus. Persisches Wunderöl. Dr. Birinskis Elektro-Magnetischer Gürtel – aber weshalb gerade jetzt an Hopper denken? »Florian, ich hab dich so lieb –«, flüsterte sie, »und jetzt gehörst du mir, jetzt lasse ich dich nicht mehr los, von jetzt an werde ich nie mehr allein sein, nie mehr –«

Und dann bewegte sich die Türklinke, die Tür öffnete sich zögernd, und auf der Schwelle stand die kleine Joy.

ZWEITER TEIL

Joy Ambros saß in dem Wartesaal der kleinen Station, wo der Zug nur lange genug gehalten hatte, um einem verschlafenen Stationschef den Unglücksfall zu melden und drei Passagiere zurückzulassen: sie selbst, George Watts, der mit barscher Miene die Erledigung der Formalitäten übernommen hatte, und Major Ryerson, der sich aus unbekannten Gründen entschlossen zu haben schien, bei ihnen auszuhalten. Joy starrte in ihre Handflächen. Am Daumenballen ihrer Rechten hatten Mutters Zähne viele kleine, blau verfärbte Abdrücke zurückgelassen.

»Was haben Sie da an der Hand, Kindchen? Es blutet, haben Sie sich verletzt?«, hatte die ältliche Krankenschwester im Zug gefragt.

»Ach, das? Ich muss in der Aufregung an meinem Daumen genagt haben; eine schlechte Angewohnheit von mir, immer, wenn mir die Nerven durchgehen –«

Das Brennen von Jod in der Wunde, das Glitzern einer Spritze in der Hand der Schwester. »Nein, nein, kein Morphium, nichts was mich einschläfert. Ich will nicht schlafen, ich darf nicht schlafen!«, hatte Joy geschrien und die sich nähernde Spritze abgewehrt. »Ich bitte Sie, Schwester, geben Sie mir nichts zum Einschlafen. Ich muss ja wach bleiben, ich muss in der nächsten Station aussteigen. Man wird sicher eine Rettungsmannschaft ausschicken, ich muss sie zu der Stelle führen, wo es geschehen ist, ich muss dabei sein – wenn sie gefunden wird –«

»Schon recht, schon recht, Kindchen, beruhigen Sie sich, seien Sie nicht so zapplig, hier, nehmen Sie zwei von den Pillen, das wird Ihre Nerven beruhigen«, sagte die Schwester etwas verärgert. »Nervenschock –«, hörte Joy sie den beiden Männern melden, die vor dem Abteil warteten. »Sie ist noch nicht recht zu sich gekommen, na, das ist ja auch besser für sie, die Natur hat eben ihre eigenen Betäubungsmittel –« Joy spuckte die Tabletten aus, sobald die Krankenschwester ihr den Rücken gekehrt hatte. Ich darf mir den Kopf nicht mit diesem Zeug einmummeln lassen, ich muss klar denken können, ich muss mich zusammenhalten; dies schien eine ausgezeichnete Bezeichnung für das, was ihr nottat. Eine Hälfte von ihr war außerordentlich hell und klar, ein gläserner Leuchtturm, der sie mit seinem immer wachen Scheinwerfer durchleuchtete; die andere Hälfte vermummt in eine undeutliche, verdämmernde, gelähmte Dumpfheit – und es war ihr fast unmöglich, diese zwei Hälften zusammenzuhalten und ein Ganzes aus ihnen zu machen.

Sie stand auf und begann, an den Wänden des Wartesaals entlangzuwandern. »Wie heißt die Station eigentlich?«, fragte sie den Stationschef; das außergewöhnliche Ereignis hatte den kleinen kurzsichtigen Mann aus seiner Verschlafenheit in eine heftige und neugierige Erregung versetzt.

»Sie meinen die Station? Tokema – wir sind ein kleiner Ort, aber recht hübsch bei Tag; übrigens, wenn die Dame vielleicht in meinem Büro warten möchte, bis der Herr Gemahl zurückkommt – ich habe ein Radio da, ach, bitte um Entschuldigung, ich dachte, der Herr Major seien mit der Dame verheiratet –«, fügte er hastig hinzu, als er Joys verständnislosem Blick begegnete.

»Besten Dank, aber bitte bemühen Sie sich nicht um mich. Ich brauche nichts, besten Dank«, wiederholte Joy schon zum sechsten Mal auf die wohlgemeinten Versuche des Stationschefs, sie zu zerstreuen. Watts und Ryerson waren in das schlafende Städtchen gegangen, um eine kleine Rettungsmannschaft auf die Beine zu bringen; die Zeit verging, unerträglich langsam und zugleich erschreckend schnell. Der Stationschef zog sich taktvoll in seinen gläsernen Verschlag zurück und verfolgte sie von dort mit seinen wachsamen und mitfühlenden Blicken. Sie ertrug es ein paar Minuten lang, und dann verließ sie den Wartesaal mit seinen abgestandenen Gegenständen und Gerüchen – die Messingspucknäpfe, das unbenutzte Kohlenöfchen, die schlafende Kaffeemaschine, die längst überholten Bierplakate, die von Fliegen beschmutzten Fahrpläne an den Wänden. Draußen setzte sie sich im Schutz des Daches auf eine Bank, hier war es kalt, die Luft war feucht; es roch angenehm nach regengetränkter Erde. Ein zottiges gelbes kleines Hündchen kam herbei, um an ihr zu schnuppern, fasste sogleich eine heftige Zuneigung zu ihr und entschloss sich, ihr Gesellschaft zu leisten; weit gähnend redete es zu ihr in der ausdrucksvollen Sprache seines wedelnden Schweifes und seiner flehenden Augen. Joy war dankbar für seine stumme Gegenwart und die Erlaubnis, ihre Hände in seinem Fell zu wärmen. Jetzt komme ich langsam zu mir, dachte sie; es war wie nach einer schweren Operation, wenn die Wirkung der Narkose nachlässt und die Schmerzen einsetzen. Man wurde seiner Pein gewahr, nicht abrupt und auf einmal, sondern stückweise; das Bewusstsein breitete sich aus wie eine hellrote Flüssigkeit über einer weißen Fläche, bald hier, bald dort; breitete sich aus und lief ineinander und war zuletzt überall und bedeckte alles: Ich habe Mutter getötet. Ich habe sie getötet. Es war ein beißender, brennender Gedanke, eine Folterqual. Mutter hat mir einmal das Leben gerettet, und zum Dank dafür habe ich sie getötet. Sie hat mir das Leben gerettet, das ist wahr, sie trug mich aus dem brennenden Haus und durchs Feuer, ich war erst drei Jahre alt, aber ich kann mich noch daran erinnern –

Joy war nie imstande gewesen, ihre eigenen Erinnerungen an den Brand aus dem verstrickten Dickicht der oft wiederholten alten Geschichten zu lösen, die sich in ihr Gedächtnis gedrängt, es überwuchert und umgeformt hatten, es gab nur zwei Dinge, an die sie sich mit großer Deutlichkeit und völlig klar erinnern konnte: Das eine war ihr Spielzeug, Bunny, das ihr jemand inmitten eines wilden Stimmengetöses weggenommen hatte und das später auf wunderbare Weise zu ihr zurückgekehrt und mit ihr schlafen gegangen war. Sie hatte Bunny nicht vergessen, weil es bis zu ihrem achten Jahr ihr Freund und Bettgenosse geblieben war; bis zu der Zeit, da ihre Eltern ihr ein bezauberndes kleines Babybrüderchen zum Geschenk machten und sie ein für alle Mal aufhörte, sich für Spielzeug zu interessieren.

Das andere, woran sie sich erinnern konnte, war Beatrices schwarzes Wolltuch. Sie erinnerte sich auch an Beatrice, aber nicht so deutlich wie an jenes Tuch; es war nicht eigentlich schwarz gewesen, sondern zu einem ungewissen Braun verschossen, wenn sie ihre Augen schloss, sah sie es so deutlich, dass sie es hätte malen können: ein großes wollenes Viereck, zu einem Dreieck zusammengelegt, mit zottigen Fransen, und in einer Ecke war ein Flicken mit kleinen Stichen eingesetzt. Und dann der Geruch dieses Tuches – Schafwolle, Zwiebeln, Öl, eine Spur von Beatrices warmem Körper, ein Hauch von kaltem Weihrauch, Kirche, Italien. Und dann war jener andere unvergessliche Geruch dazugekommen: Wein. So hatte man ihr erzählt, daran konnte sie sich erinnern: wie dieser weingetränkte Schal um sie gewickelt wurde und wie sie davon ein wenig benebelt wurde und außerordentlich lustig, der Rest jedoch kam nicht aus ihrem eigenen Gedächtnis, sondern war eine Legende und eine Ballade und ein immer wieder zitierter Refrain: »… da trug ich dich auf meinen Armen, und die brennenden Balken krachten rechts und links herunter, ich musste direkt durch die Flammen gehen, und du gucktest sie mit deinen großen Kinderaugen an, und für mich gab es nichts anderes, als dass ich durchkommen musste und dir kein Schaden geschehen durfte. Noch heute weiß ich nicht, wieso ich das konnte, eine ängstliche Maus wie ich, aber ich musste es tun, und ich tat es deshalb. Es gibt eben unbekannte Kraftreserven noch im schwächsten Geschöpf, wenn man jemanden so lieb hat wie ich dich, meine kleine Joy …«

Es musste am Morgen nach ihrer Errettung gewesen sein, dass Joy in einem fremden Zimmer aufwachte, in dem kein Ding auf dem Platz stand, wohin es gehörte. Das erschreckte sie sehr, denn es hatte etwas mit dem schwarzen Mann zu tun, der einen holte, oder vielleicht war sie ein geraubtes Kind wie das, von dem Beatrice in der Küche erzählt hatte, oder, noch ärger, Annelina hatte sie weggeworfen, wie sie gedroht hatte, und jetzt würden die Wölfe kommen und sie auffressen. Das Bett, in dem sie lag, war riesengroß, vermutlich gehörte es einem Märchenriesen, und ein Zaun aus Stühlen war ringsherum gebaut worden, um sie vor dem Herausfallen zu bewahren. Jenseits dieser Stühle hörte sie Beatrices Schnarchen, ein wunderbar bekanntes und tröstliches Geräusch. Joy stellte sich im Bett auf und sah, dass Beatrice auf dem Fußboden schlief, sie war mit dem schwarzen Tuch zugedeckt, und ihr Mund stand weit offen, sein Inneres war gleichfalls schwarz und voll von puffenden kleinen Tönen. Joys nächste Entdeckung war ein blauer Märchenvogel, der auf einem Zweig vor dem Fenster saß und sprechen konnte. »Joy«, sagte er zu ihr, »Joy! Joy!«, rief er, und sie entschloss sich sogleich, ihn zu fangen. Sie kroch über die Stühle zu Beatrice und tupfte mit den Fingern auf die runzligen, dunklen Lider, sie versuchte, sie aufzuwecken, aber Beatrice wollte die Augen nicht aufmachen. Joy, die inzwischen recht munter und unternehmungslustig geworden war, ging auf weitere Entdeckungsreisen; es gelang ihr mit einiger Mühe, die Tür aufzumachen, da war ein Korridor und eine andere Tür gegenüber, hinter der sie ihren Vater leise lachen und reden hörte. Plötzlich wurde ein Sonntagmorgen daraus, an dem man zu Papa und Mama ins Bett kriechen und mit ihnen herrlich toben durfte. »Mama!«, rief sie. »Wo bist du, Mama?« Sie stellte sich auf die Zehenspitzen, erreichte die Türklinke und öffnete auch diese Tür. Das Zimmer war etwas dämmerig hinter den herabgelassenen Gardinen, aber sie konnte Papa erkennen, der sich im Bett aufsetzte, er rauchte eine Zigarette wie gewöhnlich. Dann bemerkte Joy, dass es nicht Mama war, die neben ihm lag, sondern Annelina, zwar hatte sie die Bettdecke ganz über ihr Gesicht gezogen, als wollte sie Verstecken spielen, aber ein paar ihrer blonden Löckchen sahen darunter hervor. Joy blieb auf der Schwelle stehen, denn Vater sah sehr zornig drein, zorniger, als sie ihn je gesehen hatte, und gar nicht in der Laune, mit ihr zu spielen.

»Was willst du? Wie bist du hier hereingekommen?«, schrie er sie heiser an.

»Ich will zu meiner Mama –«, stammelte Joy, unfähig, den Schwall höchst komplizierter Dinge auszudrücken, die sie in diesem Moment bedrängten; hätte sie mit ihren drei Jahren Worte gefunden, dann hätte sie gesagt: Ich glaubte, dass meine Mama hier ist, und ich war froh darüber, denn sie ist schon so lange fort, und ich wollte dich nicht zornig machen, ich wollte ja bloß in deinem Bett spielen, so wie wir's immer taten, bevor Mama uns verließ. Und warum schläft Annelina nicht in ihrem eigenen Bett? Sie ist doch groß, und sogar ich muss allein schlafen, und ich bin doch noch klein und – bitte, schau mich nicht so an, oder ich muss weinen –

»Ich hab einen Vogel gesehen –«, sagte sie schließlich mit bebender Unterlippe.

Papa war nicht mehr zornig, jetzt sah er sie an, als ob sie sich wehgetan hätte und ihm leidtat. »Schon gut, Joy«, sagte er sanft, »sei jetzt mein braves kleines Mädel und geh in dein Zimmer zurück. Wir schauen uns den Vogel später zusammen an, jetzt ist es noch sehr früh, und wir alle sind noch sehr müde. Komm, mein Kleines, soll Papa dich in dein Bett zurücktragen und gut zudecken? So, so – jetzt mach die Augen zu und schlaf noch ein bisschen –«

Später erklärte Annelina ihr, dass sie das alles geträumt hätte, auch den blauen Vogel, der sprechen konnte, und tatsächlich sah und hörte Joy diesen Vogel nie wieder. Trotzdem wusste sie, dass sie nicht geträumt hatte, aber mit der sonderbaren stummen Verschlossenheit der Kindheit ahnte sie, dass das Erlebnis dieses Morgens zu den Dingen gehörte, über die nicht geredet werden sollte. So baute sie sich eine feste kleine Mauer darum und verschloss es in einer der vielen verborgenen Kammern, in denen sie während der Jahre ihres Aufwachsens ein Geheimnis nach dem anderen versenkte, Stück um Stück ihres eigenen Ichs.

Über jenen Morgen hatte sie niemals und zu niemandem gesprochen, nicht einmal zu Dr. Behrman, dem Psychologen, in dessen Sprechstunde diese tief vergrabene und verdrängte Erinnerung wieder in ihrem Gedächtnis aufgetaucht war; sie sagte ihm nichts davon, obwohl es wie ein Licht in das dunkle Gewölbe fiel, in dessen Schein sie die Hieroglyphen ihrer frühen Kindheitsgeschichte besser lesen und verstehen konnte. In ihrem Leben hatte es eine Zeit gegeben, da sie in ein paar Sitzungen mit Dr. Behrman Hilfe suchte, und er hatte in ihrer Psyche herumgekratzt und gegraben wie ein eifriger und stolzer Hund, bis er ein paar versteckte Dinge ans Tageslicht gebracht hatte: früheste Eindrücke, Gehörtes, Gesehenes, Geahntes, doch unverstanden Gebliebenes; Bruchstücke der Erinnerung, kleine Scherben und Splitter, die sie erst viel später zusammengefügt hatte zu etwas, das beinahe einem Ganzen glich.

Wie sie da auf einer harten Bank unter dem regentröpfelnden Dach einer verschollenen kleinen Bahnstation in der verlorenen Nacht saß und auf die Leute wartete, die ihr bei der Suche nach der Leiche ihrer Stiefmutter helfen sollten, die sie ermordet hatte, fiel Joy Ambros der gute Dr. Behrman ein; ein melancholisches Gesicht eines weisen Orang-Utans, das Geräusch, mit dem seine Nägel unaufhörlich den borstigen kleinen Schnurrbart kratzten; eine schlechte Radierung des Mont-Saint-Michel, an der sich ihre Augen während der Konsultationen festhakten, und die gedämpfte, etwas klebrige, ein wenig lächerliche Wochenstubenstimmung seelischer Geburtshilfe – aber vielleicht hätte ich seinem Rat folgen und mich einer gründlichen Psychoanalyse unterziehen sollen; vielleicht hätte er ein paar Türen für mich aufschließen und mich frei machen können; und vielleicht würde ich dann nicht getan haben, was ich tat, und es wäre nie zu dieser unfassbaren, unerklärlichen Nacht gekommen. Aber jetzt ist es zu spät. Es ist geschehen, und ich muss die Konsequenzen tragen.

Sie bewegte ihre Schultern, um das weiche Futter ihres Mantels gegen den rauen Tweed ihrer Jacke reiben zu fühlen, als ob sie mit dieser kleinen wirklichen Berührung die entschlüpfende, entgleitende Realität dieser Stunde festhalten wollte. Freilich, mit viertausend Dollar Jahresrente kann man sich keine Psychoanalyse leisten, übrigens, wer weiß, vielleicht hätte Dr. Behrman mich nur in meine Teile zerlegt, und dann wäre er nicht mehr imstande gewesen, mich wieder zusammenzusetzen. Und das ist jetzt die Hauptsache: Ich muss mich zusammenhalten.

»Haltung« hatte es ihr Vater genannt, wenn er Deutsch mit ihr sprach. »Haltung unter allen Umständen, das war das Einzige, was ich von deinem Großvater lernte, und Haltung ist das Einzige, was ich dir gern vererben möchte. Es ist eine gute Sache, wenn alles falsch geht, Kind. Es ist ein scharfes Kommando, es macht dich ›Hab Acht!‹ stehen und den Dingen ins Gesicht sehen. Haltung ist das genaue Gegenteil von all dem Davonrennen-Wollen und Die-Augen-Schließen und Sichnachgeben und dieser ganzen schlampigen neumodischen Flucht vor sich selbst. Ein anständiger Mensch trägt eben die Konsequenzen für seine Handlungen mit Haltung, und das heißt, dass man sich nicht beklagt und kein Mitleid mit sich selbst hat und vor allem keinem anderen Menschen erlaubt, einen zu bemitleiden. Es klingt komisch, wenn ich Predigten halte, ja?«

Vater hatte gelächelt und Joy hatte zurückgelächelt, in wortlosem Einverständnis, denn sie wussten, dass sich das auf Mutter bezog, die so sehr darin bewandert war, sich selbst zu bemitleiden und Mitleid zu erregen; sie lebte davon, sie gebrauchte es in großen Dosen, so wie andere Leute sich mit Vitaminen und Hormonen stärken; sie warb um Mitleid und sammelte es ein – wo immer sie konnte, wie ein Kapital, das es geschickt und nutzbringend anzulegen galt.

»Ach ja, es gibt eine Tyrannei der Schwäche, die bösartiger ist als alle Macht und Gewalt. Ich habe mir Lady Macbeth immer als ein zartes, zerbrechliches Geschöpf mit kleinen weißen, hilflosen Händen vorgestellt. Der Missbrauch unseres Mitgefühls, das frisst wie ein Wurm, bis nichts mehr von uns übrig ist; Gott sei Dank, Kind, du gehörst nicht zu den Schwachen. Du wirst immer Haltung haben. Du wirst dir nie zu viel nachgeben.«

»Du auch nicht, Vater.«

»Vielleicht nicht ganz, aber ich war nah daran, mich unterkriegen zu lassen, ein- oder zweimal. Als Maud starb, zum Beispiel –«

Nur ganz selten wurde Joys Mutter zwischen ihnen erwähnt und nie in Angelinas Gegenwart. »Warum haben wir eigentlich keine Hyazinthen? Maud hatte sie so gern –«, sagte Vater wohl, wenn sie allein waren, oder: »Maud sah wunderbar aus in allen Herbstfarben; dunkles Gold, Kupfer, ein warmes Braun. Warum legst du nicht ein bisschen Rouge auf deine Wangen und versuchst diese Farben an dir? Ich würde dich gern darin sehen.« Manchmal – spaßig, dass ein Kind kleine Züge von der Mutter übernimmt, an die es sich kaum erinnern kann. »Wenn du so still dasitzt wie jetzt und in deine Handflächen schaust – das tat Maud immer, wenn sie etwas bedrückte –«

»Aber ich erinnere mich recht gut an Maud, Vater. Sie war ziemlich – zurückhaltend – oder nicht? Scheu? Oder kühl?«

»Maud? Du lieber Himmel! Maud war das warmherzigste Geschöpf, das es je gegeben hat. Maud war – erinnerst du dich an die kleine Melodie, die wir beide so gern mögen? Schubert ... im a-Moll-Quartett – er hat sie noch einmal verwendet, in *Rosamunde*. Für mich ist diese Melodie wie Maud –«

»Aber sie war immer so distanziert, ich glaube nicht, dass sie mir auch nur einen Gutenachtkuss gegeben hat. Alles Verhätscheln und Abküssen und Spaßmachen, das ein Baby nötig hat, bekam ich von Mutter; damals nannte ich sie noch Annelina, ich muss noch sehr klein gewesen sein –«

Vater lächelte versunken und zog die linke Augenbraue hoch. »Ach ja, Angelina war sehr bewandert in solchen Dingen. Du warst ein sehr liebebedürftiges Baby, und wir müssen dankbar sein, dass Angelina dir die Zärtlichkeit gab, die du nötig hattest, wenn Maud es nicht konnte, weil Dr. Bryant ihrer Lunge nicht ganz traute; er war sehr streng mit ein paar Verboten, ein bisschen zu streng vielleicht, aber – «

»Ja, Vater?«

»Es schmerzte mich oft, wenn ich nach Hause kam und euch zwei auf dem Fußboden fand, Angelina und dich, quietschend und lachend und übereinander springend und rollend wie ein paar Delphine; und Maud saß dabei mit gefalteten Händen und schaute zu und lächelte, versuchte zu lächeln und zu tun, als ob sie froh wäre – «

Das Luder, denkt Joy auf ihrer harten, einsamen Wartebank, das gemeine, räuberische Luder! Entfremdete mich meiner Mutter und spielte sich vor ihr auf damit und tat ihr zum Sterben weh. Riss mich und Vater von Maud fort, arme Maud, die krank war und nichts tun konnte als dabeisitzen und zuschauen mit ihrem tapferen, trüben Lächeln. Und als Maud ihr nicht schnell genug starb, da nahm sie die Sache in die Hand und half ein bisschen nach. Ich kenne die Sorte von langsamen Giften, die sie zur Verfügung hat, ach, und wie ich sie kenne! Und deshalb musste ich sie töten. Ich musste es tun, bevor sie auch noch Charleys Leben vergiften konnte –

Der Stationschef war am Telefon geschäftig gewesen und kam nun aus seinem Verschlag und pflanzte sich vor ihr auf. »Der Sheriff und Butch McFarland werden bald hier sein«, berichtete er. »Butch ist ein Deputierter, sehr guter Mann, unser Beerdigungsinstitut gehört ihm auch, da gewöhnt sich einer daran, mit – ich meine –, mit allen möglichen Dingen umzugehen – gewissermaßen im beruflichen Sinne – « Und nachdem er sich völlig verhaspelt hatte, verstummte er, beschämt über die taktlose Erwähnung von Butch McFarlands Vertrautheit mit Leichen. Er räusperte sich und schwenkte in eine andere Richtung ab. »Es scheint, unser Dr. Gerrick kann nicht so schnell loskommen wegen Mrs. Winston, es geht ein bisschen langsam, weil's doch Zwillinge sein werden, und unser alter Dr. Emmental hat sich von der Praxis zurückgezogen und kann nicht aufgeweckt werden, und es täte sowieso nichts nützen, denn er hat Rheumatismus, und es muss jede Minute wieder zu regnen anfangen. Ja, sehen die Dame, wir sind nicht recht eingerichtet für so einen Notfall. Es ist sicher nicht leicht für die Dame, aber, bitte, haben die Dame noch etwas Geduld.«

»Besten Dank, ich bin nicht ungeduldig«, sagte Joy. Sie holte ihre Zigarettendose hervor, ließ sie aufschnappen und entdeckte unglücklich, dass sie leer war. »Ich kann warten«, sagte sie, es war ein viel zu gelinder Ausdruck für ihren flehenden, dringenden, unbändigen Wunsch nach einem Aufschub. Sie hätte darum beten mögen, dass sie auf dieser Bank sitzen bleiben könne für den Rest der Nacht, ihre Hand in dem freundlich warmen Fell des Hundes; für ungezählte Tage und Nächte, für Wochen und Monate einer Gnadenfrist, bevor sie sich dem Ärgsten stellen musste – und mit Haltung! »Wenn ich bloß eine Zigarette hätte«, sagte sie gierig.

»Bedaure, aber ich habe nichts Besseres«, sagte der Stationschef und holte sein Päckchen Tabak aus der Tasche. »Ich dreh meine eigenen Zigaretten, aber das ist nichts für eine junge Dame, nehme ich an –«

»Aber sicher – danke. Meinen herzlichen Dank«, sagte Joy und griff eifrig nach dem Tabak und dem Zigarettenpapier. Der Stationschef betrachtete verblüfft, wie ihre schnellen langen Finger geschickt die Zigarette rollten.

»Wo haben die Dame das gelernt? Von einem Cowboy auf der Ranch?«

»Nein, von meinem Vater; er kam aus der Alten Welt, von drüben, wissen Sie –«

»Wahrhaftig? Und waren die Dame einmal in Paris?«

»Doch, gelegentlich.«

»Ich auch – im vorigen Krieg. Junge, Junge, das ist eine Stadt!«

Joy rauchte schweigend, und der Stationschef, der sich überflüssig fühlte, zog sich wieder mit betontem Takt zurück. Sein Päckchen Tabak hatte er für Joy auf der Bank liegen lassen.

Mit dem Gefühl der gerollten Zigarette in ihren Fingern und dem bitteren Rauch in ihrem Mund versuchte Joy, noch einmal die tröstliche Erscheinung ihres Vaters heraufzubeschwören. »Komm, Kinderl, wir gehen spazieren«, sagte er. Sie waren in Paris, der Tag war klar, kühl, durchsonnt, sie gingen vom Crillon durch die Tuilerien und über den Pont Royal; auf der Seine waren die flachen Schlepper zu sehen, und auf jedem gab es einen kleinen Hund, der vergnügt von einem Ende des Floßes zum anderen rannte, und die Wäsche an der Leine flatterte wie Wimpel in der Sonne; doch an jenem Tag ließ Vater ihr keine Zeit, um stehen zu bleiben; er machte große Schritte, das bedeutete, dass er sich über etwas geärgert hatte, sie konnte es auch in dem Zucken seiner Finger spüren, die ihre Hand in den weißen Glacéhandschuhen festhielten, auf die sie so stolz war. Sie blickte in sein umwölktes Gesicht, aber er bemerkte es nicht, er rollte sich eine Zigarette nach der anderen und warf sie nach zwei Zügen wieder fort. Joy versuchte, sich seinem Gang anzupassen, aber obwohl ihre Beine im Allgemeinen zu lang waren, so waren sie doch zu kurz, wenn Vater sich mit Mutter gestritten hatte; sie wollte das Wettrennen gerade aufgeben, als er sich ihrer erinnerte und plötzlich stehen blieb und zu ihr herunterlachte. *»Je vous demande mille fois pardon, Mademoiselle«,* sagte er. »Aber vielleicht würden Sie mir gestatten, Ihnen einige bescheidene Blümchen zu überreichen?« Er sagte es auf Französisch, das sie im Vorjahr gelernt hatte, während sie bei *Grandmère* in Wien gelassen worden war.

»Wohin gehen wir denn, Papa?«

»Das will ich dir sagen – wir gehen in den Zauberwald. Wo die Menschen ihre Bündel abwerfen können, wenn sie ihnen zu schwer werden.«

Und so trat sie in die Sainte-Chapelle wie in einen Wald, einen tief verzauberten und geheimnisvollen Märchenwald, der dunkel und dennoch schwebend erfüllt war mit einem blauen Licht, das sang, und Traumvögel nisteten in den schlanken, vergoldeten Baumstämmen der gotischen Steinmetzarbeit, und wer das geheime Zauberwort wusste oder den geheimen Zauberschlüssel besaß, der mochte wohl fliegen können hinauf ins Blaue und immer Blauere und brauchte nie mehr zum Crillon zurückzukehren, wo Mutter sich mit Vater stritt. Vater ging voran und blieb an einem bestimmten Punkt stehen, den er zu finden schien, ohne hinzusehen, und er winkte ihr, ihm zu folgen. Er machte einen Becher aus seinen Händen, als ließ er Wasser von einer Quelle in sie rinnen; doch was er in seinen schöpfenden Handmuscheln auffing, war nicht Wasser, sondern dieses überirdische blaue Licht, das den Zauberwald erfüllte, und er tat so, als gösse er es in Joys kleine Hände. »Aber zuerst musst du die Handschuhe ausziehen, Kinderl«, flüsterte er ihr zu. Sie streifte sie ab, sie konnte kaum atmen, als sie ihre Hände hinhielt und Vater das blaue Licht aus seinen Handflächen in die ihren schüttete; ein paar Tropfen davon blieben an seinem Haar und an seiner Stirn hängen.

»Ist es gestattet, es mitzunehmen?«, flüsterte sie auf Französisch. Vater schüttelte lachend den Kopf.

»Nicht in den Händen, Kind, aber vielleicht in deinen Augen; in deinen Gedanken, wenn du's ernsthaft versuchst –«

Jenes Blau – es war der Anfang von etwas, denkt sie müde, ein Etwas, das am Ende zu einem Nichts versickert war. Aber das blaue Licht ist noch immer da. Ich kann es rufen, zu jeder Zeit, und es kommt zu mir; selbst in Tokema …

In den Monaten, die nachher kamen in dem unbeschreiblich vornehmen *Institut des Sœurs de St. Thérèse D'Avila,* hatte sie ihr ganzes Taschengeld für Blaustifte ausgegeben, mit denen sie versuchte, das Wunder der Sainte-Chapelle zu malen.

Vater aber hatte sein Bündel in der Sainte-Chapelle abgeworfen, und auf dem Weg ins Hotel kaufte er einen riesigen Blumenstrauß für Angelina. Man hatte ihm einen Übungsraum zur Verfügung gestellt, einen kleinen Saal, die dunkelgrünen Vorhänge waren zugezogen, um das Tageslicht auszusperren, die leeren, vergoldeten Stühlchen standen in unordentlichen Reihen herum, altmodische Gaslampen brannten in Wandarmen am anderen Ende des Raumes, und auf einem kleinen Podium stand das Klavier. Daneben Mutter in ihrer engen grünen Jacke und mit dem neuen Hütchen aus Samtblättern, sie sah bezaubernd aus und sprach durch eine Tür zu einer vorläufig noch unsichtbaren Person, vermutlich mit Mausi. »Warte –«, sagte Vater, legte eine zügelnde Hand auf Joys Schulter und horchte reglos, was Mutter zu sagen hatte.

»... wenn ich nicht wüsste, dass er keinen besseren Freund in der Welt hat als Sie, und wenn ich nicht auf Ihre Ergebenheit für ihn rechnen würde, dann hätte ich nie davon geredet; aber Sie wissen so gut wie ich, wie sehr ihm die Jahre geschadet haben, in denen er Mauds wegen in San Francisco festsitzen musste. Es ist unsere Sache, seinen Namen wieder in die Höhe zu bringen. Niemand kann sagen, dass ich nicht mein Teil dafür tue, mein Gott, ich stecke jeden Cent, den mein armer lieber Vater mir hinterlassen hat, in diese Tournee, ich tue alles, was ich kann, um ihm ein neues Publikum zu verschaffen – aber, meine Liebe, Sie helfen mir nicht dabei, ganz im Gegenteil, und ich hoffe, Sie nehmen es mir nicht übel, wenn ich Ihnen sage, dass Sie Florian in Paris mehr geschadet als genützt haben. Ich leugne nicht, dass Ihr Französisch viel besser ist als meines, aber, meine liebe Mausi, Sie sind oft so unliebenswürdig. Sie haben eine Manie, jedem die Wahrheit zu sagen, merken Sie denn nicht, dass Sie damit die Kritiker gegen uns aufbringen? Und an wem lassen diese Herren dann ihren Ärger aus? Selbstverständlich nicht an Ihnen, sondern an Flori. Und da wir schon einmal dabei sind, meine Liebe, Sie ziehen sich nicht gut genug an; es ist einfach nicht wahr, dass das Publikum sich nicht darum kümmert, ob Ihr Schwarzseidenes modern ist oder zehn Jahre alt. In den Kreisen, in denen ich versuche, Flori einzuführen, legt man sehr großen Wert auf solche Dinge, es ist nämlich ein ganz anderes Publikum als das aus den früheren Jahren, und das ist es ja auch, was ich für ihn schaffen will – ein wirklich elegantes und mondänes Publikum. Und wenn sogar Flori das einsieht und seinen Stil und seine Programme dementsprechend ändert, dann weiß ich nicht, warum Sie, meine Liebe, sich mit Ihren Kleidern und Manieren nicht auch etwas anpassen können. Gewiss, Sie mögen mir antworten, dass man alten Hunden keine neuen Kunststücke beibringen kann, wie man bei uns zu Hause sagt, und wir wollen uns nichts vormachen, Sie sind eben ziemlich hoch in den Fünfzigern, da ändert man sich nicht leicht, aber wie gesagt –« Nein, denkt Joy und rollt sich eine neue Zigarette, damals begriff ich es nicht recht, ich war ja noch nicht einmal neun, aber später habe ich es so oft gehört, dass mein Gedächtnis die Lücken ausfüllt. Damals hörte ich nur, dass Mutter mit einer verzuckerten Stimme sprach, aber die Süßigkeit wurde immer lauter und härter, Kandiszucker. »Angelina!«, rief Vater und ging mit großen Schritten nach vorn. »Sachte, sachte, verbrauch mir nicht die ganze Akustik, lass gütigst noch etwas für mich übrig!«

Mutter, die ihn erst jetzt bemerkte, setzte sofort eine andere Miene auf. »Oh, die schönen, schönen Blumen!«, sagte sie und schlug ihr kleines Hutschleierchen zurück, damit Vater ihr einen Kuss geben könne; aber er übersah die freundliche Einladung.

»Die hab ich für Mausi mitgebracht«, sagte er. »Mausi! Wo steckt das verflixte Frauenzimmer schon wieder? Mausi.«

Mausi, denkt Joy und lächelt ein wenig in die Rauchspiralen ihrer Zigarette, als der kleine Schatten gehorsam aus der Vergangenheit hervorhuscht und sich der Erinnerung an Vater zugesellt.

»Na, bist du endlich da, du Faulenzer, ich dachte schon, dass dir die Komplimente der *Princesse de Merd'Alors* so zu Kopf gestiegen sind, dass es dir nicht mehr beliebt, auch hie und da ein bisschen zu arbeiten«, sagte sie, so vergnügt und munter wie immer.

»Du sadistisches kleines Ungeheuer«, erwiderte Vater. »Du hast sicher deine Knute mitgebracht, um mich bis aufs Blut wegen dieser verfluchten Variationen zu sekkieren?« Und damit schob er ihr die Blumen ins Gesicht, verbeugte sich tief, nicht ganz im Scherz, und küsste ihr die Hand. Erst dann nahm er seine Geige aus dem Kasten, den Mausi für ihn auf den Flügel gestellt hatte.

Und dann gab Mutter mir einen kleinen Stoß zwischen die Schulterblätter – erinnert sich Joy, noch immer dem Rauch ihrer Zigarette nachsehend, und unwillkürlich strafft sie die Schultern unter der längst vergangenen Berührung. »Komm, Kleine«, hatte Mutter gesagt, »hier scheinen wir bloß im Wege zu sein.« Und am nächsten Morgen brachten die Eltern mich nach St. Cloud und ließen mich dort im *Institut des Sœurs de St. Thérèse D'Avila* und setzten allein die Tournee durch Belgien, Holland und England fort.

Mausi machte sich ohne viel Aufhebens sogleich nach jenem Tag daran, einen anderen Klavierbegleiter für Vater einzuarbeiten; er hieß Hendrijk Graaven, ein junger Holländer mit dem Aussehen einer halb gebackenen Semmel und der Erste in einer langen Reihe von ziemlich enttäuschenden und nie ganz zufriedenstellenden Klavierspielern. Mausi aber kehrte still und unauffällig nach Amerika zurück. Und still und unauffällig pflegte Vater sie in späteren Jahren von Zeit zu Zeit in ihrer Zurückgezogenheit in Berkeley aufzusuchen, wo sie als Klavierlehrerin lebte. Solche Besuche waren immer ein Zeichen dafür, dass es zu Hause etwas zu schwierig für ihn wurde und dass ihm eine scharfe geistige Massage und ein gutes, strenges und belebendes Gespräch über Musik nottat. Die drollige, liebe alte Mausi! »Mein Reibeisen. Mein Felsen von Gibraltar. Mein Gewissen«, sagte Vater oft von ihr. »Der beste Kamerad, den ein Musiker je hatte; ihr Herz verstand es zuzuhören …«

Die letzte Gelegenheit, bei der Joy die alte Mausi gesehen hatte, war Vaters Begräbnis gewesen, Dezember 1928. Eine bemooste, knotige, zähe Zwergföhre, unermesslich betagt, von lächerlicher Winzigkeit. Sie fluchte während der ganzen Feierlichkeit halblaut vor sich hin. Statt dass Vaters Lieblingsschüler, Paul Horner, den zweiten Satz des E-Dur-Konzerts von Bach gespielt hätte – was Vater sicherlich gefallen haben würde –, sangen nämlich die keineswegs jungen, keineswegs schlanken Damen vom Euphonie Club (Mutters Freundinnen, unter dem Sammelnamen die *Girls* segelnd) *Abide with me,* und noch dazu etwas falsch in den Sopranen. Nicht einmal am offenen Grab vergoss Mausi auch nur eine einzige Träne, sondern inmitten der allgemeinen Zurschaustellung von Trauer und Gram stand sie da wie ein windgepeitschtes Bäumchen, mit einem Ausdruck grimmiger

Amüsiertheit auf ihrem verschrumpften Gesicht, und anstatt der üblichen Kondolenzworte sagte sie bloß: »Können Sie hören, Angelina, wie unser Flori sich schieflacht über diese hochelegante Farce? Ich jedenfalls kann ihn hören. Na, Friede seiner Asche, er hat den ganzen Dreck glücklich hinter sich.«

Zwei Wochen später hatte auch sie es hinter sich; sie war sanft im Schlaf gestorben, genauso unauffällig, wie sie gelebt hatte; was Joy von ihr verblieb, war eine kleine, dunkle, nie wieder ausgefüllte Leere und eine Erbschaft von 328 Dollar und 64 Cent, die Mausi sich im Lauf ihres Lebens erspart und Joy hinterlassen hatte.

Das hatte Dr. Behrman auch ans Licht gebracht: die Art und Weise, in der die Menschen verschwanden, die Joy als Kind geliebt hatte; einer nach dem anderen verschwanden sie und ließen sie zurück, mit einem nicht ganz begriffenen Gefühl des Verlustes und einer frühen Ahnung von der Unstetigkeit menschlicher Beziehungen. Zuerst waren sie da, die Menschen, die man liebte und die einen liebten, und dann waren sie auf einmal nicht mehr da. Manche verschwanden still und taktvoll wie Mausi; andere gingen inmitten eines großen, lauten, leidenschaftlichen und anklagenden Ausbruchs davon, so wie Beatrice davongegangen war, nachdem Angelina sie eine Lügnerin geheißen hatte, weil Beatrice in der Küche einen Bericht über den Hausbrand und das Erdbeben gegeben hatte, der in einigen Punkten von Angelinas Version abwich. Joy hatte geschrien und war nicht zu trösten gewesen, als das Fährboot Beatrice aus Belvedere davontrug (es dauerte Wochen und Monate, bevor die Familie wieder in das zerstörte San Francisco zurückziehen konnte). Es fehlte immer etwas im Kinderzimmer ohne Beatrice und ihr Wolltuch, Joy wollte nicht schlafen gehen, und es wurde erst besser, als Mama zurückkehrte und sie in das Haus in der Vallejo Street einzogen. Angelina bemerkte bitter: »Ich versteh wirklich nicht, worüber Beatrice sich zu beklagen hat, wo Vater ihr eine Stellung in Stockton verschafft hat und ihr noch ganz überflüssigerweise eine Monatspension bezahlt.« Bald danach verlor Mr. Charles Ballard sein Geld in jener vom jungen

O'Shaughnessy angeregten Grundstücksspekulation, und er wurde schnell alt und zog aufs Gut und heiratete in aller Stille das Frauenzimmer, diese Lupita Gomez.

Nicht alle Menschen, die Joy liebte, wurden von Angelina aus ihrem Leben gedrängt. Großvater Ballard, zum Beispiel, starb einfach, was nicht weniger traurig war, und man fuhr in schwarzen Kleidern aufs Gut hinaus, wo Großvater in einem Zimmer lag, das man nicht betreten durfte, und im Herrenhaus roch es nach feuchten Blättern und verwelkenden Blumen, aber auch nach dem delikaten kleinen Buttergebäck, das den Gästen nach dem Leichenbegängnis mit Getränken angeboten wurde.

»Er kann nicht ganz bei sich gewesen sein, als er dieses skandalöse Testament machte«, sagte Angelina zu ihrer Schwester, während Joy im Winkel spielte, »wer weiß, ob das Frauenzimmer ihn nicht betrunken gemacht oder ihm irgendwas ins Essen getan hat. Es war ja nicht mehr viel da – aber was er uns beiden hinterließ, das nenne ich eine lächerliche Abfindung. Na, du kannst jedenfalls froh sein, dass er Geld für die kleine Joy angelegt hat, solange unsere liebe Mutter noch lebte, um nach dem Rechten zu sehen.«

Ein Jahr später starb auch Onkel Hopper, nicht so einfach wie andere Leute, sondern auf ziemlich komplizierte Weise und ganz ohne Blumen und Buttergebäck. Da Sterben an sich eine traurige Angelegenheit war, die über Joys Verständnis ging, verwirrte es sie noch mehr, dass es dabei nicht nach bestimmten Regeln zuging, sondern dass jeder Mensch starb, wie er wollte, und jeder verschieden. Wieder war es Dr. Behrmans behutsame Führung gewesen, die Joy begreifen ließ, dass auch Onkel Hopper, obwohl er eines natürlichen Todes gestorben war, doch zu jenen gehörte, die Angelina sich mit stählerner Sanftmut aus dem Weg geräumt hatte.

Onkel Hopper hatte sozusagen stückweise aufgehört zu leben. Solange er da war, war er ganz da und nahm einen großen Raum ein mit all den lärmenden Späßen und seinem Lachen; niemand spielte und tobte so vergnügt wie er mit Joy; er brachte ihr Geschenke, versprach ihr ein Pony, er stellte das Haus auf den Kopf mit seinen tollen Einfällen.

Aber seine Besuche wurden seltener, und Angelina sagte zu Mama: »Mein armer Hopper, er ist nicht ganz wohl – du weißt schon, was ich meine« –, und Mama sagte darauf: »Armes Schwesterchen, du hast dir eine schwere Last aufgeladen.«

Arme Mrs. Hopper!, sagten die Leute mit bedauerndem Augenaufschlag, wann immer sie sich über Angelina unterhielten, arme Mrs. Hopper, mit diesem Mann, und sie ist ein solcher Engel! Onkel Hopper verschwand, und dann tauchte er wieder auf, für eine Weile ging es ihm gut, und dann ging es ihm wieder nicht so gut, er machte eine Reise, und er kam zurück, und er reiste wieder fort, und zuletzt reiste er ganz weit weg, und: »Fort mit Schaden!«, sagte Mr. O'Shaughnessy zu Angelina. »Wir wollen bloß hoffen, dass er's in Gummi besser macht als in Zucker.« Ein Ausspruch, bei dem die kleine Joy sich vorstellte, dass Onkel Hopper die ganze Zeit in Brasilien in hohen Gummistiefeln, Gummihosen und einem Gummimantel herumging. Da auf diese Art schließlich immer weniger von Onkel Hopper übrig blieb, war er eigentlich schon gestorben, noch bevor mitten in der Nacht ein Telegramm ankam, das endgültig mit seinem Leben Schluss machte. In der Fremde zu sterben, im Dschungel und am gelben Fieber, was für ein scheußlicher Tod! Die arme Mrs. Hopper!, sagten die Leute, und Angelina saß auf dem Sofa und schluchzte, sie könne den Gedanken nicht ertragen, nein, sie könne es nicht ertragen, dass Clydes sterbliche Überreste von brutalen Hafenträgern herumgestoßen und verladen werden sollten, besser ihn dort begraben zu lassen, wo er unter den Palmen schlafen konnte, die er so sehr liebte – und dann hängte sie schwere Kreppvorhänge vor ihr Gesicht. Vater, der am Fenster stand, eine Zigarette in der Hand und die linke Augenbraue hochgezogen, bemerkte nur: »Der einzige Trost im Kummer ist die Tatsache, dass du noch nie so unbezwinglich reizend und hilflos ausgesehen hast wie im Witwenschleier, du Ärmste!«

Und am Ende war es Mama, die Joy verlassen hatte und weggegangen war, um zu sterben, aber wie das kam und über den Streit zwischen Mama und Angelina hatte sie nie zu jemandem gesprochen; weder als kleines Mädchen noch zu der Zeit, da sie Rat bei Dr. Behrman gesucht hatte. Mit Mauds Tod hatte sich das Bild vollendet, er war das letzte fehlende Teilchen in dem verwickelten Zusammenspiel der Vergangenheit gewesen. Maud war gestorben, und Vater hatte seine Stirn in Joys Haar gepresst und gesagt: »Ich wollte, ich wäre auch tot, kleine Joy …«

»Tschoy«, sprach er ihren Namen aus, »meine kleine Tschoy, Tschoy-Kinderl.«

»Ich habe dich tausendmal gebeten, dich mit deinem fremden Akzent in Acht zu nehmen«, wies Mutter ihn zurecht. »Vielleicht glaubst du, dass deine Aussprache charmant ist, aber ich kann dir versichern, dass du dich damit unbeliebt machst. Schließlich bist du jetzt ein Amerikaner, warum versuchst du nicht auch, wie ein Amerikaner zu sprechen. Tschoy! Das klingt ja, als wäre sie ein chinesisches Sing-song-Girl!« Joy aber freute sich, dass sie einen besonderen Namen hatte, nur zwischen ihr und Vater allein. Im Übrigen kam es zu einer großen Namensverwirrung, als Angelina Vaters Frau wurde und sich aus einer Mrs. Hopper in eine Mrs. Ambros verwandelte und forderte, »Mutter« genannt zu werden.

Und nun war selbst Mutter verschwunden; sie war da gewesen, aufreizend liebenswürdig und von zuckersüßer Herrschsucht – und im nächsten Augenblick war da nur noch jene leere Aussichtsplattform, das schwingende Pförtchen im Geländer. Klick. Vorbei – und damit schloss sich der Kreis, und Joy war zum Anfang zurückgekehrt: Ich hasste Mutter, und ich musste sie aus dem Weg schaffen.

Wieder beginnt ihr Denken sich zu umnebeln, und sie rollt sich schnell eine neue Zigarette. Komm, komm, nimm dich zusammen, denk nach! Was du jetzt brauchst, ist klare, kalte, logische Vernunft. Ich musste es tun, es war unbedingt nötig, es gab keinen anderen Ausweg. Wenn ich sie nicht aus dem Weg geschafft hätte, dann würde sie wieder alles Böse getan haben, das in ihrer Macht stand, die hilflose Zerstörerin, sie hätte Charles zerbrochen – seine Ehe – seine Kinder –

Plötzlich traf sie ein scharfer, durchdringender Schmerz, ein Pfeil, ein Blitz, ein Schuss ins Zentrum ihres Wesens, eine bohrende Nadel, die einen nackten Nerv in ihrem Hirn berührte: Aber das ist ja Wahnsinn, das ist ja gar nicht wahr, wie bin ich jemals auf den Gedanken gekommen, dass Charley mich nötig hat, um seine Ehe zu retten? Charley braucht mich nicht, er braucht niemanden, er ist ein erwachsener Mensch, kein Babybruder mehr; ein Soldat, ein Offizier, ein Kämpfer, er ist ohne Schaden durch den Krieg gekommen, Charley ist unverwundbar –

Sie presste den Zigarettenrauch in ihre Lunge und hielt den Atem an, tief in sich hineinhorchend, wartete sie, dass der Augenblick der unerträglichen Erkenntnis vorbeigehen möge. Wieso, ach, wieso sehe ich das mit einem Male mit solcher Klarheit, und weshalb war ich da draußen auf der kleinen Plattform so ohne einen Schimmer, so völlig blind und verblendet? Ich muss verrückt gewesen sein – geistesgestört – wahnsinnig –

Wahnsinn. Sie schreckte vor dem Wort zurück, vor dem Gedanken, der ihr Leben vergiftet und gelähmt hatte, all die Jahre, seitdem Mutter in einem verhängnisvollen Gespräch die Angst in sie gepflanzt hatte, die nagende Frage, auf die sie nachher in Dr. Behrmans Sprechstunde eine Antwort suchte; doch die Vieldeutigkeit der Antwort, die er gab, hatte es nur noch schlimmer gemacht. Dem Himmel sei Dank, in Charley war nichts von dieser dämmerhaften Problematik, er wusste nicht um die nächtlichen Qualen, Schatten, Zweifel. Charley war eine gesunde, kräftige, klar sehende Natur, talentiert und einfallsreich, das wohl, aber ein angenehm unzwiespältiger normaler Mensch. In ihm gibt es keine Komplexe und Verdrängungen, dachte Joy, und ein bitteres kleines Lächeln zeichnete Klammern um ihren Mund bei der banalen, viel benutzten Bezeichnung aus dem psychologischen Wortschatz; er war gesund geblieben, denn in seiner Kindheit hatte er genug Gelegenheit gehabt, gegen Mutters kleine Giftinjektionen immun zu werden.

Joy öffnete ihre Handflächen, als wollte sie ein Gewebe, das lockere Gewebe ihres Lebens, aufrollen, um sich in seine Farben zu vertiefen, da und dort einen Faden herausziehen und ihn mit geschlossenen Augen betrachten: Charley.

Unter einer wallenden Straußenfederboa und einem gefältelten, bestickten Rüschenkragen hatte Mutter standhaft ihren Zustand verborgen, denn: »Flori, nicht im Traum würde es mir einfallen, dich im Stich zu lassen; ich werde bei jedem Konzert dabei sein, sieh doch, es ist noch kaum zu sehen, niemand wird etwas bemerken, wenn ich meine Boa trage –«

Worauf Vater etwas ermattet geantwortet hatte: »Aber, mein liebster Liebling, kannst du nicht einsehen, dass es mich nervös macht, wenn du im Publikum bist? Ich erwarte die ganze Zeit, dass ein Saaldiener hereingerannt kommt, während ich spiele, und ganz laut nach einem Doktor für dich schreit. Ich werde von Visionen deiner Entbindung verfolgt, ich sehe immerfort, wie unser Kind auf überstürzte und höchst unanständige Weise im Künstlerzimmer auf die Welt kommt, während ich mich draußen mit Sarasates *Zigeunerweisen* abschwitze – ich kann dir versichern, dass so etwas mein Geigenspiel nicht besser macht.«

Aber Mutter hielt wacker die Londoner Konzertsaison durch, sie ertrug die stürmische Seereise ohne Zwischenfall, und Charley wartete rücksichtsvoll mit seinem Eintritt in die Welt, bis sie während der Ferien zwischen Tourneen zu Hause in der Vallejo Street angekommen waren. Er war fett und schwer, schläfrig und gefräßig, zuerst hatte er einen schwarzen Vogelflaum auf dem Köpfchen, nachher eine Glatze, und schließlich bekam er Vaters grüne Augen und Mutters blonde Löckchen; als er zum ersten Mal in Joys Arme gelegt wurde, ballte er ihre Schulschürze in seinen winzigen Fäustchen zusammen und begann daran zu saugen. Joy, knapp acht Jahre alt, hatte bis dahin nicht geahnt, dass man irgendetwas oder irgendjemanden so lieb haben konnte, mit einem solch stürmischen Entzücken, einer solchen Bezauberung, wie sie dieses warme, lebendige, weinende, grinsende, strampelnde, trinkende und wunderbare Brüderchen liebte. Sie wusste ein Plätzchen in seinem Nacken, das herrlich nach Aprikosen duftete, bis er drei Jahre alt war, worauf es nach einem kleinen Jungen zu riechen begann, was auch großartig war. Charley war kaum drei Monate alt, als er nach Europa verschifft und in *Grand-mères* überschwänglicher Obhut zurückgelassen wurde, während man Joy von ihrem kleinen Bruder wegriss – eine Amputation, an der sie beinahe verblutete –, um sie vorübergehend bei einem Fräulein von Schotze in Dresden zu verstauen.

»Und vergiss nicht, mein Kind, dass dein Vater einen weltbekannten Namen hat und du dich so benehmen musst, dass wir stolz auf dich sein können«, ermahnte Mutter sie mit tränenfeuchten Augen. Es war ein Lieblingswort von Mutter, das Joy durch ihre ganze Kindheit und Jugend verfolgte, ein Wort wie ein Peitschenhieb: *stolz sein*. Es war eine Forderung, der man nie gerecht werden konnte, so sehr man sich auch bemühte, und deshalb fühlte man sich immerfort schuldbewusst. Man hatte raue Hände, die Füße wuchsen zu schnell und wurden zu groß, und man bekam schlechte Noten im Kopfrechnen: kein Grund zum Stolzsein; Vater hatte laue Kritiken, und Charley erwischte Keuchhusten – beides recht beschämend für den gefeierten Namen Ambros! Irgendwo im Hintergrund von Mutters Leben gab es die *Girls*, eine kleine Clique ihrer Freundinnen; die Mitglieder dieser Clique mochten wechseln, aber das machte keinen Unterschied, und Wesen und Zweck dieses griechischen Chores blieben unveränderlich. Zwar gebärdete Mutter sich während jener nervösen Jahre der Konzerttourneen höchst international, doch galt ein Erfolg ihr nur etwas, wenn die *Girls* zu Hause davon erfuhren; und das Schlimmste an jedem misslungenen Konzert war die Angst, dass *die Girls* irgendwie Wind bekommen könnten.

»Hurra für den Konkurrenzgeist der amerikanischen Weiblichkeit! Die hübschen kleinen Skorpiönchen, arme kleine Tierchen, die sich, nach Ansicht der Griechen, ziemlich häufig mit ihrem eigenen Stachel vergiften«, bemerkte Vater in amüsierter Geringschätzung, wobei seine ironische linke Augenbraue in die Höhe ging.

Joy sah und beobachtete vieles und begriff so manches, aber sie redete wenig, vielleicht, weil ihr nie genug Zeit blieb, um an irgendeinem Ort oder in irgendeiner Sprache heimisch zu werden. Wien, Dresden, Paris, St. Cloud, Lausanne, Hampstead, und zurück nach San Francisco für die Ferien, und wieder zurück nach Europa für die nächste Saison. Eine Kette von Lehrerinnen, manche ein wenig sadistisch veranlagt, manche überfließend von der gefräßigen Sentimentalität kinderloser Weiblichkeit. Alle auf eine oder die andere Weise unbefriedigt, Fräulein von Schotze, Frau von Ranken, Mère Marie-Celeste, Madame Rivoire, Miss Blythe, Miss Warrens, Miss Elthwaite. Eine stirnrunzelnde und spinnenfingrige oder aber kürbisbusige und hängebackige Porträtgalerie in Joys Gedächtnis. Geruch von Kreide, Schiefertafel, Tinte, von kaltem Weihrauch, Desinfektionsmitteln, Turnhosen. Das kalte, schwere Leere-Magen-Gefühl beim Frühgottesdienst in der Kapelle, fröstelnde Schlafsäle, blaue Sonntagsschuluniformen mit gestärkten weißen Krägelchen. Ausgänge in tugendhaften, steifen Doppelreihen, an einem Kai entlang, in eine Kirche, durch ein Museum, zu einem Park. Man liest verbotene Bücher, man brütet verbotene Gedanken aus. Im dunklen Schlafsaal wird heimlich Schokolade genascht, von Bett zu Bett geflüstert; manchmal eine Freundschaft mit einem der anderen entwurzelten Kinder, die eine neue Abreise zerschneidet, bevor sie Zeit hat, sich zu entfalten. Die meisten der Mädchen führten Tagebücher; Joy, wortscheu und ungelenk, zeichnete stattdessen.

All dies nannte sich Erziehung.

Doch zuletzt kam immer ein Tag, da Vaters Konzertsaison vorüber war und die Familie aufgesammelt wurde, um Segel für San Francisco zu setzen, und dann kamen zwei oder drei selige Monate mit Vater und Charley und, wohl oder übel, auch Mutter. Wenn sie auch Mutter bedauerlicherweise wenig Grund gegeben hatten, stolz auf sie zu sein, so waren Joy und Charley außerordentlich stolz auf Mutter, zumindest während der Kinderjahre. Ihre Mutter war die Hübscheste, sie hatte die schönsten Kleider, und sie roch immer nach Jasmin. Sie hatte die kleinsten Hände und Füße, und die plötzlich aufschießende und aus allen Proportionen herauswachsende Joy fühlte sich ihr gegenüber wie ein hässlicher, unbeholfener Holzklotz. Zerknirscht und beschämt verzweifelte sie daran, irgendwelche Züge zu entwickeln, auf die Mutter stolz hätte sein können, denn je größer sie wurde, desto weniger Hoffnung blieb für sie oder Vater, dieses schwierige Ziel zu erreichen, und sie musste es Charley überlassen, das Familienbanner hochzuhalten.

Noch vor seinem fünften Geburtstag hatte er seinen ersten Preis in einem Reitturnier im Wiener Tattersall gewonnen, und während der folgenden Jahre brachte er ständig Sportpreise und Trophäen nach Haus und war in allen möglichen Wettbewerben, akademischen und sportlichen, der Erste. Schon sehr früh faszinierten ihn Zahlen und ihre Kombinationen, und bald wanderte er furchtlos und sicheren Schrittes durch den verwirrenden Irrgarten der Arithmetik, darin seine große Schwester sich beschämenderweise noch immer nicht zurechtfand. »Das hat er von den Ballards geerbt«, pflegte Mutter zu verkünden, »er gerät mehr und mehr meinem armen Vater nach, Gott hab ihn selig. Du wirst sehen, mein Charley wird einmal Geld verdienen, haufenweise.«

Als Charleys Talent sich später jedoch den abstrakten Höhen reiner Mathematik zuwandte, bemerkte Vater nicht ohne eine gewisse Erleichterung: »Ich bin nicht so sicher, dass Trigonometrie ihm viel an der Börse nützen wird.« Mit sechs Jahren konnte Charley in einer zwar kindlichen und großen, aber sehr präzisen Handschrift schreiben, obgleich er es standhaft ablehnte, sich mit Lesen zu beschäftigen, und keinerlei Geduld für Märchen und ähnlichen Unsinn aufbrachte. Er sprach ein ganz nettes Französisch und *Grand-mères* wienerisches Deutsch, und viel später zeigte es sich, dass er in diesen frühen Jahren Sinn für die edlen Proportionen der großen Bauwerke bekommen hatte, in deren Schatten er während Vaters Konzertsaison aufgewachsen war.

»Wir sind Storchenkinder, du und ich«, erklärte er Joy, »du weißt doch, was mit Storchenkindern los ist? Im Herbst fliegen sie weg, und jedes Frühjahr kommen sie zurück; wetten, dass Storchenkinder auch Französisch und Deutsch verstehen? Und Afrikanisch.« Er stand vor ihr, fest auf seinen muskulösen kleinen Jungensbeinen, mit herunterhängenden Söckchen, ein wenig Ruß auf der Nasenspitze, Hände in den Hosentaschen, die Stirn war gerunzelt, und der erste Vorderzahn fehlte; er war voll Herausforderung, mit einer winzigen Unterströmung von Betrübnis. Joy wünschte heftig, ihm einen Kuss zu geben, ihn zu berühren, ihm irgendetwas Zärtliches anzutun, aber aus Hochachtung für seine Bubenehre hielt sie an sich und tat nichts dergleichen. Sie wusste bloß, dass sie und Charley gemeinsam etwas besaßen, das sie von allen anderen absonderte – denn wer sonst konnte verstehen, was das bedeutet, Storchenkinder zu sein? Sie gehörten zueinander wegen des Wissens um so viele Dinge, die sie für sich behielten und über die sie nie sprachen – all die Dinge, die niemand sonst wissen konnte.

Vaters Stimmungen zum Beispiel, oder wie seine Stimme tiefer wurde, wenn er nicht zeigen wollte, dass er zornig war, und wie seine Geige vom Musikzimmer unten zu ihnen heraufklang, wenn die Sonne schon untergegangen war und er im Dunkeln weiterspielte wie ein blinder Mann. Das Quieken des losen Brettes auf der fünften Stufe von oben, ein Laut, nach dem man wohl Heimweh haben mochte, wenn man wieder in der Fremde war. Und der kleine Hund, den sie gesehen und sich mehr gewünscht hatten als irgendetwas sonst und den sie nicht kriegen konnten, denn unmöglich konnte man einen jungen Hund auf eine Konzerttournee mitnehmen oder in ein Schulpensionat. Tausend solcher Dinge gab es, die nur sie und Charley kannten und kein Kind außer ihnen: die schrillen Stimmen, mit denen die Marktfrauen rund ums Freihaus ihre Waren ausriefen, wie komisch die Eisenbahnabteile der europäischen Züge aussahen, die beste Methode, sich mit einem brummigen Decksteward auf guten Fuß zu stellen, und dass die Feuerwehr in Wien auf einer Trompete blies, in Marseille hingegen mit Glockengeklingel durch die Straßen raste. Oder dass die Plakate mit Vaters Namen sich nicht von selbst an die Mauern klebten, sondern dass es viel Geld kostete, sie dort anzuschlagen – und Mutter sagte, sie würde ja gern für alles bezahlen, wenn's bloß etwas nützte, und Vater stand beim Fenster, die Hände auf dem Rücken verschränkt, und schaute vor sich hin und tat, als pfeife er sich eins. Und dass wir kein Glück mit Dienstmädchen hatten, denn man kann kein gutes Hauspersonal für nur drei Monate kriegen, und, du lieber Gott, wir können's uns nicht leisten, sie zu behalten, während wir drüben in Europa sind. Und niemand als sie und Charley kannten die Anzeichen von Mutters Kopfwehtagen oder wussten, wann ihr Herz nicht in Ordnung war oder wann man ihr am besten ganz aus dem Wege ging. All dies verband sie enger als andere Brüder und Schwestern und unterschied sie von allen anderen: Sie waren Storchenkinder.

Da Joy acht Jahre älter war als ihr Bruder, begriff sie die Besonderheit ihrer Existenz mit größerer Schärfe und einer leisen Traurigkeit. Charley tat ihr manchmal leid, und es drängte sie, ihn zu beschützen, zu decken, zu verteidigen, sie wusste nicht recht, wogegen. Aber Charley war weit davon entfernt, ihres Schutzes zu bedürfen; er war ein kleiner Kampfhahn, ein streitbares Bürschchen, das seine kräftigen Beine fest auf die Erde pflanzte und mit seiner harten kleinen Faust auf jeden losging, der ihn nicht für voll nehmen wollte. Tatsächlich hatte der vierjährige Charley einmal einen riesigen siebenjährigen Schwergewichtler verprügelt, der die Frechheit gehabt hatte, sich über die zwölfjährige Joy lustig zu machen, und er ging aus dem Kampf zwar mit blutiger Nase, aber siegreich hervor. Diese kühne Tat ereignete sich im Kinderzimmer des Dampfers, auf dem sie England im Sommer 1914, eine Woche nach Kriegsbeginn, verlassen hatten; es wehte gewaltig, die Überfahrt war miserabel und das Schiff überfüllt mit seekranken, hastig heimkehrenden Amerikanern.

Das war vorläufig die letzte Überfahrt, und Joy dachte bei sich, dass ein Krieg, der die Leute zwang, nach Hause in die Vallejo Street zu gehen und dort sitzen zu bleiben, eigentlich eine gute Sache sei. Nur wurde es von nun an immer schwieriger für Mutter, auf etwas stolz zu sein. Bald wurde es beinahe eine Schande, Deutsch zu verstehen: Es wäre besser, du vergisst es, mein Kind, und du redest viel zu viel von Dresden und *Grand-mère* in Wien und solchen Sachen. Nein, sie sind nicht gerade unsere Feinde, wir sind ja eine neutrale Nation, aber sie sind eben Hunnen und Vandalen, du kannst es jeden Tag in den Zeitungen lesen, was für Kriegsgräuel sie begehen, und wir wollen nicht, dass die Leute uns missverstehen, nicht wahr, mein Kind! Joy warf sich verzweifelt zwischen ihren kleinen Bruder und eine Welt, die täglich feindseliger wurde; man musste sich durchkämpfen, Joy in der Schule und Charley im Kindergarten. Er konnte mit Beulen und Kratzern und blau vor Wut von dort heimkommen: »Sie sagen, ich stink nach Sauerkraut. Sie halten sich die Nasen zu. Ich sage: ›Und ihr stinkt nach faulen Fischen.‹ Also kommt's zu einer Rauferei.«

Er stritt, er balgte sich, er geriet in Schlägereien, er bekam Narben wie ein alter Krieger, aber er weinte nicht. Joy nahm es auf sich, mit ihm zum Kindergarten der Schwestern Riley zu marschieren und sich mit ihnen auseinanderzusetzen. Die zwei ältlichen Damen trieften von guten Manieren und versprachen, in Zukunft darauf zu achten, dass ihre Kinderherde Frieden hielt; andererseits gaben sie zu verstehen, dass Charley ein sehr aggressiver kleiner Junge sei, ungewöhnlich aggressiv – und Joy, die sehr feinfühlend und feinhörig geworden war, begriff, dass die alten Damen dachten – wenn sie es auch nicht direkt aussprachen –, dass Charleys Aggressivität und Streitsucht entschieden deutsch und Boche und Hunne seien. Und einige Wochen danach brachte Charley einen Brief heim, in dem die Damen Riley mit tiefem Bedauern mitteilten, dass es ihnen nicht länger möglich sei, den kleinen Ambros ihr Institut besuchen zu lassen, da er eine ständige Quelle der Unruhe unter ihren sonst so friedliebenden jungen Zöglingen bilde. Obgleich Charley unerhört glücklich über diese abrupte Beendigung seiner Kindergartenlaufbahn zu sein schien, fühlte Joy, dass es nun ihre Sache sei, ihm weitere Zurückweisungen zu ersparen und ihn in anregender Weise zu beschäftigen. Es war dringendst notwendig, aus Charley einen echten amerikanischen Jungen zu machen, bevor er in die Schule eintrat, wenn sein Leben nicht zu einer Kette beleidigender Anspielungen und daraus hervorgehender Raufereien werden sollte. Sie war sich klar, dass der erste Schritt in seiner Umerziehung darin bestehen müsste, ihn in die amerikanischen Nationalsportarten, Baseball und Football, einzuweihen. Gewöhnlich oblag es einem amerikanischen Vater, seinen Sohn auf dieser Grundlage zu einem richtigen amerikanischen Jungen zu erziehen. Aber zum Unglück war Vater eben kein richtiger amerikanischer Vater und außerdem noch ein berühmter Geiger, dessen Hände – wie Mutter nicht versäumte zu betonen – sein einziges Kapital vorstellten und sorgfältig geschont werden mussten. Also ging Joy hin und beobachtete die großen Jungens beim Training, bis sie sich fähig glaubte, Charley die Anfänge zeigen zu können. Aber: »Du bleib bei deiner Kreuzstickerei«, sagte Charley; denn sich von einem Mädel trainieren zu lassen war eine noch ärgere Schande, als Sauerkrautfresser genannt zu werden. Schließlich war es Mr. O'Shaughnessy, Mutters rothaariger, lautmäuliger Freund, der den patriotischen und landesüblichen Teil von Charleys Erziehung in die Hand nahm.

An regnerischen Tagen jedoch gefiel es Charley, Joy zuzusehen, wenn sie mit Pastellstiften oder Aquarellfarben herumwirtschaftete, und nach einer Weile überkam auch ihn der Schaffensdrang, und er begann zu zeichnen. Er zeichnete stets ein Haus, vor dessen Tür ein Herr in glänzendem Zylinder einen kleinen Hund an der Leine führte. Zunächst handelte es sich nur um ein sehr einfaches und reichlich schiefes Haus mit zwei Fenstern, einer Tür und einem Ziegelschornstein, aus dem Rauch hervorkräuselte. Doch nach und nach wuchs dieses Haus, wurde komplizierter, gewann an Größe, Konstruktion, Perspektive und architektonischen Ideen; mit dem Resultat, dass Charleys Skizzen, als er sechzehn wurde, zu einer Mappe voll von Plänen, Entwürfen und überraschend präzisen Blaupausen angewachsen waren. Da gab es Ansichten von Gebäuden und Straßen, manche angeregt durch ein verwischt erinnertes Europa, andere in eine Zukunft aus Stromlinien, Funktionalismus, Glas und Stahl weisend: Und Charley wusste mit Gewissheit, dass er Architektur studieren wollte.

Doch all dies kam erst später, und dazwischen lagen jene umwölkten Jahre vor dem Krieg. Je mehr die Vereinigten Staaten dem Kriegseintritt zugedrängt wurden, desto nervöser und reizbarer wurde Mutter. Arme Angelina, verheiratet mit einem Mann, dessen vier Brüder als Offiziere aufseiten der Hunnen kämpften. Sie grämte sich und schämte sich und sorgte und litt und verzehrte sich in ruhelosen, unzusammenhängenden, unfruchtbaren Geschäftigkeiten, mit denen sie die *Girls* vergessen zu machen suchte, dass ihr Mann ein *Ausländer* und fast ein feindlicher Ausländer war. Aber der Fleck auf der Ambros'schen Ehre kam immer wieder durch. Da war zum Beispiel Vaters Taufname; in welchem Land außer Österreich war es möglich, dass ein Mann Florian getauft wurde? Joys große Füße waren ausgesprochen unamerikanisch, und so war der Knicks, den sie in Dresden gelernt hatte und der sich bedauerlicherweise von der echt angelsächsischen Art des Knicksens unterschied. Die deutschen Firmenzeichen wurden aus dem Mantel getrennt, den Mutter in Berlin gekauft hatte, und Charleys kleine Tiroler Lederhose im Koffer weggeschlossen. Charley konnte das alles nicht recht begreifen und bat Joy um Erklärungen, aber sie selbst paddelte ziellos in den ungründigen, schlammigen Gewässern internationaler Politik herum. Eine beinahe tragische Ruhelosigkeit ging von Mutter aus und erfüllte das Haus bis in den letzten Winkel. Vater saß am Klavier, als hätte er eine unsichtbare Glasglocke über sich gestülpt, und holte mit versonnenem Lächeln ein paar Akkorde aus den Tasten. »Das *Requiem* von Brahms, Tschoy, erinnerst du dich? Du hörtest es in Dresden.

›… und machen sich viel vergebliche Unruhe‹« – sagte er in seinem verbotenen Deutsch –, »so nennt es die Bibel, Tschoy: viel vergebliche Unruhe …«

Es ist wahr, es gab viele zur Mäßigung mahnende Stimmen inmitten der um sich greifenden Kriegspsychose, aber es liegt ja in der Natur der Mäßigung, dass sie nie so laut wird wie Fanatismus. »Ihr Amerikaner seid merkwürdige Leute«, mochte Vater wohl sagen, »Menschen des Superlativs, superlativ praktisch, superlative Idealisten; und jetzt lasst ihr euch von euren superlativen Emotionen hinreißen, und das ist eine gefährliche Sache: ein Pferd, das durchgeht, wenn man es nicht durch Denken und Intelligenz zu zügeln versteht.« Es machte Mutter stets wütend, wenn er sagte: »Ihr Amerikaner.« Vielleicht sagte er es gerade deshalb, empfand Joy mit der überfeinerten Sensitivität ihrer vierzehn Jahre.

In dem kosmopolitischen San Francisco gab es Familien deutscher Abkunft fast so zahlreich wie Angelsachsen, aber gerade diese alten deutschen Familien suchten einander in der Zurschaustellung ihres Patriotismus zu übertreffen und ihr echtes Amerikanertum bei jeder Gelegenheit zu demonstrieren. Nach vielen Krisen und Spannungen fand Mutter eine Lösung, die darin bestand, dass sich Vater, wie so viele andere, freiwillig für den Sanitätsdienst des Roten Kreuzes in Europa melden sollte, und sie bettelte, und sie war unglücklich, und sie weinte so lange, bis die chinesische Wasserfolter ihrer schweigend vergossenen Tränen Vater aushöhlte. »Schon recht, schon recht«, schrie er – und es geschah nur sehr selten, dass Vater seine Stimme hob –, »aber ich eigne mich zum Krankenträger wie die Sau zum Strümpfestopfen, und wenn ich den Ehrgeiz gehabt hätte, als Held verkleidet herumzulaufen, dann hätte ich mich nicht erst mit meiner ganzen Offiziersfamilie entzweien müssen und hätte meine Karriere gleich als so ein verfluchter Kommissstiebel anfangen können. Komm, Tschoy, wir wollen spazieren gehen!«, und damit rannte er Türen schlagend aus dem Haus, mit Riesenschritten und, wie gewöhnlich, ohne Hut. Auch Joy blieb keine Zeit, den ihren aufzusetzen, aber sie hielt wacker Schritt mit Vater, bis er auf der Höhe der Hyde Street anhielt, seine Zigarette wegwarf und tief atmete.

»Schade, dass es in San Francisco keinen Zauberwald gibt, wo man sein Bündel abwerfen kann, nicht wahr? Aber es ist schön hier, und die Stadt und die Landschaft sind mir ans Herz gewachsen. Die Idee, mich in den Krieg verfrachten zu lassen, ist mir widerwärtig. Ich hasse alles Soldatenspielen und mache eine Sauerei aus allem, was nicht Musik ist, darauf kannst du deinen Kopf wetten«, sagte er.

»Warum tust du's dann, Vater? Amerika ist noch nicht einmal im Krieg, und – du wirst uns sehr fehlen, Charley und mir.«

Er sah sie an mit seinem halben Lächeln, und dann blickte er von ihr fort, auf die Bucht. »Aus atavistischen Gründen, sozusagen. Kein Mann kann's vertragen, für einen Feigling gehalten zu werden; das ist eine spezielle männliche Schwäche; aber dagegen kann man nichts machen, Kinderl.«

»Nun ja, aber du bist doch – ich weiß nicht recht, wie ich's ausdrücken soll –, du bist ein Künstler, ein Musiker. Mausi sagt, Musik ist eine eigene Dimension für sich, eine fünfte Dimension, in der ihr Musiker lebt –«

»Willst du damit sagen, dass ich ein bisschen weniger als ein Mann bin, weil ich Geige spielen kann? Kein ganzer Mann? Das ist nicht sehr schmeichelhaft, Tschoy. Siehst du, Kinderl, ich kann so gut wie jeder andere durch sanfte Erpressung dazu gebracht werden, zu tun, was ich durchaus nicht tun will; aber lass uns nicht mehr darüber reden. Schau, wie schön das alles ist – schau doch.«

Schau, sagte Vater oft zu ihr, und dann konnte sie sehen; horch, sagte er, und sie lernte hören.

Die Bucht war in ihrer besten, klarsten Smaragdlaune, Contra Costa, das andere Ufer weit da drüben, grünte im Frühling, und die Yerba-Buena-Insel war zart in die Landschaft gezeichnet; fern im Westen wusch die Küste ihre Füße im Stillen Ozean, ganz weit drüben und unwirklich lehnte sich der Himmel an die purpurnen Schultern des Berges Tamalpais. Die Fischerflotte war ausgefahren, aber ein Wald von Masten und Schiffsschornsteinen säumte die Ankerplätze des Embarcadero, wie langsame Wasserkäfer zogen die Fähren ihre Bahnen auf der glatten Wasserfläche, und kleine weiße Segelboote schienen still zu stehen und ihr eigenes Bild im Spiegel der Bucht zu betrachten. Zwei weiße Schoner nahmen langsam und stolz ihren Weg in voller Takelung durch das Goldene Tor, auf der geschmolzenen Metallfläche der blendenden Sonne im Westen zugleitend. »Schau doch, Tschoy«, sagte Vater, »horch, Kinderl –«

Da waren die Stimmen von San Francisco: das ständige dumpfe Brausen der inneren Stadt, der harte Schrei von Seemöwen, von der Brise getragen wie verwehte Fetzchen weißen und braunen Papiers; die vielsprachigen Rufe der Straßenverkäufer, das Rumpeln und Klappern der Drahtseilbahn und das tiefstimmige Dampfpfeifengespräch zweier großer Dampfer, die sich vorsichtig in ihre Ankerplätze manövrierten. In den Straßen das kleinhufige Stakkato der Kutschpferde auf den Pflastersteinen, Automobile, die steilen Hügel hinaufstöhnend, ihr beschwerliches Knattern übertönt durch die dringlichen, doch fröhlichen Signale von zwei Feuerwehren, die die Suter Street entlangrasten, und das Getrampel der kleinen Jungen, die hinterherrannten, so schnell ihre Beine sie tragen wollten. Irgendwo gab eine Drehorgel eine quiekende, zahnlückige Fassung des Zigeunerchors aus dem *Troubadour* zum Besten, irgendwo sang eine italienische Stimme *Santa Lucia*, irgendwo mühte sich ein Kind an einem offenen Fenster mit einer Clementi-Sonatine, und in dem Gässchen weiter unten pfiff jemand laut und hell. »Ja, ich habe gelernt, diese Stadt zu lieben«, sagte Vater, »ein Gigantenbaby mit einem dreckigen Gesicht, aber ich bin gern hier; ergo muss ich woanders hingehen und mein kleines stupides Teil zu der allumfassenden Stupidität des Krieges beitragen. Nun, wahrscheinlich gehört der Mensch eben einer Tiergattung an, die es nicht lassen kann zu töten, der Kämpfen so nötig ist wie Essen, Schlafen und Fortpflanzung. Manchmal frage ich mich, welche Tiere die Welt übernehmen werden, wenn die letzten paar Exemplare des Homo non sapiens einander umgebracht haben. Die Ameisen? Die Bienen? Die Polypen am Meeresgrund, diese geduldigen Ingenieure und Erbauer von Koralleninseln? Komm, Tschoy«, sagte er, aus seinen Überlegungen auftauchend, »jetzt wollen wir also heimgehen und Mutter erzählen, wie reizend sie in ihrer Rot-Kreuz-Uniform aussieht. Und höre, Tschoy – wir wollen diesen Spaziergang als unseren eigenen, ganz privaten Abschied betrachten. Sei gut zu Charley, während wir da drüben sind. Sei gut zu dir selbst, Kinderl; du bedeutest mir sehr viel –«

Bei der Abreise nach Europa war Mutter zum ersten Mal wieder *stolz*, und zum ersten Mal mochte Joy sie nicht leiden. Sie schämte sich der ungehörigen Abneigung, die ihr ein Gefühl der Schuld gab. Charley schien die ganze Sache nicht sehr zu berühren. Erst als Joy ihn nach dem strengen Gray-Fox-Institut auf der Halbinsel brachte und Abschied von ihm nahm, weinte er; nicht wie ein Kind, sondern wie ein erwachsener Mann: ergrimmt, tonlos, beschämt, mit abgewendetem Gesicht, und nur das Rütteln seiner Knabenschultern verriet seinen Kummer.

»Ich werde dich oft besuchen, Charley, ich werde Miss Elthwaite um Wochenendurlaub bitten, und, pass auf, wir können uns Sonntag in der Vallejo Street einbuddeln, und ich werde für dich kochen, ich weiß doch, was du gern isst; und Weihnachtsferien gibt's auch«, sagte sie; sein erwachsener Kleinjungenschmerz machte sie hilflos.

»Der Krieg wird bald vorbei sein, und dann sind wir wieder alle zusammen.«

Charley sah wie ein Soldat aus in seiner kleinen Schuluniform mit dem glänzenden Ledergurt, die militärische Mütze schief aufgesetzt, Epauletten auf seinen kräftigen Schultern, Schnüre und Medaille auf der Brust; er brachte eine ständig wachsende Sammlung von Trophäen in die Vallejo Street mit, und dann stand er grinsend vor den Standartenträgern aus Messing und den schimmernden Bechern, die aussahen, als wären sie vergoldet: »Ist das Zeug nicht hässlich? Sind sie nicht einfach zu scheußlich?« Selbstverständlich waren sie das, aber wie wunderbar, dass der siebenjährige Charley es bemerken und sich darüber lustig machen konnte. »Erinnerst du dich, Joy, als ich noch klein war?«, fragte er sie an einem Feiertag; Mausi hatte die beiden in ihr Altweiberhöhlchen nach Berkeley eingeladen und mit Kuchen vollgestopft. »Erinnerst du dich, Joy, als ich klein war, nahm ich mir vor, ganz schnell zu wachsen, damit ich bald so groß wäre wie du und dich heiraten könnte?«

»Na und?«, fragte Joy.

»Ich hab mir's inzwischen überlegt, große Schwester«, sagte er und sah ihr ins Gesicht, nachdenklich amüsiert, mit einem Ausdruck fast wie Vater.

»Schade, Charley, ich rechnete so sehr darauf. Jetzt werde ich also wohl eine alte Jungfer werden müssen«, lächelte Joy; sie fühlte, wie ihr Bruder sie sachte von sich schob, sich von ihr entfernte. Zu Beginn dieser Jahre, da die Eltern in Europa blieben, Mutter in Paris und Vater mit einer Ambulanz irgendwo im Krieg, hatten die Geschwister sich noch enger aneinandergeschlossen, gleichsam als ob die Zeitspanne, die den kleinen Bruder von der großen Schwester trennte, zusammengeschrumpft wäre. Aber später, als aus ihr ein junges Mädchen und aus Charley ein richtiger Schuljunge wurde, wuchs der Altersunterschied zwischen ihnen immer mehr, bis er unüberbrückbar wurde.

Nun war Charley solch ein gesunder, normaler Junge geworden, wie Joy es immer für ihn gewünscht hatte, und doch schmerzte es ein ganz klein wenig. Zuweilen ertappte sie sich bei dem schuldbewussten Wunsch, dass er nicht ganz so unabhängig und selbstsicher, so stark und gesund sein solle; sie erkannte den Egoismus solcher versteckten Wünsche und nahm sich in strenge Zucht. Trotzdem: Könnte er nicht gelegentlich die Masern bekommen oder vielleicht Mumps, keine wirklich schmerzhafte oder gefährliche Krankheit, nur eben genug, um sie ein wenig zu brauchen? Aber Charley absolvierte die üblichen Kinderkrankheiten ohne große Geschichten, ja ohne sie auch nur davon in Kenntnis zu setzen. Als Sechzehnjährige träumte sie davon, Krankenschwester in einer Leprakolonie zu werden, eine höchst lobenswerte malerische Betätigung für ein vereinsamtes Kind. Aber bei Kriegsende, als die Eltern zurückkehrten, war sie sich klar geworden, dass nun eine Malerin aus ihr werden müsse.

Solcher Art sind die Dinge, an die Joy sich erinnert, während sie nachts in Tokema auf dem Bahnsteig sitzt und wartet, und dies sind die Bilder, die sie in den Spiralen des Zigarettenrauchs erblickt. Von dem überhängenden Dach der Station tropft es mit blechernem Klang in die Regenrinne, der kleine gelbe Hund ist eingeschlafen, im Glasverschlag des Stationschefs tickt der Morseapparat. Joy langt nach dem Päckchen Tabak und rollt mechanisch eine neue Zigarette. Nun, es ist keine Malerin aus mir geworden und auch sonst nichts, denkt sie. Unbewusst nimmt sie die Linien der kleinen bläulichen Zeichnung in sich auf, die der Zigarettenrauch unter der spärlichen elektrischen Birne formt. Auch auf dem Steinboden liegt ein bewegliches Muster, der flatternde Schatten zweier Nachtschmetterlinge, die ihre dicken Köpfe gegen den gläsernen Lampenschirm stoßen. Und dann steht sie wieder mit Charley am Bahnhof in Oakland und wartet auf die Ankunft des Zuges, der Vater und Mutter aus dem Krieg zurückbrachte; und dann weiß sie wieder, warum sie auf der heutigen Reise, die auf derselben Station begonnen hatte, wie unter einem unwiderstehlichen Zwang mit Mutter ein Ende machen musste: weil seit dem Augenblick jener Ankunft der Kampf um Charley zwischen Mutter und ihr nie aufgehört hatte.

Sie gedenkt der Nachkriegsjahre, als Mutter von Absturz und Niederlage umgeben war, ohne Nahrung für ihren fressenden Ehrgeiz und niemand außer Charley, auf den sie hätte *stolz* sein können. Mutter liebte ihren Sohn, und es kümmerte sie nicht, ja, sie wusste es wahrscheinlich gar nicht, dass ihre Liebe ein menschenfresserisches, zerstörerisches Gefühl war. (Mutter liebt mich wie ein Seidenwurm sein Maulbeerblatt, hatte Charley einmal gesagt.) Joy ihrerseits hatte sich bemüht, hart und schmerzvoll, jede Spur von Egoismus aus ihrer schwesterlichen Zuneigung auszumerzen.

Es gab ein paar Zeilen im *Rosenkavalier*, die Vater zu zitieren pflegte und die er sogar in das Stammbuch ihrer Backfischzeit eingeschrieben hatte:

Mit leichten Händen
nehmen und halten,
halten und lassen
mit leichten Händen,
wer nicht so ist,
den straft das Leben,
und Gott erbarmt sich seiner nicht.

In jenen sorgenbeschwerten Jahren hatten Mutters Hände schwer auf Charley gelegen; anklammernde, besitzergreifende Hände, kleine, weiche, böse Hände, und Gott und allen Engeln sei Dank, denkt Joy, dass er ohne Schaden davongekommen ist! Davongekommen und fortgezogen, weit weg von Mutters unheilvollem Einfluss. Er erwarb sich Freistellen und Stipendien, um zu studieren, er verdiente sich seinen Lebensunterhalt, wenn kein Geld da war, verkaufte Zeitschriften und Staubsauger, putzte Fenster, legte Kabel, tat jede Arbeit, die sich ihm bot. Er tat, was er wollte, wurde ein Architekt, heiratete nach seinem Kopf die eine, die ihm gefiel. Charley, kleiner Bruder, siehst du nicht, dass ich nicht anders konnte? Ich durfte nicht danebenstehen und zusehen, wie sie alles zerstörte, was du ganz allein für dich aufgebaut hast.

Aber nein, besinnt sich Joy, er ist nicht mehr mein kleiner Bruder; für Charley sind Mutters Intrigen und Machinationen nur ein Witz, er hat immer nur darüber gelacht – und sie kann sein gutmütiges Lachen hören, und sie sieht, wie er Mutters Schultern tätschelt. Was braut heute in deinem Hexenkessel, Unheilsmütterlein? Molches Aug' und Unkenzehe, Hundemaul und Hirn der Krähe? Eine

Zeile aus einem seiner Feldbriefe kommt ihr in den Sinn: »Nicht der geringste Grund, sich um den Unterzeichneten Sorgen zu machen, Schwesterherz; was ich tue, ist recht ungefährlich, und die gelegentlichen kleinen Unbequemlichkeiten sind gut für meine Figur« – (was er gelegentlich kleine Unbequemlichkeiten nannte, bestand darin, mit dem Fallschirm in Feindesland abzuspringen und im Rücken der feindlichen Streitkräfte sein Deutsch und Französisch der guten Sache nutzbar zu machen). Nein, Charley, ein Mann wie du braucht keine Hilfe; was ich dachte und was ich tat, war reiner Irrsinn –

Joy beginnt zu zittern. Das Hündchen legt seine Vorderpfoten auf ihr Knie und möchte ihr Gesicht ablecken; sie starrt in seine drolligen, intensiven Hundeaugen, und es starrt in die ihren; o Gott, flüstert sie, hilf mir, wenn Mutter immer schon recht gehabt hat. Vielleicht ist es wahr. Vielleicht bin ich unzurechnungsfähig. Vielleicht bin ich seit Jahren verrückt gewesen, ohne es zu wissen. Irrsinnige wissen ja nie von sich selbst, aber Mutter wusste es und wollte mich behüten; vielleicht ließ sie mich deshalb nicht von ihrer Seite, vielleicht wusste sie die ganze Zeit, dass etwas in mir überschnappen konnte, zerbrechen und mich zu entsetzlichen Dingen treiben. Sie birgt ihr Gesicht in dem warmen, zottigen Hundefell und versucht zu weinen, aber darin fehlt es ihr an Übung, und keine Tränen kommen zu ihrer Erlösung. Nur ein trockenes, zerknicktes Schluchzen, als sie den verschollenen Namen vor sich hin flüstert: »Fred! Fred! Du musst es nicht glauben, Fred, es ist nicht wahr, es kann nicht wahr sein, ich bitte dich, Fred –«

»… das Eis ist dünn, Tschoy«, pflegte Vater zu sagen, »wir alle laufen auf sehr dünnem Eis herum; man muss schon ein recht geschickter Kunstläufer sein, um sich obenauf zu halten und nicht einzukrachen in das niederträchtige Chaos eines Nervenzusammenbruchs …«

Wenn Vater während des Krieges oder nachher einen Nervenzusammenbruch durchgemacht haben sollte, dann musste das unauffällig und unbemerkt vorbeigegangen sein. Er kam nur 1919 sehr verändert zurück; sein Haar war grau geworden, dünn und welk, und wenn seine Arthritis sich schlecht benahm, ging er vorgebeugt, er war nicht mehr so groß wie zuvor, älter als seine Jahre. Oft stand er am Fenster und trommelte mit seinen angeschwollenen, verkrümmten Fingern auf die Scheiben, trommelte den Rhythmus von Konzertstücken, die er nie wieder spielen würde. Er starrte seine Finger so konzentriert an, als wolle er sie zu ihrer früheren Beweglichkeit zurückhypnotisieren; er untersuchte sie wieder und wieder; auf der gespannten, geröteten Haut der entzündeten Knöchel und Gelenke lag ein matter Glanz. Er knetete seine Finger, bewegte sie, rieb sie, zerrte daran.

»Tut's weh, Vater?«

»Nicht sehr, Tschoy, nicht der Rede wert.«

Souvenir de France nannte er seine Finger. Vielleicht nützt diese neuartige Behandlung mit Bienengift etwas … Es gab keine Methode, die er nicht versucht hätte, zuerst die üblichen, von den Ärzten in der vagen Hoffnung empfohlen, dass das eine oder das andere Mittel helfen mochte, obwohl die Wissenschaft vorläufig weder etwas über die Ursache der verkrüppelnden Krankheit wusste noch über die Heilung. Später kamen dann die Quacksalber an die Reihe, die Wundertäter, die Gesundbeter, die alten Hausmittel, Kräuter und Öle, Kaninchenfelle, heiße Kompressen und salzlose Diät, dies und jenes, und jedes Mal glaubte Vater für ein oder zwei Wochen an die neue Therapie, nur weil er so verzweifelt glauben wollte. Auf dem Flügel in seinem Studierzimmer stand der Geigenkasten, er öffnete ihn, nahm die *Kaiserin* heraus, hob das Instrument ans Kinn, und mit dem Schwung des großen Geigers hielt er den Bogen für eine Sekunde über den Saiten, bevor er ihn ansetzte und zu spielen begann. Noch immer konnte er geigen; aber nicht gut genug für den Konzertsaal und bestimmt nicht gut genug für seine Ansprüche. »In Gottes Buchhaltung sind wahrscheinlich ein paar Schnitzer gemacht worden«, sagte er wohl, »ich hatte da einen Kameraden, Bill Branley, er war ein Briefträger, und er verlor beide Beine; was ist dann selbstverständlicher, als dass ich, ein Geigenspieler, verkrüppelte Hände abgekriegt habe?«

»Du musst einmal diesen Artikel im *Atlantic Monthly* lesen, Angelina«, warf er an einem anderen Tag ins Gespräch, seine linke Augenbraue stand hoch in seiner nun mit feinen Runzeln bedeckten Stirn; »in der Auvergne sind prähistorische Skelette gefunden worden, die deutlich zeigen, dass die armen Kerle auch ihre Arthritis weghatten. Allerdings ist anzunehmen, dass es so einem Höhlenbewohner nicht so sehr darauf ankam, ob er im Konzert auftreten konnte oder nicht –«

Eine Zeit lang benahm sich Mutter betont heiter, sie versuchte Tag und Nacht, Vater mit ihrem Optimismus aufzupulvern, und ihr Eifer kannte keine Grenzen. »Diese Saison ist sowieso vorbei, und bis zum nächsten Herbst wirst du bestimmt wieder in Ordnung sein. Du kannst dich ja langsam wieder einarbeiten, warum spielst du nicht ein paar einfache Stücke, das gefällt dem Publikum ohnedies besser als das schwere Zeug. Was dir nottut, ist mehr Selbstsicherheit – ich sprach mit den *Girls* darüber, Caroline Brooks' Schwägerin ist jetzt Präsidentin vom Euphonie Club, und Irma Fränkel hat's endlich durchgesetzt, in das Programmkomitee der *Thursday Afternoon Society* gewählt zu werden, sie geben von Zeit zu Zeit einen musikalischen Tee, und dann ist da diese Wohltätigkeitsveranstaltung der *Junior League* – dort könntest du zum Beispiel dieses Ding von Bach auf der G-Saite spielen, das ist ein leichtes Stück und sehr hübsch, nicht wahr –«

Er spielte das Ding von Bach für die Damen des *Euphonie Clubs*, er spielte dieses eine Mal in der Öffentlichkeit und nie wieder. »Ich bin weder ein Wohltätigkeitsobjekt noch ein geeignetes Schoßhündchen für die Damen«, sagte er, glühend vor Wut, »und so weit es sich darum handelt, Geld zu verdienen, fiedle ich lieber an der nächsten Straßenecke und sammele nachher mit dem Hut. Das wäre zumindest ehrlich.« Er schloss die *Kaiserin* weg und ließ San Francisco durch seine Journalistenfreunde wissen, dass er bereit sei, ausgewählten, talentierten Schülern Unterricht zu geben. Und damit endete die glänzende Konzertlaufbahn des großen Florian Ambros.

Für Mutter war es der härteste Schlag, der sie je getroffen hatte; aller Glanz war aus ihrem Leben genommen, aus war es mit der internationalen Berühmtheit, nichts mehr, womit sie ihren maßlosen Ehrgeiz befriedigen konnte. »Als ich dich heiratete, ließ ich mir's nicht träumen, dass ich eines Tages die Frau eines armen Musiklehrers sein würde«, hörte man sie murren. Noch besaß sie Hoppers Saphirschmuck und das Chinchillacape, aber ihre teuren Pariser Vorkriegstoiletten waren unmodern geworden, und selbst ihr wunderschönes Haar war in dieser unfeinen Nachkriegswelt mit ihrem Überfluss an dünnen Beinen, freier Liebe und Bubiköpfen nichts Besonderes mehr. Das Einzige, was ihr geblieben war, um sich vor den *Girls* großzutun, waren Charleys Sporttrophäen und seine Fortschritte in Mathematik und Geometrie. Wieder wurde Mutter zur Märtyrerin, so wie zu Onkel Hoppers Zeiten, aber sie ertrug es tapfer, und nach und nach begann sie sich zusammenzureißen. »Irgendwie werden wir's schon schaffen«, verkündete sie. »Wenn ich auch nur eine alberne kleine Person bin, so habe ich doch immer einen guten Kopf für Zahlen gehabt; lass mich nur die Sache in die Hand nehmen, wir werden's schon schaffen! Wenn du zum Beispiel nur zwanzig Dollar für die Stunde rechnest – und dazu kommen noch die viertausend Dollar Zinsen von dem Geld, das mein Vater für Joy angelegt hat –«

»Fällt mir ja nicht im Traum ein, Joys Geld anzurühren! Das schlag dir lieber sofort aus dem Kopf«, schrie der Vater, »sie wird das Geld verdammt nötig für ihr Studium brauchen. Von mir aus gebe ich gut und gern zehn Musikstunden jeden Tag, wenn's notwendig ist, uns über Wasser zu halten, und ich werde dafür nehmen, was ich kriegen kann, zwanzig Dollar für die Stunde, wie stellst du dir das vor? Vergiss nicht, Angelina, dass reiche Leute gewöhnlich kein Talent haben und talentierte Leute kein Geld, und was ich will, sind die talentierten! Wir werden eben alles Überflüssige aus unserem Budget streichen und sparen, wo wir können, aber Joy wird in die Kunstschule gehen und malen lernen. Der alte Merryl ist zwar ein Narr mit seinen akademischen Vorurteilen, aber solide Anfangsgründe haben noch keinem geschadet, und man sagte mir im Übrigen, dass Merryl ein recht anständiger Lehrer ist. Späterhin kann sie mit ihren viertausend jährlich nach Paris gehen, um wirklich etwas zu sehen und zu lernen und sich zu entwickeln. Das Kind hat Talent, sie hat Augen, sie hat eine persönliche Auffassung …«

»Also, das ist das Letzte! Auf die Kunstschule, ein junges Mädchen aus guter Familie! Sie wird nach Terpentin riechen, und ihre Fingernägel werden immer schmutzig sein, und sie wird kein Korsett tragen wollen – gerade in dem Alter, wenn ein Mädel lernen soll, sich hübsch zu machen und liebenswürdig zu sein. Sie müsste auf Bälle und Gesellschaften gehen, die richtigen jungen Männer kennenlernen und einen Bewerber oder zwei haben –«

Einer von Angelinas Plänen beruhte auf der Hoffnung, dass ihre knochige, langbeinige, unhübsche und nicht sehr entgegenkommende Stieftochter sich auf wunderbare Weise und über Nacht in eine höchst anziehende Kreatur voll Reiz und Schönheit verwandeln würde, eine erfolgreiche Ballkönigin, die sich im natürlichen und wünschenswerten Ablauf der Ereignisse mit einem Millionär verehelichen und damit die Familie Ambros wieder auf den ihr gebührenden Platz zurückbringen würde. Es kam zu Tränen und zu einem entscheidenden Streit; es bedrückte Joy, dass sie eine neue Enttäuschung zu Mutters Bürde fügte, aber sie konnte nicht anders und war Vater dankbar dafür, dass er auf seinem Willen beharrte. Nicht dass die Kunstschule sich als ein Paradies erwiesen hätte, keineswegs! Der alte Professor Merryl, eine von San Franciscos geheiligten Reliquien, steckte sie in die Zwangsjacke seiner Methode und legte ihr die Handschellen seines künstlerischen Credos an, das in dem schlechtesten, in Fett erstickenden und genremalenden Teil des 19. Jahrhunderts wurzelte. Der Zeichenstift erstarrte in ihrer Hand, und der Pinsel trocknete ein, sobald sich Merryl hinter sie stellte und über ihre Schulter hinweg ihre Arbeit besah; sein Arm schoss nach vorn, und sein anklagender Zeigefinger mit dem langen, gerillten Altmännernagel deutete unerbittlich auf jede kleinste Abweichung von einem tödlichen und toten Realismus. Für ihn war ein großer Schinken im Makartstil, betitelt *The Russian Bride's Attire*, der im Museum hing, das Meisterwerk aller Zeiten; aber Joys Augen waren durch ihre frühe Bekanntschaft mit den französischen Impressionisten auf etwas ganz anderes eingestellt; ihr Maler war van Gogh, aber sein Name war in jenen Jahren, den brausenden, verschwenderischen, betrunkenen, grellen Zwanzigerjahren Amerikas, nur einem engen Kreis von Kunstkennern in den Vereinigten Staaten bekannt. Die Zeichenklassen, Aktklassen, Stillleben, Landschaften, alles musste sich nach dem Geschmack von Professor Merryl richten, und alles ging ihr schmerzhaft gegen den Strich. Endlich, während ihres dritten Schuljahres, erklärte der alte Meister eines ihrer Aquarelle für gut genug, um es in der jährlichen Schulausstellung zu zeigen. Er selbst hatte das Thema dafür gewählt – *Sonnenuntergang über dem Goldenen Tor* –, und Joy dachte bei sich, dass ihr Opus ein recht annehmbares Plakat für Tomatensoße in Büchsen abgeben würde. Aber Mutter schien einigermaßen stolz zu sein, und Vater fühlte sich gerechtfertigt; und so gab Joy, ein wenig ermüdet, ein wenig melancholisch und sehr entmutigt, Tag um Tag ein weiteres Stückchen ihrer selbst auf.

»Was ist eigentlich mit dir los, mein Kind, dass du nicht sein kannst wie alle anderen jungen Mädchen? Die anderen vergnügen sich, während du immer dahockst und schaust«, stichelte und bohrte die Mutter.

»Wenn ich etwas malen will, muss ich mir's zuerst anschauen«, war Joys logische Entgegnung.

»Manchmal glaube ich, du willst bloß um jeden Preis originell sein.«

»Schließlich bin ich ja auch ein wenig anders aufgewachsen als die anderen«, erwiderte Joy.

»Am nächsten Samstag ist das große Fußballspiel, ich glaube, der junge Brooks hätte nichts dagegen, dich mitzunehmen.« Der junge Brooks, Enkel der alten Mrs. Bensinger, die noch immer die Gesellschaft von San Francisco beherrschte, war ein unsympathischer kleiner Snob, noch in dem jugendlichen Zustand von pickligem Gesicht und schweißfeuchten Händen – recht zudringlichen Händen übrigens.

»Nein, dafür bedanke ich mich«, sagte Joy. Sie fühlte sich verloren in dieser Ära der öffentlichen Prohibition und der geheimen Saufgelage, inmitten einer Generation, die sich selbst als flammende Jugend bezeichnete. Und zwar brannte diese Jugend lichterloh aufgrund der zwei größten Entdeckungen, die das 20. Jahrhundert bis dahin gemacht hatte: der allgemeinen Verbreitung von Mitteln zur Geburtenverhütung und der Verwendbarkeit von explosionsmotorgetriebenen Fahrzeugen zu Zwecken des Geschlechtsverkehrs, sei es des teilweisen oder des kompletten.

»Vielleicht kannst du mir sagen, was mit mir los ist?«, fragte sie ihren Vater in einer vertraulichen Stunde. »Es ist wahr, ich bin wirklich anders als die anderen Mädels, und das bedrückt mich manchmal. Zwischen jungen Leuten meines Alters fühle ich mich wie ein Bleiklumpen. Diese Söhne der guten Familien in ihren wunderschönen Fräcken und mit ihrer abgründigen Dummheit interessieren mich einfach nicht, und noch weniger die Burschen, die ein bisschen Krieg gespielt haben und nicht aufhören können, über ihre Abenteuer mit französischen Dämchen zu prahlen. Nicht einmal meine Kollegen in der Kunstschule sind nach meinem Geschmack; vielleicht bin ich zu zimperlich, aber es gibt ein bisschen zu viel freie Liebe und nicht genug Wasser und Seife, und sie riechen alle nach kleinen italienischen Kneipen mit viel Knoblauch im Essen. Du kannst es mir glauben, Vater, ich möchte gern so sein wie die anderen; es ist kein Spaß, anders zu sein –«

»Nein, das ist es gewiss nicht. Aber das dachte das hässliche Entlein auch, Kinderl.«

»Darum handelt es sich ja. Wenn ich meiner sicherer wäre – aber, Vater, es gibt hässliche Entlein, aus denen niemals Schwäne werden.«

»Schwierigkeiten mit der Arbeit, Tschoy?«

»Ich weiß nicht recht. Der Stil, in dem ich male, missfällt mir gründlich, und meinen eigenen Stil habe ich nicht gefunden – oder vielleicht ist er mir verloren gegangen. Ich bin – irgendwie – verschüchtert. So wie ich Dinge sehe, traue ich mich gar nicht, sie zu malen.«

»Das ist Unsinn, Tschoy! Du musst dich trauen, versuch es nur, lass dich einmal richtig gehen – aber dass dich der alte Merryl nicht dabei erwischt!«

Und so hatte sie es gewagt, sich dieses eine Mal mit Pinsel und Spachtel und Ölfarben gehen zu lassen. Doch diese ihre eigenste Schöpfung erschreckte sie beinahe durch ihre Absonderlichkeit. »Das sieht ja wahrhaftig aus wie nichts im Himmel und auf Erden«, entschied die Mutter, und Joy dachte kleinlaut, dass sie gewissermaßen recht hatte.

Selbst Vater schien höchst verwirrt; er drehte es erst nach einer Seite und dann nach der anderen, um herauszufinden, wo oben und unten sei. »Was stellt's denn eigentlich vor?«, fragte er in großer Verlegenheit.

Sie hatte versucht, Vaters Hände zu malen, die nicht mehr geigen konnten, denn diese tragischen Hände waren das, was sie am meisten liebte; liebte, bemitleidete, verehrte und bis in jeden unsichtbaren Nerv und Schmerz kannte. Freilich, an der Hand eines Geigers, der einen schnellen Lauf spielte, sah man nicht fünf, sondern zwanzig Finger und jeder einzelne ein anspringendes, krankes, verwundetes Tier, und da waren der Zickzack des Violinbogens und die honiggoldenen Farben der *Kaiserin*, die Kurven, die Vibrationen, die Dissonanzen; auf den angeschwollenen Knöcheln saßen weiße Glanzlichter im Fleisch, das zu einem harten Orange entzündet war; und dann war da bleifarbenes Wasser, im gelben Lehm eines Schützengrabens stagnierend, und die Vision einer explodierenden Granate war mit dem Spachtel in dicken weißen Spiralen auf den dunklen Hintergrund geworfen. Und Vaters Augen waren in dem Bild, grün, ermüdet, melancholisch und amüsiert zugleich. Leider war es nicht zu leugnen – das Ganze sah ein wenig einer Palette ähnlich, die man nach der Arbeit des Tages zu säubern vergessen hatte.

»Es sollte eigentlich *Souvenir de France* heißen, Vater –«

»Oh, das ist es also? So, so, so. Ich fürchte, ich bin zu alt für diese Art Malerei, ich versteh's einfach nicht ganz. Bis Cézanne geh ich mit, und von da an bin ich verloren. Ich kann das Echte nicht vom Schwindel unterscheiden, und das ist das Einzige, was in der Kunst gilt. Solange das ethische Gewebe im Künstler unbeschädigt ist –«

Es war eins von Vaters Lieblingsworten: das ethische Gewebe. »Vergiss nicht, dass ich mich ausdrücke wie ein Mann, dessen ethisches Gewebe arg fadenscheinig geworden ist«, hatte er ihr einst mit seinem melancholischen Lächeln anvertraut; das war in einem ihrer vielen, vielen vertraulichen Gespräche gewesen, noch ganz am Anfang seiner Krankheit.

»Wie kannst du so etwas sagen! Du, mit deiner künstlerischen Integrität! Ich will so etwas gar nicht hören.«

»Für einen in Pension gegangenen alten Musiklehrer ist es leicht, sein Maulwurfshügelchen von Integrität intakt zu halten, aber wenn man sich mit seiner Fiedel auf den Marktplatz stellen muss und lauter schreien als der Nächste, um die Kundschaft anzulocken, wenn es zugeht wie im Raritätenkabinett: Hereinspaziert, hier sehen Sie die bärtige Jungfrau! Das größte Wunder der Welt! Der Mann ohne Rückgrat. Der zusammenlegbare Geigenspieler! Ach, Kinderl, die Jahre vor dem Krieg, wie der Erfolg vor mir davonrannte und ich mit heraushängender Zunge immer hinterher und hab doch die verdammte Chimäre nie wieder einfangen können – hast du mich einmal *I palpiti* fiedeln hören? Nein? Na, dafür kannst du deinem Herrgott danken! Oder diese verfluchten brillanten Stückchen von Sarasate? Aha! In London, Queen's Hall, 1912? Heiliger Brahms, wenn das nicht die schmierigste Schweinerei war, die je in jenem Saal gehört wurde! Du begreifst, wovon ich rede, Tschoy? Wenn ich zum Virtuosen geboren wäre, mit all diesen Trillern und Tricks und der Seiltänzerbravour im Blut, ja, das wäre etwas ganz anderes; aber ich bin einfach ein Musiker und vielleicht sogar ein Purist, aber so haben mich Gott und die klassische Tradition und meine Lehrer eben geschaffen, und ich hätte mich nie zu Kompromissen hergeben dürfen. Großer Gott, wenn ich an jene Jahre denke – Abend für Abend musst du dem Publikum Kunststückchen vorspielen, vor denen dir graust, und du weißt, wie schlecht du sie spielst –, jede Nacht steht man da auf dem Podium, mit einem Gefühl, als wäre man im Nachthemd, in einem nicht ganz sauberen Nachthemd noch dazu, und die Säle werden leerer und kälter und Kontrakte immer seltener und die Kosten immer höher – hast du jemals einem leeren Saal ins Gesicht gestarrt? Diese halb leeren Reihen, wie wenn man in ein riesiges Maul mit schlechten Zähnen schauen würde, lauter Zahnlücken, und was geblieben ist, auch schon schlecht und kariös; das Niesen, das Husten, das Herumrutschen – aber weißt du, was das Allerärgste ist, Kinderl? Wenn der Applaus vorbei ist, bevor man die verdammte Tür ganz weit drüben auf der anderen Seite des Podiums erreicht hat. Auf einmal ist es so entsetzlich still im Saal, als wenn man in einen Brunnenschacht fiele, und du traust dich nicht, ins Publikum zu schauen, und du weißt sowieso, dass es ihnen nicht gefallen hat, und da ist nicht ein Tropfen von Sympathie oder Takt im ganzen Saal, sie drehen dir den Rücken zu und schieben zum Ausgang, und es ist alles vorbei. Dir rinnt der kalte Schweiß herunter, kein Applaus, nur diese grässliche Stille, jeder Fuß wiegt einen Zentner, und der Ausgang ist noch immer Meilen entfernt, und es dauert noch stundenlang, bis man hinkommt – o mein Gott! Und das war auch noch nicht das Ärgste. Das Allerärgste kam, wenn ich nachher Angelina gegenübertreten musste. Ihr Gesicht, ganz klein geworden vor Enttäuschung, die wortlosen Tränen, die sie in diesem Lächeln auffängt, das so trostlos hängt wie eine zerrissene Hängematte – du kennst es ja –, ach, Tschoy, ich fürchte, der liebe Gott wird mich für allerhand Sünden und Unterlassungen zur Rede stellen; aber da ist etwas, das ich ihm zu meiner Verteidigung antworten kann: Es ist wahr, werde ich ihm sagen, dass ich ein Mensch war, dem es an Willensstärke gefehlt hat, aber du, lieber Gott, hast mich aus zu weichem Ton erschaffen, der speziell für Musiker verwendet wird. Und als dein eigener Entwurf und deine Schöpfung verdiene ich vielleicht etwas Nachsicht. Es ist wahr, dass ich Bach drei Mal verleugnet habe, bevor der Hahn krähte, und dass ich schlechte Musik gespielt habe, gegen meine Überzeugung und meine Fähigkeiten. Aber bevor du mich in die Hölle schickst, lieber Gott, ziehe bitte in deiner großen Gnade in Erwägung, dass ich bereits eine ziemliche Anzahl von Jahren im Fegefeuer und im Inferno verbracht habe, und ziehe gütigst besagte Jahre von denjenigen ab, die ich verurteilt bin, in siedendem Öl zu braten. Amen.«

Durch den Rauch seiner Zigarette lächelte er Joy spöttisch zu, als hätte er bloß einen Spaß gemacht, und während einer kleinen Stille erwiderte sie dieses Lächeln.

»Wenn es dir so arg war, warum hast du dann all den Kitsch gespielt, Vater?«

»Es ist gar nicht nett von dir, mich das zu fragen, besonders, da du ohnedies die Antwort weißt. Angelina hatte nur einen einzigen Wunsch, und das war mein Erfolg; also kochte sie mit meinen verschiedenen Impresarios diese populären Programme aus, und Mausi war nicht mehr da, um zu mir zu halten. Versteh mich recht, ich nehme Angelina nichts übel, denn von ihrem Standpunkt aus hatte sie recht – schließlich folgte sie nur dem Grundsatz der gesamten amerikanischen Weiblichkeit: Wenn du deinen Gatten liebst, dann ist es deine heilige Pflicht, ihn die Leiter des Erfolges hinauf zu schmeicheln, zu schelten, zu schieben, zu stoßen, zu zerren. Aber, siehst du, Kinderl, eine Frau, die ihren Mann nicht in seinen Niederlagen mehr liebt als in seinen Triumphen, dürfte keinen Künstler heiraten. Ach ja, wenn Maud am Leben geblieben wäre –«

Er ließ den Satz unvollendet in der Luft hängen, und in einer kleinen Stille wartete Joy auf das, was er weiter sagen würde.

»Ich habe oft gedacht, dass ich im Grunde nicht aufs Konzertpodium gehörte, zumindest nicht als Solist. Es stimmt, ich habe meine sieben fetten Jahre gehabt, aber das waren irgendwie Erfolge ohne Wurzeln, Schnittblumenerfolge; sie verwelkten ein bisschen zu bald. Ich war eben jung, und ich hatte so hübsche schwarze Locken mit einer Menge Veilchenpomade drauf, ich glaube, dass die Leute mir deshalb applaudierten. Aber wer weiß – wenn Maud gelebt hätte, dann wäre so vieles anders geworden. Kammermusik – du wirst dich nicht an die erste Zeit nach dem Erdbeben erinnern, wie ich versuchte, mein eigenes Streichquartett zu gründen, nein, du warst ja noch so klein. Mauds Gesundheit ließ zu wünschen übrig, ich konnte sie nicht irgendwelchen Reisestrapazen aussetzen, aber andererseits wollte ich noch weniger ohne sie auf Tournee gehen und sie allein zu Hause lassen; so fing ich also an, mit drei guten Musikern das Ambros-Quartett aufzubauen. Daraus hätte ein ganz anständiges Streichquartett werden können, obwohl sich damals der Westen noch im Stand der Unschuld befand, was Musik anbetraf, besonders Kammermusik. Von ihrem Standpunkt aus hatte Mutter wahrscheinlich recht, wenn sie nichts von meinem Quartett hielt. Es hätte mir weder viel Geld eingebracht noch große persönliche Erfolge, es war nur gute, ehrliche Zusammenarbeit – Kammermusik eben –«

»Oh, ich erinnere mich noch ganz gut an dein Quartett, Vater; ich versteckte mich oft genug in meinem Nachthemdchen auf der Stiege und horchte. Ich war gar kein so kleines Mädchen mehr, als – Maud uns verließ. Ganze sechs Jahre und sehr erwachsen für mein Alter.«

»Ja, du warst immer ein frühreifes Dingelchen, ich erinnere mich, du konntest schon sehr früh lesen und schreiben, und wenn die Schrift nicht ausreichte, hast du dich in allerhand wilden und verrückten Zeichnungen ausgedrückt. Willst du sie sehen?«

»Du hast sie doch nicht etwa aufgehoben?«

»Aber selbstverständlich. Wie ich höre, kommen Kinderzeichnungen jetzt in Mode, und wenn du einmal eine berühmte Malerin sein wirst, kann ich sie für einen Haufen Geld verkaufen; du siehst, O'Shaughnessy ist nicht der Einzige, der zu spekulieren versteht.«

Er schloss die Lade auf, in der er die Briefe von Brahms aufbewahrte, und brachte eine Handvoll Zeichenblätter zum Vorschein, auf denen die kleine Joy seinerzeit ihre Eindrücke und Erlebnisse mit Buntstiften niedergelegt hatte. Da war der blaue Vogel zu sehen, der sprechen konnte; ein Bett, so groß, dass es nicht ganz aufs Papier gegangen war, und zwei Menschen lagen drin. Viele Versuche, Angelina zu porträtieren, mit gelbem Haar und winzigem Mund. Dann war da eine Frau, die ihr Gesicht hinter einem großen weißen Quadrat, einem Taschentuch, verbarg; Unterschrift: »Meine Mama«. Das sollte Maud darstellen, wie sie weinte, nachdem sie einen jener Briefe gelesen hatte, die immer unter die Eingangstür geschoben wurden und sie traurig machten. Und noch einmal Mama, vorgelehnt gegen dicke schwarze Bleistiftstriche, die Regen bedeuteten, während im Hintergrund grasgrüne Bäume in Van-Gogh-Spiralen sich beugten und gelbe Blitze durch die verschmierte Fläche zickzackten. Und zuletzt war da Mama auf einer Wolke, umgeben von sehr fetten Engelchen, und sie spuckte zornig schwarze Kleckse auf Angelina herunter, die vor einem Haus stand mit einem viel zu großen Schild: »Vallejo Street 76«.

»In denen steckt schon viel Talent«, sagte Vater nachdenklich, »trotz der erstaunlichen Konfusion.«

»Die meisten sind autobiografisch, Vater.«

»Kunst besteht immer aus Indiskretionen, und wir verraten uns, ob wir wollen oder nicht. Apropos – lass mir doch das *Souvenir de France* hier. Wenn ich's auch nicht verstehe, so viel kann ich sehen, es ist kein Schwindel. Und höre, Tschoy, du hast Talent, vergiss das nicht, erlaube keinem Menschen, dich zu entmutigen. Du weißt schon, wie ich das meine: Das ethische Gewebe – lass es dir nicht zerreißen …«

Und damit hatte Vater die frühen Kritzeleien wieder weggeschlossen, zusammen mit ihrem einzigen Versuch, sich gehen zu lassen. Später, im Herbst 1928, gingen sie mit vielen anderen Dingen in dem Brand unter, der das Haus in der Vallejo Street verzehrte wie eine Zündholzschachtel.

Zufällig hatte Joy die Nacht, als das Unglück geschah, in San José verbracht, wo sie den kulturhungrigen, wenn auch nicht besonders verständnisvollen Mitgliedern des Frauenclubs einen Vortrag über *Die Bedeutung des Impressionismus im Gegensatz zum Expressionismus* gehalten hatte. Am gleichen Abend hatten ihre Eltern dem ersten Konzert von Vaters Lieblingsschüler, dem jungen Paul Horner, beigewohnt, einem vielversprechenden, wenn auch leicht größenwahnsinnigen jungen Burschen, dem Vater Freiunterricht gab. Zwar traf es sich glücklich, dass niemand in dem Feuer zu Schaden kam, aber das Schlimme war, dass der Brand in dem leeren Haus erst entdeckt wurde, als es zu spät war, die Flammen zu löschen. Dahingegangen war das Wertlose zusammen mit dem Unersetzlichen; die Asche von Joys kindlichen Zeichnungen unlöslich vermischt mit den verbrannten Briefen von Brahms. Der alte hölzerne Eisschrank wurde durch die vereinten Bemühungen der Feuerwehrmänner gerettet, während ein paar verkohlte, zerfallende schwarze Holzbröckchen das Einzige waren, was von Vaters großer Stradivarius zurückblieb.

Lautes Wehklagen erhob sich in der Presse auf beiden Seiten des Atlantischen Ozeans; die europäischen Zeitungen schrieben, dass eine Geige wie die *Kaiserin* ein Besitz der ganzen musikalischen Welt gewesen sei und dass die ganze Welt durch ihren Verlust betroffen wurde. Es gab Feuilletons, angefüllt mit Jahreszahlen und Tatsachen, und Artikel, in denen die faszinierende Geschichte der *Kaiserin* rekapituliert wurde, und sentimentale Essays, die schluchzten, dass niemals, niemals wieder die Stimme der *Kaiserin* erklingen würde, diese edle, einzigartige, übermenschliche Stimme, die der größte aller Geigenbauer geheimnisvoll und zauberhaft in den Körper des verbrannten Instrumentes eingeschlossen hatte. Es gab auch einige bittere Kommentare, die betonten, dass die große Geige nicht im Besitz und der Obhut von Florian Ambros hätte bleiben dürfen, dem, bei allem Respekt für sein musikalisches Künstlertum, möglicherweise die nötigen Mittel und Einrichtungen gefehlt hätten, um das unersetzliche Instrument vor seinem tragischen Schicksal zu bewahren. Die amerikanischen Zeitungen hingegen versäumten nicht, die finanzielle Seite des bedauernswerten Geschehnisses hervorzuheben. Mit dem kindlichen Vertrauen, dass Ruhm, Schönheit, Kunst und ähnliche Imponderabilien sich am besten durch exakte Zahlen ausdrücken und bewerten lassen, verzeichneten die Tagesblätter zunächst die Originalsumme, für welche Stradivarius die *Kaiserin* verkauft hatte: viertausendzweihundert Lire; der Preis, für den Mr. Ambros sie von einem ehemaligen Erzherzog erworben hatte, wurde angegeben: siebzehntausendfünfhundert Dollar; die Angebote, die er zurückgewiesen hatte, eines davon sollte sich bis zu vierzigtausend Dollar verstiegen haben (– und daran kann man sehen, dass eine Geldanlage in Sachwerten, von denen wir einfachen Finanzleute nichts verstehen, sich sogar als profitabler erweisen kann als Aktienankäufe an unserer immer noch steigenden Börse oder Spekulationen in Petroleumquellen – wurde dazu kommentiert). Nicht ohne Respekt erwähnte ein Blatt, dass Mr. Ambros – an den manche unserer älteren Musikliebhaber sich noch von seiner Glanzzeit her erinnern mögen – die Geige für fünfzigtausend Dollar versichert hatte, eine Tatsache, die nicht nur zeigt, wie hoch er sein Instrument bewertet, sondern die auch geeignet erscheint, seinen Kummer über den Verlust bis zu einem gewissen Grad zu mildern …

Vater wollte nichts von all dem Gerede hören oder lesen, aber Mutter klebte Dutzende von Zeitungsausschnitten in ein Album, wie sie es früher mit den Kritiken getan hatte. Bevor ihr Heim niedergebrannt war, hatte es viele bittere Gespräche und Streitigkeiten um Geld gegeben, respektive den Mangel daran, aber nun ging es still her in der Wohnung, die der immer hilfsbereite Johnny O'Shaughnessy ihnen in einem der Wohnhäuser vermietet hatte, die ihm gehörten.

Mutter schien völlig gebrochen; hilfloser und bezwingender denn je, wenn auch mit einem seltsamen, fast triumphierenden Leuchten in ihren klaren braunen Augen, wehklagte sie über den Verlust. »Ich jammere nicht über unsere Armut; aber dass wir so heruntergekommen sind, das ist schwer zu ertragen«, schluchzte sie. Sie war überzeugt, dass Leute, die in einer Mietwohnung leben mussten, einer viel niedrigeren Klasse angehörten als solche, die ein Haus besaßen.

»*Grand-mère* lebte auch in einer Wohnung, und du kannst nicht behaupten, dass sie nicht zur guten Gesellschaft gehörte«, tröstete Joy, aber das führte nur zu einem neuen Ausbruch seitens der Märtyrerin; sie richtete flehende Augen zum Himmel und bedeckte ihre Ohren mit protestierenden kleinen Händen.

»Ich kann nichts über *Grand-mère* hören, mein Kind, meine Nerven sind ohnedies am Zerreißen; ich darf wohl sagen, dass ich mein Kreuz getragen und meine Pflicht getan habe, aber ich bitte dich, erinnere mich nicht an die Generalin, nicht gerade jetzt, wo ich das letzte bisschen Kraft brauche, das mir noch geblieben ist.«

Joy unterdrückte ein Lächeln, als sie aufstand und mit liebkosenden Fingern die feinen Kurven von *Grand-mères* Barockkommode nachzog. Es war nicht so leicht, *Grand-mère* zu vergessen, besonders jetzt, da die eigenen Möbel verbrannt waren und sie *Grand-mères* Hinterlassenschaft aus dem Lagerhaus geholt und die alten Stücke wieder in Benutzung genommen hatten. Gewiss, die wenigen Jahre, die die Generalin in San Francisco verbracht hatte, waren eine schwere Prüfung für Mutters Geduld gewesen. Es war zu vielen tränengetränkten Szenen und schweigend ertragenen Leiden gekommen, als Vater so bald wie möglich nach Kriegsende darauf bestand, seine Mutter aus dem hungernden Wien nach San Francisco zu holen, wo sie ihre letzten Jahre in seiner Nähe und ohne zu schwere Entbehrungen zubringen mochte. Zwei ihrer Söhne, ältliche Kavallerieobersten, den Härten der unaufhörlichen Rückzüge nicht gewachsen, waren im Krieg gestorben, wenn auch nicht gefallen; der dritte war bei der falsch berechneten Sprengung einer Brücke verwundet worden und verlor einen Arm und ein Auge; den vierten schluckte der Strudel der Nachkriegszersetzung auf, und wie so viele Offiziere hielt er sich mühsam über Wasser, indem er versuchte, aus sich einen Weinagenten zu machen. Ausnahmsweise war Vater fest geblieben, hatte Mutters Proteste und Einwendungen abgewiesen, bis sie zuletzt gute Miene zum bösen Spiel machte und nachgab. Aber wenn sie erwartet hatte, in der Generalin ein unterwürfiges Opfer des Krieges zu finden, das, dankbar für empfangene Wohltaten, es sich gefallen lassen würde, in ein Altersheim überzusiedeln, dann hatte Mutter sich gründlich getäuscht. Die Ankunft der Generalin vollzog sich in einem altersschwachen Rollstuhl, bedient von Djuro, der – noch immer in Uniform und weißen Handschuhen – mit seinem schlohweißen Haar und seiner militärischen Haltung mindestens so distinguiert aussah wie irgendeiner der zahlreichen Großfürsten im Exil. Die Generalin musste gut über achtzig Jahre alt sein, aber sie hatte sich seit ihrem siebzigsten Geburtstag entschlossen, ihre Jahre nicht mehr zu zählen. Sie war so lebhaft, gesellig und gesprächig wie je, nur allzu bereit, sich in sechs oder sieben verschiedenen Sprachen – zu denen leider Englisch nicht gehörte – aufs Geläufigste zu unterhalten. Noch immer war ihre Frisur pechschwarz, ihr Mund scharlachrot geschminkt, in dem das weißeste und wohlfeilste falsche Gebiss kicherte, das je in den Vereinigten Staaten zu sehen gewesen war; noch immer rauchte sie Zigarren, und ihre Hüte, Kleider, Handschuhe, Fächer und Unterröcke waren unverkennbar Jahrgang 1890; und doch war sie ohne Zweifel eine Grande Dame. Nicht im Geringsten gesonnen, ein zurückgezogenes Leben zu führen, hatte sie im Gegenteil ihren ganzen Kram mit sich gebracht und schritt mit größtem Eifer daran, in einer winzigen, schäbigen Stube ihren Salon zu etablieren. Sie verblüffte San Francisco, indem sie skandalöserweise ihre Wohnung mit jenem knochigen, schweigsamen, ergebenen und würdevollen alten Kavalier teilte, von dem alle Welt annahm, dass er einstmals ihr Liebhaber gewesen sei oder es groteskerweise noch immer war. Sie und ihr Salon übten bald eine große Anziehungskraft auf viele Menschen aus, und die Besucher drängten sich in der winzigen Stube. Zunächst kamen sie aus Neugierde, um zu horchen, sich umzuschauen, zu tratschen, sich zu unterhalten, aber viele blieben ihr treu, einfach weil sie die alte Dame lieb gewannen. Der Generalin schien es großes Vergnügen zu bereiten, wenn sie andere Damen der Gesellschaft schockieren konnte, ganz besonders jene heiter-schrillen Wespenschwärme, Angelinas Freundinnen, die *Girls*. Die jungen Menschen strömten ihr eifrig zu; die Studenten, die Intellektuellen, jene Zwischenklasse, die sich selbst die Boheme nannte und dementsprechend gebärdete, die Nachkriegsjugend, die von Hemingway gelernt hatte, sich als die verlorene Generation zu bezeichnen: Für sie alle wurde das Stübchen der Generalin zu einem anregenden Mittelpunkt. Sie lachten mit der alten Frau und brachten ihr kleine Geschenke, und sie gab ihnen Lektionen in Französisch und Deutsch und in Lebenskunst, und jeder ihrer zynischen und erschreckend aufrichtigen Aussprüche wurde fröhlich in der Stadt herumgetragen. Die Kinder liebten *Grand-mère*, nicht nur Joy und Charley, sondern sämtliche Kinder der Nachbarschaft; *Grand-mère*, geliebtes, originelles, lebensvolles *Enfant terrible*! Bis zu ihrem letzten Atemzug bewahrte sie sich das Vorrecht der sehr Alten: geradeheraus zu sagen, was sie dachte. Zum Teufel mit allen Faxen! Djuro starb vor ihr, und das wäre sehr traurig gewesen und auch ziemlich beschwerlich, wenn nicht am gleichen Tag die Generalin den Wunsch geäußert hätte, die Letzte Ölung zu empfangen; sie unterhielt den gutmütigen und großherzigen Priester mit der Erzählung einiger nicht ganz einwandfreier Anekdoten, unterzog sich der geheiligten Zeremonie mit einer Mischung von Ehrerbietung und leichtem Spott, worauf sie sich behaglich in den Kissen zurechtlegte und friedlich und ohne weitere Umstände in den Himmel übersiedelte.

»Es ist schade, dass du meine Mutter nicht leiden konntest«, sagte

Vater ruhig, »sie nahm immer für dich Partei. Aber ich bin ganz deiner Ansicht, wir wollen sie nicht erwähnen, wenn dich das nervös macht, ich möchte mir bloß gestatten anzudeuten, dass diese Wohnung, sieben Zimmer in einem guten Haus, in einer guten Gegend, nicht gerade das nackte Elend vorstellt. Wirklich und wahrhaftig, ich glaube nicht, dass wir so hoffnungslos *déclassés* sind. Erinnere dich, dass in Wien die reichsten Leute nicht in eigenen Häusern lebten ...«

»Das hat nichts damit zu tun. San Francisco ist nicht dein altes Wien. In Wien hätte ich einen Erzherzog heiraten können – und vielleicht hätte ich es tun sollen.«

»Vielleicht. Wie ich höre, hat Joszi jetzt ein kleines ungarisches Restaurant an der Dritten Avenue in New York, ich weiß nicht, ob du Gulasch gern isst, und das ist seine *Spécialité de la maison.*«

Alles konnte Mutter besser vertragen als Vaters Ironie; sie presste das Gesicht in ihr Taschentuch, schluchzte erstickt und erbarmungswürdig auf und zog ab. Vater blickte ihr mit einem Lächeln nach, das scharfe Kanten hatte. Er tat einen tiefen Atemzug und rieb automatisch seinen Magen, gleich unterhalb des Zwerchfells, dort, wo es sich immer anfühlte, als wäre eine Ladung heißer Steine stecken geblieben.

»Willst du deine Medizin, Vater«, fragte Joy, »fühlst du dich nicht gut?«

»Danke, Kinderl, mir geht's ausgezeichnet. Nur ein bisschen voll, wie der Wolf in den *Sieben Geißlein,* dem sie den Bauch mit Wackersteinen angefüllt haben.« Er stand auf und ging etwas steifbeinig in das Hinterzimmer, wo er jetzt den größten Teil seiner Zeit im Biedermeierlehnstuhl der Generalin verbrachte. Dort las er die Bücher, die Joy ihm von der Stadtbibliothek brachte, auf Regalen lagen die Noten, die Schüler und Freunde ihm nach dem Brand geschenkt hatten, neben einer nicht zu schlechten Tiroler Geige, dort stand ein gemietetes Piano, und in einem Alkoven, der durch Vorhänge abgetrennt werden konnte, hatte er sein Bett. Das nannte Florian Ambros nun sein Musikzimmer. Acht Monate vor dem Feuer war er an Magengeschwüren operiert worden, nachher hatte er eine Zeit lang an Gewicht zugenommen, und dann begann er es wieder zu verlieren.

Das war einer der Gründe, die Joy daran gehindert hatten, nach Europa zu gehen, um zu studieren; ihre Aquarelle wurden immer blasser und schüchterner, und noch immer produzierte sie Sonnenuntergänge über dem Goldenen Tor, die gelegentlich von durchreisenden Besuchern der Stadt in einem Souvenirladen für zehn Dollar das Stück erstanden wurden. Im Schatten von Vaters Krankheit wurde ihre Malerei ihr recht nebensächlich, außer als dünn tröpfelnde Einnahmequelle. Dies waren die Jahre, in denen Joys Charakter und die müde Ergebung in ihr Schicksal sich formten und erstarrten wie in einer eisernen Gussform. Ich kann nicht von hier fort, ich bin kein freier Mensch, ich werde zu Hause gebraucht, sagte sie sich. Denn Gebrauchtwerden besteht nicht nur aus belastenden Pflichten und schmerzlicher, notwendiger Resignation, sondern es kann zu einem beinahe befriedigenden Ersatz werden für das unerreichbare, ungelebte, versäumte Leben …

Mutter brauchte sie im Haushalt, denn Mutter war zart und hatte nicht gelernt, jeden Pfennig umzudrehen und sich mit einer schlampigen Bedienerin zu helfen; Charley brauchte sie, auch wenn er es selbst nicht wusste, denn bis zu der Zeit, da er in die Oststaaten ging, um zu studieren, musste er vor den zersetzenden Strömungen, die das Haus durchliefen, geschützt werden. Und nicht nur Joy selbst, sondern ihre viertausend Dollar jährlich wurden dringendst gebraucht, als es mit Vaters Gesundheit bergab zu gehen begann und die Anstrengung, niemanden merken zu lassen, wie es um ihn stand, ihn nervös und reizbar machte. Es dauerte lange, bevor er sich entschloss, den Arzt aufzusuchen, und als er es endlich tat, war erst von nervöser Überreizung die Rede, und ein Jahr später hieß es, dass es sich um Magengeschwüre handeln könnte, eine Milchdiät wurde verordnet, und dann kam eine Behandlung mit Röntgenstrahlen und später die erste Operation und dann eine zweite. Aber neuerdings hatte auch der flotte junge Dr. Bryant – Sohn des alten Dr. Bryant und Erbe seiner Praxis – seinen professionellen Optimismus aufgegeben. »Mr. Ambros hilft uns nicht mehr, gesund zu werden«, sagte er, »seitdem er seine Stradivarius verloren hat, kämpft er nicht mehr gegen die Krankheit. Er hat die Flinte ins Korn geworfen. Wir können nicht viel mehr tun, als ihm seinen Zustand erträglich zu machen …«

Kaum zehn Minuten sind vergangen, seitdem George Watts und Major Ryerson das Bahnhöfchen verlassen haben, doch in der kurzen Frist hat Joy viele Jahre wieder durchlebt, so wie man sich manchmal durch Traumewigkeiten bewegt, in denen ein ganzes Leben in der einen Sekunde abrollt, die zwischen dem Schrillen der Weckuhr und dem Erwachen liegt. Der Stationschef tritt aus seinem Verschlag und postiert sich an den Schienen; das gelbe Hündchen begrüßt ihn mit einem höflichen Wedeln des Erkennens, aber rührt sich nicht von Joys Seite. »Zug 178 wird gleich durchkommen, Güterzug nach Ogden, Utah; hat ein bisschen Verspätung; hätte um 1.45 da sein wollen. Und wünschen die Dame ganz bestimmt keinen Kaffee? Ich könnte meine Frau aufwecken, sie tät's sicher gern für die Dame.«

»Nein, danke vielmals, wirklich nicht.«

Der Güterzug kommt aus dem Nichts, zuerst ein Schnauben, ein Rasseln, Widerschein auf den Schienen, weißer Dampf im Nachtschwarzen, blaue Arbeitshose, rotes Gesicht, Hand von der Lokomotive winkend, dann die Waggons: graue, gelbe, rote, flache offene, hohe geschlossene Wagen, runde Kesselwagen, ein geometrisches Muster, abstrakte Formen; Rasseln, Zischen, endlos, noch mehr Wagen, noch mehr, Schlusslichter, Gerumpel, der Zug legt sich in die Kurve wie ein Tänzer, wie ein Schlittschuhläufer. Vorbei. Schwarz, Nacht, Sterne, gelber Hund, weiße Kreide auf schwarzem Brett: Tokema.

Das könntest du nicht malen, Joy – oder doch?

Joy schüttelt den Kopf, lässt die fliehenden Impressionen hinter sich, ist schon wieder zurückgekehrt in das Hinterzimmer, wo Vater jeden Tag ein wenig mehr dahinstarb. »Wir müssen's ihm erträglich machen, lassen Sie ihn eine kleine Spritze haben, sooft es notwendig ist, um es für ihn erträglich zu machen«, verordnete Dr. Bryant. Joy verabscheute den verzuckerten Krankenhausausdruck »eine kleine Spritze«; es klang nach niedlichen jungen Krankenpflegerinnen, die mit unerfahrenen jungen Ärzten kokettierten.

»Wie geht's, Vater, fühlst du dich erträglich?«, fragte sie jede halbe Stunde und konnte hören, dass sie selbst von falscher Heiterkeit überlief wie eine Krankenschwester.

»Mir geht's recht gut, Tschoy, wirklich, ausgezeichnet.« Er saß in seinem Lehnstuhl, die Reisedecke über seine spitzknochigen Knie gebreitet, und lächelte von seinem Buch zu ihr auf. »Ich habe einen Riesenspaß mit Mozarts Briefen, sie sind ganz großartig; urwüchsig, fein, zärtlich, ordinär, weise, kindlich – alles auf einmal. Was für ein Mann das war, ein Revolutionär, mutig wie ein Löwe und dabei von einer Lammsgeduld und Unschuld. Weißt du was, Tschoy? Nächsten Sommer gehen wir zwei nach Salzburg und trinken uns voll mit Mozart, nur wir beide, ganz allein; was sagst du dazu, Kinderl? Wir schleichen uns fort und lassen Mutter hier.«

»Das ist eine wunderbare Idee, Vater; ich glaube, es ist Zeit, dass wir beide ein bisschen europäische Luft atmen.«

Je schwächer Vater wurde, desto dünner die Schutzwand, hinter der er ein Heimweh verbarg, über das er nie gesprochen hatte. Er legte den Kopf zurück und schloss die Augen. Die Studierlampe meißelte sein Gesicht zu einer lächelnden Maske von harten, beleuchteten Flächen und tief gehöhlten Schatten. Er gab das, was er einmal »Haltung« genannt hatte, nicht auf, er gestattete es sich nicht, bettlägerig zu werden, und verbrachte die Tage und viele Stunden der Nacht in seinem Lehnstuhl; sogar ein paar Musikstunden gab er noch immer.

»Bekanntlich sterben nur Generäle, wie zum Beispiel mein Vater, im Bett«, hatte er Mutter mit einem Flackern seiner alten Ironie mitgeteilt. »Ein anständiger Geiger spielt sein letztes Stück im Stehen.« Zwei oder drei anhängliche Schüler hielten zu ihm bis ans Ende, wohl weil sie wussten, dass sie von keinem anderen Lehrer solch reinen Stil, solch eine kompromisslose Strenge der Interpretation lernen konnten. Joys Sache war es, die schmerzstillenden Injektionen so zu verteilen, dass zwischen dem Abklingen der ersten Dumpfheit und dem Neuerwachen der Schmerzen genug Zeit blieb für eine dieser kurzen Musikstunden. Aber die Intervalle zwischen vorübergehender Erleichterung und neuer Qual wurden immer kürzer, und die Ansprüche an Vaters lächelnden Heroismus wuchsen ins Unmenschliche.

»Grün –«, sagte Vater, seine Augen waren noch immer geschlossen, seine verkrümmten Finger ruhten schlaff zwischen den Seiten von Mozarts Briefen. »Hier im Westen vergisst man ganz, was das bedeutet: grün. Eine Wiese. Nicht ein Rasen, nicht eine Viehweide, nicht die Prärie, nicht die trockenen Ebenen, nicht die braunen Sümpfe, nicht einmal die Greens auf einem Golfplatz. Einfach eine Wiese, mit kniehohem, saftigem Gras. Ich möchte gern noch einmal einen Grashalm kauen, Tschoy, das würde nach Erde schmecken und nach Regen, und da ist immer ein winziger Tropfen Honig dabei. Roter Klee, und die Bienen summen. Butterblumen im Frühling und Herbstzeitlose im Herbst und Thymiankissen am Feldrain den ganzen Sommer durch, und weiter oben im Gebirge gibt's Arnika und Enzian und – ach, Tschoy, lass uns nach Hause gehen, und du sollst sie für mich malen, die grüne, grüne Heimatwiese –«

Er öffnete die Augen und lächelte erstaunt. »Ich wusste gar nicht, dass es mir abgegangen ist; wie ich zuerst herüberkam, verliebte ich mich in Amerika, es war eine Liebe fürs ganze Leben. Aber vielleicht hat Angelina doch recht, und aus mir ist trotz allem kein wirklicher Amerikaner geworden. Nächsten Sommer gehen wir zusammen nach Salzburg, Kinderl, das musst du mir versprechen.«

»Okay, Sir, ich verspreche es«, log Joy mit verzweifelt heller Stimme, »ich werd uns schon ein bisschen extra Geld zusammenkratzen, ich kann ja gegen Barzahlung ›Kultur‹ in Anführungszeichen in die Clubdamen hineinstopfen. Warte bloß, wir werden in Salzburg Kaffee und Schlagobers trinken, bis wir platzen.«

»Gar nichts brauchst du zusammenzukratzen. Wenn Mutters mit Goldsäcken beladene Handelsschiffe erst in den Hafen einlaufen und die Versicherungsgesellschaft die fünfzigtausend auszahlt, werden wir in Geld schwimmen, und du wirst als ›reiche Erbin‹ für die Zeitungen fotografiert werden«, sagte er. Es war ein krampfhafter Scherz, und Joy konnte sehen, dass die Schmerzen wiederkehrten.

»Meinst du, dass es Zeit für eine kleine Spritze wäre?«

»Danke, noch nicht, es ist ganz erträglich. Geh jetzt, Kinderl, ich bin in guter Gesellschaft mit Mozarts Briefen.«

»Wenn du mich ein bisschen später brauchst, rufe nur nach mir; ich bin in der Küche.«

»Geh nur. Geh nur. Ich bin kein Hätschelbaby, und ich habe es nicht gern, wenn man mir einen ekelhaften Schnuller in den Mund stopft, sooft ich greine; oder eine Injektionsnadel in meinen Hintern, wenn ich nur die Stirn runzele. Mir geht's ganz gut, das siehst du doch –«

Mutters Goldsäcke kamen nicht fahrplanmäßig an, und der wunderliche Glanz von Triumph in ihren Augen verblasste, ihre Stimme erhob sich in Anklagen, als eine Prozession von unsympathischen kleinen Herren mit Aktentaschen sich in ihr Privatleben drängte. Versicherungsinspektoren, Agenten, Schlichtungsvermittler, Advokaten, Rechtsanwälte; es gab Untersuchungen und Konferenzen, die verschiedensten Aussagen wurden gemacht, zu Papier gebracht, beschworen, verglichen, angezweifelt; und es kam zu einem kritischen Augenblick, da die Versicherungsgesellschaft es nicht nur ablehnte, die erwarteten fünfzigtausend Dollar auszuzahlen, sondern in höflich drohenden Redewendungen andeutete, dass das Feuer durch eine Fahrlässigkeit entstanden sei, die an Verbrechen und Brandstiftung grenze, und dass die Familie dafür vor Gericht zur Verantwortung gezogen werden könne. Joys viertausend Dollar waren ein mageres Einkommen, besonders, da Vater so krank war, und Joy begann sich als Nebenverdienst mit dem Kolorieren von Weihnachtskarten zu beschäftigen. Daraufhin fühlte Mutter sich veranlasst, gleichfalls ein besonderes Maß von Tapferkeit zu zeigen. »Ich bin zwar nicht dazu erzogen worden, mir meinen Lebensunterhalt zu verdienen«, verkündete sie, »aber ich glaube sicher, dass es sehr einträglich sein muss, diese reizenden Handtäschchen in Gobelinstickerei zu machen, die jetzt so in Mode sind; die *Girls* sind ganz verrückt danach.«

Bedauerlicherweise wurde sie nach zehn Minuten der kniffligen Handarbeit von unerträglichen Kopfschmerzen befallen, die sie zwangen, für drei Tage im verdunkelten Zimmer zu Bett zu bleiben. »Ihr seid alle so egoistisch«, hörte man sie jammern, »ihr lasst mich für alles sorgen. Andre Frauen haben Männer, die sich ums Geschäftliche kümmern, aber das tat Florian ja nie! Wenn er sich wohl genug fühlt, diesem Paul Horner umsonst Stunden zu geben, sollte man glauben, dass er auch wohl genug ist, mit diesen schauderhaften Versicherungsleuten zu reden; und was ist eigentlich mit Charley los? Er weiß, dass sein Vater krank ist und dass ich nicht praktisch genug für derartige ekelhaft komplizierte Finanzangelegenheiten bin; warum kommt er nicht nach Hause und steht mir bei?«

»Weil ich ihm geschrieben habe, dass er unter allen Umständen bleiben soll, wo er ist«, meldete Joy gelassen. Von jeher hatte sie sich wie eine Mauer zwischen ihren Bruder und die Unsicherheit und Unruhe gestellt, in der das Leben der Familie verlief; nur so hatte sie es durchgesetzt, dass er sich zu einem geraden, gesunden, kräftigen und klar sehenden Burschen entwickelt, der genau wusste, was er wollte. Er wollte Architekt werden, wollte sämtliche spanischen, maurischen, gotischen, venezianischen, schottischen oder sonst wie unechten und scheußlichen Baugräuel niederreißen, mit denen die Bauspekulanten die amerikanischen Straßen verschandelt hatten; all diese französisch-normannischen Schlösser, Schweizerhäuschen, Renaissancepaläste, ägyptisch-chinesischen Kinos und Postämter in griechischen Tempeln wollte er demolieren. Und er wollte stattdessen Häuser bauen, einfache, ehrliche, anständige Wohnhäuser, Wohnstätten für Menschen, hatte Ibsen es genannt. Aber im Jahre

1928 gab es noch nicht viele Architekten in den Vereinigten Staaten, von denen ein junger Mensch hätte lernen können, solche Häuser zu bauen; deshalb hatte Charley, als er siebzehnjährig die Mittelschule verließ, eine Wallfahrt nach Boston gemacht, um dort zu Füßen des einzigen Meisters zu sitzen, den er für einen großen Architekten hielt. Joy war nur zu froh, dass sich Charley in sicherer Entfernung von all dem häuslichen Unheil befand, vom Brand des Hauses und der nachfolgenden Aufregung und Konfusion, dass er außer Hörweite von Mutters streitbaren Klagen und sanften, erbarmenerregenden Schlachtrufen lebte; und vor allem, dass ihm das herzzerbrechende Schauspiel von Vaters langsamem Wegsterben erspart blieb.

»Und warum tust du eigentlich gar nichts für uns?«, warf Mutter Joy vor, assistiert durch den griechischen Chor der *Girls*, die im Hintergrund mitfühlende Töne murmelten. »Warum gehst du eigentlich nicht hin und sprichst mit George Watts, wenn es sich schon so günstig trifft, dass er die Versicherungsgesellschaft vertritt? Auf dich wird er hören, denn für dich hat er immer schon eine kleine Schwäche gehabt. Du musst es ihm klarmachen, dass wir ja schließlich nicht um eine wohltätige Gabe bitten! Ich verstehe überhaupt gar nicht, woher er die Frechheit nimmt, unsere Ansprüche zu bestreiten; glaubt er, dass wir die enorme Versicherungsprämie Jahr um Jahr prompt bezahlt haben, bloß um diesem Versicherungsgesindel einen Gefallen zu tun? Es ist unser gutes Geld, und da wagt es dieser abgefeimte Winkeladvokat – nur weil er sich auch in eine große Firma einzudrängen gewusst hat –«

Joy telefonierte mit George Watts, und er lud sie zum Lunch in das elegante St. Francis Hotel ein, tätschelte ihre Hände und erzählte ihr, dass sie ein süßes Baby gewesen sei und dass sie sich zu einer prächtigen jungen Dame entwickelt habe; im Übrigen zeitigte die Unterredung kein weiteres Resultat. Und so fasste Mutter den Entschluss, sich persönlich in die Höhle des Löwen zu begeben; aber sie kam von ihrem Besuch in Mr. Watts' Büro in aufgebrachter und streitbarer Stimmung zurück und segelte mit vollem Dampf und weit geöffneten Sicherheitsventilen in Vaters Zimmer. »Du kannst dir einfach nicht vorstellen, wie aufgeblasen dieser George Watts geworden ist und was für anmaßende Manieren er sich zugelegt hat! Als wenn ich ihn nicht gekannt hätte, als er noch ein rotznäsiger Lausejunge in Tiburon gewesen ist! Glaubt er vielleicht, dass er sich Frechheiten gegen mich erlauben kann, weil er etwas Einfluss auf diese Angelegenheit hat und weil ich niemanden, absolut niemanden habe, der sich meiner annimmt? Ich hätte ihn ohrfeigen sollen, das hätte ich tun sollen, diesen Schuft mit seinen schmutzigen Junggesellenmanieren. Ich kann mir gut vorstellen, an was für eine Sorte Frauenzimmer er gewöhnt ist. Aber er wird schon sehen, was geschieht, wenn ich Johnny O'Shaughnessy davon erzähle, der wird ihm schon zeigen, wer wirklichen Einfluss in dieser Stadt hat!«

»Gewiss, meine Liebe – O'Shaughnessy –, wieso ist dir das nicht früher eingefallen? Sprich nur mit ihm«, sagte Vater ein wenig zu sanftmütig. Johnny O'Shaughnessy, der die besten Aussichten hatte, bei den nächsten Wahlen einen Sitz im Senat von Kalifornien zu ergattern, war einer von den Männern, von denen Mutter bedauerte, sie nicht geheiratet zu haben. Obwohl Ende der vierzig, war sie noch immer eine anziehende Frau, und noch kam es ihr nicht in den Sinn, zu bezweifeln, dass sie jeden Mann um ihren kleinen Finger wickeln konnte.

»Manchmal denke ich wahrhaftig, dass dir alles eins ist, was ich tue oder lasse, Flori«, sagte sie klagend.

»Keineswegs, mein armes Engelchen, keineswegs«, erwiderte Vater, und es war schwer zu entscheiden, ob dies zärtlich gemeint war oder ironisch. Er nahm ihre Hände zwischen seine abgezehrten und dennoch geschwollenen Finger und beugte seinen Kopf darüber, um sie zu küssen, aber sie entzog sie ihm. Joy wusste genau, dass nun die immer gleiche, endlos wiederholte Litanei an der Reihe war:

»Wenn du bloß die Geige an Mrs. Arlington verkauft hättest, dann wäre alles gut gegangen, fünfundvierzigtausend Dollar, wir könnten heute fünfundvierzigtausend Dollar auf der Bank haben. Was sage ich da? Mit fünfundvierzigtausend Dollar hätten wir an der Börse ein Vermögen verdient, so wie alle anderen Leute, es ist ja fantastisch, wie die Aktien steigen. Steinreich könnten wir sein, aber nein, du wolltest ja keine Vernunft annehmen, du musstest ja durchaus diese Fiedel behalten, auf der du nicht einmal mehr spieltest. Du großer Gott, wenn ich dran denke, wie ich dich angefleht habe, sie zu verkaufen – manchmal glaube ich wirklich, dass du nicht ganz bei Verstand warst, Flori, sag doch selbst, es war reiner Wahnsinn, dieses großartige Angebot zurückzuweisen. Fünfundvierzigtausend Dollar! Aber nein, du warst wieder einmal wie vom Teufel besessen!«

»Möglich. Aber es war so eine hübsche Besessenheit, mein Engel. Verflucht noch einmal, sogar du müsstest verstehen oder zumindest eine Ahnung davon haben, Angelina, was diese Geige für mich bedeutete. Meine Geige – für mich stellte sie alles vor, was ich je gewesen bin und je sein wollte; die Geige war das Einzige, was von mir noch übrig geblieben war. Diese Geige – das war ich selbst, ich, Florian Ambros. Ich hätte die Geige so wenig verkaufen können, wie ich meine Tochter in ein Hurenhaus verkaufen könnte oder meine Seele dem Teufel. Zu schade, aber ich glaube, dass ich nie recht in dieses Land gepasst habe, wo nicht einmal Gott im Himmel so viel gilt wie der große nationale Fetisch: der *Salesman*, der gerissene Verkäufer, der zudringliche Handlungsreisende! Meine Geige – ach, wozu darüber reden! Würdest du mich jetzt für eine kleine Weile allein lassen? Mir ist – ich fühle mich – nicht so sehr wohl –«

Nach Monaten des Hin- und Herzerrens mit der Versicherungsgesellschaft kam Joy eines Abends in Vaters Zimmer und fand ihn nicht in seinem Lehnstuhl, sondern im Bett, seine Augen lagen trüb hinter Morphiumschleiern. »Vater – gute Neuigkeiten! Mutter telefonierte soeben, sie ist noch in der Stadt, wir sollen uns nicht um sie sorgen, sie will noch eine Kleinigkeit mit O'Shaughnessy essen gehen, und es könnte ein bisschen spät werden – aber denk dir nur, Vater, alles ist unterzeichnet. Die Versicherung hat nachgegeben, es ist ein sehr günstiger Vergleich. Sie haben endlich eingewilligt, fünfunddreißigtausend Dollar auszuzahlen.«

Vater gab keine Antwort, und Joy wusste nicht recht, ob er sie gehört und verstanden hatte; es war, als ob er von ihr fortwanderte in eine Ferne, wo sie ihn nicht mehr erreichen konnte. »Gratuliere«, sagte er endlich. »Angelina kriegt immer alles, was sie sich vornimmt. Unwiderruflich. Sie ist eine bezaubernde Frau, unwiderstehlich und bezaubernd, das kann weder Mr. Watts noch Mr. O'Shaughnessy leugnen, und sie meint es so gut mit uns allen! Stell dir bloß vor: fünfunddreißigtausend Dollar! Das ist ein Haufen Geld für ein bisschen verkohltes Holz, das singen konnte, als es noch lebte ...«

Joy stand an der Tür, noch etwas außer Atem von der großen Neuigkeit, und Vater setzte sich in seinem Bett auf, aber er fiel bald wieder in sich zusammen. »Komm her, Tschoy, komm zu mir, ich muss dir ein Geheimnis erzählen«, flüsterte er, »komm ganz nah –«

Er winkte ihr mit seinem armen knotigen Zeigefinger, und ein sonderbar aufgerissener Ausdruck spaltete sein Gesicht, das so abgemagert war, dass jedes Lächeln wie eine Grimasse aussah. »Komm, ich muss dir etwas anvertrauen«, flüsterte er. Es ängstigte Joy. Habe ich ihm aus Versehen zu viel Morphium gegeben?, dachte sie. Oder hat er heimlich welches beiseitegebracht und sich selbst eine kleine Spritze gegeben?

»Hör zu, Tschoy«, flüsterte er, »aber sprich niemals darüber; sie selbst hat's getan. Meine Geige verbrannt. Hat das ganze verfluchte Haus niedergebrannt, um an meine Geige und an das Geld zu kommen. Sie hat's getan, Angelina, mit ihren eigenen kleinen Händen.«

»Aber das ist ja verrückt! Du musst verrückt sein, Vater«, sagte Joy. (Ja, derartige Dinge sagte man, als man aufgeregt war, und ohne zu denken: Du musst verrückt sein – und erst drei Jahre später war es als ein erschütterndes Echo zu ihr zurückgekommen: Verrückt.)

Vater sah einem Irren ähnlich, sein Lächeln, sein Flüstern waren irre, wie er mit dem Kopf nickte und mit seinem verkrümmten Zeigefinger an ihre Stirn pochte; es war die übertriebene, unheimliche

Geste eines schlechten Schauspielers, der einen Irren spielt. »Behalt's da drinnen, Tschoy, lass dir nie ein Wort darüber entwischen, denn was sie tat, ist ein Verbrechen. Verbrennt das Haus, verbrennt die *Kaiserin*, hat meine Seele mitverbrannt – wenn du mir gestattest, mich so altmodisch auszudrücken –«

»Aber Vater, wie kommst du auf so einen Gedanken? Wie konnte sie denn – warum würde sie –«

»Warum? Ganz einfach: weil sie mich liebt. Das ist eben ihre Art zu lieben – o Gott, Tschoy, ich hoffe, du wirst niemals begreifen, wie sehr Angelina mich liebt.« Die Schmerzen flackerten in einem grimmigen Lachen über sein Gesicht. »Würdest du mich jetzt bitte ein Weilchen allein lassen? Ich bin etwas müde.«

»Soll ich etwas später zurückkommen und dir eine kleine Spritze geben?«

»Danke, nein. Nicht notwendig, mir ist ganz gut. Ganz gut; nur müde. Gute Nacht, meine kleine Tschoy. Gute Nacht, Kinderl. Mach's gut. Aber geh jetzt –«

»Gute Nacht, Vater. Und du wirst mich rufen, sowie du mich brauchst, versprichst du das? Ich gehe noch lange nicht zu Bett. Ich schreibe noch einen Brief an Charley.«

»Sag ihm alles Liebe von mir«, sagte Vater und lachte ein wenig. »Klingt 'n bisschen schäbig, nicht? Aber es steckt eine Menge dahinter, wenn du richtig hinhörst: Alles Liebe von mir. Alles. Gute Nacht, jetzt. Und, Tschoy –«, sagte er, als sie bei der Tür war, »geh nach Salzburg und mal mir eine Wiese, die wirklich grün ist. Du hast Talent, vergiss es nicht. Lass dich nicht von ihr unterkriegen und drängen auch nicht –«

Später am Abend ging sie an seine Tür, um nach ihm zu sehen, aber er hatte das Licht abgedreht und schien zu schlafen. Sie hörte ihn atmen, tief und langsam. »Zehn Uhr; Patient ruht. Schmerzfrei«, notierte sie in dem Krankenbericht, den sie für Dr. Bryant führte.

Als sie am frühen Morgen Vaters Zimmer betrat, war er tot.

Die Augen waren geschlossen, er musste im Schlaf gestorben sein;

nicht einmal sein Mund war erschlafft, als hätte er Haltung bewahrt bis zum Letzten. Auf dem Nachttisch stand ein leeres Fläschchen, das die Schlafpulver enthalten hatte, die ihm verschrieben worden waren, bevor er zu Morphium überging. Zwei Pulver vor dem Zubettgehen, Dr. Bryant, stand auf dem Etikett. Daneben fand sich ein kleiner zusammengefalteter Zettel für Joy.

»Ausnahmsweise unternehme ich etwas Vernünftiges. Ich gehe ab, solange es noch erträglich ist, bevor es zur ärgsten Schinderei kommt; weil ich Dir und mir selbst ein paar unnütze und unappetitliche Wochen ersparen möchte. Ich bin sicher, dass Du mich verstehen wirst. Ich fühle mich sehr wohl, nur ein bisschen müde. Die Stimmung: Brahms, Erste Symphonie, zweiter Satz. Steh Angelina bei, sie braucht Dich, und ich vertraue sie Dir an. Und Dank für alles, mein geliebtes Kinderl, mein Kamerad. Leb wohl! Jetzt hängt mir der Himmel voller Geigen –«

Sie nahm das Zettelchen an sich und versteckte es in ihrem Strumpfband, ein etwas frivoler Platz, aber der einzige, der vor Mutter sicher war.

Dann weckte sie Mutter auf, die den Schlag mit jener überraschenden Ruhe und Seelenstärke aufnahm, deren sie fähig war, wenn man es am wenigsten erwartete. Joy ließ sie allein mit Vater im Hinterzimmer, rief Dr. Bryant an und schickte ein Telegramm an Charley, ein anderes an Mausi in Berkeley. Zwanzig Minuten später, als Mutter aus dem Hinterzimmer herauskam, war das Medizinfläschchen vom Nachttisch verschwunden, und nur Vaters geöffnete Tabatiere lag dort, noch mit zwei Zigaretten darin. Bald danach kam Dr. Bryant, murmelte einige passende Worte des Mitgefühls und machte sich geschäftig an die Formalitäten, die gleicherweise mit Geburt und Tod verbunden sind. Die Möglichkeit eines Selbstmordes wurde zwischen der Familie und dem Hausarzt nicht erwähnt. Und somit war eine andere, diesmal unangefochtene Versicherungssumme fällig; bare fünfzehntausend Dollar auf Vaters Lebensversicherung.

Mutter brach nicht zusammen bis nach dem Leichenbegängnis, an dem die ganze gute Gesellschaft von San Francisco teilnahm und über das sich Vater sicher köstlich unterhalten hätte.

Und sechs Wochen danach, inmitten von all ihrem Gram und Kummer, hatte Joy sich in Fred Hollenbeck verliebt.

Zuweilen war Fred Hollenbeck noch ganz nahe, und mit geschlossenen Augen konnte sie ihn vor sich sehen, genauso, wie er während ihrer gemeinsamen drei Wochen in Pismo Beach und auf dem Porträt ausgesehen hatte, das sie damals zu malen versuchte: die entschlossenen dunkelblauen Augen, die fast weißen Augenbrauen und Wimpern, der Gegensatz zwischen seinem sonnengebräunten Körper und seinem blonden, rosigen Gesicht, von dem täglich neuer Sonnenbrand die Haut schälte. Er hatte etwas von jenen hochbeinigen, fahlgoldenen, kalifornischen Palominopferden, eine leuchtende Farbe, die sie nicht recht auf die Leinwand zu bringen verstand. Zuweilen war er ihr noch immer ganz gegenwärtig, ganz deutlich, tief vertraut bis in das letzte Fältchen seines Körpers und seines Wesens. Dann wieder kamen Zeiten, da sie jenes skizzenhafte, nie vollendete Bildnis aufrollen und genau betrachten mochte, und es stellte einen Mann dar, den sie nur ganz flüchtig gekannt hatte. Aber vielleicht war es eben so, dass Menschen einander immer nur flüchtig kennen konnten. Sogar mit seinem eigenen Ich war man nur oberflächlich vertraut; man wusste nicht im Voraus, zu welcher Tat man fähig sein mochte – bis die Tat begangen war. Man konnte zu einem Punkt gelangen, da man nicht einmal mehr sicher wusste, ob man bei vollem Verstand oder tobsüchtig, gemeingefährlich, vom Wahnsinn besessen sei – so wie Mutter es angenommen zu haben schien …

Noch immer geschah es, dass Fred durch ihre Träume wanderte, und wenn sie erwachte, war seine Stimme noch in ihrem Ohr, und für ein paar Stunden blieb ihr wohl ein warmer Nachglanz des Traumes, das bleierne Gewicht der leeren fünfzehn Jahre seit damals wurde leichter und lastete dann wieder umso schwerer auf ihr.

Fred war noch einer der Menschen in der Reihe derer, die sie geliebt hatte und der, gleich den anderen, sich zuletzt zurückgezogen hatte und verschwunden war; eine weniger endgültige Trennung als von denen, die gestorben waren, und deshalb hinterließ sie einen unbestimmten, dauernden Schmerz wie von einer nicht ganz gelungenen, nicht ganz vollständigen Operation. Fünf Jahre lang hatte er immer noch eine Weihnachtskarte geschickt; und im vergangenen Sommer war sie in einer Zeitschrift auf sein Bild gestoßen: »Frederic Hollenbeck, eine neue Persönlichkeit in Washington.« Ein kahlköpfiger Mann – nun, sein fahles Palominohaar war immer ein wenig schütter gewesen; er hatte an Gewicht verloren, was von vielen Stunden Morgenübungen, Keulenschwingen und Gewaltmassagen kommen mochte. Am meisten aber hatte sich sein Mund verändert. Er hatte nun den zusammengebissenen, ehrgeizigen Mund mit den beinahe unsichtbar gewordenen Lippen, der für den erfolgreichen Amerikaner so charakteristisch ist. An Freds Seite lächelte die elegant gekleidete Mrs. Hollenbeck, in voller Kriegsbemalung, mit Ansteckblume und Zobelkragen.

»… einer der Gründe für den warmen Empfang, den der neue scharfsichtige und überragend kluge und wohlinformierte Wirtschaftsberater des Präsidenten im schwierigen und zurückhaltenden Washington fand, liegt in der Liebenswürdigkeit und Grazie, mit der seine Gattin es versteht, Freunde und Einfluss zu gewinnen. Mona, wie sie in ihrem engeren Zirkel genannt wird, war in erster Ehe mit Robert Boyd verheiratet, dem populären Sportsmann und Erben der bekannten Gummireifenwerke, der im Jahre 1936 beim Absturz eines selbst gelenkten Flugzeugs ums Leben kam …«

Ein Gewimmel von Kindern umgab das lächelnde Ehepaar. Zwei halbwüchsige Mädchen, vermutlich das Ergebnis von Mrs. Frederic Hollenbecks einträglicher erster Ehe, und drei kleine Palominofohlen, offensichtlich der gesegneten Hollenbeck-Boyd Vereinigung entsprossen. Gratuliere, Fred! Das ist es ja, was du dir immer gewünscht hast! Die große Karriere, die einflussreiche Stellung, das glückliche

Familienleben und eine Menge Geld obendrein, dachte Joy, unberührt und gelassen. Und doch war Fred nachher in vielen Nächten unvermeidbar durch ihre Träume gewandert, jung und ehrgeizig und so sehr verliebt in sie.

Es war ein Tag Anfang November 1928, San Franciscos später Altweibersommer war plötzlich zu Ende; Joy wartete an der Ecke der Greenwich Street und der Van Ness Avenue auf eine Straßenbahn. Der hochgewachsene junge Mann, der eine halbe Minute nach ihr an der gleichen Ecke ankam, trug in seinem Arm ein riesiges, unhandliches Paket und hatte unter den anderen eine Aktentasche geklemmt, die so mit gewichtigen Büchern vollgestopft war, dass sie sich nicht schließen ließ. Er schaute suchend um sich, zögerte, und schließlich setzte er seine beiden Lasten nieder, um den Hut abzunehmen und sich mit umständlicher Höflichkeit bei Joy zu erkundigen, ob dies die Haltestelle für die Straßenbahn nach der Market Street sei.

»Ganz richtig. Ich warte auch drauf«, sagte sie. Er dankte ihr, setzte seinen Hut wieder auf und belud sich aufs Neue mit seinen widerspenstigen Lasten. Joy, deren Augen an die schwerfälligen Bewegungen der muskelstrotzenden männlichen Modelle in Merryls Aktklasse gewöhnt waren, bemerkte unwillkürlich und mit einer angenehmen leichten Verwunderung den Gegensatz zwischen der Erscheinung des jungen Mannes – er sah wie ein etwas zu schlenkriger, nicht sehr gut genährter Bücherwurm aus – und der selbstverständlichen Leichtigkeit, mit der er jene beiden Schwergewichtsbürden hochschwang. Er hatte sich sogleich von ihr abgewendet, wie um keinen Zweifel zu lassen, dass seine Frage keinerlei Nebenzweck gehabt hatte. Wäre Joy nicht noch immer in dem ungelösten Kummer jener Wochen eingeschlossen gewesen, hätte diese ehrbare kleine Bewegung ihr ein Lächeln entlockt. So aber bedauerte sie flüchtig, dass er ihr den Rücken drehte; sie hätte gern einen zweiten, gründlicheren Blick auf den jungen Menschen getan. Sein Gesicht war nicht uninteressant und, für sie als Malerin, in gewisser Weise anregend. Es ist das Übertriebene darin, jeder Teil ein bisschen zu lang, überlegte sie; die Stirn, die Nase und besonders der Zwischenraum von der Nase zum Mund. Das Kinn auch; aber doch keine El-Greco-Verlängerung – recht interessantes Gesicht.

Zweieinhalb Jahre später, in Pismo Beach, als sie versuchte, ihn zu malen, war ihr dieses Gesicht zu lieb geworden, als dass sie gute Arbeit hätte leisten können. Außerdem bestand Fred auf lebensgetreuer Ähnlichkeit, während sie richtig loslegen und das malen wollte, was dahintersteckte: den Ausdruck, die Seele, das Essenzielle.

»Du bist ja ärger als der alte Merryl«, sagte sie ihm, es war als eine Beleidigung gemeint. Worauf er bloß lachte, sie hochhob, sie von ihrer Staffelei wegtrug, auf den samtenen, feuchten Dünensand fallen ließ und sie küsste, bis beiden der Atem verging, um ihr sodann einen kurzen Vortrag zu halten.

»Die Seele, das Essenzielle? Alles Quatsch! Wenn Porträtmalen nicht repräsentative Kunst ist, dann pfeif ich drauf. Ich will so auf die Leinwand kommen, wie ich bin, verstehst du, um unseren Kindern und Enkeln zu zeigen, wie der alte Herr in seinen besten Jahren ausgesehen hat. Wenn die alten Meister solche Faultiere gewesen wären wie ihr modernen, dann würde heute kein Mensch wissen, was für ein Mensch Papst Paul III. war – oder Rembrandt – oder – oder –«

»Meinen allerergebensten Dank für die gütige Belehrung, aber ich habe meinen Ruskin auswendig gekannt, bevor mir die Milchzähne ausfielen, und schon damals war das so unmodern wie Mausis Schwarzseidenes«, entgegnete sie, und eine ihrer erfrischenden Meinungsverschiedenheiten war in vollem Gange. Sie hatten sich ineinander verliebt, weil sie verschieden waren, und das war auch der Grund, dass sie sich nie miteinander langweilten, nicht eine Minute. Zwischen ihnen war ein beständiger Austausch, ein Geben und Nehmen, vergnügliche Reibungen, unterhaltende Dispute, so viele immer neue Entdeckungen und abenteuerliche Expeditionen in die Welt des anderen.

Dieser erste Windstoß – er kam plötzlich um die Ecke von Greenwich Street, und wie ein betrunkener Grobian schlug er Fred den Hut vom Kopf. Stieß ihn in die Luft, ließ ihn fallen, rollte ihn die Avenue hinab, warf ihn zwischen zwei Wagen – ein Lastauto und die Straßenbahn –, riss ihn im letzten Moment zur Seite und ließ schließlich, zehn Meter entfernt, von ihm ab. Es liegt eine besondere pfiffige Bosheit in der Art, wie solch ein Hut still darauf lauert, eingefangen zu werden, und plötzlich wieder davonrennt, nur um den Verfolger zum Narren zu halten. Doch Fred versuchte nicht einmal, seinem Hut nachzujagen; er stand hilflos da, beide Arme beladen, und starrte mit aufgebrachtem und etwas stupidem Ausdruck dem Flüchtling nach. Joy hingegen, vertraut mit den Launen der einheimischen Winde, galoppierte plötzlich ohne weitere Überlegung hinter dem Hut her: Hupen brüllten, Bremsen kreischten. Das Einzige, was sie in dem Gedränge von jäh anhaltenden Wagen zur Rettung des Hutes tun konnte, war, dass sie kräftig daraufstampfte, bevor er aufs Neue durchbrennen konnte. Hastig versuchte sie, ihn wieder in eine anständige Form zurückzuboxen, bevor sie den betrüblichen Gegenstand mit reuigem Lächeln seinem Besitzer hinhielt. Der hatte endlich seine klaffende Aktentasche und sein Paket auf die Erde gesetzt und grinste sie freundlich an; die Straßenbahn, auf die sie beide gewartet hatten, war inzwischen abgefahren. »Danke«, sagte er. »Tausend Dank! Aber Sie hätten sich nicht bemühen sollen. Jetzt komme ich mir vor wie ein unheilbarer Esel, was ich ja wahrscheinlich auch bin, aber –«

»Das ist nur unser Wind – wir sind daran gewöhnt«, unterbrach sie ihn, »und Sie sind eben nicht von hier.«

»Verdammt – und ich war todsicher, dass ich meinen Prärieakzent losgeworden bin«, sagte er. »Aber ich fürchte, dass das Etikett Wisconsin noch immer auf mir klebt; und jetzt haben Sie auch noch Ihre Straßenbahn meinetwegen versäumt. Was sollen wir dagegen tun?«

»Auf die nächste warten, nehme ich an«, sagte sie, leise erwärmt durch seine freundliche, kleinstädtische Zutraulichkeit.

»Da kommt ein Taxi, das ist besser, als in diesem Wirbelwind herumzustehen«, meinte er, und schon hatte er mit überraschender

Gewandtheit den Wagen angehalten. »Eigentlich müsste ich zumindest meinen Mantel für Sie über eine Pfütze breiten wie weiland Sir Walter Raleigh für seine Königin, aber da ich keinen Mantel und Sie keine Pfütze bei der Hand haben, muss uns ein Taxi genügen.«

Mit der gleichen unerwarteten Geschicklichkeit brachte er es trotz seiner Bündel zuwege, sie sanft zum Taxi zu geleiten; und sehr zu ihrer Überraschung machte Joy keine Einwände. Ihr war, als hätte sich ein Fenster geöffnet, durch das nun frische Luft und Licht in den dunklen Raum einströmten, in dem sie seit Vaters Tod gehaust hatte. Plötzlich und voll Verwunderung war sie bereit, das kleine Abenteuer zu akzeptieren. »Es ist nicht meine Gewohnheit, ein Taxi mit einem Unbekannten zu teilen –« sagte sie immerhin, um ihren Selbstrespekt zu bewahren. »Meine auch nicht«, entgegnete er trocken, schlug die Wagentür zu und setzte sich neben sie. »Also, wohin darf ich Sie bringen?«

»Wie weit wollen Sie denn fahren?«

»Pioneer Society. Versprach meiner Tante Mathilda, dieses Zeugs für sie hinzuschleppen, und ich möchte mir die Bemerkung erlauben, dass meine Tante Mathilda kein Gebilde der Fantasie ist, auch wenn sie so klingt.«

»Sie meinen Mrs. Browder? Mathilda Browder?«

»Sie kennen sie?«

»Nur flüchtig, aber meine Mutter kennt sie recht gut. Jeder kennt ja jeden in San Francisco, und die Browders sind eine von unseren alten Familien. Wir sind auch eine Kleinstadt, auf unsere etwas unbehaglich-kosmopolitische Weise.«

Die Browders waren offensichtlich anerkannte und registrierte Pioniere, was bedeutete, dass der erste Browder kurz nach den ersten kalifornischen Goldfunden im Jahre 1849 in San Francisco angekommen war; eine Auszeichnung, die für die Ballards – deren Vorväter erst 1851 eintrafen – ewig unerreichbar blieb; dass die Familie durch diesen nie wiedergutzumachenden Missgriff des ersten Ballards von der *Pioneer Society* ausgeschlossen blieb, machte Mutter wütend, sooft sie daran dachte. Gleich vielen anderen verehrungswürdigen Reliquien wurde die verarmte und verwitwete Tante Mathilda von der guten Gesellschaft durch kleine vornehm verkleidete Wohltaten erhalten, indem man sie in verschiedenen schlecht bezahlten Ehrenpöstchen beschäftigte. Zurzeit katalogisierte sie die Sammlung heimischer Denkwürdigkeiten aus dem Besitz der *Pioneer Society*, und das Paket, das Fred mit sich herumschleppte, enthielt Stiefel und Sporen eines Mannes, der in der frühen Geschichte der Stadt eine Rolle gespielt hatte. »Alte Stiefel!«, rief er aus, »*Pioneer Society*, Tante Mathilda, Ahnenkult, der Teufel soll den ganzen Kram holen!«

Joy lachte leise, ihr war, als hätte sie seit Ewigkeiten nicht mehr gelacht. »Warten Sie – ich glaube, ich weiß jetzt, wer Sie sind, hielten Sie nicht irgendwelche Vorträge in irgendwelchen Clubs? Schweres Geschütz – ich las im *Chronicle* darüber, ich kann mich nur nicht auf Ihren Namen besinnen –«

»Der Name ist Fred; Fred Hollenbeck, wenn Sie pedantisch sein wollen. Jawohl, man hat mich allen möglichen Spießervereinen serviert. Hab die guten Bürger bis in die Tiefen ihrer Geldbeutel erschreckt – zumindest war das meine Absicht. Aber wollen sie Vernunft annehmen? Keinesfalls! Die werden nicht vom Karussell runtergehen, bis es sie abschmeißt. Man kann Tatsachen und Zahlen in sie hineinstopfen, bis sie ihnen bei den Ohren herauskommen, man legt alle Statistiken vor sie hin, das Wieso und Warum, die Geschichte, die Entwicklung, die Präzedenzfälle, man trommelt ihnen die Gesetzmäßigkeit wirtschaftlicher Zyklen in die Schädel, man warnt sie, bis man blau im Gesicht wird, dass ein Krach unvermeidlich ist, wenn sie so weitermachen; aber das wollen sie ja nicht hören, besten Dank, Mr. Hollenbeck. Diese Burschen haben nicht das geringste Interesse für irgendeine solide Information. Die lassen sich die Zukunft viel lieber aus dem Kaffeesatz lesen und setzen ihr Geld auf die prophetischen Ahnungen und Vorzeichen, die Schafsköpfe; es ist der nationale Zeitvertreib.«

»Ja, das kenne ich auch; hie und da halte ich selbst ein paar Vorträge«, unterbrach Joy ihn bescheiden, bevor er wirklich in Fahrt kommen konnte. Gott bewahre – ein Weltverbesserer!, sagte sie sich.

»Vorträge? Sie auch? Worüber denn?«

»Oh – nur über Malerei – Kultur, mehr oder weniger Kunstverständnis.«

»Oh, du großer Gott! Über Kunst!«, hatte Fred erschrocken ausgerufen, und damit brachte er sie wieder zum Lachen.

»Ist Kunst etwas so Schlimmes, Mr. Hollenbeck?«

»Kunst ist vage. Keine Regeln, keine Gesetze. Kunst fehlt es an Präzision.«

»Jetzt reden Sie reinen Unsinn«, sagte Joy hitzig.

Er lächelte. »Sie haben vollkommen recht, und das ist es hauptsächlich, was ich gegen Kunst habe«, bestätigte er liebenswürdig: »Ich verstehe einfach nicht das Geringste davon.«

So fing es an. Das nächste Mal trafen sie in der Städtischen Bibliothek ganz zufällig aufeinander. Beide warteten auf den Lift. »Was tun Sie denn an so einem hellen, blitzblauen Tag unter den Bücherwürmern, Miss Ambros?«, fragte er sie. »Wird für einen wichtigen Vortrag über Kunst gebüffelt?« In seinen Augen stand unverhohlenes Vergnügen über ihre Begegnung, und Joy war froh, dass sie die Trauerkleidung abgelegt hatte und ihr hübsches neues Straßenkostüm trug.

»Nein – ich – ich holte mir bloß ein Buch – «

Er warf einen verstohlenen Blick auf den dicken Band, den sie vergeblich hinter ihrer Handtasche zu verstecken suchte. Es war reine Volkswirtschaft, *Fortschritt und Armut* von Henry George. Sein Mund zuckte von verhaltenem Lachen.

»Und Sie, Mr. Hollenbeck?«, erkundigte sie sich.

»Ich? Nun – ich suchte nach etwas, das ich für meine Doktorarbeit brauche«, sagte er und klemmte seine Aktentasche fester unter den Arm. »Ach was, zum Teufel damit!«, sagte er unvermittelt, zog ein Buch hervor und hielt es Joy unter die Nase. Faures *Kunstgeschichte*. Sie starrten einander an, und dann brachen sie in Gelächter aus. Der

Lift hielt an, und gemeinsam wanderten sie in die milde Helle des kalifornischen Dezembertages hinaus.

»Wie wär's mit einer Tasse Kaffee?«, fragte er.

»Warum nicht? Aber ich trinke lieber Tee –«, hörte Joy sich zu ihrem großen Erstaunen antworten.

»Fein. Und wo können wir anständigen Tee für Mylady bekommen?«

»Waren Sie schon im Japanischen Teegarten? Nein? Sollen wir hingehen – obwohl Sie es wahrscheinlich verabscheuen werden – alles so niedlich – so japanisch – so *Madame Butterfly* –«

Wann immer sie beisammen waren, lachten und stritten sie und versöhnten sich wieder. »Du bestehst nur aus Gehirn und kalter Logik«, beschuldigte sie ihn. »Ich glaube bestimmt, dass du irgendwo ein verborgenes kleines Haustempelchen hast, wo du dein persönliches *Om mani padme hum* zu deinem persönlichen kleinen Götzen betest: Zweimal zwei ist vier, zweimal zwei ist vier, zweimal zwei ist vier –«

»Und du bist viel zu emotional«, erwiderte er.

»Was hast du gegen meine Emotionen, wenn ich fragen darf?«

»Zum Beispiel an dem Tag, als du meinem Hut nachranntest – lauter Emotion und kein Funken klare Vernunft. Für den alten Deckel bezahlte ich vier Dollar, als ich ihn vor zehn Jahren kaufte. Wenn ich also rechne, dass es mich fünfundvierzig Cent im Jahr gekostet hat, einen Hut zu tragen – du verstehst, das ist eine nicht ganz exakte Zahl –, dann ist der Kaufpreis vollkommen amortisiert gewesen, und der tatsächliche Wert des Hutes war auf null gesunken. Ganz besonders, nachdem du drauf herumgetrampelt hattest. Andererseits hast du dich vor dieses Lastauto geworfen, du hättest dir ohne Weiteres einen Arm brechen können oder ein Bein oder dich überfahren lassen, bloß um diese nichtswürdige Kopfbekleidung für mich zu retten. Das nenne ich überemotional; das ist eine unlogische, unhaltbare Art des Denkens. Mir ist das Herz stehen geblieben –«

»Ja? Wirklich?«

»Du weißt verdammt gut, was mit meinem Herzen los war, und übrigens bleibt es mir noch immer stehen, wenn ich dich sehe oder an dich denke –«

»Wenn ich nicht emotional wäre, dann hätte ich mich nicht so sinnlos in dich verliebt –«, flüsterte Joy, und darauf gab es offenbar keine andere Antwort, als sie hinter eine Hecke im Japanischen Garten, wo sie sich für gewöhnlich trafen, zu ziehen und abzuküssen. Verschieden, wie sie waren, hatten sie doch auch vieles gemeinsam und stimmten in manchem überein.

Sie gingen zum Beispiel beide gern im Regen spazieren, und sie hatten ihre erfrischendsten Gespräche, wenn die kalte Nässe hart in ihre Gesichter wehte. Solche Spaziergänge gehörten ihnen allein, gegen all die vermufften, luftlosen Leute, die aufgeregt nach Taxis und Straßenbahnen jagten oder niedergedrückt in ihren Häusern vor ihren verrauchten Kaminen hockten. Und sie schwammen beide wie die Seehunde, und keine Brandung war zu kalt oder zu wild für sie. Und war es nicht ein ganz außergewöhnlicher Zufall, dass keiner von ihnen sich jemals zuvor verliebt hatte? »Wirklich nicht, Fred? Kannst du's schwören? Wirklich nicht?«

»Wirklich nicht. Nicht wirklich verliebt: wirklich verliebt – nein. Nicht so, wie's mit uns ist. Ich hatte keine Zeit für romantischen Unsinn.«

»So ging's mir auch. Ich hatte alle Hände voll zu tun mit meiner Familie. Keine Zeit und keine Lust.« Joy begann zu lächeln. »Weißt du, wie mein Vater all diese unreifen, schlampigen kleinen Liebesaffären nannte? Dschungelsitten nannte er sie! Seit die Zauberpriester das Geschlechtsleben von ein paar alten Tabus befreiten, paradieren die primitiven Urwaldbewohner der Vereinigten Staaten vor aller Welt mit dem, was sie zuvor nur in puritanischer Heimlichkeit dachten und taten –«

»So ist es. Schade, dass ich deinen Vater nicht mehr kannte, ich glaube, wir hätten uns gut verstanden. Man braucht bloß anzusehen, wie heillos die jungen Leute mit ihrem Leben umgehen! Ausgebrannt und erledigt mit fünfundzwanzig Jahren. Gott sei Dank, wir beide sind weder so unreif noch so besonders primitiv: Wir wissen, was wir tun und was wir wollen.«

Immer war da das feine Gleichgewicht zwischen Kameradschaft und Verliebtheit, das Nebeneinander einer guten Ernsthaftigkeit und hellen Übermutes: Sie hatten ihre Freiheit, beide, ein ständiges Gefühl von scharf wehender frischer Luft. »Wir wollen die Fenster offen lassen. Fred, Lieber – immer«, sagte Joy oft, und »Immer« bedeutete für sie eine Ehe und ein Heim, eine Familie und miteinander wachsen und reifen und älter werden und alt sein. »Immer« bedeutete einfach: »Immer« …

Wieder einmal tritt der Stationschef aus seinem Verschlag. »Jetzt regnet's wieder«, sagt er, seinen Rock zuknöpfend. »Oh, wahrhaftig?«, fragt Joy. Der Regen fällt in schweren Wassersträhnen, es klingt wie zerreißender Taft, er formt kleine schwarze Pfützen, aus denen er in winzigen Springbrunnen glitzernder Jetperlen wieder zurückgeworfen wird. Eine dichte Regendecke hängt um die Station, lärmend und heftig, aber fast unsichtbar in der Schwärze draußen; und nur wo ein Lichtstrahl hinfällt, sieht es aus wie wirbelnde Stäbchen aus Glas und Silber, Christbaumschmuck. Joy hat den Regen nicht bemerkt, sie ist zu weit weg in der Vergangenheit gewesen. »Regen? Wahrhaftig?«, fragt sie. Der Stationschef wirft einen besorgten Blick auf sie. »Sollten die Dame nicht lieber drinnen warten?«, fragt er. »Wird's hier draußen nicht zu nass?«

»Nein, danke, ich bin gern im Regen. Immer schon –«, sagt sie.

Der Stationschef tritt von einem Fuß auf den anderen, kratzt sein Kinn, gibt vor, etwas auf das Schwarze Brett zu schreiben, und schließlich kriecht er zurück zu seinem Pult. »Jetzt kann's nicht mehr lang dauern«, verheißt er dumpf.

Glücklich – dachte Joy –, ja, damals war ich glücklich. Was immer vorher und nachher mit mir geschah: Ich weiß, was es heißt, glücklich zu sein. Ich erlebte es einmal, und mehr kann kein Mensch für sich wünschen oder erwarten. Jawohl, selbst ich, Joy Ambros, erhielt mein Teil vom Glück. Glücklich sein ist keine Ware, die in großen dicken Portionen ausgegeben wird, nur in winzigen Tröpfchen kann man es finden wie den Honig im tiefsten Kelch einer Blume; aber wer einmal davon gekostet hat, vergisst nie wieder den Geschmack des Glücks …

Ein paar Tage zuvor war sie in einer Zeitschrift auf eine Fotografie der alten Franziskanermission von Carmel gestoßen, und wie in einem unerwarteten Anprall von Traurigkeit und Freude hatte sie sich an ein paar Minuten erinnert, als sie mit Fred in dem kleinen Missionsgarten gestanden hatte; ein unbekannter Vogel sang irgendwo in den langen, stillen Schatten des Spätnachmittags, und ein käferbraunes Mönchlein band Geißblattranken auf. Sonst nichts. Nur ein paar jener unvergesslich schimmernden, leuchtenden, erfüllten Minuten; nur dieses eine: Beglückung. Wer weiß, ob die anmutige, reiche und beliebte Mrs. Frederic Hollenbeck mehr davon bekommen hat als ich, dachte Joy. Es ist schlüpfrig, das Glücklichsein, man kann es nicht fassen, nicht festhalten, nicht einmal malen. Sie hatte es einmal versucht, während ihrer guten Zeit mit Fred. Ein zu zartes Motiv – der Farbenstaub auf einem Schmetterlingsflügel, die leichteste Berührung wischt ihn fort. Aber ich hab's gehabt, und niemand kann mir das nehmen: Ich war glücklich.

Jenes eine Mal hatte Joy die Hauptrolle in ihrem eigenen Leben gespielt, und alles andere war zu einem undeutlichen Gewimmel und gedämpften Geräuschen im Hintergrund verblasst. Sogar Mutter. Mechanisch und pflichtgetreu hatte Joy sie während der Monate gepflegt, die auf Vaters Tod folgten, denn Mutter durfte in ihren Anfällen von Verzweiflung und Reue nicht allein gelassen werden. Reue und Verzweiflung über die Vernichtung von Vaters Geige? Nein, das sah Mutter nicht gleich. Reue und Verzweiflung, weil das Geld von der Versicherungsgesellschaft zu spät ausbezahlt worden war, um Vater noch damit zu helfen; auf jeden Fall aber half es Mutter. Die Konferenzen, die sie mit Johnny O'Shaughnessy wegen der Anlage dieser Gelder hatte, lenkten sie von ihrem Gram ab, nach und nach erholte sie sich und ließ sich von den *Girls* dazu überreden, neue Kleider und Hüte anzuschaffen, alles in Schwarz, selbstverständlich, höchstens mit einem Zipfelchen weißer Spitze oder einem Pikeekrägelchen, was hältst du davon, mein Kind? Doch Schwarz war immer eine ausgezeichnete Farbe für Angelinas reizvolle Blondheit gewesen, und die *Girls* erzählten ihr, dass sie hübscher als je aussehe, mit den ersten grauen Löckchen unter dem schwarzen Samthut. Doch die *Girls* begannen auch zu fragen: »Was geht eigentlich mit Joy vor? Das Mädel entpuppt sich ja auf einmal als eine Schönheit; nun, sie gehört eben zu dem Typus, der sich spät entwickelt, umso besser für sie, solche Frauen bleiben länger jung.« Und Mutter zwinkerte ihr zu, drohte mit dem Finger und fragte neckend: »Könnte vielleicht ein gewisser junger Mann etwas damit zu tun haben, dass du so hübsch wirst, mein Kind?«

Tante Mathilda lud Joy ein, und Mutter lud Fred ein, und dann gab Mutter einen Tee für Tante Mathilda, und Tante Mathilda hatte sie alle zum Nachtessen in dem ehrwürdigen, muffigen alten Browder-Haus eingeladen, und inzwischen bewies Mutter eine glückliche Hand in Börsenspekulationen und schien in Geld zu schwimmen. Sie und Tante Mathilda wurden Freundinnen und tauschten vertrauliche Mitteilungen über die finanzielle Lage der beiden jungen Leute aus. Joys jährliche viertausend wurden erwähnt, ein erfreulicher Zuschuss zum Einkommen eines jungen Volkswirtschaftlers; andererseits wies Mrs. Browder darauf hin, dass Freds andere Tante, Mrs. Hollenbeck in Beloit, die den verwaisten Fred aufgezogen hatte, nicht mehr jung und leider auch nicht ganz gesund sei und ihrem Neffen ein durchaus nicht unbedeutendes Vermögen hinterlassen würde. Mutter teilte Joy großmütig mit: »Ich habe es Johnny zu verdanken, dass ich bald finanziell unabhängig sein werde, er ist so ein treuer Freund, und die Börsentipps, die er mir gab, waren ausgezeichnet; wenn du also gern nach Paris gehen und etwas für deine Malerei tun möchtest, dann will ich dich durchaus nicht davon zurückhalten, obwohl ich nicht einsehen kann, weshalb du in Frankreich besser malen solltest als hier! Aber was mich betrifft, ich trage mich mit dem Gedanken, zu Charley zu ziehen und ihm die Wirtschaft zu führen. Schließlich ist er mein einziger Sohn, und ich habe ihn viel zu lange vernachlässigt, aber ich konnte ja Vater in seiner Krankheit nicht verlassen, ich hoffe, dass Charley das verstehen wird, es war eben meine Pflicht, Vater beizustehen. Aber jetzt bleibt hier nichts mehr für mich zu tun, und nun, da ich mir endlich, endlich meine finanzielle Unabhängigkeit erworben habe, glaube ich, dass ein völliger Wechsel der Umgebung gut für meine Nerven wäre; Dr. Bryant findet, dass ich mit meiner Gesundheit sehr herunter bin – ich spreche vom alten Dr. Bryant, denn der junge ist ein Grobian –«

Mutters Auswanderungsgelüste erweckten in Joy sämtliche Beschützerinstinkte für ihren kleinen Bruder, und sie warf rasch ein: »Nein, danke, Mutter, das ist wirklich zu lieb von dir, aber zurzeit möchte ich gar nicht nach Paris gehen, und vielleicht ist es keine so gute Idee, Charleys Lebensordnung umzuwerfen, grade wenn er sich aufs Schlussexamen vorbereiten muss –«

»Oh, ich wollte ja auch nicht schon heute oder morgen übersiedeln, und« – sie drohte neckisch mit dem Zeigefinger – »vielleicht kann deine dumme Mutter erraten, weshalb du zurzeit nicht nach Paris gehen möchtest. Bestimmt will ich dich nicht zu einer Zeit verlassen, mein Kind, wenn dir eine Mutter nötiger ist als je zuvor. Aber ein kleines Vögelchen hat mir zugezwitschert, dass es nicht lange dauern wird, bis du dich verheiratest – und dann gehöre ich unzweifelhaft zu meinem Sohn.«

Verdammt noch mal! Da sei Gott vor!, war Joys erster Gedanke, und noch am gleichen Abend schrieb sie Charley einen Warnungsbrief und versuchte, Mutters neuen Unternehmungsgeist in andere Bahnen zu lenken. Die *Girls* zum Beispiel planten eine Vergnügungsreise nach Kanada, wie wäre das? Aber Kanada war zu kalt für Mutter, und Mexiko war zu heiß, und so blieb sie vorläufig in San Francisco, und sie und Tante Mathilda machten Andeutungen und schoben und drängten und zwinkerten und benahmen sich so unerträglich wohlwollend und diskret, dass es Joy und Fred zumute war, als müsse ihre Liebe hinter diesem Zaun von bürgerlicher Ehrsamkeit verwelken. So war es fast eine Erleichterung, dass Fred sich nicht dauernd in San Francisco aufhielt, sondern dass die Studien für seine Doktorarbeit ihn für Wochen und Monate in andere Städte führten; es machte seine Rückkehr jedes Mal zu einer großen Festlichkeit, und sie blieben einander neu.

Und was kam nachher? Der große, katastrophale Börsenkrach im Oktober 1929: für Mutter ein Unheil, schlimmer als Erdbeben, Brand, Tod. Alles war mit einem Schlag anders geworden. Es war keine Rede mehr von finanzieller Unabhängigkeit; man war wieder auf Joys armselige, aber gesicherte viertausend jährlich angewiesen. Dies waren die Wochen, in denen Mutters krankhafte Angst vor dem Alleinsein begann; und hätte Tante Mathilda Joy nicht manchmal abgelöst, hätte Joy sich nie wieder mit Fred im Japanischen Teegarten treffen noch mit ihm durch den Regen wandern können. So sehr Mutter vor dem Börsenkrach darauf erpicht gewesen war, Joy zu verheiraten oder, um die Wahrheit zu sagen, Joy loszuwerden, so verzweifelt klammerte sie sich nun an sie. Die Angst, die würgende Angst vor dem Alleinsein, wuchs und wucherte, diese parasitische Angst, die Mutters Leben auffraß und aushöhlte und Joys Leben dazu.

Bei einem Wettbewerb für eine Arbeitersiedlung erhielt Charleys Entwurf den zweiten Preis, und obwohl Mutter nun endlich wieder stolz sein konnte, jammerte sie laut darüber, dass sie ihren Sohn seit Ewigkeiten nicht gesehen habe und dass sie es einfach nicht überleben würde, wenn sie seiner Promotion an der berühmten Princeton-Universität nicht beiwohnen könne. An diesem Punkt kamen die jungen Fränkels zu Hilfe. Sie waren zwar Juden, trotzdem aber recht nette Menschen, wie Mutter sich auszudrücken pflegte. Die gutherzige Irma Fränkel lud Mutter ein, im Auto mit ihnen quer durchs Land nach New York zu fahren, von wo aus sie Charley leicht besuchen konnte; außerdem gelang es den Fränkels, eine Cousine auszugraben, die bereit war, Joy hundert Dollar für ein Porträt ihrer

Zwillinge zu bezahlen. Joy malte es bereitwillig, in Rosenknospenrosa und Vergissmeinnichtblau, mit jedem wohlfrisierten Löckchen und mit Glanzlichtern in den Babyaugen; diese Untat gegen ihr ethisches Gewebe machte es ihr möglich, Mutter zweihundert Dollar für die Reisekosten zu überreichen, sie den Fränkels aufzuladen und damit zwei Wochen der Freiheit für sich selbst zu erkaufen. »Fred, Lieber, mir war furchtbar zumute, jede Minute dieser Zwillingssitzungen! Aber jetzt haben wir zwei ganze Wochen für eine gestohlene Hochzeitsreise, zwei ganze lange Wochen.«

»Ausgezeichnet. Ich bestellte schon Zimmer für uns in Pismo Beach, dort ist es hübsch und billig und so schäbig, dass wir sicher sein können, niemanden, der uns kennt, dort zu treffen«, sagte Fred darauf, und wieder einmal war Joy überrascht durch seine Vorsorge und seinen unerwarteten Sinn fürs Praktische.

Bei ihrer Rückkehr schien Mutter ein wenig kleiner als vor der Reise, und es gab ein paar winzige neue Fältchen in dem feinen Seidenpapier ihrer Haut, und die begeisterte Beschreibung ihres Besuches bei Charley hatte dünne, gläserne Obertöne.

»Er ist ein großartiger Bursche, und ohne Zweifel hat er eine große Zukunft, alle Türen stehen ihm offen, ich sah mit meinen eigenen Augen ein ausgezeichnetes Angebot, das die *Metropolitan Construction Company* ihm machte. Und Grover Aldenslow sagte mir persönlich, wie gern er ihn in seinem Stab von Zeichnern hätte, du weißt wohl, wer dieser Grover ist? Er baut alle diese eleganten modernen Häuser im Kolonialstil für die reichen Leute in Westchester. Wir waren übers Wochenende eingeladen, bei den Blunts, den Zucker-Blunts, du weißt schon, der Name steht immer in diesen ganzseitigen Zucker-Annoncen. Das Haus muss sie zumindest hunderttausend Dollar gekostet haben, wenn nicht mehr – und soll ich dir etwas verraten? Mir schwant so was, als ob das jüngere Blunt-Mädel einen Narren an Charley gefressen hätte, ein ganz reizendes Mädel, und stell dir vor, was ein junger Architekt alles unternehmen könnte, wenn das Blunt-Vermögen hinter ihm steht. Aber …«

»Ja, Mutter?« Joy hatte auf das unausbleibliche *Aber* gewartet.

»Aber Charley kann manchmal noch eigensinniger sein als sein Vater, Gott hab ihn selig. Und irgendwie verschlossen. Irgendwie ganz mit sich selbst beschäftigt – nun ja, so sind eben die jungen Leute. Er steckt voll von ausgezeichneten Ideen, leider hatte er keine Zeit, mir viel darüber zu erzählen. Du solltest sehen, was für Geschichten man mit ihm macht. Ich war wirklich stolz auf ihn, und weißt du was, ich glaube, er war auch ein bisschen stolz auf seine törichte alte Mutter. Apropos – wie gefällt dir mein neues Komplet? Von Bergdorf Goodman, meiner Meinung nach noch immer der beste Modesalon in New York, aber ich kriegte es spottbillig im Ausverkauf. Charley schien zu tief in der Arbeit zu stecken, hoffentlich überarbeitet er sich nicht. Versteh mich nicht falsch, wenn ich das sage, aber er kam mir ein ganz klein wenig egozentrisch vor, ein bisschen selbstsüchtig – nun«, mit einem krampfhaften kleinen Lachen, »so sind eben die großen Talente, das wissen wir ja nur zu gut.« Mutter versank in Gedanken, vermutlich träumte sie dem Geld der Zucker-Blunts nach, und dann wendete sie ein Partikelchen ihrer Aufmerksamkeit Joy zu. »Und was hast du getrieben, während ich weg war, mein Kind?«

»Ich? Oh – ich versuchte, ein paar Landschaften zu skizzieren. Carmel – die Küste weiter im Norden – Pismo Beach – das ist so ein Fischerdörfchen …«

Pismo Beach. Ein kleines, im Nebel gefangenes, unscheinbares Fischerdorf: für Joy die Glückseligkeit und Erfüllung eines Lebens in zwei kurze Wochen gedrängt. Sonne, Sand, Wellen und die Brandung; die Tage erfüllt mit Spiel und Lachen und Farben; der Geruch von Seetang, trocknenden Netzen und geteerten Booten vermählte sich mit den Ölfarben und dem Terpentin von Freds Bild. Ihre langbeinigen Körper schwammen nebeneinander, lagen nebeneinander im Sand, im nebelfeuchten Bett; sie hungerten nach einander und verloren sich ineinander und ruhten nachher beieinander, zufrieden, entspannt und glücklich ermüdet und immer wieder aufs Neue hungrig. In Joys Kehle wohnten Töne, von denen sie nie gewusst hatte, die kleinen Vogelschreie der Ekstase, die gemurmelten Zärtlichkeiten dunkler Träume. Es gab Farben, die sie nie zuvor gesehen hatte, fünfzig verschiedene Schattierungen in einem einzigen leuchtenden, sonnengetränkten Nebelschwaden am Morgen. Die Abdrücke von den Krällchen der kleinen Wasserläufer im feuchten Morgensand – wie eine Zeichnung von Paul Klee. Oder wie die Flächen der weißen Hausmauern und tomatenroten Ziegeldächer ineinander schnitten: Quadrat und Dreieck, ausgewogen durch den frei fließenden Umriss eines Bootes, das mit dem Kiel nach oben am Ufer rastete. All dies zu malen, oh, frei zu sein und zu malen wagen, was sie in diesen zwei Wochen sah –

Zwei Liebesleutchen, die allerbanalste Sache in der Welt, denkt Joy auf ihrer Wartebank in Tokema. Wie lächerlich, wenn man darauf zurückblickt, wie unbedeutend. Zwei Tiere der Gattung Homo non sapiens (so hatte Vater es genannt), dem Fortpflanzungstrieb folgend. Mehr war es im Grunde nicht – und so viel weltbewegender Lärm um nichts. Shakespeares Sonette und Schuberts Lieder und Botticellis Venus und seine Engel und Madonnen – alle lieblich schmollend und vorwurfsvoll und mit kleinen geröteten Nasenspitzchen wie Mutter, wenn sie sich gut ausgeweint hatte –, all die Inspirationen und die Glorie und die Schmerzen um etwas, das beinahe nichts war; und das doch zuzeiten die ganze Welt auszufüllen schien. Und der lange Weg führt am Ende zum Bahnhof in Tokema, spätnachts, man wartet, man ist ganz allein, und vielleicht hat man den Verstand verloren …

Sie nimmt ihre Hand aus dem Fell des Hundes, um sich wieder eine Zigarette zu drehen. Der Regen hat ebenso plötzlich aufgehört, wie er anfing, und nur der regelmäßig dumpfe Fall der schweren Tropfen vom überhängenden Dach ist geblieben. Sie erhebt sich von der kalten, harten Bank und bleibt vor dem Schwarzen Brett stehen, auf dem die Nummern und Durchfahrtszeiten der Züge verzeichnet sind. Aber sie sieht nicht dieses kreidebekritzelte Brett dicht vor ihren Augen, sie starrt hindurch in die Vergangenheit, in das Wohnzimmer in der Greenwich Street.

Mutter war etwas deprimiert nach ihrem Besuch bei Charley, aber Joy kehrte voll Elastizität, mit einem neuen federnden Gefühl ihrer selbst, von Pismo Beach zurück.

»Bist du müde, Mutter? Oder wär's dir recht, wenn Fred später vorbeikäme? Wir möchten etwas mit dir besprechen«, sagte sie, ihre Hände hinter dem Rücken verschränkend, so wie Vater es in gespannten Momenten zu tun pflegte.

»Fred? Ach, du meinst Mr. Hollenbeck? Ist das so dringend?«

»Für uns – ja. Wir möchten so bald wie möglich heiraten.«

»Ach, du liebe Güte! Ihr seid ja noch nicht einmal verlobt, mein Kind.«

»Du kannst diese Förmlichkeiten beiseitelassen, sie sind ohnedies nicht mehr modern. Fred möchte das Herbstsemester nicht mit einem Lärm anfangen wie eine Katze, der man eine Blechbüchse an den Schwanz gebunden hat; für einen jungen Professor ist es peinlich, mit einem großen Plakat herumzugehen, auf dem deutlich geschrieben steht: Achtung! Hochzeitsreisende. Neu vermählt. Wir möchten unseren Einzug in die Universität als ein wundervolles, seit Langem verheiratetes Paar machen.«

»Also hat er die Berufung nach Stanford gekriegt? Nun, das ist ja eine gute Neuigkeit.«

»Nein, aber er hat ein Angebot, als Dozent ans Redlands College zu kommen. Das ist für den Anfang gut genug, und wir möchten nicht länger warten.«

Darauf blieb Mutter eine ganze lange Minute stumm, bis sie schließlich wie zu sich selbst murmelte: »Redlands –«, so als hätte sie eine schaudererregende Geistererscheinung durchs Zimmer schweben sehen. »Zahlt Redlands wenigstens ein gutes Gehalt?«, fragte sie dann ganz nüchtern.

»Das glaube ich kaum. Aber wir bekommen eine freie Dienstwohnung, ein kleines Häuschen wie die anderen Professoren, und was gibt's denn, Mutter? Bist du nicht froh, dass ich nun doch keine alte Jungfer sein werde?«

In New York hatte man Mutters graues Haar ein wenig zu stark gebläut und sie außerdem dazu überredet, einen orangefarbenen Lippenstift zu benutzen; dort, wo der gemalte Bogen ihre Lippen nicht ganz bedeckte, zeigten sie plötzlich eine bläuliche Tönung, und das Rouge stach in harten runden Kreisen von ihren weißen Wangen ab.

»Warum sollte ich froh sein? Sowie ich auch nur den Rücken kehre, stellst du irgendeine Verrücktheit an – und ohne mich auch nur zu fragen! Redlands! Ich hätte mich damit abgefunden, mit euch nach Stanford zu ziehen, dort hätte ich zumindest meine Freunde in der Nähe, und man lernt die guten Familien von der Halbinsel kennen, und man ist in einer halben Stunde in San Francisco – aber Redlands? Wo ich keine Seele kenne – und die Sorte Leute, die es dort gibt, möchte ich auch gar nicht kennenlernen. Wahrhaftig, mein Kind, du kannst nicht von mir verlangen, dass ich mich in die schäbige Freiwohnung eines jungen Dozenten setze und mich mit den anderen Professorenfrauen anfreunde. Wo ist dieses Redlands eigentlich? Irgendein armseliges Nest mitten in der Wüste – nein, ich lehne es absolut ab, nach Redlands überzusiedeln –«

Es war ein Gewittersturm, umso unglückseliger und komischer, als weder Fred noch Joy auch nur im Entferntesten daran gedacht hatten, Mutter mitzunehmen; weder nach Redlands noch in ihre Ehe. Über diesen Punkt hatte Fred sehr feste Ansichten. »Nun lass uns einmal nicht emotional werden, Liebling, lass uns rational und vernünftig denken«, hatte er erklärt. »Deine Mutter hat ihr eigenes Leben, und wir haben das unsere, und im ganzen Universum existiert keine infernalischere Dissonanz als das Quietschen des Schaukelstuhls, in dem eine Schwiegermutter für den Rest ihres Lebens angewurzelt ist. Bitte, missversteh mich nicht, Liebling, ich habe persönlich nicht das Geringste gegen deine Mutter, im Gegenteil, ich bin ihr sehr zugetan, aber so etwas geht immer schief, und sie würde sich genauso miserabel fühlen wie wir. Was sagst du? Sie kann nicht allein leben? Umso schlimmer für sie, aber das ist eine Schwäche, der du nicht nachgeben darfst. Es sind immer die Schwachen, die, in sich selbst unzerstörbar, die Starken zerstören, wenn wir es zulassen. Die Termiten – die Amöben – die Moskitos – Bakterien – Ungeziefer – Unkraut –«

»Schon gut, schon gut, Liebling, du brauchst mir keinen Vortrag darüber zu halten. Sag mir lieber, was wir mit Mutter anfangen sollen?«

»Ich finde, die Lösung ist so einfach und logisch wie zwei und zwei: Deine Mutter und meine Tante Mathilda haben sich aufs Herzlichste angefreundet, und da steht dieser Riesenstall, dieses alte Browder-Haus, in dem Tante Mathilda herumklappert wie ein einsames Skelett. Wenn deine Mutter nicht allein bleiben will, na, dann sollen doch die zwei alten Damen zusammenziehen und einander Gesellschaft leisten und sich nach Herzenslust austratschen; das wird am behaglichsten für beide sein und außerdem am billigsten.«

»Wenn du das für eine einfache Lösung hältst, dann versuche mal, mit meiner Mutter darüber zu sprechen. Du wirst ja sehen, was dann passiert!«, sagte Joy voll düsterer Ahnungen.

Fred marschierte ohne Weiteres ins Wohnzimmer, redete zwanzig Minuten auf Mutter ein, worauf er mit seinem breiten, gewinnenden Lachen wieder erschien. »Erledigt«, meldete er gelassen. »Du kannst jetzt kommen und den mütterlichen Segen in Empfang nehmen.«

»Nein! Ich glaub's nicht! Wie hast du das denn angestellt?«, rief Joy verblüfft.

»Wenn ich's nicht meinem unwiderstehlichen Charme zu verdanken habe, dann muss ich annehmen, dass zwei und zwei eben doch vier gibt; und deine Mutter ist nicht nur eine bezaubernde Frau, sie hat einen überraschend guten Kopf für Zahlen.«

Mutters Kopf war über die Papiere gebeugt, die Fred mit den erwähnten Zahlen bedeckt hatte, ihre Hände bebten ganz schwach, und sie versuchte zu lächeln, während die Tränen an ihrem Mund herunterliefen und die grelle Lippenschminke wegwuschen. Selten hatte Joy ihre Mutter so nachgiebig und besiegt gesehen, es rührte sie, und sie tat ihr sehr leid. »Ich habe da das Familienbudget ausgerechnet, für uns und auch für Angelina«, verkündete Fred vergnügt. Schon nannte er sie Angelina, und sie nannte ihn Fred, und alles schien in bester Ordnung. »Natürlich können wir keine großen Sprünge machen, aber es klappt ganz gut –«

»Wenn es sich um Geld handelt – du kannst gern meine viertausend haben, Mutter. Wir werden uns mit Freds Gehalt schon einrichten«, sagte Joy spontan.

Freds Gesicht warnte: Achtung! Schon wieder einmal zu emotional! »Nein, Joy, das ist's gerade, was ich Angelina auseinandergesetzt habe: Es wäre nicht fair, zumindest nicht im ersten Jahr, wo wir unseren Haushalt einrichten müssen – und wer weiß, ob wir nicht unser erstes Kind kriegen, darauf hofft man doch. Später einmal – das ist etwas anderes; ich werde nicht lange ein schlecht bezahlter Dozent bleiben, darauf kannst du dich verlassen, aber Angelina ist ganz meiner Meinung, dass es für den Anfang nur fair ist, wenn du dein Einkommen für dieses Jahr mit ihr teilst, jeder von euch zweitausend Dollar. Hier kannst du sehen, wie das Budget sich einteilen ließe …«

Joy war erstaunt und überwältigt wie stets, wenn sie auf die unerwartet tüchtige, praktische, vorsorgliche Seite ihres jungen Professors stieß. Nicht die kleinste Kleinigkeit hatte er vergessen, bis zum Neujahrstrinkgeld für den Hausbesorger und die gelegentliche Neuanschaffung von Glühbirnen. »Ich will versuchen, eine Art wirtschaftliche Kooperative der Professoren zu gründen, denn, siehst du, wenn wir zum Beispiel Kartoffeln en gros kaufen, können wir eine Menge Geld sparen, und ebenso für Eier und alle anderen Lebensmittel …«

Lieber, lieber Fred, sei nicht so weit weg von mir, dachte Joy flehentlich. Ein Fred, der die Wäscheliste nachsah und sich bis ins Letzte mit den Eierpreisen auskannte, war nicht mehr der gleiche Mensch wie der Romantiker des Japanischen Teegartens, der leidenschaftliche Liebende von Pismo Beach. Und dennoch, Wäschelisten und Eierpreise waren auch ein Teil einer Ehe, sie gehörten mit zu dem, was sie »Immer« nannte. Um diesen ihren Mann war eine Beständigkeit und Sicherheit, wie sie sie nie gekannt hatte. Und dass er fähig gewesen war, Mutter zu zähmen, war einfach Zauberei, an die Joy, abgehärtet und erfahren, nicht ganz glauben konnte.

Ein paar Tage schien Mutter guter Laune und zufrieden, ganz versöhnt mit dem Gedanken, mit *Grand-mères* antiken Möbeln in Tante Mathildas ehrwürdig muffiges Haus überzusiedeln. »Warte nur, ich mache noch eine Sehenswürdigkeit aus dem alten Kasten; bestes Alt-San Francisco«, verhieß sie. »Gegen die Browders sind die Bensingers ja doch nur Parvenüs.«

Vielleicht kam Mutters unverhoffte und freudige Fügsamkeit daher, dass sie in der verschüchterten, stillen und fleißigen Tante Mathilda schon jetzt so etwas wie eine Untergebene sah, eine Angestellte, eines jener huschenden, dienstwilligen Anhängsel vornehmer älterer Damen, Gesellschafterin geheißen. Eine Gesellschafterin zu haben bewies einen hohen Grad von Vornehmheit; die alte Mrs. Bensinger hatte eine – und nun würde also auch Angelina eine haben –, überlegte Joy; oder doch nicht?

Nach ein paar Tagen nämlich änderte sich Mutters Laune; sie war nachdenklich, verhalten, ungewöhnlich rücksichtsvoll gegen Joy, der sie von Herzen leidtat und die sich unwillkürlich etwas schuldbewusst fühlte. »Wo drückt dich der Schuh, Mutter? Ich dachte, dass du gern mit Tante Mathilda zusammenziehst, und sie ist überglücklich darüber, die gute, alte Seele.«

»Oh, ich mache mir meinetwegen keine Sorgen, das tue ich ja nie, mein Kind. Wenn ich bedrückt bin, so ist es einzig und allein deinetwegen. Es lässt mich nicht schlafen, jede Nacht liege ich wach und versuche mich zu entscheiden, ob ich mit dir reden soll oder der Sache einfach ihren Lauf lassen. Aber du kennst mich ja, ich bin nie einer Pflicht aus dem Weg gegangen, so schwer mir's auch manchmal gefallen sein mag. Komm, setz dich zu mir, es ist etwas Wichtiges, das ich mit dir besprechen muss, ich fürchte, es wird dir ein bisschen wehtun. Freilich nicht so weh wie mir, denn du weißt ja, wie lieb ich dich habe: lieber, als wenn du mein eigenes Kind wärst, das weißt du doch?«

»Ja doch, ja doch, Mutter, ich weiß es, aber bitte komm zur Sache. Du hast genug Spannung für ein fünfaktiges Trauerspiel entwickelt – «

»Du darfst mich nicht missverstehen, mein Kind, ich halte sehr viel von deinem jungen Mann, er hat einen guten Charakter, und er stammt aus einer guten, soliden, kerngesunden Familie – «

»Vielen Dank! Na und – ?«

»Unglücklicherweise kann man, wenn man ehrlich sein will, nicht dasselbe von dir sagen, Kind. Du musst mir verzeihen, wenn ich dich damit so ohne jede Vorbereitung überfalle. Ich möchte nicht gern rüde sein, aber – «

»Schon gut, Mutter. Bring nur das Familiengespenst vom Dachboden herunter: Hat einer der frühen Ballards seine Gattin in einem verrufenen Haus aufgelesen? Wir wären nicht die einzige Familie in San Francisco mit so einem Fleck auf der Ehre, und weder Fred noch ich machen uns einen Pfifferling daraus.«

»Du brauchst gar nicht vulgär zu werden und dich über mich lustig zu machen; dafür ist die Angelegenheit viel zu ernst. Es ist von deiner Gesundheit die Rede.«

»Was gibt's mit meiner Gesundheit? Du behauptest doch immer, dass ich die Konstitution eines Pinzgauer Rosses habe. Oh, ich verstehe, was du meinst – dass Maud etwas mit der Lunge zu tun hatte?«

»Nein, das ist es nicht. Wir können dem Himmel danken, dass ich dich bis jetzt bei guter Gesundheit erhalten habe, ich meine: körperlich; und wir wollen ja hoffen, dass du genauso gesund bleiben wirst, wenn du erst verheiratet bist und Familie hast – ihr wollt doch Kinder haben, oder nicht? Heutzutage verhandeln die jungen Leute über solch heikle Fragen ganz frei, so sagt man mir!«

»Aber sicher wünschen wir uns Kinder; ein halbes Dutzend, wenn wir's uns leisten können.«

»Hm. Also sieh, mein Kind, vielleicht war es falsch von mir, diese Sache nicht früher mit dir zu besprechen, aber ich hatte Angst, es könnte dich zu sehr aus dem Gleichgewicht bringen und – also, einmal muss ich dir's ja sagen: Du kommst aus einer kranken Familie. Von der Ambros-Seite. Wir Ballards waren immer geistig und körperlich gesund …«

»Ja, los, sprich dich aus.«

»In der Familie Ambros hat es seit mehreren Generationen Geisteskrankheiten gegeben. Erbliche Belastung. Es ist eine dekadente Familie, wurmstichig, degeneriert – begreifst du, was ich damit sagen will? Du kannst es nicht riskieren, Kinder in die Welt zu setzen. Ich weiß nicht einmal, ob du es riskieren sollst, dich zu verheiraten.«

Joy spürte, wie ihre Hände kalt wurden, und verschränkte sie hinter dem Rücken. »Das ist ja alles Quatsch«, sagte sie mit einem erfrorenen, ungläubigen Lächeln.

»Leider ist es die reine Wahrheit. Manchmal überspringt das Übel eine Generation und bricht durch, wenn man's am wenigsten erwartet. Denk bloß an deinen Vater – sein hemmungsloses Temperament – dann wieder Perioden von Melancholie, wenn er kaum ein Wort sprach – diese plötzlichen Stimmungswechsel; sicherlich kannst du nicht behaupten, dass dein Vater ein normaler Mensch war.«

»Mein Vater war – oh, ich bitte dich, wir wollen Vater aus dem Spiel lassen.«

»Du kannst mir's glauben, ich kannte deinen Vater besser als du; ich ließ bloß niemanden merken, was mit ihm los war; sein ganzes Leben lang hab ich's vertuscht, aber ich wusste es, ach ja, ich wusste es nur zu gut. Und die Art, wie er starb – wir sprachen nie darüber, aber –«

»Bitte, Mutter, ich bitte dich, lass uns auch jetzt nicht darüber reden. Lass uns niemals mehr darüber reden, niemals.«

»Und wie stand's mit *Grand-mère*? Du kannst wohl nicht behaupten, dass die Generalin normal war, beim besten Willen kann man das nicht sagen.«

»*Grand-mère* war ein bisschen exzentrisch«, sagte Joy.

»Sie war einfach übergeschnappt«, sagte Mutter, in eine weniger vornehme Ausdrucksweise verfallend, nahm sich aber sogleich zusammen. »Sie war manisch-depressiv mit ausgesprochen größenwahnsinnigen Illusionen, das besagte Dr. Behrmans Befund, und Dr. Behrman ist einer der berühmtesten Psychiater. Von *Grand-mères* Bruder, dem Grafen Ammering, gar nicht zu reden, ich lernte ihn als junges Mädchen kennen; er wurde verrückt, und sie mussten ihn in eine Anstalt stecken. Eine Schwester deines Vaters verlor in ihrem ersten Wochenbett den Verstand und ist seitdem eine schwere Last für ihren Mann geblieben – aber wir wollen nicht ins Detail gehen. Ich habe niemals von einer Familie mit so schwerer erblicher Belastung gehört.«

»Wenn du das alles wusstest, warum hast du eigentlich Vater geheiratet?«, fragte Joy, aufgebracht, aber logisch. »Und warum Maud vor dir?«

»Maud wusste nichts, und sie hätte es sowieso nicht verstanden. Was mich betrifft – ich liebte deinen Vater, und ich liebte dich, und ich wusste, dass du eine Mutter brauchtest. Ich will damit nicht sagen, dass ich deinethalben das Opfer brachte, aber jedenfalls – ich liebte dich und deinen Vater genug, um das Risiko mit offenen Augen auf mich zu nehmen. Gott sei Dank, es ging gut aus, und Charley ist ein richtiger Ballard, gute, gesunde Pionierrasse, er erinnert mich oft an meinen eigenen Vater, Gott hab ihn selig. Aber du neigst mehr und mehr nach der Ambros-Seite, mein Kind, und ich kann dir nicht sagen, wie sehr ich mich darüber sorgte, ohne es dich wissen zu lassen. Aber jetzt, wo du dich verheiraten und eine Familie gründen willst – gewiss, es muss ja nicht schiefgehen, aber andererseits dürfen wir die Augen nicht vor der Möglichkeit schließen. Wenn du meine Meinung wissen willst, das Mindeste, was du tun musst, ist, dass du

Fred die Wahrheit erzählst und ihn das Weitere entscheiden lässt. Wenn er fühlt, dass er dich genug liebt, um die Gefahr auf sich zu nehmen, dann wird er es wenigstens mit offenen Augen tun – so wie ich, als ich deinen Vater heiratete. Mein armes Kind, ich weiß, wie hart das ist, aber wenn du dich anständig benehmen willst, kannst du nichts anderes tun, als ihm reinen Wein einzuschenken.« Sie erhob sich, stand hinter Joy und streichelte ihr das wilde Haar aus der breiten Stirn; es war eine ungewohnte Liebkosung, die Joy einen kühlen kleinen Schauer einjagte und ihr die Kopfhaut zusammenzog. »Wenn du denkst, dass es dir zu schwerfällt, dann will ich es übernehmen, mit ihm zu reden«, bot Mutter behutsam an.

»Danke, Mutter, das ist nicht notwendig. Ich bin bloß – ich bin bloß im Augenblick ein bisschen durcheinander. Lass mich das Ganze überdenken. Danke auf jeden Fall, dass du mir's erzählt hast.«

Sie war in ihr Zimmer gegangen, und das Gift, das Mutter ihr injiziert hatte, breitete sich langsam aus, bis es in jede Zelle ihres Gehirns gedrungen war; nur eine kleine Dosis Gift, aber ein schleichendes Gift von sicherer, dauernder Wirkung. Damals hatte sie zum ersten Mal den eminenten Dr. Behrman konsultiert, der die Achsel zuckte und sie aushorchte und sich hinter einer Barrikade psychoanalytischer Ausdrücke verschanzte und sie schließlich mit einer vagen Art von pessimistischem Optimismus wegschickte.

»… nicht vertraut mit den Krankheitsgeschichten anderer Mitglieder Ihrer Familie, zögere ich, eine definitive Ansicht zu äußern – selbstverständlich können wir nicht voraussehen, in welcher Weise ererbte Tendenzen sich manifestieren mögen –, andererseits spielen Umgebung und frühe Eindrücke eine große Rolle; zurzeit glaube ich mich nicht zu irren, wenn ich behaupte, dass Sie einen durchaus stabilen und ausgeglichenen Eindruck auf mich machen. Aber wir Psychologen sind ja keine Zauberkünstler oder Wahrsager, Miss Ambros, und – die Tatsache besteht, dass Ihre Großmutter sich in bemerkenswertem Grad der Realität entfremdet hatte; aber da ich sie erst kennenlernte, als sie sehr alt war, kann ich nicht beurteilen, ob es sich einfach um das Symptom einer üblichen, senilen Degeneration handelte oder ob sie immer schon zur Schizophrenie neigte. Ihr Vater, Miss Ambros, war allerdings während eines Nervenzusammenbruchs mein Patient, aber das ist eine vorübergehende Störung, die ebenso gut und keineswegs selten den braven Spießbürger, den nüchtern denkenden Bankier und den unkomplizierten Sportsmann trifft. So wie die Sache steht, kann ich Ihnen weder von einer Heirat abraten noch möchte ich die Verantwortung dafür übernehmen, dass Sie sich verehelichen und Kinder in die Welt setzen – auf jeden Fall würde ich gern noch einmal mit Ihnen sprechen – Miss Ambros, sagen wir also – am Mittwoch? Um drei Uhr fünfzehn? Auf Wiedersehen, Miss Ambros. Es war mir ein großes Vergnügen –«

Dünnes Eis, mehr war es nicht, wenn man das psychiatrische Abrakadabra wegließ.

Joy versuchte die Wolken zu vertreiben, sie focht mit den düsteren Nebeln, sie konnte nicht schlafen, sie durchforschte ihr Gewissen und kämpfte mit ihrem schlüpfrigen, nicht ganz greifbaren Problem, ohne zur Klarheit zu gelangen. Am dritten Tag unternahm sie einen langen Marsch, weit draußen, an der Küste entlang. Sie kletterte die Klippen hinab, und dann saß sie dort lange, die Hände um ihre Knie geschlungen, und wollte nachdenken. Aber bald begannen ihre Augen Dinge in sich aufzunehmen und umzuformen. Bald war es mehr ein Sehen als ein Denken geworden, und darin lag eine große, heilende Kraft.

Es gab Tage, an denen die Nebel San Franciscos ebenso schön und sogar schöner waren als die viel gerühmten, oft gemalten Nebel von Paris, denn hinter ihren durchsichtigen Schleiern lag der Stille Ozean und leuchtete die kalifornische Sonne; es waren kostbarere Nebel, Platin gegen das Pariser Silber. Aber dies war kein solcher Tag. Es war kalt, obgleich windstill – zumindest nach den Begriffen San Franciscos –, und der Himmel, das Ufer, die Klippen, die See und selbst die Wolken jenseits der Bucht zeigten mehr Schattierungen von Grau, als irgendein Pinsel zu malen vermochte. Das Wasser in den kleinen Einbuchtungen der Küstenlinie war beinahe schwarz, ein feiner Hintergrund für das Braque'sche Braun von zottigen, auf dem Wasser treibenden Kokosnussschalen und die langen, interessanten Seetanggirlanden, von der Flut angeschwemmt und auf dem Sand zurückgelassen. Fünf Abstufungen von Grün tönten das Braun, und orangefarbene Lichter saßen auf den runden Früchten oder Blüten oder Wurzelknollen. Auch die Klippen waren nicht einfach grau, wenn man sie lange genug betrachtete, sie breiteten sich zu einem Farbenspektrum aus, es gab da ein heftiges Blau, ein starkes Violett, auch ein wenig Ocker, ihre kubistischen Formen in weißen Linien umrissen von der Platinsonne. Bevor sie sich auf den Rückweg machte, hob Joy einen großen flachen Kieselstein auf, in den das Wasser eine glatte, ovale Höhlung gemeißelt hatte. Sie steckte ihn in die Manteltasche und schloss ihre Finger eng um seine feine Form. Sie fühlte sich gut. Sie fühlte sich gereinigt und von jenem schleichenden Gift befreit – so glaubte sie zumindest.

»Ich habe über die Sache nachgedacht, Mutter; du erinnerst dich? Was du mir unlängst erzählt hast?«

»Ja – und?«

»Ich habe mich entschlossen, Fred nichts davon zu sagen. Ich besprach die Angelegenheit mit Dr. Behrman, und ich sehe keinen Grund, sie aufzubauschen und ein großes Problem daraus zu machen. Ich habe keine Angst.«

Mutter blickte von dem Sweater auf, den sie zu stricken begonnen hatte, als Charley in die Princeton-Universität eintrat, und der bei seiner Promotion noch nicht ganz fertig geworden war.

»Keine Angst, außer –«, sagte sie mit einem kleinen Lächeln, als Joy die Tür erreichte.

»Wie bitte?«

»Keine Angst, außer davor, herauszufinden, dass dein junger Mann dich nicht genug liebt, um einer Prüfung standzuhalten«, sagte Mutter.

Darin konnte man sich auf Mutter verlassen, sie traf immer auf den zuckenden, bloßgelegten Nerv. Das war das Merkwürdige an ihr. Sie war nicht besonders gescheit oder gebildet, und das bisschen internationale Tünche, mit der es ihr in den Jahren mit Vater gelungen war, ihre angeborene Unwissenheit zu überdecken, war äußerst dünn. Im Allgemeinen war sie viel zu egozentrisch, um sich zu bekümmern oder zu begreifen, was in anderen Menschen vorging; aber mit einem unheimlichen Instinkt wusste sie immer die verwundbare Stelle zu finden, dort, wo der schärfste Schmerz und der dauerndste Schaden zugefügt werden konnte.

Noch brennend von dem Peitschenhieb, rannte Joy davon, um sich mit Fred auseinanderzusetzen. »Sag einmal, Fred, aber ganz ehrlich, ist es dir jemals aufgefallen, dass ich besonders nervös bin? Dass meine Stimmungen schwanken? Labil, unausgeglichen – irgendetwas dieser Art?«, fragte sie ihn, während sie Tee in ihrem anmutigen alten Schlupfwinkel, dem Japanischen Garten, tranken. Der kleine Löffel in ihren bangen Fingern schlug mit feinem Vibrieren an den Untersatz.

Fred lachte bloß. »Aber sicher, Schatz, so nervös wie die fünftausendjährigen Zedernbäume im Sequoiawald! Emotional, gewiss, und komisch, Gott sei Dank, und unberechenbar, darum habe ich mich ja auch auf den ersten Blick in dich verliebt! Äußerlich so eine reservierte junge Dame, aber, Herrgott, was für eine Frau du bist, wenn du dich erst aufschließt! Ich liebe verdeckte Feuer, sie geben viel mehr Wärme –«

»Und du glaubst nicht, dass ich manchmal ein bisschen verrückt bin?«

»Freilich, sonst würdest du dir ja nicht gerade meine Wenigkeit ausgesucht haben! Aber mach dir nichts draus, im Notfall kann ich vernünftig genug für uns beide sein.«

Joy nahm einen neuen Anlauf: »Fred, Lieber – wenn aber – später, wenn wir verheiratet sind – was tätest du, wenn ich krank wäre – oder angenommen, eins unserer Kinder wäre krank – ich meine – wenn –«

»Ich weiß genau, was du meinst. Wenn ich mir ein Bein brechen würde, dann würdest du selbstverständlich mit dem Schlächtergesellen durchbrennen, nicht? Und wenn du eine Blinddarmentzündung kriegst, gehe ich hin und fange ein Verhältnis mit Marlene Dietrich an, und wenn unsere Brut die Masern erwischt – was ganz bestimmt der Fall sein wird –, dann verlasse ich dich einfach, und du kriegst mich nie wieder zu sehen –«

»Mir ist es Ernst, Fred. Ich –«

»Mir auch, meine Joy. Wir wissen beide, was Ehe bedeutet: ›in Wohlstand oder in Not, gesund oder krank, bis der Tod uns trennt‹ – keiner von uns nimmt den Eheschwur auf die leichte Schulter, und nun hör auf, Unsinn zu reden.«

Joy gab es auf, sie erzählte ihm nicht die ganze Wahrheit. Sie versuchte, das Ganze aus ihren Gedanken zu verdrängen: Wahrscheinlich ist es bloß einer von Mutters erfinderischen kleinen Tricks, mit denen sie so gern ein bisschen Unruhe schafft, wenn die Dinge einmal glattzugehen scheinen. Viel später erst, als alles vorbei und erledigt war und das Gift seine volle Wirkung getan hatte, forschte sie, ob Mutter sich wohl insgeheim in die Angelegenheit gemischt und Fred Hollenbeck abgeschreckt habe …

Mutter verneinte das unter heftigen Beteuerungen und Protestschreien, aber das bedeutete nicht das Geringste, wie Joy nur zu gut wusste. Lüge und Verstellung waren für Mutter so natürlich wie Atmen, Schlafen und Verdauen für andere Menschen.

Und so hatte Frederic O. Hollenbeck, »eine neue erfolgreiche Persönlichkeit in Washington«, sich aus Joys Leben entfernt wie ein Gentleman: ein paar hastige Abschiedsworte durchs Telefon, ein Telegramm aus Beloit, Wisconsin: »Tante Hollenbeck schwer erkrankt, muss vorläufig hierbleiben, alles Liebe.« Ein ausweichender Brief, ein unbestimmtes Telegramm aus New York, zu ihrem Geburtstag kamen Blumen und sogar ein Ferngespräch, eilig, verstümmelt, inhaltslos. Eine saubere Amputation wäre weniger schmerzhaft gewesen als diese Zersetzung ihrer einzigen Liebesgeschichte. Er kehrte weder nach San Francisco zurück noch ging er nach Redlands. Ein Brief aus London teilte ihr schließlich mit, dass er ein Forschungsstipendium erhalten habe und dass die Arbeit an besagter sozialökonomischer Forschung ihn für zwei Jahre in Europa und Südamerika festhalten werde.

Eine Zeit lang kamen noch immer Briefe, immer kürzere Briefe nach immer längeren Intervallen, und dann noch hie und da eine Ansichtskarte aus irgendeinem Hafen oder einer fremden Stadt, und zuletzt hörte auch dies auf. Was ihr am Ende von der ganzen Fred-Hollenbeck-Episode blieb, war ein unvollendetes und recht mittelmäßiges Porträt, nebst dem unleugbaren Vorzug, nur dem Namen nach eine alte Jungfer zu sein.

Joy wusste nicht genau, wann sie eigentlich aufgehört hatte, Mutter gernzuhaben, und begonnen, sie zu hassen. Im Dämmerzwielicht ihres Lebens gab es keinen so klaren Einschnitt; nur dass seither alles so hingetrieben wurde, verweht wie die Nebelschwaden über der Bucht, ohne Licht und Schatten, ohne Umriss oder Inhalt, ein Gleichmaß, in dem die Jahre schnell vergingen; denn leere Tage und Wochen und Monate sind kurz. Joy war Mutter sehr zugeneigt gewesen und dann nur eben zugeneigt aus Gewohnheit, und später war sie noch immer dankbar und verpflichtet, und sogar als sie begann, Mutters kleine Manöver und ihre Stahlmaske schwacher Hilflosigkeit zu durchschauen, empfand sie nur amüsierte Nachsicht, so wie man die Fehler von Menschen amüsant findet, die man genau kennt. Und selbst noch nach Vaters Tod und nach Freds Verschwinden fühlte sie manchmal ein leises Bedauern für Mutter, deren beständige Unruhe und klagende Ratlosigkeit immer schlimmer wurden und die zuletzt nicht eine Stunde allein gelassen werden konnte, ohne alle Qualen erstickender Angst zu leiden. Nach und nach hatte Joy all das Übel zusammengerechnet, das Mutter im Laufe der Zeit angerichtet hatte, und da begann sie wohl, sie ehrlich zu hassen. Aber inzwischen war Joy selbst zu willenlos und ausgehöhlt, um einen Bruch herbeizuführen und Mutter sich selbst zu überlassen. Wenn ich Mutter verlasse, dann wird sie sich auf Charley stürzen, überlegte sie mit dem Rest von Energie, der ihr geblieben war; sie wird ihn ruinieren und ihn auch zerbrechen, und das darf ich nicht geschehen lassen, nicht meinem Bruder Charley. Auf mich kommt's doch nicht mehr an, ich zähle nicht länger. Aber Charley, das ist etwas anderes. Charley hat Wichtiges zu tun, ihm darf nichts geschehen.

Und so, mit geringschätzigem Hass und grimmiger Höflichkeit, fuhr Joy fort, sich Mutter zu widmen; dieser Mutter, die jenes schleichende Gift in ihr Gehirn injiziert hatte, jenen Bazillus der Zersetzung, jene verderbliche, immer wachsende Krankheit der Selbstbeobachtung: Bin ich normal oder nicht? Benehme ich mich wie andere Menschen? Ich habe mich verändert, es wird immer schlimmer mit mir, alles wird so verwischt, so dämmerhaft. Und ist es möglich, dass gerade diese Bitterkeit, dieser Hass auf Verfolgungswahn deuten? Lebe ich in einer verzerrten, entstellten Welt? Die Farben und Formen, die ich sehe, dieser Drang, Ordnung und Gesetz hinter dem zufällig Sichtbaren zu finden – ist das vielleicht schon der Beginn einer gefährlicheren, tieferen Absonderung, in der sich für den Geisteskranken jede Berührung mit der Wirklichkeit verliert? Van Gogh, sein flammender Pinselstrich, das versengte Rot und Gelb, das Schwarzgrün seiner Palette, der Spiralentumult seiner tanzenden Gestirne, die großartige, hingefegte dunkle Drohung seiner Zypressen: All das hatte in Irrsinn geendet. Aber so sah auch sie die Welt, dies waren auch ihre Farben, dies war es, wie sie zu malen gestrebt hätte, wäre eine Malerin aus ihr geworden.

Bedeutete es, dass auch sie auf dem Weg zur Irrenanstalt war? Sie mochte in der Küche stehen und Rührei für Mutters Abendbrot bereiten und mittendrin plötzlich laut heraus zu lachen: Aber ich würde mir nicht mein eigenes Ohr abschneiden wie Vincent; ich würde Mutters Ohr abrasieren und es zum nächsten Bordell schicken »mit besten Empfehlungen von Mrs. Ann Ambros« – und dann hörte sie ihr eigenes Gelächter und verstummte plötzlich, erschrocken und entsetzt.

Ein Mal, und nur dies einzige Mal, sprach sie sich mit Larry darüber aus; nicht mit Charley, denn sie wollte sich nicht mit ihren abwegigen Gedanken und Ängsten in sein Leben drängen, das in sich geschlossen war wie die wunderschönen Muscheln, die Susan als köstliche Beispiele von Farbe und Zeichnung für Larry zu sammeln pflegte. Nein, man konnte nicht zu seinem Bruder gehen, in seine sichere und glückliche Welt einbrechen und ihn mit der Frage bedrohen: »Glaubst du, dass ich langsam irrsinnig werde? Ist dir nichts aufgefallen? Es ist nämlich in unserer Familie erblich, verstehst du …«

Aber mit Larry Grant konnte sie über viele Dinge sprechen, über alles beinahe! Sogar über ihr eigenes abrutschendes, zugesperrtes Ich.

Larry war zusammen mit Charley Ambros nach San Francisco gekommen; beide gehörten der Gruppe moderner Kunstgewerbler und Architekten an, die durch die Vorbereitungen für die Weltausstellung des Jahres 1939 in die Stadt gefegt kamen und mit großem Schwung ans Werk gingen. Wieder einmal empfing die Stadt eine jener sehr notwendigen Bluttransfusionen, denen sie sich von Zeit zu Zeit unter viel Widerspruch und Unzufriedenheit unterzog, bis sie nach und nach das neue Blut als etwas in sich aufgenommen hatte, womit man sich zeigen und ein wenig prahlen konnte. Schon spannten sich zwei Wunderwerke von Brücken über die Bucht, die eine wie ein feinstes Spinnengewebe von ihren Trägern hängend, die andere eine mehr als sieben Meilen lange Straße, auf der eine nie endende Kette von Autos von einem Ufer zum anderen glitt. Trotzdem wurden auch die alten Fährboote und die längst überholte Drahtseilbahn eigensinnig beibehalten, denn die geschäftstüchtige Bevölkerung war diesen alten Reliquien der Stadt ebenso zugetan wie den Reisenden und Besuchern, die durch sie herangezogen wurden. Wieder einmal war die alte Wehklage zu hören, auf den Straßen, in den Clubs, im Geschäftsviertel und in den reichen, konservativen Villenhäusern: »San Francisco ist nicht mehr, was es war. Sie sollten bloß die Stadt vor dem Weltkrieg gesehen haben …«

Inzwischen schlugen die drei jungen Leute ihre Werkstatt auf und nagelten ihre Träume in der Form von wunderbar entworfenen, wenn auch höchst unrealistischen Städtebauprojekten an die Wände; neue Vorstädte, Schulen, Fabriken, Mustersiedlungen für die arbeitenden Klassen, mit Spielplätzen und baumbestandenen Alleen und Sonne und gutem Leben für alle. Und dann machten die Jungen sich an die Arbeit. Charley pfiff dazu, Larry schmauchte sein Pfeifchen, und Susan war im höchsten Maße schwanger.

Die drei waren in einem skandalösen, alten und klapprigen Auto angekommen, sie schienen unzertrennlich, und ihre unbesorgte Heiterkeit, ihre völlige Unbekümmertheit um den Eindruck, den sie erwecken mochten, machten es, dass Mutters Mund unter dem Lippenrot sich bläulich verfärbte. Aber trotz all der neuen häuslichen Stürme und Heimsuchungen, die Joys Schwierigkeiten vermehrten, trotz Mutters vielen sanft säuselnden Wutausbrüchen, seit Charley das Verbrechen begangen hatte, nach seinem Herzen zu heiraten, anstatt sich Mutters fein gesponnenen ehrgeizigen Plänen mit den Zucker-Blunts einzufügen, trotz all dem war Joys Leben leichter, reicher, heller geworden, seit ihr Bruder in San Francisco lebte; die Bürde nicht so schwer, das Gefängnis nicht so eng. Sogleich und aufs Selbstverständlichste schloss sie Freundschaft mit Susan und Larry, ganz besonders mit Larry. In seiner Gesellschaft fühlte sie sich unbeschwert, entspannt, vergnügt und zuweilen beinahe übermütig. Er konnte sie zum Lachen bringen, wie sie nicht gelacht hatte, seit – ach, nicht in all den Jahren mit Hollenbeck; selbst durch die Wohnung in der Greenwich Street wehte ein erfrischender Luftzug. Die Möbel mussten ohnedies umgestellt werden, als Mutter *Grand-mères* Barockkommode verkaufte, weil sie einen Nerzmantel nötig hatte. Susan hängte helle neue Vorhänge in Mutters Schlafzimmer, und Charley warf die alten, steiflehnigen Sessel hinaus und ersetzte sie durch bequeme moderne Stühle, entworfen von Larry Grant.

»Larry ist ein Genie, wenn es sich um Stühle handelt«, teilte Charley mit. »Sie passen sich an, sie leben, sie haben Verstand, sie wissen, wozu sie da sind, es ist eine Wonne, sich niederzusetzen, sie stecken deinen Hintern nicht in eine Zwangsjacke. Auf seinen Stühlen kann man sitzen, das ist das Geheimnis. Dieses eine Talent muss man diesem Riesenkerl Larry lassen: Er kann einen Stuhl entwerfen, der wirklich ein Stuhl ist.«

»Larry hat noch ein Talent: Er ist ein Freund, der wirklich ein Freund ist, nicht wahr, Granty?«, warf Susan ein und lächelte Larry zu, der, mit der Pfeife im Mund, gerade Maxines Windeln wechselte. Es war ein ungefüger, elefantenartiger Riese von einem Mann, und ähnlich dem Elefanten im Zoo übte er eine große Anziehungskraft auf alle möglichen Leute aus, besonders auf Kinder. Sein enormer Körper war bekleidet, oder eher bedeckt, mit faltigen Mengen von grauem Flanell, in denen er ungefähr wie ein nachlässig aufgeschlagenes Zelt aussah; er trug niemals einen Mantel, sondern saß warm und sicher in seinen eigenen Kissen von Fett und Muskeln.

»Schau dir bloß einmal deinen Hut an, du Schlampsack«, warf ihm Susan vor, »was machst du eigentlich damit, schläfst du mit ihm?«

»Auf ihm, meine Geliebteste, auf, nicht mit! Wenn du's ganz genau wissen willst, ich leg ihn nachts unter meine Matratze, dann ist er in der Früh so schön gebügelt wie die Hose eines Rayonchefs. Tatsächlich ist es ein Trick, den ich lernte, als ich Rayonchef war, im Palace-Warenhaus, Duluth, Minnesota. Gewinnende Manieren und smarte Erscheinung sind Vorbedingungen für einen Rayonchef.« Seine flüchtigen Hinweise auf eine unwahrscheinliche Anzahl verschiedenster Anstellungen, in denen er behauptete, sich betätigt zu haben, brachten Joy zum Staunen und Lachen.

»Glaub dem großen Aufschneider kein Wort«, bemerkte Charley, »das gehört alles zu seiner Rolle.«

»Ach, dir hammse wohl als Kind zu heiß jebadet, Mensch! Du bist ja bloß auf mein reiches Wissen und meine feine Erziehung eifersüchtig«, entgegnete Larry, wobei er seinen jungen Partner mit den heimlich-zärtlichen Blicken einer Mutter betrachtete.

Doch trotz Larrys unbekümmerter Art zu sprechen, sich zu bewegen, zu kleiden und zu benehmen, wusste er seine Freunde mit unerwarteten Streiflichtern von Eleganz zu blenden. »Ich könnte mir ein ganz nettes Nebeneinkommen verdienen, wenn ich den Kerl als Gigolo an alleinstehende Damen vermieten würde«, behauptete Susan. Er war ein leichtfüßiger, unermüdlicher und begeisterter Tänzer, und sein überlegenes Sachverständnis im Bestellen einer Mahlzeit und Verhandeln über den dazu passenden Weinjahrgang verschaffte ihm den Respekt und die besondere Aufmerksamkeit arroganter Oberkellner.

»Das kommt davon, wenn man als Diningroom-Steward auf einem Dollar-Liner gearbeitet hat«, war Larrys Erklärung. Er kritzelte mit Leichtigkeit Entwürfe für Damenkleider auf lose Zettelchen – »musste in meinen mageren Jahren allerhand solchen Mist für *Vogue* machen« –, und bereitwilligst begleitete er die Damen der Familie bei ihren Einkäufen; während stundenlanger Anproben wurde er niemals ungeduldig, sondern gab ausgezeichnete Ratschläge; und niemals verfehlte er, einen neuen Hut, Gürtel oder Schal zu bemerken und ein Kompliment darüber zu machen. Dies war eine Eigenschaft, die ihn bei Mutter rasch in Gunst setzte. »Lass sie bloß nicht rausfinden, dass ich mir die Grundlagen meines exquisiten Geschmacks für Damenkleidung schon als Rotzjunge erwarb, als die Mädels im Hurenhaus mich als Botenjungen benutzten, in der Water Street, Memphis, Tennessee«, bemerkte Larry hierzu.

»Was für ein Clown du doch bist«, rief Susan aus, worauf er tiefernst wurde.

»Du darfst mich nicht überschätzen, du süßes Geschöpf, kein Clown, absolut nicht ein Clown! Nur Stallbursche beim Ringling-Brothers-Zirkus, und das nur für sechs Wochen; wurde rausgeschmissen, weil sich die Elefanten beklagten, dass ich ihnen die ganzen Affennüsschen wegfraß.«

Larrys nützliche Vielseitigkeit war wie ein Deckel, der auf eine erstaunliche Menge der verschiedensten Dinge passte: Er verschaffte gute Plätze für ausverkaufte Konzerte; er brachte Joy das Buch, das man gelesen haben musste, nahm sie zu Ausstellungen, »die du nicht versäumen darfst, Kid«, und fuhr sie aufs Land, wenn ihre Nerven dem Zerreißen nahe waren. Er konnte kochen, Knöpfe annähen, den stecken gebliebenen Reißverschluss, das elektrische Bügeleisen reparieren, Mutters eingehende Azalee wieder zum Blühen bringen. Er schwitzte mit Charley im Wartezimmer der Geburtsklinik, und später betreute er begeistert und sachverständig die Babys, Nummer eins und zwei; es kam ihm nicht darauf an, im Notfall bei Susans großer Wäsche mitzuhelfen oder Joy für einen Abend bei Mutter abzulösen, und er war ein Meister im Flaschenwärmen und Haferschleimfüttern. Er schien immer reichlich Zeit zu haben, niemals in Eile oder abgelenkt oder müde zu sein; fast als wünschte er vergessen zu machen, dass er einer der führenden Innenarchitekten Amerikas war und ein unersättlicher Vielfraß, wenn es sich um Arbeit handelte. »Wie schaffst du's eigentlich, du Landstreicher? Nährst du dich ausschließlich von Pervitin?«, fragte Charley manchmal, der selbst keineswegs leicht bei der Arbeit ermüdete, aber sich trotzdem oft erschöpft, gähnend und nur mühsam über irgendeinem Konstruktionsproblem wach hielt, das sie bis spät in die Nacht hinein beschäftigte.

»Einfache Sache der Gewohnheit, mein Sohn. Seitdem ich Nachtwächter in der Sourkamp Tool & Tractor Fabrik war, in Wichita, Kansas, bin ich nie mehr fähig gewesen, mehr als fünf Stunden von den gottgegebenen vierundzwanzig zu schlafen. Lässt mir einen Haufen Zeit fürs Vergnügen übrig«, war Larrys Antwort.

»Larry ist wahrhaftig eine Gabe Gottes für uns Frauen«, sagte Susan zu Joy. »Hast du bemerkt, dass ihn alle Reinemachefrauen anbeten? Und unsere Büromädels blühen auf, wenn er vorbeigeht, und die sauren alten Verkäuferinnen im Warenhaus vergessen ihre Hühneraugen, wenn sie ihn bedienen. Er würde ein gereiztes Tigerweibchen dazu bringen, ihm aus der Hand zu fressen, mein fetter Ganesha.«

»Dein was?«

»Mein persönlicher Kosename für ihn, alle Rechte vorbehalten. Das ist dieser gutmütige indische Elefantengott, ich fand ihn in einem von Larrys hochgebildeten Kunstbüchern.«

»Apropos Tigerweibchen –«, sagte Joy. »Nicht zu vergessen seinen Erfolg bei Mutter. Wenn wir nicht aufpassen, wird sie ihre Fahne an seinen Ufern aufpflanzen und ihn als ihr eigenes Territorium erklären.«

»O nein, das wird sie nicht. Das wäre der Moment, wo ich mich auf die Hinterbeine stellen und beißen würde«, sagte Susan mit ungewohnter Heftigkeit; Joy warf einen versteckten und überraschten Blick auf ihre Schwägerin, und etwas in ihr regte sich und fragte, ob am Ende die Anspielungen und Andeutungen, die Mutter und die *Girls* in Bezug auf Susan und Larry machten, nicht so ganz lachhaft sein mochten. »Der Teufel soll mich holen, wenn ich zulasse, dass Mutter nach ihm greift«, sagte Susan, »ich war zuerst da, verstehst du? Mutter mag noch so besitzergreifend sein, aber ich bin es auch, wenn es sich um Larry handelt. Oder um Charley –«, setzte sie nachträglich hinzu.

Joy erfuhr nicht, ob es wegen Larry Grant zu einer Reiberei zwischen Mutter und Susan gekommen war, doch eines schönen Tages erklärte Mutter, dass sie diesen unappetitlichen dicken Gesellen – wie hieß er doch gleich? –, ach, richtig, diesen Mr. Grant, nicht mehr in ihrer Wohnung zu sehen wünsche.

»Aber Mutter, Larry ist doch unser bester Freund, und du konntest ihn auch gut leiden«, sagte Joy. »Warum willst du ihn nicht mehr sehen?«

»Warum? Darum!«, sagte Mutter und war wieder einmal ein fünfzehnjähriger Backfisch.

»Welches Leid hast du meiner Mutter zugefügt, du abgefeimter Schurke?«, fragte Charley seinen Partner. »Sie hasst dich, hasst dich, hasst dich!« Larry strichelte mit seiner rechten Hand an irgendeinem Entwurf, während er mit der linken Gemüse in das Baby Florian hineinlöffelte.

»Hasst mich? Fein. Sie hat an meiner Schulter geschluchzt, wie verlassen sie ist und dass niemand sie wirklich lieb hat, und außerdem deutete sie an, dass ich sie an einen Herrn namens Hopper erinnere.«

»Hopper? Wer ist das?«, fragte Charley.

»Ihr erster Mann. Er ging in Brasilien zugrunde. Er war dick – aber nicht ganz so fett wie du, Larry«, teilte Joy mit. »Ich erinnere mich noch an Onkel Hopper, ich mochte ihn gut leiden.«

»Wie immer dem sein mag, ich versuchte, unserem Mütterlein ein wenig Aufklärungsunterricht zu erteilen. ›Mütterlein‹, so sprach ich zu ihr, ›selbstsüchtige Leute sind immer allein und niemals zufrieden. Mit ihrer Selbstsucht erzeugen sie eine Art luftleeren Raum um sich, und Sie, mein entzückendes Mutterherz‹, so sprach ich, ›Sie sind in aller Unschuld das selbstsüchtigste kleine Luder, das mir in meinem ganzen Leben untergekommen ist.‹ Ich möchte behaupten, dass sie sich davon sehr hart getroffen fühlte. Man könnte sogar sagen, dass sie mich daraufhin hinausschmiss.«

»Ich bin froh darüber«, sagte Susan heftig. »Ich vertrag's nicht, wie sie sich in alles hineinmischt, und ich wünsche nicht, in die lächerliche Lage zu kommen, mit meiner Schwiegermutter um das Herz des Mannes, den ich liebe, kämpfen zu müssen.«

Das alles war Spaß und Übertreibung und doch nicht ganz so komisch, dachte Joy; sie konnte nicht einmal darüber lächeln. »Es wird spät, ich muss nach Hause gehen«, sagte sie. Es war ein Donnerstagnachmittag, an dem der Club und seine *Girls* sie für ein paar Stunden bei Mutter ablösten. Erst seitdem Larry in ihr Leben getreten war, machte Joy sich klar, nach welch unerbittlichem Stundenplan sie vegetierte und in welch engem Kerker. So nämlich sah sie ihr Leben an Mutters Seite: manchmal als ein Gefängnis, manchmal als eine endlose, schattenlose Landstraße, auf der sie sich in Fesseln dahinschleppte. Sie hatte sogar versucht, die quälende Einförmigkeit dieser Landstraße zu malen, aber es war ihr nicht gelungen. Um die Wahrheit zu sagen, während der letzten Jahre hatte sie die Malerei ganz aufgegeben. Nur dass mit Larry Grants Kommen diese Landstraße ihres Lebens, die öde Landschaft ihres Lebens, sich verändert hatte. Mit einem Mal wuchs da ein hoher, weiter, Schatten spendender Baum, wo vorher nichts gewesen war, ein Fleckchen Grün in all dem Lehmgrau, die kleine Stimme eines Baches irgendwo, ein paar Schmetterlinge in der Luft.

»Sag einmal, Kid«, brach Larry plötzlich die Stille, als er sie an jenem Tag durch die sinkende Dämmerung nach Hause fuhr, »du sprichst nie über deinen Vater, weder du noch Charley. Was für eine Art von Mann war er eigentlich?«

»Das weiß ich nicht recht. Ich glaube, dass ich ihn zu lieb hatte, um ihn zu analysieren. Und es verwirrte mich, dass er in meiner Erinnerung ganz anders aussah, solange meine wirkliche Mutter noch lebte und er auf der Höhe war; beinahe als wenn ich zwei verschiedene Väter gehabt hätte. Nach seinem Tod dachte ich viel über ihn nach. Er war – ich weiß nicht recht –, er war ein Fremder.«

»Ein Fremder? Gegen dich? – Nein? Wie denn? Ein Fremder in seiner Zeit? An seinem Platz? In seiner Ehe?«

»Nein – ich meine: eben ein Fremder. Überall, zu jeder Zeit. Unpraktisch, ein Träumer, ein Idealist, ein Romantiker, der nirgends hinpasste, unfähig, jemandem wehzutun –«

»Etwas schwach, vielleicht?«

»Vielleicht. Zumindest sagte er das von sich selbst. Ich glaube im Grunde, dass Mutter ihm das Rückgrat brach. Es bestand eine merkwürdige Art von Bindung zwischen ihnen –«

»Nicht so merkwürdig, Kid, nicht so ungewöhnlich. Mein Gott, ein Mann – eine Frau – aber selbst unser Mütterlein hätte ihn nicht zerbrechen können, wenn er stark gewesen wäre. Sie hat ja Charley nicht zerbrochen.«

»Ja, das ist wahr. Aber sieh einmal, Larry: Da war ihr erster Mann, Onkel Hopper, der war stark, der war praktisch, ein Realist, ein Draufgänger, das genaue Gegenteil von Vater, und den hat sie auch zerbrochen – zumindest scheint es mir so. Also, hier sind wir – bitte setz mich an der Ecke ab, ich hab's nicht gern, wenn Mutter vom

Küchenfenster nach uns spioniert. Gute Nacht, Larry. Schönen Dank fürs Heimbringen. Und für alles andere.«

»Hör zu, Kid. Ich denke nicht, dass unser Mütterlein ganz so spaßig ist, wie wir vorgeben; und das eine kann ich dir sagen: An dem Tag, wo sie versuchen sollte, auch nur ein Knöchelchen von Charley oder Susan oder dir auszurenken, an demselben Tag würde ich ihr eine Dosis Zyankali in ihren Tee schütten, und zwar mit Freuden. Gute Nacht, Kid, schlaf gut, wir sehen uns am Mittwoch.«

Am Anfang freute sie sich einfach darauf, ihn ein- oder zweimal wöchentlich zu treffen oder wenigstens mit ihm zu telefonieren; später mischte sich eine Spur von Ungeduld in das gewichtslose Wohlbehagen, das sie in seiner Gesellschaft empfand; und schließlich wurde er ihr unentbehrlich. Ein Tag ohne Larry war schwer zu ertragen. Es war mehr das Zerren ihrer Nerven, wenn sie ihn nicht sehen konnte, als das Vergnügen, das seine Gegenwart ihr bereitete, dass sie sich klarzumachen begann, wie viel er für sie bedeutete. »Manchmal fehlst du mir sehr, und dann möchte ich wissen, ob ich der Ruf bin oder das Echo«, sagte sie zu ihm; für Larry brauchte man nicht alles auszusprechen, er verstand.

»Beides, Kid, wir sind beides, Ruf und Echo, wir beide, und es ist gegenseitig. Letzten Mittwoch zum Beispiel –«

»Ja? Letzten Mittwoch –?«, fragte Joy, als er zögerte.

»Als ich mich nicht von dieser schauderhaften Sitzung mit den Burschen von der Junioren-Handelskammer losmachen konnte: Du kannst mir glauben, dass ich nach dir gerufen habe, du hättest mich röhren hören können, so laut wie einen Hirsch in der Brunstzeit – und wenn ich mich nicht irre, so war da ein ganz feines Echo zu vernehmen. Mit uns beiden ist's Geben und Nehmen. Ich brauche dich so nötig wie du mich – und vielleicht noch mehr. Wir wollen zusammenhalten, Kid. Wir wollen gut zueinander sein.«

Wir wollen gut zueinander sein – nichts Innigeres konnte zwischen Liebenden gesagt werden, zwischen zwei Menschen überhaupt. Wir wollen gut zueinander sein: Das könnte Vater gesagt haben.

Im Anfang stand Larry Grants Hässlichkeit völlig außer Zweifel. Der große, fast kahle Kopf, der breite Clownsmund, das gebrochene Nasenbein – »hab ich abgekriegt, als ich Boxer werden wollte, in Jamaica, Long Island« – und die merkwürdig ausdrucksvollen Augen.

»Dein Freund mag ja ein netter Mensch sein, aber schön ist er wahrhaftig nicht«, hatte sie zu Charley gesagt, nachdem sie einander vorgestellt waren.

»Wart's nur ab, du wirst dich schon an ihn gewöhnen«, war alles, was Charley darauf zu sagen hatte. Je länger und je besser sie Larry kannte, desto angenehmer schien sein Äußeres zu werden. Er hatte hübsche Ohren, nicht wahr? Gute Zähne und merkwürdige Hände. Es waren die Hände eines großen Gestalters, intelligent, belebt, schmal im Verhältnis zu seiner Massigkeit und ohne eine Spur von Fett. Die nervösen Hände eines anderen Menschen, eines sensitiven, einsamen Larry Grant, um den nur sie Bescheid wusste. Manchmal ertappte sie sich dabei, wie sie diese Hände anstarrte und dabei wünschte – sie wusste selbst nicht recht, wohin ihre Wünsche gingen. Bis sie eines Tages beim Erwachen entdeckte, dass Larry Grant den schmalen, körperlosen Schatten Fred Hollenbecks aus ihren Träumen verdrängt und sich selbst an seine Stelle gesetzt hatte. Du großer Gott, dachte sie, ich ahnte nicht, dass mir das noch geschehen könnte! Plötzlich schien alles klar und einfach und unausbleiblich. Wir wollen gut zueinander sein. Das war es.

Wieder einmal war es Mittwoch, sie saßen in ihrem gewohnten kleinen, billigen italienischen Restaurant, Sägespäne auf dem Fußboden und eine Dekoration von Papiergirlanden an den Wänden, aber der Besitzer war Larrys Freund, und er schenkte einen guten Chianti aus. An jenem Abend sprach Joy endlich über sich selbst, näherte sich mit vielen Umwegen der quälenden Angst, die Mutter in sie gesenkt hatte. »Ich weiß nicht, was es ist, Larry, ich war immer anders als die anderen Mädels, so weit ich mich zurückerinnern kann, und siehst du –«

Larry griff über den Tisch nach ihrer Hand und lachte ihr ins Gesicht: »Du kannst deinem Herrgott danken, dass du keins von den Mädels bist, von denen zwölf aufs Dutzend gehen«, sagte er freundlich. Mittwoch war ihr freier Abend, es war Mutters Besuchsabend bei Charley, auf dem sie trotz ihrer Abneigung gegen Susan unnachsichtig bestand. Larry, daran gewöhnt, seine Arbeiter in Schichten einzuteilen und seine Arbeiten pünktlich abzuliefern, hatte ein für alle Mal die Mittwochabende für sich und Joy reserviert.

»Was ist eigentlich mit mir los, Larry, kannst du mir das sagen?«, fragte sie ihn, genauso, wie sie vor langer Zeit ihren Vater gefragt hatte.

»Ja, ich glaube zu wissen, wo der Fehler bei dir liegt: Du hast eben kein Einhorn in deinem Gärtchen.«

»Sollte ich denn eins haben?«

»Aber selbstverständlich solltest du. Im Grunde sollte jedermann ein Einhorn in seinem Gärtchen haben, das wäre wichtiger als ein Huhn in jedem Topf oder ein Wagen in der Garage.« Es war ein Gespräch in ihrer Gedankenstenografie und bedurfte keiner weiteren Erklärungen.

»Es gab eine Zeit, da hatte ich nicht bloß *ein* Einhorn in meinem Gärtchen, sondern eine ganze kleine Herde; aber sie sind mir eins nach dem anderen umgebracht worden«, sagte Joy ein wenig betrübt.

»Ich weiß schon, Kid, meine Mutter war auch eine Menschenfresserin.«

»Larry – ich muss über etwas mit dir reden, das mich manchmal krank vor Angst macht. Larry, glaubst du, dass ich ganz normal bin?«

»Das wollen wir doch nicht hoffen, Kid. Übrigens ist niemand ganz normal, und was heißt das überhaupt: normal sein? Normalität ist ein willkürlicher Begriff, und wir wissen weniger davon als über die Entfernung zwischen den Planeten oder die Abweichung der Lichtstrahlen. Normalität lässt sich nicht abmessen, weil sie nichts Absolutes ist, sondern nur eine Konvention. Jeder Amerikaner gilt außerhalb seines eigenen Landes automatisch für verrückt, und andererseits würde man einen tschechoslowakischen Bauern bei uns sogar zwischen sechsjährigen Kindern für zurückgeblieben und schwachsinnig erklären. Am Kongo hinwiederum ist jedermann, der nicht in eine frenetische Trance getrommelt werden kann, eine Missgeburt. Nun möchte ich dich aber etwas anderes fragen, Kid: Weshalb hast du deine Malerei aufgegeben? Charley erzählt mir, dass du außergewöhnlich talentiert bist, und er weiß im Allgemeinen, was er redet.«

»Siehst du, das ist eines meiner toten kleinen Einhörner. Vielleicht habe ich wirklich ein bisschen Talent, aber ich weiß nicht, was damit geschehen ist. Die Termiten sind drübergekommen oder sonst etwas. Während meiner Studienzeit fürchtete ich, dass meine Bilder zu verrückt seien, und jetzt, wo die Modernen all das weit überholt haben, bin ich viel zu zahm geworden, zaghaft, zimperlich, ich – nein –, ich kann nicht mehr malen. Weißt du, mein Vater hatte ein deutsches Buch in seiner Bibliothek, *Bildnerei der Geisteskranken*, eine Sammlung von Bildern und Zeichnungen aus verschiedenen Irrenhäusern. Da war alles drin, in schönster Vollständigkeit, mit den Krankengeschichten der Geistesgestörten; von einem völlig in sich zurückgezogenen zweitklassigen Paul Klee bis zu einem farbenschreienden, größenwahnsinnigen Pseudo-Miró. Ich – nun, ich bin wohl meiner selbst nicht sicher genug; derartiges ängstigt mich ein bisschen, ich bin nicht stabil genug, ich versuche ohnedies immerfort, mich zusammenzuhalten; für mich wäre das nichts, mich gehen zu lassen und Farben auf die Leinwand zu erbrechen; das ist ungesund, das ist gefährlich.«

»Weißt du, Kid, wie wir Bilder sehen und Kunst im Allgemeinen, das sind Gewohnheitsreflexe, wir alle sind gewissermaßen Pawlow'sche Hunde, das macht die Moden von vor fünf Jahren so unwiderstehlich komisch. Aber Moden haben nichts mit wirklicher Kunst zu tun und sehr wenig mit dir. Ich glaube zu erraten, was dir fehlt, Kid. Wir alle kränkeln zurzeit an zu viel Selbstbeobachtung, wir alle sind uns selbst so verdammt wichtig geworden; was mich anbetrifft, ich glaube ganz im Gegenteil, dass geistige Gesundheit damit anfängt, sich klarzumachen, wie unbeschreiblich unwichtig unsereiner ist, wie unglaublich mikrobenhaft winzig und uninteressant. Das ist eine Erkenntnis, die eine erstaunliche Menge von Energie freimacht, und die lässt sich für etwas Besseres anwenden. Es gibt eine Grenzlinie zwischen der Suche des Künstlers nach dem Ausdruck seiner selbst und dem Sichbesaufen an sich selbst, und zu viele überschreiten diese Linie. Das macht den ganzen Unterschied zwischen guter und schlechter Kunst und, um mich nicht wie Geheimrat Professor Wurtzelfinger auszudrücken, den Unterschied zwischen einer gesunden Verdauung und einer unappetitlichen Diarrhö. Du, mein liebes problematisches Kind, scheinst im Gegenteil ein wenig an Verstopfung zu leiden. Zu viel aufgehäufter, ungelöster Stoff steckt in dir, deshalb glaube ich, dass Malen dir guttun würde. Ich wollte, ich könnte dir ein kleines Laxativ in dieser Richtung verabreichen.«

»Aber Larry, das ist's ja gerade, was ich nicht mehr kann. Ich hab's versucht, aber es ist alles vertrocknet und vorbei. Erinnerst du dich: ›*Il faut porter un soleil de mille rayons dans le ventre*‹ – und in meinem Bauch ist nicht einmal genug Feuer vorhanden, um ein Streichholz anzuzünden! Ach, wozu davon sprechen, Larry, ein ganzer Kerl wie du kann unmöglich verstehen, was für eine Qual es ist, steril zu sein. Nichts mehr da. Unfruchtbar.«

»Komm, lass uns gehen –«, sagte Larry unvermittelt, »wir wollen ein paar Schritte zu Fuß machen. Die Luft wird uns guttun. Und vergiss Picassos *Pronunciamientos* und die Sonnen in seinem Bauch. Von dir ist die Rede, von dir, Joy. Du bist noch nicht tot, Kid, du bist bloß begraben.«

Nein, sie war nicht tot, sie wusste es, sie spürte es: Da war ein Sichregen tief innen, ein Rieseln, ein Auftauen. Larry betrachtete sie mit einem prüfenden Lächeln, als sie ihm am nächsten Mittwochabend wieder in dem kleinen italienischen Restaurant gegenübersaß, mit dem Schein der Wachskerze auf dem Tisch in ihrem Gesicht und den rötlichen Reflexen der Chiantiflasche auf ihren Händen.

»Heute Abend siehst du besonders hübsch aus, du solltest immer weiße Blusen tragen«, sagte Larry. »Sag einmal, und ohne Faxen, wie alt bist du eigentlich, Kid?«

»Eine Greisin sozusagen. Bald sechsunddreißig. Warum?«

»Höchste Zeit, dass du heiratest und Kinder kriegst. Oder möchtest du das nicht?«

»Ich möchte schon, sehr sogar; aber ich kann Mutter nicht allein lassen, und es hat mir ja niemand einen Heiratsantrag gemacht, Larry.«

»Das ist deine eigene Schuld, Kid. An dich traut sich ja kein Mann heran, so abweisend, wie du dich gibst – du bist doch hoffentlich nicht frigid? Oder doch?«

»Darüber brauchst du dir keine Sorgen zu machen, Larry; und wenn du's ganz genau wissen willst: Nein. Frigid bin ich bestimmt nicht.« Als sie es gesagt hatte, errötete sie, und eine kleine Stille entstand, die sie hastig durchbrach, bevor sie untragbar wurde. »Im Übrigen hast du auch nicht geheiratet, und du bist schon über vierzig. Du musst auch deine Gründe haben?«

»Das ist eine lange Geschichte. Vielleicht erzähle ich sie dir einmal. Vielleicht.«

Und warum nicht jetzt?, dachte Joy, und plötzlich wusste sie die Antwort: Susan. Larry gehörte zu Susan, das sah sie mit einem Mal ganz klar – und warum hatte sie es nicht früher gesehen? Es war die Erklärung für alles, und Mutter und die *Girls* hatten recht; das Gewöhnliche behielt am Ende immer recht. Charley und Susan und Larry, das gute alte Dreieck, und alle Bemühungen Larrys um sie waren nur Ablenkung gewesen.

Zum ersten Mal in ihrem Leben empfand Joy den beißenden, brennenden Geschmack der Eifersucht.

»Du versuchst doch nicht, dich vor mir geheimnisvoll und interessant zu machen? Lass mich einmal raten«, sagte sie und hoffte, dass sie lächelte. »Du bist an eine Frau gebunden, die du nicht heiraten kannst. Eine verheiratete Frau? Die aus irgendeinem Grund ihren Mann nicht verlassen will.«

Er griff über den Tisch nach ihrer Hand und lachte. »Ich hatte nie geglaubt, dass du so transparent sein kannst, Kid«, sagte er, herzlich amüsiert. »Nein, ich bin nicht an eine verheiratete Frau gebunden, und sie heißt nicht Susan, und hör auf, dich in den Finger zu beißen, oder du wirst dir deinen Nagel minieren. Ich bete Susan an, ich halte sie für das bezauberndste Wesen auf Erden, und ich hab sie schrecklich gern. Aber ich liebe sie nicht, und ich bin nicht in sie verliebt. So«, er ließ ihre Hand los und suchte in ihrem Gesicht nach der Antwort auf eine ungefragte Frage.

»Los, Larry«, sagte sie, »du wolltest mir noch etwas erzählen?«

»Sieh einmal, Kid, ich bin eine große Rarität: ein völlig unattachierter Mann. Ich bin an niemanden gebunden, niemand gehört zu mir, ich bin in niemanden verliebt, und soweit ich mich erinnern kann, habe ich nie erfahren, was das eigentlich ist: *Liebe*; und außerdem glaube ich nicht, dass mir damit viel entgangen ist. Ich kann mir kaum etwas vorstellen, das in der heutigen Welt unwichtiger wäre als Liebe, die so überschätzt, über die so viel geredet und so viel gelogen wird. Das heißt, abgesehen von ihrem recht beträchtlichen kommerziellen Wert; denn schließlich ist Liebe der Stoff, aus dem die Leute ihre Filme zurechtschneidern und ihre Schlager und Operetten, und die Sänger singen von Liebe, und die Schriftsteller schreiben Bücher darüber, eine nette Menge Leute verdient ihren Lebensunterhalt mit dem Ausschlachten dieser Art Liebe. Gar nicht zu erwähnen, wie wichtig sie für die Bars und die Friseursalons und die Konfektion ist –«

»Na, da hast du mir ja einmal schön die Wahrheit zu hören gegeben«, sagte Joy, sie war ein wenig blass geworden.

Als sie auf der Straße waren, hängte er sich in sie ein. »Sag einmal«, meinte er plötzlich, »weshalb gehst du nicht für eine Weile nach Europa, solange es noch möglich ist? In ein oder zwei Jahren mögen wir wieder einen Krieg haben, und dann heißt es ›Adieu‹ zu sehr vielen angenehmen und nützlichen Dingen auf dieser schönen Welt.«

»Ich war in Europa, zwei Jahre, in Frankreich, Italien.«

»Nun – und das Resultat?«

»Kein Resultat. Mutter war mit mir drüben. Du kannst dir wohl vorstellen, was dabei herauskam.«

Larry zerrte zornig an seinem dünnen Haar. »Du bist keineswegs die einzige Tochter, die sich von einer zärtlichen Mutter bei lebendigem Leib auffressen lässt, und ich kann einfach nicht verstehen, was für eine Art von masochistischer Fixierung dabei im Spiel ist. Lass unser teures Mütterlein einmal beiseite, ich flehe dich an. Pack dein Bündel und geh auf die Wanderschaft, geh, wohin immer du willst, aber geh fort von hier. Unser Mütterlein wird's überleben, das kann ich dir versprechen. Es könnte sogar gerade die Medizin sein, die ihr nottut.«

»Vielleicht hast du recht«, sagte sie. Vielleicht ist es noch immer möglich, dachte sie, und da war wieder dieses schwache Sichregen eines alten; halb vergessenen Traumes, versteckt, gedämpft, embryonisch: Ich möchte ein Kind haben, mein eigenes Kind, und ich will es in den Zauberwald führen und seine Händchen mit dem blauen Licht füllen, so wie Vater die meinen füllte –

»Wenn du nach Paris kommst, Larry, wohin gehst du zuerst?«

»Oh, das ist ganz verschieden. Auf die Toilette, nehme ich an, vorausgesetzt, dass es eine gibt. Zu den *Deux Magots* oder zu Madame Charpentier, die für mich kochte, als ich an der Sorbonne studierte –«

»Nein. Ich meine, ernstlich.«

»Ernstlich? Nun also, ernstlich, wenn du mir versprichst, mich nicht zu verraten; zuerst nehme ich ein Bad und säubere mich von all dem Dreck und den Sünden des schlechten Geschmacks, die ich inzwischen begangen habe, und von all den künstlichen Moden und Manieren, die sich an mir festgesaugt haben; und wenn ich danach aus der Sainte-Chapelle herauskomme, dann erkenne ich wieder den Unterschied zwischen gut und schlecht. Was übrigens eine Sache ist, die Gott verboten hat – ›aber von dem Baum der Erkenntnis des Guten und Bösen sollst du nicht essen‹ –, wenn du dich daran erinnerst –«

»Ich wusste es ja. Das blaue Licht.«

»Man schöpft es in seine Hände, man wäscht sich die Augen darin.«

»Larry, wenn wir zusammen in Paris wären, wir würden es so gut haben – wir würden Spaß miteinander haben und ernst sein miteinander und – wir würden es gut haben miteinander, nicht?«

»Vielleicht, Kid, und vielleicht nicht. Aber eines weiß ich: Wenn wir zusammen in Paris wären, dann würde ich eine Malerin aus dir machen, und wenn ich dir jeden Tag drei Mal den Hintern verhauen müsste und deine Nase morgens, mittags und abends in Picassos Palette stecken. Aber es hat gar keinen Zweck, davon zu fantasieren, denn ich bin hier angehängt, bis wir unsere Arbeit für die Ausstellung fertig haben, Charley und ich, und das dauert noch ein paar Ewigkeiten. Aber du bist ja keine Gefangene, wirklich nicht, Kid, und es braucht ja nicht gleich Paris zu sein. Wenn du nur von hier fortgehst und deinen Augen etwas zu sehen gibst. Manchmal schauen die so hungrig drein, als hätten sie seit Jahren nichts zu essen gekriegt.«

Sie waren stumm bis zum Turm auf der Höhe des Telegraph Hill gewandert und standen nun oben, sahen auf die Stadt und die Bucht hinab. Es war eine von San Franciscos seltenen klaren Nächten, und junge Menschen saßen überall auf der Mauerbrüstung, aus geparkten Wagen sangen die Radios, drunten schlangen die Straßen ihre Lichterketten über die Hügel und über den endlosen Bogen der Bay-Brücke, und das Zuchthaus auf der Insel Alcatraz, klar in der Helligkeit seiner Scheinwerfer, glich einem malerischen und höchst kostspieligen Nachtlokal. Joy, das Ende einer langen Stummheit erreichend, schüttelte erregt den Kopf. »Nein«, sagte sie. »Ich kann nicht von hier fort. Und außerdem will ich auch gar nicht.«

»Weshalb nicht? Irgendein haltbarer Grund – außer dass du die Sklavin deiner Mutter bist?«

Sie hielt den Atem an, als sie ihm in die Augen blickte. »Würde es dich arg erschrecken, Larry, wenn ich dir erzählte, dass *du* der Grund bist, weshalb ich hierbleiben möchte?«, sagte sie halblaut.

Sie spürte, wie sein Arm in einer unbewussten Bewegung zurückzuckte, als wolle er ihn von ihr lösen, und dann zog er sie rasch noch ein wenig enger an sich.

»Ja«, sagte er, »das würde mich erschrecken.«

Er ließ sie los, holte Pfeife und Tabaksbeutel heraus, stopfte umständlich die Pfeife und strich ein Zündholz an, aber vergaß, die Pfeife in Gang zu bringen. Er klemmte sie bloß zwischen die Zähne, als er Joys Arm aufs Neue eng an sich zog und weiterzugehen begann. »Es kam mir immer grotesk vor, dass ein Elefant wie ich jemandem begehrenswert erscheinen könnte – ausgenommen natürlich, einem anderen Elefanten. Aber es gab einmal ein Mädchen, das sich in mich verliebte – das ist sehr lange her. Sie war die Schwester meines besten Freundes, so wie du Charleys Schwester bist. Aber damit hört die Ähnlichkeit auf. Sie war ganz jung, kaum der Schulbank entwachsen, verwöhnt, beschützt, zerbrechlich, feinstes, dünnstes Porzellan. Dieses Mädchen beging Selbstmord. Das ist die Geschichte, die ich dir eines Tages zu erzählen versprach.«

Joy atmete heftig und wartete.

»Verstehst du, was ich dir zu erzählen versuche, oder muss ich's für dich buchstabieren?«, fragte er. »Leider klingt es ein bisschen wie aus einem Groschenroman, Gloria verliebte sich nämlich in mich, und als sie herausfand, wie's um mich steht, machte sie Schluss mit sich. Es gab mir einen fürchterlichen Schock, Kid. Ich war ja selbst noch sehr jung und wusste nicht aus noch ein. Wahrhaftig, ein Kerl wie ich müsste sich ein Warnungssignal anstecken: ›Bedaure, aber ich mache mir nichts aus dem schönen Geschlecht‹ – nun, ich bildete mir ein, dass mein Aussehen genügte, um die Mädels abzuschrecken, aber – siehst du, wenn ich Gloria beizeiten davor gewarnt hätte, ihre

Gefühle an ein Subjekt meiner Art zu hängen, wäre sie heute voraussichtlich eine glückliche Frau und auch zärtliche Mutter. Sie war ein bezauberndes Geschöpf, und ich hatte sie sehr gern. Aber *Liebe* war es nicht. So, nun erzähle mir nochmals, dass ich nicht weiß, was es heißt, steril zu sein.«

Joy nahm sich zusammen, es war wie beim Zahnarzt – »Miss Ambros, jetzt wird's vielleicht ein bisschen wehtun« –, in ihrem Mund war ein bitterer Geschmack, aber sie schluckte ihn tapfer hinunter und brachte ein starres Lächeln zustande. Wieso denn Larry Grant, gerade Larry? Es war so absurd. Dieses mächtige Gebirge von Kraft, diese unermüdlichen Muskeln, dieser klare Kopf, Larry, solch ein Mann, mit seiner zerboxten Nase und seiner unbegrenzten Fähigkeit zu schaffen, zu leben, zu gestalten, sich zu verschenken; das Gefühl der Sicherheit, das von ihm ausging, die Wärmestrahlen, die er nach allen Seiten verteilte – was für eine Vergeudung! Wie schade drum!, dachte sie mit einem scharfen kleinen Spott – »Hat's wehgetan, Miss Ambros? Nein, Herr Doktor, nicht gar zu arg«.

»Du meinst, du machst dir nichts aus Frauen?«, murmelte sie aus der Tiefe ihrer Verwirrtheit. Wenn ich versucht hätte, ihn zu malen, würde ich's herausgefunden haben. Seine Hände hätten mir sein Geheimnis verraten.

»Du bist heute Abend schrecklich schwerhörig, Kid. Ich mache mir was aus Frauen, bloß nicht auf die übliche Weise. Es gibt Frauen, die mir sehr, sehr nahestehen – du zum Beispiel oder Susan. Das geht bis zu einem bestimmten Punkt, und dann fällt die Guillotine, und es ist vorbei. Wenn ich je versuchen sollte, diesen Punkt zu überschreiten, dann würde nichts dabei herauskommen als ein unanständiger Schwindel und ein unaussprechliches Durcheinander. Nicht gegen meine eigene Natur zu leben und zu versuchen, keinem anderen Menschen wehzutun, das ist das Beste, was ich tun kann.«

Sie waren am Ende des Hügels angelangt, er ließ ihren Arm los und blieb stehen. »Ich ziehe es vor, wie ein Einsiedlerkrebs zu leben; oder wie ein Mönch, wenn dir das besser gefällt. Geschlecht – das ist so wichtig oder so unwichtig, wie wir's uns machen.« Es klang erregt und resigniert zugleich, wie ein Argument, das ein Mann immer wieder in dem gleichen Streit benutzt hatte, ohne seinen Gegner jemals ganz überzeugen zu können: seinen Gegner – sich selbst.

»Macht dich das nicht sehr einsam?«, fragte Joy, sich behutsam in abgesperrtes Gebiet vorwagend.

»Nein, ich glaube nicht; ich glaube nicht, dass ich einsamer bin, als der Mensch es im Allgemeinen ist. Einsamkeit ist unsere natürliche Wohnstätte, und wir tun besser daran, uns mit einem Zustand abzufinden, mit dem wir von unserem zweiten Lebensjahr an reichliche Erfahrung haben. Einsamkeit ist der Kern aller Dinge, Kid, und sag mir nicht, dass du das nicht weißt. Aber ich habe Menschen gern, Menschen im Allgemeinen, und die Arbeit macht mir Spaß, und einen Stuhl zu entwerfen oder ein Werkzeug oder eine Badezimmereinrichtung, das nimmt einen Mann ganz in Anspruch und ist höchst befriedigend, so weit es Ersatz sein kann. Möchtest du jetzt zu Fuß nach Hause gehen, oder sollen wir ein Taxi nehmen? Mein Wagen ist wieder einmal kaputt.«

Sie gingen weiter. »Weiß Charley Bescheid?«, fragte Joy etwas später.

»Nein, selbstverständlich nicht, weder Charley noch Susan, und, Joy, sie dürfen es nie erfahren, hörst du? Ich weiß nicht, was ich anfangen sollte, wenn diese beiden Kinder eine Ahnung davon hätten! Joy, du bist der einzige Mensch, mit dem ich je über diese Dinge gesprochen habe, weil ich weiß, dass ich dich nicht einmal bitten muss, es bei dir zu behalten. Du begreifst doch, was es heißen würde, wenn Charley – es würde alles über den Haufen werfen – die Art, wie wir drei miteinander arbeiten, miteinander leben – es würde alles gespannt werden, krampfhaft – ich – versprich mir –«

Joy hatte Larry nie in solcher Erregung gesehen. »Was gibt's denn, Larry? Du solltest schon wissen, dass Tratsch mir nicht liegt; auf mich kannst du dich verlassen.«

Er nahm ihr Gesicht zwischen seine Hände und suchte in ihren

Augen Antwort auf eine ungefragt gebliebene Frage. Joy hielt angestrengt ihr gleichmütiges und freundliches Lächeln fest. Davon kriege ich diese scharfen Linien, dachte sie.

»Und du wirst mich nicht weniger gut leiden können, Kid, jetzt, wo du weißt, wie's um mich steht?«, fragte er eindringlich.

»Sei nicht so dumm, Larry. Wir haben doch unseren alten Kontrakt: ›Wir wollen gut zueinander sein.‹«

Er beugte sich über sie und küsste sie auf den Mund. Es war ein wunderlicher Kuss, gewichtslos, kühl, wie ein feuchtes Blatt, das von einem Baum auf ihre Lippen herabgeweht kam ...

Manche Leute, so wie ich zum Beispiel, sind eben Pechvögel, dachte sie. War ich in Larry Grant verliebt?, fragte sie sich; nein, aber ich hätte mich in ihn verlieben können, alles hätte leicht ganz anders sein können. Sie kroch zurück in die Greenwich Street und baute sich ein weiteres kleines Grabgewölbe, in dem sie ein weiteres kleines Geheimnis begrub ...

Zurück zu Dr. Behrman – »... ich bin ein bisschen durcheinander, Herr Doktor, meine Nerven sind nicht recht in Ordnung ...«, und er bohrte wieder einmal mit seiner psychologischen Sonde in ihr herum, ohne etwas Definitives zutage zu fördern: »Im Augenblick sehe ich wirklich keinerlei Grund zur Besorgnis, Miss Ambros ...«

Und wohin ist es jetzt mit uns gekommen? Tokema, lang nach Mitternacht, und ich habe meine Mutter umgebracht, versucht, sie umzubringen, auf jeden Fall. Kein Grund zur Besorgnis. Das bin ich, Joy Ambros, die hier auf den Ambulanzwagen wartet und versucht, sich für die quälenden Dinge zu stählen, die ihr noch bevorstehen. Das Verhör, die Nachforschung, die Identifizierung einer entstellten, zerschlagenen Leiche, die Autopsie, und ärger als das: ihrem Bruder gegenüberzutreten, ihre Rolle bis zum Ende zu spielen. All dies stand ihr bevor, sie hatte es begangen, dies war es, was sie noch zu durchleben hatte. Und dabei fühlte sie sich die ganze Zeit, als wäre ihr wirkliches Ich in weiter Ferne, irgendwo anders, irgendjemand anders. Nun war sie durch das dünne Eis gebrochen, sie versank, sie zerfiel in ihre Teile, sie fühlte sich in zwei Hälften gespalten, in zwei Personen; eine Joy Ambros, die ihre Mutter ermordet hatte und froh darüber war; und eine andere Joy, die nicht begreifen konnte, wie so etwas möglich war, und die gern ihr Leben dafür gegeben hätte, es ungeschehen zu machen. Und dies, meine Damen und Herren, sagte Herr Geheimrat Professor Wurtzelfinger, nennen wir modernen Psychiater Schizophrenie.

Sie begann zu lachen, leise, aber unaufhaltsam, und der gelbe kleine Hund zu ihren Füßen wedelte prompt mit seinem Schwänzchen. Er stellte sich auf seine Beine, streckte sich, brachte sein dünnes, aufgerolltes rosiges Züngelchen zum Vorschein und gähnte jammernd; Joy hielt sich an ihm fest, als an einem rettenden Teilchen einer Wirklichkeit, die in der verschwimmenden Gedankendämmerung, die sie verschlang, entschwinden wollte.

»Miss Ambros?«, sagte jemand, und ein langer Schatten fiel über die Bank. Sie blickte auf, vor ihr stand ein Offizier, auf dessen Namen sie sich nicht besinnen konnte. Sein Haar war fast weiß, sein Gesicht gefurcht, ohne alt zu sein, seine Haut und seine Augäpfel zeigten eine gelbe Tönung, das bemerkte sie selbst noch in dem fahlen Licht der einsamen Glühbirne, die über ihrem Kopf hing. Es war merkwürdig, dass ihre Augen mit der gewohnten raschen Auffassung von Formen und Farben funktionierten, obwohl ihr Gehirn nichts dazutat. Dann, mit einem Mal, fand die verstreute Wirrnis ihrer Sinne und Gedanken und Reflexe einen Zusammenhang.

»Sie hatten wohl einen kleinen Anfall von Malaria, Major Ryerson?«, fragte sie höflich.

»Hie und da, Miss Ambros. Aber bloß die milde Sorte, nicht viel ärger als eine Erkältung.«

George Watts hatte ihn zum Bahnhof vorausgeschickt. »Du geh, Tom, und sieh nach Joy, das arme Kind ist gewiss in einem schrecklichen Zustand. Lass sie bloß nicht allein, sprich mit ihr, lenk sie von ihren Gedanken ab, während ich versuche, das Schneckentempo dieses Doktors ein bisschen zu beschleunigen. Für einen liebenswürdigen Diplomaten wie dich wird es eine Kleinigkeit sein, dem armen Mädel die Zeit zu vertreiben.« Aber es war keine Kleinigkeit, dachte Ryerson; wenn sie geweint hätte, wenn sie schwach und hilflos gewesen wäre, wäre es ihm leichter gefallen; er hätte sie in die Arme nehmen und ein wenig trösten können – aber dann besann er sich: Schwache, hilflose, weinende junge Frauen, die sich gern trösten ließen, hatten die Gewohnheit, mit verschiedenen anderen Herren zu schlafen, während man sich auf einer nicht gerade gefahrlosen Aufgabe im Stillen Ozean befand oder in einem lausigen Lazarett auf einer lausigen Insel, mit einer lausigen Kombination von Malaria und Ruhr; weiche, mollige junge Frauen wie Corinne konnten hart wie Stahl werden, wenn's zu der Scheidungsverhandlung kam, die berechnenden Nutten! »Was könnte ich für Sie tun, Miss Ambros?«, fragte er rücksichtsvoll.

»Wenn Sie mir eine Zigarette geben könnten – danke, ich scheine meine eigenen alle aufgeraucht zu haben und die vom Stationschef noch dazu.«

In dem kurzen Aufflammen des Streichholzes forschte er in ihrem Gesicht: Der Stein, aus dem es gemeißelt war, schien etwas weniger hart als zuvor. »Ich habe Ihnen Kaffee mitgebracht; fand eine Kneipe geöffnet, wo die Nachtomnibusse haltmachen, besseren Kaffee gibt es nirgends«, sagte er und schraubte seine Feldflasche auf, die er vorsorglicherweise mitgenommen hatte; ein freundliches duftendes Dampfwölkchen stieg daraus empor. »Vorsicht, er ist heiß, verbrennen Sie sich nicht die Zunge«, warnte Ryerson.

Als sie die Hälfte getrunken hatte, holte sie Atem. »Danke«, sagte sie noch einmal, »das war sehr aufmerksam von Ihnen, Major Ryerson.« Sie beobachtete sein Gesicht mit einer wunderlichen Eindringlichkeit, einer konzentrierten Neugier, unter der er sich unbehaglich fühlte. »Sie sind doch Major Ryerson, oder nicht? Was tun Sie denn in Tokema?«

Das war eine Frage, die sich schwer beantworten ließ; er konnte nicht gut sagen: Wer? Ich? Ich bin aus blanker gemeiner Neugierde hiergeblieben, ich bin ein hartgesottener alter Jagdhund von einem Reporter, und mir stieg eine Witterung in die Nase. »Ach, nur so –«, sagte er vage, »wollte unseren guten alten George nicht allein lassen; dachte, ich könnte mich ihm vielleicht nützlich machen. Oder Ihnen«, setzte er ungeschickt hinzu.

»George? Wer ist George?«

Ryerson hatte im Krieg zu viele seiner Leute im Schock gesehen, um sich zu verwundern. »George Watts, der Rechtsanwalt; ich glaube, er ist ein alter Freund von Ihnen?«, sagte er nachgiebig.

»Ach ja. Natürlich! George Watts! Er half mir Sandburgen bauen, als ich drei Jahre alt war. In Belvedere. Ich konnte seinen Namen nicht aussprechen, ich nannte ihn Gogol.«

Ryerson angelte nach einem neuen Gesprächsgegenstand. Lenk sie von ihren Gedanken ab, los, du Esel, zeig, wie tüchtig du bist. »George erzählte mir, dass Sie malen, Miss Ambros? Ich würde gern etwas von Ihren Bildern sehen, sind sie irgendwo ausgestellt?« Sie starrte ihn noch immer auf dieselbe wunderlich durchdringende Weise an.

»Ich glaube, das Cliff House verkaufte den letzten ›Sonnenuntergang über dem Goldenen Tor‹ während des Krieges. Diese armen Soldaten auf Urlaub fallen ja immer auf derartigen Kitsch herein«, sagte sie, und Ryerson glaubte, etwas wie ein Lächeln um ihren Mund zu entdecken; aber es war nur ein Zucken, der Reflex eines Schmerzes, wie bei einem ganz kleinen Baby.

»Aber ich glaube, dass ich von jetzt an wieder malen werde«, sagte sie, und dabei hatte sie eine ganz klare Vorstellung von dem, was sie zunächst malen wollte. Schon hatte sie sich das Gesicht des Majors eingeprägt und den trübseligen Bahnhof mit den Schienen, die aus dem Nichts kamen und ins Nichts gingen, als Hintergrund; die Uniform mit dem schrillen Farbakzent des rot-weißen Abzeichens auf seinem Ärmel, der Regenbogen der Auszeichnungen auf seiner Brust, weißes Haar, das braun gewesen war, als der Krieg begann, gelbe Malariahaut, die Furchen einer tiefen Enttäuschung und der

Erschöpfung in dem klaren, gradlinigen amerikanischen Gesicht, das für gutmütiges Gelächter und einen aggressiven Idealismus geschaffen, aber nun ermüdet war und ausgepumpt. Lass alles Überflüssige fort, mal nur das Wesentliche, mach es unpersönlich, kein wirkliches Porträt, sondern nur die Verfassung, in der der Krieg diesen Mann zurückgelassen hat; bring das in eine Form, nenne es *Heimkehr*. Gib ihm überhaupt keinen Namen, aber male es. Male es!

Ryerson bewegte sich unbehaglich unter ihrem konzentrierten Blick. »Ja, ich glaube, ich bin doch eine Malerin. Ich hab's viel zu lang zurückgehalten. Wer weiß, vielleicht, wenn ich das nicht getan hätte – aber jetzt werde ich wieder malen«, sagte sie, »wenn man dort die Erlaubnis dazu bekommen kann.« Das Letztere klang rätselhaft, aber Ryerson hielt sich nicht dabei auf.

»Da kommen sie jetzt«, sagte er erleichtert, als er einen Wagen hinter dem Bahnhof anhalten hörte. Der Stationschef kam geschäftig aus seinem Verschlag hervor, Joy erhob sich und sah den Männern entgegen, die Watts ihr brachte.

»Verzeih, dass es so lange dauerte, Joy. Das ist Sheriff Lambson und sein Deputierter McFarland. Ich habe mir erlaubt, die notwendigen Formalitäten so weit zu erledigen, und nun möchte der Sheriff dir die üblichen Fragen vorlegen. Vielleicht ist es am besten, wenn du mit dem Sheriff fährst, für mich und Ryerson ist reichlich Platz im Ambulanzwagen. Aber willst du auch wirklich mitkommen?«

»Doch, unbedingt. Ich – ich bin ja verantwortlich für den Unfall –«, sagte sie.

Der Sheriff sah nicht im Geringsten so aus wie die Sheriffs in den Filmen; er war ein ziemlich junger Mann in dunkelblauem Anzug, doch trug er sein Abzeichen auf der Brust, er hatte vorstehende Backenknochen und einen ruhigen Blick. McFarland war etwas älter, steif in einen schwarzen Sonntagsanzug geknöpft, er hatte die sorgsamen, feierlich-tröstlichen Manieren seines Berufs als Leichenbestatter. Beide Männer hielten ihre Hüte vor die Brust, vermutlich, um der hinterbliebenen Tochter ihr Mitgefühl zu bezeigen. »Also, wenn's Ihnen recht ist, Miss Ambros, wollen wir gleich losziehen. Wir können gut während der Fahrt alles Nötige durchsprechen«, sagte der Sheriff.

Joy riss sich zusammen. »Okay. Also gehen wir«, sagte sie. Das gelbe Hündchen gähnte, streckte sich und entschloss sich, mitzukommen.

DRITTER TEIL

Angelina wusste nicht, wie lange sie schon unterwegs war, aber es war ein unendlich langer Marsch zu einem unbekannten Ziel. Der Ablauf der Zeit hatte alle Geltung verloren, war zu einer Leere geworden, in der sie ohne Richtung und Bestimmung wanderte; Vergangenheit, Gegenwart und Zukunft waren ein und dasselbe, wie eine dichte, dunkle Kugel, in deren Mittelpunkt hängend sie ihr Gleichgewicht zu bewahren suchte. Auf diesem Marsch gab es lange Strecken, auf denen sie sich selbst verlor, und kleine Lichtungen des Rastens und ein dumpfes Umgehen gespenstischer Orte und häufiges Stehenbleiben und Umwegmachen und viel bestürzte Wirrnis, durchbrochen von Blitzen einer erstaunlichen Klarheit. Es war eine lange Nacht, in der Angelina an vielen Stationen vorbeikam und nicht wusste noch wissen wollte, an welcher Haltestelle sie schließlich ankommen würde.

Irgendwo hoch droben, unerreichbar auf der steilen Bahnböschung, fuhr ihr Zug davon, mit ihrem Gepäck, ihrer Handtasche, ihrer guten Reisedecke. Ihre Tochter war in dem Zug, aber auf die konnte man nicht zählen, auch nicht auf George Watts, der sich von jeher niederträchtig benahm. Aber wie stand es mit jenem netten Major Ryerson, der ihr sein Abteil überlassen hatte? Der zumindest war ein Gentleman; warum hatte er den Zug nicht angehalten? Gab es denn kein Gesetz, keine Vorschriften für die Rettung von heruntergefallenen Passagieren? Wo blieb eigentlich die Polizei? Für was zahlen wir die hohen Steuern? Wohin ist überhaupt unser Land gekommen? »Hören Sie, ja. Sie meine ich, ich muss meinen Zug erreichen, es ist von höchster Wichtigkeit. Absolut notwendig und wichtig«, teilte sie der Nacht mit. Während der letzten zwei Jahre hatte sie sich angewöhnt, laut zu reden, wenn sie allein war. Erstens tat es gut, seinem Herzen Luft zu machen, und dann war es eine Beruhigung, die eigene Stimme zu hören. Überdies war da diese kleine Sache mit ihren Ohren; Ohrensausen, dumpfe Trommeln, harte kleine Kastagnetten, recht irritierend; sie übertönte all diese unerfreulichen Geräusche gern mit ihren Monologen.

Im Augenblick ging es außergewöhnlich laut in ihrem Kopf zu, denn das Ohrensausen steigerte sich stets, wenn sie ermüdet war. Die zarte, zerbrechliche, die empfindliche Angelina hatte ihr ganzes Leben lang über viele Krankheiten und Leiden zu klagen gewusst. Doch weder ihrer Familie noch den *Girls* gegenüber hatte sie bisher diese ärgerlichen Ohrengeschichten erwähnt, die der junge Dr. Bryant unhöflicherweise als ein ganz gewöhnliches Alterssymptom zu bezeichnen beliebt hatte.

Sie schüttelte den Kopf, atmete eine Minute tief und systematisch, obwohl jeder Atemzug ihr wehtat, und sie gestattete sich nicht, sich hinzusetzen und auszuruhen, so sehr sie auch danach verlangte. Wenn ich mich erst einmal setze, werde ich nie wieder aufstehen können, warnte sie sich, und der zuverlässige, treibende, kleine Motor in ihr funktionierte noch immer und hielt sie in Bewegung. Nach einer Weile wurde sie durch eine kleine Erleuchtung belohnt: Lass einmal sehen. Boston? Richtig – ich will Charley bei seiner Ankunft in Boston treffen. Gut, aber warum muss ich hinter ihm herrennen? Warum kommt er nicht zu mir, wie es sich gehört? Wir würden vor dem Kamin sitzen und miteinander plaudern, und ich würde den Kuchen für ihn backen, den er so gern mag. *Grand-mères* altes Wiener Rezept mit den zwölf Eiern. Jetzt, wo der Krieg vorbei ist, brauchen wir ja nicht mehr so vorsichtig mit meinem gehamsterten Zucker und Mehl umzugehen. Gott segne dich, mein Sohn, du wirst niemals erfahren, wie ich an dir hänge, trotz allem, was du mir angetan hast. Du hast mir fast das Herz gebrochen mit deinem Egoismus, Charley, aber Mutterliebe vergibt alles und endet nie …

Sie stand still, nach Atem ringend, und nachdem sie tief über die Hürde von Schmerz in ihrer Brust hinweggeatmet hatte, begann sie zu lächeln, denn noch einen Augenblick zuvor war Charley drei Jahre alt gewesen und hatte mit seinen kräftigen Beinchen auf ihrem Schoß gestrampelt. Sie knöpfte ihren zerfetzten Pelzmantel auf, und ihre Finger tasteten suchend unter ihre Bluse. Jawohl, da war das Medaillon noch, unbeschädigt. Das hättest du wohl nicht gedacht, Charley, dass ich immer ein Löckchen von deinem Babyhaar bei mir trage! Ich weiß, es ist sentimental und altmodisch, aber so bin ich eben. Nicht wie das freche kleine Miststück, das du geheiratet hast. Weißt du noch, wie dir zum ersten Mal das Haar geschnitten wurde? Du benahmst dich wie ein braver kleiner Mann, du schobst deine Unterlippe vor, du machtest einen Mund, so viereckig wie eine Schachtel, aber du hast nicht geweint. »Hab mein Lebtag kein Bübchen mit schöneren Locken gekannt«, sagte Mr. Lambert, »meiner Seel', ich könnte sie zum Münzamt schicken und mir blanke neue Silberdollar draus prägen lassen. Aber das ist kein Wunder, wenn man bedenkt, was für eine reizende Dame er zur Mutter hat, der kleine Glückspilz; und das ist die dritte Generation der werten Familie, die ich die Ehre habe zu bedienen.« Wie genau ich mich noch an Lamberts Schaufenster erinnere, zu der Zeit, als ich ein kleines Mädel war. Die zwei Wachsköpfe, der eine goldblond mit einem hinreißenden Schnurrbart, der andere ein schwarzes Backenbärtchen …

Schon wieder hielt sie an, um Atem zu holen. »Das ist einfach zu albern«, verwies sie sich streng. Sich so genau an jene verschollenen Wachsköpfe im Friseurladen zu erinnern und sich dann nicht darauf besinnen zu können, weshalb sie durchaus nach Boston gelangen musste. »Partielle Amnesie, ein durchaus übliches Symptom von Senilität«, hatte Dr. Behrman ähnliche peinliche Versehen und Fauxpas der Generalin genannt. Ach Quatsch, sei nicht so dumm. Die Generalin war von vornherein nicht recht bei Verstand und über achtzig Jahre. Ich bin nicht senil, ich kann mich an alles erinnern. An jede Kleinigkeit aus meinem Leben erinnere ich mich. Wahrhaftig, ich wollte, ich könnte manches vergessen; es gibt Dinge, an die es unangenehm ist zu denken, ich fühle mich gar nicht wohl, lass mich doch in Frieden, Florian, lass uns nicht darüber streiten, nicht jetzt, nicht heute Nacht; kannst du nicht sehen, wie schwach ich bin und so müde, und es saust mir im Kopf, und jeder Knochen tut mir weh; Flori, ich bitte dich, du musst es mir glauben, ich hab's gut gemeint, ich tat es, weil ich dich liebte, ich liebte dich über alles in der Welt, das war der Grund, dass ich –

Meile auf Meile, und bei jedem Schritt war sie in einen hitzigen Disput mit ihrem toten Mann verwickelt; es war ein Disput, der am Morgen nach dem Erdbeben, in Belvedere, begonnen hatte und sich durch die Jahre ihrer heimlichen, stürmischen Liebesaffäre weiterspann und durch die fast zwanzig Jahre ihrer Ehe, und der immer noch unentschieden war, als Florian starb.

Die Bahnböschung hatte sich etwas verflacht, der Abhang war weniger steil, weniger hoch. Angelina schöpfte tief Luft, sammelte ihre ganze Kraft, und mit äußerster Willensanstrengung unternahm sie es, hinaufzuklettern. Ihre aufgeschundenen Handflächen klammerten sich an Grashalme, griffen in Disteln, Kies, grobe Asche, ihre Knie brannten, die Abschürfungen an ihren Beinen begannen aufs Neue zu bluten. Auf halber Höhe setzte ihr Herzschlag aus, ihre Finger verloren den Halt, und sie glitt wieder herab.

Sie lag noch da, zum Weinen wütend, als die Erde erbebte und sich schüttelte, und ihr Herz trommelte in neuer Panik. Ein Schnauben, ein stampfender Tumult, ein großes Tosen und grelles Aufleuchten da droben. Was ist das? Der Jüngste Tag? Aber es war nur ein Güterzug, der herankam und vorbeipolterte und verschwand, hoch oben auf der Höhe der Böschung, wo die Schienen ostwärts liefen. Angelina riss sich aus ihrem dämmernden Schrecken, sie winkte und rief. Niemals war ihre Hand kleiner und schwächer gewesen als jetzt, als sie versuchte, dieses feuerspeiende Ungeheuer aufzuhalten. Die Nacht war inzwischen dunkler geworden, kein Mond, keine Sterne, nicht einmal mehr jener niederträchtig blinzelnde Signalscheinwerfer auf einer fernen Hügelkuppe. Die Wolken hingen tief und niedrig wie schlaff sich bewegende Zeltwände, die Luft war feucht geworden, und während Angelina sich unter großen Schmerzen und Anstrengungen aufrichtete und weiterzugehen begann, wurde diese Feuchtigkeit zu einem Nebel, der mit Millionen nasser Nadelspitzen stach, zu einem dünnen Rieseln, zu Regen. Weiter und weiter schleppte sich Angelina, allein gelassen in einer Welt, die sich unsichtbar gemacht hatte.

Daran bin ich ja gewöhnt, dachte sie kummervoll. Sie haben mich immer allein gelassen, das war das Schlimmste. In Leihana bei der Geburt des Kindchens, beim Tod des Kindchens. Während des großen Erdbebens. Im ersten Krieg. Als Florian krank war, als er starb. Immer allein. Für diese egoistischen jungen Leute ist es leicht, sich über eine alte Frau lustig zu machen, die sich vor dem Alleinsein fürchtet; sie wissen einfach nicht, worüber sie lachen. Man tut alles für sie, man versucht sie zu halten, aber was kümmert sie das, sie lassen einen im Stich und tun, was sie wollen. Wenn Charley auf mich gehört hätte, wie könnte er heute dastehen! Er hätte die reizende junge Blunt geheiratet und die Hälfte des Blunt-Vermögens geerbt, und bei Kriegsbeginn würde man ihm sofort einen hohen Offiziersrang verliehen haben, und er hätte die ganze Geschichte auf einem wichtigen Posten in Washington absitzen können. Aber nein, er musste ja seinem eigenen Kopf folgen und sich von diesem kleinen Habenichts, dieser unmöglichen Susan, einfangen lassen. Und anstatt sich bei Johnny O'Shaughnessy, der die dicken Kontrakte austeilen kann, in Gunst zu setzen, hat Charley nichts im Sinn als neumodischen Unsinn und verrückte Projekte, die nichts eintragen. Aber man weiß ja, wer dahintersteckt: niemand als Susan und dieser ekelhafte Hausfreund, den sie sich zugelegt hat. Dieser scheinheilige Larry Grant, der tut, als ob er keiner Fliege ein Leid tun könnte! Aber ich war die Erste, die ihn und seine schäbigen Tricks durchschaute! Vom ersten Augenblick an hatte ich den Verdacht, dass die beiden etwas miteinander haben, und, weiß Gott, wenn ich Joy nicht gewarnt hätte, dass dieser feine Mr. Grant ihr bloß den Hof macht, um Charley auf eine falsche Fährte zu lenken, dann hätten wir eine zweite Affäre Hollenbeck erleben können. Zu denken, dass sogar Joy ein paar Mal nahe daran war, mich zu verlassen – als ob sie mich nicht nötiger hätte als ich sie! Und nach allem, was ich durchgemacht habe – mein Sohn im Feld, während seine Frau sich's mit ihrem Liebhaber gut gehen lässt, und Joy, die täglich sonderbarer wird –, nach alldem wundern sie sich noch, wenn ich mich fürchte, allein gelassen zu werden.

»Das ist bloß so eine kleine Verdrehtheit«, hörte sie Susan sagen, während sie selbst mit den Kindern im Nebenzimmer spielte. »Warum bringst du unsere Lady Plushbottom nicht zu Dr. Behrman, Joy? Er wird alle Knoten schön glatt kämmen, und nachher können wir alle in Frieden und Eintracht leben.«

»Das führt zu nichts, Susie. Sie ist zu alt für das psychoanalytische Sofa; wie schon das Sprichwort sagt: Man soll keinen alten Stein umdrehen und das Unterbewusstsein einer Person über sechzig nicht aufrühren. Zu viel grausliche Dinge kommen hervorgekrabbelt.« Das war Charley, der sich in dem unverständlichen und erbitternden Jargon seiner Generation ins Gespräch mischte. Sie Lady Plushbottom zu nennen wie die Figur aus dem Witzblatt und über sie zu verhandeln wie über ein altes Möbelstück auf einer Auktion!

»Unsere Lady Plushbottom ist ein umgekehrter Machiavelli«, ließ Susan sich vernehmen, »Machiavelli war überzeugt, dass man an die schlechten Instinkte der Menschen appellieren muss, um sie sich dienstbar zu machen. Mutter hingegen nutzt unsere besten Instinkte aus; ich finde ihr Vertrauen in menschliche Güte und Langmut bewundernswert.«

»Da hast du wieder einmal recht, mein Goldkind«, stimmte dieser hinterhältige Larry Grant ihr zu, und Angelina machte sich von den Kindern los und trat hinter die halb geöffnete Tür, um besser zu hören. Aber das Gespräch, so weit sie es verstand, hatte sich indessen von ihrer Person abgewendet. »Man sieht ja täglich, was für unendliches Unheil durch den Missbrauch der edelsten Gefühle der

Menschheit angerichtet wird. Patriotismus, Nationalismus, Religionskriege – und Kriege überhaupt –, Kreuzzüge und Kämpfe für die gute Sache, von rechts und von links, je nach dem Standpunkt des Beschauers –, all das wird in Bewegung gesetzt, indem der Hebel an unsere heiligsten Gefühle angelegt wird. Beschütze unsere Heimat und unser Land! Kämpfe für die Freiheit unserer Überzeugung! Errette unsere Mütter, Frauen, Schwestern und Kinder! Im Namen von allem, was gut ist, zieh aus und lynche Menschen, häng sie auf, erschieße sie, verbrenne ihre Häuser, töte deinen Nächsten und lass dich von ihm töten, wirf Bomben auf andere und lass die anderen Bomben auf dich schmeißen! Nein, wir würden es nicht tun, nicht für alles Gold der Welt; wir würden es nicht tun, wenn man uns sagte, dass wir Raubtiere sind, die von Zeit zu Zeit Blut sehen müssen, weil wir den Rest von Kannibalismus in uns noch nicht überwunden haben. Aber erzählt uns, dass wir Ritter in schimmernder Rüstung sind, hisst eine Fahne und malt ein Kreuz darauf oder ein Hakenkreuz oder eine Krone oder Hammer und Sichel, gebt uns irgendein erhebendes Symbol, und wir werden die Brust herausrecken und uns mit hohen Idealen aufblasen, bis wir hochgehen wie die Luftballons und loslegen wie die edelmütigen Idioten, die wir sind, und alles zuschanden schlagen.«

»Apropos – in dem Trödelladen drunten in der Mission Street sah ich heute die nur wenig abgenutzte Seifenkiste eines Straßenredners, du kannst sie billig kaufen und dich damit am Union Square aufpflanzen und das Volk aufwiegeln, Granty«, sagte Charley mit einem väterlichen Klaps auf Grants Glatzkopf, und Angelina verließ ihren Horchposten und mischte sich ins Gespräch.

»Wenn ihr glaubt, dass es falsch ist, auf das Gute im Menschen zu vertrauen, dann kann ich mir nicht helfen, ich bin dazu erzogen worden, wahrscheinlich ist das sehr altmodisch, aber ich kann bloß sagen, dass ich persönlich immer tue, was ich für meine Pflicht halte, und natürlich setze ich voraus, dass andere Leute ebenso handeln – vielleicht ist das sehr töricht von mir, aber –«

Aber sie war nicht so töricht, wie die jungen Leute dachten. Sie hatte Susan und Mr. Grant gründlich beobachtet. Besonders nachdem ihr Sohn nach Übersee in den Krieg geschickt wurde, während dieser große, fette Grant zu Hause blieb. »Was für einen Schwindel hat dieser Mr. Grant erfunden, dass er nicht zum Militärdienst einberufen wurde?«, erkundigte sie sich verärgert.

»Aber Mutter, weißt du nicht, dass niemand mit dem Vornamen Lawrence in die Armee aufgenommen wird?«, fragte Susan, und wieder einmal kam sich Angelina vor, als wäre sie zu einem Stamm von Wilden verschlagen worden, deren Sprache sie nicht verstehen konnte; Joy schien aus irgendeinem Grund zu erröten, als sie rasch einwarf: »Susan macht dumme Späße, Mutter, Larry hat ein ganz ehrliches Herzleiden und ist auf jeden Fall zu alt, um einberufen zu werden.«

»Außerdem behauptet er, dass die Armee keine Uniform finden konnte, die groß genug für ihn wäre. Alles in allem ist Charley herzlich froh, dass Larry hierbleiben und sich um das Geschäftliche kümmern kann. Und um mich – und um die Kinder auch.«

Daran lässt er's bestimmt nicht fehlen, hatte Angelina grimmig überlegt. Die Welt stand auf dem Kopf, Sitten und Moral waren verwildert, aber trotz der modernen Weitherzigkeit gab es viel Tratsch und Geflüster über die beiden, namentlich unter den *Girls.* »Wenn sie wenigstens etwas diskreter wären und ihr Verhältnis nicht so publik machen würden«, beklagte sie sich bei Joy.

»Ist es dir nie in den Sinn gekommen, dass es vielleicht nichts gibt, worüber sie diskret sein könnten?«, erwiderte Joy darauf; sie hatte die Hände hinter dem Rücken verschränkt, eine Haltung, die Angelina stets einen kleinen Stich versetzte, weil Joy sie dann an Florian in seinen unangenehmeren Momenten erinnerte.

»Lass die beiden in Frieden, misch dich nicht in ihre Angelegenheiten, hast du verstanden?«, sagte Joy, ihre Stimme klang bedrückt, und sie schaute sie nicht an: »Ich bitte dich ein für alle Mal, misch dich nicht hinein, oder es wird dir leidtun.«

Angelina hatte sich nicht hineingemischt, sie hatte sich nur ganz früh am Morgen auf den Weg gemacht, um Susan einen eben angekommenen Brief von Charley vorzulesen. Niemals war ein Besuch mit besseren Absichten gemacht worden. Eine Mutter, die in der Morgendämmerung aufstand, in der Eiseskälte auf den Autobus wartete, fast den ganzen Weg stehen musste – denn höchstens eine Ohnmacht hätte diese groben jungen Munitionsarbeiterinnen in ihren blauen Arbeitshosen veranlassen können, einer alten Dame einen Sitz anzubieten – einer Mutter, die großmütigerweise bereit war, den Brief ihres Sohnes mit der unliebsamen Person zu teilen, die er geheiratet hatte.

Und was fand sie am frühen Morgen in Charleys eigenem Haus? Susan, im Schlafrock, unter dem ihr Nachthemd hervorsah; beide Kinder zum Abmarsch in den Kindergarten bereit, und Mr. Larry Grant, in Hemdsärmeln, ohne Krawatte und nach Rasierseife duftend wie ein Ehemann. Er wechselte einen raschen, verlegenen Blick mit Susan, die in sichtlicher Unruhe war. »Aber Mutter – du solltest nicht so früh aufstehen; ist etwas – ich hoffe, du hast keine schlimmen Nachrichten? Alles okay im Ahnenschloss? War der Mann da, um die Toilette zu reparieren? Larry bestellte ihn gestern Abend für dich –«

»Darf ich Ihnen ein paar meiner beliebten Pfannkuchen machen, teuerste Angelina? Wurde mit dem ersten Preis dafür ausgezeichnet, am Jahrmarkt in Watsonville, California«, bot Grant mit krampfhaftem Eifer an.

»Ich wollte gewiss diese Idylle nicht stören«, sagte Angelina steif, während die Schneebesen in Mr. Grants geschickten Händen wie Kätzchen zu schnurren begannen. »Wenn ich gewusst hätte, dass du Frühstücksbesuch hast, Susan, wäre ich bestimmt nicht zu dieser unpassenden Stunde hergekommen –«

»Aber meine liebste, beste Lady Plushbottom, bitte werfen Sie mir nicht den Knigge an den Kopf. Du störst keinen Menschen; komm, trink eine Tasse Kaffee mit uns, Larry hat ihn einem seiner Sergeantenfreunde im PX abgeschwatzt.«

»Larry sagt, wenn er das nächste Mal hier schläft, bringt er mir eine Tafel Schokolade«, piepste Maxine.

»Mir auch, mir auch«, schrie Klein-Florian, hopste von seinem Stuhl und schlang seine Ärmchen um eines von Grants Beinen, um ihn auf sich aufmerksam zu machen. »Wann wirst du wieder hier schlafen, Larry? Bald, Larry?« Angelina war sprachlos, und selbst Susans eiserne Unverschämtheit schien etwas erschüttert.

»Wir arbeiteten bis spät, die Wochenlöhne mussten nachgerechnet werden, es ging kein Autobus mehr, und der Wagen ist wieder einmal kaputt, also übernachtete Larry hier. Er hängt zwar auf allen Seiten über das Sofa im Wohnzimmer hinaus, aber das ist seine eigene Schuld, warum hat er es für Leute unter dreihundert Pfund entworfen. Mir kann's recht sein, wenn's ihm nichts ausmacht; er übernachtet ja ziemlich oft hier. Es ist viel gemütlicher mit einem Mann im Haus – «

»Honi soit qui mal y pense«, murmelte Grant der Bratpfanne zu, und Susan warf einen bedenklichen Blick auf Angelinas weißes gefrorenes Gesicht, doch mit ihrer üblichen impertinenten Persiflage sagte sie schnell: »Es muss mit meiner zweifelhaften Vergangenheit zusammenhängen; meine Mutter hatte eine billige Pension; ohne Zimmerherrn fühle ich mich einsam.«

Die Frechheit, die Unverschämtheit, die schamlose Zurschaustellung von Unmoral! Angelina hatte daran herumgekaut wie an einem zähen Stück Leder, bis es weich und fügsam wurde und die erwünschte, nützliche Form annahm: Larry schlief hier. Er übernachtete hier recht oft. Es ist viel gemütlicher mit einem Mann im Haus. Das war ein Geständnis, oder nicht? Es war auf jeden Fall ein Geständnis, nachdem Angelina sich genügend und ausführlich damit befasst hatte.

Aber es war die Wahrheit, etwas zerriss, sie schloss die Augen vor der Grellheit dieses Augenblicks, und dann starrte sie auf ihr eigenes Bild wie durch einen Schlitz, durch einen klaffenden Schnitt, der den Kokon lebenslanger Selbsttäuschung spaltete.

Es war ein furchtbarer Augenblick, Gericht und Urteil und Verdammung in einem einzigen kurzen Blitz der Selbsterkenntnis zusammengepresst. Ein Chor von Stimmen verfluchte sie durch das Brausen in ihrem Kopf, und sie sah sich selbst, nicht in einem schmeichelnden Spiegel und nicht mit ihren eigenen Augen, sondern so, wie sie dem stummen, gnadenlosen Sinn derjenigen erschien, die sie verwundet und zerbrochen hatte. Beatrice, Mausi, Hopper, Maud, Joy. Und Florian? Ja, sogar Florian stand in der geisterhaften Reihe derer, die an ihr vorüberzogen und sie verdammten. Und nun war es Susan, und dann Charley, ihr eigener Sohn – und am Ende musste die böse Königin in den glühenden Schuhen tanzen, bis sie umfiel, und keiner bedauerte sie. Angelina rang um Atem, und instinktiv schlug sie die Hände vors Gesicht, um sich nicht mehr zu sehen; und dann war der entsetzliche Augenblick vorbei, und sie sammelte sich zu ihrer Verteidigung.

Was wollt ihr von mir? Ich habe niemanden ums Leben gebracht, aber Joy versuchte, mich zu ermorden. Ich hatte recht, ich wusste immer schon, dass sie eines Tages den Verstand verlieren würde, sie war nie wie die anderen Mädchen, ich bin froh, dass ich Fred Hollenbeck warnte, hörst du mich? Es war meine Pflicht, ihn zu warnen, oder nicht? Ich gab gut acht auf dein Kind, Florian, das musst du mir glauben, und du, Maud, ich hielt mein Versprechen, wahrhaftig, das tat ich –

Ich hätte wieder heiraten können. Ich könnte heute Senator O'Shaughnessys Frau sein und im großen Stil in Washington leben, aber ich dachte nie an mich, nur an Joy. Ich machte mir immer Sorgen um sie, ich ahnte von jeher, dass irgendetwas ihren armen unsteten Geist zerstören würde, die unglückselige, verlorene Kreatur.

Denn jetzt muss ich sie in eine Anstalt bringen lassen, und was für ein harter Schlag das für meinen Charley sein wird, noch zu all dem anderen, das ihm bevorsteht! Es ist ein Glück, dass er wenigstens eine Mutter hat, die ihm beisteht, wenn er sich von Susan scheiden lässt. Endlich sind nur wir beide zusammen, Charley und ich;

wir werden am Kaminfeuer sitzen und plaudern, und ich werde den Kuchen für ihn backen, den er so gern isst –

Nein. Damit kam sie nicht weiter. Es war nicht die Wahrheit, und in dieser Nacht galt nichts als die Wahrheit. »Gott, Gott, erbarme dich meiner«, stöhnte sie. Aber nicht um sie und Gott handelte es sich – noch nicht. Noch war sie nur am Rand der Dinge, und so viel sie auch ausweichen und Umwege suchen mochte und aufschieben und zögern, es gab keine Gnade und kein Nachlassen, sie musste tiefer graben, tiefer und tiefer, bis zu der verhehlten, verdeckten Mitte der Schuld, und Rede stehen den anklagenden Stimmen, die die Nacht erfüllten und immer lauter in ihren Ohren dröhnten.

Erhöre mich, Gott, höre auf mich, Florian, ich spreche jetzt die Wahrheit. Es ist wahr, ich hasste meine Schwester, sie stand mir im Weg, und ich wünschte, sie wäre tot; ich glaubte fest, ich betete, dass sie sterben möchte. Ein paarmal träumte ich, dass sie gestorben sei, und im Traum war ich froh darüber, das ist wahr. Aber ich wollte nicht wirklich ihren Tod, wirklich nicht, Gott ist mein Zeuge, ich wollte nur, dass sie in die Scheidung einwilligte, Florian, dass ich dich endlich für mich haben könnte. Ich habe sie nicht ermordet, ich bin nicht schuldig an ihrem Tod, Florian, hör mir zu, ich will dir erzählen, wie es geschah –

Meine Rippen waren noch nicht geheilt nach unserem Autounfall, der solchen Lärm in den Zeitungen gemacht hatte, und das Atmen tat mir weh, genau wie jetzt; doch an dem Tag, als ich aus dem Krankenhaus entlassen wurde, wusste ich, dass ich die Auseinandersetzung mit Maud nicht länger hinausschieben konnte. Sie hatte mir Blumen und gute Wünsche geschickt, aber sie war nicht selbst gekommen, mich zu besuchen. Ich trug noch Trauer um den armen Hopper, und ich war abgemagert. Ich konnte es Maud ansehen, dass sie über mein verändertes Aussehen erschrak. Als sie mich ins Zimmer wanken sah, kam sie auf mich zu und hielt mir ihre Hand hin. Du begreifst, ich war noch sehr, sehr schwach. »Setz dich, setz dich doch«, sagte sie. »Du siehst aus wie dein eigenes Gespenst.«

»Ich *bin* nur ein Gespenst meiner selbst«, sagte ich und ließ mich in einen Stuhl fallen. Im Kamin brannte ein Feuer, und ein paar von Joys Spielsachen lagen auf dem Teppich herum; die Kleine lief auf mich zu und wollte gehätschelt werden, so wie sie's von mir gewohnt war; aber Maud sagte: »Lass deine Tante in Ruhe, sie fühlt sich nicht wohl.«

Ich fühlte mich elend, ich war in einem Mietwagen gekommen und hatte an der Ecke gewartet, bis ich sicher sein konnte, dass du, Florian, das Haus verlassen hattest. Bis gegen Mittag war es sonnig gewesen, aber dann hatte sich der Wind plötzlich gedreht und der Himmel verdunkelt. Ich spürte jeden Wetterwechsel in meinen gebrochenen Rippen, und ich hatte Mühe, mein Herz in Gang zu halten. »Ich möchte Annelina mein Bilderbuch zeigen«, sagte das Kind. »Lass Annelina in Ruhe«, sagte Maud. »Geh, mein Häschen, lass deine Tante in Frieden.« Ich wusste nicht recht, wie ich anfangen sollte, und Maud half mir auch nicht. »Es ist töricht von dir, in diesem Wetter auszugehen«, sagte sie. »Hier, trink einen Schluck Sherry.«

»Ich bin gekommen, um dir zu sagen, wie leid mir die ganze Sache tut. Der Unfall, den wir hatten, und der Lärm in den Zeitungen und alles –«, sagte ich.

Dazu lächelte Maud nur; ich konnte dieses Lächeln niemals sehen, ohne wütend zu werden. Es war so gleichmütig, ein bisschen herablassend, fast als ob ich ein Gegenstand des Mitleids für sie wäre. »So. Es tut dir also leid; aber damit ist es nicht abgetan«, sagte sie. »Es wird zumindest vier Wochen dauern, bevor Flori seine linke Hand wieder gebrauchen kann; er musste seine ganze Kammermusikserie absagen.«

Ich schluckte. »Das ist es nicht, wovon ich spreche. Ich meine, es tut mir leid, dass ich dir nicht sagte, dass ich mit ihm nach Carmel fuhr.«

»Ja, das wäre besser gewesen. Zumindest hätte ich ihn warnen können, dass du kein zuverlässiger Fahrer bist«, sagte sie. Ich sah auf meine Hände, und Maud tat das Gleiche. Ich glaube, sie beneidete mich von jeher um meine Handschuhgröße: fünfeinhalb. »Ich konnte einfach den Wagen nicht halten, als er ins Schleudern kam«, sagte ich. »Meine Hände sind nicht stark genug dafür.«

»Komm, komm, Ann«, sagte sie, »lass uns nicht um den heißen Brei schleichen; du bist hergekommen, um mir etwas zu sagen. Komm zur Sache und sage, was du zu sagen hast.«

»Auch recht«, sagte ich. »Wie du willst. Es war also kein Unfall. Ich rammte das Auto absichtlich gegen die Ziegelmauer. Selbstmord. Ich wollte uns beide umbringen, Flori und mich selbst.«

»Das ist ja interessant«, sagte Maud; sie wischte sich mit ihrem Taschentuch über den Mund, und dann betrachtete sie es verstohlen; es war eine dumme, unerfreuliche Angewohnheit; als erwartete sie jeden Augenblick einen Blutsturz.

»Das ist ja interessant«, sagte sie, »aber wir wollen das große Theater beiseitelassen und aufs Wesentliche kommen. Hast *du* mir alle diese anonymen Briefe geschrieben, dass mein Mann sich eine Mätresse hält?«

Ich entschloss mich, die Beleidigung zu ignorieren, und gab keine Antwort. Ich schaute sie nur an. »Nicht sehr fein, Ann«, sagte sie. Ich spürte, wie mir die Tränen in die Augen stiegen, ich konnte mir nicht helfen, ich war ja noch so schwach, verstehst du –

»Großer Gott, Ann, in was für einen Schlamassel du dich da gebracht hast – und mit meinem eigenen Mann«, sagte Maud. »Weißt du denn nicht, wie die Weiber ihn verwöhnt haben? Eine so hübsche Frau wie du – hast du denn keinen Stolz, dass du noch eine mehr in der Weiberbrigade sein willst, die überall hinter ihm her ist? Mit dem Wagen und dem Kopf gegen die Wand zu rennen, das ist keine Lösung, weder von deinem Standpunkt noch von meinem und schon gar nicht von Floris. Aber du bist und warst immer schon ein rücksichtsloser, unbedachter Tollkopf. Wozu schriebst du mir eigentlich diese Briefe? Warum wolltest du es in allen Zeitungen dick hingeschmiert sehen, dass du mit deinem Schwager einen heimlichen Ausflug gemacht hast? Kriegst du noch immer Scharlach, um anderen Leuten ihre Landpartie zu verderben?«

Wir hatten beide das Kind in seinem Winkel vergessen; Joy war so ein stilles kleines Mäuschen. Ich hasste Maud in jenem Augenblick. Und wie hätte ich sie nicht hassen sollen? Da saß sie, das war *ihr* Haus und *ihr* Kaminfeuer und *ihr* Kind und *ihr* Mann; alles gehörte ihr. Alles mein, alles mein, prahlte ihr Lächeln und ihre kühl überlegene Pose. Und dann sah ich mich selbst, ganz allein und verlassen, verwitwet, da war niemand, der für mich einstand, wenn nicht ich selbst es tat –

»Ich ziehe einen öffentlichen Skandal einem heimlichen Verhältnis vor. Ich kann es nicht länger mitmachen, dieses Versteckenspielen und Lügen, und hier einen Kuss stehlen und dort ein Rendezvous. Ich tauge nicht für die Rolle der ›anderen Frau‹.«

»Es freut mich, das zu hören. Bisher war mir diese Seite deines Charakters nicht besonders aufgefallen. Aber wenn dem so ist, dann glaube ich, es wäre das Beste, wenn du die Stadt für ein paar Monate verlassen würdest und etwas Gras über die ganze Geschichte wachsen ließest. Weshalb gehst du nicht nach New York? Dort würdest du dich gut unterhalten – oder vielleicht könnte ich es arrangieren, dass du unsere Freunde, die Darnells, in New Orleans besuchst und über den Fasching dort bleibst.«

»Ich bin zu dir gekommen«, sagte ich, »und bei Gott, nicht in der Absicht, dich zu verletzen. Aber wenn du mich behandelst wie eine Gefallene, der man eine Abfindung gibt – schön, dann muss ich dir die schonungslose Wahrheit sagen. Florian liebt mich, und ich liebe ihn, und du hättest dich nie zwischen uns drängen sollen. Wenn ich nicht da wäre, dann hätte er schon jeden Funken von Feuer und Schwung verloren, so langweilig und alltäglich ist das Leben, das du ihm bietest. Florian braucht Romantik, Glanz, Aufregung, Anregung –«

»Ich zweifle, dass es so sehr anregend für ihn war, gegen eine Mauer gefahren zu werden und sein Handgelenk zu verrenken. Und du getraust dich herzukommen und mir zu erzählen, was Florian braucht! Seine Gemütsruhe braucht er und regelmäßige Mahlzeiten und genügend Schlaf und ein paar andere Kleinigkeiten, von denen du nie gehört zu haben scheinst, Fürsorge und Rücksicht, zum Beispiel. Flori hat genug Feuer und Inspiration und Unruhe in sich, und darum ist eine alltägliche Frau wie ich genau das, was ihm nottut, wirklich, Ann, ich versuche, nicht die Geduld zu verlieren, aber ich muss es ablehnen, meine Ehe mit dir zu diskutieren. Ich weiß, dass du Florian angeschwärmt hast, seitdem du ein kleiner Backfisch warst, aber du kannst nicht erwarten, dass ich das ernst nehme. Wenn ich jede Frau ernst nehmen würde, die meinem Mann nachgerannt ist, oder jedes Mädel, das ihm ein oder zwei Wochen lang den Kopf verdreht hat, dann wäre ich wirklich nicht die richtige Frau für ihn.«

Ich war gewiss, dass Maud sich durchaus nicht so sicher und überlegen fühlte, wie sie tat; auf ihren Wangen brannten scharfe rote Kreise, und sie wischte immer wieder über ihren Mund und trocknete den Schweiß von ihrer Stirn, die sogleich wieder feucht wurde. »Du, Ann«, sagte sie, »solltest am besten wissen, dass ich Florian nicht festhalte; wenn er nicht seine volle Freiheit hätte, dann hätte er nicht losziehen und eine ganze Woche mit dir in Carmel verbringen können –«

Ihre Pose der alles verstehenden, alles verzeihenden Gattin trieb mir das Blut in den Kopf: Gönne dem Jungen seinen kleinen Seitensprung, er wird bald zu mir zurückkommen, Ehemänner kommen immer zurück, reuevoll, zerknirscht und dankbar, und nachher lieben sie die kleine Frau zärtlicher als je zuvor –

»Florians Freiheit – darum handelt es sich gerade. Wenn du noch einen Funken Stolz hättest, Maud, dann hättest du die Scheidung verlangt, sowie du erfuhrst, dass wir zusammen in Carmel waren. Aber wenn du darauf bestehst, dich taub und blind zu stellen, dann zwingst du mich, dir ins Gesicht zu sagen, wie die Dinge liegen: Florian liebt mich, mach dir das endlich klar, mich allein liebt er, und du bist nichts für ihn als eine Last, mit der er sich weiterschleppt, weil er zu weichherzig ist, dich abzuschütteln. Wenn du jemals wirklich eine Frau für Flori gewesen wärst, dann müsstest du es längst gespürt haben, dass er sich nichts aus dir macht –«

Das war brutal, ich wusste es, und ich wollte brutal sein. Ich war nicht weniger brutal gegen mich selbst gewesen, als ich den Wagen an jene Ziegelmauer rammte; ich hatte es aus Verzweiflung getan, ich war noch immer verzweifelt, und ich sah nicht ein, warum immer ich es sein sollte, die litt, während Maud vor jedem Lüftchen, das sie hätte schädigen können, geschützt werden musste. Sie nahm sich sehr zusammen, aber sie hatte zu zittern begonnen; sie trug eine Bluse aus Irish Lace mit einem Jabot, wie sie damals modern waren, und jedes gehäkelte Blümchen und Knöpfchen und Zäckchen auf diesem Jabot bebte. »Sei still, Ann, du weißt selbst nicht, was du sprichst«, flüsterte sie; sie räusperte sich, sie versuchte vergeblich, ihr Hüsteln zu unterdrücken. Das war auch eine Gewohnheit, die mir auf die Nerven ging: Sie hustete und hüstelte immer so, als hätte sie ein schlechtes Gewissen. »Geh, geh weg, ich will kein Wort mehr hören«, sagte sie erstickt.

Auch ich zitterte vor Zorn und Kränkung. »Tut mir leid, aber ich lasse mich nicht so leicht abschütteln, du bist verrückt, wenn du glaubst, dass du mich behandeln kannst wie eins von den Mädeln, die, wie du sagst, Florian für ein oder zwei Wochen den Kopf verdrehen und in den Mülleimer geworfen werden, wenn's vorbei ist. Ich kam her, um zu verlangen, dass du dich von Florian scheiden lässt, das ist der einzig anständige Weg für dich, und ich gehe nicht weg, bevor du mir antwortest. Du sprichst von deiner Geduld, Maud, aber wie steht's mit meiner? Ich bin auch mit meiner Geduld am Ende. Ich hab's satt, zu warten und in den Winkel gestellt zu werden, und wenn du nicht weißt, was du tun musst, dann werde ich einen solchen Krach, einen solchen Skandal machen – glaubst du wirklich, dass ich mich von dir hinauswerfen lasse? Warum gehst du nicht selbst, wenn du weißt, dass du nicht erwünscht bist? Aber du bist stumpfsinnig und dickfellig und selbstzufrieden, und dazu bist du noch krank. Du bist Flori nur im Weg, du hemmst ihn auf allen Seiten, aber du hältst ihn an deinen Bettpfosten gebunden …«

»Nicht, Ann – nicht doch –«, flüsterte Maud heiser. Aber ich ließ mich nicht unterbrechen: »Glaubst du, es ist fesselnd für Flori, bei dir zu hocken und deine Hand zu halten und dir zuzuschauen, wie du in dein Taschentuch spuckst? Wenn er nicht schon vorher genug von dir gehabt hätte, dann kannst du sicher sein, dass er es jetzt satthat, und wenn du ihn nicht freigibst, dann werd ich's von den Dächern rufen, dass Florian mir gehört und nicht dir –«

Ich weiß, Flori, ich bin manchmal zu ungestüm und hemmungslos, aber ich musste so deutlich werden, um Maud zum Nachgeben zu bringen. Mehr als zwei Jahre hatte ich alle Prügel eingesteckt – was sage ich da –, immer schon, seitdem du zum ersten Mal in das Haus in der Clay Street gekommen warst, erinnerst du dich noch? Jetzt war die Reihe an Maud, beiseitegeschoben zu werden und die zweite Geige zu spielen. Was ich ihr sagte, war wirklich nicht so arg, nicht wahr? Wärst du nicht gerade dann nach Hause gekommen, nichts Schlimmes wäre geschehen. Maud hätte in die Scheidung eingewilligt, dafür hätte ich gesorgt; und wir hätten geheiratet und wären auf Konzertreisen gegangen, und du hättest größere Triumphe gefeiert als je zuvor. Auch dafür hätte ich gesorgt. Und wir hätten Mauds Pfad nie wieder zu kreuzen brauchen.

Oder, wenn man's recht bedenkt: Wäre an jenem Tag besseres Wetter gewesen …

Das Unwetter war losgebrochen, während ich mit Maud sprach, ein Wolkenbruch, der mit höllischem Getöse gegen die Fenster prasselte. Wie ein nasser Hund schütteltest du beim Eintreten das Wasser von deinem Haar. Es war noch früh am Nachmittag, doch beinahe dunkel, du drehtest das Licht an, und du sahst Maud an und dann mich und nochmals Maud. Die Atmosphäre war geladen, ich spürte jedes Haar auf meinem Kopf elektrisch knistern, und meine Fingerspitzen prickelten. Ich glaube, dass ich sehr bleich gewesen sein muss, ich hatte dich nicht erwartet, ich hatte dich seit dem Unfall nicht mehr gesehen. Ich hatte ein wenig Angst vor dir, Florian; ich wusste nicht, ob du mir böse warst oder nicht. Du hattest mir meine Verwegenheit oft vorgeworfen, und doch, Flori, es gefiel dir, dass ich verwegen war, oder nicht? O ja, es gefiel dir! Auch Maud war weiß im Gesicht, bis auf jene scharf gezeichneten kreisrunden roten Bäckchen. »Sturmzeichen sind gehisst«, sagtest du, »ein Wetter, um einen Hund nicht vor die Tür zu jagen.«

»Ja, aber der Regen ist gut für die Hortensien«, sagte Maud; daran erinnere ich mich genau. Das ist die Art von Unsinn, die man in kritischen Momenten daherplappert.

»Was gibt's, Kinder? Maud? Angelina? Habt ihr eine schwesterliche Aussprache gehalten?«

»Ich möcht dich etwas fragen, Flori«, sagte Maud. »Und ich bitte dich, mir nichts zu antworten als Ja oder Nein.«

»Das klingt ja ganz biblisch: Deine Rede sei ja, ja; nein, nein.«

»Meine Schwester teilt mir mit, dass du eine Liebesaffäre mit ihr hast. Ist das wahr?«

»Schau, Maud, du musst nicht denken – so einfach ist das nicht –«

»Ja oder nein?«

»Also ja.«

»Ist es etwas – Ernsthaftes?«

»Allerdings.«

»Und wie lange geht das schon?«

»Seit dem Erdbeben – über zwei Jahre. Und schon vorher – wir haben uns schon geliebt, sogar bevor du ihn geheiratet hast«, sagte ich.

»Ich habe dich nicht gefragt, Ann. Du sollst mir antworten, Flori.«

»Ja, Maud, aber lass mich dir erklären –«

»Ich bin dir dankbar, dass du mich nicht anlügst«, sagte sie. »Ich muss – ich muss jetzt das Ganze überdenken. Allein. Ich kann jetzt nicht mit dir reden, Flori. Später. Vielleicht.«

Es ist möglich, dass ich dich nicht hätte zurückhalten sollen, Flori, als du ihr nachlaufen wolltest, aber ich konnte nicht anders; ich hatte es so unendlich nötig, zu spüren, dass du dieses eine Mal zu mir hieltest, dass du auch um mich besorgt warst, ein Mal, um mich mehr als um Maud. Ich war eben erst aus dem Krankenhaus gekommen, ich war noch so überaus schwach und schwindlig, in einem Zustand, in dem man nicht klar denken kann. Ich warf mich in deine Arme, ich klammerte mich an dich, ich konnte es in jenem Augenblick nicht ertragen, dich Maud nachrennen zu lassen. Soll *sie* doch einmal vom bitteren Tee trinken, dachte ich, ich sprach es nicht aus, und es war wirklich nicht sehr lange, dass ich dich zurückhielt, nicht wahr? Drei Minuten? Fünf? Ich wusste nicht und weiß noch heute nicht, wie viel Zeit verging; ich hörte das Zuschlagen der Haustür, aber ich wusste nicht, dass es Maud war, die in das Unwetter hinausfloh.

Die Wahrheit, nichts als die Wahrheit und die ganze Wahrheit.

Also gut. Ich wusste es, und ich wollte nicht, dass du ihr nachranntest. Aber glaube mir, du musst es mir glauben, ich wünschte ihr nicht den Tod. Ich wünschte nichts, als dass sie dich freigeben sollte. Ich wollte verhindern, dass sie dir verzieh und sich mit dir aussöhnte. Ich konnte mich nicht aus deinem Leben verstoßen lassen, ich hätte es nicht ertragen, dich zu verlieren. Sie musste ja doch früher oder später sterben, so schwach, wie ihre Lunge war. Wäre sie gesund und stark gewesen, dann wäre sie nicht dran gestorben, dass sie sich nasse Füße und eine Erkältung holte; nicht einmal an der Lungenentzündung wäre sie gestorben, wenn die Krankheit nicht schon vorher in ihr gesteckt hätte. Florian, du musst es mir glauben, und du, großer Gott im Himmel, du musst es mir glauben: In dieser Nacht, da ich fühle, dass ich selbst vielleicht den Morgen nicht mehr erlebe, musst du es mir glauben.

Ich habe meine Schwester nicht getötet noch wollte ich ihren Tod; obwohl ich froh war, als sie starb und den Weg für mich freigab.

Dies ist die Wahrheit, die ganze Wahrheit, so wahr mir Gott helfe.

Etwas abgekämpft nach der langwierigen Entbindung von Mrs. Winstons Zwillingen, hatte Dr. Gerrick sich neben den Ambulanzfahrer gesetzt, in der Hoffnung, dass die frische Luft ihn munter halten würde. Watts und Ryerson waren nicht allzu bequem im Innern des klapprigen alten Krankenwagens untergebracht, in dem die

Tragbahre den meisten Platz einnahm. Ein Stapel vorsorglich bereiteter Leintücher und Decken lag auf dem Gestell, und es roch nach Jod und Desinfektion. Von Zeit zu Zeit ließ der Fahrer die Sirene heulen. Die beiden Herren waren ersucht worden, nicht zu rauchen, aber sie rauchten trotzdem.

»Nicht gerade eine Vergnügungsreise, wie?«, sagte Watts. »Ich sehe nicht recht ein, weshalb du dich auf diese Geschichte eingelassen hast, Tom, anstatt leichten Herzens gen Washington zu ziehen.«

»Nun, das ist Geschmackssache. Das hier erinnert mich an die Zeit, als ich Gerichtsreporter war, und ich finde es hier sehr gemütlich, verglichen mit allerhand Dingen, die ich auf den Inseln im Krieg mitmachte.«

»Du willst doch wohl nicht sagen, dass du einer Reportage auf der Spur bist.«

»Ach nein, das ist es nicht. Aber da ich nun schon einmal einen Kontrakt für mein erstes Buch unterzeichnet habe, bin ich vielleicht ein bisschen scharf hinter allem her, was wie gutes Material für eine Erzählung aussieht. Erinnerst du dich, als wir noch im Zug waren, hast du mir eine Geschichte versprochen – wie nanntest du sie doch? *Vor Rehen wird gewarnt?* Oder vielleicht: *Wie, zum Teufel, kommt es, dass Miss Ambros eine alte Jungfer wurde?* Weißt du, George, ich sprach mit ihr in Tokema, nur ein paar Minuten, aber ich war recht beeindruckt. Aus dem Mädel kam nicht ein einziger hysterischer oder falscher Laut. Großartige Haltung! Sie muss sehr viel Willenskraft und Selbstkontrolle haben. Die Sorte Mensch, die man sich während eines Fliegerangriffs als Gesellschaft wünscht. Ich frage mich, wieso –«

»Ausgezeichnet. Du bleib dabei, dich zu fragen, wieso Joy Ambros nicht geheiratet hat, und inzwischen frage ich mich, was mit Ann passiert ist. Heiliger Strohsack, ich frage mich wahrhaftig, was sie diesmal vorhatte, das gerissene alte Stück.«

»*De mortuis nil nisi bene,* George –«

»Das ist eine sehr lobenswerte Einstellung, Tom, mein Junge, und ich verspreche, ihr den schönsten Nachruf zu schreiben, sowie ich mich überzeugt habe, dass sie tot und hin ist – aber nicht eine Sekunde früher. Ich kenne Ann, und ich sage dir, irgendetwas stimmt nicht ganz bei diesem plötzlichen Verschwinden. Ich kann's nicht beweisen, aber meine brave alte Nase sagt mir, dass da etwas nicht ganz richtig ist, es würde mich wirklich nicht überraschen, wenn sie irgendeinen Schwindel arrangiert hätte, um Geld aus der Versicherungsgesellschaft zu ziehen oder um Joy in Schwierigkeiten zu bringen oder sonst irgendeine Schweinerei anzurichten; ich weiß nicht, was, ich schnüffele nur und tappe im Dunkeln. Aber ich frage mich: Da der Zug gleich nach dem Unfall angehalten und die Strecke beinahe zehn Minuten lang gründlich abgesucht wurde – wieso hat man sie nicht gefunden? Keinen Leichnam, keinen verstümmelten Körper, kein schwer verletztes Opfer; wieso war nicht eine Spur von Ann Ambros zu finden – wenn sie tatsächlich vom Zug abstürzte?«

»Aber das ist ja fantastisch, das ist ja –«

»Es würde dir nicht so fantastisch vorkommen, wenn du ein paar von Anns Tricks erfahren hättest wie ich. Sie hat mich zweimal hineingelegt, und ich will mich nicht ein drittes Mal hineinlegen lassen, weiter nichts. Es klappt alles ein bisschen zu gut. Ich verstehe nicht viel von deinem Geschäft, aber ich habe irgendwo gelesen, dass die Dinge in einer guten Erzählung nicht so genau klappen dürfen. In meinem Geschäft ist es genauso, Tom, als Rechtsberater einer großen Versicherungsgesellschaft, der eine ziemliche Anzahl schwindelhafter Versicherungsansprüche zu widerlegen hat, kann ich dir nur sagen, dass es mich misstrauisch macht, wenn alles zu gut klappt. In Anns Leben hat vieles ein bisschen zu gut geklappt, um mich zu überzeugen. Leute, die ihr im Wege standen, verschwanden oder starben im passenden Moment – du verstehst, ich will damit nicht andeuten, dass Ann sie umgebracht hat, durchaus nicht; sie starben eben. Andererseits hielt sie die Leute, die sie ausnützen konnte, fest an der Leine – und das ist nebenbei gesagt die Antwort auf deine Frage: Wie kommt es, dass Miss Ambros eine alte Jungfer wurde? Und wenn Ann Geld nötig hatte, dann passierte immer irgendetwas, das ihr Geld in den Schoß warf wie weiland Danae. Möglich, dass sie versucht, sich einen tödlichen Unfall zusammenzuschwindeln, um auf irgendeine Weise ihre eigene Lebensversicherung einzukassieren. Ich weiß nichts, ich jongliere nur mit allerhand Möglichkeiten.«

»Ich muss schon sagen, du hast eine ziemliche Einbildungskraft. Wenn ich an die arme Mrs. Ambros denke …«

»Die arme Mrs. Ambros! Das ist genau das, was die Leute immer von ihr sagten. Sie war ›die arme Mrs. Hopper‹, als ihr erster Mann starb und sie als außergewöhnlich hübsche junge Witwe zurückblieb. Nun, ich persönlich würde jederzeit sagen: ›Der arme Mr. Hopper!‹ In unseren Akten stieß ich zufällig auf eine niederträchtige Korrespondenz wegen der Kosten für Clyde Hoppers Begräbnis. Bevor er an den Amazonenstrom ging, hatte sie eine Lebensversicherung für ihn erworben, und er erlag dem gelben Fieber so pünktlich, als wenn sie es mit Extrapost für ihn bestellt hatte.«

»Ich möchte wirklich gern wissen, weshalb du so rachsüchtig gegen eine arme alte Frau bist, deren Überreste wir gerade suchen. Du kannst sie nicht im Ernst dafür verantwortlich machen, dass ihr erster Mann sich eine Tropenkrankheit holte und –«

»Nicht im Ernst und nicht direkt. Indirekt – doch. Ich halte sie für verantwortlich. Sie hatte nämlich einen Liebhaber, und sie sorgte dafür, dass ihr Mann es erfuhr. Ihr Liebhaber war zugleich der Mann ihrer Schwester, und du wirst zugeben, dass das genügen konnte, um einen Mann in den Dschungel zu treiben.«

Ryerson wartete, und Watts rauchte schweigend. »Als Junge war ich Anns Schwester Maud sehr ergeben«, sagte er. »Da war so etwas um sie, eine Beständigkeit, eine Stille, ach ja, einfache Güte ist schwer zu beschreiben. Wie Maud lächelte, zum Beispiel: warm, mit einer Freundlichkeit, die von innen kam – nicht dieses zähnefletschende Schönheitsköniginnengrinsen, das heutzutage als Lächeln gilt.«

»Besten Dank, ich brauche keine detaillierte Beschreibung, ich habe die Bekanntschaft mit dieser Art von Lächeln gemacht. Die intime Bekanntschaft.«

»Mein Junge, hör auf, dich mit Corinne herumzuschlagen, und schaff Raum für neue Eindrücke. Wir sprachen über Ann und Maud und Mauds Gatten. Es war einfach Pech, dass ich zufällig Ambros und Annie zusammen im alten Trocadero traf; das war ein Etablissement weit außerhalb der Stadt, wohin die Lebemänner von San Francisco bekanntermaßen junge Damen zweifelhaften Rufs ausführten. Mit seinen *chambres séparées*, seinen berühmten kleinen Champagnersoupers und seinem sündigen Renommee war das Trocadero bestimmt kein Restaurant, wohin man seine Schwägerin zu einem harmlosen Nachtessen einladen würde. Ich war damals ein sehr junger und recht unverdorbener Bursche, und ich kann dir sagen, es gab mir einen ordentlichen Ruck, als ich Mr. Ambros dort in Anns Gesellschaft sah; sie wollten gerade in ihr Auto steigen und schienen in bester Champagnerlaune; bis dahin hatte ich Ambros nur als zärtlichen Gatten und Vater gekannt. Es beunruhigte mich und machte mir Sorgen und ging mir nicht aus dem Kopf. Ich wusste nicht recht, wie ich mich benehmen sollte, und seit dieser Begegnung hatte ich das Gefühl, als wäre ich in eine schäbige Intrige verwickelt, ich fürchtete mich, Maud vor Augen zu treten, und das war ein großer Verlust für meine sechzehn Jahre, Tommy, ob du mir's glaubst oder nicht.«

Ryerson lachte in sich hinein. »Das verstehe ich! Sie hatten dich genauso auf einem Fehltritt ertappt wie umgekehrt; komische Vorstellung, du als Sechzehnjähriger im Sündenpfuhl – «

»Mit deiner schmutzigen Fantasie hättest du Zensor werden sollen, Tom! Die Geschichte war ganz anders. Ich war nach dem Trocadero geradelt, um unseren früheren Koch zu besuchen, ein pechschwarzes Genie, das die besten Schokoladentorten von ganz Nordkalifornien fabrizierte. Aber Ann versuchte mich zu bestechen oder zu erpressen – wie immer du es nennen willst; und das war schlecht für mich.«

»Wahrhaftig? Dich bestechen? Meinen ehrlichen George? Wie denn?«

»Indem sie mir um den Hals fiel und mich auf eine Weise küsste, die mir durch Mark und Bein ging, und mich dann groß anschaute und rief: ›Ach, du liebe Güte, Georgie, ich vergaß, dass du kein kleiner Junge mehr bist – und was treibst du denn im Trocadero, du kleiner Wüstling! Schon gut, schon gut, ich will's gar nicht wissen, und wir wollen auch keiner Menschenseele verraten, dass wir uns hier getroffen haben, es würde deine Mutter nur beunruhigen, wie?‹ Es war eine primitive Methode, aber eine recht wirkungsvolle, und sie behielt sie ihr Leben lang bei: Küsse und eine Drohung mit dem Samtpfötchen. Mr. Ambros versuchte, die Situation zu retten, indem er etwas von Freunden murmelte, die sie für eine Geburtstagsfeier erwarteten. Übrigens waren alle diese Anstrengungen völlig überflüssig, denn ich hätte mich lieber auf dem Scheiterhaufen verbrennen lassen, als Maud zu erzählen, was ich wusste. Wie spät ist es, Tom? Wir müssen bald an Ort und Stelle sein.«

»Wir sind noch nicht über den Pass gekommen. Und dein Fall würde von jedem Gerichtshof verworfen werden. Kein Beweis vorhanden, und was ging es dich überhaupt an, ob irgendein Ehemann mit irgendeiner Schwester ein Techtelmechtel hatte?«

»Nichts – außer dass Maud mir sehr viel bedeutete und dass jene Begegnung etwas für mich Wichtiges verdarb, denn nachher vermied ich es, Maud zu sehen, und bald darauf starb sie. Ann und Mr. Ambros heirateten nach einer angemessenen Wartezeit. Dann kam der Weltkrieg, es ging der Familie nicht gut, und als ich Ann das nächste Mal sah, war ich ein ausgewachsener Rechtsanwalt, und sie kam zu mir um Rat, wie sie den Betrag, den der alte Mr. Ballard für Joy angelegt hatte, in ihre Finger bekommen könnte. Sie vergaß noch immer im geeigneten Moment, dass sie kein junges Nachbarstöchterchen und ich kein kleiner Junge mehr war, und sie hatte noch immer die Gewohnheit, jedem Mann, den sie ausnützen wollte, um den Hals zu fallen und ihn mit Küssen zu bearbeiten. Sie bearbeitete mich recht gründlich auf ihre Weise: Aber der alte Herr war vorsichtig gewesen, und Joys Kapital konnte nicht angerührt werden. Kannst du mir Feuer geben, Tommy?«

Ryerson strich ein Zündholz an und gab Watts' Zigarre Feuer; in dem kurzen Aufflackern sah er für einen Augenblick das Bulldoggengesicht des alten Rechtsanwalts, es war gespannt und nachdenklich; und dann war es wieder dunkel, die Nacht da draußen so undurchsichtig wie die Finsternis hier drinnen. Es hatte wieder zu regnen begonnen. »Wenn du nichts dagegen hast – ich möchte dich etwas fragen, George«, sagte Ryerson. »Warum hast du dich eigentlich nicht verheiratet?«

Watts antwortete nicht sogleich, er zog an seiner Zigarre, da war ihr kleines Glühen, eine kurze Stille, dann ein ärgerliches leises Lachen. »Das muss ich dir lassen, Tom, du bist nicht auf den Kopf gefallen. Wenn du wissen willst, ob Ann etwas damit zu tun hat, dass ein widerborstiger alter Junggeselle aus mir wurde, dann bist du gewissermaßen auf der richtigen Fährte. Gewissermaßen, und mit großen Einschränkungen. Aber wenn du vielleicht denkst, dass die infrage stehende Dame auch mich betörte – nun, das gäbe vielleicht eine gut verkäufliche Erzählung, aber in Wirklichkeit geschah das genaue Gegenteil. Zwar war sie sicher nicht die einzige Frau, die ich auf Abwegen ertappte, aber sie war die erste, und das wird man irgendwie nie los. Du lieber Gott, die Dinge, die Advokaten und Ärzte zu sehen und zu hören bekommen, könnten einen Zuchtstier impotent machen. Ann, die holdselige Angelina, pflanzte ein tiefes Misstrauen gegen das ganze weibliche Geschlecht in mein Herz; mit anderen Worten, sie jagte mir Angst vor Frauen im Allgemeinen ein. Ich hätte diese Jungensangst vielleicht überwunden, aber jedes Mal, wenn ich gerade dran war, sie loszuwerden, passierte etwas Neues mit Ann, das genügte, um mein ganzes Misstrauen wachzuhalten. Ich studierte an ihr, so wie junge Mediziner am Skelett lernen. Es mag dir ein wenig weit hergeholt erscheinen, mein Sohn, aber dadurch, dass ich Ann ganz und gründlich durchschaute, wurde etwas in mir vergiftet, und das ist wahrscheinlich schuld daran, dass junge Burschen deiner Art mich einen Misogynen nennen. Nun ziehe deine psychologischen Schlüsse daraus, mein Freund!«

»Nur, weil sie dir einen Kuss gegeben und dich um deinen Rat als Rechtsanwalt gefragt hat? Geht das nicht etwas zu weit, George?«, sagte Ryerson. Sieh mal an, dachte er, was für Sprünge und Purzelbäume die Gefühle eines brummigen alten Mannes doch machen. Man weiß eben nie Bescheid über den anderen Menschen –

»Okay. Da war also Joys Mündelgeld, und wie viel von den Zinsen tatsächlich für Joy verwendet wurden, das ging mich nichts an, und ich wollte es auch gar nicht wissen. Was ich wusste, war, dass Ambros eine hohe Prämie für die Versicherung seiner kostbaren Geige bezahlte; das Ding war, um die Wahrheit zu sagen, überversichert. Ann hatte nicht unrecht, sich darüber zu ärgern. In Anbetracht der beschränkten Mittel der Familie war es ein schändlicher Luxus, die Geige zu behalten. Wahrscheinlich kann das nur ein Fiedler verstehen, und wie du weißt, mache ich mir nichts aus Musik.

Nun, und so brach eben ein Feuer in ihrem Haus in der Vallejo Street aus, und die Geige verbrannte, die Fünfzigtausend-Dollar-Wundergeige, und ich vertrat die Gesellschaft, die das Geld zu blechen hatte. Die ganze Sache klappte ein bisschen zu gut. Niemand war während des Brandes zu Hause, und es gab allerlei verdächtige Details, zum Beispiel ein Fetzchen vom Samtfutter des Geigenkastens, das ganz verdächtig nach Benzin und Brandstiftung roch. Alle möglichen fragwürdigen Punkte, auf denen man einen Fall hätte aufbauen können. Ich glaube, wenn wir zum Gericht gegangen wären, hätten wir beweisen können, dass das Feuer nicht durch Zufall entstanden war. Alles ganz schön – aber wir gingen nicht zum Gericht. Frag mich, warum nicht! Ann erschien in meinem Büro, sie weinte und schluchzte und berief sich auf unsere alte Freundschaft und beschwor Mauds Andenken herauf, und da war ein schwer kranker, fast sterbender Gatte, und dieser ölige O'Shaughnessy übte einigen Druck auf unseren Aufsichtsrat aus und –«

»Und? Ja – und was?«, fragte Ryerson aus dem Dunkel, und dann strich er ein Zündholz an, um einen Blick in das Gesicht des Rechtsanwalts zu werfen, während er seine Pfeife umständlich in Brand setzte.

»Ganz richtig, du Gedankenleser, du hast's erraten. Ich gab nach, ich fiel um; sagen wir: Sie korrumpierte mich. Nein, nicht im Entferntesten, was du jetzt denkst, mein Sohn. Ich ging nicht mit Ann zu Bett, das fiel mir ja nicht im Traum ein. Sie war Mitte der vierzig, recht gut erhalten, aber keineswegs mehr eine verführerische Messalina oder Kleopatra. Es muss wohl eine Art Mitleid gewesen sein. Glaub mir, es gibt nichts Korrumpierenderes als Mitleid am falschen Platz. Schwäche, die neue Schwäche ausbrütet. Ann war eben schwach und entwaffnend und herzerweichend: Vor Rehen wird gewarnt!

Höre, Tommy, das ist ein Geständnis, behalt's bei dir. Ich rettete mit knapper Not meinen Selbstrespekt, indem ich ihr nicht den vollen Betrag zubilligte, sondern einen Vergleich schloss. Warte noch einen Moment, sage noch nichts: Fünf Monate später starb Florian Ambros. Selbstmord.

Ich wusste es. Joy wusste es. Der Arzt wusste es. Ann wusste es. Sie gab es sogar zu, in einer herzzerbrechenden kleinen Szene allein mit mir in meinem Büro – keine Zeugen. Da war eine Lebensversicherung, die im Falle des Selbstmords ungültig wurde. Ich brauche dir nicht zu erzählen, wie die Geschichte ausging. Jawohl, wir zahlten aus. Ich sagte kein Wort, ich vergönnte Ambros einen anständigen Abgang, und meine Gesellschaft kam dafür auf. Nehmen wir an, dass ich aus Rücksicht auf Joy beide Augen zudrückte und das Maul hielt. Ich brachte es nicht über mich, ihr Bündel noch schwerer zu machen, als es war. Sieh einmal, Tom, ich bin ein altmodischer Geselle, und mein Bericht hat eine altmodische Moral. Es wäre nicht der Mühe wert, ein Wort über Ann zu verlieren, wenn sie etwas Außergewöhnliches vorstellte. Aber sie ist so gewöhnlich wie Petersilie, Millionen Frauen ihrer Art wimmeln überall herum, und es gibt kaum einen Menschen, der nicht über eine Kreatur ihrer Art gestolpert wäre. Eine psychopathische Lügnerin – nun ja, aber das ist eine wissenschaftliche Vereinfachung. Ann ist wie die Königin, von der die Engländer sagen: *The Queen can't do wrong*, weil sie überzeugt ist, dass alles, was sie tut, recht ist. Millionen solcher Anns leben in vollkommener Harmonie mit sich selbst, breiten ihre Engelsflügel aus, während sie ihre Kinder erwürgen, Brunnen vergiften, tödliche Nachtschatten in die Felder säen, bösartige Krebsgeschwülste in die Köpfe ihrer teuren Angehörigen pflanzen und das Durchschnittsheim zur tiefsten Hölle machen. So wahr mir Gott helfe, ich hoffe, dass Ann sich das Genick gebrochen hat, solange es noch Zeit für Mauds Tochter ist, ihr eigenes Leben an einem Zipfel einzufangen.«

Er zog den Vorhang zurück, rollte ein Fenster herab und warf das Ende seiner Zigarre hinaus. Die Nacht drückte mit dem schwarzen, lauen, stetigen Rauschen ihres Regens gegen die Ambulanz.

»Ja, so steht es«, sagte Watts. »Meinst du, dass wir nun über den Pass sind, mein Junge?«

Angelina stapfte durch den Regen, ihre zerfetzten Strümpfe hingen so weit herab, dass sie bei jedem Schritt darauftrat, doch als sie versuchte, sich niederzubeugen, um sie hinaufzuziehen, musste sie es wieder aufgeben, so lahm und schmerzhaft waren ihre Glieder. Sie stemmte sich gegen den Regen, den ein kalter Wind in harten, peitschenden Güssen auf sie zutrieb. Ihr Pelzmantel war mit Nässe vollgesogen, wahrscheinlich würde es ein Vermögen kosten, ihn nach diesem Abenteuer wieder reparieren zu lassen. Sie hatte die antike Kommode der Generalin für zweitausendvierhundert Dollar an das Museum verkauft und sich für das Geld den Mantel angeschafft. Wer hätte gedacht, dass ein wackliges altes Möbelstück so viel einbringen würde! Übrigens war die große Kommode in der kleinen Greenwich-Street-Wohnung nur im Weg gewesen, während ein Mantel einem *Klasse* gab; es war wie ein Abzeichen, eine standesgemäße Mitgliedskarte, die verkündete, dass man – allen Widerwärtigkeiten des Schicksals zum Trotz – noch zur guten Gesellschaft gehörte. Aber in der freien Natur, in der ungezähmten Landschaft des Wilden Westens und während einer regenströmenden, stürmischen Nacht war solch ein Mantel von geringem Vorteil.

Angelinas Gedanken waren zu einem sonderbar verworrenen Gespinst geworden, Erinnerungen, Worte, Bilder und dann und wann ein blendend klares Aufleuchten des Wirklichen, alles dumpf durcheinandergemischt wie zuweilen dicht vor dem Einschlafen. Aber sie zwang sich, nicht einzuschlafen. Darüber war sie sich klar: Sie durfte nicht aufhören zu gehen. Wieder einmal hatte sie zwar vergessen, warum und wozu und wohin, doch die zähe Ausdauer, die in ihr wohnte, hielt sie in Bewegung.

Die Eisenbahnböschung war noch niedriger geworden, und schließlich befand sich Angelina auf gleicher Höhe mit den Schienen. Etwas später kam es ihr zum Bewusstsein, dass jenseits der Strecke, jenseits eines schmalen Streifen Landes und verhüllt von undurchsichtigen Regengardinen, sich eine Landstraße glatt und einladend dahinzuziehen schien. Sie zwinkerte und forschte ins dunkle Nasse, doch ihre Wimpern klebten vor Feuchtigkeit, und der Regen hing wie Glasperlenvorhänge zwischen ihr und jener Chaussee. Sie holte ihr durchnässtes Taschentuch heraus und versuchte vergeblich, damit ihr Gesicht zu trocknen, während sie die Gefahren berechnete, die im Überqueren der Schienen lagen. Ein- oder zweimal konnte sie da drüben die Scheinwerfer eines vorbeifahrenden Lastwagens erkennen. Wie albern ich doch bin, dachte Angelina, hier quäle ich mich auf der falschen Seite voran, während es da drüben eine schöne glatte Straße gibt, voller Autos, die mich mit Freuden mitnehmen werden. Idiotisch. Sie kicherte in sich hinein. Warte nur, bis ich den *Girls* von diesem Abenteuer erzähle –

Angelina schüttelte den Kopf. Ein laues Wassergerinnsel tröpfelte ihren Nacken entlang, in ihre Bluse und ihr Rückgrat entlang, sie schauderte. Ich renne ja im Kreis herum, dachte sie trostlos. Ich darf keinen Schüttelfrost kriegen. Ich darf nicht mit Schüttelfrösten anfangen, und dann kommt die Lungenentzündung wie bei Maud; ich muss mich über die Schienen wagen und die Landstraße erreichen.

Das schien einfach genug. Kaum hatte sie sich jedoch ein paar Schritte vorgewagt, zwischen den Bahnschwellen nach einem Halt für ihre Füße tastend, als der Boden durch das Herannahen eines schnaubenden Ungeheuers erschüttert wurde, das aus dem Nichts auftauchte und mit ungeheurer Schnelligkeit zu enormer Größe anwuchs. Eine Sekunde lang war alles Aufruhr, Wirrnis und Todesnähe; doch sie stolperte blindlings weiter, und dann fiel sie auf der anderen Seite der Schienen zu einem schlaffen Angsthäufchen zusammen. In dem triefenden, schlüpfrigen Gras rang sie um Atem, rang sie darum, nicht auf der Stelle zu sterben. Doch da war noch immer die Stimme, die durch das schmetternde, donnernde, dröhnende Rasen von Eisenbahnzug und Nacht und Regen rief. Du darfst nicht einschlafen, Angelina, steh auf, gib nicht nach, du musst weitergehen –

»Ich kann nicht mehr, siehst du denn nicht, wie müde ich bin?«, schrie sie verzweifelt. »Ich möchte schlafen, nichts als schlafen, ich möchte bleiben, wo ich bin, ausruhen, schlafen –«

»Ausruhen, schlafen – und sterben«, sagte die Stimme.

»Gut. Und sterben. Mir ist alles recht, mir liegt nichts mehr dran«, murmelte Angelina, aber zugleich hatte sie sich schon aufgesetzt und die Augen geöffnet, und leise jammernd kam sie wieder auf die Beine. Ich werde den nächsten Wagen, der vorbeikommt, bitten, mich mitzunehmen, ich werde neben dem Fahrer sitzen und meinen Kopf an seine Schulter lehnen und schlafen, tröstete sie sich. Sie konnte den Fahrer ganz deutlich vor sich sehen. Ein großer, starker Mann, ein rothaariger Riese, rau, aber gutmütig, er trug Hemd und Reithose und einen breitrandigen Strohhut mit einem Band aus Fasanenfederchen. Fast konnte sie den Geruch seines schweren Körpers spüren: Bier, Tabak, Schweiß, gebrannter Zucker und der gelbe Krümelstaub von Leihana. »Schau, dass du wegkommst! Geh doch!«, sagte sie ganz laut zu Hopper, und er schlich sich davon, um Platz für den Fahrer in seiner groben, dicken, pelzgefütterten Lederjacke zu machen. Sollte er in der entgegengesetzten Richtung fahren und sie nach San Francisco zurückbringen, umso besser. »Meine eigene Wohnung«, verhieß sie sich besänftigend, »mein eigenes Bett – ach, wie gut! Joy wird ein Kaminfeuer in meinem Schlafzimmer anmachen und Tee für mich kochen, aber zuerst werde ich sie bitten, mir ein heißes Bad einlaufen zu lassen, mit Epsom-Salz und vielleicht mit ein paar Tropfen englischem Lavendel; und nachher eine kleine Massage – dank dir, mein Kind –, und, bitte, vergiss nicht, das Radio abzudrehen, sobald ich eingeschlafen bin –«

»Du darfst nicht einschlafen, gib dir bloß nicht nach, mein Schatz«, sagte Hopper, oder es mochte auch Johnny O'Shaughnessy sein; oder möglicherweise der Wagenführer, den sie sich aus der Nacht hervorgezaubert hatte. Vielleicht sogar Mr. Ballard, ihr Vater. Jedenfalls ein großer, starker Mann, zu dem man sich in höchster Not flüchten konnte. Gehorsam sammelte Angelina ihre lahmen, schmerzenden Gliedmaßen ein und machte sich daran, den schmalen, dunklen Streifen Weidegrund zu überqueren, der sich zwischen der Eisenbahnböschung und der Landstraße hinstreckte.

Doch was auf den ersten Blick wie ein ziemlich einfaches Unternehmen ausgesehen hatte, entpuppte sich als eine bösartige Kette von Hindernissen; da kam zunächst ein mit gurgelndem Wasser gefüllter Graben, in den sie fast bis zu den Knien einsank. Dann eine Hürde von Rohr und Schilf, Blätter wie Dolche, scharf, stechend; dann ein Stacheldrahtzaun, der sie nicht weitergehen ließ. Doch Umkehr schien ebenso unmöglich; ein paar Sekunden schlug sie wild nach allen Seiten um sich, und dann brach sie in Tränen aus. Bitterlich weinend tastete sie sich an dem Stacheldraht entlang. Wieder näherte sich ein Wagen auf der Landstraße, nah und dennoch unerreichbar; es war ein bequemes Privatauto, und hinterher rumpelte ein schwerer Lastwagen vorbei, während sie rief und winkte. Sie dachte nicht mehr daran, wie zerkratzt, zerschunden, zerschlagen sie sein mochte; sie hatte aufgehört, irgendetwas zu spüren, außer dem Gewicht ihres triefenden Mantels und der Lahmheit ihres Körpers. »Lass mal sehen«, redete sie sich laut zu, »ich bin ja klein und schlank, irgendwie werde ich schon durchkommen; jetzt kann ich froh sein, dass ich immer auf meine Figur geachtet habe – ›wie ein junges Mädel, die Taille‹, sagen die Männer noch immer. ›Sie sind wirklich erstaunlich, Ann!‹ Los also, wir müssen's versuchen«, kommandierte sie sich. Sie entledigte sich ihres Pelzmantels und hängte ihn über den Zaun. Trotz des peitschenden Regens fühlte sie sich besser, vom Gewicht des Mantels befreit. Sie ließ sich auf die Erde nieder, presste sich flach in das nasse kurze Weidegras, und den untersten Draht hochschiebend, schlängelte sie sich drunter durch. »So, das wäre geschafft!«, sagte sie stolz, sobald sie wieder zu Atem kam, und es lag ihr nicht das Geringste daran, dass die Stacheln den Rücken ihrer Jacke zerfetzt hatten. Maud wäre niemals hier durchgekommen; auch Joy nicht. Es dauerte eine Weile, bis sie sich so weit erholt hatte, dass sie aufstehen und den schweren Mantel wieder umnehmen konnte. Der seichte Straßengraben, den sie auf der anderen Seite des triefenden Weidegrunds noch zu überqueren hatte, war kaum der Rede wert, und der Geruch geteerten Holzes wies ihr den Weg zu einem Stapel von Balken am Rand der Landstraße, auf den sie sich sinken ließ, um das nächste Fahrzeug abzuwarten, ganz gleich, in welche Richtung es gehen mochte. Der Regen hatte etwas nachgelassen.

Nach einer beträchtlichen Weile erschien ein Lastwagen; Angelina ließ ihr nasses Taschentuch flattern, so wie ein Schiffbrüchiger sein Hemd am improvisierten Mast seines Floßes hissen mochte. Aber ihre kleine Notflagge war nicht mehr weiß, Blut und Schlamm und Schmutz hatten sie fast unsichtbar gemacht, und der Wagen kam mit langen, glänzenden Lichtreflexen auf dem nassen Asphalt heran und fuhr an ihr vorbei. Sie sah noch das niederträchtig blinzelnde Schlusslicht davonsausen und verschwinden, zusammen mit dem Lärmen und Geklapper und dem Dunst vom heißen Öl der Dieselmaschine. Der Fahrer hatte Angelina nicht bemerkt; wahrscheinlich war er am Lenkrad eingenickt oder gar betrunken, oder vielleicht hatte er einfach keine Lust gehabt, anzuhalten, der Schweinehund! Sie schüttelte die Fäuste und schrie ihm Schimpfworte nach. Sie war unerträglich müde, als sie sich wieder auf die harten, geteerten Balken zurückfallen ließ. Der Lastwagen war weit fort, aber das Lärmen war geblieben; oder vielleicht war es die Erschöpfung, die in ihren Ohren hämmerte und dröhnte. Ohrensausen, dachte sie. Manchmal schrillte eine eigensinnige Klingel in ihrem Kopf, stundenlang, manchmal knatterte und knisterte es wie ein grausames Feuer; brausende Wasserfälle, zischender Dampf, hämmernde Brandung da drinnen und fast immerwährend das Echo ihres Herzschlags, so laut wie eine Kriegstrommel, ganz besonders, wenn sie allein und ermüdet war. Sie war jetzt sehr müde; seit dem großen Erdbeben war sie nicht mehr so müde gewesen, und die rufenden Stimmen ringsum dröhnten in ihrem Kopf. Dann, wie durch einen unsichtbaren Schalter abgedreht, verstummte jedes Geräusch, und es war plötzlich ganz still; eine völlige, angsterregende Stille. Nur ein ganz hoher, ganz dünner Ton spannte sich über diesen Abgrund des Verstummens. Eine Grille? Der Geist einer ermordeten Geige …?

»Nein, nein, nein, oh, bitte nicht, nein, nein!«, schrie Angelina, sie presste die Hände über die Ohren, um den Ton auszusperren, der sich nicht dämpfen lassen wollte. »Nicht, Flori, bitte, hör auf, es ist gemein von dir, mich so zu quälen, es ist das Ärgste, was du mir antun kannst, erinnere mich nicht daran, ich kann's nicht aushalten, nicht, wenn ich so todmüde und verlassen und erledigt bin!«

Doch die Gedanken an jene Nacht, da das Haus in der Vallejo Street niedergebrannt war, zusammen mit der *Kaiserin*, diese Gedanken kannten kein Erbarmen, sie schnappten nach ihr wie ein Pack toller Hunde, sie waren überall, sie kamen von allen Seiten, sie war zu schwach, sie abzuwehren, und die tote Geige klang fort und fort, immer der eine hohe, unheimliche Ton in der beängstigenden, uferlosen Stille; einer Stille, die bedeuten mochte, dass Angelina taub wurde. Oder war dies das Ende, das endgültige Verstummen, der Tod …?

»Gott, Gott«, flüsterte sie tonlos, »du weißt, wie es gekommen ist, du weißt es am besten. Verlasse mich jetzt nicht, Gott –«

Die Vernichtung der *Kaiserin* nämlich war eine der wenigen Angelegenheiten gewesen, bei denen Angelina ihr Vertrauen in Gott gesetzt hatte – mehr oder weniger zumindest.

Seit jenem Abend in Wien, seit der Entdeckung, dass man sich nicht einmal auf den eigenen Vater verlassen konnte, war sie unfähig gewesen, irgendeinem Wesen ganz zu vertrauen – nicht einmal Gott. Aber es hatte eine Zeit gegeben, da sie sich in ihrer Zartheit und Hilflosigkeit keinen Rat mehr wusste, und in ihrer Verzweiflung und Not hatte sie sich an Ihn gewandt – und Er, Gottvater, war noch immer nach dem Vorbild des alten Herrn, Mr. Charles Ballard, geschaffen, ein gütiger, bärtiger, älterer Gentleman, der ihr zugetan war und ihr alles vergab, der jedoch häufig mit anderen Dingen beschäftigt und zerstreut zu sein schien, nicht so ganz zuverlässig; obwohl sie hoffte, dass Er Sein Bestes für sie tun würde. Und so, in großer Not, hatte Angelina Ihn um Hilfe angefleht.

Seitdem es mit Florians Gesundheit bergab ging, verdiente er beinahe nichts mehr; es war herzzerbrechend mitanzusehen, wie der Mann, den man liebte, dahinsiechte, ohne dass man genug Geld hatte, die teuerste Kur, den berühmtesten Spezialisten, die einzige Behandlung zu bezahlen, die ihn heilen würde. Angelina wollte nicht daran glauben, dass etwas anderes als Geldmangel sie daran hinderte, Florians Gesundheit wiederzuerkaufen. Aber es war kein Geld da, nur Joys viertausend, eine peinliche, standesgemäß verhehlte Mittellosigkeit. Sie lebten in einer Wirrnis von Schulden und unerfüllten Verpflichtungen. Das Haus war mit Hypotheken beladen, ihr Schmuck verpfändet, und beinahe hätten sie es versäumt, die Versicherungsprämie zu zahlen, diese unsinnig hohe Versicherung für Floris unnütze Fiedel. Sie ertranken in einer Flut unbeglichener Rechnungen: der Schlachter, der Gemüsehändler, allmächtiger Gott, wir müssen doch essen, du brauchst den Arzt, wenn wir nicht bald bezahlen, wird uns das Telefon gesperrt und das Gas auch, wir sollten Kohlen für den Winter einkellern, das Dach lässt Wasser durch, der Mann, der die Toilette reparieren soll, kam nicht, weil wir ihm die letzte Rechnung noch schuldig sind. Und das eine muss ich dir sagen, wenn ich keinen neuen Wintermantel bekomme, dann kann ich mich nicht mehr auf der Straße sehen lassen –

Das war 1927, ringsum schwammen die Leute in Geld, es wurde geprasst und verschwendet, die Stadt barst vor Börsengewinnen und leicht erworbenem Wohlstand, und der Gegensatz zwischen all dem Überfluss und ihrem eigenen Pfennigfuchsen machte es noch schwerer ertragbar.

»Du weißt, wie gern ich dich habe, Flori, aber du musst wirklich den Verstand verloren haben, als du ein für alle Mal ablehntest, deine Geige zu verkaufen; ich mache dir keinen Vorwurf, Liebling, ich weiß, dass du dich nicht wohlfühlst, aber alles ist so hoffnungslos, und ich bin so verzweifelt, ich weiß einfach nicht mehr, wie es weitergehen soll –« Zufällig war gerade zu jener Zeit die neue Kathedrale am Nob Hill Mode geworden –

Der Plan zur Lösung aller finanziellen Probleme enthüllte sich Angelina in seiner ganzen Einfachheit während des Sonntagsgottesdienstes, er kam auf Orgeltönen und schrägen Sonnenstrahlen zu ihr herabgeschwebt und erfüllte sie sofort mit einem so einzigartigen Gefühl der Erleichterung und Harmonie, dass sie nur annehmen konnte, Gottvater selbst wiese ihr den Weg. Es war eine Botschaft, die der Herr ihr als Antwort auf ihr laues Gebet gesandt hatte und die sie in Demut und Dankbarkeit empfing und sogleich in die Tat umzusetzen begann. Nachdem Gott ihr in seiner großen Macht und Güte diesen Plan eingegeben hatte, übernahm er den Rest. Offensichtlich war es mehr als nur ein glücklicher Zufall, dass Joy an dem gleichen Abend einen Vortrag in San José halten musste, als Florian darauf bestand, Paul Horners erstem Konzert beizuwohnen, sodass ausnahmsweise niemand zu Hause war. »Fühlst du dich bestimmt wohl genug, um auszugehen, Liebling? Wird es dich nicht zu sehr anstrengen? Ist es dir wirklich so wichtig, den Jungen heute Abend spielen zu hören?«, fragte Angelina voll geschäftiger Sorge, während sie heimlich darauf hoffte, dass Florian auf seinem Willen bestehen würde.

»Hör auf, über mich zu jammern, mein Liebchen, mir geht es ausgezeichnet. Vielleicht ist es nicht so sehr wichtig für mich, aber für den Burschen würde es das ganze Konzert verderben, wenn ich wegbliebe. Außerdem bin ich sehr neugierig, wie Paul sich vor Publikum behaupten wird; er ist mein Nachfolger, er hat ein vielversprechendes Talent, und ich hoffe, dass er dort fortsetzen wird, wo ich aufgeben musste. Es scheint mir oft, dass das arme, erschöpfte Europa im Begriff ist, seine letzte Verbeugung zu machen, und dass für Amerika und die Amerikaner die Zeit gekommen ist, die Kulturarbeit zu übernehmen. Wenn ich meinen Schülern nur etwas von meinem Erbteil an musikalischer Tradition übergeben kann, dann fühle ich, dass ich mein Teil getan habe – und besser, als ich die Ambulanz durch den Kriegsschlamm von Frankreich gefahren habe.«

Die etwas zu feierliche Rede ging ungehört an Angelina vorbei, aber sie schenkte Florian ein zerstreut-ermunterndes Gattinnenlächeln. »Na, dann ist ja alles gut, mein Lieber. Aber tu mir den Gefallen, geh jetzt hinauf und ruhe dich gut aus; bleib in deinem Zimmer und rühr dich nicht, bis das Taxi an der Haustür steht. Ich kümmere mich schon um alles –«

Es war ja nicht so, als hätte sie das Haus in Brand gesteckt, es lag in Gottes Hand, das zu tun. Sie sprach sogar ein kurzes, stummes Gebet, nachdem sie zufällig das Kännchen mit dem Benzin für Floris Zigarettenanzünder auf die weichen Seidenhüllen der verhätschelten Rivalin, der *Kaiserin*, verschüttet hatte. Auf dem Klavierdeckel trieb sich allerlei leicht entzündliches Zeug herum, genug, um die ganze Vallejo Street niederzubrennen, falls Gott, in seiner großen Güte, es so beschlossen hätte. Sollte Er aber nicht die Absicht haben, die Fiedel zu verbrennen, nun, dann würde einfach nichts geschehen, und es handelte sich nur um ein kleines Missverständnis zwischen Ihm und ihr. Lose Notenblätter waren auf dem Klavier angehäuft, lagen am Notenpult, und neben dem geöffneten Geigenkasten stand die Studierlampe mit dem durchgewetzten, schlecht isolierten Draht. Zur Vorsicht hatte Angelina sogar den Elektriker für die Reparatur bestellt, aber aufgrund einer jener kleinen unbezahlten Rechnungen hatte der Mann nur unfreundlich gebrummt, dass er im Lauf der nächsten Woche einen Jungen herüberschicken würde – vielleicht. Als Angelina Kohle auf das Kaminfeuer nachlegte, warf sie das Petroleumkännchen um, das zum Anfachen des Feuers immer neben dem Kohleneimer stand; etwas Petroleum war auf dem Teppich vergossen, gar nicht viel, wenn durch reinen Zufall ein Stückchen der glühenden Kohlen auf diesen Teppich fallen sollte, die Notenblätter, die vom Pult gerutscht waren, ansengen, ein Flämmchen an den Vorhängen hinaufzüngeln, die improvisierte Gefahrenzone auf dem Klavier erreichend –

Der Taxichauffeur klingelte an der Haustür, und Angelina warf den Chinchillakragen über ihr altes Abendkleid. Wie gewöhnlich machte ihr der Garderobenspiegel ein Kompliment: Nichts wirkt so elegant an einer Dame wie Chinchilla, und gestatten Sie mir, Ihnen zu sagen, Madame, dass Sie viel jünger aussehen, als Sie sind. »Es ist Zeit, wir müssen gehen, Flori!«, rief sie durchs Treppenhaus. »Das Taxi wartet.«

Florian trat aus der Schlafzimmertür, und in der Art, wie er die Treppe herabkam, lag ein herzzerbrechender Versuch, seinem Auftreten den alten Schwung zu verleihen: Er trug seinen Smoking und den korrekten schwarzen Hut, den eleganten Mantel hatte er achtlos über die Schulter geworfen, und er lächelte mit der automatischen Nachlässigkeit des großen Virtuosen, der das Künstlerzimmer verlässt, vor dem seine Bewunderer sich wartend drängen. Angelinas Herz krampfte sich zusammen, als sie ihn ansah, denn der Kragen seines gestärkten Hemdes war viel zu weit geworden, und der Smoking hing viel zu lose um seinen abgezehrten Körper. Er nahm den Hut ab und legte die Zigarette beiseite, bevor er sie erreichte – auch dies eine alte, schwungvoll-galante Gebärde; und zum Zerreißen gespannt, wie Angelina in jenem Augenblick war, durchschoss sie plötzlich ein heißes Gefühl, als hätte sie sich noch einmal in ihn verliebt. »Wie groß du bist«, sagte sie, »kein Wunder, dass die Weiber dir nachrennen, so wie du aussiehst! Komm, du musst dich bücken, ich bin zu klein für dich.« Er beugte sich zu ihr herunter, und sie zupfte seine schwarze Krawatte zurecht, stellte ihm den Mantelkragen auf und ließ ihre Fingerspitzen für eine Sekunde auf den schärfer gewordenen, noch immer schönen Linien seiner Backenknochen ruhen. »Du – alter Zigeuner, du!«, sagte sie mit einem zärtlich gespannten Lächeln. Der Taxichauffeur klingelte ungeduldig zum zweiten Mal. Den Tränen nahe, hielt sie sich noch einen Augenblick an Florian fest, ihre Arme umfassten seinen armen mageren Nacken. Du wirst es nie erfahren, Flori, was ich alles für dich tue, dachte sie, denn das ist ein Geheimnis zwischen mir und Gott allein. Florian öffnete galant die Haustür für sie und ließ sie an sich vorbei. »Ach, du meine Güte, jetzt hab ich meine Handschuhe vergessen! Geh nur voran, du darfst dich nicht erkälten, warte im Taxi auf mich«, sagte sie und stieß ihn beinahe in den Wagen.

»Eigentlich muss ich noch dankbar sein, dass du mich nicht im Kinderwagen ins Konzert transportierst, du kleines Närrchen«, sagte er mit amüsierter Nachsicht. Angelina ging zurück ins Musikzimmer.

Sie rauchte nur selten, aber nun zündete sie hastig eine Zigarette an, nahm ein paar tiefe Züge, sah zu, wie sich das kleine Glutfünkchen belebte, und ohne zu sehen, wo sie landete, ließ sie die Zigarette achtlos auf den Klavierdeckel fallen. Sie nahm die Feuerzange zur Hand, holte zwei oder drei Stückchen glühender Kohle vom Kamin und ließ auch diese fallen, wohin es ihnen gefiel. Danach sprach sie ein paar Worte, die einem Gebet gleichkamen: »Ich tat, was ich konnte, lieber Gott, von hier an steht es bei Dir. Tu, was Du willst – aber wenn Du allwissend bist, dann weißt Du auch, dass wir das Geld nötiger haben als die Fiedel. Ich habe mein Teil getan, o Herr, nun tu Du das Deinige, Amen!«

Nachtragend? Ein wenig rachsüchtig, ein wenig eifersüchtig? Ja, doch, vielleicht war es so, und aus guten Gründen; sie hatte die *Kaiserin* niemals gemocht, und sie hatte nie Florians Leidenschaft für sein Instrument begriffen. Es würde eine Erleichterung sein, sie loszuwerden; sie machte sich in seinem Leben zu breit und fraß ein Vermögen an Versicherungsprämien auf. Angelina nahm ihre langen Handschuhe an sich, die sie mit Absicht auf einem Stuhl vergessen hatte; an der Tür warf sie noch einen Blick in den Raum zurück; ein paar von den verstreuten Notenblättern auf dem Fußboden hatten begonnen, sich bräunlich zu verfärben und an den Rändern zu kräuseln. Als Angelina die Tür schloss und das Haus verließ, fühlte sie, dass sie wieder einmal ihre Pflicht getan hatte. Als sie ins Taxi stieg, beschäftigte sie sich mit den vielen kleinen Knöpfen an ihren langen Handschuhen, und dann suchte sie Florians Hand. »Hast du nicht vergessen, die Klavierlampe abzudrehen?«, fragte er.

»Ich ließ absichtlich ein paar Lichter brennen. Seitdem wir so viele Einbrüche in der Nachbarschaft haben, rät die Polizei, das Haus nicht im Finstern zu lassen. Außerdem kann ich's nicht leiden, beim Nachhausekommen ins Dunkle zu tappen, oder hast du vergessen, was für ein dummer, kleiner Feigling ich bin?«, antwortete sie leichthin.

Aber bei ihrer Rückkehr fanden sie das Haus viel zu hell illuminiert, es brannte lichterloh, die Straße war gesperrt, es wimmelte von Feuerwehrmännern, Spritzen und Wasserschläuchen und Neugierigen. Angelina war dem lieben Gott aufs Tiefste und Demütigste dankbar, und sie erwog, als frommen Beweis dieser Dankbarkeit, der Kirche, in der sie die gesegnete Botschaft empfangen hatte, eine größere Gabe zu spenden. Sobald ich meine fünfzigtausend von der Versicherungsgesellschaft kriege, will ich eine Schenkung von hundert Dollar machen oder sogar von zweihundert, wenn's dazu reicht, versprach sie sich selbst und dem lieben Gott.

Aber später, als es zu all den Schwierigkeiten um die Auszahlung der Versicherungssumme kam und es mit Florian schnell bergab ging und er sie zuletzt ohne Erklärung oder Abschied verließ, begann Angelina sich zu fragen, ob sie vielleicht trotz allem den Willen Gottes missverstanden hätte? Sie ließ alle Gedanken frommer Freigebigkeit beiseite und begann bald, sich in der Kirche unbehaglich zu fühlen, und so ging sie seltener und seltener zum Elite-Gottesdienst der neuen Kathedrale, bis sie es schließlich ganz aufgab. Es war, als vermiede sie, Gott zu begegnen, so wie man jemanden meidet, gegen den man einen gesellschaftlichen Fauxpas beging …

Aber in dieser Nacht gab es kein solch leichtherziges und überhebliches Ausweichen. In dieser Nacht wurde sie sich selbst gegenübergestellt, es war ihre Stunde der Reue und Selbsterkenntnis, und es gab keine Schmeichelspiegel mehr, die ihr erzählten, dass sie die Schönste im ganzen Land sei. Gekrümmt, als presse eine schwere Hand sie nieder, kauerte sie auf den harten Balken am Wegrand. »Gott, es tut mir ja so leid, lieber Gott«, flüsterte sie, »es tut mir so schrecklich leid, wenn ich es falsch gemacht habe, und von jetzt an werde ich regelmäßig in die Kirche gehen, das verspreche ich. Aber, allmächtiger Gott, Du weißt, wie gut ich es meinte –«

Noch zwei Wagen fuhren vorbei, ohne sie zu bemerken, und dann hörte aller Verkehr auf der Landstraße auf. Ein kalter, rauer Wind erhob sich, und jenseits dieser schwarzen, öden, leeren Kälte drängte Florian sie wieder: »Steh auf, Angelina, hier kannst du nicht bleiben, geh weiter, der Weg ist zu kurz, es dauert nicht mehr lange –«

»Aber ich kann nicht mehr, Flori, ich kann einfach nicht mehr. Ich bin müde, siehst du das denn nicht, ich bin alt und schwach und müde zum Sterben«, verteidigte sie sich. Trotzdem entdeckte sie nach einer Weile, dass sie sich wieder vorwärts bewegte; ihre Füße marschierten einer nach dem anderen und, ganz ohne ihr Dazutun, auf der weißen Linie der Straßenmitte, und bei jedem Schritt entstand ein hässlich schmatzendes, saugendes Geräusch in ihren durchnässten Schuhen, und der Wind war nun hinter ihr her und stieß sie weiter. Der Regen wuchs wieder zum Wolkenbruch. Aus dem Wind wurde ein Sturm, der sie gewaltsam vor sich hertrug, ihre alten Beine zum Rennen zwang, sie niederbog wie einen gepeitschten kleinen Baum, auf ihren Rücken losschlug, ihre triefenden Kleider gegen ihr fröstelndes Rückgrat presste, ihre Röcke aufhob, Striemen in die wunde Haut ihrer Beine schnitt. Sie war empört über diese Vergewaltigung, und das gab ihr ein wenig Kraft. »Gut denn, mir ist es recht«, keuchte sie grimmig, »wenn Gott sich einen kleinen Spaß mit mir machen will, ich bin dabei. Wenn dieser Sturm eine Lektion sein soll, um mich zu lehren, was meine Schwester Maud an dem Tag durchmachte, als sie sich ihre Lungenentzündung holte, dann kann ich nichts sagen, als dass ich bedauere, was ich tat, ich bereue es; hörst du mich, ich bereue es von ganzem Herzen! Vielleicht war ich ein wenig gedankenlos, mir fehlt's an Fantasie, das wirft Joy mir wenigstens immer vor, aber ist das denn ein Verbrechen? Zu egozentrisch, das ist es, was Susan von mir sagt und Charley von mir denkt; aber was soll ich denn dagegen tun? Mich ändern, ein anderer Mensch werden? Wie tut man das? Alten Hunden kann man keine neuen Kunststücke beibringen, so heißt es doch, und ich bin ein sehr alter Hund, sehr alt und verprügelt, aber ich will's versuchen, ja, das will ich, ich verspreche es. Hilf mir, Florian, hilf mir, heil nach Hause zu kommen, Joy, Charley, helft mir doch, meine Kinder, helft mir, und ich will versuchen, anders zu werden, ich will's mit aller Kraft versuchen.« Und dann wieder dachte sie trostlos: Aber es hilft ja nichts, ich werde nie mehr nach Hause kommen, nie mehr. Ich kann nicht weiter, ich bin erledigt, es ist aus mit mir. Gern möchte ich ein paar Dinge gutmachen, in denen ich fehlte, aber jetzt ist es zu spät. Vergib mir, Flori, vielleicht liebte ich dich nicht auf die richtige Art, aber es ist die einzige Art, die ich kannte, und vielleicht ist es nicht gut, einen Menschen so sehr zu lieben wie ich dich. Vergib mir, lieber Gott, und ihr beiden, Joy, Charley, vergebt mir, meine Kinder, ich bereue, könnt ihr mich hören, ich bereue, bereue –

Erledigt, zu Boden geschlagen, verloren. Nichts bleibt am Ende als der Instinkt eines verwundeten Tieres. Schutz vor der Grausamkeit des Unwetters, Ruhe für den gebrochenen Leib. Eine Gnadenfrist für das sich aufgebende Herz und die keuchende Lunge. Nichts anderes zählt mehr, als Angelina die letzte Station dieser Nacht erreicht.

Eine Straße kriecht aus der Dunkelheit hervor, macht einen Buckel, dort, wo sie im rechten Winkel mit der großen Chaussee zusammentrifft, und kriecht auf der anderen Seite wieder fort ins Dunkle. Die Kreuzung der beiden Straßen bildet eine Unterführung, die ihren schwarzen Rachen aufreißt und Angelina hinabschlingt. Sie war zu erschöpft, um das Wunder ganz zu begreifen; da drin ist es trocken, kein Regen, selbst der Wind bleibt irgendwo draußen, und die Luft ist wieder ein vertrautes Element, das sich atmen lässt, anstelle der gepeitschten Wasserströme, die sie fast erdrosselt hatten; da drin ist es warm, und je tiefer man in die Höhle vordrang, desto wärmer wird es. Es ist eine dunkle, schützende Wiege und Sicherheit. Noch einmal ist es wie unter Beatrices schwarzem Wolltuch.

Angelina lehnte sich mit dem Rücken gegen die Seitenwand, mit grenzenloser Dankbarkeit empfing sie die Stütze. Sie ließ sich an der Wand herabgleiten, und in der Dunkelheit entdeckte sie eine Art von Fußsteig, auf dem man sitzen und seine Füße im Rinnstein ruhen lassen konnte. Angelina empfand das anspruchslose Behagen des obdachlosen Landstreichers, sie kostete die letzte Zufriedenheit jener ärmsten Kreaturen, die unter den Brücken der Städte leben und in verlassenen Scheunen ihr Bett aufschlagen. Bloß, dass Landstreicher besser für solche Existenz ausgestattet waren als Angelina. Wenn sie jetzt eine Zigarette hätte, um ihre Nerven zu beruhigen, eine Schachtel Streichhölzer oder eine Taschenlampe, um ihr Obdach zu besichtigen. Einen Stoß alter Zeitungen, um sie zwischen ihren Körper und ihre nasse Kleidung zu stopfen. Was brauchte sie mehr zum Zufriedensein? Vielleicht ein paar dünne Zweige oder die Überreste einer alten Holzkiste, um ein kleines Feuer zu machen, an dem man sich trocknen, wärmen konnte. Mit einem Mal begann ihre sonst unzulängliche Fantasie, fieberhaft zu arbeiten und mehr und mehr Freuden hervorzuzaubern: eine Tasse heißen Tee oder Suppe, dicke, dampfende Heilsarmeesuppe oder, noch besser, einen starken, brennenden Schluck Schnaps, es durfte gemeiner Fusel sein, um den Schüttelfrost zu verjagen. Ein Bett, in das man sich legen konnte – ach, gab es in der ganzen Welt noch so etwas Wunderbares und Begehrenswertes und Himmlisches wie ein Bett? Sich darin auszustrecken, die Decke über sich zu ziehen, nur ein Bett und ausruhen –

Sie schälte sich aus dem triefenden, kalten, abscheulichen Pelzmantel, der sie fast mit sich in die Tiefe gezogen hätte. Zum Teufel mit allen Pelzmänteln! Nehmt meinen Nerzmantel und gebt mir ein trockenes Handtuch stattdessen, irgendeinen trockenen Fetzen, um mich warm zu reiben. Ihr Rock war schwer von Nässe, und sie zog ihn aus. Ihre Jacke war an der Außenseite feucht, aber das Futter kaum, und die Bluse darunter war beinahe trocken. Stück für Stück warf sie ihre Kleidung ab; die scheußlich quietschenden Schuhe, die zerfetzten Nylonstrümpfe, vier Dollar das Paar, sie machten ihr bloß Sehnsucht nach dicken Wollsocken und hohen Gummistiefeln. Ihr Mieder war das einzige Stück, das die Wasserflut von ihrem Körper abgehalten hatte. Da kann man wieder sehen, wie recht ich habe, wenn ich Joy immer wieder predige, dass eine Dame, und sei sie noch so schlank, sich nie ohne Mieder zeigen soll. Angenommen, Joy wäre in solch eine unangenehme Lage gekommen und ohne Mieder: Was hätte sie davor bewahrt, sich eine Lungenentzündung zu holen und daran zu sterben wie ihre Mutter?

Im Dunkeln umhertastend, suchend, brachte Angelina es zustande, sich auf höchst fragwürdige und fragmentarische Art anzuziehen, ihren Körper mit den halbwegs trockenen Kleidungsstücken zu bedecken und die durchnässten wegzuwerfen. Mit der erstaunlichen Fähigkeit, die den Kleinen eigen ist, erholte sie sich rasch. Aber sie war noch immer so unbegreiflich müde. Wie konnte nur ein Mensch so müde und trotzdem noch am Leben sein? Sie lehnte ihren Kopf gegen die Mauer, schloss die Augen und rechnete ab mit sich selbst. Ihr war jetzt wohl zumute, unbeschwert, alles drückende Sorgengewicht war von ihr genommen. »Das ganze Muster war von Anfang an grundfalsch«, sagte sie, in sich hineinlächelnd; wie damals, als sie versuchte, sich durch Gobelinstickerei Geld zu verdienen. Man zählte und zählte die Stiche, man verzählte sich, man machte einen kleinen Fehler hier und einen anderen dort, und von da an ging das ganze Muster schief. Man konnte nichts tun, als das Ganze wegwerfen oder es bis auf den letzten Stich auftrennen, so viele Fehler in der Stickerei meines Lebens – aber bleibt mir denn noch genug Zeit, um die Stiche aufzutrennen? Ich war selbstsüchtig, ohne es zu wissen, aber jetzt weiß ich es. Selbstsucht ist das Einsamste auf der Welt, sagte jemand einmal zu mir – das war dieser Larry Grant; es klang, als wüsste er Bescheid übers Einsamsein, aber damals war ich taub. Jetzt beginne ich zu hören, jetzt erst – lieber Gott, gib mir ein wenig Zeit, bitte nur so viel Zeit, um das Böse ungeschehen zu machen, das ich anderen zufügte – und mir selbst auch. Immer verlangte ich mehr, als ich besaß, und niemals war ich zufrieden; woher kommt dieses Gefühl von Frieden und Zufriedenheit, da nichts mir gehört als ein trockenes Plätzchen, wo ich sitzen und im Dunkeln ausruhen darf? Viel vergebliche Unruhe, hatte Florian es genannt; das war es: viel vergebliche Unruhe. Die Proportionen aller Dinge hatten sich verändert, das Gewicht war anders verteilt, und was immer zuvor ihr wichtig erschienen war, hatte der dunkle Sturmwind dieser Nacht davongeweht.

Lass doch die jungen Leute ihr Leben leben, und ich lebe das meine – so viel mir davon noch geblieben ist, dachte sie; kann mir jemand sagen, warum ich mich über Charley und Susan und Larry Grant so sehr aufgeregt habe? Das Ganze geht mich nichts an, ich bin ja doch zu alt, um die jungen Leute von heutzutage zu begreifen. Was Joy anbelangt – mein Gott, sie hat versucht, mich umzubringen, und ich weiß noch immer nicht recht, was ich angerichtet habe, dass sie mich so bitter hasst, während ich sie doch so gernhabe. Ich hatte dich so lieb, als du ein Baby warst, Joy, ich trug dich auf meinen Armen aus dem brennenden Haus, das ist keine Lüge, ich tat es wirklich. Es ist wahr, Beatrice ging uns voran, aber auch wenn sie nicht da gewesen wäre, glaub mir, ich hätte dich ganz allein gerettet, das kannst du mir glauben – meine kleine Joy –

Fast schlief sie schon, mit der kleinen Joy auf ihrem Schoß. »Du bist niedlich, du bist meine schöne Mama«, sagte Charley und streichelte ihre Wangen mit seinen klebrigen Jungensfingern. »Unsere kleine Annie hat einen guten Kopf für Zahlen«, sagte Vater. »Wetten, dass du die Ballkönigin sein wirst –« »Erbarmen Sie sich meiner, und versprechen Sie mir noch einen Walzer, oder ich muss mir eine Kugel durch den Kopf schießen«, sagte der Erzherzog. »Ich weiß, ich bin nicht gut genug für dich, aber ich hab dich irrsinnig lieb, kleine Frau«, sagte ein zerknirschter, großer, rothaariger Mann, auf dessen Namen sie sich nicht besinnen konnte. »Du brauchst nur ein Wort zu sagen, Annie, und ich schicke meine Frau zum Teufel und heirate dich«, sagte Johnny O'Shaughnessy. Und dann war Charley wieder da, ein erwachsener Mann, der sagte: »Wir ziehen dich ja nur auf, Mutter; wenn wir dich nicht gernhätten, würden wir keine Späße mit dir machen, und die Kinder sind einfach verrückt mit dir.«

»Sei still, Mutter, leg dich nieder, alles ist gut, ich bringe dir gleich dein Heizkissen«, sagte Joy –

Sie tauchte unter in einer großen Wärme, die sie von allen Seiten umgab, besänftigend, erlösend, zärtlich duftend. So viele Menschen, so viele Stimmen, und alle wollten ihr etwas geben: Zuneigung, Anhänglichkeit, Nähe. Sie trieb sanft dahin in dem ewigen Rhythmus und Wechsel von Geben und Nehmen, aber noch ließen die Stimmen sie nicht los, und sie riss sich zusammen.

Schau, Joy, du wärst mit deinem Fred Hollenbeck doch nicht glücklich geworden, er war nicht der richtige Mensch für dich, viel zu ehrgeizig, und Ehrgeiz ist ein bitteres Gebräu, das kannst du mir glauben, ich weiß Bescheid. Unsinn, du bist nicht zu alt, um zu heiraten, Joy – und wir wollen etwas für dein Haar tun, ich höre, dass Lamberts eine ausgezeichnete neue Friseuse hat. Freilich, es war nicht schön von dir, dass du mich umbringen wolltest, aber jedes Ding hat seine zwei Seiten – wenn ich es nur früher begriffen hätte –

Hör mich an, Florian, was immer ich falsch gemacht haben mag, ich liebe dich. Ich sprach nicht immer die Wahrheit, aber darin log ich nie; von dem Augenblick, als ich dich zuerst sah, liebte ich dich, ich hörte nie auf, dich zu lieben, und ich werde dich lieben bis zur Stunde meines Todes und darüber hinaus.

Angelina war eingeschlafen. Der Pelzmantel war noch triefend nass, aber ihr Haar hatte zu trocknen begonnen, es trocknete immer schnell, dieses feine, seidige Kinderhaar. Sie wollte sich gerade tief in die weichen Kissen des Schlafes sinken lassen, als Florian wieder nach ihr rief.

»Angelina! Angelina! Komm zu mir! Wach auf und komm zu mir!«

»Nicht jetzt, bitte, lass mich noch etwas ausruhen, ich bin müde.«

»Angelina! Angelina! Angelina!«

Sie öffnete die Augen und schüttelte den Kopf. Ein Traum oder schon wieder Ohrensausen? Der Teufel soll Dr. Bryants Alterssymptome holen! Sie starrte in den schwarzen Tunnel, der ihr Obdach gegeben hatte und der nun vor ihren Augen Gestalt anzunehmen begann. Wie die schwachen ersten Flächen von Licht und Schatten im fotografischen Entwickler erschien ein großes graues Viereck langsam in der Schwärze, dort, wo die Unterführung zu Ende war. Die schwache Bewegung eines fernen Lichtscheins drang in diese Öffnung, sie wurde durchsichtig, sie begann sich zu erhellen, und dann vergoldete ein gelblicher Glanz die Regenstränge da draußen; das gelbe Licht drang tiefer in ihre Höhle und streifte an der Mauer entlang, die plötzlich mit ihren Ziegeln sichtbar wurde. Der Schein und seine glänzenden Reflexe wuchsen, wurden schärfer und stärker, und die Stimme rief sie immer dringender und dennoch aus einer immer unfassbareren Ferne. Dann konnte sie nichts mehr sehen als ein großes, blendendes Licht.

»Ja, Florian, ich komme«, antwortete Angelina gehorsam, als sie mit bloßen Füßen in den Regen hinausschritt, jenem Licht entgegen.

Der Pelzmantel, ein schmutziges, nasses Bündel, blieb vergessen dahinten zurück.

»Jetzt weiß ich wirklich nicht, was ich davon halten soll«, hat der Sheriff Lambson, den Regen von seinem Gesicht wischend, ein paar Minuten zuvor gemurmelt. »Wir haben jeden verdammten Zoll in der ganzen Gegend zwischen dem Pass und dem Fluss abgesucht, und da ist auch nicht die leiseste Spur von einem Menschen oder einem Unfall zu finden. Also, meiner Erfahrung nach stehen Leichen nicht einfach auf und marschieren davon, und Leute mit Wunden lassen Spuren zurück.« Er überflog noch einmal im Schein seiner Taschenlampe den Bericht, den die Zugmannschaft in Tokema zurückgelassen hatte. »Wie immer man die Geschichte ansieht, man wird nicht schlau daraus. Miss Ambros kam in den Salonwagen und verlangte einen Whisky, gleich nachdem der Zug die dritte Schleife passiert hatte, und die alte Dame war verschwunden, bevor der Zug zum Pass kam. Da bleiben uns also höchstens zwölf Meilen, wo man nach ihr suchen könnte. Wir haben unter jedem verdammten Stein nachgesucht, und wenn eine Menschenseele sich da auskennen soll – «

»Das Einzige, was ich weiß, ist, dass ich morgen früh um sieben einen intrauterinen Tumor operieren muss, und es ist drei vorüber«, murrte Dr. Gerrick. »Meiner Ansicht nach haben wir getan, was wir konnten, und ich glaube, es ist höchste Zeit, nach Hause zu gehen.« McFarland, der von Berufs wegen verstand, mit Leichen umzugehen, stocherte noch immer mit seiner Taschenlampe in dem regennassen Stachelgebüsch herum. Major Ryerson war nach vorn gegangen, zum Wagen des Sheriffs, in dem Miss Ambros saß, sehr steif, sehr gerade, mit erschreckend weißen Lippen.

Ryerson verspürte den heftigen Wunsch, etwas zu tun, was immer es sein mochte, um sie zum Schmelzen zu bringen, sie aufzutauen, sie weinen zu machen, irgendetwas. »Zigarette, Miss Ambros?«

»O ja. Danke. Vielen Dank, Major Ryerson.«

»Das ist eine grässliche Angelegenheit. Wir Männer hätten mehr Verstand haben sollen, als Sie mitkommen zu lassen.«

»O nein, es ist ganz richtig so. Ich hätte den Verstand verloren, wenn ich noch länger in diesem Bahnhof hätte warten müssen.«

»George Watts erzählte mir, wie sehr Sie an Ihrer Mutter hingen – hängen. Ihnen muss das alles so hartgesotten vorkommen; aber die sachverständige Behandlung einer Angelegenheit macht gewöhnlich diesen Eindruck.«

»Es ist alles meine Schuld. Ich wäre gern tot, wenn das helfen könnte, Mutter wieder lebendig zu machen; Sie müssen nicht glauben, dass mir theatralische Ausdrücke liegen, Major Ryerson.«

»Ich möchte nicht gern wie ein hirnverbrannter, gottverlassener Optimist dastehen. Aber ich habe meine eigene Theorie, Miss Ambros. Ich kann's nicht recht glauben, dass Ihre Mutter tot ist, vielleicht hat sie genug Kraft, sich wegzuschleppen, oder, und das scheint mir wahrscheinlicher, sie wurde in der Zwischenzeit aufgefunden, und man hat sie in der anderen Richtung abtransportiert, zum Beispiel nach Winnemucca an der Route 40.«

Ein kleines Flackern ging über das steinerne Gesicht. »Sie haben eine lebhafte Fantasie, Major Ryerson; damit lässt es sich nicht leicht leben. Ein Pferd, das durchbrennt, wenn man es nicht rechtzeitig an die Zügel gewöhnt.«

In der Tat, dachte Ryerson – und was wissen Sie davon, Miss Ambros, und was für ein Pferd will denn mit Ihnen im Sattel durchbrennen?

»Meine Fantasie ist wohlerzogen, beinahe stubenrein, möchte ich behaupten. Sehen Sie, ich versuche, Novellen zu schreiben und sie sogar zu veröffentlichen«, sagte er, in einer plötzlichen Verlegenheit. Ihre länglichen grauen Augen schauten mit ihrem stetigen Blick auf ihn, durch ihn.

»Ist das der Grund, weshalb Sie diesen kleinen Ausflug mitmachten? Sind Sie einem netten, interessanten Stoff auf der Spur?«, fragte sie, und es war sonderbar, dass es eher traurig klang als schneidend.

»Ich fürchte, meine Gründe sind mir nicht so klar, aber ich kann Ihnen versichern, dass es im Krieg genug aufregende Stoffe gab, um mich für ein ganzes Leben mit Vorrat zu versehen. Lassen Sie uns einmal annehmen, dass ich mitkam, weil ich dachte, ich könnte mich ein wenig nützlich machen. Oder klingt das zu unkompliziert?«

»Nein. Das war sehr lieb von Ihnen. Verzeihen Sie mir, wenn ich mich schlecht benehme. Meine Nerven sind etwas angespannt.« Ihre Hand kam zögernd aus dem Wagenfenster und wartete auf die seine. Er zog schnell seinen Handschuh aus und empfing diese kalte Hand in seiner warmen und hielt sie noch für einen Augenblick. »Da kommt der Sheriff, jetzt wollen wir sehen, was er vorhat. Und, auf jeden Fall, Kopf hoch, Joy!«

»Es ist ein ziemlich harter Schädel und – danke für die Zigarette. Danke für alles.«

»Wir fahren weiter bis Winnemucca, mal sehen, ob man sie vielleicht dort hingebracht hat«, kündigte der Sheriff an und stieg in seinen Wagen. »Nur noch ein bisschen Geduld, die Dame. Wir geben nicht nach, bis wir Ihre Mutter finden, lebend oder tot.«

Lebend oder tot, dachte Joy, was immer es sein wird, für mich ist es das Ende. Wenn sie tot ist, lasse ich mich selbst in eine Irrenanstalt sperren; wenn sie noch lebt, wird sie mich ins Zuchthaus bringen, und wenn es sie ihren letzten Atemzug kostet. Der arme Charley! Es ist Pech, eine Mutter und eine Schwester zu besitzen, die es beide zu gut mit ihm meinen! Was für eine bittere Ironie; ohne einen Kratzer aus dem Krieg zu kommen und das hier als Willkommensgruß zu finden. Mein armer kleiner Bruder, armer Charley! O verdammt, du darfst jetzt nicht weich werden, Kopf hoch, Joy, nur noch ein bisschen Geduld, die Dame –

Das Auto kreischte auf der nassen Straße, als McFarland die Bremsen anzog, und die Ambulanz dahinter fuhr mit einem scharfen Stoß gegen sie an.

»Was, zum Teufel, ist denn das –?«, sagte der Sheriff, die Erscheinung anstarrend, die aus der Unterführung hervortrat und nun mit nackten Füßen und erhobenen Armen im grellen Strahl der Scheinwerfer dastand.

Dann kamen einige völlig verwirrte Augenblicke, auf die sich nachher keiner besinnen konnte, aber es schien, dass sie alle zugleich aus den zwei Autos stürzten und auf Angelina zurasten, Joy weit voraus wie ein Rennpferd nahe dem Ziel. »Mutter«, schrie sie, so laut sie konnte, doch kein Ton drang aus ihrer Kehle, »Mutter, du lebst ja, Mutter, du bist nicht gestorben, danke, oh, ich danke dir, ich danke dir –«

Sie wusste selbst nicht, was sie tun wollte: die schmächtige, weißhaarige Gestalt in ihre Arme nehmen, sie aufheben, sie tragen, sie küssen, ihr wieder und wieder dafür danken, dass sie lebte. Aber sie blieb plötzlich stehen und hielt den tonlosen Ausbruch in sich zurück, zwei Schritte von Angelina entfernt; im nächsten Moment hatten die Männer sie eingeholt, sie redeten durcheinander, sie fragten, sie riefen, sie schrien, einer immer lauter als der andere. Jetzt, dachte Joy, jetzt wird sie ihnen erzählen, wie es geschah, jetzt ist es aus mit mir. Charley, mein armer, armer Charley!

Niemals war Angelina kleiner gewesen, zarter, hilfloser, bezwingender in ihrer Schwäche. Die winzigen, schmutzigen, nackten Füße, das beschmutzte Gesicht von Tränenstreifen durchfurcht, die schlanken, alten, noch immer graziösen Beine mit Blut verkrustet; ihr weißes Haar stand wie ein zart gekräuselter Heiligenschein um ihren Kopf, und ihre Gestalt war bedeckt mit einem närrischen Flickenwerk von Unterwäsche und Bluse und Mieder und ihrem Schal anstelle eines Rockes. Und trotz all dem lächelte Angelina. Es war ein langsames, engelhaftes Lächeln, das immerhin mit einer Prise weiblich schlauen Verstehens gewürzt war. Joy wusste die Bedeutung dieses Lächelns nicht zu erfassen, bis Angelina zu sprechen begann. »Es tut mir so leid, Ihnen so viele Umstände zu machen«, sagte sie sehr liebenswürdig. »Ihr müsst mir verzeihen, George, und Sie, Major Ryerson, und auch Sie, meine Herren. Ich bin eine so törichte alte Frau – und mein Herz ist nicht sehr gesund –, ich muss einen meiner Schwindelanfälle gehabt haben, wissen Sie – und vom Zug abgestürzt sein. So ein Unfug – so dumm von mir.«

Da war, so schien es Joy, das leichte Blinzeln einer amüsierten Verschwörung in Mutters rechtem Auge. Ein Gebirge begann sich zu bewegen und zu verschieben und den Platz in Joys Brust zu verlassen, wo sein Gewicht gelagert hatte, so weit sie zurückdenken konnte. »Mutter – liebe – liebe –«, flüsterte sie tonlos, und dann begann auch sie zu lächeln. Sie wusste nicht, warum, aber sie lächelte. Angelina hatte diesen Augenblick benutzt, um sich endlich nachzugeben und ohnmächtig in die Arme des Sheriffs zu fallen. Major Ryerson fing Joy auf, die, völlig unvertraut mit der merkwürdigen Erleichterung, die ihr geschah, ebenfalls in Ohnmacht gefallen war. Bewusstlos für ein paar selige, erlöste Sekunden, lächelte sie noch immer. Ryerson betrachtete mit einem kleinen Staunen ihr plötzlich weiches, entspanntes und schönes Gesicht.

Wer weiß? Vielleicht …?, dachte er bei sich, als öffneten sich noch vage Horizonte auch für ihn …

»Da haben wir die Bescherung – alle beide auf einmal, nein, das geht wirklich zu weit«, sagte George Watts so mürrisch, wie es ihm möglich war. »Lasst uns zumindest einen trockenen Fleck finden, sonst fall ich auch noch zusammen«, und damit stampfte er der kleinen Rettungskolonne in den Schutz der Unterführung voran. McFarland hatte sachverständig eine Decke vom Ambulanzwagen mitgebracht, auf die Angelina vorsichtig gebettet wurde; Joy hing noch immer mit geschlossenen Augen in Ryersons Armen, noch immer lächelte sie, und er hob zögernd die Hand und begann, ihr gelöstes Gesicht zu streicheln.

Dr. Gerrick war zu Mrs. Ambros gegangen, untersuchte sie, behorchte mit dem Stethoskop, tastete mit Arztfingern. »Wie steht's, Doktor? Wird sie noch einmal davonkommen?«, fragte Watts.

Dr. Gerrick erhob sich, klopfte den Staub von seinen Knien und lachte in sich hinein. »Alles in schönster Ordnung«, sagte er verwundert, »normaler Puls, keine innere Verletzung, nicht einmal ein kleiner Knochenbruch, soviel ich sehen kann, und ein beneidenswert gesundes Herz. Ein bisschen ausgepumpt ist die alte Dame, das ist alles. Man glaubt's ja wirklich nicht – so was stürzt erst vom fahrenden Zug und marschiert dann drauflos – wie viele Meilen ist sie Ihrer

Meinung nach durch dieses Unwetter gewandert? Acht Meilen oder neun? Unwahrscheinlich.« Er ließ den Strahl seiner Taschenlampe über die gebrechliche, rührend zarte Gestalt gleiten und schüttelte den Kopf.

»Das zäheste alte Luder, das mir in meinem ganzen Leben vorgekommen ist«, murmelte er, ganz ohne Zartgefühl. George Watts faltete die Hände und räusperte sich. »Amen«, sagte er.

MIX
Papier aus verantwortungsvollen Quellen
FSC® C083411

ISBN 978-3-7160-2784-4

Neuausgabe
2. Auflage 2020

Erstveröffentlichung: Verlag Kiepenheuer und Witsch, Köln, 1951
Aus dem amerikanischen Englisch von Carl Heinz Ostertag
(Irrtum vorbehalten). Bis zur Drucklegung konnten die Erben
des Übersetzers nicht ausfindig gemacht werden.
Die Übersetzung wurde an einigen Stellen leicht überarbeitet.

Gesetzt aus der Albertina MT Std
Satz: Greiner & Reichel, Köln
Druck und Bindung: CPI books GmbH, Leck
Printed in Germany

www.arche-verlag.com
www.facebook.com/ArcheVerlag

»Das ist wirklich große literarische Kunst.«

Thea Dorn, *Das literarische Quartett*

Lucia Berlin
Was ich sonst noch verpasst habe
Aus dem amerikanischen Englisch
von Antje Rávic Strubel
384 Seiten
Gebunden mit Schutzumschlag
22,99 € [D] / 23,70 € [A]
ISBN 978-3-7160-2742-4

Lucia Berlin
Was wirst du zun, wenn du gehst
Aus dem amerikanischen Englisch
von Antje Rávic Strubel
176 Seiten
Gebunden mit Schutzumschlag
19,00 € [D] / 19,60 € [A]
ISBN 978-3-7160-2765-3

»Ihre Stories sind atemberaubend, intensiv, gegenwärtig und voller verblüffender Wendungen.«

Sandra Kegel, *Frankfurter Allgemeine Zeitung*

ARCHE